L'HÉRITIÈRE
DU CHAOS 2

Du même auteur

L'Héritière du Chaos, tome 1, Outre Fleuve, Pocket, 2018.

RODOLPHE VANHOORDE

L'HÉRITIÈRE DU CHAOS

Tome 2 - Les Milles Lames

outrefleuve

MIXTE
Papier issu de sources responsables
FSC® C003309

L'éditeur de cet ouvrage s'engage dans une démarche de certification FSC® qui contribue à la préservation des forêts pour les générations futures.

Pour en savoir plus :
www.editis.com/engagement-rse/

ISBN : 978-2-265-15488-9

Dépôt légal : mars 2021

Pour Liam et Lyra.

Prologue

Une ombre furtive et rapide se déplaçait entre les colosses végétaux de la forêt de Streywenn. Serpentant avec grâce entre les larges troncs, virevoltant par-dessus les racines noueuses, traversant les bosquets de ronces, la silhouette courait comme si la mort elle-même était à ses trousses.

Cette ombre appartenait à une jeune femme. Grande, élancée, athlétique, elle avalait les kilomètres à longues foulées. Haletante, sa poitrine menue, contenue dans un gilet étroit sans manches, se soulevait au rythme soutenu de ses respirations. Le cuir gris qui moulait son corps était couvert de griffures, ses avant-bras nus zébrés du rouge de son sang, de multiples éraflures offertes en tribut aux épines des ronces avides. Le bleu pâle de son regard fouillait la moindre flaque d'ombre, le moindre buisson, toute cachette potentielle, à l'affût d'une menace qu'elle savait proche.

Maeve, la Maraudeuse-fantôme du Chaos, était pourchassée. Elle se glissa sous une branche basse, sauta en contrebas d'un gros rocher couvert de mousse. La guerrière se figea l'espace d'une seconde, son cœur battant à un rythme effréné. Puis elle s'élança de nouveau, en totale concentration malgré l'effort. Dans son esprit, arbres, creux, rochers, ainsi que les animaux fuyant son approche, apparaissaient clairement sur sa carte mentale. Elle ressentait plus qu'elle ne voyait les choses. Un effet issu de la transe du Zen, l'art secret du combat, que Maeve découvrait à peine. Elle n'était pas encore une Initiée. Si cela avait été le cas, elle aurait senti le danger avant qu'il ne soit sur elle.

Surgissant de derrière les troncs de deux arbres entremêlés, la main aux doigts raidis atteignit la guerrière à la gorge. Maeve eut à peine le temps de durcir les muscles de son cou, et d'accompagner l'impact. La douleur éclata dans sa poitrine et irradia dans sa mâchoire, alors que son corps était propulsé dans les airs. Afin d'éviter de finir sa course en soleil à plat ventre sur le sol, Maeve fit pivoter ses jambes et se propulsa sur le côté. Deux mains sur le sol, la guerrière décrivit une roue parfaite et se rétablit quelques mètres plus loin. Immédiatement, elle se mit en garde, chassant la douleur de son esprit tout en avalant difficilement. Poing gauche fermé en avant, bras droit replié, main droite ouverte, en position défensive du Wush'in, Maeve se prépara à l'assaut suivant, qui ne se fit pas attendre. Son agresseur avait suivi le mouvement comme une tornade mortelle, et le talon d'un coup de pied retourné filait droit vers la tempe de la guerrière du Chaos. Qui cette fois ne se laissa pas surprendre. Elle esquiva d'un mouvement coulé, et déchaîna une attaque de Griffes du Démon. Cette technique, consistant en une série très rapide de frappes des poings et des mains aux doigts en forme de griffes, cherche à inonder la garde de l'adversaire avant de porter un coup fatal. Un contre parfait s'opposa à chaque assaut de la Maraudeuse-fantôme, comme si son adversaire savait par avance où elle allait frapper.

La vitesse des attaques s'inversa, et l'agresseur reprit le dessus. Maeve sentit un coup, jailli d'on ne sait où, percuter son foie. Un genou heurter ses reins. Une paume frapper sa poitrine. La guerrière recula, toussant, luttant pour reprendre son souffle, écrasée dans un étau de douleur. Son adversaire cessa le combat un instant. Maeve sentit le sourire triomphant du prédateur qui s'apprête à achever sa proie. Mais une Maraudeuse du Chaos n'était pas une proie.

La guerrière ferma les yeux et trouva le chemin de son Nexus. L'énergie cachée au point central de son être envahit son corps. La douleur disparut. Une force nouvelle s'éveilla dans ses muscles. Quand elle rouvrit les yeux, ceux-ci flamboyaient d'un éclat turquoise. Maeve repartit à l'assaut.

Grâce à cette énergie mystique, la guerrière du Chaos frappa avec une vitesse surhumaine. Elle usa de tout son art du combat, de toutes les techniques qu'elle avait acquises au fil de ses années d'entraînement précédentes. Main Sabre du Fenn Shah', Coup de pied en faucille du Hache-Ombre, Frappe du Cobra du Rak'Do'Rak, afin d'aveugler l'adversaire. Ce dernier fut forcé à la défense, retranché derrière des esquives et parades parfois in extremis. Dans son déluge de coups, Maeve aperçut la faille. Elle sourit à son tour. La guerrière concentra sa force dans sa main droite. Son poing sembla disparaître tant sa frappe fut rapide. Elle transperça de part en part… l'arbre qui éclata dans une pluie d'esquilles et d'écorce. *Manqué ! Comment diable ?*

Maeve sentit le sol se dérober. Une prise d'acier venait de saisir son cou, la soulevant de terre pour la plaquer avec force contre un tronc épais et trapu. Avant qu'elle ne puisse esquisser un geste, un avant-bras vint se placer sous sa gorge, avec fermeté, et juste assez de force pour éviter de lui broyer le larynx. Au moindre mouvement, son adversaire pouvait à loisir lui écraser la pomme d'Adam. Elle avait perdu.

Le souffle de son agresseur vint caresser le visage de la guerrière, alors qu'il se rapprochait d'elle, triomphant, pour lui murmurer à l'oreille, d'une voix masculine, profonde et moqueuse :

— Pas mal... mais utiliser le Rhys, et la Frappe du Nexus en particulier, sans être vraiment initiée, c'était un peu trop. L'espace d'une seconde, tu as perdu ta concentration. Résultat... envolé, le Zen... et toi... tu es morte.

L'homme serra un peu plus sa prise pour appuyer ses paroles, et bloqua le corps de la guerrière avec le sien. Les deux combattants, sur le moment, auraient pu passer pour deux amants enlacés.

La Maraudeuse sentit la pression de l'homme contre elle, et leurs souffles se mêler. Avec l'adrénaline du combat et le contact du corps ferme de son adversaire, Maeve constata bien malgré elle que son propre corps réagissait. Une chaleur naquit au creux de ses reins, et un frisson suivit la sueur qui serpentait dans son dos.

Mais la guerrière reprit vite le dessus. Sentant que son adversaire était lui aussi troublé par cette soudaine tension sexuelle, elle profita de la distraction. Maeve se fendit d'un coup de talon, remontant vers l'entrejambe. L'homme bondit en arrière pour éviter l'impact, lâchant Maeve, qui se remit immédiatement en position de combat. Son adversaire leva la main, en clamant d'un ton sec :

— Ça suffit pour aujourd'hui !

Maeve sentit tous ses muscles protester en même temps, et se laissa glisser le long du tronc. Toutefois, elle ne se plaignit pas sur le moment. Face à elle, l'homme l'observait de son regard couleur de l'acier.

— Par les Six Chaos, Felkeyn, tu es pire qu'Yvain… lâcha finalement la Maraudeuse-fantôme.

— Évidemment, c'est moi qui l'ai formé. Et je n'ai pas beaucoup de temps pour te former toi, Maeve. C'est d'une Initiée que je vais avoir besoin, pas d'une simple Maraudeuse. Je dois faire de toi une Ombre.

L'homme tendit la main vers Maeve en souriant. Cette dernière ne se fit pas prier pour la prendre. Il l'aida à se relever, recréant un court instant une troublante proximité. Cependant, tous deux étaient des guerriers du Chaos. Le devoir avant tout.

— On retourne à la forteresse d'Eodh au pas de course ! déclara Felkeyn.

— Tu veux vraiment me tuer… répondit la guerrière avant de partir à petites foulées à travers l'immensité de verdure.

Les deux agents du Chaos, maître et disciple, repartirent en courant vers la forteresse d'Eodh, souriant malgré tout avec un air complice. Ils ne se doutaient pas que le danger le plus mortel de la forêt végétale les observait.

Dressé sur une crête rocheuse affleurant la canopée, les sens en alerte, se tenait Finn'Egas. De presque deux mètres au garrot, le loup géant au magnifique pelage roux strié d'argent suivait à l'odeur les deux bipèdes inconscients qui avaient foulé son domaine. Il était l'un des plus anciens gardiens de Streywenn. Et il n'avait pas croqué d'imprudent depuis bien longtemps… D'un bond, il franchit le vide le séparant des arbres pour atterrir sur une branche épaisse, y rebondit et toucha le sol avec une grâce surnaturelle. Son regard d'ambre, enflammé par la chasse, perçait le dédale de la forêt pour suivre ses proies. Il se glissa en silence, s'apprêtant à bondir sur la plus grande des deux silhouettes humaines… quand il ressentit l'appel. Finn'Egas releva la tête, les oreilles aplaties, humant l'air aux mille senteurs de l'infinie forêt. Un appel à la chasse. La *Grande Chasse*.

Quelques heures plus tard, sous le manteau de la nuit, Finn'Egas se tenait sur un pic rocheux, au milieu d'une clairière envahie de pierres dressées recouvertes de lierre, aussi anciennes que la création du monde. Le loup géant hurla. Un appel primal, un cri de ralliement, puissant, long, mélodieux, résonnant en écho à la tapisserie d'argent des étoiles dans le ciel nocturne. Et à travers l'immensité de Streywenn, des dizaines de cris retentirent à leur tour.

PREMIÈRE PARTIE

–

LE POING SANGLANT

CHAPITRE PREMIER

Les corps mutilés se comptaient par dizaines. Ils s'entremêlaient sans autre distinction que la cruauté des blessures qui les avaient fauchés. Membres tranchés, gorges ouvertes, crânes fracassés, ventres béants… Sang, tripes et éclats d'os jonchaient le sol en un décor macabre. Hommes et chevaux morts, au milieu de centaines de flèches plantées dans les chairs et hérissant la terre humide. Des nuées de mouches s'agglutinaient sur les corps, et les premiers corbeaux décrivaient des cercles sinistres dans un ciel couleur de fer. Cette journée était terminée, le soir tombait. Un orage grondait plus loin à l'est. Bientôt, la pluie viendrait, diluvienne et salvatrice, ruisseler sur les visages et noyer les larmes des survivants. On distinguerait alors les deux camps qui venaient de s'affronter dans cette étroite vallée. Des hommes aux tabars noir et or face à d'autres en uniformes aussi noirs que le charbon. Si la plupart des corps portaient armes et armures de soldats, on trouvait également des hommes, des femmes, parfois de tout jeunes adolescents, partageant avec les guerriers l'ultime couche de Dame Mort. Ceux-ci se reconnaissaient plus facilement : ils ne portaient pour armure que de grands pans de tissus colorés décorés de petits ossements. Pour armes, des arcs en bois et des coutelas en os. La pluie ferait couler leurs peintures de guerre sur leur peau hâlée. Les *Kàwanakhees*, ce peuple de réfugiés venu des lointaines Terres de l'Ouest qui avaient chèrement payé son dû à ce conflit.

Combien de corps ? En se contentant d'observer le champ de bataille, il aurait été bien difficile de le dire. Cent cinquante ? Deux cents peut-être ?

Arpentant le charnier, l'Héritière du Chaos cessa de compter. Il y en avait déjà bien trop.

Ses bottes de cuir noir s'enfonçant dans la terre imbibée de sang, Estrée avançait au milieu des corps. Elle en reconnut certains. Ce soldat, par exemple, le torse fendu, écrasé sous le cadavre de son cheval, elle se rappelait l'avoir croisé lorsqu'il était de garde, quelques jours plus tôt. Il était alors plus intéressé par les caresses d'un de ses camarades que par la vigilance incombant à sa tâche. Elle sourit en repensant au moment où elle les avait surpris enlacés. Les jeunes amants avaient sursauté lorsqu'elle leur était apparue, improvisant un garde-à-vous à la hâte. Amusée, Estrée les avait libérés de leurs obligations, et congédiés dans leur tente avec un clin d'œil complice. Aujourd'hui, l'un d'eux imprégnait le sol de tous les fluides de son corps. L'autre – avait-il seulement survécu au combat ? – n'aurait pas le temps de pleurer son amant. Cette bataille ne serait pas la dernière.

Les premières gouttes tombèrent sur la Fille du Chaos, glissant sur son pourpoint de cuir brodé de fins entrelacs aux motifs végétaux. Elle observa la pluie s'écraser sur l'épaulette protégeant son bras gauche. La droite avait disparu, arrachée par le coup qui avait également emporté sa manche et entaillé sa chair. Sous l'effet de la pluie, la blessure se remit à saigner, dessinant un serpent rougeâtre qui ondula sur sa peau pâle jusqu'à se perdre sous le bracelet qui ceignait son avant-bras. Elle tenait toujours son sabre court, serrant la garde tellement fort que sa main en tremblait.

L'ondée devint averse, plaquant les courts cheveux d'ébène de l'Héritière sur son front. L'eau épousait ses formes avec une sensualité déplacée au milieu des corps gisants. Elle continua d'avancer avec lenteur, ses gestes empreints d'une grâce presque surnaturelle. Son regard se voila de tristesse, mais aucune larme ne fut emportée par la pluie. Se mordillant nerveusement la lèvre inférieure, la Fille du Chaos enjambait les corps, espérant déceler un souffle de vie à chaque pas.

Des cadavres. Encore des cadavres. La Mort avait bien œuvré.

L'Héritière parcourut ainsi le charnier, belle comme une déesse guerrière surgie des temps anciens, perdue comme une âme en peine cherchant son propre corps.

— Estrée ? appela une voix rauque et puissante.

La fille d'Eodh ne répondit pas.

L'homme qui avait crié son nom se rapprocha à grands pas. Ses hautes bottes soulevèrent poussières et entrailles. Il n'en eut cure, endurci aux horreurs de la guerre par des années de service au sein de la cavalerie d'Ambre. Repoussant ses cheveux poivre et sel, emmêlés par la pluie, sur l'arrière de son crâne, le seigneur Liam Cornell rejoignit rapidement Estrée d'Eodh qui errait au milieu des corps. S'il n'en montrait rien, Liam se sentait coupable. Nombre de ces cadavres appartenaient aux soldats de la Compagnie-Franche des Mille Lames qui s'étaient battus pour lui.

Peut-être auraient-ils dû fuir.

Nous allons nous battre ! avait déclaré Estrée. Alors ils s'étaient battus. Les Mille Lames. Les Kàwanakhees. Ensemble contre les terribles guerriers du Poing Sanglant. Le premier assaut de ces tueurs avides de carnage avait été repoussé, mais à quel prix ! Un tiers des forces conjuguées des Mille Lames et des Kàwanakhees gisait à présent, sans vie, dans la boue. Les palissades de fortune, érigées à la hâte, pour la plupart désormais réduites à des tas d'esquilles. Les fossés servaient de tombe à la première ligne d'archers indigènes qui s'y étaient réfugiés.

Le Poing Sanglant s'était replié, abandonnant ses blessés sur le champ de bataille. Leur seigneur de guerre, Hagòn Briseur-de-Destin, ne s'encombrait pas des faibles. Ce Ténébreux pure souche, vétéran des Grandes Guerres, dirigeait sa troupe de mercenaires avec férocité. Les victoires étaient grandement récompensées, et les échecs ne recevaient de sa part qu'un aller simple vers l'oubli. Estrée, comme chaque soldat des Mille Lames, en avait parfaitement conscience. Leurs ennemis allaient attaquer à nouveau, très bientôt. Pas de quartier. Aucune pitié. Ils ne feraient pas de prisonnier. Sauf l'Héritière du Chaos, éventuellement. Estrée se rappelait très bien que Hagòn nourrissait des griefs personnels à son encontre. Elle se promit de ne pas lui offrir le plaisir d'être capturée vivante.

Il fallait faire le point de la situation à présent. Compter les morts, évaluer les ressources restantes, se préparer à la seconde vague d'assaillants. Sentenza, la belle capitaine aux cheveux cuivrés et aux yeux d'émeraude, n'avait pas vu cette bataille. Elle était toujours entre la vie et la mort, dans un coma profond, cruellement blessée lors de sa toute première rencontre avec le Briseur-de-Destin, sur le plateau de Pellon. Croyant bien agir, Estrée avait pris la place de Sentenza pour inciter les soldats à se battre.

Les indigènes, sous l'égide de Kwanee le Sage, leur chef spirituel, s'étaient joints au combat. Après tout, c'était principalement la survie de leur tribu qui était en jeu.

Mais Estrée n'était pas une soldate. Encore moins une stratège.

Certes, son charisme naturel et sa détermination farouche lui avaient valu le respect des deux lieutenants de Sentenza. Le premier lui fut immédiatement dévoué : Rhellgarish était un Loki. Pas un Loki comme les autres, admettons-le : un shaman, chétif et introverti. Reconnaissant immédiatement Estrée comme l'héritière légitime du Chaos, il la soutenait depuis son arrivée au sein de la compagnie. Le second fut sans doute plus difficile à convaincre. Rens Ogden, surnommé le Tueur-de-Géants, était un puissant guerrier des Terres gelées du Nord. Il respectait surtout la vaillance et le courage au combat. Qu'Estrée tienne tête au terrible Ténébreux qui avait vaincu Sentenza assura à la fille d'Eodh une certaine admiration du second lieutenant. Quant au troisième lieutenant, Costanzo Da-Vinci, il avait été tué lors d'une rixe au caravansérail de Coruscante. La fille d'Eodh n'avait pas eu le temps de vraiment connaître le mercenaire un peu dandy, mais sa perte avait infligé une blessure terrible aux Mille Lames. En effet, Costanzo était le meilleur stratège de la compagnie. Sans lui et sans Sentenza, les mercenaires s'étaient retrouvés désorganisés. Face à un adversaire comme le Poing Sanglant, cela ne pouvait que signifier la défaite, et indubitablement, une mort certaine.

Nous allons nous battre ! avait clamé l'Héritière du Chaos…

Mais Estrée n'était pas une soldate.

Du moins ne l'était-elle pas un jour plus tôt.

CHAPITRE 2

Un jour plus tôt.

Les yeux violets de l'Héritière du Chaos brillaient d'un éclat vif et les paillettes d'or parsemant ses iris reflétaient les rayons du soleil couchant.

— Nous allons nous battre ! avait-elle déclaré, d'une voix sûre, tranchante comme un coup de dague.

Face à la détermination de la fille d'Eodh, tous s'étaient résignés au combat.

Estrée parcourut le campement mercenaire à grandes enjambées, entraînant ses lieutenants derrière elle, ainsi qu'une nuée de sous-officiers. Ceux qui l'avaient fréquentée autrefois auraient reconnu la prestance de la digne héritière d'Elvanthyell d'Eodh, Duc du Chaos. Le port altier, fier, déterminé. La démarche souple, féline, gracieuse. Une volonté d'acier, un sourire assassin, un regard perçant. Cette fois, Estrée ne portait pas de somptueuse robe de bal fendue, ni de bas en dentelle et soie. Une armure de cuir de griffon moulait son corps, de hautes bottes de cavalière galbaient ses jambes, et des bracelets de force enserraient ses avant-bras. Aujourd'hui, elle ne cachait pas une moue enjôleuse derrière un éventail. Un sabre court, en position inversée, barrait son dos dans son fourreau de bois précieux. Une dague de combat battait son flanc. Jadis, ses longs cheveux de jais auraient ondulé en cascade jusqu'à sa chute de reins. À présent, de fines et courtes mèches en bataille lui donnaient un air rebelle.

Le campement des Mille Lames était en effervescence. Partout, les soldats se préparaient au combat, graissant leurs armures, aiguisant leurs lames, vérifiant les pointes de flèches. L'air était saturé de cette tension presque palpable précédant une bataille. Si ce n'était pas le premier combat de masse pour les mercenaires au tabar noir et or, il en était tout autrement pour l'Héritière. Bien que rompue aux arts du combat rapproché, entraînée par les meilleurs, elle n'avait encore jamais pris part à une véritable bataille rangée. Et de fait, encore moins commandé l'une d'elles...

— Des nouvelles de Felkeyn ? demanda Estrée en se tournant vers le Loki.

— Il n'est pas revenu, répondit Rhellgarish dans un murmure.

Estrée soupira. Elle n'avait pas osé espérer revoir le guerrier aux yeux d'acier. Sur le moment, l'Ombre du Chaos lui manqua terriblement.

— Rodan est parti également, poursuivit le shaman à la peau bleue. Il s'est porté volontaire pour accompagner la fille de Cornell à Coruscante, y chercher l'aide de la Guelfe Blanche. La petite espère sauver la vie de Sentenza.

La fille d'Eodh hocha la tête, et poursuivit sa marche d'un pas déterminé. Rodan aussi allait lui manquer dans les heures à venir. Le mercenaire ne s'était pas uniquement montré bon amant, mais aussi – et surtout, vu la situation – bon combattant. En aucun cas, les soldats ne devaient la voir faiblir. Pas maintenant.

— Je suppose qu'Aleenor n'a pas laissé à son père le loisir de s'y opposer… dit-elle avec une pointe d'admiration dans la voix. Cette fille a du courage, Liam peut être fier d'elle. Toutes les jeunes filles n'ont pas le cran de se libérer aussi effrontément du poids de l'influence paternelle… D'autres se contentent de… fuir.

Comme moi.

Estrée chassa cette ombre de culpabilité de son esprit. Elle ne s'était pas débarrassée du spectre de Devora pour continuer à ressasser son passé. C'était terminé. Il était temps de se concentrer sur le présent, ici, et maintenant !

— Ayons donc foi en Rodan pour la protéger, décida Estrée. Nous avons d'autres problèmes dans l'immédiat.

La Fille du Chaos, suivie des lieutenants et sergents des Mille Lames, quitta le campement pour monter la pente douce d'une colline herbue. Gagnant de la hauteur, elle embrassa du regard la scène de la pièce de théâtre terrible et sanglante dont la représentation était sur le point de débuter.

Derrière elle, au sud, la pommeraie qui abritait le campement des mercenaires avait été défrichée à l'extrême pour laisser place aux toiles huilées des tentes.

Au nord, des contreforts rocailleux. À moins que le Poing Sanglant ne dispose de chèvres de guerre, ils ne craignaient rien par ce côté-là.

Vers l'est, une étroite vallée encadrait la route menant à Coruscante. Derrière ses pentes chargées d'asphodèle blanc, d'ellébores et de fougères, d'épaisses colonnes de fumée grise troublaient le bleu crépusculaire du ciel. C'était là, juste à la frontière des terres de la famille Cornell, que s'étaient massés les guerriers de la horde du Poing Sanglant. Sans le moindre doute, ils attaqueraient au petit matin.

À l'ouest, cette même vallée s'élargissait pour mener vers la cible de cette horde : le manoir Cornell, et les quelques centaines de réfugiés qui se massaient à ses pieds. C'était là que les Kàwanakhees avaient trouvé refuge, après la destruction de leur camp par le Poing Sanglant. Les mercenaires aux armures noires ne feraient preuve d'aucune pitié. Ce serait un massacre pur et simple.

Entre les deux, là où la vallée commençait à s'élargir, l'ultime rideau de défense dressé par les Mille Lames. Une double palissade en arc de cercle, garnie de pieux et de fosses. Deux tours de guet grossières se dressaient maladroitement sur leur structure en rondins. Si les ingénieurs de la compagnie avaient dû travailler dans l'urgence, force était de constater que le résultat n'était pas si mauvais. Il protégerait en partie des archers ennemis, limiterait les assauts de leur cavalerie, et permettrait d'endiguer le flux de guerriers. Enfin, sur le principe. Estrée eut l'impression qu'on avait tendu une feuille de papier pour empêcher la charge d'un auroch de guerre.

D'une oreille, la fille d'Eodh entendit Rens donner leurs consignes à chaque sergent de son bataillon. Le Tueur-de-Géants était l'expert en tactique défensive et en siège, Estrée se sentit rassurée de l'entendre donner ses ordres. Derrière son masque d'assurance, elle craignait que l'un des soldats ne s'adresse à elle avec un « Que fait-on, chef ? » des plus malvenus. Elle avait beau ressasser dans sa mémoire les titres des récits de batailles historiques qu'elle n'avait pas lus, les cours de stratégie d'Yvain, Maître d'Armes du Chaos, qu'elle n'avait pas suivis, ou les interminables parties d'échecs calishites, que son frère Morion adorait tant, et qu'elle détestait : que faire ? Par les Six Chaos, elle n'en savait fichtrement rien !

Estrée, ma fille... dans quel merdier t'es-tu encore fourrée ? se moqua intérieurement l'Héritière du Chaos. *Tu es au courant que tu n'es pas un soldat ? Que ces hommes comptent maintenant sur toi pour les mener à la victoire, à un contre cinq ? Que les indigènes voient en toi une espèce de messagère divine ?*

— S'adapter, c'est vaincre ! déclara-t-elle avec détermination en observant les fumées des feux de camp du Poing Sanglant.

Estrée n'en était plus aussi sûre.

La silhouette massive de Rens jeta son ombre sur la fille d'Eodh. De sa voix, profonde, mais étonnamment douce pour un tel colosse, il fit à Estrée un compte rendu – peu rassurant – des forces en présence :

— Les forces du Poing Sanglant se sont massées à l'entrée de la vallée. Ils se préparent à attaquer à l'aube. C'est une erreur stratégique, car ils auront le soleil dans les yeux, mais ils pensent probablement nous écraser sous leur nombre. Le lieutenant Rhellgarish estime leur bataillon à environ huit cents soldats : deux compagnies d'archers, une de cavalerie, et quatre d'infanterie lourde. Bien sûr, sans compter les molosses de guerre, ou toute autre ressource dont nous ignorerions l'existence.

— Hagòn aura probablement quelques tours supplémentaires en réserve... souligna Estrée.

L'Héritière se retourna pour planter son regard dans les yeux sombres du puissant guerrier. Elle s'assura que le groupe de sous-officiers était resté à l'écart, et parla d'une voix basse :

— Rens... réponds-moi franchement. A-t-on vraiment une chance de leur tenir tête ?

— Costanzo le croyait... Pour lui, ces mercenaires ne sont qu'un ramassis de tueurs et de criminels, sans aucune discipline, qui se battent soit par appât du gain, soit par peur des représailles de leur chef. Sans doute un peu des deux.

— Et une passion invétérée pour la violence la plus sauvage… Comment ce Ténébreux a-t-il réussi à recruter une telle flopée de brutes ? s'interrogea la fille d'Eodh sans avoir de réponse. Qu'importe ! se reprit-elle. Nous les affronterons ! *Aucun homme, aucune armée n'est invincible… il suffit de trouver le point faible, et de frapper avec précision. C'est ainsi qu'agit le Chaos. Pas par la force brute, mais par la ruse…*

Un fin sourire se dessina sur les lèvres de l'Héritière.

— Je dois voir Hazeline… Nous aussi, nous avons encore quelques tours dans notre sac, *Borgne-du-Destin*…

CHAPITRE 3

La Naine aux nattes couleur bronze braillait des ordres contradictoires de façon continue, sa voix de crécelle résonnant dans la forge de campagne. Ses trois acolytes couraient en tous sens dans un tourbillon paniqué portant sacs de toile, caisses de bois, outils divers, morceaux de fer, ou d'autres objets complètement incongrus.

Lorsque Estrée leva l'épais pan de cuir servant de porte, deux apprentis, surpris, se heurtèrent de plein fouet dans un fracas de tonnerre. Un nuage de matériel varié s'envola, tandis que les fessiers des maladroits heurtaient durement le sol de terre battue. Les yeux de la forgeronne s'écarquillèrent au-delà du possible, et lorsqu'elle ouvrit la bouche, un flot d'insultes particulièrement colorées, dont seul le peuple nain a le secret, déferla sur les pauvres disciples en même temps que les nombreux objets tranchants ou contondants. Un sac explosa en heurtant le bord d'une enclume, répandant des dizaines de petites billes de métal partout sur le sol. Lorsque enfin le silence revint, les apprentis forgerons étaient des miraculés, sains et saufs au milieu des pinces tranchantes, des masses, des tenailles, étalées autour d'eux. Ils s'en sortaient avec à peine une bosse sur le front pour chacun, résultant du choc initial.

Hazeline Corne-de-Fer, forgeronne de la compagnie des Mille Lames, préparait un nouveau chapelet de jurons quand elle aperçut la fille d'Eodh. Avec un immense sourire, elle ouvrit grands les bras en s'avançant.

— Estrée ! Hé, salut ma grande, dans mes b...

La fin de sa phrase fut stoppée net lorsque la Naine décrivit un demi-cercle dans les airs, ses pieds glissant sur les billes d'acier répandues sur le sol. Une chute à se briser les reins, si elle n'avait pas été amortie par le ventre mou d'un des deux apprentis toujours étalé par terre, sur lequel atterrirent quatre-vingt-dix kilos d'une Naine de nouveau enragée.

Hazeline se leva d'un bond, faisant preuve d'une agilité surprenante, et releva le disciple par le col de sa tunique. Le pauvre garçon, aussi rouge que les braises de l'âtre, le souffle encore court, se fit rosser à coups de botte un arrière-train déjà meurtri par sa chute. Son camarade vint finalement à son secours, et les deux malheureux s'enfuirent vers la réserve.

Le troisième larron s'était figé depuis le début de la scène, une montagne de pièces disparates d'armes et d'armures dans les bras. Hazeline lui lança un regard de défi, qui le fit aussitôt déguerpir à la suite de ses comparses, laissant échapper une tête de hache, une coquille de sabre, un étrier d'arbalète et un sac de pointes de flèches.

Estrée était restée à l'entrée de la forge, le pan de cuir toujours dans la main. La fille d'Eodh n'en croyait pas ses yeux. Lorsque la Naine tourna vers elle un faciès rougeaud, une natte sur le dessus du crâne, Estrée pouffa, puis finit par rire aux éclats.

L'Héritière n'avait pas ri autant depuis des éons. Elle essuya les larmes qui coulaient sur ses joues, et s'avança dans la forge pour aller enlacer Hazeline. La Naine, qui observait Estrée s'esclaffer sans comprendre le côté burlesque de l'affaire, lui rendit finalement son étreinte avec un grand sourire. La joie soudaine qui s'était emparée de la fille d'Eodh avait rendu sa bonne humeur à la forgeronne.

— Hazeline ! s'écria tendrement l'Héritière. Si tu n'existais pas, le *Grand Rouage* devrait t'inventer !

La Naine lâcha un petit rire en gratifiant Estrée d'une claque sur les fesses.

— S'il m'avait aussi bien roulée que toi, ma grande, je serais sûrement plus fervente ! Bien que tu sois un peu trop maigrichonne... regarde-moi ça, tu flottes dans ton armure ! Faut manger plus de gras ! Le gras, c'est la vie ! déclara la forgeronne dans une tirade faussement sérieuse.

— Je ferai un effort, promis, Haz. Je suis contente de te voir.

Hazeline se rembrunit un peu, haussant un sourcil broussailleux pour interroger la fille d'Eodh :

— Mais dis-moi, Estrée, où étais-tu donc passée, *foutre-sang* ! Trois jours ! Le grand machin ténébreux te balance dans un ravin, et tu réapparais comme ça, après trois jours, toute pimpante...

— Trois jours... répéta lentement Estrée. Seulement trois jours, pour vous, Haz. Pour moi, il s'est écoulé plusieurs semaines. C'est assez difficile à expliquer...

Avec un air faussement outré, Haz tapota d'un doigt boudiné les bordures vertes qui ornaient désormais le plastron en cuir de griffon que portait l'héritière du Chaos.

— Et ça ?! Ça fait partie du « difficile à expliquer » aussi, je suppose ? Qui a salopé mon beau cuir en y brodant des fleurs ?

— Ce sont des feuilles de vigne... sourit Estrée.

— Des feuilles brodées sur une armure qui vaut quelques milliers de licornes ? Qui serait assez c...

Les mots de la forgeronne moururent devant le regard implorant de l'Héritière, qui disait clairement « *ne me demande pas...* »

— D'accord ma grande, pas de question. Pas mes affaires après tout. Si tu veux causer, tu sais où me trouver. Puis reprenant plus sérieusement : Tu as pris des nouvelles de la capitaine ?

— Je comptais aller la voir juste après, mais Sentenza comprendra que je m'occupe d'abord de la situation.

— Ouais... Dans son état, elle peut attendre encore un peu, de toute façon, souligna la Naine avec tristesse.

Au son de la voix d'Hazeline, on sentait l'attachement que la forgeronne portait à la capitaine mercenaire. En apprenant qu'elle était en vie, dans le coma, Estrée en avait été à moitié rassurée. *Vivante, mais pour combien de temps... ? Tu m'as donné une chance de me relever, Sibyl, je ne laisserai pas tomber ta compagnie. Je n'aurais jamais vaincu le spectre de Devora en restant serveuse dans une auberge. Tu as vu en moi bien plus que celle que j'étais. Tu as vu celle que je pouvais devenir. Je ne te décevrai pas...*

— Estrée ? l'interpella Hazeline.

La fille d'Eodh sortit de ses pensées pour revenir au présent.

— Haz, le Poing Sanglant va nous attaquer à l'aube. On ne les aura pas en bataille frontale. Il faut ruser, et j'ai l'impression que tu peux nous y aider...

Un large sourire complice éclaira le visage de la Naine.

— Hé, ma grande ? Tu sais qui je suis ? Allez, suis-moi... Je vais te montrer mes plus beaux jouets.

Hazeline s'approcha d'une grande table en bois massif, recouverte de tout un fatras de pièces métalliques plus ou moins identifiables. D'un grand revers du bras, la Naine balaya la table dans un fracas assourdissant.

Véritable toupie aux nattes rousses, Hazeline se mit à aller et venir, déposant sur la table tantôt un sac, tantôt une caisse, jetant divers objets par-dessus son épaule ou à travers toute la grande tente. Enfin, elle s'empara d'un petit banc de bois, sur lequel elle grimpa pour mieux dominer le contenu qu'elle avait rassemblé.

— Alors qu'est-ce que nous avons là… ? clama-t-elle en se frottant les mains.

Du grand sac, Haz sortit une dizaine de sphères métalliques de la taille d'une pomme, hérissées de protubérances granuleuses.

— J'avais presque oublié ces trucs… des engins de guerre qu'affectionnait surtout l'ancien capitaine, Borgo… un fou furieux celui-là, si tu veux mon avis. Il me demandait toujours de quoi infliger les pires dégâts possible. Mon truc, c'est plutôt les armures, tu vois… mais bon, je fais ce que me dit le capitaine. Bref, je ne pensais pas ressortir ces machins-là un jour. Aux grands maux…

— Haz ? l'interrompit Estrée.

— Oui ?

— Par le *Grand Cornu*, qu'est-ce que c'est, à la fin ?!

— Oh, oui. Désolée… Eh bien… Il y a un éclat de gemmelite volcanique à l'intérieur. Si on fait pivoter la partie supérieure d'un quart de tour, ça la rend instable. Les petites têtes métalliques que tu vois là sont des déclencheurs qui vont exciter la matière fissible de l'éclat, qui à son tour…

— Haz !

— Oui, ça explose quoi ! On fait un trou dans le sol, on active l'engin, on le dépose délicatement et on le recouvre de terre. Et le premier qui marche dessus fait sauter le tout, dans l'équivalent d'une boule de feu dans un rayon de trois mètres ! lança la Naine dans une tirade en prononçant ses mots à une vitesse folle.

Hazeline illustra ses propos en mimant une explosion de ses doigts boudinés, tout en imitant le son de la déflagration, dans une pluie de postillons.

— Ah… laissa échapper la Fille du Chaos.

Estrée regarda, ébahie, la forgeronne jeter le sac sur le côté, sans sourciller quant aux explosifs s'entrechoquant.

— Pas assez pour faire sauter tous les salauds d'en face, mais suffisamment pour briser une charge et leur filer une belle frousse ! Ensuite, qu'est-ce que j'ai… ah oui !

La Naine extirpa un petit coffre en acajou d'une caissette en bois. Elle l'ouvrit et la présenta à la fille du Chaos. Douze pointes d'un métal bleu mat, finement forgées pour contenir une petite pierre d'un orange irisé, y étaient délicatement rangées en quinconce. En plus de l'incontestable talent de l'artisan, ces pointes, prévues pour s'adapter sur un fût de flèche ou de carreau, vibraient de magie runique. Estrée passa la main à quelques centimètres des objets, et sentit dans la paume de sa main le picotement caractéristique d'une magie puissante.

— C'est très impressionnant, Haz… souffla Estrée avec respect. C'est toi qui as créé cela ?

— J'ai forgé les pointes, oui. La gemmelite enchantée, c'est la même que dans les globes explosifs, mais raffinée. Un travail d'une précision et d'une délicatesse extrêmes. C'est… enfin c'était…

Hazeline hésita, la voix légèrement étranglée comme à l'évocation d'un souvenir douloureux. Estrée le sentit aussitôt, et s'approcha pour poser sa main sur le bras de la Naine. Un sourire sincère et réconfortant s'afficha sur le visage de la fille d'Eodh alors qu'elle dit doucement :

— Tu n'es pas obligée de me donner les détails, tu sais, Haz...

— Je sais, ma grande. Toutefois... tu es capitaine maintenant, alors... tu as le droit de savoir.

Estrée voulut protester. La forgeronne au caractère bien trempé ne lui en laissa pas l'occasion.

— C'était l'œuvre de mon époux, Thorgrim. Un nom glorieux, celui d'un ancien roi de notre peuple, pour un humble artisan. Un passionné de gemmes et de pierres précieuses, mais aussi, et surtout, de gemmelite. Il avait un véritable don pour la magie tellurique, à tel point que j'avais parfois l'impression qu'il parlait aux pierres. Nous habitions un petit village troglodyte, dans les monts Thorbald. Des tailleurs de pierre, des forgerons et quelques cultures de champignons étaient notre quotidien. Puis, pendant les Grandes Guerres, le village s'est enrichi grâce au commerce d'armes, d'armures et de gemmelite raffinée. Donc, ce qui devait arriver arriva. Nous fûmes attaqués par une bande de pillards ikshites, des déserteurs de l'armée des Ténèbres. Ils ont massacré tout mon village... hommes, femmes, enfants... tous, sans exception...

Malgré son émotion, Hazeline parlait d'une voix claire. Estrée comprit que la forgeronne revivait les événements derrière ses yeux en parlant, tel un fantôme spectateur d'une terrible injustice. Après un long soupir, la Naine reprit :

— Bien sûr, ils venaient avant tout pour la gemmelite. Thorgrim et moi avons essayé de nous enfermer dans l'atelier creusé dans la falaise. Ils finirent par enfoncer la porte. Thorgrim me poussa derrière son plan de travail en marbre, et se jeta sur les pillards… gemmelite volcanique en main. Tu imagines le résultat…

Estrée opina, compatissant à la douleur revécue par son amie. Hazeline poursuivit :

— J'ai repris conscience de longues minutes plus tard. Des échos de combat retentissaient. Au milieu des décombres et des restes des pillards, comme de mon époux, un homme surgit. C'était Rens. Les Mille Lames étaient intervenues trop tard pour mon village, mais suffisamment tôt pour nous venger. Ils venaient récupérer les commandes de leur capitaine, Borgo *Casse-Murailles*.

Hazeline ponctua sa phrase par un geste de la main en direction des sphères métalliques explosives. Puis elle revint sur les pointes de flèches :

— Ça, c'était une demande de Costanzo. Ce matériel était dans la forge, prêt à être livré, avec plusieurs autres équipements. Comme j'avais tout perdu, les Mille Lames m'ont offert un travail parmi la compagnie. Ils avaient besoin d'un nouveau forgeron. J'avais besoin d'une nouvelle famille. Voilà, tu connais presque toute mon histoire, Estrée !

La Naine afficha un sourire, cependant, une pointe de nostalgie restait palpable dans sa voix. Estrée lui rendit son sourire.

— Merci de ta confiance, Hazeline Corne-de-Fer !

Puis, revenant aux pointes de flèches :

— Ce sont donc, je suppose, des pointes… explosives ?

— Exactement ! s'exclama Hazeline. L'effet est plus réduit que les globes, ce qui rend la gemmelite beaucoup plus stable. C'est l'impact de la pointe de flèche, avec assez de vélocité, qui déclenchera une explosion plus localisée, mais dévastatrice.

— Tu es surprenante, Haz ! Bien utilisé, cela peut vraiment changer la donne.

Estrée referma le petit coffre avec respect.

— Assure-toi de les confier au meilleur archer que tu trouveras, Cap ! Il faut un œil de faucon pour utiliser de telles flèches, précisa la Naine.

— Il nous faudrait un Fendyr… Pour autant, le dernier que j'ai croisé… eh bien, disons que cela ne s'est pas très bien terminé entre nous.

La fille d'Eodh faisait référence au pisteur fendyr au service de Liam Cornell, le dénommé Ronce. Ce dernier avait kidnappé Aleenor, la fille de Liam, et s'apprêtait à la tuer sauvagement avant qu'Estrée n'intervienne.

— Merci, Hazeline, vraiment. Il y a autre chose ?

— Mes assistants y travaillent, précisa la Naine. Ils doivent monter ma dernière surprise directement sur l'une des tours de guet, qui ne sont pas prévues pour ça. Mais on va y arriver… Il nous reste quelques heures !

*

Quelque peu réconfortée par l'optimisme communicatif de la forgeronne, Estrée repartit avec le coffret contenant les pointes explosives. Elle devait maintenant trouver son *Œil-de-Faucon*.

CHAPITRE 4

En repensant à son récent enlèvement par Ronce, et au terrible couteau à dépecer qu'il comptait utiliser, Aleenor frissonna. Montée sur une jument pellonienne gris pommelé, répondant au nom de Temera, la jeune fille resserra sur ses épaules le foulard en soie de sa mère, d'un bleu couleur du ciel. Si Aleenor tenait ce regard du même bleu que les yeux de son père, ses longues boucles blondes venaient de Julia, une mère qu'elle n'avait jamais connue. L'odeur vanillée qui se dégageait de l'étoffe éveillait en elle les sensations de ses tout premiers jours. À bientôt seize ans, Aleenor avait le caractère de Liam : têtue comme une mule, animée par une réelle envie de justice. De Julia, sans le savoir, elle avait hérité d'une grande compassion pour son prochain. C'était d'ailleurs Aleenor qui, par cette compassion, avait choisi de protéger le peuple Kàwanakhee.

Aleenor restait une toute jeune femme, parfois naïve. La dure réalité s'était imposée à elle quand le Poing Sanglant avait attaqué les indies. La capitaine des Mille Lames avait alors été mortellement blessée. Sentenza, Sibyl de son véritable nom, la fille légitime de la Conseillère Brighit Naalar qu'Aleenor considérait comme sa mère d'adoption.

Immédiatement, la jeune femme s'attacha à la mercenaire comme à une grande sœur. À cette heure, la guerrière était entre la vie et la mort, abattue par le terrible Ténébreux à la tête du Poing Sanglant. Celui-là même qui avait ensuite terrassé Estrée en la jetant dans le gouffre…

Aleenor était persuadée que l'Héritière du Chaos était morte dans la bataille. À présent, elle voulait sauver Sentenza à tout prix. Voilà pourquoi elle chevauchait maintenant à travers les collines pentues et herbues, en direction du nord-est. Néanmoins, elle ne voyageait pas seule.

Monté sur un destrier de guerre alezan, Rodan Valerio accompagnait la jeune femme. Le mercenaire, amant et amoureux de la Fille du Chaos, avait décidé d'accompagner Aleenor à Coruscante. À la fois par dévouement, mais aussi pour éviter de penser à la disparition d'Estrée.

Leur but : trouver la Guelfe Blanche, l'ordre des Guérisseurs de la Lumière, seuls capables de soigner Sentenza. Pour cela, impossible de prendre la route, totalement contrôlée par les mercenaires du Poing Sanglant. Aussi optèrent-ils pour le nord-est, afin de contourner le lac Karkal, et d'entrer en ville en toute discrétion. Un périple qui les ralentirait de plus d'une journée par rapport à la voie principale.

Pendant plusieurs heures, Rodan et Aleenor chevauchèrent vers le lac. Lui, en gilet de cuir et tunique, recouvert d'un ample manteau de voyageur. Elle, en tenue de cavalière vert sombre et cape assortie. Des vêtements qui appartenaient à la Conseillère Naalar, ajustés par Marise, la cuisinière et gouvernante de la maison Cornell. Rien de trop exubérant, afin de passer inaperçus. Si la discrétion était de mise, la vitesse devait l'être tout autant, au vu du combat que menait Sentenza contre la grande faucheuse.

Les reflets miroitants du lac Karkal commencèrent à apparaître en fin d'après-midi. Le couple de cavaliers obliqua vers l'est, les berges ayant tendance à être marécageuses dans cette partie du lac. Aleenor guida Rodan durant tout le trajet. Habituée à monter à cheval depuis son plus jeune âge, elle avait déjà chevauché jusqu'ici avec son père. Mais jamais au-delà. Les berges nord étaient prétendument dangereuses. Les collines et les steppes qui s'y étendaient avaient la réputation d'être le territoire de chasse des centaures. Ces êtres au corps de cheval et au buste humain restaient un mythe pour bon nombre d'habitants des Territoires-Francs. Cependant, ils étaient bien réels, leur sang coulait dans les veines des chevaux pelloniens. Et les steppes de Karlaken, plus à l'est encore, étaient leur patrie.

Le jour déclinait rapidement. Le ciel se teinta presque entièrement d'un bleu sombre, qui se refléta dans le lac, faisant disparaître la ligne d'horizon. Si Yrenas la blanche restait invisible, Felleyran, la lune bleue, ornait le ciel comme un joyau brillant d'un éclat irisé.

Cherchant un endroit où s'arrêter pour prendre un peu de repos, Rodan se dressa sur ses étriers. Le jeune homme portait sur son visage les stigmates de l'inquiétude et d'une once de désespoir. Sa barbe et ses cheveux bruns avaient poussé, quelque peu épars. Le mercenaire gardait les cheveux détachés, juste retenus par un bandeau de cuir pour éviter de les avoir dans les yeux. Ceux-ci étaient si cernés qu'il semblait ne pas avoir dormi depuis des semaines. En l'espace de quelques jours, Rodan avait vieilli de dix ans.

Le regard du mercenaire fut attiré par un mouvement à une centaine de mètres. Derrière une grande haie d'aubépine à baies rouges, il crut apercevoir le reflet du métal.

Un cri de douleur, suivi de rires cruels, retentit. À travers la végétation, un cavalier vêtu de cuir noir apparut. Le blason peint en rouge sang sur sa poitrine ne laissait pas planer le moindre doute.

— Par la Lumière, le Poing Sanglant ! gronda Rodan entre ses dents, pour ne pas être entendu. À l'abri, vite !

Aleenor sentit la peur lui saisir le ventre, mais elle ne paniqua pas. Au contraire, elle dirigea immédiatement Temera vers une colline rocailleuse, hors de vue du cavalier qui, pour le moment, ne regardait pas du tout dans leur direction.

Rodan et Aleenor serrèrent leurs montures derrière l'aplomb rocheux.

— Pourquoi est-il ici ? demanda la jeune femme, d'une voix plus curieuse que véritablement inquiète.

— Il est probable qu'il nous cherche. Tenter de contourner le lac par le nord pour aller chercher de l'aide est une tentative logique. Le Poing Sanglant a dû arriver à la même conclusion. C'est un éclaireur, chargé d'intercepter toute tentative de la sorte, précisa Rodan.

Un nouveau cri de douleur retentit. Une voix jeune, aiguë, celle d'un adolescent à peine mature.

— En tout cas, il a trouvé quelqu'un, qui n'est pas nous... souffla le mercenaire. Profitons-en pour filer, en passant par les collines et en profitant de la tombée du jour, il ne nous verra peut-être pas.

— Mais... il s'en prend à un innocent, on ne peut pas le laisser faire, Rodan ! s'indigna Aleenor.

— C'est peut-être un piège ! Je ne peux pas affronter tout le Poing Sanglant pour vous, damoiselle Cornell.

— Moi, je n'en vois qu'un ! Vous êtes un soldat, oui ou non ? lança Aleenor en durcissant le ton.

Rodan se força à garder son calme. Il tenta de raisonner la jeune femme :

— La question n'est pas là. Nous avons une mission, et c'est vous qui l'avez décidée. On ne pourra pas sauver la capitaine si nous nous laissons capturer.

— Je ne laisserai pas un innocent se faire agresser à ma place, Rodan ! Vous avez choisi de m'accompagner, vous avez juré de me protéger, non ? Alors moi, je vais voir ce qu'il en est !

Et sur cette tirade capricieuse, Aleenor lança Temera en direction des arbustes.

Foutresang ! Divine Lumière, que t'ai-je donc fait ! ragea intérieurement le mercenaire. *Cette gamine va nous mener directement à la mort !* Et Rodan d'emboîter le pas de la jeune femme, tout en tirant son épée d'un geste résigné.

*

Derrière l'épais taillis végétal, Velker, éclaireur du Poing Sanglant surnommé l'Équarrisseur, exultait. Il avait toujours adoré la chasse. Depuis son plus jeune âge, il aimait traquer et torturer ses proies avant de les achever. Orphelin errant dans les faubourgs de Gar-Vallon, il prenait déjà un malin plaisir à capturer les chats errants. Adolescent, il se mit à braconner dans la forêt d'Yspal. Il traqua sa première proie humaine à dix-sept ans, en s'en prenant à un cavalier égaré dans la forêt. Velker abattit d'abord sa monture, puis chassa l'homme durant des heures, surgissant d'un buisson pour lui taillader le dos ou la cuisse, puis le laissant tenter de fuir pour sa vie. S'il n'avait pas fait l'erreur de se pavaner avec le manteau de sa victime, nul n'aurait jamais découvert que c'était lui, le meurtrier du fils aîné d'un important notable de la Cité des Nuages. Persécuté par la justice et avec un contrat sur sa tête, Velker fuit vers les Terres de Sang. Une recrue toute désignée pour le Poing Sanglant, en pleine campagne d'éradication d'indigènes locaux. Il y gagna son surnom d'*Équarisseur* en collectionnant les scalps de ses victimes, toujours exposés dans sa tente…

Cette fois, Velker avait découvert et traqué une proie de premier choix. À ses pieds, un jeune centaure se tordait de douleur, la hampe brisée d'un javelot dépassant de sa croupe. Aux traits de son visage déformé par la douleur, il ne semblait guère avoir plus d'une quinzaine d'années humaines. De la pointe de son épieu, l'Équarisseur prenait un plaisir sadique à piquer les jambes de sa proie pour l'empêcher de se relever.

— Arrêtez ça !

Le cri d'Aleenor fit sursauter Velker. Il afficha une grimace de colère en se retournant, mais en voyant la jeune femme surgir de derrière les bruyères, cette grimace se transforma en un sourire malsain. Le guerrier du Poing Sanglant pivota pour observer la jeune blondinette approcher.

Aleenor se laissa glisser de selle, totalement inconsciente du danger, et s'interposa entre l'Équarisseur et le centaure.

— Eh bien, ma jolie, tu t'es perdue ? Pas très malin de se promener ici toute seule… feula Velker, détaillant les courbes de la jeune femme.

Rodan, descendu de selle, s'était approché plus silencieusement qu'Aleenor. Le mercenaire courut jusqu'à Velker, rétorquant :

— Elle n'est pas seule, fils de chien !

Et abattit sa lame dans un grand revers horizontal. La tête de Velker se détacha de ses épaules, pour aller rouler dans les bruyères.

Aleenor en profita pour se rapprocher du centaure, toujours au sol, la jambe arrière gauche sanguinolente. Le torse humain du jeune hybride se redressa d'un coup. Son visage partagé entre une expression de douleur et de peur, il s'adressa à la jeune femme d'un ton brusque :

— *Khentei bolokh ve ¿ Ta baïna ve ¿* dit-il avec un accent tonique, malgré une respiration saccadée.

La jeune femme leva les mains en signe d'apaisement, puis regarda la blessure. La pointe de fer du javelot était profondément enfoncée dans la chair. L'arme avait dû faire tomber l'homme-cheval, brisant la hampe dans la chute et enfonçant d'autant le métal dans sa croupe. La douleur devait être intense, et le sang continuait de s'échapper à gros bouillons autour des bords déchirés de la plaie. Il fallait stopper l'hémorragie, et vite. Aleenor n'hésita pas une seule seconde. Elle défit le foulard de sa mère, l'enfonça autour de l'arme pour limiter l'hémorragie, et le noua autour de la hampe brisée pour le maintenir en place. Un pansement de fortune, qui s'imbiba très vite de mauve alors que le sang se mêlait au bleu de l'étoffe.

Le centaure observa Aleenor, puis s'aida de ses bras pour se relever doucement, la jambe arrière gauche repliée. Il n'était guère plus grand qu'un poulain, son corps d'équidé d'une robe caramel. Un gilet en fourrure couvrait un torse déjà finement musclé, un torque doré ornait son cou, et des bracelets de cuir serraient ses poignets. Il inclina le torse, la main sur le cœur, prononçant simplement :

— K'Shin !

— Kashin… ¿ essaya timidement Aleenor.

— K'Shin ! répéta le centaure, en insistant fortement sur le « Kh » dans sa prononciation.

— Kh… Shin… c'est ton nom, c'est ça ? comprit la jeune femme. K'Shin.

Le jeune hybride opina vigoureusement. La jeune femme posa à son tour une main contre sa poitrine, en souriant, et se présenta à son tour :

— Aleenor Cornell. Je suis ravie de te connaître, K'Shin.

— Aaali… Norcor… tenta de prononcer le centaure.

— Alee ! l'interrompit la jeune femme avec un petit rire.

— AAlee !

La complicité entre les deux adolescents, malgré l'évidente différence de race, fut immédiate. Rodan vint interrompre cet échange avec pragmatisme :

— Aleenor… nous devons partir.

Elle voulut protester, cependant Rodan avait raison. Ils avaient fait ce qu'ils pouvaient pour le centaure. Malgré sa blessure, il avait une chance de survivre, il devait retrouver son peuple. Un chemin bien différent de celui que la jeune femme et le mercenaire devaient emprunter.

K'Shin parut le comprendre. Il fit quelques pas hésitants, boitant du fait de sa blessure ; toutefois, il ne chuta pas. Il fit de grands gestes vers l'est, puis sourit :

— *Odoo bi gertee kharij baina, Aalee ! Aya, Aalee ! Aya !*

— Je pense que ça veut dire merci, précisa-t-elle en regardant Rodan.

Le mercenaire opina, sans aucune émotion. Ils reprirent leurs montures en regardant K'Shin s'éloigner en boitant. Lorsqu'elle vit partir le foulard de sa mère, Aleenor sentit son cœur se serrer. *Trop tard…* se dit-elle. *Mais je suis sûre que maman aurait agi de même.* Si la jeune femme n'avait pas connu sa mère, elle l'idéalisait au plus haut point.

Le couple de cavaliers atteignit la berge nord du lac alors que la nuit était déjà bien avancée. Sous l'éclat protecteur de Felleyran, ils s'installèrent à l'abri d'un petit tertre pour prendre un peu de repos.

Rodan laissa la jeune femme se reposer. Depuis la disparition d'Estrée, le sommeil le fuyait. Cette nuit-là, l'épuisement l'emporta sur la tristesse et la volonté. Le mercenaire s'endormit bien malgré lui.

Il fut réveillé avant le lever du soleil par un coup de botte en plein visage.

CHAPITRE 5

— Cette chère Brighit avait vraiment du goût pour la peinture… vous ne trouvez pas, Dante ?

La voix du dictateur Valrym de Fenn résonnait dans le grand salon du manoir Naalar, alors que celui-ci observait les toiles de maître décorant les murs. En particulier, celle représentant un radeau errant au milieu d'une mer bleutée. Derrière lui, dégoulinant de sueur autant que de peur, se tenait, transi, le Conseiller Miramas Dante. Le petit homme grassouillet au large front redoutait déjà Valrym de Fenn quand celui-ci était Haut-Conseiller de Coruscante. Aujourd'hui, alors qu'il avait les pleins pouvoirs, Dante était totalement épouvanté. Tous les biens de l'ex-Conseillère Brighit Naalar avaient été saisis afin de renflouer les caisses de la ville. Fenn avait choisi d'organiser une séance exceptionnelle du Conseil dans son ancienne demeure. Du moins, ce qu'il en restait. Cornell et Naalar déclarés hors-la-loi, il restait Dante, qui rampait aux pieds du dictateur, et Leovald d'Antiope, qui était à sa botte depuis toujours.

Valrym lissa les bords de sa magnifique redingote brodée d'or et de platine, et s'assit dans un canapé de velours bordeaux. Il claqua des doigts à l'adresse d'un serviteur, qui, en s'efforçant de ne pas trembler, vint lui apporter une coupe remplie de Château-Peyrac rouge, année du griffon. Un vin tannique, légèrement rugueux sur la langue, néanmoins parfaitement charpenté. Un cru puissant pour un homme puissant. Valrym de Fenn éclata d'un rire sonore, but la moitié de son verre et le jeta en direction du tableau admiré un instant plus tôt. Le cristal éclata, et le rouge sombre vint tacher le bleu d'une mer inconnue.

Miramas serra les fesses, et tenta vainement de s'éponger le front avec un petit mouchoir en dentelle, ce qui ne fit qu'étaler la preuve de sa propre couardise. L'homme se détestait lui-même. Il était bien trop lâche pour s'opposer au dictateur.

La réunion n'avait duré que quelques dizaines de minutes, le temps pour Antiope de faire un rapport plutôt vague sur la situation des terres Cornell. Le conflit entre les deux compagnies de mercenaire n'intéressait que peu Fenn, qui ne doutait pas un instant que le Poing Sanglant écraserait les Mille Lames. Puis le Conseiller Leovald avait rapidement quitté les lieux, mal à l'aise. Ce dernier semblait souffrant, la peau très pâle, et transpirait presque autant que Dante.

— Rentrez chez vous, Dante ! jappa le Haut-Conseiller. Allez donc retrouver votre jolie petite épouse… comment s'appelle-t-elle déjà ?

Miramas se mit à trembler de la lèvre inférieure face au regard de prédateur de Valrym de Fenn. Il bredouilla néanmoins :

— Lau… Laureline…

— Ah oui… quel nom charmant. Historiquement, le nom d'une des premières disciples de Lyr, si je ne me trompe pas ? Le Dieu Oublié en avait choisi sept parmi ses élèves pour préserver et transmettre ses paroles. Les sept pierres qui devinrent les fondations des Cités-Franches. N'est-ce pas ?

Le regard de Valrym se fit inquisiteur. Sa question n'était pas du tout anodine. Les Disciples de Lyr étaient une organisation très ancienne parfaitement capable de s'opposer aux velléités du dictateur. Si Valrym faisait référence à Lyr, l'ancien dieu de la Connaissance, ainsi qu'à l'une des élèves présumées de son école de pensée, le Haut-Conseiller voulait surtout tester le lien éventuel entre Dante et la société secrète.

— Je ne suis pas très féru d'histoire, mon Seigneur, j'en suis navré. Je m'en vais donc vous laisser…

Dante venait de dépenser toute la volonté qu'il lui restait pour rester droit et finir sa phrase sans bafouiller. Sur une révérence exagérée, il se hâta de quitter le salon. Fenn resta seul, le silence tomba sur le manoir comme une chape de plomb.

L'homme le plus puissant de Coruscante se leva lentement. D'un geste, il congédia le serviteur qui tentait de devenir invisible dans un coin de la pièce. Puis se dirigea vers un couloir. Fenn traversa une partie du manoir, qu'il connaissait bien. Il avait été l'amant de la Conseillère Naalar durant des mois. Une petite porte le mena à un escalier étroit, qui descendait jusqu'à la cave à vin. Valrym saisit une sphère opaque renfermant un éclat de gemmelite, qui diffusait une lumière laiteuse. Il parcourut l'espace frais et sec, avant d'emprunter un couloir. Comme beaucoup de manoirs de la vieille noblesse, celui-ci possédait des sous-sols bien spécifiques, qui n'étaient plus utilisés depuis fort longtemps : d'anciennes geôles.

Sous une arche en ogive de briques rouges, une silhouette attendait. Celle d'une grande femme maigre, au profil aquilin et aux longs cheveux noirs. La lumière diffuse de la sphère lui donnait un aspect d'outre-tombe, comme une morte-vivante fraîchement sortie de son cercueil. Les deux petites billes noires dans ses orbites reflétaient le visage de Valrym. Sous une tunique sombre, elle semblait vêtue d'une étrange peau de serpent aux reflets verdâtres. Celle qu'on surnommait la Mygale, Ayæsha de son véritable nom, approcha du Haut-Conseiller.

— Comment se porte notre invitée, ma chère ? lança Valrym d'un ton désinvolte.

D'une voix éraillée, la tueuse répondit dans un souffle :

— Voyez vous-même, mon Seigneur…

La Mygale poussa lentement la porte d'une des cellules. Nul n'avait pris la peine de la fermer à clef. Gisant sur le sol dans une robe déchirée et sale, les cheveux emmêlés, le visage encore tuméfié : Brighit Naalar. Bien loin de sa superbe de Conseillère, mais le regard toujours enflammé de haine lorsqu'elle se tourna vers son visiteur.

— Valrym ! cracha-t-elle. Je savais que c'était toi… Décidément tu es tombé bien bas, prêt à toutes les vilénies…

Brighit se redressa tant bien que mal, tentant de reprendre un peu de sa dignité. La botte de la Mygale la cueillit en plein estomac. L'ex-Conseillère lâcha un cri étouffé avant de se tordre de douleur sur le sol.

— Tss-tss… siffla Valrym. Brighit, ma chère… nos petites promenades en carrosse vont me manquer. Quel dommage que tu aies choisi de me trahir. Tout ça pour quoi ? Liam Cornell et sa petite catin de fille ?

— Laisse Aleenor en dehors de ça, Valrym… articula difficilement Brighit en reprenant son souffle.

— Hmm, aurais-je touché un point sensible ? Bien ! Nous allons pouvoir avancer…

Valrym fit signe d'un geste à la Mygale, qui attrapa Brighit par les cheveux sans le moindre ménagement, afin de la forcer à se redresser.

— Chère Brighit… Vous connaissez déjà notre amie la Mygale, non ? C'est l'une des meilleures tueuses à gages de tous les Territoires-Francs. Et je l'ai engagée rien que pour s'occuper de vous, et des autres soi-disant héritiers de la sagesse des dieux…

Puis le dictateur approcha lentement son visage de celui de l'ex-Conseillère. Un sourire carnassier se dessina sur ses lèvres, comme s'il était devenu un vampire prêt à planter ses crocs de nacre dans la gorge offerte de la femme aux cheveux roux. Puis, il susurra :

— Dois-je l'envoyer chercher la petite Cornell à présent… ?

Brighit plissa les yeux de rage et d'impuissance. Elle avait déjà tant sacrifié aux Disciples de Lyr. Mais que Valrym puisse s'en prendre à Aleenor, c'était plus qu'elle ne pouvait tolérer. Fenn sut qu'il avait gagné. Il porta l'estocade finale :

— À présent, je suis certain que tu vas me dire tout ce que tu sais sur les Disciples de Lyr, et peut-être… je dis bien : peut-être que je ne toucherai pas à la jolie tête blonde de la fille Cornell. Par contre… entre Liam et moi, c'est une affaire plus personnelle.

Avant de la gifler violemment dans un éclat de rire pervers.

CHAPITRE 6

Il n'en restait qu'un.

Un seul et unique survivant, dressé au milieu des feuilles mortes et des fruits blets, seuls vestiges de ses camarades sacrifiés à la bataille à venir. Trop maigre et trop tordu pour être efficace à la défense, même taillé en pointe, les cognées assassines l'avaient épargné. Il serait donc seul, dernier témoin vivant des éphèbes végétaux chargés d'orbes carmin qui furent ses frères florissants de jadis.

De tous les pommiers du bosquet, il n'en restait qu'un. Les rayons du soleil, cascadant à travers ses frêles branchages, dessinaient sur la redingote du Jardinier un patchwork d'ombres et de lumière. L'homme sans âge nettoyait son monocle à l'aide d'un petit tissu feutré, à gestes lents et méticuleux. Il marmonnait sur un ton rassurant, comme on s'adresse à un enfant puni par erreur, tout en observant les hommes en armes et armures s'agiter frénétiquement en vue du combat.

— Vois-tu, mon jeune ami, comme les humains sont soudainement appliqués et efficaces quand il s'agit de défendre leur si courte existence…

Le Jardinier remit en place son monocle en se tournant vers le pommier.

— Oh, je suis navré pour tes frères et sœurs. Ils appellent cela *victimes collatérales*, je crois... les voici devenus pieux effilés et palissades bien fragiles.

Le Gardien de l'Infini Jardin posa son épaule contre le tronc de l'arbre fruitier, pour lui offrir une accolade amicale, en soufflant :

— Là, là... (Puis se redressa vivement, comme si cette soudaine effusion le gênait :) Bien, revenons-en à notre jeune pousse... Où est-elle donc... Ici !

Plissant les yeux, la main en visière, le curieux personnage pointa un long doigt osseux en direction de l'Héritière du Chaos. Il l'aperçut alors qu'elle sortait de la tente de la forgeronne.

À grandes enjambées déterminées, Estrée approcha de la palissade où se tenait Rens Tueur-de-Géants. Le colosse fut assez peu expressif. Quelques gestes vagues, un haussement d'épaules ou deux, il finit par désigner, d'un signe de tête, l'une des tours de guet permettant de voir pardessus l'enceinte.

De sa position, le Jardinier ne put entendre les mots échangés entre la fille aux yeux violets et l'imposant mercenaire. Il observa un instant la tour en question. Sur la plate-forme, avec l'aide d'un palan et de quelques soldats du genre costaud, deux apprentis forgerons en tabliers de cuir tentaient de soulever un objet volumineux. Ressemblant vaguement à une immense arbalète, l'arme était composée d'un fût métallique aux formes complexes, de deux arcs parallèles à longues courbures, et d'un pied monté sur un jeu d'engrenages massifs. La structure de la petite tour de guet grinça, protesta, une poutre se fendit, toutefois, l'ensemble tint bon. Une fois hissé, les deux disciples fixèrent le tout à grand renfort de tiges métalliques, de cales de bois, et de grands clous. Visiblement satisfaits, sans se rendre compte que tous les regards étaient tournés vers eux, ils se félicitèrent mutuellement avant de poursuivre leur œuvre. Le premier commença à démonter les éléments du corps de l'arme, tandis que l'autre, à l'aide du palan, montait un tonneau rempli d'impressionnants carreaux d'acier.

La Fille du Chaos observait, elle aussi, silencieusement, l'étrange machinerie. Focalisée sur le travail des deux apprentis forgerons, elle sursauta quand une voix haut perchée retentit derrière elle :

— Ha ! Alors ma grande, impressionnée ? Attends de voir ce joujou à l'œuvre !

Hazeline n'attendit pas la réponse d'Estrée, et se dirigea à vive allure vers la tour de guet. Plus agile que sa corpulence, et surtout sa légendaire maladresse ne le laisseraient à penser, la Naine grimpa à l'échelle pour rejoindre ses deux sbires. L'intérieur du ventre métallique de l'arme laissa entrevoir rouages, ressorts et pistons, le tout semblant alimenté par un complexe réseau d'éclats de gemmelites. Hazeline sortit un projectile de plus d'un mètre de long, qu'elle disposa dans une rainure d'acier. L'assistant referma le ventre de la bête, et Hazeline afficha un large sourire.

— Démonstration ! Poussez-vous tous ! hurla-t-elle à la cantonade.

L'espèce de scorpion de siège fut actionné par les assistants afin qu'il pivote sur son pied. L'arme décrivit un arc de cercle en balayant l'ensemble du campement. Parmi les mercenaires les plus proches, beaucoup se jetèrent sur le côté ou détalèrent pour se mettre hors d'atteinte de l'éventuelle trajectoire. L'arme termina sa lente rotation pour finalement pointer l'unique arbre survivant de la pommeraie.

Hazeline se glissa derrière l'arme, ferma l'œil gauche et positionna le droit derrière un viseur en fer forgé. Elle actionna un levier qui bloqua tout mouvement de l'engin, et afficha un sourire béat. Focalisée sur sa cible, l'œil dans son viseur, Haz ne vit pas le Jardinier dans l'ombre frêle du pommier.

— En joue…

La Naine se redressa, rayonnante de fierté, et actionna le déclencheur. En l'espace d'une seconde, il y eut un cliquetis mécanique, un vrombissement, puis la corde en métal tressé tendit l'arc qui claqua avec un bruit strident. Et le projectile mortel fut tiré à plus de cent cinquante mètres par seconde.

Moins d'une seconde plus tard, le dernier survivant de la pommeraie explosa dans une pluie d'esquilles et de sève. Le Jardinier fut violemment propulsé en arrière avant d'atterrir quelques mètres plus loin au milieu des pommes pourries. Durant cette unique seconde, entre le moment où l'arme s'était pointée vers lui, et la détente, il avait eu juste le temps de lâcher le tronc de l'arbre pour éviter d'être transpercé avec lui. La moitié de sa redingote avait été arrachée, et son monocle brisé pendait à présent à l'une des dernières branches de l'arbre pulvérisé.

— Feu ! s'écria Hazeline dans un éclat de rire.

À grand renfort d'onomatopées, elle expliqua que sa *Foudroyeuse*, comme elle la nommait, pouvait tirer à rythme soutenu jusqu'à un carreau par seconde grâce à son arc double et à son système de chargement.

Un concert de vivats s'éleva pour féliciter l'ingénieure de la compagnie. Avec une telle arme, il devenait évident qu'ils balaieraient les soldats du Poing Sanglant comme... de vulgaires pommiers.

Quelques instants plus tard, Haz s'approcha d'Estrée. La fille d'Eodh observait soucieusement la pommeraie, comme si elle avait cru y voir quelque chose.

— Alors ma grande, déclara la Naine, tu aimes mes surprises ?

Estrée ne pouvait nier l'intérêt stratégique d'une telle arme, malgré son potentiel bien trop meurtrier à son goût. Hazeline perçut immédiatement le trouble de l'Héritière.

— Je sais ce que tu ressens, Estrée. Tu te souviens, quand je t'ai dit que les Mille Lames venaient récupérer la commande spéciale du capitaine Borgo ? C'était, ça... la *Foudroyeuse*. Le chef-d'œuvre de feu mon époux. Je me sentais mal, moi aussi, à chaque fois qu'il créait un nouvel engin de mort. Mais il me disait toujours : « Ça dépendra de ce qu'on en fera ! » Alors... après cette bataille...

La Fille du Chaos comprit immédiatement et termina la phrase de la Naine avec un ton déterminé :

— Je la détruirai ! Je te le promets, Haz.

Estrée se baissa pour prendre son amie dans ses bras. Puis Hazeline fit claquer sa paume sur les fesses de l'Héritière, en ordonnant :

— Allez, file, tu as du boulot !

*

Estrée prit le temps d'arpenter un instant les vestiges de la pommeraie. Le carreau foudroyant avait transpercé l'arbre pour aller se planter dans la terre sur la moitié de sa longueur. Le pauvre pommier avait littéralement éclaté, son houppier séparé du tronc, plusieurs branches brisées dans sa chute.

Un éclat attira le regard de l'Héritière. Le monocle du Jardinier oscillait lentement à l'une de ces branches martyrisées. Estrée tendit le bras pour l'atteindre et le décrocha. Elle le fit balancer entre ses doigts, songeuse…

Tu es toujours là à m'observer, mon ami le Jardinier… On dirait qu'Hazeline a bien failli t'empaler par erreur. M'aideras-tu cette fois encore ? J'ai bien peur que non.

Elle se sourit à elle-même, et empocha le monocle.

*

Estrée passa le reste de la journée auprès de Rens et de ses sergents afin de préparer les défenses. La Fille du Chaos fit de son mieux pour retenir tous les noms, les rôles que Rens leur avait assignés, et chaque code militaire qui permettrait de faire passer tel ou tel ordre. Mais très honnêtement, elle se contenta souvent de hocher la tête en conservant un air farouche et déterminé. Ce n'était pas avec la stratégie que l'Héritière était la plus familière, aussi se décida-t-elle à porter, dans ce domaine, une confiance aveugle en son capitaine. *Après tout, s'il pouvait tuer des géants…*

Aussi, Estrée fit appel à l'un de ses talents les plus développés : elle joua la comédie. Le plus naturellement du monde, elle se vêtit du manteau de la confiance en soi. Elle sourit aux soldats et les rassura, réveillant en chacun cette foi presque aveugle que beaucoup avaient en Sentenza. Si le charisme de la fille d'Eodh fit son effet, et remonta le moral global des troupes à un niveau acceptable, elle avait quand même le sentiment de les mener à une mort certaine.

— C'est le devoir du soldat ! gronda une voix près d'elle.

Estrée se retourna pour voir le solide sergent Radjak face à elle, au garde-à-vous. L'homme au physique de lutteur, les traits sévères amplifiés par une moustache en croc la regardait avec une détermination en acier runique.

— Excusez-moi, sergent ? l'interrogea Estrée.

L'homme, toujours au garde-à-vous, lui répondit sur un ton typiquement militaire.

— Se battre. Saigner. Mourir. C'est notre devoir à tous ici. Ce pour quoi nous vivons, pourquoi nous sommes payés. Que nous soyons soldats de métier, ou simples mercenaires, cela reste notre devoir, lieutenant.

La Fille du Chaos sourit, un peu décontenancée d'être appelée par un grade. *Son* grade. Le soldat restait rigide, sans mot dire, face à elle. Estrée rit devant la situation qui lui sembla soudain ridicule.

— Pardonnez-moi, sergent. Repos, bien sûr. Épargnez-moi la rigueur militaire pour un moment. Feriez-vous quelques pas avec moi ?

— Avec plaisir, lieutenant.

Estrée fit la moue face à l'implacable discipline de son sous-officier. Ils s'éloignèrent donc tous deux, discutant à voix basse.

— J'ai le sentiment que tous les regards sont rivés sur moi, à attendre un signe ou une parole… lâcha Estrée. C'est fatigant parfois. Je vois bien que vous n'êtes pas dupe, Radjak. Vous savez pertinemment que je n'ai jamais endossé la cape du commandement.

— Je comprends, lieutenant. En son temps, Sentenza aussi a eu du mal à se faire accepter.

— Je m'aperçois que je ne connais rien à l'histoire de la compagnie… répondit Estrée. Racontez-moi, voulez-vous ?

— Les débuts des Mille Lames sont loin d'être héroïques… À ses origines, il y a un groupe de bagnards, enfermés dans un pénitencier de Siracuse. Pas forcément des mauvais bougres, juste une centaine de pauvres gars pour qui la vie avait mal tourné. Parmi eux, un certain Borgo. Plus malin que les autres, un ancien officier des légions de l'Ouest. Borgo a monté une mutinerie, juste pour faire diversion. Lorsque le chaos s'est emparé de la prison, il en a profité pour démolir le mur d'enceinte, le *Grand Cornu* sait comment… Il en a hérité son surnom, le « Casse-murailles ». Avec tous les évadés, Borgo a monté un petit groupe, une petite compagnie… *Bientôt, nous compterons plus de mille lames parmi nous !* disait-il. C'est de là que vient notre nom.

— Vous faisiez partie des premiers, n'est-ce pas Radjak ? interrogea Estrée. Vous y étiez, dans ce bagne…

— Pour sûr, lieutenant. Je servais déjà sous les ordres de Borgo, dans la légion.

— Comment vous êtes-vous retrouvés en prison ?

— Pour le Casse-murailles, détournement de fonds. Quant à moi… On m'a accusé de complicité lorsque j'ai refusé de le dénoncer, soupira Radjak. Condamné à perpétuité pour Borgo, trente ans pour moi, à casser des cailloux. Alors oui, j'ai fait le choix de m'évader avec lui. Comme Roggaert, ou d'autres parmi les plus anciens de la compagnie. Ensuite, on s'est taillé une certaine réputation au service des colons des Terres de l'Ouest. Borgo recrutait toujours plus de gars, d'anciens taulards. On prenait d'assaut de petites prisons locales pour libérer d'autres gars comme nous… C'est aussi pour ça qu'il n'y eut que des hommes durant les premières années. Bref, les Mille Lames furent d'abord une bande de hors-la-loi. Pas des criminels, comme le Poing Sanglant. Juste un groupe de gros bras à louer. Borgo était un dur, mais il avait une certaine éthique. Même s'il y a pu avoir certains écarts de conduite...

— Comme avec Rogg, je suppose... Qu'est-ce qui a changé ? demanda la fille d'Eodh.

— On a sorti de sa cellule un certain Costanzo Da Vinci, répondit Radjak en souriant. Un petit noble en fuite, mais avec le bras encore long. C'est Costanzo qui a eu l'idée de faire de notre troupe une véritable compagnie-franche. Il est allé à Gar-Vallon, négocier directement avec la guilde des Mercenaires. Grâce à lui, et sous réserve d'une vie au service de l'Alliance des Territoires-Francs, nous avons tous reçu l'amnistie. Et Da Vinci devint le premier lieutenant de la compagnie officielle des Mille Lames.

— Et pourquoi pas vous, sergent ? Vous étiez sous les ordres de Borgo depuis longtemps.

— Pour être honnête, je crois que le capitaine ne m'a jamais vraiment fait confiance, insinua Radjak.

— Alors que vous êtes allé en prison pour lui ?

— Justement... Il devait penser que j'en savais trop sur son compte. Et ça, ce n'est jamais bon pour un capitaine. D'ailleurs, je suis très bien à ma place.

— Je suis certaine que vous feriez un excellent capitaine, si cela se présente un jour, Radjak, affirma Estrée.

Le vétéran lui répondit avec un sourire, mais il n'était pas certain d'en avoir envie.

— Costanzo aurait été bien meilleur que moi, ajouta le vétéran. C'est lui qui a recruté les premières femmes de la compagnie, au mépris de l'avis de Borgo, qui n'aimait pas du tout l'idée.

— Laissez-moi deviner… Sentenza et sa compagne, Amanda ?

— Précisément ! Le lieutenant Da Vinci les a toutes deux sorties d'un mauvais pas. Elles avaient déclenché une bagarre dans une taverne de Salvaredo, suite au commentaire déplacé d'un client. Amanda avait utilisé la magie des Sœurs Grises, et pratiquement ravagé l'établissement. Elles auraient fini lynchées sans l'intervention de Costanzo. Et quand il leur a proposé de devenir les deux seules femmes au milieu d'une compagnie de brutes, elles n'ont pas hésité une seconde. Je crois qu'elles avaient quelque chose à prouver, à cette époque. Toutes les deux ont vite fait leurs preuves. D'ailleurs, de la même façon que vous, lieutenant.

— Comment cela ? fit Estrée.

— Sentenza a provoqué en duel un caporal-chef un peu trop grossier. Borgo a décrété la loi de l'acier. Sentenza a tué son adversaire en une seule passe d'armes. Une démonstration qui lui a valu non seulement le respect de certains soldats, mais aussi quelques ennemis.

— Les hommes… soupira la fille d'Eodh. Il y en a toujours un pour vouloir imposer sa vision de mâle dominant, et qui ne voit dans la femme qu'un bout de viande pour satisfaire son plaisir…

Le sergent n'avait pas grand-chose à répondre. Radjak savait très bien qu'il y avait, aujourd'hui encore, quelques irrécupérables machos au sein des Mille Lames.

— Faut pas en vouloir aux gars, lieutenant. Ils suivront vos ordres, vous respecteront, mais verront toujours en vous une très belle femme, lâcha finalement Radjak.

Estrée, visiblement agacée, répondit avec un ton sec et cassant qui fit sursauter le soldat :

— Oh, non, vous n'allez pas vous y mettre aussi ? Oui, je suis belle, séduisante, sexy, bla-bla-bla... On l'a assez dit, non ? Je crois que tout le monde a compris ?

Radjak se figea. Il croisa ses mains derrière son dos, sans plus oser dire un mot. Estrée secoua la tête, soupirant de sa propre bêtise. Elle leva une main conciliante.

— Navrée, sergent. Ce n'est pas contre vous. Ces derniers jours ont été... mortellement difficiles. J'ai l'impression que tous attendent de moi quelque chose de bien précis... Sœur obéissante, compagne docile, amante soumise, héritière dévouée... à présent, commandant d'une armée ? Je n'ai jamais commandé une armée ! je n'ai jamais commandé personne...

Tout en parlant, l'Héritière et le sergent s'étaient éloignés du camp pour monter la pente douce couverte de bruyère du vallon, là où, dès le lendemain, un terrible combat se déroulerait. Ils s'arrêtèrent sur les hauteurs, s'asseyant sur de grosses pierres plates pour observer le soleil se coucher lentement. L'heure fatidique approchait.

Le soldat rompit le silence de sa voix profonde :

— Je ne suis qu'un soldat, lieutenant, je l'ai été toute ma vie. Je n'ai jamais eu à me poser cette question. Ce que je devais faire a toujours été clair : me battre. D'abord au sein des hussards de la cavalerie de Gar-Vallon. Puis, après que la fièvre emporta ma femme, et que l'alcool me coûta ma carrière, comme franc-tireur sur les fronts éloignés, dans la légion, pendant la guerre entre la Lumière et les Ténèbres. Puis la prison, et une nouvelle vie, avec les Mille Lames. Enfin, ici, avec vous. C'est vous qui l'avez dit. Nous allons nous battre !

Estrée soupira.

— J'ai dû me prendre pour une héroïne de légende sortie d'un conte… comme s'il suffisait de brandir une épée avec le vent dans les cheveux pour le devenir. Je ne suis pas Sentenza ! Je ne suis pas un soldat…

— La capitaine n'était pas non plus une soldate quand elle a rejoint la compagnie. Cependant, elle a toujours fait de son mieux. Que peut-on demander de plus à une femme ou un homme ?

— Allez dire ça à mon frère, sergent… ironisa Estrée.

— Je ne connais pas votre frère, mais il m'a l'air d'un bel emmerdeur !

Estrée éclata de rire.

— Si vous saviez, par les Six Chaos !

Radjak sourit.

— Alors, lieutenant Estrée… ferez-vous de votre mieux ? demanda sincèrement le soldat.

Prenant une grande inspiration, la fille d'Eodh opina.

— Vous avez ma parole, sergent. Quoi qu'il arrive, je ferai de mon mieux !

— Alors, je me battrai pour vous ! Bonne nuit, lieutenant.

Sans attendre de réponse, l'homme salua et partit en direction du campement.

L'Héritière allait lui emboîter le pas, quand le claquement caractéristique d'une corde d'arc retentit non loin. Du coin de l'œil, elle eut à peine le temps d'apercevoir le lièvre se faire embrocher par la flèche. La silhouette de l'archer se découpait à presque cinquante pas de là. Dans la faible luminosité d'un ciel encré de bleu, un tel tir était un bel exploit. Estrée se leva pour aller à la rencontre du chasseur.

Ce fut une femme vêtue d'une tunique de peau décorée de franges aux symboles colorés, qui approcha. Sous la cascade de fins cheveux noirs, le regard farouche de Cheenoa, la guerrière kàwanakhee, croisa celui d'Estrée sans sourciller.

La fille d'Eodh sourit. Elle avait trouvé son *Œil-de-Faucon*.

*

Au même moment, profitant de l'agitation et de l'obscurité naissante, une grosse silhouette tentait de se faufiler sur les hauteurs de la vallée, tirant parti de la moindre bruyère. Sa grande cape à capuchon, digne d'un conspirateur, se prit dans les épines d'un mûrier, et l'homme pesta quand, cherchant à se dégager, il mit la main dans un bouquet d'orties. Néanmoins, la fortune souriant aux imbéciles, Rogg parvint jusqu'aux abords du campement du Poing Sanglant. Il tomba la capuche, et se présenta les mains levées, directement auprès de deux soldats de garde.

Les mercenaires du Poing Sanglant, surpris dans leur incompétence à surveiller les abords du camp, réagirent tant bien que mal. Le premier cracha sa chique avant de lâcher, d'une voix mouillée se voulant intimidante :

— Halte-là ! Qui va là ? Plus un pas ou je t'éventre, *foutre de rothe* !

Le second tenta de charger maladroitement son arbalète.

Rogg leva les mains bien hautes, se dépêchant d'ajouter :

— Du calme, les gars. Je ne suis pas armé. Et j'ai des informations cruciales pour vot' chef. J'pense que vous devriez me mener à lui… finit le gros mercenaire avec un sourire victorieux.

Tout à son sourire, Rogg ne vit pas venir la cognée d'un troisième guerrier du Poing Sanglant, dont le manche s'abattit sur sa tempe. Le premier soldat ricana, tout en arrachant un nouveau morceau de chique depuis un rouleau de tabac épicé.

— Bien joué, Tark. On en fait quoi ? On le dépèce sur place, ou on le file à bouffer aux clébards ?

— Nan, on l'tue pas… répondit le dénommé Tark. On n'sait jamais, on l'emmène au sergent… il voudra sûrement le torturer.

La nuit était tombée depuis un moment lorsque Rogg rouvrit difficilement les yeux, la tempe douloureuse. Attaché à un poteau, les fesses dans la boue, il se demanda s'il n'avait pas fait la pire erreur de sa triste existence. Les guerriers du Poing Sanglant qui se tenaient devant lui se disputaient à propos du premier morceau qu'il fallait lui trancher… Un homme petit et trapu, aux yeux en amande et à la peau olivâtre, se tourna vers lui. Son crâne chauve brillait de sueur à la lueur des torches. Taï-Lung lissa ses longues moustaches tombantes voyant son prisonnier réveillé, un large coutelas dans la main.

Ligoté, Rogg commença à paniquer. Tirant sur ses liens, il cria à nouveau avoir des informations vitales sur les Mille Lames. Il implora pour qu'on le laisse rencontrer le chef du Poing Sanglant. Des éléments stratégiques de première importance… Mais la lame du coutelas approchait inexorablement de son œil gauche… Il supplia :

— Pitié !… J'suis… J'suis des vôtres, putain ! Laissez-moi causer à… à… Vakeras ! Voilà ! Vakeras ! implora-t-il en étouffant un sanglot de peur.

— Tiens donc… roucoula Taï-Lung. Justement, Vakeras s'est fait saigner, y a pas si longtemps… et tu débarques en invoquant son nom. Étrange, tu trouves pas, mon gros ?

La lame de Taï-Lung cessa soudainement ses arabesques. Rogg observa, les yeux écarquillés, le guerrier aux yeux bridés s'incliner en posant un genou dans la boue. Tous les autres l'imitèrent. Le prisonnier sentit l'imposante aura de terreur avant même que la voix ne résonne derrière lui :

— Pourquoi écouterais-je un traître ?… gronda le Briseur-de-Destin.

L'aiguillon osseux du ténébreux vint piquer la chair tendre du cou de Rogg, juste au niveau de sa carotide. Il n'avait droit qu'à une seule réponse.

— Je… Je peux vous offrir… la putain aux yeux violets !

Et il ferma les yeux, serrant les mâchoires, dans l'attente du coup fatal. Qui ne vint pas. Rogg fut détaché. Il avait donné la bonne réponse.

CHAPITRE 7

Rodan grimaça lorsque son œil droit se ferma sous la douleur. Le talon de la botte l'avait atteint en pleine arcade sourcilière, et son sang coulait lentement alors qu'il essayait de se lever. Le second coup le frappa juste sous le menton. Il sentit ses dents s'entrechoquer, et partit à la renverse, sonné. Un puissant goût métallique lui emplit la bouche. Le jeune guerrier entendit un cri de jeune femme. De son côté, Aleenor tentait d'échapper à leurs agresseurs. Une voix cruelle, éraillée par trop de tabac, claqua comme un coup de fouet :

— Rattrapez-moi cette petite pute ! Et toi, ne bouge pas, ou je t'éventre sur-le-champ…

À travers le brouillard de sa vision troublée, Rodan discerna cinq silhouettes en armures sombres. L'haleine fétide chargée de chique de celui qui venait de parler, à quelques centimètres de son visage, empuantissait l'air. Néanmoins, en voyant Aleenor échapper aux mercenaires pour s'enfuir à vive allure vers les collines, il grimaça un sourire. Mauvaise idée. La douleur le rappela à la réalité.

Un mercenaire du Poing Sanglant, qui s'était glissé derrière Rodan, le souleva sans ménagement. Ce dernier cracha un peu de sang, en secouant la tête.

Je me suis endormi... se morigéna-t-il. *Par Galaël, comment ai-je pu m'endormir ¿!* Mais invoquer l'ancien nom de la déesse Lumière n'allait pas les sauver. L'instinct guerrier de Rodan reprit le dessus. Il évalua la situation en parcourant rapidement la scène de son œil valide. Cela ne s'annonçait pas bien. En plus des cinq mercenaires qui s'étaient élancés à la poursuite de la jeune femme qu'il était censé protéger, un autre le tenait par le bras, et il en vit un de plus, posté un peu plus loin, une arbalète chargée en main. Sans compter, bien sûr, *Haleine-de-hyène* qui se tenait face à lui, et semblait donner les ordres. Rodan était désarmé, son épée laissée sur le sol, à côté de sa couverture.

— À nous deux maintenant... reprit *Haleine-de-hyène* en crachant un jet de salive jaunâtre.

Lorsque l'homme derrière lui resserra sa prise, Rodan contracta les abdominaux et serra la mâchoire douloureusement. Ce n'était pas la première fois qu'il était passé à tabac. Il subit stoïquement les premiers coups que lui asséna le guerrier. Bien que vicieuses, les frappes n'étaient pas très puissantes, et le jeune soldat avait connu pire. Tout en encaissant, Rodan observait, analysait. Du coin de l'œil, il aperçut une fine colonne de poussière s'élever depuis l'est. Des cavaliers approchaient. Si d'autres membres du Poing Sanglant arrivaient, il devait agir vite... Un crochet au visage lui remit les idées en place.

*

Depuis qu'elle avait été kidnappée par Ronce, Aleenor dormait d'un sommeil très léger. L'épuisement physique de ces derniers jours pesant, elle n'avait été alertée de la présence des mercenaires que trop tard pour prévenir

Rodan. Tout juste échappa-t-elle à la poigne de l'un d'eux pour, dans un cri, partir en courant vers la colline. Rapide et légère, Aleenor distança facilement ses poursuivants armés et caparaçonnés. Néanmoins, elle savait qu'elle ne pourrait pas fuir éternellement. Elle espérait juste offrir assez de temps à Rodan pour que le guerrier puisse… elle ne savait pas trop quoi. Comme c'était après elle qu'ils en avaient, autant lui offrir une diversion le plus longtemps possible. Apercevant la colonne de poussière s'élevant à l'est, Aleenor sentit, sans trop comprendre pourquoi, une vague d'espoir jaillir en elle. Puis elle trébucha.

Les cinq guerriers en armures noires comblèrent rapidement l'écart avec leur proie. La jeune femme, étalée sur le sol caillouteux, se retourna en se tenant une cheville foulée. Le plus grand des guerriers s'approcha, un sourire torve défigurant son faciès déjà peu avenant.

— Pas de chance, petite fille… déclara-t-il d'une voix pleine de sadiques promesses.

La première flèche l'atteignit en pleine poitrine, lui transperçant un poumon. Le mercenaire observa l'empennage dépassant de son torse, le regard voilé d'incompréhension. Une épaisse bulle de sang se forma à la commissure de ses lèvres, lorsque la seconde flèche lui transperça la gorge de part en part. Ses yeux roulèrent dans leurs orbites, le laissant apercevoir ses camarades tomber eux aussi, criblés de traits mortels. La troisième flèche l'atteignit dans l'œil gauche, foudroya son cerveau, et mit fin à son agonie.

*

L'arbalétrier s'était éloigné, emboîtant le pas aux poursuivants d'Aleenor. La jeune femme ne pourrait pas courir plus vite qu'un carreau… Il fallait agir. Profitant d'un temps d'arrêt de son tortionnaire, Rodan releva la tête d'un coup vif, heurtant avec l'arrière du crâne le visage de l'homme placé derrière lui. Dans un bruit sec, le nez du guerrier se brisa. Il relâcha son étreinte, suffisamment pour que Rodan en profite. Le jeune soldat se dégagea, repoussa *Haleine-de-hyène* d'un coup de pied dans le plexus et se retourna. Aveuglé par la douleur, le guerrier derrière lui ne put réagir. Rodan s'empara de l'épée large pendant au côté de son adversaire, la tira de son fourreau d'un geste rapide, et lui enfonça le plus profondément possible dans le bas-ventre, juste sous le plastron. Le mercenaire roula sur le sol en hurlant de douleur, mais emporta avec lui l'arme coincée dans ses entrailles.

Rodan se tourna juste à temps pour faire face à son tortionnaire. *Haleine-de-hyène* se tenait devant lui, grimaçant de rage, brandissant une longue lame courbe.

— Je vais t'ouvrir en deux comme un pourceau, fils de chienne ! cracha l'homme dans un déluge d'insultes et de postillons jaunâtres.

Haleine-de-hyène attaqua en faisant décrire à sa lame de grands mouvements circulaires, forçant Rodan à la défense. Le soldat des Mille Lames esquiva autant qu'il put, récoltant plusieurs entailles au passage. Son adversaire jouait avec lui. Meurtri, affaibli, Rodan sentait ses forces s'épuiser rapidement. Aleenor était en danger. Il avait juré au père de la jeune femme de prendre soin d'elle. Il était temps d'honorer ce serment.

Serment. Dévotion. Sacrifice. Telles étaient les valeurs auxquelles il croyait autrefois. Ferveur. Courage. Honneur. Tel était le credo qu'il s'était juré d'observer toute sa vie. Rodan croyait l'écuyer de la Lumière mort en lui depuis longtemps. Il se trompait.

Une lueur longtemps ignorée s'éveilla au cœur du soldat. Cette lueur devint lumière qui se répandit dans tout son être. Rayonnante, vibrante, issue directement de son propre Nexus. Façonner le mana de la Lumière redevint totalement naturel pour celui qui fut autrefois destiné à devenir Paladin.

La lame courbe d'*Haleine-de-hyène* se heurta à l'épée de mana pur qui apparut dans la main de Rodan. L'Arme Spirituelle décrivit un arc de cercle de toute beauté avant de briser l'arme du mercenaire du Poing Sanglant et de lui ouvrir la gorge.

L'arbalétrier apparut alors en haut de la colline. Rodan se contracta, imaginant déjà le carreau véloce percer sa chair. Il n'en fut rien. Au contraire, le guerrier à l'armure noire tituba, et s'affala avant de dévaler la colline, trois flèches dépassant de son dos.

Interdit, Rodan sentit une intense fatigue s'emparer de lui. L'épée de mana pur se dissipa d'elle-même.

Dans un bruit de sabots, une centaine de cavaliers apparut sur les hauteurs. Enfin, c'est ce que crut d'abord le jeune soldat. Hommes et montures ne faisaient qu'un. Toute une troupe de centaures venait d'apparaître. Fiers, imposants et puissamment bâtis, revêtus de cuirs gravés et colorés, brandissant de longs arcs recourbés et de grandes épées à doubles tranchants. L'un d'eux, homme-étalon à la robe teinte d'un bleu azur, portait Aleenor sur son dos puissant. La jeune femme sourit à Rodan, haussant les épaules avec un air innocent.

*

Auréolée par la clarté dorée du soleil levant, ce fut une troupe bien étrange qui se présenta à la porte est de

Coruscante. Les gardes au tabar azur observèrent, ébahis, les centaures qui martelaient le sol de leurs sabots. Tous s'écartèrent du chemin des hommes-chevaux aussi craints que respectés. Autrefois, le lien entre Coruscante et les centaures des plaines était fort. Or, durant les Grandes Guerres, le fier peuple équidé avait été pratiquement décimé par les armées des Ténèbres. Ils devinrent méfiants et hostiles envers les étrangers. Pour autant, les contes populaires évoquaient toujours la bravoure des guerriers centaures.

Ce matin-là, alors que les hommes-chevaux approchaient de l'enceinte de Coruscante, nul ne remarqua l'homme et la jeune femme qui se faufilaient discrètement entre les centaures, prenant la direction des faubourgs.

CHAPITRE 8

Les rayons diffus d'un soleil paresseux éclairaient la forêt de Streywenn. La clarté du matin auréola à son tour la fine silhouette de Morion, Maître des Mystères, debout sur le balcon de son bureau. Depuis la plus haute tour du plus majestueux palais de la cité d'Eodh, l'homme à l'apparence d'éternel adolescent restait indifférent à la lumière brûlante, protégé qu'il l'était par les petits verres fumés de ses lunettes rondes cerclées d'acier.

Droit comme un piquet, le front perlé de gouttelettes de sueur, Yvain, maître d'armes de la forteresse, se prenait la réprimande de sa vie. Pourtant, Morion restait immobile, tournant le dos à son interlocuteur. La voix calme et posée du prince d'Eodh, plus tranchante que la lame de scalpel d'un tortionnaire, incisait lentement et avec précision :

— Tu m'as désobéi, Yvain. Mes ordres étaient pourtant parfaitement clairs. Et indiscutables. Tu as consciemment outrepassé tes droits, mettant en péril nos intérêts sur les Territoires-Francs.

Morion se retourna, laissant le soleil le vêtir d'une cape de lumière vivante, avant de reprendre un ton plus bas :

— Je t'avais dit que je m'occuperais de ma sœur… personnellement…

Le grand guerrier aux moustaches en croc déglutit avec difficulté. Yvain n'était pas homme aisément impressionnable. Personne, au sein des forces du Chaos, ne pouvait rivaliser avec lui au combat. Mais Morion était un Puissant, maître incontesté des Maraudeurs Fantômes et de toutes les forces armées du Chaos. Si Yvain ne craignait ni la douleur ni la mort, il craignait de décevoir celui qui représentait à la fois son maître, son seigneur, et toutes les valeurs pour lesquelles le guerrier avait juré de combattre.

Morion n'avait pas besoin d'en rajouter. Aucune menace, aucune punition, n'était nécessaire. Yvain s'inclina humblement, et lorsque Morion se retourna de nouveau vers la vue imprenable sur l'horizon de verdure, le maître d'armes sut qu'il était congédié.

Yvain quitta le bureau de Morion. Il ruminait intérieurement tout en parcourant les grands couloirs de la forteresse, quittant les appartements privés de son maître.

Par le Grand Chaos primordial, il s'en est fallu de peu. Je n'avais pas vu Morion aussi contrarié depuis que Cellendhyll a… Yvain failli penser « *déserté* ». Il se reprit lui-même, se refusant à mettre cette étiquette de déshonneur à celui qui fut son meilleur élève. *S'occuper d'Estrée personnellement ? Il n'a pas quitté son bureau depuis des mois. Je suis certain qu'il n'a pas pu prendre le temps de faire lui-même son enquête. S'il avait missionné une Ombre, j'aurais été mis au courant. Et je n'ai pas revu Maeve depuis que je l'ai envoyée sur les Territoires-Francs, alors comment a-t-il pu savoir ? Morion a forcément choisi quelqu'un d'autre…*

Tout à ses pensées, Yvain sentit ce picotement familier à la base de sa nuque, signal pour un guerrier accompli qu'une menace était proche. Alors, il croisa le regard de Felkeyn.

Accoudé à une balustrade dominant le hall du palais d'Eodh, bras croisés, sourire assassin sur les lèvres, l'homme attendait clairement de voir le maître d'armes. Yvain écarquilla les yeux, saisi par plusieurs émotions contradictoires alors que sa mémoire tentait d'assembler ses souvenirs. Le maître d'armes hésita, partagé entre différentes réactions possibles. Sa voix trembla sans qu'il le veuille, lorsqu'il parla :

— Felkeyn… vivant ? Comment ?

Les mots fuyaient. Yvain crispa les mâchoires, serra les poings. Un voile de colère s'empara de son visage.

— Salut, Yvain ! lança nonchalamment Felkeyn. Tu as vieilli. Et ces moustaches ? Vraiment ?

Lesdites moustaches se retroussèrent sur un sourire tout sauf amical. Yvain répondit avec son poing, un crochet si foudroyant que Felkeyn ne le vit pas arriver. Les phalanges du maître d'armes heurtèrent les dents de l'Ombre dans un bruit sec. La tête de Felkeyn partit en arrière et son sourire disparut de son visage. Avec un tel impact, il aurait dû passer par-dessus la balustrade, mais c'eût été sous-estimer le guerrier aux yeux d'acier. Felkeyn encaissa le coup, se retournant sèchement vers Yvain. Ce dernier n'en resta pas là. Déjà, son poing gauche partait vers le nez de Felkeyn. L'Ombre pivota à la dernière seconde. Et riposta.

Gardes, courtisans, serviteurs, tous se figèrent et se turent le temps de l'affrontement qui s'ensuivit. Un échange de coups qui ne dura que quelques dizaines de secondes, démonstration d'une telle maîtrise que tous retinrent leurs souffles. Chaque combattant échangea avec son adversaire plus d'une trentaine d'assauts des membres supérieurs. Frappe du poing, du tranchant de la main, du coude, des doigts – crochus ou raidis – en attaque directe à la gorge, au plexus, à la tempe. S'opposèrent esquives de la tête, blocage de l'avant-bras, du poignet, contre-frappe, riposte. Un ballet artistique et mortel d'une rare perfection.

Une troisième silhouette entra dans la danse martiale. Profitant d'un blocage réciproque qui immobilisa les deux adversaires l'espace d'un instant, Maeve surgit entre eux, posant ses mains sur l'épaule de l'un, le coude de l'autre.

— Ça suffit, tous les deux ! clama-t-elle vivement.

Et d'une poussée, fit comprendre aux deux guerriers qu'il fallait se séparer.

La moindre frappe risquant de blesser Maeve, l'Ombre et le maître d'armes s'éloignèrent lentement l'un de l'autre. Le temps reprit son cours normal.

Le duel se poursuivait par le regard. Entre les deux hommes, ce n'était pas terminé. Yvain laissa échapper dans un souffle :

— Ce soir, la chambre de la 9e épreuve. Tu me dois bien ça, Première Ombre.

Et de se retourner vers Maeve :

— Quant à toi, nous en reparlerons plus tard. Tu sembles avoir oublié qui est ton supérieur.

Puis de s'éloigner d'un pas rapide.

Maeve lança à Felkeyn un regard des plus noirs, à la fois lourd de questions comme de reproches. L'homme aux yeux d'acier haussa les épaules, candide :

— Hé ! Ce n'est pas moi qui ai commencé !

— Ah non ? le taquina la guerrière.

— C'était il y a longtemps… J'ai cru qu'il aurait oublié. Visiblement, je me suis trompé. Il se rappelle très bien.

— Il se rappelle quoi ? interrogea vivement Maeve.

Felkeyn ne répondit pas.

CHAPITRE 9

Les rayons du soleil peinèrent à se glisser par l'étroit soupirail menant aux égouts de Coruscante. Ricochant sur les parois humides et gluantes, peu d'entre eux parvinrent à atteindre l'ancien réseau des collecteurs d'eaux de pluie. Une fois arrivés au cœur du labyrinthe de couloirs et tunnels composant les premières galeries, aucun rai de lumière n'avait survécu. Ne régnaient que les ténèbres insondables, le bruit régulier de cataractes souterraines, et la puanteur de la pourriture stagnante.

Ce matin-là, dans une salle voutée et basse, éclairée de braseros de graisse brûlante, se tenait une étrange assemblée. Plusieurs notables de Coruscante, parmi les riches et influents de la ville, étaient réunis, en cercle, vêtus de leurs habituelles toges rouge sombre de sectateur, à la gloire du Fléau des Temps. Tous fascinés par un abominable spectacle. Au milieu du groupe, à même la pierre humide, se tortillaient plusieurs silhouettes totalement nues. Quatre hommes et trois femmes, les visages déformés par une terrible douleur, tentaient vainement de hurler, mais aucun son ne sortait de leur gorge. Tous s'arquaient et se convulsaient frénétiquement, alors que le bruit immonde des os se brisant se mêlait à celui de la chair qui se déchire. Enfin, dans un ensemble répugnant, leurs ventres explosèrent en une pluie de viscères, de sang et de matières fécales. Là, se tortillant à leur tour, de grosses larves blanchâtres et translucides grossissaient, baudruches de chair gluantes qui se déformèrent pour parodier un corps humain. Il fallut quelques minutes pour que les larves deviennent les copies conformes de leurs hôtes dont les carcasses déchiquetées gisaient sur le sol. À une exception près : une absence totale de parties génitales. Une boursouflure de chair dissimulant un cloaque se tenait en lieu et place.

La seconde récolte venait d'éclore.

Opinant de la tête, satisfait, le Maître des Os rejeta sa capuche en arrière. Les flammes graisseuses éclairant la pièce se reflétèrent sur le masque recouvrant son faciès, parodie de visage humain écorché. Une longue main blanche aux ongles noirs se leva et tomba le masque, que le Maître des Os laissa choir sur le sol. L'objet s'y fracassa comme de la porcelaine. Le véritable visage derrière la secte du Fléau des Temps se dévoila à l'assistance : long et osseux, une peau blanche tendue sur un crâne anguleux, comme prête à se déchirer. Une bouche sans lèvres dévoilait de petites dents triangulaires et acérées comme celles d'un squale. À hauteur de ses yeux, deux fentes s'ouvraient sur des puits noirs de cruauté. Le sommet de son crâne chauve était hérissé d'une forêt de clous noirs directement plantés dans l'os et enfoncés à des endroits précis de son cerveau, stimulant à la fois douleur, plaisir, et source de sa magie corrompue.

Raïsh'Aàn, Sorcier Smaugh du troisième cercle, avait parfaitement accompli la mission qu'Øz lui avait confiée. Coruscante était prête à tomber, ses nouveaux frères avaient éclos, les indigènes avaient été chassés du plateau. Les hordes conquérantes allaient traverser l'ancien portail, déferler sur la cité, en faisant une parfaite première ressource à piller pour la guerre à venir.

Aucun humain n'y survivrait.

CHAPITRE 10

Le ciel se teintait d'un mauve profond alors que les nuages s'embrasaient d'un orange de feu. Le soleil s'étira paresseusement en s'extirpant des montagnes à l'est. Ses rayons inondèrent enfin la vallée, se reflétant sur des centaines de points de lances, de lames de haches, de fils d'épées.

Estrée sentit un frisson remonter le long de son dos pour venir se loger entre ses épaules. Depuis l'une des minces tours de guet, accompagnée de Rens et d'Hazeline, la fille d'Eodh observait les guerriers en armures noires se masser de l'autre côté de la vallée. Entre ces tueurs et le manoir Cornell, seul se dressait une mince palissade de bois. Et un peu plus de deux cents mercenaires des Mille Lames, menés au combat par l'Héritière du Chaos.

Sur les pentes herbues et caillouteuses, des fossés creusés à la hâte abritaient des archers indies. Leur chef spirituel, Kwanee le Sage, se tenait derrière la palissade, aux côtés de Rhellgarish, le shaman loki. Le vieil homme ridé gardait les yeux fermés, tout en chuchotant une étrange mélopée.

— Nous y voilà... soupira Estrée.

Rens Tueur-de-Géants opina gravement, silencieux. Hazeline Corne-de-Fer, grimpée sur un tonneau, tapota l'épaule d'Estrée, rassurante :

— Tu as fait de ton mieux, ma grande. Les Mille Lames savent se battre, et quand mes jouets vont entrer en action, ça va foutre un sacré bordel dans les rangs de ces ordures, crois-moi !

— Merci, Haz... Je ne sais pas comment faisait Sentenza, mais j'espère vraiment ne pas la décevoir. La capitaine est toujours à l'agonie, et je n'ai pas eu le temps d'aller la voir.

— Ne commence pas à te lamenter, hein ! Tu n'aideras pas Sentenza à guérir en restant à son chevet, et ce n'est pas dans son état qu'elle pourrait mener nos soldats au combat. Tu as un talent pour commander, Estrée, tu le sais bien. Tu inspires les autres.

— Ce « talent » m'a surtout servi à manipuler les autres... se morigéna la fille d'Eodh, en se remémorant la courtisane et l'espionne qu'elle fut jadis, au service du Chaos.

— Le passé est le passé, ma grande ! Pour le moment, utilise ce don pour nous sortir d'ici vivants... Allez, je file sur l'autre tour, je dois régler moi-même la *Foudroyeuse*. Bonne chance, capitaine !

Hazeline sauta de son tonneau et se laissa glisser le long de l'échelle de la tour de guet. Estrée sourit en la regardant traverser les lignes de soldats des Mille Lames, massés derrière la palissade, attendant l'heure du choc des armes. D'un bon mot, d'une claque bien placée sur un fessier, ou d'un simple sourire, la Naine avait à l'évidence un effet positif sur le moral des mercenaires. Haz se hissa sur la seconde tour, rejoignant deux de ses assistants, afin de préparer l'effroyable machine de guerre.

L'air se chargea d'ozone. Au-delà du lac Karkal, un éclair déchira le ciel. Le grondement affamé suivit de peu. Un orage allait bientôt dévorer Coruscante d'une pluie vorace. Un nouvel éclair, plus proche celui-là. Le tonnerre fut couvert par le bruit d'une armée qui s'élançait.

Le sol trembla lorsque les guerriers chargèrent. Une horde hurlante de métal et de haine. Lames, pointes, masses, haches, toutes brandies en direction des défenseurs avec la promesse d'une mort douloureuse. La vague du Poing Sanglant déferla sur les Mille Lames avec la force d'un ouragan déchaîné.

Sur les hauteurs, les archers kàwanakhees surgirent et bandèrent leurs arcs courts. Derrière la palissade, Rhellgarish fit un signe et les archers des Mille Lames répondirent de leurs arcs longs. Les cordes claquèrent pratiquement en même temps, libérant dans le ciel un essaim mortel, qui s'abattit sur les premières lignes du Poing Sanglant. Si beaucoup de flèches rebondirent sur l'acier des armures et des boucliers levés, plusieurs trouvèrent leur chemin, vipères rapides et précises, pour mordre les chairs. Une flèche trouva une gorge exposée. Un guerrier tomba dans un gargouillis de sang. Une autre transperça un genou de part en part, envoyant un homme au sol pour se faire piétiner. Une autre, encore, perça l'œil d'un curieux qui laissait dépasser la tête de son écu de fer noir. Mais le Poing Sanglant continuait d'avancer. Une nouvelle volée, de nouvelles flèches assassines. Plusieurs dizaines de corps roulèrent ainsi dans la poussière, écrasés ou enjambés par la nuée humaine avide de sang.

Puis, de la masse principale des guerriers à l'assaut, de petits groupes prirent place sur les flancs. Des arcs à double courbure et des arbalètes légères furent dressés, et l'ennemi riposta. Une volée faucha les indies sur les hauteurs de la vallée, perçant sans difficulté les maigres plastrons de cuir et d'os. L'échange de salves mortelles força les Kàwanakhees à s'abriter pour ne pas finir criblés de traits véloces. Cela permit aux soldats du Poing Sanglant de passer le fragile étau formé par les archers indies. La première ligne s'approcha rapidement de la palissade, haches brandies, avides de percer cette mince armure pour se frayer un passage vers la chair des Mille Lames.

La première explosion retentit, déchiquetant deux corps, projetant dans les airs trois autres avec une jambe, un bras, ou la moitié d'une tête en moins. Puis une autre déflagration s'ensuivit, créant un orifice de sang et de flammes dans le mur de guerriers. Au total, il fallut six détonations tonitruantes et une trentaine de corps démembrés, mutilés atrocement, pour ralentir la charge du Poing Sanglant.

Les premières gouttes de pluie touchèrent le sol. L'odeur douce-amère du pétrichor remplaça celle de l'ozone, et se mêla à celles de la sueur, de la poudre et du sang.

La *Foudroyeuse* entra en action.

Tachaka-tchaka-tchaka

Le mécanisme de l'engin de mort se mit en marche. Depuis la tour de guet où se dressait le scorpion, les carreaux d'aciers se mirent à pleuvoir sur les soldats ennemis. Le résultat fut celui attendu ; le sort des malheureux qui le subirent, assez proche de celui d'un pommier.

Une tige d'acier embrocha l'un des sergents du Poing Sanglant, Aklhur *Dents-noires*. Une vraie terreur auprès de ses hommes. Aklhur avait toujours eu la charge d'entraîner les premières lignes. La peur qu'il inspirait aux soldats était pire que celle du combat. Il vociférait avec moult postillons de continuer d'avancer quand l'immense carreau le transperça. Il fut emporté en arrière. Le trait se planta dans le sol, entraînant Aklhur avec lui. Le sergent eut les deux jambes brisées par l'impact. Une lance d'acier dans les boyaux, Aklhur sourit malgré l'intense douleur. Il avait déjà connu des blessures atroces. Il pourrait survivre à celle-ci, se dit-il. À ce moment, son pied brisé se déroba. Une étrange sphère d'acier hérissée de pointes jaillit du sol à hauteur de son visage. Et Aklhur mourut dans un déluge de feu et d'acier fondu.

Quand la dixième mine explosa, semant à nouveau le chaos dans les rangs du Poing Sanglant, la *Foudroyeuse* se tut un moment et un pan de la palissade se souleva. Une section des soldats des Mille Lames surgit, menés par le sergent Radjak. Tous portaient de longues piques. Ils se jetèrent au contact des quelques guerriers qui étaient parvenus à passer la ligne explosive. Et finirent le travail.

Dans un cri d'allégresse et de triomphe, les Mille Lames saluèrent la débandade furieuse du Poing Sanglant qui fuyait les énormes carreaux, les flèches assassines, et les lances meurtrières. *Victoire !*

— Nous avons repoussé leur assaut ! s'exclama Estrée en levant le poing.

Elle sourit malgré elle en regardant Rens. Le puissant guerrier restait impassible, toutefois, l'étincelle dans son regard prouvait qu'un mince espoir venait de naître.

— Ils vont revenir... répondit-il néanmoins. Et ils ne se laisseront pas avoir cette fois. Je crains que Hagòn ne nous réserve aussi des surprises.

— D'ici là, préparons-nous à le recevoir ! répliqua Estrée avec énergie.

L'Héritière du Chaos se jeta soudainement du haut de la tour de guet. Instinctivement, elle se connecta à son Nexus. Son mana, renouvelé depuis son épreuve au cœur de l'Infini Jardin, inonda son corps, démultipliant ses capacités physiques. En plein vol, Estrée effectua une roulade avant et atteignit le sol en un mouvement gracieux. Quand elle se redressa, son regard brûlait d'un feu farouche, ce feu du guerrier prêt à affronter la mort elle-même. Beaucoup de mercenaires assistèrent à cette démonstration. Des épées se levèrent et des vivats retentirent pour acclamer la *capitaine* Estrée.

*

Dans l'attente du retour des assaillants, elle alla enfin prendre des nouvelles de la capitaine Sentenza. Elle traversa le campement pour atteindre le manoir Cornell, puis la grande chambre qui avait été attribuée au repos de la guerrière blessée. L'Héritière alla s'asseoir au chevet de Sentenza, plongée dans un coma profond. Toute la science médicinale du Loki n'avait pas suffi. Rhellgarish n'avait pas beaucoup d'espoir. Elle restait entre la vie et la mort.

Estrée prit la main inerte de la mercenaire dans la sienne.

— Ils m'appellent *capitaine* Estrée... Ils t'ont si vite remplacée. Ce n'est pas ce que je voulais, Sibyl... Pardon, Sen. Tu me reprendrais vite si je t'appelais Sibyl, sourit l'Héritière pour elle-même.

D'un geste tendre, Estrée caressa le front de la mercenaire pour replacer une mèche de cheveux cuivrés derrière son oreille.

— Nous avons remporté la première bataille. Grâce à Hazeline. Le résultat n'était pas beau à voir, j'avoue que je me suis réjouie en regardant ces brutes se faire réduire en morceaux... Je pense qu'on a gagné un peu de temps, mais pour quoi ? Et beaucoup de Kàwanakhees ont été tués.

Estrée se pencha en avant et posa son front sur la main de Sentenza. Puis soupira profondément. *Le pire ennemi du guerrier, c'est le doute…* l'aurait sans doute réprimandée Cellendhyll. *Tu ne dois pas douter de toi. Tout ce que tu dois faire, c'est comprendre ton ennemi, et t'adapter. T'adapter…*

— C'est vaincre. Oui, je sais…

L'Héritière du Chaos releva la tête. Une étincelle venait de naître dans ses yeux mauves.

— Bien sûr… se dit-elle.

Puis elle sortit précipitamment de la chambre. Sans apercevoir le très léger tressaillement de la main de Sentenza.

CHAPITRE 11

L'intérieur de la grande tente était drapé de voiles de soie et de velours. L'air y était chargé d'encens aux senteurs épicées. Une subtile odeur métallique flottait dans l'air en permanence. Un parfum de sang. Il fallait évoluer entre les draperies diaphanes et les volutes bleutées pour atteindre le cœur de cette atmosphère ouatée. Là, lascivement installée sur un trône de coussins, se tenait la reine de ces lieux. Une peau aussi noire que l'obsidienne, brillante des reflets des huiles parfumées. Des courbes parfaites, du bout de ses orteils aux ongles laqués de rouge sang, jusqu'aux pointes ornées d'anneaux et de pierreries de ses oreilles. Tout en elle respirait la sensualité, le moindre de ses mouvements invitait au plaisir… ou à la douleur. Selon son bon vouloir. Son regard de panthère, mer d'or liquide fendue d'un iris ouvrant sur un néant sans fin, promettait mille extases tout comme mille souffrances. Ses cheveux, aussi noirs que sa peau, encadraient un visage fin d'une troublante beauté. Le saphir ornant sa narine gauche brillait comme la seule étoile d'un ciel nocturne. De simples voiles de soie tissée d'argent naissaient d'un grand cercle d'or autour de son cou pour couler paresseusement sur son corps, ne voilant presque rien de sa poitrine fièrement dressée, ni du vallon de son ventre aux muscles fins. Une chaîne du même or enserrait ces volutes de soie autour de sa taille pour les laisser cascader le long de ses jambes infinies. Un long et fin appendice caudal ondulait au rythme envoûtant d'une musique inaudible. Shaankyr, la *Reine de Sang,* sourit, dévoilant de petites dents nacrées. Sa voix, douce et profonde, susurra avec langueur :

— Venez à moi, mon amour…

Draperies et volutes s'effacèrent pour laisser passer le seigneur du Poing Sanglant. Hagòn Briseur-de-Destin s'avança en direction de Shaankyr. Le colosse avait ôté son armure pour ne porter qu'un simple gilet de cuir ouvragé. Son visage dur était désormais barré d'un bandeau de cuir recouvrant son œil gauche, souvenir de sa dernière rencontre avec l'Héritière du Chaos. Si ses muscles puissants et sa stature imposante lui conservaient l'apparence d'un guerrier invincible, son œil restant, lourd de son regard de grand fauve, montrait un profond respect envers Shaankyr… *Sa* Reine de Sang. Ce qui allait suivre, Hagòn en massacrerait le moindre témoin s'il y en avait. Le Ténébreux se tint un court instant debout face à la sorcière, la dominant de toute sa hauteur. Les deux regards fendus se croisèrent en silence. Enfin, le Briseur-de-Destin s'inclina et posa un genou au sol, baissant les yeux en totale soumission. Sa voix grave et rocailleuse se fit douce et empreinte de respect quand il s'adressa à elle :

— Mon épouse… Ma reine. J'implore votre aide.

Hagòn se baissa, prenant dans sa main puissante, avec d'infinies précautions, le pied fin que la reine tendit vers lui, et y déposa un délicat baiser.

Shaankyr éclata d'un rire cristallin, exprimant à la fois satisfaction et plaisir à cette soumission. Un sourire cruel se forma sur ses lèvres quand elle lui dit :

— Cela, mon cher époux, il vous faudra le mériter...

La Reine de Sang s'étendit sur les coussins de manière bien plus lascive, ne laissant aucun doute sur ses désirs. Écartant les jambes, elle dévoila sans aucune pudeur une vulve déjà brillante d'excitation. Le Ténébreux ne se fit pas prier. Il se laissa glisser entre ses cuisses ouvertes, refermant ses mains sur les hanches de sa reine. Et avec autant d'ardeur qu'au combat, il enfonça sa langue le plus profondément possible dans l'écrin de plaisir ainsi offert. Hagòn lécha, lapa, suça, avec ardeur, ses mains remontant le long du corps de sa reine pour s'emparer de ses seins. Conjuguant la vigueur de sa langue avec l'agilité de ses doigts, il ne fallut pas longtemps au colosse pour amener sa reine aux portes du plaisir. Shaankyr sentit un puissant orgasme naître entre ses reins et s'emparer d'elle. La Ténébreuse rugit de plaisir, s'arquant pour mieux enfoncer la langue de son époux dans son intimité brûlante. Haletante de plaisir, elle se redressa soudain, le regard avide, le souffle rauque.

— Debout ! cracha-t-elle.

Hagòn se redressa. Dans le mouvement, il ôta ses vêtements pour se présenter nu face à sa maîtresse. Son sexe était durci de désir, puissant et conquérant. Shaankyr sourit en se mettant à genoux. Ses deux mains expertes se mirent à aller et venir sur l'imposant membre à sa totale disposition. Elle prit son temps, jouant du bout de la langue, mordillant, l'enduisant de salive. Mais n'y tenant plus, elle se mit à le sucer avec énergie tout en grognant. Le Ténébreux saisit les cheveux de sa reine entre ses mains pour l'encourager. Shaankyr sentit l'éjaculation arriver… et lâcha le sexe palpitant. Hagòn étouffa un cri de frustration, serrant les dents, le regard brûlant fixé sur la sorcière. La Reine de Sang le regardait avec provocation en se caressant les seins, ses ongles rouges jouant avec ses tétons d'un noir profond. Elle rit, et se jeta sur lui pour l'embrasser à pleine bouche. Sa langue avide trouva celle du guerrier en un baiser passionné. La Reine de Sang planta ses doigts dans les muscles du dos de son époux, et enroula une queue taquine autour de son sexe. Le Briseur-de-Destin souleva par les hanches la Ténébreuse, qui enroula ses jambes autour de lui comme un étau de chair. Il se laissa tomber avec elle au milieu du trône de coussins, et, conquérant, enfonça enfin son sexe en elle. Tous deux gémirent alors que l'imposant vit se forçait un passage consentant. Shaankyr cria lorsque plaisir et douleur se mêlèrent. Hagòn augmenta le rythme et la brutalité de ses coups de boutoir, arrachant un nouveau hurlement à sa partenaire à chaque fois qu'il s'enfonçait plus profondément en elle. Un nouvel orgasme l'envahit, et son cri se changea en halètement féroce. Elle força Hagòn à se retourner, et l'enfourcha. La Reine de Sang imposa un rythme encore plus soutenu, allant et venant sur le pilier de chair énorme qui fouillait ses entrailles. Ses ongles s'enfoncèrent dans la poitrine de son époux en creusant des sillons sur la peau obsidienne. Le Ténébreux gémit, luttant contre la petite mort qui menaçait de l'emporter à chaque coup de reins de sa reine. Il serra si fort sa mâchoire qu'il se mordit la langue, et sentit le goût de son propre sang. Voyant le filet de fluide vital couler de la commissure des lèvres de son époux, la sorcière se pencha pour l'embrasser à pleine bouche. Le guerrier n'en pouvait plus. Au moment où il se répandit en longs jets brûlants dans le ventre de sa reine, celle-ci s'arqua en arrière en se laissant emporter de nouveau par la jouissance.

L'odeur musquée de sueur et de sexe s'était mêlée aux senteurs de l'encens. Repue, la Reine de Sang regardait Hagòn se rhabiller. Elle claqua des doigts, et deux esclaves surgirent. Un garçon et une fille, à peine adolescents, nus avec un collier d'acier autour du cou. Le jeune homme s'agenouilla, une coupe d'or entre les mains, alors que la jeune fille remplissait cette coupe d'un vin rouge sombre depuis une cruche d'argent.

La Reine de Sang lâcha alors dans un souffle :

— Je vous aiderai, mon amour…

Le Briseur-de-Destin quitta la tente de la sorcière en silence, alors que la jeune esclave remplissait un peu trop la coupe, qui déborda. Son cri de douleur résonna dans tout le campement du Poing Sanglant.

CHAPITRE 12

Les faubourgs de Coruscante étaient en effervescence. La cité avait renforcé la garde, et les contrôles aux portes s'en étaient trouvés affermis. Le bas quartier, déjà miséreux en temps normal, se voyait à présent totalement livré à lui-même, ignoré des dirigeants de la ville. Les ruelles sordides étaient jonchées de détritus, d'excréments, et parfois même, d'un cadavre ou deux. On tuait facilement pour un quignon de pain.

Capuchons rabattus et manteaux refermés, Aleenor et Rodan se frayaient un passage au milieu de mendiants, éclopés, truands, et pauvres hères de toutes sortes.

— Il ne faut pas traîner par ici ! précisa inutilement Rodan. L'arrivée des centaures a créé une belle diversion, mais si le Poing Sanglant nous cherchait, il y a fort à parier que les soldats de la garde le feront tout autant. Et vous ressemblez beaucoup à votre père, damoiselle Cornell… chuchota-t-il sur la fin.

— Je le prends comme un compliment, sourit la jeune femme. De toute façon, nous n'avons pas besoin d'entrer en ville. Le temple de la Guelfe Blanche de Coruscante est bâti dans les faubourgs, afin de pouvoir porter assistance aux plus nécessiteux. Nous devons juste traverser le bas quartier pour y arriver.

— Très bien, mais soyons très prudents. Connaissez-vous quelqu'un susceptible de nous aider, une fois là-bas ?

— Oui, le père Aemon. C'est un homme bon, et un ami de Brighit. Quand il saura que Sibyl est en danger de mort, je suis sûre qu'il nous accompagnera au mépris des risques.

— Le temple sera peut-être surveillé... La Guelfe Blanche est une institution dépendant de l'empire de la Lumière. En théorie, le temple est un peu comme une ambassade. Nous devrions y être en sûreté. Pendant un temps, du moins. Ne restons pas ici !

Et prenant Aleenor par la main, il s'engouffra dans une ruelle latérale pour déguerpir.

*

— Bien essayé... mais ces ruelles sont à nous !

Une voix cassée cracha ces paroles quand le jeune couple arriva au fond de l'étroit passage... un cul-de-sac, évidemment. Cinq malandrins, en cuirs sales et loques déchirées, refermaient sur Rodan et Aleenor un étau malodorant. L'éclat des lames brillait néanmoins dans leurs mains : dagues, masses, et un impressionnant couteau de chasse pour celui qui venait de parler.

— Jette ton arme et crache ton or, *gru'thak* !

Une insulte dirigée sur Rodan, qui sous-entendait un certain penchant pour la zoophilie. Si le mercenaire n'en connaissait pas le sens, il en comprit le ton, et dégaina de fait son épée pour se mettre en garde. Rodan grimaça. La ruelle étroite n'allait pas lui permettre de manier son arme avec beaucoup d'efficacité, contrairement à l'imposant couteau de son agresseur. De plus, Aleenor se serrait contre lui, et même si la jeune femme faisait preuve de courage, elle risquait de le gêner dans ses mouvements. *Ça se présente mal !* pensa-t-il en se mordant la lèvre inférieure.

À cet instant précis, un souffle de vent froid traversa la ruelle. Alkid, le truand censé faire le guet passa en tournoyant au-dessus de ses comparses, pour aller s'écraser tête la première contre le mur derrière Rodan et Aleenor. Tous les regards se retournèrent en mêlant colère, curiosité, surprise et effroi vers une jeune femme, vêtue d'une étrange combinaison de cuir teinté de gris, clairement taillée pour le combat. Ses cheveux blonds étaient rasés sur la moitié droite de son crâne, et tressés en nattes retombantes sur la moitié gauche. Son regard d'un bleu glacier, souligné de khôl, brillait de l'étincelle de la violence. Elle se tenait là où, quelques secondes plus tôt, Alkid avait voulu l'empêcher d'approcher. Le souffle d'air froid qui avait accompagné ce dernier tournoyait maintenant autour d'elle, soulignant sa posture de combat. Ses mains ouvertes décrivaient des arabesques martiales autour de son corps. Elle lança un clin d'œil complice à Rodan, puis reporta son attention sur les malfrats entassés dans la ruelle.

— Tss-tss… lâcha-t-elle.

Un truand voulut répondre en brandissant sa masse :

— Espèce de…

La fin de sa phrase, à l'évidence insultante, fut noyée dans un gargouillis de sang quand la jeune femme lui éclata plusieurs dents d'un coup de coude. Elle prit le temps d'un sourire satisfait, et enchaîna à une vitesse surnaturelle. La guerrière en cuir gris se coula entre ses adversaires, ondulant, glissant, comme un souffle d'air caressant les parois d'un étroit tunnel. Et chaque fois, elle frappa. Coup de pied à la verticale, disloquant une mâchoire. Coup du tranchant de la main, broyant une pomme d'Adam. Frappe du coude, du poing, de la paume. Côtes brisées, rate éclatée. Le truand au couteau de chasse voulut frapper à son tour, le pommeau de l'épée de Rodan s'abattit sur sa tempe. Le dernier agresseur s'écroula, la guerrière en cuir gris et le mercenaire se retrouvèrent face à face, à quelques centimètres l'un de l'autre, leurs souffles se mêlant.

— Je m'appelle Nova... déclara-t-elle avec une pointe de sensualité dans la voix. Venez avec moi, si vous voulez vivre !

CHAPITRE 13

Le répit fut de courte durée. Après la débâcle de leur premier assaut, élan sauvage magnifiquement brisé par l'ingéniosité d'une Naine rusée, les guerriers du Poing Sanglant s'étaient massés hors de portée des flèches des Mille Lames. Entre la mince palissade protégeant les mercenaires et les lames avides de sang des tueurs en armures noires gisaient plusieurs dizaines de corps mutilés, perforés, transpercés. Le champ de bataille était hérissé des longs épieux acérés de la *Foudroyeuse*, percé des cratères dus aux engins explosifs dissimulés dans le sol et, bien sûr, jonché des corps sans vie des guerriers malchanceux du Poing Sanglant. Les Kàwanakhees avaient fui les flancs de la vallée, en laissant plusieurs des leurs nourrir la terre de leur sang.

Depuis, deux petites heures s'étaient écoulées. Les soldats disciplinés des Mille Lames attendaient, en formation, prêts à recevoir une nouvelle charge. Ils restaient confiants. Quelques pièges étaient encore enterrés et n'attendaient qu'une botte malheureuse pour répandre leurs souffles de feu. Et l'énorme arbalète de siège avait bien assez de munitions en réserve. Aussi, même si leur horizon était masqué par une armée ennemie, les défenseurs commençaient à nourrir un mince espoir de victoire.

Le seigneur Liam Cornell grimpa agilement l'échelle menant à la plate-forme de la tour de guet où se tenait Estrée. L'homme d'une cinquantaine d'années gardait un moral d'acier. Pourtant, la femme qu'il aimait secrètement lui mentait depuis des années, ses terres abritant des indigènes étaient assaillies par des brutes épaisses, et comble du comble, sa fille unique était partie vers Coruscante pour chercher une aide incertaine. Accompagnée par un parfait inconnu. Néanmoins, Liam avait lui aussi été soldat, avant d'élever des chevaux. C'était un homme à la volonté de fer qui n'abandonnait jamais. Il n'allait pas commencer aujourd'hui. Ce fut avec une voix ferme qu'il s'adressa à l'Héritière du Chaos :

— Eh bien, capitaine...

Estrée ne s'y faisait toujours pas. Elle leva une main pour interrompre l'ex-Conseiller, en précisant :

— Je vous en prie, Liam. À chaque fois qu'on me donne du « capitaine », j'ai l'impression d'enterrer Sentenza. Appelez-moi Estrée, voulez-vous ?

Liam hocha la tête et reprit sur un ton compréhensif :

— Très bien, Estrée... Je dois avouer que je suis autant surpris qu'inquiet. Cela fait plus de deux heures qu'ils attendent... Qu'est-ce qu'ils mijotent ?

— Rien de bon, c'est certain. Ils vont être prudents, cette fois. Hagòn n'est certainement pas un imbécile. S'il n'a aucune considération pour la vie de ses hommes, il ne va pas les sacrifier inutilement, sans raison stratégique.

Estrée fit une pause, soupirant, mettant sa main en visière pour mieux observer.

— Les Kàwanakhees ont posté des guetteurs plus au nord. Si le Poing Sanglant reçoit des renforts de Coruscante, nous en serons avisés. Pour le reste…

Le seigneur Cornell eut un petit rire nerveux, portant un regard inquiet vers les lignes ennemies.

— Qu'est-ce que… ? dit-il en fronçant les sourcils.

Les rangs des guerriers du Poing Sanglant s'écartèrent pour laisser passer une bien étrange procession. D'abord, cinq hommes aux muscles secs et saillants, d'une vingtaine d'années tout au plus, marchant sur les pieds et les mains dans une parodie canine. Nus à l'exception d'un simple pagne, d'un collier de cuir clouté et d'une muselière harnachée à l'arrière de leur crâne. De cet accessoire avilissant, de longues chaînes les reliaient à ce qui suivait. Un trône d'ébène et d'ivoire, porté par six autres esclaves du même acabit. Enfin venaient trois jeunes femmes, libres de leurs mouvements, suivant docilement le cortège. Sur le trône, ses longues jambes croisées, un bras posé sur un accoudoir et le menton appuyé sur le dos de sa main, siégeait la Reine de Sang.

Malgré les formes exposées des esclaves, et le charisme sauvage de la Ténébreuse, les guerriers du Poing Sanglant fixaient le bout de leurs bottes. Un silence profond se fit au moment où le cortège s'immobilisa. Les esclaves s'agenouillèrent. Les jeunes femmes s'avancèrent pour former un escalier de leurs corps, afin que leur maîtresse puisse descendre de son estrade. Shaankyr se leva avec la grâce d'une lionne avant la chasse. Son corps était moulé par un cuir aussi sombre que sa peau, gravé de runes rougeoyantes. Enroulé autour de sa taille, un fouet à neuf lanières barbelées attendait une chair à déchiqueter. La Reine de Sang posa enfin son regard de fauve sur les Mille Lames, à l'abri derrière leurs rondins de bois. Puis elle croisa celui d'Estrée. La sorcière des Ténèbres sourit, avant d'éclater d'un rire sans joie, comme le glas sépulcral annonçant l'arrivée de la Mort incarnée. Ses cinq esclaves en laisse, elle avança sur le champ de bataille.

Du haut de sa mince tour de guet, Estrée sentit un frisson lui caresser le dos, main décharnée d'une amante promettant à la fois douleur et plaisir. Elle en savait suffisamment sur les Ténébreux pour reconnaître une sorcière de sang, mais elle n'avait aucune idée des véritables pouvoirs de celle-ci.

Rhellgarish se tenait derrière la cloison de bois qui servait de porte à la palissade défensive. Entre les rondins solidement attachés, il aperçut la silhouette de la Reine de Sang avancer au milieu de ses esclaves. Un voile de panique effleura le visage serein du shaman loki. Il sentit son cœur, d'habitude si calme et régulier, monter en rythme comme un tambour de guerre soudain excité par la bataille. Ses poumons se gonflèrent, et sa respiration s'accéléra. Ses pupilles se rétrécirent, centrant sa vision sur la Ténébreuse. Refoulant sa peur, le Loki se retourna vers ses hommes en criant :

— ARCHERS !

Les deux sections d'éclaireurs qui se tenaient proches de leur lieutenant réagirent immédiatement. La porte de la palissade s'entrouvrit pour permettre à dix-huit mercenaires en armure légère de passer. Professionnels et aguerris, ils posèrent un genou au sol, chacun plantant trois flèches devant eux. Tous encochèrent, tendirent les cordes, et attendirent l'ordre. Quand la sorcière arriva à portée d'arc, Rhellgarish lâcha l'ordre de faire feu dans un souffle presque désespéré.

En l'espace de quelques secondes, cinquante-quatre traits acérés, à peine espacés les uns des autres, couvrirent le ciel du champ de bataille. Les trois salves de tirs en cloche retombaient, pointées sur la silhouette délicate de Shaankyr. La Reine de Sang et ses esclaves dociles continuaient d'avancer, malgré la menace d'une pluie mortelle. Tout en marchant à pas lents, la sorcière psalmodiait une litanie oubliée. Sa voix devint rauque, égrainant des paroles gutturales et sauvages en un chapelet de prières maudites. Puis elle écarta les bras, mains tendues vers les flèches assassines. Instantanément, la poitrine d'un de ses esclaves éclata, son sang jaillissant de son corps en longs jets carmin. Avec de grands gestes, Shaankyr dessina des arabesques dans les airs. Le sang du pauvre hère obéit à la magie ténébreuse. Le fluide vital resta en suspension dans les airs, puis glissa sur une surface invisible comme la pluie ruisselant sur un gigantesque dôme de verre. Lorsque les traits des archers atteignirent leur destination, une bulle de sang transparente de six mètres de rayon entourait leur cible. Et cette fine membrane fut loin d'éclater comme une bulle aurait dû le faire. Les flèches rebondirent comme si elles avaient heurté un mur de pierre. Bien à l'abri sous leur cloche sanguinolente, la Reine de Sang et ses esclaves reprirent leur marche, laissant un corps vidé de sa substance derrière eux. Il lui en restait encore quatre…

Les archers des Mille Lames préparèrent de nouvelles flèches, mais leurs mains tremblaient, trahissant leur peur. Ils attendirent l'ordre de tirer. Rhellgarish les retint. Le Loki se retourna vers la tour de guet sur laquelle se dressait la *Foudroyeuse*. Hazeline et ses assistants chargeaient l'arme de ses terribles épieux aussi vite que possible. La moindre erreur risquait d'enrayer définitivement leur meilleur atout dans cette bataille.

— Haz ! appela le Loki.

— Je sais, je sais… répondit la Naine en agitant vaguement la main vers Rhellgarish.

— HAZELINE ! cria le shaman avec une note de panique dans sa voix d'habitude si posée.

La Naine releva la tête et posa, pour la première fois, les yeux sur la Reine de Sang et ses esclaves, avançant sous leur bulle d'un rouge ondoyant.

— Oh… lâcha-t-elle. Je vois.

Le shaman se tourna de nouveau vers le champ de bataille. Il prit une grande inspiration, fermant les yeux afin de dominer la peur et la panique que lui inspiraient les voies de la magie du sang, cette même magie qui avait réduit à néant tout son clan. Rhellgarish chassa les images de ses parents, écartelés sous ses yeux. Il étouffa les cris de douleur et de terreur de sa sœur, violée et massacrée. Il ferma les paupières sur le souvenir de l'attaque des Ténèbres sur la forêt de Streywenn, quelques années plus tôt. Combien de temps déjà ? Il ne saurait le dire, car pour lui, c'était hier. Lorsque Elvanthyell d'Eodh, Archimage du Chaos et père d'Estrée, chassa les armées des Ténèbres, il était trop tard pour la tribu Lhogarsh'Garan. Rhellgarish en avait été le seul survivant. Et cette sorcière utilisait la même magie impie que les meurtriers de son clan.

Shaankyr avait atteint le cœur du champ de bataille. Elle se tenait bien droite, les mains sur les hanches, un regard méprisant lancé vers les Mille Lames et leurs palissades en allumettes. La Reine de Sang était dans son élément. Elle avait été initiée aux arts les plus dévastateurs de sa magie. Au beau milieu d'un charnier, les pieds dans la terre imbibée du sang des victimes, elle était invincible. Elle ouvrit la main droite, paume vers le haut, et de longs filets gluants de boue sanguinolente s'élevèrent du sol. D'un geste sec, la sorcière tendit la main vers le ciel.

De partout sur le champ de bataille, des torrents de sang jaillirent de terre, flottant en apesanteur au-dessus du sol, et se mirent à onduler vers Shaankyr, tournoyant autour du corps de la Ténébreuse.

Peu de guerriers du Poing Sanglant avaient eu l'occasion d'assister à un tel spectacle. Tous attribuaient le nom de leur compagnie à leur seigneur de guerre, Hagòn. Ils se trompaient. Ce nom était choisi pour rendre hommage à la véritable maîtresse de la horde de tueurs. Parmi tous les guerriers, ce jour-là, certains vomirent, d'autres tremblèrent de peur, d'autres encore posèrent genou au sol en totale dévotion pour cette déesse, mais tous surent qui était Shaankyr, la Reine de Sang des Ténèbres.

— À présent, nous pouvons commencer… souffla-t-elle dans un murmure glacial.

De ses mains tendues jaillirent de longs éclairs rougeoyants. Les arcs d'énergie frappèrent la terre, aux endroits précis où étaient enfouis les derniers engins explosifs d'Hazeline. Des éclats de feu et de pierre jaillirent du sol, creusant des cratères béants. La vague de *Foudre de Sang* ne s'arrêta pas là. Les terribles éclairs fusèrent sur toute la distance et frappèrent la ligne d'archers. Dans un grésillement écœurant de chair brûlée et déchiquetée, les mercenaires furent démembrés. Enfin, cent fois plus efficaces que des haches affamées, les éclairs sanglants déchirèrent la palissade en plusieurs endroits, ouvrant des trous béants, laissant apparaître la première ligne de soldats totalement surpris.

Estrée serrait la rambarde de la tour de guet à s'en faire blanchir les jointures. Les yeux écarquillés de surprise et la mâchoire serrée, elle assistait, impuissante, à cette incroyable démonstration de magie ténébreuse.

— Par les Six Chaos… articula-t-elle entre ses dents. Peste soit des Ténèbres !

En hurlant pour couvrir la distance, la fille d'Eodh appela Hazeline au secours :

— Haz ! Envoie-moi cette garce aux Neuf Enfers !

La Naine venait de charger le dernier carreau géant dans la machine de guerre. La *Foudroyeuse* pivota pour prendre Shaankyr dans sa mire. Hazeline ferma un œil, se passa la langue sur les lèvres, et lâcha :

— Enfile-toi ça, suceuse de squazz !

La terrible arbalète cracha à son tour ses foudres mortelles.

Aussitôt, les quatre esclaves restants se précipitèrent, formant un rempart de leur corps. Jamais cette expression ne prit autant son sens. La Reine de Sang agita les mains en des gestes complexes et précis, en éructant une formule occulte. À l'instant où les longs épieux firent éclater la bulle de sang avec un « plop » immonde, les quatre corps des esclaves fusionnèrent. Muscles et tendons coulèrent comme de la cire pour se fondre en une seule bougie de chair, révélant un os par-ci, un organe par-là. Leurs membres se tortillèrent, cherchant en vain leur légitime propriétaire. Leurs têtes se heurtèrent, les os craquant afin de laisser place aux muscles à vif, les visages grimaçants, les yeux éjectés de leurs orbites, pour ne plus créer qu'un et un seul visage obscène. Les cris des esclaves se mêlèrent à leur tour, alors qu'ils étaient fusionnés vivants.

Les carreaux géants atteignirent le *Bouclier de Chair*, perçant la peau, broyant les os, transformant l'amalgame grossier en une parodie de pelote d'épingles vivante. Les corps ainsi agglutinés résistèrent, et la Reine de Sang resta à l'abri derrière ce rempart humain. Un tressaillement contrarié déforma un instant son beau visage, et ses paroles résonnèrent :

— Pauvres fous… Je suis l'héritière du savoir de *Nihilith*, maîtresse de la Nuit et de la Mort. L'Art que je détiens est vieux de plus de deux mille ans… Vous pensez vraiment pouvoir vous y opposer avec vos vulgaires jouets ? Je… suis… la… REINE DE SANG ! finit-elle par hurler.

Vociférant ces paroles, Shaankyr tendit les bras, ses mains ouvertes concentrant son pouvoir, et un nouvel éclair de mana jaillit dans un crépitement. La *Foudre de Sang* frappa la *Foudroyeuse* de plein fouet. L'arme explosa dans un déferlement de flammes, de métal fondu et de mana. Le corps d'un assistant-forgeron fut arraché en deux morceaux. Un autre, projeté à plus de trente mètres dans les airs, son corps désarticulé éclata en heurtant le sol. Hazeline, les vêtements en feu, atterrit dans un chariot de nourriture. Ironie du sort, elle n'eut la vie sauve que grâce aux sacs de pommes qu'il contenait, récoltées de la pommeraie sacrifiée.

CHAPITRE 14

Nova guida Aleenor et Rodan à travers un véritable dédale de ruelles étroites, sombres, et malodorantes. Régulièrement, la jeune femme faisait une pause, afin de s'assurer que personne ne les suivait, ou ne les attendait au détour d'un carrefour. Finalement, ils se mirent à longer un large canal charriant déchets et bois mort. L'endroit était envahi par une terrible odeur de pourriture. Aleenor eut un haut-le-cœur, et respira à travers un pan de sa cape. Nova ralentit l'allure.

— Nous pouvons être tranquilles à présent, rassura la jeune femme. Même les gangs ne viennent pas jusqu'ici.

— Pourquoi cela ? tiqua Rodan, suspicieux.

La guerrière lui adressa un sourire en coin, en précisant :

— À cause du monstre des égouts... Il arpente les canaux à la nuit tombée, et dévore ses proies sans rien en laisser.

Aleenor se rapprocha de Rodan, qui posa fermement une main sur l'épaule de Nova.

— Quoi ?... dit-il simplement.

Nova lâcha un rire léger et un peu moqueur.

— À cause de l'odeur, sombre idiot ! Ce canal charrie une bonne partie du réseau des anciens égouts de la ville. Même avec un linge sur le nez, on tient difficilement plus de quelques minutes, et il faut se laver dix fois pour se débarrasser ensuite de l'odeur… (Puis Nova fronça les sourcils et durcit la voix.) À présent, ôte ta main, ou je te brise tous les doigts un par un…

La menace n'était pas vaine. Rodan affronta le regard de Nova durant quelques battements de cœur, et retira sa main avec un hochement de tête.

— C'est noté… répliqua-t-il avec un défi dans la voix.

Nova eut un sourire approbateur.

— Du caractère… j'aime cela chez les hommes. Mais pas trop. Ceci dit, il y a des rumeurs ces derniers temps. Je ne plaisantais peut-être pas tant que cela en parlant d'un monstre des égouts… à présent, dites-moi qui vous êtes et, par l'éventail d'Isolde, ce que vous venez foutre dans les bas-fonds de Coruscante !

Rodan allait rétorquer que cela ne la regardait pas. Aleenor posa une main sur son avant-bras, et répondit :

— Nous venons chercher l'aide de la Guelfe Blanche. J'ai une amie qui est très gravement blessée. Seuls les prêtres de la Lumière peuvent encore, j'espère, la sauver…

Nova stoppa pour se retourner et regarder Aleenor dans les yeux. L'honnêteté de la jeune femme venait de toucher profondément la guerrière, sans qu'elle comprenne vraiment comment.

— Une amie ? demanda-t-elle.

Les yeux d'Aleenor devinrent humides, brillants d'une émotion qu'elle ne pouvait refouler.

— Elle s'appelle Sibyl. C'est… ma grande sœur. C'est une guerrière elle aussi, tout comme vous. Et je pense que vous vous apprécieriez beaucoup, toutes les deux.

Mais elle a été blessée dans son combat contre un Ténébreux. Celui qui dirige les mercenaires du Poing Sanglant, venus massacrer la tribu d'indigènes que mon père abrite sur ses terres.

Rodan écoutait et observait la jeune femme avec admiration. Elle avait beaucoup mûri en l'espace de quelques jours. Elle devenait forte, tout en restant sensible, forgée par les épreuves que son père aurait souhaité lui épargner. Aleenor continua :

— J'ai déjà perdu quelqu'un que je considérais comme une amie dans ce combat. Ce monstrueux Ténébreux m'a déjà pris Estrée, je ne veux pas qu'il me prenne Sibyl.

Les larmes coulaient, silencieuses, sur les joues de la jeune femme. Nova hocha la tête.

— Vous êtes la fille du Conseiller Cornell... affirma-t-elle. Toute la ville a entendu parler de sa trahison.

— Mon père n'est pas un traître ! voulut crier Aleenor, mais sa voix s'enroua dans un sanglot qu'elle réprima.

— Du calme ! répliqua Nova. Je n'ai jamais cru cela une seule seconde. Les machinations du Conseiller Valrym de Fenn sont en train de pourrir cette ville au plus profond. Il affame les pauvres, et se désintéresse complètement de ce qui se passe au sein de son peuple. Il n'y avait que Cornell et Naalar pour lui tenir tête, et il s'est débarrassé des deux...

— Celle que je veux sauver s'appelle Sibyl Naalar... souligna Alee. Elle est la fille de Brighit.

— La Conseillère a une fille ? s'étonna Nova.

Rodan intervint à ce moment.

— C'est un peu compliqué... Elle se fait appeler Sentenza, c'est la capitaine de la compagnie des Mille Lames. Ma capitaine... souligna-t-il en plongeant son regard dans celui de la guerrière. Mais ce n'est pas le lieu idéal pour discuter, vous en conviendrez. Je vous l'accorde... l'odeur est insupportable.

Nova sourit, sincèrement.

— Par ici. Je vais vous emmener au temple d'Antheros. Le père supérieur Aemon est un bon ami des Sœurs Grises. Je suis sûr qu'il acceptera de vous... – Nova hésita un court instant – de nous aider.

*

La toute première impératrice de la Lumière se nommait Vérania la Blanche. Vérania était une reine des temps anciens, la plus belle femme de la création, régnant avec sagesse et bonté sur son peuple. La légende prétend qu'une parcelle de la lumière originelle, issue de la création primordiale de l'Univers, s'incarna en elle, lui offrant son incommensurable pouvoir de magie protectrice. Elle devint la première Puissante du monde des Plans. Avec ce pouvoir, Vérania créa la Cité des Nuages sur le Plan Primaire, permettant aux premiers colons du Plan de la Lumière de s'y installer. C'est à cette époque que la Guelfe Blanche fut fondée, un ordre répondant directement de l'impératrice afin de devenir un guide spirituel pour l'humanité. Vérania plaça cet ordre naissant entre les mains de deux hommes : Ebrahim de Valencia et Silas de Falcquaurys. Leurs statues ornent encore aujourd'hui le palais de la Lumière. Le *Codex d'Ebrahim*, présent dans tous les temples de la Guelfe Blanche, reprend les dix-huit règles de vie que tout prêtre de la Lumière est censé suivre et diffuser autour de lui. Enfin, en théorie.

Le temple de Coruscante fut fondé voici plus de six cents ans, alors que les Territoires-Francs venaient d'être ravagés par les armées des Ténèbres durant la Première Grande Guerre. De nombreux prêtres de la Lumière arpentèrent alors le pays pour aider les rescapés. L'un d'entre eux, Antheros de Valencia, descendant direct d'Ebrahim, érigea le temple de Coruscante à l'écart de la cité, sur une petite colline qui dominait le lac Karkal. Celui-ci portait encore son nom. Bien des siècles plus tard, les faubourgs rattrapèrent le temple d'Antheros et envahirent les berges du lac. L'imposant bâtiment de pierre et de bois trônait toujours sur sa colline, entouré de jardins méditatifs et d'une aile supplémentaire abritant salles de repos et de soin. C'est ce que Nova raconta durant le trajet traversant le quartier portuaire des faubourgs, afin d'arriver en direction du temple.

— Depuis l'époque de la Première Grande Guerre, il existe un lien fort et sacré entre les prêtres de la Guelfe Blanche et les Sœurs Grises… poursuivit Nova au détour d'un entrepôt aux murs blancs.

Les éclats de cris, l'odeur âcre de la fumée et celle, bien plus écœurante, de la chair brûlée envahissaient les lieux. Le magnifique temple d'Antheros était la proie des flammes.

CHAPITRE 15

Estrée serra les poings en voyant le corps de son amie être ainsi projeté par l'explosion.

— Hazeline, NON ! cria-t-elle de colère.

La panique commençait à envahir les rangs des soldats. Combattre des hommes était une chose, affronter une sorcière avec de tels pouvoirs en était une autre. De nouveau, la sorcière incantait, le sang flottant autour d'elle dessinait de nouvelles runes pulsantes de pouvoir. De ses mains jaillit un éclair encore plus puissant que le précédent… en direction de la Fille du Chaos ! Estrée attrapa Liam par le torse, et se connecta à son Nexus. Son mana jaillit instantanément dans les muscles de ses jambes. Liam dans les bras, elle bondit de la tour. Un saut puissant. Elle se réceptionna lourdement, sans grâce cette fois, lâchant le Conseiller. Tous deux roulèrent dans la poussière, contusionnés, mais saufs, alors que la tour de guet éclatait en une pluie d'esquilles de bois.

Trois soldats proches, de solides gaillards armés de lances, repoussèrent leur peur et jaillirent hors de la palissade, décidés à abattre la sorcière. Shaankyr les regarda charger en se passant la langue sur la lèvre supérieure. La Ténébreuse aboya un mot de pouvoir. Les trois mercenaires furent stoppés en pleine course alors que les os de leurs jambes étaient broyés net. Tibias, péronés, rotules et fémurs éclatèrent sous la peau au même instant. Les soldats hurlèrent de douleur. Ils n'eurent pas le temps de s'étaler sur le sol boueux. D'un geste, Shaankyr lança de longs filets de sang qui devinrent tentacules afin de se saisir de leurs corps. Elle les souleva dans les airs, poupées de paille entre ses mains, et les projeta contre la palissade. Elle écarta les bras dans un cri d'extase. Et les corps des trois malheureux explosèrent avec une telle force que toute la partie centrale de la palissade vola en éclats, créant une ouverture béante, d'une dizaine de mètres de large.

Shaankyr, la Reine de Sang, faisait face aux trois cents soldats des Mille Lames, un sourire carnassier sur les lèvres.

Estrée s'était relevée, les yeux rivés sur la sorcière avec rage. D'un pas déterminé, elle dégaina le sabre de Felkeyn qu'elle portait en travers du dos. Lorsqu'elle voulut s'avancer, Rhellgarish s'interposa.

— Laisse-moi régler ça, Héritière d'Eodh… lui souffla-t-il.

Le regard du Loki était presque implorant, chargé d'une détermination farouche. Estrée connaissait bien ce genre de regard. Allumé par le désir de vengeance. Si elle ne connaissait pas l'histoire de Rhell, sa confiance en lui était acquise.

— Très bien, Rhell. Mais sois prudent. Elle est loin d'être à court de mana, et dispose encore de bien d'autres pouvoirs…

— Tout comme moi ! grogna le Loki.

Rhellgarish se tourna vers Shaankyr, psalmodiant une ancienne litanie. L'air autour de lui se troubla, et un souffle de vent se densifia dans sa main avant de se cristalliser, formant un javelot de glace. Le Loki se précipita vers la sorcière.

Shaankyr cracha une incantation, et ses *Foudres de Sang* jaillirent, se dressant comme une serre de prédateur pour se saisir du Loki. L'attaque crépitante s'écrasa sur le bouclier de mana de Rhellgarish, projetant des arcs sanglants tout autour du shaman. La Ténébreuse feula de rage et de frustration. Un nouvel éclair fut détourné par la magie protectrice du Loki, qui se rapprochait rapidement et dangereusement de la sorcière. Un troisième éclair fit éclater le bouclier magique, mais ce fut suffisant pour Rhellgarish. Durant sa course, le shaman avait répété sa propre incantation occulte. Quand il leva son javelot de glace, un tourbillon de vent violent enveloppa son corps, jusqu'à sa main, afin de démultiplier la force de son bras. Le javelot fendit les airs à la vitesse d'un oiseau de proie.

La Reine de Sang esquissa un geste pour invoquer un sort de protection. Le projectile fut trop véloce. La pointe de glace perça son armure de cuir, perfora ses chairs, traversa son sein gauche et ressortit sous la clavicule. Shaankyr fut soulevée dans les airs et atterrit sur le dos cinq mètres plus loin, dans un éclat de terre et de sang ocre. Son propre sang, cette fois.

Rhellgarish, essoufflé, s'affaissa sur lui-même. Pour repousser la magie de la sorcière, il avait dû alimenter un flux de mana important. Il était… vidé. Pour donner assez de puissance à son dernier sort, il avait puisé dans sa propre force de vie pour remplacer le mana manquant… Une ressource dangereuse. Bien des mages avaient laissé la vie en y ayant recours, se laissant griser par la sensation d'un pouvoir infini. En payant ce prix, le Loki avait vaincu. Du moins, le crut-il. Car Shaankyr se relevait lentement, maladroitement, mais toujours vivante.

— Pas mal, pour un vulgaire shaman... crissa-t-elle entre ses dents serrées, tout en se redressant.

Le sourire aux lèvres, la Reine de Sang saisit le javelot de glace à deux mains, et prononça un mot de pouvoir qui sembla venir des profondeurs de la terre. Frappée par la vibration, l'arme se brisa en un million d'éclats. Un flot de son propre fluide vital se déversa de la plaie. La sorcière ne sembla pas en souffrir.

— Mais loin... très loin d'être suffisant contre moi ! rugit-elle.

Pour alimenter la magie du sang, il faut un apport de substance fraîche. Les pratiquants de cet Art usent généralement d'outres spéciales, afin d'en conserver les propriétés. Ou, mieux encore, de sources bien vivantes. Toutefois, le mana le plus puissant reste celui provenant directement de la source de la magie. À savoir, le mage.

Shaankyr laissa donc couler son propre sang, d'un jaune profond. Elle le recueillit entre ses mains, et l'utilisa pour tracer du doigt une rune vibrante dans les airs. Le flot de sang s'éleva en une dizaine de gouttes ondulantes et pulsantes, avant de s'allonger, de s'affiner, et finalement coaguler, créant de longues pointes effilées.

— À mon tour... se moqua la Ténébreuse en libérant sa magie.

Les *Caillots Mortels* furent propulsés à plus grande vitesse et frappèrent Rhellgarish, en transperçant plusieurs points vitaux. Le Loki s'effondra à son tour dans la boue et le sang.

CHAPITRE 16

Felkeyn s'écroula dans la terre et le sable. Plus blessé dans son ego que dans sa chair, le guerrier aux yeux d'acier se releva lentement en se passant la langue sur les gencives. Un goût puissant et salé envahit sa bouche. Il cracha un mélange de sang et de salive, avant de faire face de nouveau à Yvain, le maître d'armes. Il n'avait pas usurpé son titre. Felkeyn n'avait pas vu arriver ce coup de coude. Les deux combattants reprirent leur danse martiale au sein du cercle de combat. De terre battue recouverte de sable, pour neuf mètres de diamètre, il était entouré par sept imposantes statues, chacune représentant un des plus grands maîtres des arts martiaux du monde connu. Quatre humains, deux hommes et deux femmes, un Ténébreux, un nain à la barbe tressée et un petit homme aux oreilles pointues. Ils étaient les sept gardiens de la chambre de la neuvième épreuve, où finissait le chemin de celles et ceux qui étaient appelés à devenir des Initiés. Sept maîtres, tous à l'origine d'une technique de combat considérée comme parmi les plus redoutables, celles qu'on nommait les *Sept Paumes de la Perfection*. Les deux combattants maîtrisaient parfaitement ces techniques. Felkeyn les avait jadis enseignées à Yvain. Les deux guerriers confrontaient aujourd'hui leurs talents les plus rapides, les plus brutaux… les plus mortels.

Yvain repassa à l'offensive aussitôt, Felkeyn lui faisant face. Il adopta la posture du Wush'in, main tendue face à lui, l'autre repliée en Poing Démon, le majeur recourbé dépassant des autres doigts. Et attaqua. Des mouvements rapides et circulaires de la main gauche, pour faire tomber la garde de l'adversaire. Et des attaques rapides et précises du Poing Démon, droit sur les centres nerveux.

Felkeyn choisit la défense en adoptant la Muraille du Fenn Shah'. Il contra tous les assauts de ses avant-bras ou de ses tibias. Au moment précis où le Poing Démon d'Yvain allait lui heurter la carotide, il esquiva d'une rotation du buste et contre-attaqua. Felkeyn leva la jambe en balancier et la Faux Saillante du Hache-Ombre frappa Yvain dans le creux de l'épaule, paralysant son bras droit.

Le Maître d'Armes du Chaos fit un bond en arrière, hors de portée, et d'une pression rapide sur ses centres nerveux, débloqua la paralysie de son membre. Felkeyn lui sourit, et enchaîna en tournoyant sur lui-même, ses pieds se levant dans de grands moulinets imprévisibles, les Haches de la Mort du Hache-Ombre. Cet art des coups de pied rapides et acrobatiques, qui fut développé par une petite confrérie de moines méditatifs vivant sur un Plan mineur, est basé sur la vitesse de mouvements de balancier acrobatiques. Une technique ardue et dangereuse, cependant très efficace. Yvain fut frappé plusieurs fois, à la tempe, dans les côtes, au plexus et sous l'aisselle. Il évita néanmoins les frappes les plus vicieuses. À son tour, il cracha un peu de sang dans le sable de l'arène. Felkeyn était déjà retombé sur ses appuis, prêt pour l'assaut suivant.

Le ballet martial entre les deux guerriers d'élite fut stupéfiant, d'une formidable précision technique, d'une grâce et d'une beauté inégalées. Hélas, il n'y eut aucun spectateur pour l'apprécier.

Entre les assauts, les guerriers prirent le temps de discuter.

— Tu n'as pas oublié ce que je t'ai enseigné, souligna Felkeyn à son ancien élève. Je te félicite.

— Garde tes compliments pour Morion ! répliqua Yvain. Je n'en ai pas besoin. Tu mérites une correction, et je te promets que je vais te la donner.

— Tu penses vraiment en être capable ?

— Même si tu as toujours l'air aussi jeune, je sens bien que ta vigueur a décliné. Tu n'es plus aussi fort ni aussi rapide qu'auparavant. Quand tu es parti, j'étais ton disciple… Aujourd'hui, je suis le maître !

— Prouve-le… sourit Felkeyn, en changeant de posture pour celle, plus offensive, du Rhys.

Le Rhys. L'art martial des Initiés par excellence. Une technique très ancienne, enseignée par un curieux petit être à la peau verdâtre vivant sur un Plan mineur marécageux. Sa pratique est devenue très rare, car il n'existe que peu de maîtres encore capables de l'enseigner à travers les Plans. Il demande une condition physique parfaite, et une force mentale sans faille, car il fait appel au pouvoir du Nexus. Le bras gauche est replié, la main gauche est ouverte, doigts raidis à hauteur du visage. Le bras droit contre le flanc, poing fermé. Les jambes sont dans l'axe de l'adversaire. Telle fut la position qu'Yvain adopta, en miroir à celle de Felkeyn. Et les deux guerriers glissèrent dans le Zen.

Les attaques des deux guerriers eurent été floues pour un observateur extérieur. Grâce à la transe mystique de l'Initié, ils se mouvaient avec une célérité inhumaine. Les deux combattants rivalisèrent de feintes et de bottes, de contres et de ripostes. Aucun ne semblait pouvoir prendre le dessus sur son adversaire. Leur dernier assaut dessina une spirale dans le sable de l'arène, qui retomba lentement lorsque les deux guerriers se figèrent. L'homme aux yeux d'acier avait la respiration un peu plus saccadée que son ancien disciple. Yvain lui fit remarquer avec sarcasme :

— Tu vois, tu te fais vieux. Tes pouvoirs faiblissent, tu ne fais plus le poids, Fel.

— Tu m'en veux vraiment à ce point, Yvain ? Avec le temps, j'aurais cru que tu serais devenu… je ne sais pas, un peu plus philosophe, peut-être ?

— Que j'aurais oublié, tu veux dire ? répliqua Yvain en haussant le ton. Et puis quoi ? Tu m'as ridiculisé, déshonoré, par les couilles du *Grand Cornu* !

Un nouvel assaut, des membres inférieurs cette fois. Le duel des pieds et des jambes souleva le sable par-dessus les statues des anciens maîtres. Coups de pied fouettés, retournés, chassés, sautés, s'enchaînèrent avec une force terrible. Felkeyn bloqua le talon du pied droit d'Yvain qui lui aurait pulvérisé la rate, répondit d'un balayage que le Maître d'Armes du Chaos évita d'une roue arrière. Nouvelle pause. Felkeyn haussa les épaules.

— Tu exagères un peu, non ? Il n'y avait rien de si grave… tenta de minimiser l'homme aux yeux d'acier.

Yvain écarquilla les yeux, ses pupilles se dilatant de colère.

— Rien de grave ?! RIEN DE GRAVE ?

Le maître d'armes frappa du poing avec une telle vitesse que Felkeyn eut juste le temps de pivoter. Il encaissa du haut du buste le coup visant sa gorge, sentant son épaule se déboîter. Le poing d'Yvain finit sa course dans la statue de Grimrock, le Maître Nain, inventeur de la boxe des Montagnes de Fer, qui éclata sous l'impact.

— Par l'Epée Noire de Lachlan, Felkeyn… Aurais-tu oublié ce que tu as fait à Isabella ?

— Hé, je ne l'ai pas violée que je sache. Ta sœur était parfaitement consentante. C'est même elle qui m'a tourné autour, figure-toi. Je n'ai fait que coucher avec elle, après tout !

— Oui… le jour de son MARIAGE ! hurla Yvain en enchaînant une série de coups de poing.

Felkeyn esquiva chaque attaque avec facilité, les coups étant donnés sous l'impulsion de la colère. Il sourit même, ce qui eut le don d'énerver encore plus Yvain. L'homme aux yeux d'acier en profita. D'une série rapide de frappes issues du Rilj'inn, Felkeyn déstabilisa son adversaire, avant de lui claquer le plexus d'une Main Sabre ouverte. Effet immédiat : Yvain eut le souffle coupé et chuta lourdement.

— Un mariage arrangé par la maison Melfynn, Yvain, tu le sais très bien… précisa Felkeyn. Avec un idiot, accro à la drogue, et violent. Isabella le haïssait. Et elle t'aurait haï, toi aussi, si tu l'avais laissé faire. Et c'est moi qui aurais dû l'affronter en duel, j'étais l'offenseur.

— Tu l'aurais tué, répliqua Yvain en se relevant, après avoir repris son souffle. Et nous aurions risqué la vendetta de la maison Melfynn jusqu'à la fin de nos jours.

— Et tu as préféré relever le défi… et perdre. Bordel, Yvain, tu as laissé ce crétin te battre !

— À cause de toi ! rugit Yvain avant de passer de nouveau à l'attaque.

Les deux hommes s'affrontèrent encore deux heures, confrontant tout l'éventail de leurs techniques de combat à mains nues. Cependant, aucun d'eux ne fit appel aux pouvoirs de l'Adepte. Sur la fin, l'épuisement approchant, les frappes devinrent moins violentes, et les esquives plus lentes. Ils finirent assis l'un contre l'autre sur le sol, dos à dos, visages tuméfiés, côtes douloureuses, tous les muscles en feu. Aucun n'avait su prendre le dessus sur l'autre. Ou, plus exactement, aucun n'avait voulu prendre le dessus sur l'autre.

Ce fut dans le calme paisible de la chambre de la neuvième épreuve, hors du tumulte de leur affrontement, qu'ils finirent leur conversation.

— Alors Yvain... souffla Felkeyn. Vas-tu me dire enfin ce qui te chagrine vraiment ? Cette histoire avec ta sœur n'est qu'un prétexte à ta colère. Je sens bien que tu nourris un grief plus profond...

Le Maître d'Armes du Chaos soupira longuement. Felkeyn avait vu juste.

— Tu as disparu, Felkeyn. Comme ça, du jour au lendemain, envolé sans la moindre trace. On t'a tous cru mort en mission, Isabella a pleuré durant des jours. Morion n'a rien dit, il a enfermé ton histoire dans l'un de ses tiroirs à secrets, et n'a plus jamais prononcé ton nom. Et aujourd'hui, tu réapparais tranquillement. Par les Six Chaos, Fel, vas-tu me dire pourquoi ?

Felkeyn hésita. L'acier de son regard se voila alors que les souvenirs envahissaient sa mémoire.

— Tu te rappelles tes livres d'histoire des Plans, Yvain ?

— Qu'est-ce que tu racontes encore... répondit le maître d'armes.

Felkeyn sentit les muscles de son ancien disciple se tendre à nouveau, comme pour un deuxième round. Qu'il s'empressa d'étouffer dans l'œuf.

— Du calme, je ne me moque pas de toi. C'est juste que… l'histoire commence à être un peu ancienne. Te rappelles-tu la dernière impératrice de la Lumière ?

— Mélianor ? Bien sûr, qui ne la connaît pas ? La plus belle femme du Monde des Plans, assassinée par les Ténèbres. Le Père de la Douleur voulait rendre fou l'empereur Eliam, en prévision d'une invasion du Plan de la Lumière. Ce fut l'origine des premières Grandes Guerres de Sang.

— Eh bien, les livres ne disent pas la vérité.

Yvain fronça les sourcils, mais ne dit rien, attendant la suite. Felkeyn était plongé dans ses souvenirs, afin de rendre chaque détail avec précision.

— À l'époque, j'étais la Première Ombre de Morion. Son meilleur agent. En toute humilité… sourit-il ironiquement.

— Attends un peu, Fel… l'arrêta Yvain. Ce dont tu me parles, c'était avant les secondes Guerres de Sang. Plus de trente ans…

— Ne te fie pas aux apparences, ce n'est pas à toi que je vais devoir le rappeler… Je suis bien plus vieux que j'en ai l'air, Yvain. J'étais déjà au service d'Elvanthyell avant la naissance de son fils. J'ai vu Morion grandir, j'ai été son garde du corps personnel alors qu'il n'était qu'un enfant.

Yvain en resta stupéfait. Morion avait la réputation d'être âgé de plusieurs siècles, les Puissants ne subissant plus les affres de la vieillesse de la même façon que le commun des mortels. Elvanthyell, le Duc du Chaos en personne, avait plus d'un millénaire. À sa connaissance, à part le lien avec une Pierre de Vie, une seule chose permettait de prolonger ainsi sa propre existence. Le secret de la maîtrise de l'esprit sur le corps. Le rang supérieur à l'Adepte…

L'homme aux yeux d'acier sourit pour lui-même. Toujours adossés l'un à l'autre, les deux guerriers se vouaient un profond respect mutuel, malgré leur amitié mise à mal par leur devoir envers le Chaos. Il reprit donc :

— Les rapports arrivant des espions étaient alarmants quant aux intentions des Ténèbres d'envahir la Lumière, et Morion mit un grand nombre de ses ressources dans cette enquête. Aussi étrange que cela puisse paraître à l'époque, tout accusait l'impératrice de trahison... Morion ne voulait pas croire que Mélianor puisse être au service du Père de la Douleur. Il pressentait une fourberie des Ténèbres, sans vraiment savoir laquelle. Et tout Maître des Mystères qu'il était, il ne pouvait ignorer une menace aussi grande pour l'équilibre des Plans.

Felkeyn marqua une pause. Quelques secondes d'un lourd silence envahirent la salle, les deux hommes respirant à peine. Yvain ne voulait pas entendre ce qu'il pressentait dans la suite du récit.

— Morion convoqua donc son Agent des Ombres de l'époque... moi. Il lui confia la mission la plus terrible qu'il eut à ordonner, celle qui allait changer le cours de l'histoire des Plans. Morion lui-même ne sait pas par quel moyen je parvins à infiltrer Tygarde, tromper la vigilance des gardes d'élite de la lumière, et accomplir ma mission sans laisser la moindre trace. Je fis irruption dans l'immense salle d'eau impériale, alors que Mélianor s'apprêtait à prendre son bain. Jamais je n'avais contemplé si belle femme... Au premier regard, elle comprit pourquoi j'étais là. Elle n'était ni magicienne ni guerrière, et sut immédiatement qu'elle n'aurait pas le temps d'appeler au secours. Elle ne cria pas...

Le regard de Felkeyn se perdit plus encore dans les méandres du passé, et ses yeux s'embuèrent de regrets.

— Elle laissa glisser son peignoir de soie sur le sol, et défit sa longue chevelure, tout en me regardant dans les yeux. Puis elle avança dans l'eau et écarta les bras, comme pour m'enlacer, acceptant l'étreinte fatale de son dernier amant. Je ne sus me résoudre à profaner un corps si parfait. Alors…

Il ferma son poing devant son visage, les traits durcis par une colère sourde contre lui-même. Cette même colère qui vint chasser le regret de ses yeux.

— Ma Griffe du Néant frappa son cœur directement dans sa poitrine.

Nouveau silence. Les imposantes statues des héros de jadis observaient les deux hommes de leurs sévères regards de pierre.

— Le Père de la Douleur laissa ensuite croire qu'il avait orchestré le meurtre – ce qui n'était d'ailleurs pas tout à fait faux – et déploya ses troupes au plus proche des frontières de la Lumière. L'empereur Eliam déclara la grande croisade contre les Ténèbres, et la guerre s'empara du Monde des Plans. Morion chercha à corriger son erreur par tous les moyens, mais c'était trop tard. Rien ne pouvait plus empêcher la terrible guerre qui suivit. La suite, tu la connais… Eliam, rendu fou par le chagrin, décima des populations entières avant d'être capturé et tué par le Père de la Douleur. Son fils, Priam, lui succéda. Tu te rends bien compte, Yvain, que si l'empereur de la Lumière venait à apprendre que sa mère fut tuée sur ordre de Morion, une nouvelle guerre éclaterait. Si Priam a d'abord œuvré pour la paix, il n'a jamais abandonné les recherches afin de découvrir le véritable meurtrier de sa mère. Une fois la nouvelle génération d'Ombres formée, une fois un nouveau maître d'armes prêt pour le Chaos, Morion et moi avons donc décidé que je devais disparaître. Je traînais ce lourd secret, que je ne pouvais pas imposer. Ni à toi ni à Isabella. Alors je suis parti, et j'ai fait ce que je fais de mieux. J'ai disparu.

Un ultime silence envahit l'espace. Moins lourd, cette fois. Le silence d'un secret partagé, que deux hommes enferment dans leur cœur, leur seul lieu sûr et sacré.

— Alors, Felkeyn, dis-moi, pourquoi es-tu revenu ?

Felkeyn marqua un temps avant de répondre :

— Maeve. Laisse-moi finir sa formation d'Initiée.

Yvain soupira à son tour, puis abdiqua avec un rire franc.

— Les femmes. Toujours été ta faiblesse, Première Ombre. D'accord, tu restes le meilleur maître qu'elle puisse avoir. Mais évite de coucher avec elle.

— Je ne peux rien promettre… sourit Felkeyn.

— Évidemment… Évidemment…

Les deux hommes quittèrent la salle de la Neuvième Épreuve, laissant les colosses de pierre dans le silence de leur éternelle posture.

CHAPITRE 17

Gisant sur le champ de bataille, Rhellgarish tentait vainement de se relever. La Reine de Sang l'observait avec un rire glacial.

— C'est l'heure de mourir, misérable Loki ! cracha-t-elle avec mépris.

Shaankyr concentra son pouvoir entre ses mains, brûlantes d'une énergie sombre, avant de libérer ses terribles *Foudres de Sang*, qui fondirent sur Rhellgarish avec avidité. Le Loki allait être déchiqueté par ce déferlement de magie noire.

Dans un éclat aveuglant, les griffes de foudres sanglantes heurtèrent un bouclier de mana couleur d'améthyste. Les éclairs furent brisés en de nombreux petits arcs, qui se dispersèrent dans les airs. Entre le Loki et la sorcière ténébreuse se tenait l'Héritière du Chaos. Le mana grésillait encore sur ses avant-bras, croisés pour encaisser la décharge. Estrée releva les yeux, le regard allumé de cette même énergie pourpre, et fixa Shaankyr avec intensité.

— À nous deux, traînée des Ténèbres ! lança la fille d'Eodh.

Avec un cri de haine, la sorcière déchaîna ses foudres sur l'Héritière du Chaos. Estrée sourit, écarta les bras d'un geste vif, et libéra son propre pouvoir. Les *Lames de Volonté* jaillirent de ses poignets. Prolongement de ses bras, les armes de mana d'un mètre de long étaient nimbées d'une vibration de pouvoir à l'état pur. D'un revers d'une de ses lames, Estrée dévia un éclair de sang, puis un second. Avec la vivacité d'une panthère, elle fondit sur sa proie. Comblant l'espace la séparant de la sorcière en un instant, l'Héritière dissipa complètement les *Foudres de Sang* avec ses armes de mana. Et frappa. Un coup de taille descendant qui atteignit Shaankyr en plein visage. La Reine de Sang bondit en arrière. Si elle n'avait pas eu ce réflexe, elle aurait eu la tête tranchée en deux. L'attaque d'Estrée fendit néanmoins le visage de la sorcière, du front à la pointe du menton, et emporta son œil gauche.

Portant la main à son visage, Shaankyr hurla de douleur. Le sang ruissela abondamment entre ses doigts serrés sur la plaie. Un flot de jurons et d'insultes jaillit d'entre ses lèvres. Cruellement blessée, la Reine de Sang n'en était pas vaincue pour autant. De sa main droite, elle saisit le manche du fouet à neuf queues lové autour de sa taille. L'arme prit vie d'elle-même, et les lanières s'agitèrent, claquant dans les airs, repoussant la fille aux yeux violets.

— Je vais arracher chaque centimètre de ta peau, chienne du Chaos ! articula la sorcière avec un ton sulfureux.

Shaankyr passa à l'attaque. Le fouet fusa dans les airs à grande vitesse, chaque lanière cherchant à lacérer, à déchiqueter. Estrée dut reculer face à cet assaut pour ne pas avoir le visage arraché. De volte en contre-volte, l'Héritière évita difficilement les serpents de cuir clouté.

La dernière attaque de la Ténébreuse faillit lui arracher la joue. Estrée dévia la tête au dernier moment, les lanières tranchantes déchiquetèrent l'épaulette et la manche de son armure de cuir. L'attaque de la Ténébreuse avait dessiné un sillon sanglant sur le bras de la Fille du Chaos. D'une roulade, elle se mit hors de portée.

Foutresang ! Cette maudite sorcière est aussi douée au corps à corps qu'en magie... Estrée jeta un regard rapide à Rhellgarish. Le Loki restait prostré sur le sol, immobile. Elle sentit son estomac se nouer. *Allez, ma fille, trouve quelque chose...* Aussi vite que ses pensées le lui permirent, Estrée passa en revue les différents arts martiaux qu'elle connaissait. *Il faut parfois savoir prendre des risques, pour placer une riposte mortelle...* lui avait dit Cellendhyll durant un entraînement. *Comme en amour...* lui avait répondu Estrée. L'Art de la Riposte. Estrée se campa sur ses jambes, adoptant une position défensive. Dans un sifflement, les longues lanières de cuir du fouet ténébreux fendirent l'air pour lui séparer la tête des épaules. Estrée dissipa la *Lame de Volonté* de sa main gauche, utilisant sa magie pour créer une aura protectrice autour de son bras. Elle opposa son avant-bras au fouet vorace. Les lanières s'y enroulèrent, cherchant à mordre la chair, et grésillèrent sans plus d'effet, stoppées par la magie défensive de l'Héritière du Chaos. Estrée haussa un sourcil ironique vers la sorcière de sang.

— À mon tour... se moqua-t-elle des paroles de la sorcière.

Estrée saisit les lanières à pleine main, et tira un coup sec. Surprise, Shaankyr fut projetée vers l'avant, en déséquilibre. Par un revers rapide de sa lame de mana, l'Héritière trancha le fouet à neuf queues, et pivota sur elle-même. Dans un mouvement souple et gracieux d'une danseuse de ballet, Estrée virevolta. Elle leva son arme magique, qui décrivit un arc de cercle incandescent d'énergie, et frappa. Le coup fut si rapide que l'œil ne vit qu'un éclat pourpre fendre l'air. La *Lame de Volonté* cisailla net le bras droit de la sorcière. Proprement sectionné au niveau du biceps, le membre tomba sur le sol, inerte.

La Reine de Sang ne cria pas. Les mâchoires serrées, elle regarda, interdite, le sang gicler de son moignon à vif. L'Héritière du Chaos s'apprêtait à l'achever, armant déjà sa lame de mana pour lui percer le cœur. *Vaincue, moi, la Reine de Sang des Ténèbres ?* Shaankyr se mit à rire.

D'abord un léger ricanement, qui troubla Estrée. Puis un rire dur, résonnant, moqueur. La fille d'Eodh allait frapper, mais la sorcière n'avait pas dit son dernier mot. Ce mot, qu'elle prononça, résonna de pouvoir. Une onde de choc puissante souleva Estrée dans les airs et la projeta dix mètres plus loin. Elle accompagna la chute d'une roulade et, bien que sonnée, se redressa sur un genou. Ses oreilles bourdonnaient et sa vue était troublée. Sa *Lame de Volonté* s'était dissipée. Secouant la tête, elle se releva lentement. Et jura.

La Reine de Sang se remit à chanter une mélopée obscure. Comme attiré par ce chant, le bras tranché s'éleva, défiant la gravité. De l'extrémité du membre tranché comme du moignon, de fins filaments gluants s'étirèrent pour s'embrasser et unir les deux parties du bras de la Ténébreuse. Dans un bruit de succion écœurant, la plaie disparut. De la même façon, par l'effet de son chant guérisseur, le visage fendu et la poitrine perforée de Shaankyr se refermèrent. Un nouvel œil naquit dans son orbite, roulant dans tous les sens avant de se coordonner avec son jumeau. La Reine de Sang s'étira.

— C'était… distrayant, laissa-t-elle échapper.

Malgré son sourire, une fatigue intense se lisait sur son visage. Elle recula de quelques pas, d'une démarche moins triomphante. La Ténébreuse retourna vers les soldats du Poing Sanglant. Estrée voulut se précipiter pour l'achever, mais elle aussi sentait que ses forces avaient été mises à rude épreuve. Ses jambes refusaient de la porter. Estrée dut chercher son second souffle, puisant dans le pouvoir de son Nexus. Lentement, la langueur causée par la magie de la sorcière reflua.

Derrière les palissades réduites à de la dentelle de bois, Rens hésita. Il ne voulait pas sacrifier d'autres hommes contre cette maudite sorcière. Il savait comment combattre l'acier. La sorcellerie, c'était généralement le domaine de Rhell. Qui gisait à présent dans la poussière. Il ne pouvait pas laisser le Loki et sa capitaine ainsi. Le puissant lieutenant cria quelques ordres brefs, et les soldats des Mille Lames se préparèrent à l'assaut. Les premières lignes de mercenaires avancèrent pour se porter au secours d'Estrée.

De leur côté, les rangs du Poing Sanglant s'ouvrirent pour laisser passer la Reine de Sang. Celle-ci se dirigea vers Hagòn, et se lova contre son époux.

— Ils sont à vous, mon amour… faites-les souffrir… susurra-t-elle à l'oreille du Briseur-de-Destin.

Hagòn afficha un sourire de prédateur. C'était l'heure de la curée. Il lâcha ses chiens.

Les bottes des guerriers du Poing Sanglant martelèrent la terre de Liam Cornell, chargeant à nouveau, sans craindre les engins de guerre balayés par la magie ténébreuse.

Cette fois, Rens Tueur-de-Géants savait comment réagir. Il hurla ses ordres. Les sections de soldats, préparés pour recevoir cette charge, se mirent en position. Les archers Kàwanakhees se postèrent dans les tranchées.

Les cavaliers, montés sur les étalons de guerre pelloniens fournis par le seigneur Cornell, saisirent leurs lances.

Au beau milieu, l'Héritière du Chaos se redressa fièrement. Elle empoigna la garde de son sabre, la lame jaillissant dans un éclat vif-argent, et attendit de pied ferme la centaine de guerriers hirsutes qui se jetaient sur elle.

CHAPITRE 18

Le feu était terrible, ravageant le bois et la pierre, jetant de grands éclats orangés sur les arbres des jardins et les bâtiments les plus proches. Le temple de la Guelfe Blanche, large édifice aux murs blancs et au fronton triangulaire, était déjà pour moitié écroulé, et pour l'autre, un gigantesque brasier. Une épaisse fumée noire montait dans le ciel. Dans les jardins alentour, hommes et femmes du voisinage tentaient de porter secours aux blessés. Comble de la situation, ces blessés étaient cette fois les plus à même de soigner. De par leur science de la médecine, leurs connaissances des vertus thérapeutiques des plantes, ou même la magie curative, les frères et sœurs de la Guelfe Blanche étaient avant tout des guérisseurs. De la vingtaine de membres de la Guelfe du temple d'Antheros, seuls quatre d'entre eux en avaient réchappé. Et encore, gisaient-ils sous de grands linges, à même le sol, affreusement brûlés.

En voyant cela, Nova se précipita en direction de l'entrée du temple. Elle se retrouva face à un mur de flammes voraces. À moins de trois mètres, la chaleur était insoutenable, et repoussa la jeune femme, toussant, les yeux embués de larmes. Rodan arriva à ses côtés. Le mercenaire imbiba un foulard de l'eau de sa gourde.

— Vous êtes une Sœur Grise, non ? La Voie du Vent, c'est votre truc ? lança-t-il avant de nouer le foulard autour du bas de son visage.

Rodan ferma les yeux un court instant. Le mercenaire se souvenait des leçons de ses mentors, bien des années auparavant. Comment faire le vide, trouver le cœur de l'être, ce que les Initiés appellent le Nexus, temple intérieur de la volonté, source de toute magie. *C'est par sa foi que l'homme est relié à la Divine Lumière,* se rappela Rodan. Et le jeune soldat avait retrouvé la foi. Une lumière dorée émana de son torse pour envelopper son corps. Protégé par son *Harnois de Lumière,* Rodan se jeta dans les flammes.

— Oh… voilà qui est intéressant… siffla Nova, quelque peu surprise.

La jeune femme se reprit vite. Fermant les mains devant elle, Nova entama une litanie. À ses mots, un courant d'énergie bleutée se mit à parcourir son corps, tournoyant autour d'elle. Puis un vent puissant naquit de ce mana tourbillonnant. Ouvrant les mains, Nova libéra ce vent qui repoussa les flammes et les fumées autour d'elle. Un effet à double tranchant : les flammes gagnèrent en intensité. Ils n'auraient que peu de temps devant eux. Nova s'engouffra à son tour dans le brasier.

Protégé par son armure de mana, Rodan repoussa plusieurs poutres enflammées, libérant ainsi le passage à tout un groupe piégé par les flammes. Grâce au couloir créé par Nova, les rescapés coururent jusqu'à l'extérieur du temple, où Aleenor les accueillait pour les guider en sécurité dans les jardins. L'apprenti Paladin Bleu et la Sœur Grise parvinrent ainsi à sauver dix-sept personnes prisonnières du feu et de la fumée. Ni prêtre ni prêtresse n'en faisaient partie.

Au cœur du brasier, Rodan toussait. Son armure magique ne le protégeait pas de la fumée. Ses yeux noyés de larmes le piquaient atrocement. Il perdait tout sens de l'orientation, et sentit qu'il risquait de s'évanouir. Lentement, les flammes se refermaient sur lui. S'il perdait conscience une seule seconde, son *Harnois de Lumière* se dissiperait, et il mourrait brûlé vif. Heureusement pour lui, Nova vint à son secours. Les flammes furent repoussées par une sphère de vent tournoyante qui dissipa également la fumée âcre. La Sœur Grise se précipita aux côtés du mercenaire, passant son bras autour de ses épaules pour l'aider à s'éloigner.

— Il ne faut pas rester ici, tout va s'écrouler ! Vite, sortons ! cria la jeune femme pour couvrir le grognement du brasier.

Ils allaient partir lorsqu'un cri de détresse retentit, venant d'une alcôve proche. Un rideau virevoltant de petites braises dansait dans la pièce. Les flammes, attisées par les vents protecteurs de Nova, se dressaient autour d'eux en léchant le plafond de leurs langues avides. Tout risquait de s'effondrer dans un déluge infernal d'un moment à l'autre. Rodan dut hurler vers Nova pour se faire entendre :

— Couvre-moi, j'y vais !

La Sœur Grise orienta son pouvoir de façon à créer un tunnel d'air tournoyant. Se faisant, elle dut baisser sa propre protection. La chaleur s'intensifia autour d'elle, la manche gauche de sa tunique prit feu. Mais Nova ne faillit pas.

Rodan se précipita jusqu'à l'alcôve. Il eut l'impression de courir au cœur même du magma d'un volcan. Cependant, la magie des Sœurs Grises avait mérité sa réputation. La Voie du Vent le protégea. Feu et fumée furent chassés, dévoilant une jeune femme, en tunique religieuse, tenant un tout jeune enfant entre ses mains. Elle s'était baissée pour éviter les fumées toxiques, et ses bras couverts de cloques avaient su épargner au nourrisson les morsures du feu. De plus, un halo de lumière blanche émanait de ses mains fines, entourant l'enfant d'une couverture protectrice. *La magie de la Guelfe Blanche !* reconnut Rodan. Le mercenaire prit la jeune femme portant l'enfant entre ses bras, et se prépara à courir dans l'autre sens. Un grand craquement sinistre retentit, et une pluie de flammes s'abattit sur eux.

Restée en retrait, Aleenor observait, avec inquiétude, la majestueuse bâtisse devenue la proie des flammes. Elle sursauta lorsque toute une partie du toit s'effondra, projetant des esquilles embrasées dans tous les sens. S'il n'avait pas été teinté d'horreur, le spectacle eût été magnifique. Rodan et Nova étaient encore à l'intérieur.

Nova s'élança. La Sœur Grise courut au sein de son propre tunnel de vents protecteurs. Le monde derrière elle était avalé dans un chaos de feu, de roches incandescentes et de braises rougeoyantes. Juste avant que le toit ne s'écrase sur eux dans une gigantesque boule de feu, Nova se jeta sur Rodan, la jeune guérisseuse et l'enfant. Les puissants courants d'air tournoyants en arabesques se refermèrent sur eux telle une bulle protectrice qui, dans l'élan de la Sœur Grise, devint projectile vivant. Ils traversèrent le mur du temple dans une explosion d'éclats de pierres.

Nova atterrit en roulé-boulé, étouffant les flammes qui dévoraient sa tunique à grandes claques. Rodan se releva et aida la guérisseuse, qui pressait toujours le bébé contre sa poitrine pour le protéger. Un pleur déchirant rassura sur son état de santé : il était bien vivant. La jeune femme leva un regard reconnaissant sur le mercenaire. Elle ne devait pas avoir plus d'une vingtaine d'années. Ses cheveux aile-de-corbeau s'échappaient d'une coiffe religieuse. Ses yeux d'un bleu roi profond et ses lèvres fines lui donnaient beaucoup de charme. Une autre femme, d'une trentaine d'années, accourut des jardins du temple. La guérisseuse s'avança vers elle avec un sourire rassurant.

— Du calme, Ilsa, du calme ! Ton bébé va bien, rassura-t-elle d'une voix douce et compatissante.

La dénommée Ilsa, sanglotant de joie de retrouver son bébé sain et sauf, s'empara de l'enfant avec d'infinies précautions. La mère adressa des dizaines de remerciements étouffés de sanglots à la prêtresse de la Guelfe Blanche.

Tremblante d'inquiétude, Aleenor rejoignit Rodan et Nova.

— Vous allez bien ¿ lança la jeune femme.

Toussant, les vêtements noircis, quelques mèches de cheveux brûlés, les bras couverts de cloques, mais dans l'ensemble, ils allaient bien.

Le bébé en sécurité auprès des siens, la prêtresse sauvée des flammes s'approcha de ses sauveurs.

— Je ne vous remercierai jamais assez, qui que vous soyez… répondit la guérisseuse. Je m'appelle Laureline.

Leur discussion fut interrompue par un fracas épouvantable. Ce qui restait du toit du temple s'effondra brutalement, jetant dans le ciel des étoiles rougeoyantes, braises papillonnantes et lucioles embrasées. Rodan, comme tous les autres, observa la scène, désemparé. Dans l'éclat du brasier, il lui sembla apercevoir une silhouette difforme et grotesque dissimulée plus loin, sous un arbre solitaire. La silhouette tourna son visage vers le mercenaire. Rodan eut un sursaut de surprise et de dégoût. L'inconnu avait un faciès immonde, à mi-chemin entre l'humain et le batracien, sans savoir vraiment où se placer. Une gerbe de flammes éblouissante força Rodan à fermer les yeux une seconde. Lorsqu'il les rouvrit, l'homme-crapaud avait disparu.

— Quel terrible malheur pour Coruscante... commenta Laureline. Les disciples de la Guelfe Blanche venaient en aide à tous, pauvres ou riches. En ces temps troublés, ils assistaient surtout les plus démunis...

— Je crains que cela ne soit pas un accident... précisa Rodan.

— Que voulez-vous dire ? demanda la guérisseuse.

— Une intuition... mais je parierais ma main d'épée que cet incendie est criminel. Quelqu'un a sciemment voulu se débarrasser des meilleurs soigneurs des environs...

— ... et peut-être même à cause de nous, souligna Aleenor, la voix tremblante.

Laureline interrogea Aleenor du regard, sans vraiment demander pourquoi. La jeune demoiselle Cornell lui adressa un regard chargé de culpabilité.

— Je m'appelle Cornell, Aleenor Cornell. Je suis la fille de Liam. Nous sommes venus ici dans l'espoir de trouver l'aide du père Aemon, afin de sauver une amie, gravement blessée.

Laureline observait Aleenor avec gravité, tout en écoutant attentivement.

— Tout ça, c'est à cause du Conseiller Valrym ! poursuivit Aleenor en durcissant le ton. Depuis des années, il ne cherche qu'à nuire à mon père. Il a engagé ces brutes du Poing Sanglant pour se débarrasser de nous, comme il se débarrasse de tous ceux qui ne ploient pas genou devant lui… C'est un monstre !

La jeune femme continua de déverser sa rage, contenue depuis des jours, sans se soucier que quelqu'un puisse entendre :

— S'il en est un bien capable de mettre le feu à un temple de guérisseurs pour qu'on ne puisse pas soigner Sentenza, c'est lui ! Cette ville est pourrie jusqu'à l'os à cause de lui ! À part mon père et Brighit, tous se baissent pour lui lécher les bottes ! Maudits Conseillers véreux !

Et elle conclut sa tirade par un long cri rageur. Laureline lui prit les mains, avec un sourire rassurant.

— Demoiselle Cornell… Je ne connais pas votre père, mais je sais reconnaître le son de la détresse. Et… tous les Conseillers ne sont peut-être pas si véreux… Ce soir, je vous dois beaucoup. Peut-être pourrais-je aider votre amie ?

Une étincelle d'espoir naquit dans le regard turquoise d'Aleenor.

*

Nova et Laureline se joignirent donc à Rodan et Aleenor pour prendre la route des terres Cornell. Le jour tombait lorsqu'ils arrivèrent sur les barges du lac Karkal. Une troupe composée d'une centaine de centaures y bivouaquait. Un parmi les plus jeunes des hommes-chevaux approcha à la rencontre du groupe, souriant.

— Saï baïn'a Alee ! Alee ! s'écria le centaure.

— K'Shin ! répondit Aleenor avec de grands gestes du bras pour le saluer.

La jeune humaine et l'adolescent centaure se prirent les mains, visiblement heureux de se retrouver. Laureline sourit d'émerveillement en voyant, pour la première fois, le peuple équidé. Nova échangea un regard interrogateur avec Rodan. Ce dernier haussa les épaules.

— Que voulez-vous, Sœur Grise… L'amour est imprévisible, dit-il avec un sourire énigmatique.

Nova leva les yeux au ciel en soupirant, et rejoignit Aleenor qui fit les présentations.

— Nova, Laureline, voici K'Shin, du peuple centaure, dit joyeusement la jeune femme. Et… son clan, je suppose…

Aleenor fit un large geste de la main pour désigner tous les centaures, mâles et femelles, qui les observaient silencieusement. Au milieu d'eux, une jument broutait paisiblement. Aleenor se jeta à son encolure.

— Temera ! Comme je suis contente de te retrouver !

La jument hennit en réponse, sur un ton enjoué, tout aussi heureuse de retrouver la jeune femme. Le cheval de Rodan attendait également au milieu des centaures. Nova sauta en selle derrière Aleenor, tandis que le mercenaire aidait la guérisseuse à monter avec lui. K'Shin vint les rejoindre, les invitant à le suivre en tête de la troupe. Ensemble, ils se mirent à longer le lac. Ils devraient atteindre le campement des Mille Lames avant le lever du soleil. *Accroche-toi, grande sœur !* pensa Aleenor.

Dans sa chambre du manoir Cornell, Sentenza s'accrochait.

CHAPITRE 19

Chercher à décrire une bataille revient à vouloir décrire avec précision les moindres mouvements erratiques de fourmis, rendues folles par la botte s'écrasant sur leur forteresse de terre. Si les premiers déplacements peuvent sembler organisés et coordonnés, très rapidement l'impact des deux armées se transforme en un chaos infernal. Fracas des armures éclatées, chocs des armes qui se rencontrent, cris de rage puis de douleur… le tout précède la mélodie funèbre des chairs déchirées et des râles d'agonie.

Si vous aviez des ailes et survoliez la vallée comme un pygargue à tête blanche – très courant dans cette région –, vous pourriez admirer l'étrange fluidité avec laquelle les différents bataillons se précipitaient les uns sur les autres. Les échos des clameurs et des chocs de l'acier ne vous parviendraient que très étouffés, douce cacophonie mettant en musique le mélange des couleurs des différents uniformes. Le noir frappé du poing rouge vif d'un côté, le damier sable et or, surmonté d'une épée, de l'autre. Très vite, le tout se mêlait dans un flot indistinct, et la poussière soulevée recouvrait les guerriers s'entretuant.

Au milieu de cette tempête de métal et de sang, Estrée, rejointe par les premières lignes de défense des Mille Lames, ferraillait de toutes ses dernières forces. Avec une quinzaine de lanciers et autant de porteurs de boucliers, le sergent Radjak était accouru sur son flanc pour encaisser la charge du Poing Sanglant. À présent, ils combattaient dos à dos. Le vieux soldat maniant bouclier rond et glaive épais, fracassait des crânes avec talent. Estrée glissait sa lame derrière un genou, tranchait une gorge, ou fendait un visage avec grâce et précision. Malgré leurs talents de combattants, leurs bras faiblissaient. Pour deux guerriers en armure noire abattus, il en venait trois autres. Les Mille Lames étaient inexorablement repoussées derrière leurs lignes de défense. Les archers avaient été rapidement submergés et massacrés dans leurs tranchées. Des corps avaient été projetés sur les épieux et ornaient à présent le champ de bataille de trophées macabres.

La charge des cavaliers avait percé une première fois les rangs du Poing Sanglant. L'effet de surprise avait joué en la faveur des étalons pelloniens, rapides et puissants. Jaillissant du fond de la vallée, un escadron de cent vingt cavaliers harnachés, hommes comme chevaux caparaçonnés d'acier, se jetèrent dans la mêlée. Le bruit sourd des impacts des corps contre les poitrails des bêtes de guerre vint rythmer la symphonie du combat. Des lances percèrent des armures. Des corps de chevaux agonisants vinrent se mêler à ceux des soldats mourants.

Tout semblait perdu.

Estrée courut en direction d'un sergent du Poing Sanglant, un colosse de deux mètres cinquante, maniant une immense épée à double tranchant. Les corps de cinq mercenaires des Mille Lames étaient déjà répandus à ses pieds, les membres tranchés, les torses fendus. Derrière son casque à nasal, orné de cornes torsadées, le guerrier rugit en voyant arriver l'Héritière du Chaos. *Quel beau trophée de guerre, lorsque cette jolie tête brune ornera ma ceinture !* pensa-t-il. C'était grandement sous-estimer la guerrière qu'était devenue Estrée. L'immense épée s'éleva dans les airs et s'abattit avec une force incroyable, toutefois beaucoup trop lentement. Estrée bondit sur le côté, puisant dans son Nexus pour alimenter son corps fatigué. Une énergie grisante, véritable poussée d'adrénaline, s'empara d'elle. La fille d'Eodh bondit, et d'une pirouette gracieuse, finit sa course avec les deux pieds posés sur la lame de l'immense brute. Deux yeux exorbités de surprise la fixèrent derrière la visière du casque ridicule. Estrée se mit en mouvement, remonta le long de la lame en deux pas rapides. Il y eut un éclat argenté qui zébra l'air, et l'Héritière retomba élégamment derrière le géant. Les cornes, le casque, et le visage du guerrier se séparèrent en deux parties sanglantes, parfaitement tranchés à mi-hauteur.

Estrée prit une grande respiration. Le fracas de la bataille, étouffé quelques secondes durant ce duel, envahit de nouveau son crâne en tambourinant. Elle sentit que ses dernières ressources avaient été consommées pour réussir ce coup d'éclat. Observant la bataille, elle vit Rens, luttant de toutes ses forces pour endiguer le flot d'ennemis et permettre à quelques blessés de se replier. Elle vit Radjak, le crâne ensanglanté, le bouclier fracassé, tenir tête à cinq guerriers. Elle reconnut d'autres soldats, dont les noms la fuyaient. Tous allaient mourir ici.

De l'autre côté de la vallée, Hagòn se délectait du spectacle. Il gardait quelques combattants d'élite pour la mise à mort. Et ce temps était venu. Le Briseur-de-Destin allait entrer dans la danse funèbre, lorsque son épouse le retint par la main. Surpris, Hagòn se tourna vers elle. Shaankyr affichait un sourire cruel.

— Rappelez vos hommes, mon époux... susurra-t-elle aux oreilles du colosse ténébreux.

Hagòn regarda son épouse sans comprendre. Les Mille Lames étaient à sa botte. Il allait les écraser comme des punaises des marais de Valkyr.

— C'est bien cette misérable salope du Chaos que vous voulez, n'est-ce pas ? Alors, rappelez vos hommes. Laissez vos ennemis désespérer cette nuit. Ils sont déjà vaincus. Qu'ils tremblent en attendant la venue du Briseur-de-Destin... Ainsi, vous refermerez le piège sur celle que votre désir convoite tant. Vous pourrez l'avilir, la prendre, la châtier, la faire saigner tout à votre souhait.

Hagòn sourit à cette pensée. Il ordonna à ses lieutenants de sonner la retraite. S'ils furent surpris, ou en désaccord, aucun d'entre eux n'osa prononcer ne serait-ce qu'un simple « mais ».

Plusieurs cors retentirent. De longues notes évoquant un animal mourant. Lentement, les uns après les autres, grognant de rage ou de frustration, les guerriers du Poing Sanglant cessèrent le combat. Et reculèrent. N'y croyant pas, les Mille Lames restèrent sur la défensive, face à l'ennemi. Les lignes de guerriers bardés d'acier noir quittèrent le champ de bataille.

*

Le jour touchait à sa fin. La pluie arrivait. Ses bottes de cuir noir s'enfonçant dans la terre imbibée de sang, Estrée errait au milieu des corps. Elle ne répondit pas lorsque

Liam l'appela. Elle finit par trouver ce qu'elle cherchait dans le charnier.

Rhellgarish gisait, inerte, face contre terre. Estrée s'agenouilla pour retourner le Loki. Elle posa ses mains sur ses blessures, paniquée. Le sang ne coulait plus des nombreuses plaies infligées par la sorcière. Seulement des plaies béantes. Sa poitrine ne se soulevait plus. Ses yeux restaient inexorablement fermés. *Non, non... NON !* Estrée posa le front sur la poitrine du Loki. Ses poings frappèrent le sol. Elle sentit les larmes couler, creusant des sillons dans la poussière et le sang qui maculaient ses joues. Rhellgarish ne respirait plus. Toute vie l'avait quitté. Estrée releva les yeux, laissant les larmes ruisseler, silencieusement. Son cœur battait à tout rompre. Et son âme criait *Vengeance !*

— Je vais régler ça... à la manière du Chaos, cette fois !

CHAPITRE 20

Le corps de Rhellgarish fut rapporté au camp par quatre soldats, dont le sergent Radjak, avec beaucoup de respect et d'émotion. Le Loki était apprécié de ses hommes. Il fut déposé dans sa tente avec précaution.

La nuit tombait. Entre l'état de Hazeline, gravement blessée par l'explosion de la *Foudroyeuse*, et la mort de Rhellgarish, le moral était au plus bas. Des rumeurs néfastes et mortifères commencèrent à se répandre dans le camp. Peut-être fallait-il se rendre. Fuir ? Déserter ? La discipline, meilleure arme des Mille Lames jusqu'ici, commençait à s'effriter. Des lieutenants, il ne restait désormais plus que Rens Ogden, le Tueur-de-Géants. Estrée lui fit signe de la suivre sous la tente de commandement.

L'Héritière du Chaos portait les marques de son récent combat. Sa blessure au bras imbibait de sang le pansement fait à la hâte. Son visage fermé, elle luttait contre plusieurs sentiments : colère, tristesse, haine, désir de vengeance. À peine entrée dans la tente elle frappa du poing la grande table de bois.

— Ce n'est pas possible, Rens. On ne peut pas continuer comme ça ! Je ne les laisserai pas gagner !

Avec une surprenante douceur, le puissant guerrier releva l'une des pièces en bois servant à la planification stratégique, qu'Estrée s'évertuait à renverser en tapant du poing sur la table. Il prit la parole d'une voix calme :

— Il n'y a pas grand-chose de plus à faire, capitaine. À part se battre et mourir dans l'honneur. Cette nuit, il est probable que certains de nos hommes choisissent la fuite. Pour la plupart, ce ne sont que des mercenaires, qui ne se battent pas pour une cause. Ce qui est sûr, c'est que je resterai, et que je me battrai.

Estrée soupira longuement. Puis releva les yeux vers Rens, avec une expression déterminée.

— Il y a une autre possibilité…

Le guerrier leva un sourcil.

— Je n'ai pas toujours été serveuse de taverne. Et là d'où je viens, on préfère d'autres méthodes au combat frontal. Infiltration… Espionnage…

Estrée longea la tente, marcher l'aidait à réfléchir. Rens trancha d'une voix soudainement plus dure :

— Assassinat ?

L'Héritière du Chaos affronta son regard lourd de reproches.

— Je me doute bien que ce ne sont pas tes méthodes, Rens Ogden, Tueur-de-Géants… Et je ne te le demanderai jamais. J'irai moi-même. Le Poing Sanglant ne tient que par la poigne de Hagòn. Si je le tue, nous avons gagné.

Rens détourna les yeux. Dans son esprit, les corps de ses camarades blessés, meurtris, mutilés… Son cœur se serra. De longues minutes s'écoulèrent dans le silence. Puis il se retourna, plongeant son regard triste dans les yeux de la fille d'Eodh.

— Vraiment, capitaine ? Vous pensez être capable de l'abattre, seule ? Je ne mets sûrement pas vos compétences en doute, mais… Hagòn est un adversaire hors du commun. Je ne voudrais pas vous perdre une seconde fois.

Les paroles de Rens résonnaient de sincérité. Le colosse était inquiet pour Estrée. Il ne rougit pas, ne détourna pas les yeux. Aucune émotion, autre que le dévouement, le sens du devoir.

— Je suis très touchée, Rens, répondit Estrée sans aucune ironie. Sache que, depuis mon premier affrontement avec Hagòn, je me suis un peu… entraînée. Plus que tu ne pourrais l'imaginer. Si la sorcière de sang dispose de suffisamment de temps pour régénérer ses réserves de mana, nous ne tiendrons jamais un deuxième assaut de sa part. La ruse, c'est notre meilleure chance, tu le sais très bien.

Rens s'avoua vaincu.

— D'accord, capitaine. Comment puis-je vous aider ?

— En restant ici, pour tenir la compagnie. Si je ne reviens pas, il leur faudra un capitaine… Avec tout le respect que j'ai pour toi, pour ce genre de mission, tu n'as pas le profil adéquat. Il faut de la discrétion. Un petit groupe a parfois plus de chance de réussir là où tout un bataillon échouerait. Trois, peut-être quatre, tout au plus… Je prendrais Cheenoa, l'archère des Kàwanakhees. Et je souhaiterais que tu me recommandes deux autres membres de la compagnie, qui seraient formés à ce type de mission.

Rens se frotta pensivement le menton. Une voix éraillée surgit de l'entrée de la tente. Le colosse et la fille d'Eodh se retournèrent d'un même élan.

— Laissez-moi v'nir avec vous ! s'exclama Rogg en franchissant le seuil de la tente de commandement.

Rens fit un pas énergique en direction du mercenaire indiscret.

— Roggaert, tu espionnes à présent ? rugit-il d'une voix courroucée.

L'Héritière du Chaos se tourna vers l'homme qui avait vendu le lieutenant Costanzo au Poing Sanglant, et, qui, quelques heures plus tôt, rampait aux pieds de Hagòn. Évidemment, personne n'était au courant de sa trahison.

Estrée le foudroya du regard sans rien dire. Rogg n'en menait pas large. Il fixait ses bottes, le regard honteux. L'Héritière fit un signe à Rens, pour lui indiquer qu'elle se chargeait personnellement du cas de Roggaert Braetagh.

— Pourquoi devrais-je te laisser m'accompagner ? Tu n'es pas du genre furtif, que je sache, et toi et moi... avons un passé plutôt lourd. Donne-moi une raison de ne pas te faire jeter dehors à coups de pied, ou t'ordonner de monter en première ligne au prochain assaut du Poing Sanglant ?

Rogg renifla bruyamment, puis osa lever les yeux sur Estrée.

— Parce que j'connais leur camp... J'ai voulu déserter, et passer à l'ennemi. Ils m'ont battu, torturé... et jeté dans la boue comme un chien, sans même prendre la peine de m'achever...

Estrée serra le poing en haussant un sourcil perplexe. Rogg leva une main conciliante.

— Nan, laissez-moi finir, j'vous en prie... Voilà. Je suis un lâche. Depuis que mes gars ont été tués, à l'auberge... j'suis seul. Plus personne ne m'respecte, alors j'me suis dit... Quitte à être une enflure, autant l'être au milieu des aut' enflures. Mais ces gars-là... et leur chef, le Ténébreux... ce sont pas des humains. Des bêtes. Ou des démons, j'sais pas... mais y sont pire que tout. Par pitié, cap'taine... donnez-moi une chance de m'racheter. J'ai vu leur campement, j'ai observé les rondes...

Y sont tellement sûrs d'eux que la sécurité est plutôt faible. J'ferai diversion, et vous pourrez passer facilement. Quitte à crever, autant que j'crève en faisant au moins un truc bien dans ma vie.

Rogg avait terminé sa plaidoirie. Il se tortillait nerveusement les mains, en suant à grosses gouttes. Rens l'observait avec dégoût. Si cela ne tenait qu'au lieutenant, il serait sans doute déjà en train de se balancer au bout d'une corde. Estrée en décida autrement.

— D'accord, Rogg. Tu viens avec moi.

Dans les yeux porcins du mercenaire, une étincelle cruelle de victoire s'était allumée. *Tu es tombée dans mon piège, morue !* se félicita-t-il.

Estrée lui adressa un signe de tête, en précisant :

— Ce sera sans doute un aller simple, Rogg... Vaincre, ou mourir.

Le mercenaire renifla à nouveau avec dédain.

— C'est p'têt ma chance de m'rach'ter... lâcha-t-il en haussant les épaules.

Estrée sourit, laissant croire à Rogg qu'elle avait mordu à son énorme hameçon. *Mon pauvre ami...* pensa-t-elle. *Ton mensonge est tellement grossier. Mais je vais te laisser croire que j'ai gobé ton histoire de rédemption. Tu vas sans doute me faciliter la traversée du campement ennemi... Alors pour le moment, je vais te laisser savourer.* Elle se retourna ensuite vers le Tueur-de-Géants.

— Rens, il me faut une dernière personne. Un éclaireur, comme Rhellgarish aurait pu l'être.

Estrée sentit son cœur se serrer à l'évocation du Loki, dont le corps froid gisait sous une tente proche. Elle chassa son émotion, remettant le chagrin à plus tard. *Nous pleurerons quand nous aurons gagné !*

— Très bien, capitaine, laissez-moi un peu de temps, conclut Rens avant de quitter la tente.

Estrée se tourna vers Rogg.

— Nous partons dans une heure. Ne me fais pas attendre…

Le mercenaire disparut à son tour. Estrée quitta la tente de commandement à sa suite, à pas lents. Si elle se montrait d'un calme apparent, son cœur battait d'excitation dans sa poitrine. Elle laissa échapper un long soupir. La nuit ne faisait que commencer. Et elle serait très longue.

Estrée en profita pour s'approcher de la tente médicale. Sur chaque lit, un soldat blessé, se tortillant de douleur, priant, appelant à l'aide. Certains, immobiles, auraient aussi bien pu être morts. Dans le fond de la tente, des draps souillés recouvraient une vingtaine de corps. Bien morts, cette fois. La fille d'Eodh porta sa main sur son visage, pour se couvrir le nez et la bouche.

— Hazeline ? Où est Hazeline ? demanda-t-elle.

En toussant, un assistant-chirurgien désigna de la main un pan de tissu, du côté opposé aux linceuls. Estrée le laissa à ses hoquets nauséeux et se dirigea dans la direction indiquée avec empressement. Elle souleva le pan de tissu d'un coup sec… et lâcha un long soupir de soulagement.

Hazeline Corne-de-Fer était allongée sur un lit de camp, presque momifiée de pansements, toutefois bien vivante. Ses yeux étaient ouverts, fixant le plafond de la tente avec un ennui évident. Elle grommelait sa frustration et sa colère, mais sa voix, éraillée et affaiblie, témoignait de son état. Son regard resté vif se posa sur Estrée.

— Hé, te voilà, ma grr… grande ! dit-elle de cette voix cassée.

Estrée se précipita au chevet de son amie, souriant de la voir consciente.

— Haz ! cria-t-elle presque. Comme je suis heureuse, tu es en vie !

— Pff ! Ce n'est pas avec de petits tours de magie qu'on vient à bout de la constitution des nains... laisse-moi une heure ou deux, et...

Estrée l'interrompit :

— Repose-toi, Hazeline. Tu l'as mérité.

D'un geste de la tête, la Naine désigna le reste de la tente médicale.

— D'autres n'ont pas eu ma chance, hein ? J'entends des cris et des râles d'agonie depuis des heures, ici. Tant sont... morts ?

La fille d'Eodh opina lentement, son sourire s'effaçant de son visage. Hazeline comprit qu'ils avaient perdu beaucoup.

— Qui ? demanda la forgeronne.

Silence. Estrée regarda Hazeline, voulant lui répondre. Les mots de la fille d'Eodh restèrent coincés dans sa gorge.

— Qui, par le Grand Rouage ?! voulut hurler Hazeline, avant de s'étouffer dans une quinte de toux.

Avisant le pichet et la chope posés sur un tabouret proche, Estrée servit de l'eau à son amie. Haz but à grande goulée, avant de poser ses yeux sur la Fille du Chaos, qui laissa échapper dans un soupir :

— Rhell...

Il y eut un long silence, les deux amies partageant leur peine durant cet instant. Puis la Naine émit un petit rire tendre.

— Diantre de Loki. Il va me manquer. Et maintenant ? demanda Haz, observant Estrée avec une pointe d'inquiétude.

— Maintenant… répondit lentement l'Héritière. Maintenant, je vais m'occuper de Hagòn.

Estrée se pencha pour embrasser Hazeline. La Naine en profita pour lui chuchoter à l'oreille :

— Crève cet enfant de putain, tu veux bien ?

Le regard d'Estrée brillait quand elle opina de la tête.

CHAPITRE 21

Une nuit particulièrement sombre régnait sur les rues de Coruscante. La ville était silencieuse, même dans ses plus bas quartiers, comme si elle retenait son souffle en l'attente d'une terrible souffrance. Les étoiles se reflétaient sur la surface du lac Karkal tels les diamants d'une luxueuse traîne de mariée.

Valrym de Fenn se tenait derrière son magnifique bureau en acajou, les coudes posés sur un sous-main de cuir précieux, ses longs doigts joints à hauteur de ses lèvres fines, serrées en un pli soucieux. Si la Conseillère Naalar avait parlé, il avait malgré tout perdu un temps précieux. Elle lui avait d'abord raconté l'origine des Disciples de Lyr, en espérant sans doute le convaincre du bien-fondé de cette organisation de comploteurs. Et enfin, dans un soupir de désespoir, elle avait donné ce que Valrym voulait : des noms. *Je les ferai tous égorger comme des porcs !* pensa-t-il avant de se lever promptement, faisant basculer sa chaise en arrière, qui tomba sur le parquet. Brighit avait cité des gens importants au sein de la cité. Importants, et riches. Certains qui soutenaient la politique de Valrym. S'il les faisait abattre par la Mygale, comme il avait d'abord pensé le faire, il plongerait la ville dans un chaos insondable. Il s'était posé en sauveur aux yeux du peuple, il ne pouvait pas laisser les choses lui échapper juste par colère. *Pourtant, je sens bien que la situation devient hors de contrôle...* songea-t-il en regardant à travers l'immense fenêtre à balcon. Fenn avait fait réaménager la plus haute salle de la tour du Grand Hall pour en faire son office personnel, afin de dominer la cité, au sens propre comme au figuré. Il ouvrit les larges fenêtres aux vitraux colorés, et sortit sur le balcon.

Un vent frais l'accueillit. Le dictateur sentit un frisson parcourir tout son corps. Il resserra le haut col de sa veste richement décorée autour de son cou. Parcourant des yeux Coruscante, *sa* ville, il s'autorisa un sourire de conquérant.

*

D'antiques ruines ornaient les hauteurs des montagnes dominant le plateau de Pellon. Une cité des temps anciens, millénaire. Un vestige d'une civilisation disparue, qui fut détentrice d'une science rythmant encore aujourd'hui la vie du Monde des Plans : la connaissance des Portails.

Les vestiges d'une arche immense, au cœur des ruines, se mirent à luire dans l'obscurité de la nuit. Un rideau lumineux, vibrant au milieu du gigantesque cercle de pierres gravées.

Et franchissant le portail qu'empruntèrent les Kàwanakhees, un an plus tôt, d'autres pas martelèrent la terre du seigneur Cornell.

L'armée des Smaughs était en marche.

CHAPITRE 22

Estrée sortit de la tente médicale d'un pas décidé. L'heure était à l'action. Elle couperait la tête du serpent, coûte que coûte ! Machinalement, elle vérifia l'attache du sabre de Felkeyn. La sensation de l'arme en travers de ses épaules la rassura un peu. *Foutresang, Felkeyn, comme j'aimerais que tu sois à mes côtés, en ce moment. J'aurais bien besoin de tes talents...* En pensant à l'homme aux yeux d'acier, Estrée se remémora leur étreinte. Elle se toucha les lèvres du bout des doigts, se surprenant à sourire. La fille d'Eodh, durant ses années de débauches dans les cours du Chaos, avait échangé des milliers de baisers, avec bien des partenaires différents. Cette époque de sa vie faisait partie d'elle. À présent, tout cela était bien loin de ses préoccupations. Pourtant, ce baiser avait été différent. L'espace d'un instant, leurs lèvres soudées et leurs langues entrelacées lui avaient permis de tout oublier. Ses craintes, ses doutes. Le spectre de Devora. L'ombre de Cellendhyll...

— Capitaine ¿ rugit la voix de Rens Ogden. Capitaine Estrée ¿

Brutalement tirée de ses pensées, la *capitaine Estrée* se tourna vers son lieutenant. *Décidément, il va falloir que je m'y fasse. « Capitaine »... Morion se moquerait bien de moi s'il était là en cet instant, mais il a sûrement d'autres squazz à fouetter...* Elle revint à son lieutenant, qui attendait patiemment, deux tasses de café fumantes dans les mains. Haussant un sourcil, elle pointa un doigt sur l'une des tasses. *Foutresang, dans quel état sont mes ongles...* Cette pensée totalement déplacée la fit sourire.

— C'est pour moi ?

Question purement rhétorique. Rens lui tendit la tasse, qu'Estrée saisit lentement pour la porter sous son visage. L'arôme du café envahit immédiatement ses sinus : des effluves de feu de bois, légèrement terreux et boisé. Une fumée odorante, témoignant d'un arabica des Hauts-Plateaux. Elle aspira lentement une première gorgée. Corsé et épais en bouche, son goût sauvage s'empara des papilles d'Estrée, qui frissonna et laissa échapper un soupir de plaisir. C'était une véritable potion de soins, et dans les conditions actuelles, un prodige d'alchimie.

— Par le *Grand Cornu*, qui a préparé ce café ? s'exclama l'Héritière du Chaos.

Une voix masculine, éraillée par le tabac, lui répondit :

— C'est moi, Cap'taine.

L'homme était trapu, vêtu de cuir tanné et de peaux de renard. Une quarantaine d'années bien tassées, des yeux bleu clair pétillants de ruse. Une barbe broussailleuse, noire striée d'argent, lui mangeait le bas du visage. Une toque, faite de fourrure de castor, trônait sur son crâne. Assis sur une souche de pommier, il remplissait sa propre tasse depuis une cafetière bosselée et noircie, au moins deux fois plus vieille que lui. Rens fit les présentations :

— Capitaine, voici Dhùn. Notre meilleur pisteur, et un homme de confiance. Je m'en porte garant.

L'homme leva sa tasse vers Estrée en guise de salut, avant d'avaler son café bruyamment. Estrée sourit. S'il n'avait pas le moindre respect des règles de la hiérarchie militaire, le pisteur agissait sans défiance ni provocation. C'était un *homme des bois* de la Sylve, issu d'un peuple rude qui vivait en harmonie avec la forêt. Proches à la fois des Fendyrs et des Dryades, le Peuple des Bois n'était pas connu pour ses talents de socialisation. En revanche, on les prétendait capables de parler aux arbres, aux pierres et aux rivières. Dans tous les cas, ils n'avaient pas leur pareil pour suivre une piste dans l'est des Territoires-Francs. D'emblée, l'homme fut sympathique à Estrée. C'était bien le genre de vieux briscard qu'il lui fallait. La Fille du Chaos lui rendit son salut en levant sa propre tasse.

— Tu sais pourquoi j'ai besoin de toi, Dhùn ? lui demanda-t-elle.

L'homme des bois dégaina un impressionnant couteau de chasse de sa ceinture. Ramassant une pomme blette à demi écrasée sur le sol, il se mit à en découper une tranche, en opinant lentement.

— Rens m'a dit, ouaip… grimaça-t-il en mordant le fruit pourri. On part en chasse. Et vous avez besoin d'un limier pour rabattre le gibier.

— Précisément. Nous partons dans moins d'une heure.

— Et vous emmenez aussi ce corniaud-là ? interrogea l'homme en pointant son couteau en direction de Rogg, qui approchait d'un peu plus loin.

— En effet. Ça pose un problème ?

— Pas à moi, Cap. Mais ce chien-là, il vous mordra la main à la première occasion, vous savez ?

— Je le sais. Et je compte bien dessus. On va jouer serré, il va falloir me faire confiance, Dhùn.

L'homme des bois croqua à nouveau la pomme blette, sans répondre.

*

Cheenoa se tenait sur les pentes hautes de la vallée, sa longue silhouette se découpant dans le manteau de la nuit. L'archère écoutait le chant du vent, les yeux fermés. Ce dernier était très léger cette nuit-là, se contentant d'une douce mélopée sifflante. La chasseuse sentit une présence arriver. Elle ouvrit les yeux et se retourna vers l'Héritière du Chaos. Les deux femmes ne parlaient pas la même langue. Ce n'était pas un problème. Elles n'eurent pas besoin de mots pour se comprendre. Le regard noir profond de Cheenoa renfermait la même flamme que l'éclat améthyste des yeux d'Estrée. Elles se sourirent, prolongeant l'échange de leur regard comme une forme de télépathie. L'instant fut rompu lorsque Dhùn et Roggaert arrivèrent.

— Il est temps de partir, déclara l'héritière du Chaos.

CHAPITRE 23

Guidés par la tribu de centaures, Rodan, Aleenor, Nova et Laureline contournèrent le lac bien plus rapidement qu'à l'aller. Le peuple équidé pouvait voir parfaitement dans l'obscurité nocturne, et connaissait sentiers et raccourcis permettant d'éviter aisément les pièges du terrain difficile entourant les eaux du Karkal. Ils atteignirent donc le manoir Cornell deux heures avant le lever du soleil.

L'arrivée d'une telle troupe, annoncée par une cacophonie de bruits de sabots, créa un mouvement de panique au sein des Mille Lames. Fort heureusement, Rodan chevauchait en tête. À grand renfort de cris et de gestes, il se fit reconnaître, étouffant le sentiment d'être attaqué à revers par un ennemi inconnu. Les centaures, prudents, restèrent à bonne distance.

Après la bataille, Liam Cornell s'était autorisé une heure de repos. Bien qu'ancien soldat de métier, l'ex-Conseiller de Coruscante n'avait pas guerroyé depuis plus de quinze ans. Il était fourbu, courbaturé de partout, et avait récolté plusieurs entailles, bénignes certes, mais, néanmoins douloureuses. Il avait donc profité de ses privilèges de seigneur pour prendre une longue douche brûlante. Pendant ce temps, son armure fut même nettoyée du sang et de la boue.

Trop soucieux pour dormir, Liam hésitait devant la bouteille de vieux cognac quand le bruit de la cavalcade le tira de la tentation alcoolisée. Sans prendre le temps de remettre son plastron, il s'empara de son ceinturon, où pendait son fidèle sabre de cavalerie, et se précipita sur le seuil de son manoir. Ses yeux s'écarquillèrent de surprise. Aleenor se tenait sur sa monture, à la tête de toute une compagnie de centaures.

La jeune femme descendit de Temera, sa jument, avec précipitation. Aleenor avait bien vu son père surgir du manoir. Elle parcourut au pas de course les quelques mètres qui la séparaient encore de Liam, pour se jeter dans ses bras en criant :

— Papa ! Tu es vivant !

Tout en se nichant dans le creux de son épaule pour laisser couler ses larmes de joie.

Liam serra son enfant contre lui dans une étreinte protectrice. Il murmurait doucement « oh ma petite fille… ma chérie… ». Nul ne vint troubler les courts instants de bonheur entre le père et sa fille. Liam saisit le visage d'Aleenor entre ses mains, plongeant son regard dans celui de son enfant.

— Tu es une jeune femme tellement courageuse, Aleenor Cornell. Ta mère aurait été si fière de toi… Tout comme moi.

Avant de l'embrasser sur le front avec une infinie tendresse. Sa fille serrée contre lui, le seigneur Cornell observa la suite qui avait accompagné Aleenor. Rodan était là, droit, la main sur le pommeau de l'épée. Le mercenaire dégageait une aura très différente d'avant leur départ. La confiance et la détermination avaient remplacé la peine et le doute. À ses côtés, se tenait une femme athlétique, un côté du crâne rasé, l'autre coiffé de nattes, et vêtue d'une tunique de cuir couleur de ciel orageux. Liam reconnut immédiatement une Sœur Grise. Nova observait la scène, les bras croisés, un petit sourire en coin et un éclat de défi dans le regard. Enfin, sa robe de disciple de la Guelfe Blanche noircie et brûlée par endroits, venait Laureline. Ses longs cheveux noirs cascadaient à présent sur ses épaules, la chevauchée ayant eu raison de sa coiffe religieuse. Au regard que Liam posa sur elle, celle-ci comprit que le seigneur Cornell l'avait reconnue. L'ex-Conseiller fit un pas en avant, laissant Aleenor, pour s'approcher de Laureline, s'exclamant :

— Dame Laureline Dante. Quelle surprise de voir arriver chez moi l'épouse du Conseiller Miramas !

Laureline s'approcha du Conseiller, avec un salut respectueux.

— Conseiller Cornell, Aleenor m'a dit que vous aviez une blessée grave. Je suis venue pour vous aider, déclara-t-elle sans détourner le regard.

Liam l'observait avec suspicion. Aleenor intervint, posant sa main sur le bras de son père :

— Papa... Il faut faire vite. Conduis-la à Sentenza, s'il te plaît...

Quelques minutes plus tard, Laureline était agenouillée au chevet de la mercenaire. La prêtresse avait insisté pour qu'on la laisse seule avec sa patiente. La main de Sentenza entre les siennes, elle chantait. Une voix douce, empreinte de clarté et de pureté. Un halo d'un blanc immaculé nimba le corps de la capitaine aux cheveux de cuivre.

*

Dans l'attente, Liam avait convoqué une sorte de conseil de guerre. Rens Tueur-de-Géants les avait donc rejoints au sein du grand salon du manoir. Le guerrier était réticent à laisser ses hommes, mais après tout, la compagnie était au service du seigneur Cornell. Il y eut un court instant de silence, comme si tous prenaient le temps de réfléchir, de se poser, enfin au calme. Les derniers événements s'étaient passés très vite, et il y avait bien des détails que tous ignoraient. L'heure était aux révélations, et forcément, aux surprises. Dans la pièce, en plus du lieutenant Rens Ogden et du seigneur Liam Cornell, se trouvaient Nova la Sœur Grise, Rodan, et Aleenor. Et Hector, qui officiait, invisible, à apporter à chacun tantôt café, tantôt infusion d'écorces noires, ou encore une carafe d'eau citronnée ; le tout accompagné d'un plateau de gâteaux à l'orange. Liam rompit le silence par une simple question, qu'il posa à Rens :

— Où est Estrée ?

Trois mots qui firent l'effet d'une gifle magistrale à Rodan. Aleenor, bouche bée, clignait des paupières en cherchant ses mots. Elle n'en trouva qu'un :

— Vivante ?! s'écria-t-elle.

— Oh, soupira Liam. Navré. C'est une annonce un peu brutale, mais… oui. Estrée est revenue d'entre les morts, elle n'a pas vraiment eu le temps de nous donner des explications. De fait, elle occupe les fonctions de capitaine des Mille Lames à présent.

Rodan s'était détourné, le regard perdu dans les braises qui rougeoyaient dans la cheminée.

— Mais c'est fantastique ! se réjouit Aleenor en se jetant dans les bras de son père. Estrée est vivante ! Où est-elle ?

— C'est justement la question, souligna Liam en se tournant vers Rens.

Aussi redoutable qu'il puisse l'être avec sa lame, Rens ne l'était pas avec les mots. Il lâcha simplement :

— Elle a décidé d'infiltrer le Poing Sanglant pour abattre leur chef.

— COMMENT ? s'écria Liam de surprise.

— QUOI ? fit Rodan en même temps.

— Euh… intervint Nova. Quelqu'un pourrait me dire qui est Estrée ?

Une voix résonna faiblement du haut de l'escalier donnant sur le salon :

— Mon aide de camp… répondit Sentenza. Et elle va avoir besoin d'aide.

CHAPITRE 24

La flèche de Cheenoa atteignit sa cible en travers de la gorge. Le guerrier du Poing Sanglant s'écroula dans un gargouillis morbide. Son camarade de patrouille le regarda s'écrouler, paralysé par la surprise et la terreur. Dhùn jaillit d'une bruyère proche et courut vers lui, finissant par une glissade dans la terre humide. La lame d'un épais couteau de chasse éventra net le mercenaire en armure sombre. Le troisième patrouilleur se saisit de son cor. Au moment où il posa ses lèvres sur l'instrument, une lame bleutée lui perfora le crâne de part en part, jaillissant de son front. L'homme s'écroula sur le sol comme une chiffe molle, dévoilant la silhouette furtive de l'Héritière du Chaos. Il ne fallut que quelques secondes au groupe pour se débarrasser de la patrouille du Poing Sanglant.

Rogg, bien qu'ayant été repéré par la patrouille, n'avait pas pris part au combat. Il resta à observer l'efficacité des trois autres, grimaçant dans l'obscurité. De toute façon, ils n'avaient pas besoin de lui. Il prit le temps de lancer un regard porcin à Cheenoa. Des images salaces apparurent dans son esprit, mais il se força à les chasser. *J'm'occuperai de toi plus tard, l'indie. Si tu survis assez longtemps…* pensa-t-il avant de sortir de sa cachette.

Estrée chassa le sang de sa lame d'un geste vif, avant de rengainer son arme. Elle se tourna vers Rogg, le rejoignant d'un pas rageur, ravalant son envie de gifler cet abruti.

— Essaye de faire attention, Roggaert ! Tu as failli nous faire repérer… grogna-t-elle.

Rogg se racla la gorge en guise d'excuse. Estrée fit signe à Dhùn de reprendre la route.

*

Deux heures plus tôt, le groupe quittait le camp des Mille Lames en toute discrétion. Inutile de semer le doute au sein des soldats risquant d'apercevoir leur toute récente capitaine filer en douce en pleine nuit. Tous portaient un équipement léger, une courte cape bleu nuit sur les épaules, et le visage recouvert de peinture noire. En rayures camouflage pour Dhùn et Rogg. Toute la partie haute du visage en noir pour Cheenoa. Deux grands traits verticaux en travers des yeux et jusqu'aux lèvres pour Estrée. Sous la faible clarté de la lune, l'effet était du plus saisissant. Quatre spectres surgis du champ de bataille pour errer sous les étoiles.

Le pisteur marchait quelques dizaines de mètres en avant, afin de trouver le meilleur chemin pour s'approcher du campement du Poing Sanglant. Il avait choisi de prendre un peu plus de hauteur sur les pentes vallonnées, tâchant de contourner leur cible afin d'arriver par le versant sud. Il n'y avait pas de chemin, juste des déclinaisons de terrain étroit et rocailleux tout au long de la vallée tenant lieu de champ de bataille. Il fallait être un chamois pour y évoluer sans s'y rompre le cou. Ou un homme des bois. Dhùn grimpait avec agilité et adresse malgré l'obscurité, étudiait le terrain, puis revenait indiquer aux autres le meilleur endroit pour passer sans se rompre les os. Et ce, à plusieurs reprises tout au long des trois kilomètres de leur parcours. Cheenoa était presque aussi à l'aise que l'homme des bois, se déplaçant avec légèreté. Estrée, moins habituée aux escapades sauvages et nocturnes, suivait à la lettre les indications de Dhùn, aidée de Cheenoa pour les passages les plus délicats. Enfin, venait Rogg. Bien qu'amaigri depuis sa première rencontre avec la fille du Chaos, il restait lourdaud, haletant bruyamment au moindre effort physique. Estrée se demanda comment ce balourd avait bien pu réussir à la blesser lors de leur duel. Cet événement lui sembla si lointain… Avec son séjour au sein de l'Éternel Jardin, Estrée avait perdu la notion du temps passé. Trois, peut-être quatre semaines tout au plus ?

Un geste de Dhùn les avisa de la présence d'une patrouille proche. L'homme des bois disparut dans les bruyères, Cheenoa s'abrita derrière un talus et la fille d'Eodh s'aplatit sur le sol. Si cet idiot de Rogg n'avait pas glissé en couinant, ces éclaireurs ne les auraient jamais aperçus.

Ils dissimulèrent les trois cadavres dans un buisson de hautes orties, et reprirent leur route. Leur rencontre avec cette patrouille signifiait au moins une chose : leur destination était toute proche.

Arrivés sur les hauteurs d'un promontoire rocheux, tous s'allongèrent sur le sol. Au-delà s'ouvrait une vaste cuvette, à l'entrée même de la vallée marquant la frontière des terres de Liam Cornell. De leur position, ils pouvaient distinguer le campement de leurs ennemis. Loin de la rigueur militaire des Mille Lames, les tentes des mercenaires du Poing Sanglant semblaient avoir été jetées d'un geste las sur toute la largeur de la vallée. Quelques haies d'épieux, plantées sans réelle organisation, résumaient l'ouvrage défensif du camp. Aucune autre patrouille visible, quelques sentinelles endormies, de rares braseros pour toute lumière. Estrée fronça les sourcils. *Beaucoup trop facile...* se dit-elle en guise d'avertissement.

— Ils n'ont pas l'air de trop s'embarrasser de sécurité... chuchota la Fille du Chaos à l'adresse de son improbable compagnon d'infiltration.

Rogg renifla de dédain.

— Pour quoi faire ? Ils ont rien à craindre, ils bossent pour le plus gros ponte de la ville... lâcha-t-il. Ils sont plus nombreux, et viennent de nous botter l'cul. De quoi tu veux qu'ils aient peur...

Soulignant ses paroles d'un petit ricanement malsain.

— De moi, Rogg... sourit l'Héritière. Ils devraient avoir peur de moi. Tu devrais le savoir, non ?

Estrée plongea son regard dans les petits yeux porcins de Roggaert. Le sourire du mercenaire disparut aussitôt, au souvenir de la cuisante défaite qu'Estrée lui avait infligée lors de leur affrontement. Depuis, il creusait les fosses d'aisances, et elle était capitaine. Il serra les mâchoires, ravalant tout un chapelet de jurons.

— Mouais... se contenta-t-il de lâcher entre ses dents.

Le groupe s'éloigna un peu du promontoire, sauf Cheenoa qui s'accroupit, arc en main. L'archère sembla fouiller le campement du regard, posant une marque du chasseur sur chaque tête visible du Poing Sanglant. Estrée s'adressa aux deux autres :

— Bon, voilà comment ça va se passer. Il va me falloir une diversion, et pas des moindres. Je veux que tous ces fils de putes soient occupés ailleurs. Cheenoa va s'occuper de leurs chevaux. Dhùn, à part leurs montures, ce qu'ils doivent avoir de plus précieux, à mon sens, ce sont leurs provisions. Je veux une flambée digne des Neuf Enfers ! Fous le feu à leurs réserves d'alcool, aux barils d'huile, à tout ce que tu trouveras de combustible. Compris ?

L'homme des bois hocha la tête avec un sourire.

— Rien de plus facile, Cap'taine, confirma-t-il. Ça va cramer, j'vous l'assure.

— Parfait. Entre les flammes et les chevaux qui paniqueront dans le camp, Rogg et moi devrions avoir le champ libre.

Dhùn opina, Estrée se tourna vers Roggaert.

— De notre côté, nous nous faufilerons jusqu'à la tente de Hagòn. Celle-ci sera probablement gardée. C'est là que tu interviens, Rogg. Gagne-moi du temps, occupe-les. Fais-leur ton numéro, dis-leur que c'est moi qui sème le chaos dans le camp, que je viens assassiner leur chef. Après tout, c'est la vérité, donc tu n'auras même pas à mentir. Je me faufilerai à l'intérieur, pour m'occuper du Briseur-de-Destin.

— Et s'ils ne m'croient pas ? protesta Roggaert. J'fais quoi, une danse du ventre ?

— Pourquoi pas... soupira Estrée. Dans ce cas, Cheenoa viendra en renfort et les abattra de ses flèches. L'archère reste mon atout, je ne voudrais pas gâcher la surprise. Dhùn, de ton côté, prépare-nous une route de sortie. Le temps qu'ils comprennent ce qu'il se passe, je veux être rentrée au campement. Je doute qu'un des lieutenants de Hagòn soit capable de diriger toute cette troupe de truands, mais au besoin, les Mille Lames devront être en alerte. Des questions ?

Rogg resta silencieux. Dhùn pointa le menton vers Cheenoa.

— Et elle ? Comment vous pouvez être sûre qu'elle comprenne bien le plan, Cap ?

Sur ces mots, la chasseresse indie se redressa d'un mouvement fluide, et approcha du pisteur. Elle lui lança un regard complice, un peu hautain, avant de se camper aux côtés d'Estrée, en lui adressant un signe de tête.

— Intuition féminine, Dhùn, se moqua la fille d'Eodh. Maintenant, au travail !

*

Infiltrer le campement du Poing Sanglant s'avéra être un jeu d'enfant pour l'Héritière du Chaos. Elle avait été entraînée aux méthodes des agents des Ombres par Yvain, le maître d'armes. Une préparation moins intense que les Maraudeurs Fantômes, évidemment, pourtant bien suffisante pour se glisser sans être repérée dans le refuge de guerriers mal dégrossis. Et ce, malgré le désavantage provoqué par la présence de Rogg.

Il ne fallut qu'une poignée de minutes pour se glisser, depuis l'extérieur du campement, jusqu'à un ensemble de chariots d'intendance non surveillés. Un mélange d'odeurs désagréables força Estrée à plisser les narines : graisse, sueur, déjections – humaines et animales – et mauvais vin se combinaient subtilement en effluves graciles, qui dominaient les lieux avec plus ou moins d'intensité.

Allongée sous un chariot, Estrée observait. De son point de vue, en pleine nuit de surcroît, elle ne voyait pas grand-chose. Elle devinait tout au plus le labyrinthe erratique des tentes des mercenaires qu'elle devait traverser pour atteindre son propre Minotaure. Avec, pour couronner le tout, Rogg en fil d'or pour la guider. Et c'est justement là qu'il était supposé intervenir. Estrée fit un signe. Rogg se tortilla maladroitement afin de la rejoindre.

— Alors, Roggaert, c'est à toi de jouer maintenant. Dhùn et Cheenoa ne mettront pas longtemps à mettre la diversion en place. Je n'ai pas très envie de sillonner ce camp à l'aveugle. Tu penses pouvoir me guider jusqu'à la tente de Hagòn ?

— Sûr que de jour, on y voit mieux... grommela-t-il.

Il pointa un doigt vers un chapiteau de cuir huilé, qui dépassait des autres tentes quinze mètres plus loin, éclairé par des braseros.

— Ça, c'est le mess des officiers, expliqua-t-il. Le « palais » de Hagòn n'est pas très loin. On n'peut pas l'rater, y a comme un grand crâne de monstre géant suspendu au-dessus de l'entrée. Si on arrive jusque-là...

Estrée était déjà partie. À pas rapides, elle serpenta entre les chariots et les tentes basses, ombre furtive et silencieuse au cœur de la nuit. Elle arriva sous le couvert du chapiteau, se dissimulant derrière un grand tonneau d'eau. Elle se retourna vers Rogg et inclina la tête en lançant un regard moqueur au mercenaire, qui suggérait silencieusement « *Alors, Rogg, tu viens ?* ».

Il vint, beaucoup plus lentement pour ne pas faire de bruit, et beaucoup plus maladroitement. Lorsque le gros mercenaire arriva à sa hauteur, Estrée l'attrapa par le bras, le forçant à s'agenouiller derrière le fût. Trois guerriers en armure sombre passèrent en discutant, à une dizaine de mètres.

— Vite, par ici, chuchota Estrée.

Dégainant lentement son sabre, elle opéra une ouverture dans le cuir du chapiteau. La lame bleutée découpa la cloison comme du papier, dans un silence total. Estrée et Rogg s'engouffrèrent dans l'ouverture. De grandes tables, recouvertes d'ustensiles en bois – assiettes, bols, cuillères –, des bancs, et quelques rares tonneaux occupaient les lieux, faiblement éclairés par les braseros extérieurs. Estrée et Rogg évoluèrent entre les tables pour traverser le chapiteau, projetant de longues ombres qui dansèrent à l'intérieur des pans de cuir.

Estrée découpa une ouverture similaire de l'autre côté. Le point de vue sur le campement était déjà plus dégagé. Sur les hauteurs de la partie sud-ouest de la cuvette qui abritait le campement du Poing Sanglant, trônait l'immense palais de toile et de cuir du Briseur-de-Destin.

Le regard d'Estrée fut attiré par autre chose. Une toute jeune femme, presque nue, qui déambulait dans le campement avec un grand cruchon dans les mains. Au milieu de tous ces guerriers avides de chair tendre, une telle présence était irréelle. À moins que… Estrée suivit la jeune femme du regard. Celle-ci dépassa la tente de Hagòn, pour se diriger vers une autre, tendue de grands pans de tissus sombres. Tout aussi grande que celle du seigneur de guerre, mais bien moins ostensible. *Je te tiens !* La fille d'Eodh afficha un sourire sauvage.

Rogg allait prononcer une évidence en désignant la tente de Hagòn. Estrée l'interrompit juste avant.

— Rogg, Rogg… mon cher Rogg… C'est l'heure de tomber les masques, susurra-t-elle. Alors, dis-moi… À quel moment pensais-tu me trahir ? En m'assommant par-derrière ? Car je suis sûre que Hagòn me veut vivante, et en un seul morceau, pas vrai ? Le piège doit sûrement se refermer à la dernière minute, pour que je ne me doute de rien, et ne risque pas de m'enfuir. Sinon, tu aurais donné l'alerte depuis longtemps. Bon, dans tous les cas, je n'ai plus besoin de toi, maintenant…

Au fil des paroles d'Estrée, Roggaert devint rouge de colère. Une grimace déforma ses traits, et il voulut se jeter sur elle en hurlant :

— SALE P...

Whack ! Sans qu'il ne l'aperçoive, le coude d'Estrée vint lui percuter la tempe. Rogg s'effondra, séché pour le compte.

— Pute ? Très original, Rogg... Voilà qui t'apprendra à jouer aux intrigues avec une Fille du Chaos. Mon pauvre ami... C'est un art dans lequel nous, famille d'Eodh, sommes passés maîtres.

Estrée délaissa le mercenaire inconscient pour s'occuper de sa véritable cible. La tête du serpent dirigeant le Poing Sanglant n'était pas Hagòn, le Briseur-de-Destin. Mais bien Shaankyr, la Reine de Sang. Et cette tête, Estrée comptait la trancher cette nuit !

CHAPITRE 25

Allongée à même le sol, à quelques mètres de la tente de Shaankyr, Estrée observait le campement encore endormi de ses ennemis. Juste avant de quitter les Mille Lames, elle avait expliqué son plan à Dhùn, puis à Cheenoa. L'évidente trahison de Rogg. Et sa véritable cible : la Reine de Sang. Si le pisteur avait acquiescé sans commentaire, Cheenoa avait l'air moins enthousiaste. L'archère s'était contentée de froncer les sourcils, tout en opinant de la tête.

Une cacophonie de cris et de hennissements retentit. Des dizaines de chevaux s'étaient libérés de leurs enclos. Les équidés, en proie à la terreur, galopaient à travers le campement, en renversant sans discernement hommes, tentes, et équipements. Piétinant parfois les guerriers encore endormis. Et créant un mouvement de panique générale.

Pour ajouter au chaos, une explosion secoua le campement, projetant dans les airs une pluie de débris enflammés. Estrée sourit devant la redoutable efficacité de l'homme des bois. D'une petite bourse pendant à sa ceinture, elle sortit le dernier engin explosif d'Hazeline. Une de ses sphères d'acier hérissées de pointes. Elle en avait récupéré deux auprès de son amie, et confié l'une d'elles au pisteur. Visiblement, le mélange engin explosif – réserve d'alcool ne faisait pas bon ménage. À l'odeur soudainement propagée dans les airs, Estrée aurait misé sur du mauvais rhum.

Le moment d'agir était venu pour l'Héritière du Chaos.

Estrée rampa jusqu'aux abords de la tente. Pas le moindre garde, comme la fille d'Eodh l'avait espéré. Entre la crainte que la sorcière inspirait, et son ego démesuré, aucun soldat n'était nécessaire pour protéger la Reine de Sang. Estrée avança prudemment, hésitant entre se découper un chemin comme précédemment, ou juste soulever un des pans servant de porte. L'heure n'était plus à la discrétion. Il fallait agir, et vite. Estrée souleva donc l'épais rideau et se glissa dans le palais de Shaankyr, le sabre à la main. À l'intérieur, quelques bougies placées dans des photophores en terre cuite diffusaient une faible lueur douçâtre, renforçant l'aspect vaporeux des soies diaphanes. Tous les sens en éveil, Estrée s'approcha du centre de la tente.

L'odeur d'encens se renforça de fragrances poivrées. Plus elle avançait, plus l'odeur devenait forte et envoûtante. Des volutes d'une épaisse fumée bleutée dansaient entre les voiles tombant du plafond. Ces senteurs rappelèrent à Estrée l'odeur du tabac de Felkeyn.

Ombre insaisissable et mortelle, Estrée atteignit le centre de la tente. Là, allongée sur d'innombrables coussins, alanguie par la poudre de lotus provenant d'un narguilé proche, nimbée de fumerolles glissant sur la peau d'ébène de son corps endormi : Shaankyr, la Reine de Sang. Estrée afficha un sourire féroce, et voulut lever son sabre. À sa grande surprise, elle sentit ses doigts s'engourdir. Son arme lui échappa et tomba sur le sol. Titubante,

Estrée se rattrapa à l'un des montants de bois sculpté soutenant le palais de velours et de soie. Ses jambes menaçaient de se dérober sous son poids. Son regard se troubla, elle sentit son estomac se soulever. *Je connais cette odeur…* pensa Estrée, luttant contre la nausée. *Par les Six Chaos… De la Bleu-Songe !*

L'une des pires drogues de tout l'Univers des Plans. Cette drogue qui, plus d'un an auparavant, avait détruit la vie d'Estrée. Leprìn, ancien Légat des Ténèbres, qui fut son amant, avait utilisé cette maudite substance pour tenter d'avilir la Fille du Chaos. Des semaines d'abstinence et de soins magiques furent nécessaires pour qu'Estrée s'en libère enfin. Et les fumées qu'elle inhalait depuis plusieurs minutes étaient chargées de cette même Bleu-Songe.

— Alors, tu pensais vraiment m'doubler, garce ? éructa Rogg derrière elle.

Luttant contre l'étourdissement, Estrée se retourna. Le gros mercenaire se tenait entre les volutes de soie, ricanant.

Shaankyr se leva lentement, souriante, triomphante.

— Estrée… Estrée… c'est l'heure de tomber les masques… Le piège dans le piège. C'était si évident, j'en suis presque déçue. De la part de l'Héritière du Chaos, fille d'Elvanthyell, je me serais attendue à mieux…

Estrée se plia en deux, un genou tremblotant sur le sol. Plus elle grimaçait, plus Shaankyr exultait. Rogg s'était emparé de chaînes et de menottes, et s'avançait à présent, jubilant tout autant.

— Quel magnifique cadeau tu feras pour mon époux ! Il se délectera de ton corps, pendant que moi…

Shaankyr s'était approchée pour mieux profiter de son triomphe. Tout en parlant, elle glissa son index pour caresser la carotide d'Estrée.

— Moi… je me délecterai de ton sang… un sang puissant… le sang d'Eodh. Avec ce sang, je régénérerai totalement mes pouvoirs, et j'arracherai la chair des os de chaque membre de ta pitoyable petite compagnie…

La Ténébreuse récolta une goutte de sueur de l'Héritière du Chaos, qu'elle porta à ses lèvres. Mais Estrée n'écoutait pas. Elle concentrait son pouvoir, laissant son mana irriguer ses muscles, couler dans ses veines, repoussant les effets de la Bleu-Songe. Estrée avait goûté à toutes les drogues durant sa jeunesse débridée. Pour cela, elle avait, des années durant, habitué son corps à combattre les substances toxiques. Seule la drogue ténébreuse, coupée de substances alchimiques par Leprìn, avait réussi à l'asservir. Elle avait vaincu cette Bleu-Songe-là. Quelques effluves n'allaient pas suffire à l'abattre aujourd'hui. Rogg et Shaankyr devaient probablement avoir pris un antidote. La fille d'Eodh n'en avait pas besoin. Alors que la Reine de Sang suçotait le bout de son doigt, Estrée répliqua d'une voix très claire :

— Tu oublies une petite chose…

Shaankyr leva un sourcil arqué de surprise. Rogg se figea. Tout à leur discours victorieux, aucun d'eux n'avait vu Estrée poser la main sur la poignée du sabre de Felkeyn. Aucun d'eux n'entendit la lame bleutée glisser sur l'épais tapis lorsque Estrée le souleva, la main ferme et sûre. La lame qui pénétra les chairs de la Reine de Sang, juste au creux du nombril.

— Je suis venue pour toi, sorcière !

D'un revers de sabre, Estrée éventra la ténébreuse.

Plantant son regard brillant dans les yeux de Shaankyr, elle lâcha sur un ton sec :

— Ça, c'est pour Rhellgarish !

*

Le campement du Poing Sanglant était la proie du chaos – au sens propre comme au sens figuré. Les soldats couraient dans tous les sens, luttant contre les flammes ou la panique des chevaux. Hurlant ses ordres de sa voix puissante, le Briseur-de-Destin jura mille tortures à tous les incapables qui étaient de garde cette nuit. Quand la lame d'Estrée éventra Shaankyr, il se retourna vers la tente de son épouse. Un autre feu venait de s'allumer dans son regard de grand félin.

*

Une grimace de surprise et de douleur déforma le visage de la Reine de Sang. Un flot de sang ocre ruissela le long de ses jambes. Retenant ses propres entrailles à pleine main, Shaankyr s'écroula sur ses coussins de soie. Estrée s'était redressée, sans aucune trace des effets de la drogue. Rogg la regardait, incrédule, tenant toujours les chaînes qui lui étaient destinées. Il chercha à balbutier quelque parole, mais partagé entre la colère et la peur, il ne sut que lâcher un chapelet de jurons et d'insultes.

— Hé oui, Roggaert… Je suis l'Héritière légitime du Chaos. Tu m'excuseras, je me suis un peu servie de toi. À présent tu as le choix : tu lâches ces chaînes, et tu fuis ventre à terre le plus loin possible de ma colère. Ou tu prends encore la mauvaise décision, et je t'étripe aussi. Beaucoup préféreraient que je te tue sur-le-champ, mais… je ne suis pas comme ça. Alors ?

Rogg lâcha ses chaînes, qui rebondirent sur le sol avec moult cliquetis métalliques. Il acquiesça nerveusement avant de faire demi-tour vers la sortie, s'empêtrant dans les soieries. Puis se figea. Le corps du mercenaire fut pris de soubresauts, puis secoué comme s'il était rongé de l'intérieur par des milliers d'insectes. Dans un bruit écœurant de bulbe de chair serré un peu trop fort, le corps de Rogg éclata. Sang, muqueuses, viscères et excréments furent répandus sur le sol et expulsés dans les airs. Les longs voiles diaphanes suspendus au plafond se teintèrent d'une immonde couleur marron. Estrée s'abrita in extremis derrière un pan de velours épais, évitant la pluie de fluides corporels. Puis elle comprit. À genoux sur son amas de coussins, retenant ses propres entrailles de la main gauche, Shaankyr avait la main droite tendue, les doigts arqués en forme de griffes. Son propre sang flottait encore dans l'air en filets jaunâtres, dessinant la rune de son sort *d'Implosion*. Même ainsi éventrée, la Reine de Sang restait redoutable.

La fille d'Eodh réagit une seconde trop tard. Elle voulut se jeter sur la Ténébreuse pour finir le travail. L'intestin grêle de Rogg prit vie, sous l'impulsion de la magie de Shaankyr. Le boyau s'enroula autour de la cheville d'Estrée, qui chuta. Se redressant, elle trancha le répugnant appendice d'un revers, mais déjà, deux autres longueurs d'intestin sanglant se tortillèrent pour se vriller autour de ses jambes. Un autre rampa sur le sol, à la recherche de sa gorge. Estrée libéra ses chevilles, et roula sur elle-même pour se mettre hors de portée des boyaux avides. Shaankyr mit à profit ce temps de répit.

— Tu as de la ressource, Chienne du Chaos ! cracha la Ténébreuse. Je t'ai peut-être sous-estimée…

Le sang de Rogg, répandu dans toute la tente, fut aspiré par la magie ténébreuse. Le flot de fluide vital se concentra sur l'abdomen de la sorcière, refermant lentement la plaie béante.

Trop lentement.

Estrée planta le sabre au sol, clouant l'intestin frétillant, et s'élança d'une nouvelle roulade avant. Elle parcourut ainsi d'un mouvement la distance la séparant de la Reine de Sang. En se redressant, l'Héritière du Chaos libéra ses *Lames de Volonté*, et frappa d'une attaque croisée. Cette fois, la magie d'Estrée surpassa toute forme de protection de la Ténébreuse. Une croix de sang jaune vif se dessina depuis la naissance de ses seins, et ouvrit sa peau noire de ses épaules jusqu'aux creux de ses hanches. Le corps de la sorcière fut tranché en quatre parties qui inondèrent les coussins de chair sanguinolente.

— Et ça… c'est pour moi.

CHAPITRE 26

Hagòn avança à pas pressés, bousculant ses propres hommes, en direction de la tente de son épouse. Il avait aperçu les éclats lumineux, témoignant qu'une magie était à l'œuvre, et une inquiétude vorace rongeait à présent sa poitrine. Le Briseur-de-Destin n'avait d'intérêt pour personne, hormis sa femme, qu'il vénérait comme une déesse. Il laissa donc ses lieutenants gérer le chaos qui s'était emparé du campement, pour se précipiter vers le logis de *sa* Reine de Sang.

Un pan du lourd tissu qui barrait l'entrée de la tente de Shaankyr s'écarta. Hagòn allait pousser un soupir de soulagement en voyant la silhouette féminine se dessiner dans l'obscurité nocturne. Pourtant, les flambeaux du camp ne se reflétèrent pas sur l'obsidienne d'une peau ténébreuse. Ils n'allumèrent pas des braises rougeoyantes dans le regard de la sorcière. La clarté des flammes dévorant les tentes du Poing Sanglant révéla la silhouette élancée et athlétique de l'Héritière du Chaos. Et dans son regard, c'était un feu d'améthyste qui brûlait. Avisant Hagòn à une dizaine de mètres de la tente, Estrée lui lança quelque chose, qui vint rouler à ses pieds dans un enchevêtrement de fins cheveux noirs. L'œil de félin du colosse ténébreux s'écarquilla en une bille de pur néant lorsqu'il reconnut la tête de sa reine. Hagòn se baissa très lentement pour la ramasser, et la tenir délicatement entre ses mains épaisses.

Hagòn lâcha un cri terrible. Un rugissement de haine et de douleur qui fit vibrer la terre et secoua les flammes. Le jaune de son iris s'était craquelé de rouge. L'œil unique injecté de sang, haletant comme le taureau d'arène face à son bourreau, Hagòn regardait Estrée en serrant les mâchoires. La meurtrière, elle, se contenta de hausser les épaules en souriant… *En souriant !* Pour le Ténébreux, le monde cessa d'exister. Le campement en proie aux flammes, les chevaux paniqués martelant ses hommes endormis, les cris, la bataille, Valrym, les Kàwanakhees… Tout cela disparut dans son esprit pour ne laisser la place qu'à une seule chose : la haine. Seule l'Héritière du Chaos existait à présent. Hagòn allait se jeter sur cette meurtrière pour lui arracher les bras, quand la tête de la Reine de Sang explosa entre ses mains dans un bruit de tonnerre.

Estrée laissa échapper un cri victorieux. L'engin explosif d'Hazeline, dissimulé dans la bouche de la sorcière, avait parfaitement rempli son office. Une boule de flammes et d'éclats d'acier oblitéra la tête de Shaankyr, et projeta le colosse ténébreux, dix mètres plus loin, culbuté dans la boue. Hagòn eut à peine le temps de dresser son bouclier d'Adepte pour éviter d'être déchiqueté. L'explosion lui arracha néanmoins deux doigts à la main droite, des lambeaux de peau sur les bras, le cuir de son plastron, et le lobe de l'oreille gauche. Le Ténébreux roula sur le sol, un sang jaunâtre s'écoulant de ses multiples blessures.

— Tu te souviens de moi, *Borgne-du-Destin* ? Je suis venu tenir ma promesse, et te crever l'autre œil... lui cria l'Héritière.

Hagòn grogna sur le sol. À travers le brouhaha qui régnait dans le campement, les paroles d'Estrée étaient comme du sel jeté sur ses plaies. Mais il était Hagòn, le seigneur de guerre du Poing Sanglant. Un Adepte des Arts secrets des Ténèbres. Il avait affronté les *Démons des Malefosses*, les *Titans d'Achéron*, les *Solars des monts Célestes*... et tant d'autres adversaires redoutables. Le Briseur-de-Destin se releva lentement.

En voyant le colosse se relever, Estrée perdit tout sens de l'humour. Le Ténébreux méritait bien sa réputation. Si elle avait cru s'en débarrasser aussi facilement, elle était loin du compte. Shaankyr avait été facile à vaincre, car la sorcière avait vidé ses réserves de mana. Entre l'épuisement et la vanité, la Reine de Sang avait causé sa perte. Hagòn, lui, était forgé d'un métal autrement plus résistant.

L'imposant Ténébreux se redressa. Les flammes qui dévoraient le campement du Poing Sanglant se reflétèrent sur sa peau d'obsidienne. Le baudrier de métal qui enserrait son torse n'avait en rien souffert de l'explosion. L'épée-fouet en Noir-Métal, fidèle compagne de mort du Briseur-de-Destin, n'attendait que sa main pour semer la douleur. La droite étant inutilisable, Hagòn saisit la poignée de l'arme de sa senestre, et tira d'un coup sec. Les chevrons métalliques de l'arme prirent instantanément vie. Espacés de la longueur d'une main et reliés entre eux par une chaîne aux mêmes reflets d'acier noir, l'épée-fouet claqua dans les airs avec un son métallique sinistre. Le glas promettant à l'Héritière du Chaos une mort certaine.

*

Malgré la panique qui régnait dans le campement des mercenaires du Poing Sanglant, la petite démonstration d'Estrée ne passa pas inaperçue. Le sergent Jürgen, dit « Main Noire » à cause d'un tatouage raté recouvrant l'intégralité de sa main droite, entendit l'explosion de la bombe naine. Il se retourna juste à temps pour voir son seigneur de guerre mis à mal par la boule de feu – qu'il mit évidemment sur le compte de la magie. Jürgen jappa quelques ordres aux deux guerriers les plus proches, et pointa un doigt sur la Fille du Chaos. S'il n'était pas une lumière, le sergent Main Noire était un meneur d'hommes.

Rapidement, les deux mercenaires sous ses ordres s'emparèrent de lourdes arbalètes, qu'ils pointèrent droit sur l'Héritière. Jürgen se glissa entre les deux tireurs, se délectant déjà de voir la belle poitrine d'Estrée se faire perforer par les carreaux. Il ricana, s'apprêta à donner l'ordre de tirer… lorsqu'une longue flèche empennée de plumes de hibou s'enfonça dans sa poitrine. Il hoqueta, surpris. Son épaisse broigne de cuir avait suffisamment retenu le trait pour qu'il n'en soit pas mortel. Jürgen saisit la flèche et tira, arrachant le projectile de ses chairs. Avec un sourire déformé par la douleur, il regarda la pointe, tiquant lorsqu'il découvrit l'éclat de gemmelite brillant qui y était enchâssé. Et qui explosa.

Cheenoa observa, satisfaite, la tête du sergent Jürgen Main Noire être emportée par sa flèche enchantée. Le souffle de l'explosion suffit à neutraliser les deux arbalétriers. Celui de droite eut l'œil expulsé de son orbite. Il se tortilla sur le sol en gémissant. Celui de gauche eut un éclat très fin de la pointe de flèche qui pénétra son cerveau en tournoyant, avant de ressortir de l'autre côté. L'homme s'effondra, vivant, mais le crâne trépané. Il passerait le peu de temps qui lui resterait à vivre à se baver dessus.

L'archère indie changea de position au pas de course, à la recherche de nouvelles cibles.

*

Hagòn ne vit rien du sergent Jürgen ni des deux autres guerriers. Le Ténébreux, grâce à une terrible discipline mentale, et au prix d'un immense effort de volonté, chassa sa colère et se focalisa totalement sur Estrée d'Eodh. Hors de question de sous-estimer l'Héritière du Chaos cette fois ! Il se concentra pour atteindre son Nexus. Malgré les blessures et la douleur, la haine du Ténébreux vint nourrir sa détermination et lui permit de passer le *Premier Voile* séparant les simples mortels des Initiés. Hagòn entra dans la transe mortelle du Zen. Le temps se ralentit autour de lui. Sa cible apparut clairement sur sa carte mentale. Les volutes dessinées par l'épée-fouet se replièrent comme un serpent prêt à frapper. La forme pourtant épaisse du colosse ténébreux devint floue, et dans le temps séparant deux battements de cœur, il s'abattit sur Estrée.

Mais pas aussi vite qu'il le pensait. De son côté, la Fille du Chaos n'avait pas attendu la charge du colosse. Elle aussi s'était connectée au cœur de son être, le Nexus, ce point central, où Tout-est-Un. Au cœur de l'Infini Jardin, Estrée avait affronté Devora, sa Némésis, des semaines durant. Sous la tutelle sévère du Jardinier, l'agent du Destin, elle avait appris à forger sa propre volonté pour en faire une arme. Pour créer ses lames de mana, d'une part. Ensuite, pour renforcer son corps, et dépasser ses limites. Estrée était devenue l'égale d'une Initiée. Lorsque

Hagòn se glissa dans le Zen, Estrée laissa le mana affluer dans tout son corps, renforçant ses os, inondant ses muscles, décuplant ses sens. Son regard s'alluma de cet éclat pourpre qui accompagnait désormais son pouvoir. Ses *Lames de Volonté* jaillirent de ses poignets, prolongements vibrants de ses mains, plus tranchantes que n'importe quelle épée. Quand arriva la charge du colosse ténébreux, elle était prête à le recevoir.

Hagòn déchaîna tout son Art dès le premier assaut. Il lança sur Estrée une combinaison de mouvements issus du *Daar Shin'Kaï*. Littéralement « La Voie des Soixante-six Entailles ». Cette technique martiale consiste à contourner les défenses de l'adversaire pour venir trancher les tendons ou entailler au niveau des articulations, et ce, de la façon la plus douloureuse qui soit. Grâce à son épée-fouet, Hagòn pouvait exercer cette technique avec une redoutable efficacité. Les chevrons de Noir-Métal tournoyèrent autour d'Estrée, trop vifs pour que l'œil suive, cherchant à mordre sa chair la plus vulnérable. Estrée, le regard rendu acéré par l'éclat de son pouvoir, anticipa chaque assaut. La première frappe du Ténébreux tenta de s'enrouler autour de ses jambes pour lui déchirer l'arrière des genoux. Elle effectua un saut périlleux arrière de toute beauté. La pointe de sa botte droite frappa Hagòn dans le mouvement. Loin d'être suffisamment puissant, l'assaut le fit à peine sourciller. Le Ténébreux enchaîna, son serpent d'acier cherchant à mordre sous l'aisselle. Estrée opposa un revers en parade chassée. Sa lame de magie pure fit cracher des étincelles bleutées au Noir-Métal. Le seigneur de guerre enchaîna, encore et encore.

En alternant ses parades avec des esquives rapides du corps, Estrée évita chacune des Soixante-six entailles. L'épée-fouet se heurta à ses lames de mana, ou creusa des sillons dans le sol. Plusieurs fois, la fille d'Eodh riposta, mais forcée à la défense, aucune de ses contre-attaques n'inquiéta le Ténébreux. Sous le couvert du manteau nocturne troublé par l'éclat des flammes, les éclats de l'acier et de la magie rendaient le combat irréel, rêve d'un ancien dieu de la guerre devenu fou.

L'épée-fouet tournoya au-dessus de la tête de Hagòn, avant de se tendre d'un coup ascendant vers l'entrejambe d'Estrée. La fille d'Eodh fit une volte de danseuse en opposant sa lame de mana gauche. Les chevrons d'acier crissèrent sur le mana solidifié, évitant à Estrée d'être tranchée en deux. Sous l'impact, elle fut projetée lourdement au sol.

— Ouch ! lâcha-t-elle dans un gémissement de douleur.

Estrée prit une demi-seconde pour reprendre son souffle. Une demi-seconde de trop. Ondulant comme un cobra d'acier, l'épée-fouet glissa en creusant une tranchée dans la terre boueuse, droit vers sa gorge. Dans un réflexe salvateur, elle se redressa et interposa une parade croisée de ses deux lames. Elle fut soulevée dans les airs par la puissance de l'impact. De nouveau, Estrée mordit la poussière, en roulant sans aucune grâce sur trois mètres. *Peste soit-il de ce maudit Ténébreux !* ragea-t-elle pour elle-même. *J'ai peut-être été... un peu trop optimiste...*

Toujours porté par le Zen, le Briseur-de-Destin ne lui laissa pas de répit. L'épée-fouet dans sa senestre décrivit une spirale d'acier qui sembla trancher le ciel. Estrée fit un bond en arrière pour éviter la majorité de l'attaque, et croisa ses *Lames de Volonté* pour bloquer la pointe acérée cherchant à lui transpercer le ventre. Au moment où le Noir-Métal rencontra les dagues de mana, Hagòn poussa un cri. Pas un cri de douleur ni un cri de rage. Une vibration puissante et interne, venant du plus profond de ses entrailles, venant de son Nexus d'Adepte. Le son jaillit de tout son être plus que de sa gorge, créant une onde de magie qui déforma l'air autour de lui. Cette onde s'enroula autour de l'épée-fouet, et remonta, crépitante, jusqu'à la pointe de l'arme interceptée par Estrée. L'impact eut la force d'un coup de poing de géant. Les lames magiques furent brisées comme du verre soumis à l'assaut d'une cantatrice. Le choc souleva Estrée dans les airs, balayée comme une feuille soulevée par le vent d'automne. Le *Fuuth'Roh Dah*, le *Hurlement de l'Adepte*, eut raison de la fille du Chaos.

Au moment où les pieds d'Estrée quittaient le sol, Cheenoa prit position vingt mètres plus loin. L'archère sauta agilement sur une pile de tonneaux vides, et attendit. Juste à la frontière des perceptions du Ténébreux. La pointe de sa flèche brillait d'impatience.

Estrée n'eut pas le temps d'atterrir. Hagòn, chevauchant la transe martiale, combla l'espace le séparant de l'Héritière du Chaos en un clin d'œil. Les trois doigts restants de sa dextre vinrent saisir Estrée par la gorge, stoppant sa chute par une étreinte douloureuse. Le Briseur-de-Destin la garda à bout de bras, son œil fendu reflétant toute la haine qu'il éprouvait pour elle. Estrée secoua les jambes, tenta de frapper l'avant-bras du colosse, mais la serre autour de sa gorge ne bougea pas. Elle toussa, commençant à suffoquer, sentant bien que Hagòn pouvait lui broyer la trachée à tout instant. Le Ténébreux voulut à son tour profiter de sa victoire. Déjà, l'aiguillon de son appendice caudal s'agitait frénétiquement, avide de fouiller les entrailles de la fille d'Eodh.

— Tu as survécu la première fois… Mais, à présent, je vais m'assurer que tu ne reviennes pas, chienne du Chaos ! lui cracha-t-il au visage.

La flèche parcourut les vingt mètres en sifflant, droit vers la nuque du seigneur de guerre. D'un geste foudroyant, Hagòn lâcha son arme et saisit de sa main gauche le projectile en plein vol. Il lança un regard à Cheenoa, sur sa pile de tonneaux vides, l'arc à la main.

— Pitoyable… Vous pensiez vraiment m'avoir avec une ruse grossière ? éructa-t-il.

Et la flèche lui explosa au visage.

Estrée remonta ses jambes et prit appui sur le torse du colosse. Elle bondit en arrière en se retournant d'un saut vrillé. L'impact de l'explosion l'atteignit en pleine course, elle eut juste le réflexe de se protéger le visage avec les mains. La fille d'Eodh roula sur le sol, sonnée, heureusement sans trop de dégâts. Elle se releva, chancelante.

Hagòn, lui, fut propulsé au sol, le visage dévoré par les flammes magiques de la gemmelite rouge. Cheenoa avait réussi un tir de maîtresse-archère. Précis, autant dans le geste que dans l'instant. La Fille du Chaos avait compté sur la chasseresse des Kàwanakhees dès le début. Et à raison.

— Non… se moqua Estrée. Plutôt avec cette ruse-ci. Pris deux fois au même piège, le *Borgne*… Quelle ironie…

Le Briseur-de-Destin se releva.

Encore.

Son bouclier d'Adepte crépitait afin de repousser le feu magique créé par la flèche piégée. Son menton était maculé de sang jaune, et la peau de son visage cloquait en d'immondes plaques orangées. Sa redoutable épée-fouet gisait dans la poussière. Pour autant, Hagòn était toujours debout.

CHAPITRE 27

Les premières lueurs d'une aube naissante teintèrent le ciel de rose. Une lumière diffuse commença à apparaître entre les nuages épais et cotonneux, pour envahir la vallée et se répandre dans le campement du Poing Sanglant. Un éclat qui dévoila dans son ensemble le chaos terrible qui avait ravagé les lieux. Les mercenaires venaient d'étouffer le feu qui avait dévoré un bon tiers de leur campement. La moitié de leurs chevaux s'était enfuie, piétinant les tentes et les hommes, dont plus d'une vingtaine ne se relèveraient jamais.

Taï-Lung s'était jeté hors de sa tente pile au moment où un palefroi l'avait traversée. Son bien le plus précieux, un service à thé en terre cuite venant de ses îles khelashes natales, n'y avait pas survécu. Son attention fut attirée par un bruit tonnant et un éclat de flammes. Taï-Lung, estomaqué, contempla au loin son seigneur de guerre être mis à mal par Estrée et Cheenoa. Son visage passa rapidement de la surprise à la colère. Éructant quelques ordres, il réunit une dizaine de guerriers sous ses ordres pour aller prêter main-forte à son chef.

Un cor de guerre résonna. La terre vibra. Y fit écho, le grondement sourd et grandissant d'une cavalcade.

Des cris de guerre se joignirent au tonnerre de plusieurs centaines de sabots qui martelaient le sol. Désorganisés, les guerriers du Poing Sanglant furent totalement pris par surprise. Une première salve de flèches et de javelots éclaircit leurs rangs avant même qu'ils ne puissent voir leurs agresseurs. Les premiers rayons de soleil derrière leur dos, toute la compagnie des Mille Lames, et plus d'une centaine de centaures, déferlèrent sur le Poing Sanglant.

Faisant face à Hagòn, Estrée sourit, en entendant arriver ses alliés.

— La cavalerie arrive à temps, on dirait ! clama-t-elle.

Le Briseur-de-Destin répondit dans un grognement sauvage :

— Pas assez pour te sauver…

*

Les centaures galopaient dans le campement du Poing Sanglant en poussant des cris de guerre gutturaux, proches de hennissements. Leurs flèches, tirées en salves rapides et courtes, firent des ravages parmi les guerriers paniqués. Derrière venait la cavalerie des Mille Lames. Le seigneur Cornell avait mis à leur disposition ses meilleurs étalons pelloniens. Les chevaux faisaient autant de ravages, à coups de sabots ou de morsures, que les lances de leurs cavaliers. À leur tête, venait une cavalière portant un casque à cimier banc et une cape rouge sang. Sentenza criait ses ordres à sa compagnie de mercenaires d'une voix claire et puissante. À ses côtés, son plus fidèle lieutenant, Rens Tueur-de-Géants. Son immense épée faisait des ravages dans les rangs du Poing Sanglant.

Chevauchant côte à côte, Rodan et Nova prirent à leur tour part au combat. La Sœur Grise repéra Taï-Lung et son groupe, dont il ne restait plus que trois guerriers, les autres déjà fauchés par les flèches des centaures. Le tueur kelash maniait habilement deux lames larges et courbes, et venait d'ouvrir salement la cuisse d'un homme-cheval, qui s'agitait sur le sol. Les trois comparses de Taï-Lung se jetèrent sur lui pour le trucider à coups de lame et de lance. Le Kelash reprit sa course à travers le campement devenu champ de bataille. Visiblement trop loin pour atteindre Estrée, il avait choisi une autre cible : Cheenoa. L'archère, de son côté, distribuait ses tirs avec une précision surhumaine. Ses flèches trouvaient aisément tantôt œil, gorge, aisselle, ou toute autre partie du corps exposée. Par trois fois, les têtes de gemmelite explosive avaient semé la mort parmi les tueurs en armures noires frappées du poing couleur sang.

Nova se tourna vers Rodan en criant :

— Occupe-toi de ces trois-là, tu veux bien, Rody ? Moi, je suis plus à l'aise à pied qu'à cheval pour me battre...

Puis, avec un clin d'œil, la Sœur Grise descendit de sa monture, et courut vers le Kelash.

— Rody ? s'indigna faussement le mercenaire, avant de diriger son cheval vers les trois guerriers.

Nova courut à vive allure, serpentant entre les tentes avachies, les pieux brisés, ou les corps gisant sur le sol. Elle calcula sa course à la perfection, sa trajectoire venant intercepter celle du guerrier kelash au moment précis où il allait atteindre Cheenoa.

La Sœur Grise se propulsa dans les airs, jambe gauche tendue, dans un élégant coup de pied sauté. Son talon atteignit sa cible en pleine poitrine. Le Kelash fut projeté en arrière, et roula dans le sol boueux et le crottin, six mètres plus loin. Pour autant, Taï-Lung n'était pas hors du compte. En combattant éprouvé, il avait eu le temps de contracter ses muscles et d'accompagner la chute. Il secoua la tête, toussa, puis se redressa avec un grognement haineux. En levant les yeux sur son adversaire, le visage du tueur se déforma dans un sourire salace. Il passa une longue langue sur ses lèvres, un filet de bave dégoulinant le long de sa barbe effilochée. Des fourreaux fixés dans son dos, il dégaina deux lames courtes et épaisses, à un seul tranchant. Taï-Lung décrivit quelques moulinets, ses épées dansant entre ses mains comme les ailes d'un papillon effréné.

— Approche, ma jolie ! lança-t-il à Nova. Je vais te tailler la peau !

Le tueur pointa sa lame gauche vers la Sœur Grise, et plaça l'autre contre sa joue. Toute provocante qu'elle paraisse, cette position était celle de la Jonque Fleurie, l'une des dix-huit postures de combat du *San Duan Dao*. Cet Art du combat à deux sabres courts, développé par les pirates des îles kelashes, était redoutable si on l'opposait aux épées plus traditionnelles.

Nova n'avait pas d'épée. Ses mains se refermèrent sur deux objets courts, glissés dans sa ceinture. D'un geste vif, elle déplia deux éventails en bois noir et feuille de cuir argenté. Les runes gravées dans les brins d'ébène s'allumèrent d'un feu bleuté. Les feuilles s'irisèrent, la magie leur donnant la résistance du métal, et le tranchant d'un rasoir. Elle leva celui de sa main droite à hauteur du visage, et le gauche, au niveau de ses cuisses, tout en fléchissant légèrement les genoux, comme le ferait une danseuse.

Une moue rageuse enlaidit le visage de Taï-Lung, lorsqu'il se précipita à l'attaque. D'un bond, il franchit la distance le séparant de la Sœur Grise, et libéra un déluge de lames. Ses épées-papillons frappèrent en rythme, puis en coups saccadés, de taille, d'estoc, visant les articulations ou les points vitaux. À chaque fois, Nova interposa un éventail, fouettant les lames de la feuille argentée, ou repliant l'instrument au dernier moment pour dévier à l'aide du panache en bois noir. Chaque mouvement de la Sœur Grise était coulé, agile et rapide. Tournoyant sur elle-même en volte et contre-volte, ses éventails dressèrent une muraille d'acier infranchissable face au déferlement acéré du guerrier kelash.

Haletant, Taï-Lung recula d'un pas. Nova finit sa dernière esquive par un entrechat gracieux avant de se repositionner en garde.

— Tu penses m'impressionner avec tes jouets ! éructa-t-il à la Sœur Grise. J'ai une petite surprise pour toi...

Taï-Lung plissa les yeux, et se concentra. Un sourd grognement résonna de sa cage thoracique, alors qu'il invoquait sa botte secrète. La dix-huitième posture du *San Duan Dao* : le *Souffle du Démon*. Il décrivit, d'abord lentement, des arabesques complexes avec ses lames jumelles. Puis, de plus en plus vite. Enfin, à une vitesse telle que ses lames semblèrent se multiplier dans les airs. Avec la vélocité d'une vipère, Taï-Lung attaqua. Imprévisible, les épées-papillons trompèrent la garde de Nova, tranchant dans le cuir de son armure jusqu'à trouver sa chair. La Sœur Grise se concentra sur sa défense, parant ou esquivant les assauts les plus dangereux. Elle récolta plusieurs blessures légères. Les lames du Kelash entaillèrent son bras gauche, son épaule droite, ses deux cuisses, et une lame frôla sa joue, manquant d'emporter son oreille.

Les éventails de guerre tournoyaient pour tenter de contrer les assauts de Taï-Lung. Nova reconnut la technique utilisée par le tueur : combinant une part d'hypnose et un Art approchant de celui qu'elle pratiquait elle-même. Si elle ne connaissait pas le *San Duan Dao,* Nova, en revanche, maîtrisait les Arts secrets des Sœurs Grises de Claire-Aube. Connectant son propre Nexus, Nova invoqua la Voie du Vent. Un souffle d'air jaillit du néant et enveloppa le corps de la guerrière, détournant les lames du Kelash. Surpris, Taï-Lung baissa sa garde, Nova en profita immédiatement. D'un coup de pied fouetté à l'estomac, elle le força à reculer. Elle rabattit ses éventails devant son visage, les feuilles ouvertes brillant de leur reflet d'argent, puis d'un mouvement sec du poignet, les lança de part et d'autre. Les éventails tournoyèrent à grande vitesse, portés par les vents magiques invoqués par la Sœur Grise, pour contourner Taï-Lung. Le premier frappa derrière ses genoux, tranchant les ligaments. Le Kelash s'effondra sur lui-même. Le second éventail jaillit dans un sifflement métallique pour lui ouvrir la gorge. Les deux armes retrouvèrent ensuite les mains de Nova, qui laissa retomber le souffle magique de la *Danse des Éventails.* Taï-Lung referma une main sur sa gorge, vaine tentative de retenir sa vie, qui s'écoulait à grands flots. Lorsqu'il toucha le sol, il était déjà mort.

*

Rodan eut plus de facilité à se débarrasser de ses adversaires. Les trois guerriers du Poing Sanglant étaient bien moins redoutables que le tueur kelash. Il piétina le premier avec les sabots de son étalon pellonien. L'homme mourut les côtes enfoncées. D'un revers de son épée, il trancha le visage du deuxième qui s'effondra en couinant.

Le dernier voulut riposter de sa hache ; le destrier lui mordit le bras jusqu'à l'os. Le guerrier lâcha son arme en hurlant. Rodan lui enfonça sa lame dans l'œil droit. Il se retourna pour venir en aide à Nova, juste à temps pour contempler la *Danse des Éventails* de la Sœur Grise. *Incroyable…* pensa-t-il. *Cette femme est réellement incroyable.*

Nova fit craquer ses cervicales en se retournant vers Rodan, tout en lui lançant à nouveau ce clin d'œil provocant. L'ex-Paladin ne se sentit pas rougir.

*

À l'abri des combats, une dizaine de mercenaires des Mille Lames escortaient leur commanditaire. Liam Cornell et sa fille, sur leurs montures respectives, observaient le combat à travers l'éclat de l'aube naissante. Aleenor serrait les dents. Les cris et les chocs des combats étaient encore très violents à ses oreilles. L'adolescente effarouchée de jadis était désormais loin derrière elle. C'était une jeune femme courageuse, bien qu'un peu inconsciente parfois, qui se tenait aux côtés de son père. Liam la regardait avec une fierté infinie. Son enfant, ce qu'il avait de plus précieux au monde, avait réussi l'impossible. Elle avait ramené une guérisseuse pour sauver Sentenza, et une cohorte de centaures pour renforcer l'assaut. Sans elle, ils auraient tous péri sous les coups du Poing Sanglant.

Proche de ce groupe, une poignée de Kàwanakhees contemplait également le spectacle. D'une démarche arquée, Kwanee-le-Sage s'approcha des Cornell. Le vieux chef de la tribu affichait un très fin sourire. Il tapota le bout de la botte d'Aleenor avec affection, et se tourna vers Liam. L'ex-Conseiller mit pied à terre pour être à la hauteur du vieil indie.

— Bravo, Seigneur-des-Chevaux. Tu as la faveur des Esprits, qui t'ont donné une fille hors du commun. Beaucoup seront prêts à la suivre, et à mourir pour elle. Prends-en bien soin…

Liam haussa les épaules devant une telle évidence.

— Ton peuple s'est bien battu, mais il a beaucoup souffert aussi, Kwanee. Sache que vous serez toujours bienvenus sur mes terres…

— Hmm… Hélas, c'est loin d'être fini, Liam Cornell. Le pire reste à venir. Puisse les Esprits de la Terre et du Ciel te garder en leur bienveillance.

Puis Kwanee de s'éloigner lentement. Sans comprendre les paroles énigmatiques du shaman, Liam inspira profondément. À ces paroles prophétiques, un nœud d'angoisse venait de naître dans sa poitrine.

*

Hagòn souleva boue et poussière lorsqu'il se précipita sur l'Héritière du Chaos. Il enchaîna plusieurs frappes de ses doigts en forme de griffes. Cet Art martial ténébreux, le *Darkl'egh*, visait à causer le plus de souffrance à l'adversaire en lacérant sa chair. Estrée para et évita, le cuir de son armure fut déchiqueté par endroits. Mais le dernier assaut du colosse fut si rapide qu'elle ne put l'esquiver. Hagòn referma sa main gauche sur le haut de son plastron, enfonçant ses doigts dans l'épaisseur de cuir pour assurer sa prise, et souleva Estrée. Il s'apprêta à utiliser sa fatalité préférée : fouiller les entrailles de son adversaire avec son aiguillon.

La fille d'Eodh avait déjà vu le Ténébreux à l'œuvre, et anticipa la manœuvre. Elle leva sa dextre, et fronça les sourcils dans un effort de concentration. Sa *Lame de Volonté* jaillit en crépitant. La dague de mana intercepta l'aiguillon acéré qui filait à toute allure vers sa cuisse. Et trancha net la queue du colosse. L'extrémité, sectionnée sur ses derniers dix centimètres, roula au sol en se tortillant comme un ver avant de s'immobiliser. Le reste de l'appendice se mit à trembler, secoué par une main invisible, en projetant des jets de sang ocre. Hagòn recula en grognant de douleur, lâchant l'Héritière.

Estrée atterrit lourdement, à quatre pattes sur le sol. Elle aspira goulument l'air qui avait du mal à passer sa gorge endolorie. La poigne du Ténébreux restait d'acier. Elle avait évité d'avoir le larynx broyé de très peu. À son poignet, son arme de mana s'était dissipée en volutes pourpres. Estrée était épuisée, et ses propres réserves de magie étaient vides. *Estrée, ma fille, je crains que tu n'aies joué toutes tes cartes...* se dit-elle en observant sa main couverte de sang argileux. Sa magie l'avait exaltée durant tous ses derniers combats. *Plus d'épée magique avant un moment...* La fille d'Eodh se sentait vidée de toute énergie. Elle voulut se relever, mais ses jambes se dérobèrent. Et Hagòn était toujours debout. En entendant les bruits de sabots, le son de l'acier, et les cris de douleur de ses ennemis, Estrée sourit malgré l'épuisement.

Une main secourable vint saisir l'Héritière par le bras. La voix claire et tranchante de Sentenza couvrit les bruits du combat.

— Laisse-moi prendre la suite, dit la capitaine en ôtant son casque à cimier blanc.

La guerrière au regard d'émeraude aida Estrée à se relever. Les deux femmes s'observèrent le temps de quelques battements de cœur. Sans parler, elles se dirent bien plus de choses durant cet échange que des mots l'eurent permis. Estrée opina, et lança un dernier regard vers le colosse ténébreux. Celui-ci restait immobile, reprenant des forces en respirant bruyamment. L'Héritière du Chaos laissa la place à la capitaine des Mille Lames.

Le Briseur-de-Destin avait observé cet échange de son œil valide. Le gauche avait été fendu par le sabre que Felkeyn avait donné à Estrée, lors du premier combat entre l'Héritière et le Ténébreux. Le droit brillait à présent de haine et du désir de vengeance. Cette putain aux yeux violets lui avait tout pris. *TOUT !* Jusqu'à sa reine, sa maîtresse, son épouse ; la seule personne qu'il eut jamais aimée… Il allait démembrer Estrée lentement. Très lentement. Et ce n'était pas cette petite capitaine mercenaire qui allait lui barrer le chemin. Hagòn avança de quelques pas lourds, se baissa lentement pour ramasser son épée-fouet. L'arme émit un sifflement de serpent d'acier, avide de planter ses crocs dans la chair de ses adversaires.

CHAPITRE 28

Au milieu de la chambre de la neuvième épreuve, dans le cercle éclairé par la colonne de lumière venant d'un orifice au plafond, Maeve se tenait en position de combat. Poing gauche en avant, bras droit replié, main ouverte. Jambe gauche en avant, jambe droite tendue en arrière. Les yeux fermés, tous les autres sens en éveil. Elle avait passé le *Premier Voile de la Conscience*, celui qui séparait le monde du manifesté et des formes, de celui de la transe bleutée du Zen. Elle avait coupé ses cheveux blond clair en une brosse guerrière. Sur son front dansaient quelques gouttes de sueur dues à la concentration intense. Si les huit épreuves précédentes étaient des tests physiques, afin de préparer le corps, la neuvième mesurait l'esprit. Les statues des anciens Maîtres d'Armes du Chaos étaient les seuls témoins de cette ultime épreuve.

Face à elle, presque en miroir tant leurs postures étaient identiques, se tenait Felkeyn. Le dos de leurs poings gauches s'effleurant, un combat silencieux avait lieu. Un combat d'esprit. Un duel de volonté. Une épreuve du Zen.

Au sein de leurs cartes mentales respectives, chacun combattait l'autre dans un tourbillon de mouvements nimbés d'un éclat orangé. Plus qu'un combat, une danse.

Une harmonie parfaite entre deux guerriers. La transmission d'un savoir millénaire. La création d'une nouvelle Initiée. L'un comme l'autre ne cherchait pas à triompher. Ils s'étaient déjà affrontés lors de nombreux entraînements intensifs durant ces derniers vingt et un jours. Aucun repos. Aucun répit. Felkeyn avait poussé Maeve au-delà de ses limites, et à chaque fois, elle les avait franchies. Peu de combattants furent aussi doués et prometteurs.

Il est impossible de décrire avec des mots l'intensité de ce combat mental. Une chorégraphie parfaite dans la plus pure maîtrise des arts martiaux. Une danse qui n'appartiendrait jamais qu'à eux, maître et élève. Un lien unique et puissant.

Lorsqu'ils ouvrirent les yeux, Maeve était devenue une Initiée.

CHAPITRE 29

Sentenza leva son sabre de cavalerie devant son visage, et fouetta l'air en un salut martial, avant de ramener la lame devant elle. Hagòn alla ramasser son épée-fouet à pas lourds. Le Ténébreux semblait beaucoup moins véloce, toutefois, cela pouvait être une ruse de sa part. La mercenaire resta en garde, prête à tout. Elle avait déjà affronté le colosse, usant de tout son art du combat. Elle avait été vaincue. Sa cuisse, perforée alors par l'aiguillon ténébreux, lui brûlait encore. Si la magie curative de Laureline avait fait un miracle, Sen était encore très faible. Cette fois, Estrée avait réglé le problème de l'aiguillon en os. Hagòn demeurait un Adepte, et son épée-fouet était redoutable. Sentenza n'avait pas beaucoup de choix. Son éventail martial était limité face à un tel adversaire.

De son côté, Hagòn semblait hésiter. Il fit claquer son arme qui se lova sur elle-même. Un ensemble de cliquetis métalliques résonna, et les chevrons de l'arme vinrent s'encastrer les uns dans les autres, reformant un glaive dentelé. Ignorant la douleur de ses doigts manquants, le Ténébreux prit son épée à deux mains.

Les deux adversaires s'observèrent, immobiles. Avant l'affrontement physique, un duel de volonté les opposa.

Deux capitaines mercenaires. Deux êtres très différents, que tout opposait. Réunis par la guerre et la mort. Dans ce combat, il n'y aurait qu'un seul coup porté de chaque côté.

Le corps colossal du Ténébreux se mit à miroiter, alors qu'il invoquait son bouclier d'Adepte. Hagòn étreignit son glaive tout en serrant les dents. Aucune finesse dans l'assaut qu'il lancerait. Uniquement de la force pure, brutale, afin de déchirer armure, chair et os.

Sentenza n'avait pas le choix. Amanda, Sœur Grise de Claire-Aube, l'amour de sa vie, l'avait instruite aux arts secrets de la Voie du Vent. Un Art qui recelait un côté sombre, interdit. Un héritage que seule une poignée d'élues détenait. La *Voie du Vent et du Sang*. La mercenaire inspira profondément et se concentra. Elle ouvrit grand les portes de son Nexus, afin que le mana inonde son corps. Un courant d'air violent jaillit autour d'elle, tranchant comme une lame effilée. Ce vent magique, d'habitude protecteur, entailla la chair de la mercenaire en de multiples entailles, faisant jaillir son sang qui se mêla aux souffles tournoyants. Un typhon sanglant nimba Sentenza lorsqu'elle se porta à la rencontre du Briseur-de-Destin.

*

Non loin de là, Nova sentit le souffle naître de l'usage de la Voie du Vent. Un frisson électrique parcourut sa colonne vertébrale, avant de se concentrer en étau dans sa poitrine. Elle se retourna, cherchant l'origine, pour voir Sentenza invoquer la technique interdite de sa caste. Ses yeux s'arrondirent de surprise et de terreur. Elle voulut hurler « NON », mais il était déjà trop tard.

*

Brandi par Hagòn comme une lance, le glaive de Noirmétal transperça les vents tournoyants, perfora la cuirasse, et s'enfonça dans les entrailles de Sentenza pour ressortir en déchirant son dos. La mercenaire happa la lame dentelée de sa main gauche et avança, ignorant les explosions de douleur qui envahissaient son corps tout entier. Elle arma son sabre à hauteur des yeux, et frappa d'estoc. Les vents rougis de son sang accompagnèrent le coup, nimbant l'arme d'une aura carmin. La lame fit voler en éclats le bouclier d'Adepte, pénétra l'œil restant du ténébreux, et transperça son crâne.

Sentenza et Hagòn s'effondrèrent en même temps sur le sol imbibé de sang.

CHAPITRE 30

Le jour était à présent levé. Le soleil dardait ses rayons à travers les nuages, pour leur intimer l'ordre de se retirer. Au creux de la vallée, scène de la récente bataille entre les deux compagnies rivales de mercenaires, le combat était terminé. Les survivants du Poing Sanglant s'étaient enfuis, courant dans tous les sens comme des rats fuyant un navire condamné. Les vainqueurs arpentaient le campement des vaincus : soldats des Mille Lames, chasseurs kàwanakhees, guerriers centaures. Tous s'approchaient, en gardant une distance respectueuse, de la tente-palais du seigneur de guerre terrassé.

Père et fille Cornell s'approchaient à pied, main dans la main et gorges nouées. Aleenor s'arrêta de marcher pour se jeter dans les bras de Liam. Elle étouffa ses sanglots dans le creux de l'épaule de son père. Elle ne voulait pas que résonne sa tristesse. L'ex-Conseiller caressa les cheveux de sa fille avec tendresse, mâchoires serrées.

Rodan, légèrement blessé durant le combat, s'appuya sur Nova pour rejoindre le seigneur Cornell. La joie de la victoire fut vite étouffée par le prix que celle-ci avait réclamé. Avisant le lieutenant Rens au milieu des rangs des soldats, Rodan l'interrogea du regard. L'imposant guerrier fit un « non » résigné de la tête. Rodan jura intérieurement, et reporta son attention là où tous les autres observaient silencieusement.

Dans l'ombre projetée de l'énorme crâne de Léviathan, qui ornait l'entrée de la tente du Briseur-de-Destin, la capitaine Sentenza gisait, les yeux clos. Sa tête reposait contre la cuisse d'Estrée. Assise à même le sol, la Fille du Chaos serrait la main de la mercenaire. L'arme de Hagòn traversait le corps de Sentenza de part en part. Un sang noir coulait le long de l'imposante lame. La poitrine de la Sentenza se soulevait lentement. Elle luttait, encore, contre Dame Mort. Mais cette fois, son combat était perdu d'avance. Laureline épuisée, était restée au manoir Cornell. Elle n'aurait pas pu l'aider. La guérisseuse avait déjà usé de tout son Art pour remettre Sentenza en état de combattre cette nuit. Et même si elle avait disposé de ses réserves de mana, cette blessure était au-delà de ses talents de régénération.

Sentenza toussa, hoqueta, et gémit lorsque de terribles douleurs irradièrent tout son corps. Elle mit quelques longues secondes à retrouver son calme, et ouvrit les yeux. Malgré la souffrance, elle sourit faiblement. Elle leva une main hésitante pour caresser la joue de l'Héritière du Chaos. Mais ne l'atteignit jamais. Le bras de Sentenza retomba le long de son corps, inerte, alors que la dernière étincelle de vie quittait l'émeraude de ses yeux.

D'un geste tendre, Estrée lui ferma les yeux, et replaça une mèche de cheveux cuivrés derrière l'oreille de la capitaine. Le visage fermé, Estrée se baissa pour déposer, en guise d'adieux, un chaste baiser sur les lèvres de Sentenza.

DEUXIÈME PARTIE

–

CORUSCANTE

CHAPITRE 31

Du point du jour au crépuscule, la pommeraie vit revenir ses premiers habitants. Les arbres, débités pour les besoins de la défense du site, avaient été transformés en branches et rondins pour dresser les bûchers. Celui de Sentenza n'avait été qu'un de plus parmi tant d'autres. Le site de l'ancienne pommeraie du seigneur Cornell en avait accueilli des dizaines en ce jour funeste. Le bois utilisé pour dresser palissades et barricades, avait été rassemblé puis employé pour servir de navire au dernier voyage de plus de deux cents corps. Soldats des Mille Lames, mais aussi hommes et femmes de la tribu des Kàwanakhees. Tout au long de cette journée, les survivants avaient rassemblé les corps de leurs compagnons d'armes. Rhellgarish attendait son dernier voyage, non loin de Sentenza. Dhùn, qui fut découvert sous une dizaine de cadavres de guerriers du Poing Sanglant, reposait également sur son lit de bois. En mettant le feu au campement de leurs ennemis, le pisteur avait permis la diversion qui avait assuré la victoire aux Mille Lames. Il l'avait payé de sa vie.

Si la majorité des guerriers du Poing Sanglant avait fui, il n'en restait pas moins d'une centaine qui s'était rendue.

Les prisonniers avaient été mis à contribution afin de réunir leurs propres morts.

— Que va-t-on faire de ces prisonniers ? avait demandé le seigneur Cornell. Nous n'avons aucun moyen de les garder, ou même de les nourrir. Et nous n'allons pas exécuter une centaine d'hommes.

Cette dernière phrase n'appelait aucun argumentaire.

— Laissons-les partir, répondit Estrée. Ils ne sont plus une menace pour nous. Sans chef, ils ne valent pas mieux qu'une bande de hors-la-loi. La guilde des Compagnies-Franches de Gar-Vallon se chargera de mettre leurs têtes à prix si elle le décide. Nous avons d'autres truands à fouetter à présent... Pour le moment, rendons hommage à nos défunts.

Les survivants du Poing Sanglant creusèrent de grandes fosses pour y enterrer leurs morts. Une fois cette sinistre besogne effectuée, Estrée ordonna qu'on laisse partir les prisonniers, à l'unique condition qu'ils quittent Coruscante et ses environs pour de bon. Ces derniers ne se firent pas prier, et disparurent rapidement dans la nature.

Quand vinrent les dernières lueurs du jour, les mercenaires et les indies s'étaient regroupés pour porter un dernier hommage silencieux à leurs morts. Un peu en retrait, les centaures observaient solennellement le rite funéraire des humains. Plusieurs porteurs de torches se disposèrent ensemble. Liam Cornell brandissait le flambeau qui embraserait le corps de la capitaine Sentenza. À ses côtés, Estrée, silencieuse, le visage fermé, portait la flamme qui allumerait le bûcher de Rhellgarish.

— Le bois est humide... il pourrait ne pas brûler... s'inquiéta le sergent Radjak, tenant lui-même la torche destinée à Dhùn.

Le vieux Kwanee, qui s'était approché en silence, le rassura dans un souffle :

— Il brûlera, ne vous inquiétez pas. Ce soir, les *Esprits du feu* danseront pour nos morts.

La fille d'Eodh s'approcha du corps de Rhell. Le Loki semblait en paix, conscient de la victoire pour laquelle il avait donné sa vie.

— Puisse ton esprit retrouver les beautés infinies de la forêt de Streywenn, mon ami…

En baissant sa torche, Estrée donna le signal. Tous l'imitèrent. Et le bois brûla. Les brasiers s'élevèrent dans le crépuscule avec une telle intensité, qu'on les aurait crus attisés par les diables des enfers. Les bûches crépitèrent dans un chant rythmé. Les flammes levèrent leurs silhouettes orangées à plus de trois mètres vers le ciel.

Aux côtés d'Estrée, Hazeline retenait ses larmes en serrant les mâchoires. La Naine, appuyée sur une béquille, avait elle-même failli se retrouver sur un bûcher. Elle observait à présent le feu emporter ceux qu'elle considérait comme sa famille. En particulier ses apprentis. Si sévère fut-elle avec eux, elle leur avait porté une réelle affection.

Nova, qui n'avait pas connu Sentenza, sentit son cœur se serrer. La Sœur Grise savait ce que représentait la sororité guerrière. Ainsi que la perte d'une sœur ou d'un frère d'armes. Sans vraiment s'en rendre compte elle-même, Nova s'était rapprochée de Rodan, qui s'était mis un peu à l'écart. Le jeune homme semblait perdu dans ses pensées, et son visage affichait une grande tristesse. Comme elle le ferait pour un frère, Nova prit la main de Rodan dans la sienne, et posa sa tête sur l'épaule du mercenaire.

Aleenor se serrait dans les bras de son père. Elle observait le brasier de Sentenza en pleurant silencieusement.

La jeune femme oscillait encore entre fin d'adolescence et précipitation dans la vie d'adulte. Ce soir, elle pleurait une grande sœur qu'elle avait à peine connue. Les dernières bribes de son enfance se joignirent à la fumée pour disparaître en volutes dans le ciel de sa tristesse.

CHAPITRE 32

Le manoir Cornell avait été transformé en hôpital de campagne. Les blessés des Mille Lames et du peuple indie étaient regroupés dans toutes les pièces et chambres disponibles. Laureline, assistée des infirmiers de la compagnie de mercenaires, s'occupait au mieux de chacun. La guérisseuse avait déjà fait un miracle en soignant Sentenza. Au lendemain de la dernière bataille, elle se démenait auprès des blessés pour soulager la moindre douleur, désinfecter et recoudre la moindre plaie.

À l'issue de la cérémonie funèbre, Laureline était revenue s'occuper de ses patients. Elle avait ensuite dormi quelques heures. Trois, peut-être quatre, tout au plus. Elle n'avait pratiquement pas régénéré son mana, aussi devait-elle user de méthodes plus traditionnelles, conservant son fluide magique pour les cas extrêmes. Heureusement, Hector le majordome, et Violaine, la gouvernante, assistés de deux femmes de chambre, lui apportaient toute l'aide possible.

Ce n'était encore que le petit matin. Harassée, elle s'apprêtait à s'asseoir sur un tabouret, lorsqu'elle sentit qu'on tirait sur sa manche. Un tout jeune adolescent, la peau mate et les cheveux noirs en bataille, la regardait avec des yeux implorants.

— Vous êtes la dame guérisseuse ? osa-t-il demander.

— En effet, mon garçon, répondit-elle avec un sourire fatigué. Qui es-tu et que puis-je faire pour toi ?

— Je m'appelle Markos, Ma Dame, je m'occupe des chevaux. On a besoin de vous aux écuries... s'il vous plaît ?

— Aux écuries ? Markos, je suis désolée, mais... je ne sais pas soigner les chevaux.

— S'il vous plaît, Ma Dame, il faut que vous veniez... implora presque le jeune Markos, en tirant sur sa manche.

Résolue, Laureline emboîta le pas au jeune palefrenier, non sans un soupir de lassitude. Ils descendirent les grands escaliers du manoir, encombrés de soldats légèrement blessés ou malades. Quelques regards pleins d'espoir se levèrent sur la prêtresse, mais Laureline se força à les ignorer pour le moment. Ceux-là n'étaient pas en danger de mort.

Dans le grand hall, ils croisèrent Hector, le majordome. Fidèle à la réputation de son corps de métier, ce grand homme sec et chauve allait et venait dans le manoir afin de répondre à tous les besoins, tout en s'assurant – et ce, en toutes circonstances – que les lieux restaient propres. Autant vous dire qu'il avait, pour l'heure, fort à faire. Mais Laureline, toujours tirée par la manche par Markos, l'interpella au passage :

— Hector ! De l'eau chaude et des linges propres aux écuries, je vous prie !

Le majordome interrompit tout mouvement, cligna des yeux deux fois, et prit la direction des cuisines.

Markos guida Laureline jusqu'aux grandes écuries de bois blanc, jouxtant le manoir. C'était là que les centaures avaient trouvé refuge. Plusieurs hommes-chevaux avaient été blessés lors du combat. Rien de grave pour la plupart mais, sur la paille des écuries, un centaure gisait. Sa jambe arrière droite était en sang, affligée d'une fracture ouverte du métatarsien principal. La plaie, résultant probablement d'un coup d'épée, s'était infectée. L'homme-cheval devait souffrir le martyre.

Laureline comprit tout de suite la situation. Elle se jeta à genoux aux côtés du blessé, évitant de justesse un coup de sabot involontaire.

— Maintenez-le en place ! ordonna la guérisseuse en approchant les mains.

Les hommes-chevaux entourant le blessé ne comprirent pas les paroles de Laureline, mais une voix derrière eux claqua sur un ton autoritaire. Trois centaures s'agenouillèrent sur les jambes de devant pour tenir fermement le corps de leur compatriote blessé.

La guérisseuse posa les mains directement sur la blessure, et égrena les paroles d'une douce mélopée. Un voile de lumière dorée jaillit de ses paumes pour baigner la plaie. Lentement, la douleur reflua, l'homme-cheval à la jambe fracturée se calma. L'os se remit en place, et sous l'effet de la magie curative, se ressouda. La lumière disparut, et Laureline se sentit tomber en arrière. Elle fut retenue par les grandes mains d'Hector. Le majordome venait de poser un baquet d'eau claire et fumante. Des serviettes propres ornaient son avant-bras.

— Si je puis me permettre, je pense que vous devriez vous reposer, Ma Dame, prononça-t-il sur un ton neutre.

Laureline s'appuya sur lui pour se relever, puis saisit les serviettes. Elle se força de nouveau à sourire malgré l'intense fatigue.

— J'ai soigné l'os brisé, mais il faut encore nettoyer et recoudre la plaie, répondit-elle sans appel.

Le majordome hocha la tête, résigné.

Laureline se tourna vers son patient, lorsque le centaure fut tiré en arrière par ses pairs. Deux femmes-juments sortirent du groupe. La première, très âgée, à la robe grise, le torse recouvert d'une cape de plumes de paon, portait un bol de terre cuite entre les mains. Elle se baissa, et depuis le bol, enduit sa main d'une épaisse pâte ocre, qu'elle étala sur la plaie. La seconde, bien plus jeune et toute en muscles, vint se camper devant Laureline. Un gilet en cuir teint en bleu, renforcé sur la poitrine, protégeait son torse. Ses cheveux, d'un blond aux reflets d'or, étaient reliés en longues tresses, et s'accordaient parfaitement aux tons clairs de la robe palomino de son corps d'équidé. Son regard avait la couleur du saphir. Son crâne s'ornait d'une parure en bois de cerf, la parant de longues cornes de part et d'autre de sa tête. Des tatouages en arabesques complexes, du même bleu que le cuir, recouvraient la peau de ses mains, de ses bras et de son cou. La femme centaure prit la parole d'une voix pénétrante. Cette même voix qui avait ordonné qu'on maintienne le blessé quelques minutes plus tôt.

— Par deux fois, déjà, votre peuple a soigné l'un des miens par compassion. Merci, dame de Lumière, dit-elle d'une voix claire.

Laureline ne trouva pas à répondre, elle observait la centaure avec curiosité. Celle-ci poursuivit sans s'émouvoir :

— Je suis K'Lishaa. Je dois à présent parler au seigneur de ces terres. La rencontre entre sa fille, Aleenor, et mon fils K'Shin, n'est pas due au hasard. Une grande menace s'est réveillée à l'est.

Hector retint un cri de protestation lorsqu'il imagina les sabots de K'Lishaa fouler l'épais tapis du couloir d'entrée. Les bottes des mercenaires l'avaient déjà malmené au-delà du récurable.

— Hector ? l'interpella Laureline. Vous voulez bien prévenir le seigneur Cornell ?

— Monsieur tient déjà réunion dans le petit salon. Si Ma Dame et…

Le majordome tiqua en observant la centaure. Il cligna des yeux trois fois, et se reprit.

— … et Ma Dame veulent bien me suivre…

*

De ceux réunis dans le petit salon, peu avaient dormi plus de quelques heures. Malgré la victoire, les pertes étaient lourdes. Un soleil paresseux dissipait les nuages. Ses rayons se répandaient à travers les grandes vitres des fenêtres du salon. En demi-cercle, elles donnaient sur une grande terrasse qui menait aux jardins du domaine. De grandes haies encadraient une fontaine en cristalune, ornée d'une statue représentant une cavalière. La femme vêtue de voiles tenait une jarre, d'où jaillissait l'eau de la fontaine. Le soleil levant l'illuminait de l'intérieur. Debout devant les fenêtres, une tasse de café brûlant à la main, Liam Cornell observait les rayons du jour se refléter sur la statue. Il se remémorait Aleenor, âgée d'à peine six ans, qui jouait dans le bassin. Cette pauvre Violaine se faisait un sang d'encre pour la téméraire petite fille. Mais c'était une autre époque. Aleenor aurait bientôt dix-sept ans. Sa fille somnolait dans l'un des épais fauteuils de cuir, près de la cheminée. Enveloppée dans un grand châle en laine,

Aleenor avait été très éprouvée par ces derniers jours. La jeune femme témoignait d'une formidable force de caractère depuis son enlèvement par Ronce. Elle aurait pu être traumatisée à vie, cependant, Aleenor était une battante. L'événement avait chassé ses rêves de contes de fées pour la dure réalité, que l'héritière des Cornell avait choisi d'affronter de face. Sans doute les quelques modèles qui l'entouraient lui donnaient de l'inspiration. Outre Sentenza, ou même Brighit, Aleenor avait plusieurs femmes de caractère autour d'elle. Nova n'en était pas des moindres. La Sœur Grise se tenait appuyée, le dos contre un mur, et observait en silence. Elle ne montrait pas de signe de fatigue particulier, et son regard allait de l'un à l'autre, pour revenir se poser sur Rodan. Le mercenaire restait à l'opposé de la pièce par rapport à la Sœur Grise. Une très légère tension était palpable entre eux, si l'on y prenait garde. Pour le moment, Rodan restait à l'écart. L'ex-Paladin Bleu, à la foi retrouvée, avait le regard fixé sur celle qu'il avait crue morte. Celle dont il était tombé amoureux. À la voir bien vivante, Rodan sentait que ses sentiments étaient toujours présents. Estrée se tenait debout, devant la cheminée aux braises mourantes. Ses mains étaient posées sur le manteau de marbre rose. Aucune des personnes réunies n'osait rompre ce silence créé par la fatigue et la peine. Ce fut l'expression de surprise de Liam qui s'en chargea.

— Qu'est-ce que… ? lâcha le seigneur Cornell, les yeux ronds.

Tous se tournèrent vers le jardin pour voir arriver un bien étrange trio. Le majordome de la maisonnée guidait, entre les grandes haies, une Laureline épuisée et une guerrière centaure. Avec un sourire, Liam ouvrit les hautes fenêtres donnant sur la terrasse. La fraîcheur matinale s'engouffra dans le salon. Une petite brise agita les rideaux en même temps que le châle d'Aleenor. La jeune femme s'éveilla en frissonnant. Nova lui sourit avec un clin d'œil complice. Aleenor lui rendit son sourire avant d'aller rejoindre son père.

— Ne fait-il pas un peu frais pour une collation sur la terrasse, Hector ? se moqua gentiment Liam.

— Violaine prépare un nouveau pot de café des Hauts-Plateaux afin de vous tenir chaud, Monsieur, répondit Hector avec son flegme habituel. Et croyez bien que j'aurais mené nos hôtes par le grand hall puis le petit couloir, jusqu'au salon, Monsieur. Hélas, je crains que nos portes ne soient guère adaptées à la stature inhabituelle de notre invitée.

L'ex-Conseiller leva les yeux vers l'impressionnante femme-jument. Les centaures étaient des créatures vraiment magnifiques. Corps de cheval jusqu'à la taille, puis torse d'homme ou de femme puissamment musclé. K'Lishaa ne faisait pas exception à ceux de sa race. La pointe des bois de cerf ornant son crâne devait culminer à deux mètres trente du sol. Même en se baissant, elle aurait eu bien du mal à passer la porte du salon. La centaure attendit sur le gazon, évitant de poser les sabots sur les pierres de la terrasse.

Celles et ceux réunis dans le salon sortirent à l'air frais. La terrasse était équipée d'une banquette et de six fauteuils, le tout en osier tressé élégamment en forme de fleurs. Hector proposa à Laureline de s'installer sur la banquette. Prévoyant, comme toujours, il lui installa une épaisse couverture sur les épaules. La prêtresse le remercia d'un sourire charmant. Nova se glissa jusqu'à Laureline et posa une main compatissante sur son épaule. Puis la Sœur Grise s'en alla s'adosser au mur extérieur du manoir.

Aleenor prit un fauteuil, qu'elle déplaça à proximité de Laureline pour s'y installer, de nouveau enveloppée de son châle épais. Les deux jeunes femmes échangèrent un regard amical. Rodan resta debout, les bras croisés, observant la centaure avec respect. Estrée rejoignit le seigneur Cornell, tous deux s'approchant de K'Lishaa. Avec un air sévère et une voix profonde, elle s'adressa à Liam :

— Seigneur Cornell, la tribu des Steppes Bleues vous salue.

Sans être certain de bien comprendre, Liam hocha la tête. La centaure poursuivit :

— Je suis K'Lishaa, cavalière-flèche de la tribu des Steppes Bleues. Je porte la parole de mon époux, Akanek aux Tresses d'Airain, khan de notre clan. K'Shin est notre fils.

Entendant ces mots, Aleenor se leva de son fauteuil et s'approcha à pas vifs.

— K'Shin ? Comment va-t-il ? s'empressa-t-elle de demander.

K'Lishaa se tourna vers Aleenor. Le visage de la centaure afficha une expression bien plus douce en regardant la jeune femme, pour enfin lui sourire.

— Il va bien, jeune Aleenor. Il m'a raconté comment toi et ton ami – elle désigna Rodan avec un signe de tête respectueux – avez sauvé mon fils de ses tortionnaires. Lorsque sa jambe sera guérie, il se fera une joie de venir te remercier lui-même ; en attendant, il m'a chargé de te rendre ceci…

D'une besace pendant à son côté, K'Lishaa sortit un foulard qu'Aleenor reconnut aisément. La centaure le lui tendit, en fléchissant les genoux pour se placer davantage à la hauteur de la jeune femme. Délicatement, elle saisit le foulard, qui avait été parfaitement nettoyé de la moindre trace de sang. Aleenor le serra contre sa poitrine, et remercia la centaure en hochant la tête. K'Lishaa se redressa afin de se tourner vers Liam.

— Longtemps, notre peuple s'est tenu à l'écart des hommes. Mais nous honorons toujours une dette de sang. Ceux des Steppes Bleues se sont battus pour vous, afin d'honorer cette dette. Désormais, nous sommes quittes.

K'Lishaa prit le temps de regarder longuement Liam, puis plongea ses yeux dans ceux d'Estrée. L'Héritière du Chaos s'était contentée d'observer l'échange, mais elle soupçonnait autre chose que le paiement d'une dette, même de sang. Ses yeux améthyste se firent plus incisifs.

— Cependant… ajouta K'Lishaa. Vous devez savoir qu'une autre menace pèse sur vous. Un péril bien plus grand que celui du Poing Sanglant. Et qui va bientôt s'abattre sur tous les Territoires-Francs… Un mal puissant s'approche.

Estrée fit un pas vers la centaure.

— Un mal qui vous menace autant que nous, n'est-ce pas, K'Lishaa ?

La longue queue tressée de la femme-jument s'agita.

— Il y a une lueur dans les montagnes… précisa la centaure en baissant la voix. Une ancienne porte s'est ouverte. Vous savez de quoi je parle, Liam Cornell…

Estrée se tourna vers Liam, sourcils froncés.

— Vous savez, Liam Cornell ? ajouta la fille d'Eodh avec un ton agacé.

— Vous parlez de l'antique cité, dans les montagnes ? fit Laureline, d'une voix fatiguée.

Les regards convergèrent vers elle. Laureline leur sourit en haussant les épaules.

— Mon époux m'a conté son histoire. Ce sont des ruines qui datent de l'ancienne civilisation, bien avant les Cités-Franches. Ce peuple disparu aurait bâti les Grands

Portails, grâce à la science de Lyr, le Dieu Oublié du savoir et de la magie.

— C'est vrai ! confirma Nova. Les archives du temple des Sœurs Grises parlent aussi de cette civilisation. Ils se nommaient les Septimes, car ils adoraient sept divinités. Un peuple dévoué à ses dieux et dirigé par les dogmes. Du Grand Temple qui les abrita jadis, seules sept pierres furent préservées, et de ces sept pierres, les Disciples de Lyr posèrent les fondations des Cités-Franches. Enfin, c'est ce que racontent de vieilles chroniques poussiéreuses...

La fille d'Eodh haussa un sourcil, et se tourna vers Laureline.

— Je crains que nous n'ayons guère été présentées. Je m'appelle Estrée... De fait, capitaine des Mille Lames. Vous êtes la prêtresse de la Guelfe Blanche, n'est-ce pas ? Qui est votre époux ?

Laureline hocha la tête.

— Je suis Laureline Dante. Mon époux est le Conseiller Miramas Dante.

Nova réagit immédiatement à ces mots.

— Dante ? Vous êtes l'épouse de cet immonde personnage ?

Laureline fusilla la Sœur Grise du regard, ripostant immédiatement en haussant la voix :

— Je ne vous permets pas ! (Puis, ajoutant d'un ton plus doux :) Mon époux n'est pas celui que beaucoup s'imaginent. C'est un homme bon. Il m'a épousée pour sauver ma famille de la ruine. Mon père, Berèn de Vinnfeld, a été l'un des plus farouches opposants politiques du Conseiller Valrym de Fenn.

— En effet, confirma Liam en passant une main sur sa barbe naissante. Je me rappelle très bien la famille Vinnfeld. Berèn était même sur la liste pour devenir

Haut-Conseiller juste avant Valrym. Mais la rumeur prétend qu'il aurait tout perdu suite à une sordide affaire de corruption…

— Encore un mensonge manigancé par Fenn ! clama Laureline. En m'épousant, Miramas a permis à ma famille de quitter la ville pour se réfugier à Ambre. Cet homme a toujours été tendre avec moi.

Devant certains regards convenus sur la nature de cette tendresse, la jeune femme coupa court :

— Et il ne m'a jamais touchée, figurez-vous !… Mon époux n'a aucun besoin de cette nature. Il est très malade. Tout ce qu'il souhaite, c'est faire de son mieux pour aider les plus démunis. Valrym de Fenn oppresse cette ville. Il use de chantages et de pressions sur tous les notables pour asseoir son propre pouvoir… Seuls les Disciples de Lyr osent encore s'opposer à ce tyran.

Estrée alla s'asseoir aux côtés de Laureline, et prit les mains de la jeune femme entre les siennes.

— Je comprends les épreuves que vous avez dû traverser, Laureline. Et je veux bien croire que votre époux soit l'homme que vous décrivez. Nous devons faire tomber Valrym de Fenn. Pour cela, je pense que nous devrions parler avec votre époux. Pouvez-vous nous organiser une rencontre… discrète ?

Laureline réfléchit une poignée de secondes, avant de répondre :

— Oui… je pense que oui. Il y a un lieu où il se rend chaque semaine. Je sais qu'il y rencontre d'autres disciples. Un petit restaurant en ville, nommé *Le Joyeux Gourmet*. C'est l'endroit idéal.

— Il va nous falloir repartir en ville alors… soupira Estrée. Dans la situation actuelle, cela peut s'avérer très dangereux.

Nova fit un pas vers elles.

— Je vais vous accompagner. Je connais bien Coruscante. Si Valrym nous cherche, j'ai quelques ficelles pour nous permettre de lui échapper facilement.

La Sœur Grise offrit un franc sourire à Laureline, qui lui rendit avec un soulagement évident.

— Je viens avec vous ! clama Rodan. Enfin, si ces dames veulent bien de ma compagnie, ajouta-t-il prestement.

Nova opina de la tête. Estrée se tourna vers Rodan, et hocha la tête à son tour.

— Soit. Si tout le monde est d'accord, nous ferons ainsi. Nous partirons en ville dès demain. Prenons tous une journée de repos et une vraie nuit de sommeil... conclut la fille d'Eodh.

*

Estrée attendit que tous aient quitté le petit salon avant de sortir à son tour. Dans le hall, elle croisa son dernier lieutenant encore en vie. Rens avait passé le plus clair de son temps à gérer les suites de la bataille. Avisant Estrée, il s'approcha à grands pas, et lui tendit un tissu plié.

— Qu'est-ce que c'est ? demanda Estrée pour finalement le constater d'elle-même.

C'était la cape de Sentenza. Une demi-cape courte, couvrant une seule épaule, arrivant au bas du dos, fermée par une cordelette dorée. Cachée au creux de la cape pliée, Estrée trouva une épaulette de cuir avec une fourragère tressée de fils rouge et or.

— J'ai discuté avec l'ensemble des sous-officiers. Nous sommes unanimes. Tu es notre capitaine, désormais, Estrée. Tu as gagné le droit d'en porter les distinctions.

Estrée ne protesta pas. Elle commandait à présent aux Mille Lames. Enfin, à ce qu'il en restait. Quelques lames brisées. Mais toujours tranchantes… L'Héritière du Chaos salua Rens d'un signe de tête, puis s'éloigna rapidement, la cape entre les mains. Elle monta l'escalier menant à la salle d'eau. Une douche brûlante, un bon repas, un bon lit… voilà tout ce qui occupait ses pensées. Ou presque. Elle aurait bien partagé l'un des trois avec un homme. Ou même les trois, d'ailleurs.

CHAPITRE 33

En haut de l'escalier, au deuxième étage du manoir, un long couloir desservait les chambres. Assis en haut des marches, Rodan l'attendait. Le jeune soldat se leva au moment où l'Héritière du Chaos arriva à sa hauteur. Le regard fuyant, il chercha quoi dire, et comment le dire.

— Estrée… commença-t-il. Je…

Il n'eut pas le temps de poursuivre. Estrée se jeta sur lui, le plaquant contre la cloison en lattes d'acajou. Et l'embrassa. Un baiser fougueux, passionné. Aucune tendresse. Estrée enfouit voracement sa langue dans la bouche de Rodan, comme pour le dévorer. Elle agrippa le visage du mercenaire entre ses mains, lui mordit la lèvre supérieure, et l'embrassa de nouveau goulument. Quel homme résisterait ? Pas Rodan Valerio en tout cas. Le soldat saisit Estrée par la taille et imprima plus de force à son propre baiser. Leurs langues se provoquèrent, dansèrent, luttèrent, pour éveiller une passion brûlante. L'érection du jeune homme devint palpable. La verge de son amant pressant contre son ventre, Estrée se sentit vibrer de désir. Elle se recula tout en lui saisissant la main, et posa un doigt sur ses lèvres.

— Pas un mot… lui souffla-t-elle à l'oreille, avant de lui lécher le lobe, la joue, la commissure des lèvres.

Estrée tira le jeune homme par la main le long du couloir, ouvrit la porte de la salle de bains. Ils entrèrent tous les deux, la verrouillant derrière eux. La grande salle aux bassins cuivrés, fleuron du manoir Cornell, leur appartenait pour l'occasion.

Entre baisers avides et caresses impatientes, ils ôtèrent leurs vêtements souillés de terre et de sang. Les corps, pressés de se retrouver, se cherchaient au moindre mouvement.

Leur désir assouvi, les deux amants laissèrent les derniers frissons de plaisir les quitter en partageant un long baiser, plus tendre cette fois. Le sang, la sueur et la boue accumulés ces derniers jours de bataille furent enfin nettoyés, s'écoulant dans le siphon en même temps que le stress et la tension. Estrée se savonna plusieurs fois, avant de laver le corps de Rodan avec un regard taquin. Il n'en fallut pas plus pour réveiller l'ardeur du mercenaire. Estrée le calma d'un souffle :

— Plus tard… Laisse-moi seule un moment, s'il te plaît, Rodan. Ma chambre est au bout du couloir, attends-moi là-bas.

La voix de l'Héritière était tendre, dépourvue de toute animosité. C'était une requête, pas un ordre. Rodan sourit, compatissant. Il sortit de la douche, se sécha, et constata l'état de ses vêtements. Il choisit de s'enrouler dans une large serviette, prit ses affaires sous le bras et sortit.

Estrée resta encore un peu sous l'eau, qu'elle régla en jets plus légers. Elle vida une fiole d'onguent sur ses cheveux, et les rinça longuement. C'est enfin propre, et revigorée qu'elle sortit de la douche. Elle croisa son reflet dans un miroir embué. *Pas mal… J'ai pris en muscles,* pensa-t-elle.

Estrée constata à son tour l'état de sa parure. Sous-vêtements, tunique, armure de cuir, bottes… tout était sale et crotté. Estrée retroussa les narines. *Pouah ! Et je ne vous parle pas de l'odeur…* Elle enveloppa le tout dans un grand drap de bain, et approcha de la porte. En l'ouvrant, elle découvrit Hector qui attendait derrière, un panier à linge à la main.

— Hector ? Mais… Ce n'est pas possible, vous êtes un mage, vous n'êtes pas humain ?! s'exclama Estrée dans un rire contenu.

— Je suis à votre service, Ma Dame, répondit-il avec un flegme désarmant.

Estrée déposa ses affaires sales dans le panier en haussant les épaules, riant pour elle-même.

— Oh, Ma Dame, si je puis me permettre ?

— Oui, Hector ?

— Vous êtes nue, Ma Dame.

Estrée baissa les yeux pour le constater, et regarda Hector en souriant.

— Finement observé, Hector. Merci. Autre chose ?

— Euh… Non, Ma Dame.

— Bien. Merci, Hector.

Et Estrée de refermer la porte lentement. Le majordome cligna des yeux, puis s'éloigna, panier à linge sous le bras.

*

Dans le couloir, Rodan, drapé de sa serviette, croisa Nova. La Sœur Grise était accompagnée du majordome, qui, visiblement, lui avait indiqué une chambre libre juste avant de se poster devant la salle de bains, armé de son panier à linge. Nova jeta un regard froid au mercenaire, puis claqua sa porte.

CHAPITRE 34

— Voudrais-tu bien, à présent, retourner t'occuper de ma sœur... !

Le ton de Morion fut sans appel. Felkeyn avait répondu par son sempiternel sourire avant de quitter le bureau du Prince des Mystères. Après tout, il en avait terminé ici, plus rien ne le retenait dans la forteresse d'Eodh. Maeve était une Initiée. Elle allait devenir l'une des Ombres de Morion. Nul doute que ce dernier préparait déjà mille et une missions à lui confier. Les rangs des agents spéciaux du Chaos avaient été grandement réduits ces derniers temps. Certains étaient morts, un autre avait trahi son allégeance. Même le meilleur d'entre eux, Cellendhyl de Cortavar, avait choisi un autre chemin, au grand dam de Morion. Cependant, Maeve avait prouvé son dévouement à la maison d'Eodh. Guerrière accomplie, elle avait montré une formidable force de caractère qui lui avait ouvert la voie des Initiés. Il devait maintenant repartir sans plus attendre vers les Territoires-Francs, afin de poursuivre sa mission initiale : Estrée d'Eodh.

Felkeyn prit la direction de la salle des portails. Bien que la nuit fût déjà bien avancée, il avait décidé de repartir sur-le-champ. La Première Ombre du Chaos s'accorda néanmoins un détour par l'armurerie. À pas légers, il traversa les couloirs de la forteresse pour se diriger vers l'aile réservée aux Maraudeurs Fantômes. D'instinct, il choisit de ne pas se faire remarquer. Felkeyn était de ceux qui pouvaient ne pas être vus s'ils le souhaitaient. Les lieux étaient fréquentés jour et nuit. Gardes, Maraudeurs Fantômes, personnel d'entretien... Il évita donc de croiser qui que ce soit, passa les grandes salles d'entraînement, le réfectoire et les thermes, pour arriver à destination : l'armurerie. Sa grande porte en bois sombre renforcé d'acier bleuté renfermait les meilleures armes et armures runiques du Plan du Chaos. Felkeyn prononça un mot de pouvoir connu des seules Ombres. Un petit cliquetis résonna, et la porte s'ouvrit sans bruit.

Les lieux étaient bien loin d'un entrepôt d'armes sentant le métal et la graisse. La première impression était celle d'une bibliothèque privée, un temple du savoir, mais dédié aux arts guerriers. Les grandes cloisons lambrissées et les murs recouverts de velours accueillaient patères et fixations en laiton, exposant une galerie d'armes diverses et variées. Lames ; courtes ou longues, courbes ou droites, de corps à corps ou de jet. Haches ; barbiches, francisques, labrys ou kalazdûn. Marteaux, plommées, morgenstern, becs de corbin. Sur le mur opposé, des supports de bois gravés supportaient lances et javelines. Enfin, à intervalles réguliers, différents types d'armures s'exposaient. Du cuir léger à la plaque de guerre, en passant par les fines mailles des hauberts tissés d'acier. Felkeyn sourit devant cette démonstration du talent des plus grands forgerons du Monde des Plans. *Bon, c'est l'heure de se préparer pour la fête !* Il choisit rapidement un gilet en cuir de tarasque, d'un noir opaque, parfait pour rester discret en toutes occasions. La peau de cette créature mythique était réputée pour être parmi les plus résistantes. De quoi s'assurer une bonne classe d'armure ! À présent, une bonne lame. Pour son style de combat, Felkeyn préférait les armes légères. Il laissa courir ses doigts sur l'acier de plusieurs épées fixées au mur. Il arrêta finalement son choix sur deux sabres courts. Des lames de soixante centimètres de long avec une courbure proche de la garde. Les lignes de trempe en forme de vague soulignaient d'un éclat bleuté la qualité du grain de l'acier. Les poignées de bois précieux étaient recouvertes de peau de requin et ornementées de clous dorés, entrelacés de cordelettes de soie noire. Les gardes ovales représentaient deux vagues tournoyantes. Deux fourreaux de bois laqué, accrochés à un baudrier de cuir, permettaient de porter les lames croisées dans le dos ou sur les hanches. Un poignard et son fourreau dissimulé dans la botte, ainsi que six couteaux de lancer, complétèrent sa tenue. *Je suis prêt pour aller danser !*

Felkeyn se laissait rarement surprendre. Cette présence soudaine dans son dos, il ne la ressentit que bien trop tard à son goût. *L'élève dépassera très vite le maître*… pensa-t-il en soupirant.

— Tu vas quelque part ? demanda Maeve, les poings sur les hanches.

Se retournant, Felkeyn ne put s'empêcher d'éclater de rire. Cintrée dans un uniforme flambant neuf, tirée à quatre épingles, le tricorne sur la tête, Maeve arborait fièrement les couleurs du Chaos. Tissu pourpre à liseré d'argent, fourragère assortie, cape et chapeau bleu nuit.

— Hé ! protesta-t-elle en pointant un doigt accusateur. Tu devrais être fier de moi au lieu de te moquer. C'est l'uniforme officiel des capitaines des Maraudeurs Fantômes. Et c'est grâce à toi si je le porte. Ou devrais-je dire… à cause de toi !

Maeve ne put contenir son sérieux plus longtemps. Son masque d'austérité militaire céda la place à un sourire radieux. Lorsqu'elle se laissait aller à afficher sa joie, Maeve en devenait terriblement séduisante.

— L'heure est venue ? demanda-t-elle.

— En effet. Tu es une Initiée, à présent. Je n'ai rien d'autre à t'apprendre.

— Vraiment ? Nous n'avons jamais reparlé de ce qui s'est passé, après notre combat dans le campement du Poing Sanglant. Tu m'avais dit, alors, que je nous avais ramenés du Néant. Qu'est-ce que ça veut dire ?

Le regard d'acier de Felkeyn se voila. Il chercha une réponse compréhensible, mais n'en trouva pas. Ses yeux se fixèrent dans le bleu turquoise de ceux de Maeve.

— Je n'ai pas de réponse claire à te donner. C'est un lien, une connexion, que nous partageons avec… le Néant. Comme un pacte que nous avons scellé, sans vraiment le décider, avec une entité des temps anciens.

— Un Dieu ? Ce serait la voix d'un Dieu Oublié, vraiment ? ironisa Maeve, sceptique. J'ai prêté serment de servir le Chaos, et rien d'autre, conclut-elle brutalement.

— Tout comme moi. Ce n'est pas une autre allégeance. C'est un choix intérieur, une source à laquelle on décide de s'abreuver. Bien des Puissants cherchent à utiliser les mortels pour arriver à leurs fins. Le Destin se joue de beaucoup d'entre nous. Choisir le Néant est une façon de se défaire des rets du filet de la destinée.

Maeve regarda Felkeyn intensément.

— Ça ne veut absolument rien dire, Fel… grogna-t-elle.

L'homme aux yeux d'acier rit de bon cœur.

— Non, je te l'accorde bien volontiers. Et la théosophie n'a jamais été mon fort.

Felkeyn dégaina quelques centimètres de l'acier bleuté d'un des sabres qu'il s'était choisis. Puis le rengaina d'un geste sec, avant de passer le baudrier autour de son torse.

— Tu es une combattante émérite, Maeve. Et bien plus sage que moi. Je suis certain que tu deviendras la meilleure des Ombres du Chaos.

Felkeyn et Maeve se saisirent l'avant-bras dans un salut de guerrier à guerrier. Leurs regards s'enlacèrent. Bien des questions furent passées sous silence. Rien ne troubla l'intensité de ce bref échange, avant que Maeve ne tourne les talons pour s'éloigner. Felkeyn partit vers la salle des portails, direction les Territoires-Francs, et ce qui serait quant à lui sa dernière mission d'Ombre.

*

Un long et large couloir menait aux Portails du Chaos. Les murs étaient percés d'alcôves et de meurtrières dérobées, permettant de protéger la forteresse d'Eodh de toute incursion non désirée. Les Sentinelles s'y tenaient, corps d'élite du Chaos, dévoué à la défense de la citadelle. Les lieux, généralement paisibles, étaient le théâtre d'une grande agitation. Les Sentinelles se démenaient pour conserver le calme, alors que plusieurs dizaines de nobles se querellaient. Des éclats de voix retentissaient, clamant des passe-droits divers : *Au nom de ceci... Savez-vous qui je suis ? Je connais le duc en personne...* Toute une file d'ambassadeurs, de plénipotentiaires ou de notables bloquait l'accès aux différentes portes magiques permettant d'atteindre les Cités-Franches du Plan Primaire.

Felkeyn se faufila entre les différents groupes arborant les couleurs des familles du Chaos. Il évita les jupons orangés d'une comtesse de la maison Melfynn, ainsi que la cape mauve et argent d'un négociant de la main Norghal, et se glissa entre les grands manteaux azur de la maison Benerys. Pratiquement arrivé à l'entrée de la grande salle des portails, il avisa l'un des mages responsables des lieux, et se dirigea vers lui. Grand et mince, la cinquantaine trahie par l'argent striant ses cheveux et sa barbe, il portait la longue robe bleu nuit des sorciers de la maison d'Eodh. Visiblement fatigué et dépassé par les événements, il était protégé par deux Sentinelles en armures complètes, armés de hallebardes. Les fers se croisèrent à l'approche de l'homme aux yeux d'acier.

— Halte ! Nul ne passe ! ordonnèrent-ils dans un ensemble parfait.

Felkeyn tendit une pochette de cuir contenant le passe-partout ouvrant toutes les portes de la forteresse d'Eodh.

— J'ai un sauf-conduit signé de Morion.

Les Sentinelles hésitèrent. Le mage leur fit signe d'écarter leurs armes, et s'approcha de Felkeyn.

— Que se passe-t-il ? demanda l'Ombre.

— Les portails… soupira le magicien. Les portails ne fonctionnent plus.

— Comment est-ce possible ?

— Nous n'en savons rien. La magie qui les alimente est perturbée. Il y a eu un accident. Une baronne de la maison Tremayne n'est passée… qu'à moitié. Depuis, ils sont instables. Impossible de rejoindre les Cités-Franches par ce moyen. Je suis désolé, je ne peux pas vous laisser les emprunter tant que nous ne savons pas ce qui se passe. C'est trop dangereux.

Le mage et ses gardes s'éloignèrent précipitamment pour empêcher qu'un groupe ne force le passage.

Felkeyn soupira. Il y avait d'autres moyens pour se téléporter sur les Territoires-Francs. Pour cela, il fallait la magie d'un Puissant. Bien sûr, il pouvait retourner voir Morion pour lui demander d'intervenir. Mais l'homme aux yeux d'acier détestait s'en remettre à autrui. Fut-ce le Prince des Mystères en personne. Une pointe d'orgueil mal placée, qui le rendait parfois téméraire. Comme cette fois-ci. Felkeyn se glissa dans l'ombre d'un des immenses piliers qui soutenaient la salle des portails. Il se concentra et activa son plus redoutable talent : celui de disparaître de la réalité. La *Fusion du Néant*. Invisible, immatériel, telle une ombre au sens premier du terme, il glissa au sein de l'immense rotonde.

Bâtie comme la plupart des accès aux portails de transfert, la salle circulaire desservait neuf autres couloirs, chacun menant à une arche de presque quatre mètres de haut pour trois de large. D'ici, on pouvait accéder librement aux sept Cités-Franches. Deux autres portails, aux accès réglementés et surveillés, permettaient d'atteindre les ambassades du Chaos sur les Plans de la Lumière et des Ténèbres. Depuis qu'Arasùl avait repris le trône des Ténèbres au Père de la Douleur, les échanges diplomatiques avaient repris entre les trois puissances.

Felkeyn avait pour usage de troubler sa piste en effectuant plusieurs voyages entre les Cités-Franches. Cette fois, avec les portails défectueux... Il choisit donc le couloir menant vers Coruscante directement. De fait, le rideau luminescent inondant habituellement l'arche de pierre et permettant la téléportation était trouble, vacillant. Comme la surface d'un lac subissant des jets de pierres discontinus. L'Ombre observa le phénomène, seul face au rideau de magie pure capable de le pulvériser instantanément. La *Fusion du Néant* le protégerait-il ? Le rideau de lumière sembla se stabiliser un court moment. Felkeyn réagit aussitôt, et bondit à travers.

Les voyages étaient habituellement immédiats et indolores. Cette fois, Felkeyn fut balloté comme une branche au cœur d'un ouragan. Il se retrouva projeté dans un kaléidoscope de lumières chatoyantes. Son corps fut secoué, il ressenti une douleur si vive qu'il crut ses membres arrachés. Sa course folle se figea soudainement, telle une mouche prise au piège dans une toile d'araignée invisible. Le vortex d'un portail s'ouvrit, puits de lumière vive inondant le vide sidéral entre les dimensions. À quelques mètres du passage, l'Ombre eut une vision de cauchemar. De l'autre côté de ce portail, dans les ruines d'une antique cité, une immense armée s'amassait. Des milliers de créatures, à la peau blanchâtre, au crâne difforme, hérissé de longs clous noirs plantés à même l'os. D'autres monstruosités, hybrides hideux entre le félin et le reptile, bardés de pointes de fer avides de déchirer des chairs. Tous criaient à s'en déchirer les cordes vocales, scandant un seul et unique mot. Un nom. Øz.

Avec violence, Felkeyn fut projeté en arrière, dans un tunnel de lumières colorées.

CHAPITRE 35

La journée touchait à sa fin. Le calme revenait sur les terres du seigneur Cornell. Assise sur l'un des fauteuils de sa terrasse, Estrée partageait une tasse d'infusion d'écorces noires caramélisées avec Liam. L'ex-Conseiller avait demandé à voir la nouvelle capitaine de la compagnie des Mille Lames. Il l'avait accueillie en silence. Hector les servit avec la discrétion qui le caractérisait. Ils observaient à présent un ciel chargé d'épais nuages se teinter d'orangé, abritant un feu divin cascadant sur le monde.

Liam reposa sa tasse dans un cliquetis de porcelaine, et se tourna vers l'Héritière du Chaos.

— J'imagine que vous devez avoir quelques questions, suite à notre conversation avec la centaure, n'est-ce pas ?

— Et nous sommes là pour que vous y répondiez, je suppose. Alors, Liam, jouons cartes sur table, d'accord ? Tout cela dépasse une simple querelle de nobliaux pour quelques arpents de terre et un cheptel de chevaux, aussi pelloniens soient-ils.

Un vent froid souffla sous l'appentis de la véranda. Le seigneur Cornell se leva et s'approcha d'un montant de bois finement gravé. Il fit pivoter une moulure, dévoilant un éclat de gemmelite jaune enchâssé dans un support de cuivre. Il l'orienta d'un quart de tour. De la gemmelite rouge taillée en losange, fixée dans la structure de l'appentis, se mit à luire, en diffusant une douce chaleur.

— Il y a… un peu plus d'un an, les Kàwanakhees sont arrivés sur mes terres et se sont installés aux abords des montagnes, sur le plateau de Pellon. Ça, vous le saviez déjà… D'abord méfiant, j'ai hésité à prévenir le Conseil de Coruscante. Mais mon pisteur, Ronce, m'a convaincu de garder cela secret, et de tenter d'en apprendre plus sur les indigènes. Ce que je fis.

Liam marqua une pause, le temps de remettre de l'ordre dans ses pensées.

— Cognac ? demanda-t-il à Estrée.

— Non, merci. Poursuivez, je vous prie.

Liam fit un signe vers l'intérieur du manoir. Comme par magie, Hector surgit par la baie vitrée du petit salon. Sur son plateau d'argent trônaient une carafe et deux verres finement ciselés. Le majordome remplit l'un d'eux d'un liquide ambré et le posa dans la main du seigneur Cornell, qui reprit son histoire.

— J'ai donc rencontré Kwanee, leur chef spirituel. Il m'a raconté que leur peuple avait été chassé de leurs terres ancestrales par des étrangers, les forçant à la fuite au sein d'un étroit canyon. C'est là, me dit-il, qu'au cœur d'une cité abandonné nichée dans une mesa, ils découvrirent un ancien portail. Acculés dans ces ruines, sans porte de sortie, ils étaient sur le point de se faire massacrer par leurs poursuivants. Quand ce portail s'activa…

Une gorgée de cognac réchauffa la gorge du seigneur des chevaux.

— Y voyant un signe des esprits, ils le traversèrent. Cela les mena ici même, à travers les vestiges d'un autre portail de transfert, dans les montagnes dominant le plateau de Pellon.

— Un portail de téléportation actif, ici dans les montagnes ? Cela sous-entend un Node puissant, qui nécessite une magie toute aussi puissante pour le faire fonctionner... remarqua Estrée.

— Si vous le dites... Je n'ai aucune notion de ce genre de choses. Mais à l'époque, j'envoyais Ronce pour enquêter sur les lieux. Quelle que soit la magie qui avait activé l'artefact, elle avait disparu, tout comme le portail. Je décidais alors de ne pas m'en soucier davantage. J'offris l'hospitalité aux Kàwanakhees, tant qu'ils restaient aux franges de mes terres. Je n'en parlais à personne. Sauf à Brighit, en qui j'avais toute confiance.

— Et qui confia le tout à Valrym de Fenn... conclut Estrée.

Liam serra les dents à l'évocation de ce souvenir douloureux. S'il comprenait les motivations de Brighit, et avait pardonné ses mensonges, la blessure restait récente.

— Fenn dut y voir l'opportunité idéale pour me faire tomber... enchaîna Liam. Il mit en scène de faux massacres rituels pour faire accuser les indies. Il recruta le Poing Sanglant au nom de Coruscante pour éliminer une menace pesant sur la ville, et me faire disparaître de l'échiquier par la même occasion.

— Et c'est là que Brighit fit appel aux Mille Lames, la compagnie-franche dirigée par sa fille Sibyl. Tout cela, je l'ai compris, Liam. D'où je viens, c'est le genre de complot que les enfants ourdissent pour se divertir.

Estrée esquiva le regard lourd de questions du seigneur Cornell, et reprit :

— Nous parlerons de moi un autre jour. K'Lishaa a parlé d'un mal ancien qui s'éveille. Vous pensez que Fenn pourrait être mêlé à tout cela ?

— J'ai longtemps cru qu'il n'était qu'un politicien véreux et sans scrupules, pas un assassin. Aujourd'hui, rien ne me surprendrait de sa part. Je crains beaucoup pour Brighit…

La sincérité brillait dans les yeux de l'ex-Conseiller. Estrée fut profondément touchée par Liam. Un père aimant avant tout, capable d'être un politique honorable, et un amant dévoué. Un homme bon.

— Qu'attendez-vous de moi, Liam ? demanda-t-elle franchement.

— Je veux faire tomber Valrym de Fenn ! clama Liam en fixant Estrée sans sourciller. Puis-je recruter la compagnie des Mille Lames pour cela ?

La fille d'Eodh prit une grande inspiration, et se leva pour arpenter la terrasse, les bras croisés. Après quelques minutes silencieuses, elle répondit :

— Non.

Liam se leva pour protester, Estrée ne lui en laissa pas l'occasion.

— Les Mille Lames sont des mercenaires qui agissent sur contrat légal. Ce que vous demandez n'est pas légal.

L'ex-Conseiller baissa les épaules. Estrée avait parfaitement raison sur ce point. La guilde des Mercenaires de Gar-Vallon était très claire à ce sujet.

— Cependant… Moi, je vous aiderai. Et il y a fort à parier que Rodan et la Sœur Grise, Nova, partagent ma décision. Les Mille Lames resteront sur vos terres pour continuer à protéger les Kàwanakhees, comme prévu.

Estrée tendit une main vers Liam. Le seigneur hésita une seconde, et la serra avec reconnaissance.

— Vous avez toute ma confiance, Estrée. Ma maisonnée et mes ressources sont vôtres.

— Je n'abuserai que de votre miraculeuse salle de bains ! répondit-elle en riant.

Liam salua l'Héritière du Chaos, et s'en alla rejoindre sa fille à l'intérieur du manoir. Estrée s'aventura dans le jardin, marchant lentement jusqu'à la fontaine. Le feu du ciel se reflétait dans le cristalune, le faisant miroiter de couleurs chatoyantes.

— C'est une Ombre du Chaos dont j'aurais bien besoin pour cette mission… laissa-t-elle échapper dans un souffle.

CHAPITRE 36

Felkeyn fut recraché à travers un rideau de lumières évanescentes, et atterrit lourdement sur un sol pavé. Par réflexes, il accompagna l'impact et roula sur une dizaine de mètres. La tête bourdonnante, il se releva lentement, se tenant une épaule endolorie. *Au moins, elle n'a pas l'air démise. Et si j'ai mal, c'est que je suis toujours vivant. Bon, où ai-je atterri ?*

Le crépuscule d'une cité endormie accueillit l'Ombre du Néant. Il venait d'être projeté aux abords d'une grande place, qui s'illuminait de multiples sphères de gemmelites incrustées dans de hauts piliers.

Les lieux étaient larges d'au moins cent cinquante mètres, en forme d'étoile. À chaque pointe, sur un promontoire après une volée de marches, dominaient sept arches de marbre blanc. Au centre même de cette place, l'imposante statue d'un noble cavalier. Felkeyn reconnut Corus, le fondateur de Coruscante. Il avait atteint son point de destination : la place du Grand Chant, siège des Grands Portails de transport. Une place qui, en temps normal, était grouillante de monde, de jour comme de nuit. Des centaines de voyageurs, marchands, diplomates, auraient dû se masser en file d'attente, allant et venant d'un portail à un autre. Cette nuit-là, il n'y avait que des soldats. Tout un bataillon d'arbalétriers de Coruscante, portant le tabard bleu réglementaire orné du cheval cabré.

Felkeyn roula sous un chariot abandonné, de crainte d'avoir été vu. Lorsqu'il s'aperçut qu'il était toujours immatériel. Ce n'est que certain d'être à l'abri qu'il quitta la *Fusion du Néant*, pouvoir puissant, mais fort gourmand en énergie. Il prit le temps d'observer un peu mieux.

La place du Grand Chant était sous embargo, encombrée de chariots, carrosses et marchandises abandonnées. Tous les accès étaient contrôlés, barricadés, et sur les toits jouxtant les artères principales, l'Ombre discerna des tireurs d'élite. La Garde sortait le grand jeu. La raison en était probablement les portails eux-mêmes. Ceux qui n'étaient pas totalement éteints, et réduits à l'état de grandes arches de pierre inerte, miroitaient par intermittence. Une situation identique à celle que Felkeyn avait observée sur le Plan du Chaos. *Le phénomène s'étend aux Territoires-Francs... et donc à l'ensemble des Plans, sans doute...* pensa l'Ombre. *C'est toute l'économie du Plan Primaire qui va s'effondrer. Si les Grands Portails ne fonctionnent plus, les voyages entre les Cités-Franches vont prendre des semaines. Et les autres Plans seront totalement coupés. Mais dans quel but... Si ce n'est...*

Les pensées de l'homme aux yeux d'acier furent interrompues par l'arrivée d'un petit groupe. Huit soldats, menés par un officier de grande taille, cheveux et moustaches d'un blond cendré. En tête de cortège, le dictateur de Coruscante, Valrym de Fenn. Avec l'agilité et la discrétion d'un chat, Felkeyn se glissa derrière une pile de caisses, puis sous un carrosse afin de se rapprocher. Il arriva juste à temps pour saisir la conversation entre Fenn et l'officier.

— Voyez vous-même, monseigneur, déclara le soldat, d'un ton dénué de la moindre émotion. Les portails sont presque tous hors services.

— Je le vois bien, capitaine Firenzo, répondit sèchement Valrym, contrarié. Où sont ces incapables de la Guilde des mages ?

Firenzo pointa un doigt en direction du portail menant habituellement à Ambre, la capitale des Territoires-Francs. Une femme et deux hommes échangeaient des propos sur la nature de l'événement. À l'arrivée du dictateur, la femme fit taire ses collègues, et s'approcha de Valrym. C'était une petite femme plutôt charmante. Ses cheveux noirs étaient noués en un délicat chignon, et ses yeux, d'un bleu sombre rehaussé d'un fard noir, lui donnaient un air mystérieux. Elle portait la robe de brocart noire brodé d'or, et autour de son cou pendait un pendentif complexe fait de multiples cercles se croisant autour d'un éclat de cristal de roche. Elle salua Fenn d'une légère révérence.

— Haut-Conseiller, je suis la magistère Olympe, de la guilde de l'Étoile de Cristal.

Valrym répondit d'un signe de tête dénué du moindre témoignage de respect. Il avait toujours détesté les magiciens, et se réjouissait qu'il y en ait si peu dans sa ville. Mais les portails étaient bel et bien magiques, il lui fallait donc l'avis d'une experte.

— Je vous écoute ! lâcha-t-il sur le ton d'un ordre adressé à un serviteur.

Le regard noir que lui lança la magicienne parla pour elle. Professionnelle, Olympe répondit avec la voix d'une maîtresse d'école s'adressant à des enfants attardés :

— Le mana qui alimente les portails a été détourné. Nous ne savons ni par qui, ni comment, ni où. Il y a une heure, nous ne savions même pas que c'était possible. Ceux qui ont bâti ces édifices n'ont pas laissé de mode d'emploi, Haut-Conseiller.

— Qui ou comment m'importe peu, pour le moment ! Pouvez-vous les… réparer ?

— Je suis navrée, c'est impossible. Il me faudrait rejoindre Ambre pour en discuter avec mes confrères.

Valrym retint une remarque cinglante. Il secoua la tête, et sans même saluer la magicienne, tourna les talons. *Je vais m'adresser à quelqu'un qui aura des réponses !* maugréa-t-il en pensée. *Je dois voir le Maître des Os !*

Olympe en resta sans voix. Elle afficha une telle fatigue sur le visage, qu'elle aurait pu s'écrouler sur place, terrassée par le sommeil.

Fenn s'éloigna de la place à vive allure, ordonnant à Firenzo de le suivre. Felkeyn n'aurait jamais de meilleure occasion d'en apprendre plus sur les messes basses du dictateur. Puisant dans son Nexus, il disparut à nouveau dans le Néant, et suivit Valrym. Une fois quittée la place du Grand Chant, loin du regard des arbalétriers postés sur les toits, Felkeyn profita d'un porche pour retrouver sa substance. L'effort fut plus grand qu'à l'accoutumée. Il haletait et transpirait à grosses gouttes. Il ne s'accorda pas de repos, de peur de perdre le dictateur de vue. Heureusement pour l'Ombre, Fenn était un peu plus loin, à discuter avec le capitaine Firenzo. Sur une petite place pavée, ornée d'un kiosque en fer forgé, un carrosse et son chauffeur attendaient le bon vouloir du Haut-Conseiller. Felkeyn ferma les yeux un instant afin de reprendre contrôle de son corps, repoussant la fatigue et la nausée. Il s'élança et traversa le square sans le moindre bruit pour arriver à proximité du carrosse. L'Ombre se glissa dans l'espace réservé aux bagages, au-dessus de l'essieu des roues arrière. Et attendit.

Quelques minutes plus tard, le cocher fouetta les chevaux. Le carrosse prit la direction du quartier noble de la ville, emportant Felkeyn et Valrym de Fenn.

CHAPITRE 37

À l'aube du jour suivant, un étrange groupe arpentait discrètement les faubourgs de Coruscante. Guidés par Nova, Estrée et Rodan encadraient Laureline au milieu de la foule grouillante des rues étroites de la basse ville, qui s'étendait au pied des murailles.

Si Estrée et Rodan avaient conservé leurs armures, ils avaient pris soin d'ôter tout symbole ou accessoire qui les auraient identifiés comme membre des Mille Lames. La capitaine ne portait donc ni fourragère ni cape. Le soldat avait abandonné son tabard. Nova, elle, avait conservé son armure de cuir gris.

Laureline, le visage dissimulé sous un châle, observait son escorte avec gêne. De nature très empathique, la prêtresse avait senti un malaise entre les trois dès le début de leur voyage. Ils étaient partis tôt, en pleine nuit, afin de rejoindre Coruscante avant le lever du soleil. Laureline avait bien compris qu'Estrée et Rodan étaient amants, même s'ils gardaient une certaine distance entre eux. Il lui semblait également que la Sœur Grise, Nova, avait un faible pour le mercenaire. Bien que, en présence d'Estrée, lui n'avait d'yeux que pour la belle brune.

De fait, personne n'avait parlé durant le trajet à cheval qui les amena aux portes de la ville. Ils laissèrent ensuite leurs montures dans une petite écurie discrète du caravansérail. Là, Nova avait pris la direction du port. La Sœur Grise semblait très bien connaître les lieux. La nécessité de discrétion justifia le silence entre eux. Depuis les docks, ils atteignirent un canal qui passait sous les hautes murailles de la ville, pour aller se jeter dans le lac Karkal.

— Bon… et maintenant ? demanda Estrée. Comment franchir les murailles ?

Nova lui répondit avec un sourire provocant.

— On passe par-dessous, évidemment !

Quelques minutes plus tard, le groupe se retrouva dans un tunnel d'égouts. Ils évoluaient sur une margelle d'environ un mètre cinquante de large, bordant le collecteur du tunnel où coulait un flot lent d'immondices divers. Une torche à la main, la Sœur Grise ouvrait la marche.

— Désolée pour l'odeur… commenta Nova. C'est un ancien tunnel de contrebande, que deux amis mercenaires ont découvert. Il mène au quartier des entrepôts. Il n'est plus utilisé par la guilde des Voleurs depuis plusieurs semaines.

— Ah bon ? s'étonna Laureline. Pourquoi cela ?

— Toujours l'odeur, je suppose, avança Rodan en souriant.

— Pas seulement. Il y a… des rumeurs… répondit la Sœur Grise en haussant les épaules. Certains prétendent qu'il y a vraiment un monstre dans les égouts.

Trois s'arrêtèrent alors que Nova continuait d'avancer.

— Un monstre dans les égouts, rien que ça ? souligna Estrée. Nova, tu pourrais préciser un peu ?

La guerrière se retourna, les flammes de sa torche soulignant les traits anguleux de son visage. Elle fit une grimace, espérant ne pas avoir à s'étendre sur ce sujet.

— On parle d'un homme-crapaud, qui dévorerait les idiots qui s'aventurent trop profondément dans les égouts de la ville... Aurais-tu peur, capitaine Estrée ?

Rodan tiqua immédiatement. Le mercenaire prit la parole avant que la fille d'Eodh ne puisse répondre à la pique de la Sœur Grise.

— Un homme-crapaud ? Estrée... je crois que je l'ai vu... fit le mercenaire.

— Quoi, ici ? s'étonna l'Héritière.

— Non ! Lors de l'incendie du temple de la Guelfe Blanche... Ce faciès... Je ne pourrai jamais l'oublier. Une tête d'immonde batracien sur un corps vaguement humain...

Un gros « plouf » résonna à cet instant précis dans le tunnel. Laureline sursauta avec un cri étouffé. Nova lui sourit pour la rassurer. Pour la guerrière aux éventails, tout cela n'était qu'affabulations sorties d'un conte pour effrayer les enfants.

— Allez, dépêchons-nous avant que l'homme-crapaud ne vienne nous dévorer ! fit Nova avec une grimace exagérée.

De timides sourires s'affichèrent sur les visages. Qui disparurent aussitôt, lorsque Laureline poussa un hurlement. Une main blafarde, jaillie des eaux sales, agrippait la prêtresse par sa cheville, et la tirait vers la fange. Rodan et Estrée réagirent immédiatement. Le mercenaire rattrapa la guérisseuse. Estrée dégaina son sabre et l'abattit sur la main qui avait saisi la prêtresse. Tranché à hauteur du poignet, le moignon sanguinolent disparut dans un bouillonnement. La main coupée glissa mollement de la cheville de Laureline. D'un coup de pied paniqué, la prêtresse la renvoya dans le flot de détritus.

Le calme dura le temps d'un espace entre deux battements de cœur. Puis deux corps boursouflés surgirent en se relevant de la fange nauséabonde. Totalement nus, une peau blanchâtre décomposée par un séjour prolongé sous l'eau. Des yeux gonflés sur un visage blafard, deux trous béants à la place du nez. Des corps de morts noyés, mais bien vivaces. Leurs mâchoires s'ouvrirent à s'en décrocher, déformant plus encore leurs faciès décomposés. Leurs membres de chairs putrides s'agitèrent pour saisir leur proie initiale. Avec un sang-froid à toute épreuve, Rodan repoussa le premier d'un coup de pied. Sa botte s'enfonça dans la peau flasque et renvoya une créature dans la boue. Estrée fit décrire une arabesque à son sabre, tranchant l'avant-bras de l'autre mort-vivant.

— Des Fangeux ! hurla Nova. Vite, il faut sortir d'ici !

Ces monstres-là étaient bien réels. Morts-vivants issus de cadavres de noyés, ils chassaient en s'immergeant généralement dans la vase afin de surprendre et d'emmener leur proie. Les pauvres victimes se noyaient à leur tour, et celles qui n'étaient pas totalement dévorées devenaient de nouveaux Fangeux. On les trouvait plutôt dans les marécages ou les tourbières. La boue putride des égouts de Coruscante leur convenait tout autant.

Le groupe se mit à courir sur les pierres glissantes du tunnel. Un Fangeux jaillit du flot d'immondices, juste devant Nova. La Sœur Grise conserva son sang-froid. Tout en frappant la créature au visage avec sa torche, elle fit glisser un éventail de combat dans sa senestre. La chair putréfiée et gorgée d'eau ne brûla pas, mais l'éclat du feu fit reculer le Fangeux. Nova déplia son éventail, les feuilles argentées reflétant la lueur de sa torche. Les armes des Sœurs Grises avaient la particularité de focaliser la magie de la Voie du Vent. D'une volte, Nova contourna le Fangeux aveuglé, se baissa, et fit décrire à son éventail un large arc de cercle ascendant. Le torse mou du mort-vivant fut sectionné en deux parties, qui retombèrent dans le canal dans un horrible bruit de succion. La route était dégagée.

Le premier Fangeux, au bras tranché, jaillit de nouveau pour saisir Laureline. Rodan s'interposa et planta sa dague dans l'œil de la créature, qui éclata comme un œuf pourri. Le Fangeux laissa échapper un crissement de douleur, cherchant à ôter l'acier de son cerveau. Estrée le repoussa d'un coup de pied en piston, le renvoyant plus loin dans le bourbier. Les mouvements sous l'eau se firent plus saccadés. De nombreuses bulles crevèrent la surface. Des silhouettes de plus en plus nombreuses émergèrent, fixant leurs regards sans vie sur leurs proies.

Les dalles humides et dangereuses rendaient la progression difficile. Si Nova et Estrée parvenaient à avancer rapidement, Laureline avait toutes les difficultés du monde à ne pas glisser. Rodan fermait la marche. Le mercenaire aidait la guérisseuse à avancer en lui soutenant le bras, tout en jetant des regards inquiets vers les Fangeux. Les cadavres animés se hissaient sur la margelle pour les poursuivre. Ils étaient lents, mais avançaient inexorablement derrière le groupe.

Le tunnel se mit à monter en pente douce.

— La sortie est proche ! encouragea Nova.

Déjà épuisée par les soins prodigués aux Mille Lames, Laureline faiblit d'un coup. La prêtresse s'écroula lorsque son pied glissa sur la pierre. Rodan la rattrapa de justesse avant qu'elle ne chute dans le collecteur. Il la souleva délicatement entre ses bras.

Un Fangeux se propulsa sur la margelle, comme vomi par le bourbier, et agrippa le mercenaire par la botte. Rodan jura, écartant les jambes pour conserver son équilibre.

Immobilisé, Laureline dans les bras, il était incapable d'agir sans risquer la chute fatale.

— Je m'en occupe ! cria Estrée. Nova ! Libère-nous le passage jusqu'à la sortie !

L'Héritière du Chaos se tourna vers Rodan, prit un élan de quelques pas rapides, et se laissa tomber au sol. Glissant sur le côté droit de son corps, elle propulsa sa jambe gauche entre celles du mercenaire. Le talon de la fille d'Eodh vint heurter la mâchoire du Fangeux, l'arrachant de son crâne. Le mort-vivant fut renvoyé à son bourbier. Estrée poursuivit sa glissade, se faufilant entre les jambes de Rodan, et se releva avec la grâce d'une panthère. Elle sourit, et lança à son amant une œillade complice. Rodan lui répondit avec un regard paniqué. Derrière eux, des dizaines de Fangeux grouillaient à présent dans le tunnel. Seuls quelques mètres séparaient le groupe de la horde de zombies voraces.

Le temps leur manquait. Estrée cherchait désespérément une solution. De l'autre côté du collecteur d'égouts, en amont de leur position, elle avisa un large vantail de bois. Une imposante trappe qui fermait l'accès à un tunnel latéral d'évacuation, plus haut que le collecteur où elle se trouvait. Sous la pression, de fins filets d'eau jaillissaient de ses planches vermoulues et disjointes.

L'Héritière du Chaos respira lentement pour se calmer. De son Nexus, un écho répondit immédiatement. Le temps se ralentit. Elle perçut avec une parfaite précision les mouvements de l'eau croupie, de ses amis, ou de la horde morte-vivante, afin de pouvoir agir au bon moment. Autour de son avant-bras droit, son mana se condensa jusque dans sa main, prenant la consistance d'une chaîne spectrale d'un mauve vibrant, aux fins maillons, terminée par une longue pointe. Estrée leva les yeux vers le vantail. Elle fit tournoyer la chaîne magique, qui jeta des éclats de lueurs pourpres sur les parois humides du tunnel, et lança son arme qui obéit parfaitement à sa volonté. La longue pointe transperça la trappe, et s'ouvrit pour former un grappin qui se ficha dans l'épaisseur de bois vermoulu. Estrée enroula les maillons magiques autour de son poignet, saisit la chaîne à deux mains, s'arc-bouta en arrière, et tira de toutes ses forces. Sur une impulsion mentale, elle libéra une vague d'énergie qui remonta le long de chaque maillon pour atteindre la pointe. Il y eut un vif éclat pourpre, qui dessina des zébrures dans le bois.

La trappe protesta en grinçant, se fendit, et céda dans une explosion d'esquilles et d'éclats de madriers moisis. Le torrent grondant d'une eau trop longtemps emprisonnée déferla dans le collecteur d'égouts. La colère des flots emporta les Fangeux, balayant et broyant les corps flasques pour les renvoyer loin dans le tunnel, vers l'extérieur de la ville. Estrée eut à peine le temps de sauter à travers la vague pour éviter d'être balayée elle-aussi. Trempée jusqu'aux os, haletante, elle rejoignit ses compagnons de route qui l'attendaient au pied d'une échelle métallique fichée dans la paroi de pierre.

— Bien joué, Estrée ! lui lança Rodan, admiratif.

Nova regarda le mercenaire en fronçant les sourcils malgré elle. La Sœur Grise se sentait tiraillée par un sentiment naissant de jalousie. Elle avait bien ressenti une attirance pour Rodan à leur première rencontre. Attirance a priori réciproque. Mais il avait finalement jeté son dévolu sur Estrée. Nova ignorait tout du passif entre le mercenaire et l'Héritière du Chaos.

— Mouais… Avec des moyens pareils, forcément… lança la Sœur Grise avec une pointe d'ironie.

Estrée reçut la pique avec agacement. Son combat contre les Fangeux et sa récente douche dans les égouts l'avaient mise sur les nerfs.

— Ce n'est pas qu'une question de moyens, répliqua-t-elle avec provocation. Encore faut-il savoir s'y prendre…

*

Une ruelle étroite du quartier des Écluses, entre deux bordées d'entrepôts silencieux. Cet ancien accès aux égouts donnait directement sur l'arrière-cour d'un entrepôt désaffecté de la guilde des Messagers. Les lieux, après avoir longtemps abrité des contrebandiers, offraient désormais refuges aux rats. Une dizaine de gros rongeurs se disputaient les restes d'un os – probablement humain – et des quelques lambeaux de chairs qui y pendaient encore. Un crissement métallique, suivi d'un choc sourd, résonna dans la ruelle. Une épaisse plaque de fonte se souleva lentement. Couinant de frustration, les rats déguerpirent.

Sales et sentant affreusement mauvais, tous les membres du groupe, menés par Nova, sortirent des souterrains.

— Les égouts, vraiment… se moqua Estrée. Charmant, ce nouveau parfum que vous nous offrez, Nova.

— Vous auriez préféré affronter les gardes pour passer la porte ? Peut-être auriez-vous dû user de vos charmes pour cela, Estrée ?

Les deux femmes s'affrontèrent du regard. Pas vraiment hostiles l'une envers l'autre, mais saisies par une rivalité évidente qui ne demandait qu'à éclater. Rodan allait tenter de calmer la situation, quand une voix masculine cria depuis l'entrée de la ruelle :

— Halte ! Au nom de Coruscante, rendez-vous !

CHAPITRE 38

Le carrosse noir décoré d'or filait à travers Coruscante. Les rues de la Cité-Franche étaient désertes, les événements récents n'y étaient pas pour rien. Le procès de l'ex-Conseiller Cornell, qui eut lieu dans le Grand Hall, avait dégénéré en véritable boucherie.

Valrym de Fenn s'était alors déclaré dictateur et s'était emparé des pleins pouvoirs. Un climat de peur était depuis tombé sur la ville. Des rumeurs de sauvages envahissant les rues pour piller, violer et massacrer, s'étaient répandues comme une traînée de poudre. Fenn eut beau tenter de rassurer les notables, en arguant le recrutement du Poing Sanglant pour protéger la ville, la terreur grandissait. Mais Valrym ignorait les manigances de la secte du Fléau des Temps derrière son dos. Il ignorait également que le Maître des Os était en réalité un sorcier smaugh nommé Raïsh'Aàn, qui tirait les ficelles à travers la secte pour alimenter le climat de peur. Le Haut-Conseiller Valrym de Fenn n'était qu'un pion sur un plus vaste échiquier. Il commençait d'ailleurs à s'en douter. Pendant tout le trajet qui le menait au quartier noble, il pesta sur sa propre vanité qui l'avait aveuglé. Il n'avait pas encore toutes les pièces du puzzle, mais comptait bien les réunir. Nul ne l'abuserait ainsi impunément !

Le carrosse s'arrêta devant les hautes grilles marquant l'entrée du domaine Naalar. L'ex-Conseillère ayant été destituée au même titre de Liam Cornell, Fenn s'était attribué ses possessions au nom de la ville. Valrym vérifia que les lieux étaient calmes. Une douzaine d'arbalétriers d'élite, triés sur le volet pour être des hommes de confiance, assurait la sécurité des lieux. Si Firenzo remplissait rapidement la tâche que Valrym lui avait confiée, Leovald devrait être sur place rapidement. Le Conseiller d'antiope restait le plus fidèle allié du dictateur. Un ami loyal. Là encore, Valrym se trompait lourdement. Un embryon smaugh grandissait sous la peau du Conseiller d'Antiope depuis longtemps. La sorcellerie de Raïsh'Aàn avait ralenti sa maturation, pour que le Leovald-Smaugh puisse manipuler Fenn à sa guise.

*

Felkeyn profita des ombres projetées par les hauts murs de la propriété Naalar pour se faufiler hors de sa cachette. Il se glissa sous le carrosse pour observer Fenn passer les grilles et s'éloigner vers le manoir. D'instinct, il nota la position des gardes qu'il aperçut entre le portail et les portes du bâtiment. Ils n'étaient que quatre pour veiller sur les jardins extérieurs. Avant que le cocher ne fouette ses chevaux pour s'éloigner, l'Ombre passa entre les roues et s'éloigna. Il se fondit dans l'obscurité d'une porte cochère, conservant une vue sur les grilles du manoir de Brighit Naalar. Et attendit.

Il n'eut pas à attendre longtemps. Moins d'une demi-heure plus tard, un autre carrosse fit son apparition pour stopper devant les grilles. L'Ombre jura intérieurement : de sa position, il ne vit pas celui ou celle qui en descendit. Fermant les yeux, Felkeyn se concentra sur ses autres sens. Au son et au rythme des pas, un homme, plutôt mince, portant des bottes de cuir souple, sans talon. Au froissement des tissus, il estima une longue tunique. Felkeyn tiqua. Quelque chose le perturbait, qu'il ne sut identifier avec précision. Il perçut alors un affreux gargouillis. Felkeyn rouvrit les yeux pour se concentrer sur l'origine de ce bruit : le cocher. Un imposant personnage trapu, dissimulé sous un épais manteau à capuche. Même à plusieurs mètres sous son porche, Felkeyn sentit l'affreuse odeur qui émanait de l'homme. Lorsqu'il redressa la tête pour fouetter les chevaux, son affreux visage apparut un instant. L'Ombre du Néant avait déjà rencontré bien des créatures étranges. Mais jamais encore un homme au faciès de crapaud.

Il fallait faire un choix, et vite. Le carrosse s'éloignait rapidement, et la grille se refermait derrière le visiteur, qui marchait d'un pas pressé vers le manoir. Felkeyn décida d'ignorer le batracien humanoïde pour le moment. L'Ombre se concentra, trouvant l'harmonie nécessaire pour franchir le *Premier Voile*, se connecta à son Nexus et coula dans le zen. Sûr d'être hors de vue des gardes, il jaillit de l'ombre à vive allure, traversa la rue pavée, et bondit. D'un saut surhumain, il courut trois pas sur le mur à la verticale, agrippa les pointes d'acier qui l'ornaient, qu'il franchit en se retournant sur lui-même, et retomba sur ses pieds de l'autre côté, accusant l'atterrissage d'une roulade arrière. Après ce mouvement parfaitement coordonné et réalisé dans un silence feutré, Felkeyn sortit de la transe de l'Initié. Il sentait qu'il puisait beaucoup trop dans ses réserves. Il était loin d'en avoir fini avec sa tâche. En voyant le dictateur de Fenn sur la place du Grand Chant, il avait agi en suivant l'intuition du moment.

De l'autre côté du mur d'enceinte de la propriété, des jardins à la mode de Tarbayne. Haies et buissons taillés dans des formes géométriques complexes, encadrant une allée de gravillons blancs. Le manoir en lui-même était haut de deux étages, à la façade de pierres blanches et au toit d'ardoises. Dans l'angle gauche, une tour rehaussée d'un pigeonnier, abritant l'escalier desservant les étages. Aucune lumière visible. Une fontaine de marbre accueillait les visiteurs, devant un double escalier menant à une haute porte de bois aux ferrures cuivrées. Deux arbalétriers en cotte de mailles renforcée y montaient la garde.

Felkeyn eut le temps de se dissimuler derrière un buisson carré pour apercevoir l'homme encapuchonné entrer dans la demeure. Il n'en vit que l'épaisse robe de brocart, dont les symboles brodés en fils d'or semblaient bien macabres. Crânes et os, pour autant que l'Ombre puisse en juger à cette distance. L'inconnu s'immobilisa. Lentement, il se retourna vers les jardins. Sous l'ample capuchon, un masque semblable à un visage humain qu'on aurait écorché soigneusement pour en faire apparaître muscles et vaisseaux. Sous ce masque, un regard noir comme la nuit. Felkeyn ressentit un léger frisson. Il en était certain : quoi qui fut dissimulé sous ce manteau, cela n'avait rien d'humain. L'épaisse porte se referma derrière lui. Les deux gardes ne virent pas l'Ombre du Néant se faufiler dans les jardins en direction de la tour d'angle.

Protégé par le manteau nocturne, Felkeyn gravit le mur de la tour avec aisance, la maçonnerie et les ferronneries offrant toutes les prises nécessaires. Il longea ensuite une étroite corniche, et enjamba la balustrade d'un balcon. À l'intérieur de la maisonnée, pas le moindre bruit. Aucune lanterne ni bougie vacillante. D'une poche de sa ceinture, Felkeyn trouva une petite bourse dont il fit glisser le contenu dans sa main. Une bague, ornée d'un diamant taillé en pointe, qu'il enfila à son index droit, ainsi qu'une petite ventouse. L'objet de cambrioleur, simple au demeurant, contenait un enchantement qui le préviendrait si la fenêtre était protégée magiquement. Aucune vibration ne venant l'alerter, Felkeyn découpa rapidement un espace dans la baie vitrée, retenant le verre avec la ventouse. Il passa la main et actionna la poignée. Il était à l'intérieur, tous les sens en éveil.

CHAPITRE 39

Deux hommes et une femme, portant pourpoint de cuir et tabard bleu de la Garde, avancèrent dans l'arrière-cour de l'entrepôt. Les deux soldats braquaient des arbalètes légères sur Rodan. La femme, plus gradée des trois, s'avança, épée nonchalamment posée sur l'épaule. De petite taille, athlétique, les cheveux noirs coupés très court, une longue cicatrice courait sur sa joue droite.

— Voyez-vous ça… feula-t-elle. Une joyeuse équipe de contrebandiers ! Pas très discrets, si vous voulez mon avis. Allez, jetez-moi ces armes au sol !

Rodan esquissa un mouvement vers son épée. Nova retint son bras en faisant discrètement non de la tête.

— Estrée, Rodan… lâchez vos armes. Faites-moi confiance, chuchota la Sœur Grise.

Le mercenaire hésita. Estrée interrogea Nova du regard. Elle répondit d'un sourire en coin et d'un clin d'œil. Chassant toute animosité entre elles pour le moment. Estrée opina, et défit la boucle de son baudrier, levant son sabre au-dessus de sa tête. Rodan ôta à son tour son ceinturon.

L'un des deux soldats, un jeune homme encore boutonneux, garda le groupe en joue. Le second, plus vieux, arborant d'épais favoris roux, s'approcha pour se saisir des armes.

Loin d'être né de la dernière pluie, il s'empara également de la dague restée dans la botte de la fille d'Eodh. Puis se campa devant Nova. À contrecœur, la Sœur Grise prit ses éventails de combat dans sa ceinture, et les tendit au garde.

— Tu as intérêt à en prendre grand soin, le rouquin… tu n'as pas envie de me voir en colère… menaça-t-elle ouvertement.

Bien que soldat de carrière, l'homme eut un mouvement de recul. Il haussa les épaules en fronçant les sourcils d'un air de défi, mais manipula lesdits éventails avec précaution.

L'épée toujours sur l'épaule, la sergente approcha de Laureline, qui restait discrètement en retrait. De la main gauche, elle prit le menton de la prêtresse afin de mieux voir son visage. Estrée se tendit, fermant les poings, prête à invoquer ses *Lames de Volonté*.

L'épisode des égouts avait mis le groupe en bien triste état. Les vêtements crottés, imprégnés de l'odeur des détritus et de la pourriture des Fangeux. Dans ces conditions, la jeune épouse du Conseiller Miramas Dante était loin d'être reconnaissable. La sergente prit néanmoins le temps de la détailler longuement.

— Allez, Kord, embarque-moi tout ça, le lieutenant Wolf décidera de ce qu'on fait d'eux !

— Avec plaisir, sergente ! répondit Kord, le soldat aux favoris.

Nova fit à nouveau signe à l'Héritière et au mercenaire d'obtempérer sans faire d'histoire.

*

Après avoir longé quelques entrepôts aux murs de torchis usé, ils remontèrent une rue plus large jusqu'à atteindre les murs de pierre épais d'un petit fortin de garnison. D'apparence solide, la vétusté et l'usure du bâtiment devenaient flagrantes une fois au pied de sa porte de bois vermoulu. Sur un ordre de la sergente, elle s'ouvrit en protestant. La cour n'était pas en meilleur état. Le sol était recouvert de paille moisie, les écuries tombaient en ruine – aucun cheval digne de ce nom n'aurait osé y poser un sabot – et le donjon principal menaçait de s'écrouler au moindre souffle de vent. Nova fut tentée d'essayer, mais se retint. Trois autres soldats de la Garde étaient présents. L'un ronflait dans un tas de foin, un autre mastiquait un morceau de tabac et s'amusait à cracher une chique jaunâtre vers un seau de bois. Le troisième, assis sur les marches brisées menant au donjon, sculptait un bout de bois dans une forme obscène. L'ensemble ressemblait davantage à une bande de truands qu'aux forces de l'ordre. Les deux qui ne dormaient pas observèrent le groupe arriver avec une étincelle lubrique dans le regard. Malgré la saleté, Laureline, Nova, et Estrée, étaient trois jolies femmes, dans leurs genres respectifs.

La sergente fit halte au pied des marches. Le sculpteur sur bois se leva lentement, chassa ses longs cheveux filasse sur le côté, et sourit en dévoilant une hygiène dentaire plus que douteuse.

— Salut, *La Dague*, lança-t-il. Belle prise que voilà. Trafiquants de Licorne Pourpre ?

— C'est Sergente Kira, *Traqueur*. Va prévenir le lieutenant Wolf, et tout de suite !

Kira ponctua son ordre d'un coup de pied dans le tibia de l'homme, qui lâcha son bout de bois et se leva prestement. Claudiquant, *Traqueur* ouvrit la porte du donjon. Au moins les gonds de cette dernière étaient-ils graissés, car l'imposant vantail s'ouvrit sans bruit. On les fit ensuite attendre dans l'entrée. Le sculpteur disparut dans un couloir.

Estrée profita de cette diversion pour se tourner vers la Sœur Grise, chuchotant :

— Nova, dans quel guêpier nous as-tu fourrés ? On barbote dans les égouts pour éviter la Garde aux portes de la ville, et là, tu les laisses nous embarquer ?

— Du calme, ma belle… sourit l'interpellée. Je sais ce que je fais !

— Je l'espère. Et, Nova ?

— Quoi ? s'irrita la Sœur Grise.

— Ne m'appelle plus jamais « ma belle ».

Le ton de l'Héritière fut si cassant qu'il figea le temps. Tous ceux présents s'immobilisèrent, silencieux. Nova serra les dents, hésitant entre une réplique cinglante ou une note d'humour. Elle n'eut pas le temps de choisir.

— Tu as toujours su comment te faire des amis à ce que je vois, Nova ! clama une voix masculine éraillée par le tabac.

L'homme qui venait de parler arriva dans la pièce par le même couloir emprunté quelques instants plus tôt par *Traqueur*. Le lieutenant Wolf. Bien que de taille et de corpulence moyenne, il avait un charisme naturel qui imposait le respect. Des cheveux courts et une barbe bien entretenue, le poil noir de jais, lui ajoutaient un air sévère. Son regard bleu profond scintillait de malice. Vêtu d'une simple chemise de soie noire, le baudrier qu'il portait en travers de la poitrine soutenait une rapière, à coque capitonnée de velours rouge. Derrière lui vint un homme plus grand, aux longs cheveux cendrés. Ses yeux en amande et ses oreilles effilées témoignaient d'une ascendance fendyre. La poignée d'une épée à double tranchant dépassait de son épaule gauche. Le regard qu'il adressa au groupe fut tout sauf amical. L'aura qu'il dégageait était plus celle d'un tueur que d'un membre de la Garde.

— Merci, Kira, je vais m'en occuper maintenant. Laissez-nous ! ordonna Wolf aux soldats présents.

La sergente répondit d'un signe de tête. Sans autre forme de discipline militaire, elle fit signe aux soldats de vider les lieux.

Nova attendit que la porte se referme, et se tourna vers le lieutenant en souriant.

— Salut, Wolf ! Et toi, tu traînes toujours ton bâtard à moitié fendyr, à ce que je vois ?

Ce dernier réagit aussitôt, répliquant d'une voix mordante :

— Qui appelles-tu « bâtard », chienne grise ?

Le lieutenant leva la main en signe d'apaisement.

— Nova, arrête de provoquer Shahyne, ça finira mal un jour… Bon, que me ramènes-tu, aujourd'hui ? demanda-t-il sur un ton condescendant. D'habitude, ce sont tes copains mercenaires qui jouent aux chasseurs de primes, non ?

Le guerrier nommé Shahyne alla s'asseoir sur un banc posé contre un mur. Son regard se posa sur la fille d'Eodh. Un regard menaçant, chargé de mise en garde. *Si tu bouges, je t'ouvre en deux*, semblait-il dire.

Estrée sentit l'irritation la gagner. Cette situation commençait vraiment à l'agacer. L'envie de gifler violemment ce petit lieutenant hautain et prétentieux monta en elle avec force. Cet homme lui avait été immédiatement antipathique. Et la façon dont son chien de garde sang-mêlé l'observait la mettait mal à l'aise. L'Héritière du Chaos poussa Nova sur le côté avec rudesse, et vint se camper devant Wolf.

— C'est bientôt fini, les politesses ? gronda Estrée. Parce que je n'ai pas affronté la Reine de Sang, terrassé le Briseur-de-Destin, et affronté les Fangeux des égouts pour attendre le bon vouloir d'un petit lieutenant véreux !

Shahyne se leva dans un mouvement de prédateur. Sa main gauche avait déjà déplacé le fourreau de son arme pour pouvoir la dégainer plus facilement. Rodan réagit à son tour, et vint se placer aux côtés de la fille d'Eodh, prêt à s'interposer au besoin. Nova voulut calmer la situation, mais Wolf ne lui laissa pas le temps de parler.

— Je rêve ? Elle se prend pour qui, la morue ? ricana le lieutenant.

Nova ferma les yeux en soupirant. Rodan secoua la tête en fermant les poings. Laureline recula, totalement dépassée par les événements.

Estrée afficha son plus redoutable sourire. Sa bouche s'épanouit avec volupté. Son nez se retroussa, lui donnant un air mutin. Elle pencha légèrement la tête de côté et s'approcha du lieutenant avec une démarche séductrice. Toute la sensualité que dégagea soudain l'Héritière transcenda la crasse et l'odeur du bourbier pour assaillir le lieutenant, le laissant ébahi, la bouche ouverte. Estrée approcha ses lèvres du creux de l'oreille de Wolf et y glissa d'une voix suave :

— Je suis la capitaine de la compagnie mercenaire des Mille Lames. Et je suis de très mauvaise humeur !

Elle fracassa le nez du lieutenant avec un coup de tête digne d'un Loki. Wolf partit en arrière, le visage en sang, et atterrit lourdement sur le sol de pierre.

Gheritarish serait fier de moi ! pensa Estrée avec le sourire.

Le métis fendyr fit immédiatement jaillir son arme, et prit une position d'attaque. Il plaça sa longue lame à hauteur de son œil, et frappa d'un revers foudroyant, ciblant directement la gorge de Rodan. Le mercenaire était prêt. Reconnecté à sa foi d'écuyer de la Lumière, Rodan disposait à nouveau de son pouvoir longtemps oublié. Il invoqua son *Arme Spirituelle*, une longue épée de lumière, qui apparut instantanément dans sa main. Et dévia l'assaut de Shahyne dans une explosion d'étincelles. Les deux guerriers se mirent en garde.

Wolf se releva en crachant un glaviot ensanglanté. Il dégaina sa rapière et se mit sur la défensive. Face à lui, Estrée levait les mains en position d'attente du Wush'in. Un art martial adapté pour affronter à mains nues un adversaire armé. Les bras légèrement pliés, mains tendues paumes ouvertes, prêtes à la frappe comme à la saisie. Elle gardait l'atout de ses *Lames de Volonté* dans sa manche.

Au moment où les combattants allaient lancer leurs assauts, un vent se leva, sec et froid, dans toute la pièce. Un volet de bois claqua si fort qu'il se fendit. Une table bascula. Une carafe de terre cuite vola en éclats en se fracassant contre le mur. Ce vent tournoya dans la pièce pour venir s'enrouler autour du corps de Nova. La Sœur Grise écarta les bras d'un geste vif. La bourrasque ainsi déchaînée projeta tous les protagonistes au sol – hormis Laureline, que le vent épargna. La tempête disparut aussi vite qu'elle était apparue. Nova posa les poings sur les hanches, et clama :

— Nous pourrions peut-être discuter, à présent ?

Personne ne s'y opposa. Estrée jeta un regard noir à Nova en se relevant. Rodan se redressa prudemment, en surveillant Shahyne. Le métis resta un moment accroupi tel un loup prêt à bondir. Il échangea un regard avec Wolf, qui fit non de la tête. Le lieutenant se drapa dans sa dignité, mais lança un regard assassin à l'Héritière.

— D'accord… lâcha-t-il. C'est du sérieux, dirait-on. Passez dans mon bureau.

Estrée emboîta le pas du lieutenant Wolf. Avant de la suivre, Rodan échangea un regard avec Nova. Un léger sourire s'afficha sur les lèvres du mercenaire, à la fois respectueux et reconnaissant. Nova répondit d'un haussement d'épaules nonchalant. Laureline laissa échapper un long soupir. En quelques jours, la jeune femme avait eu bien plus de sensations fortes que dans toute sa vie.

CHAPITRE 40

Le manoir Naalar était une vaste et ancienne demeure familiale. Il se composait d'un bâtiment central de deux étages, abritant les lieux de vie et les chambres seigneuriales. Au rez-de-chaussée, autour d'un grand hall d'entrée, on trouvait grand et petit salon, salle à manger et bibliothèque. De part et d'autre, deux ailes latérales. L'une abritait les chambres des invités et une salle de bains privée. Dans l'autre, de plain-pied, se trouvaient les cuisines et appartements des domestiques. Au cœur de l'édifice, entre les bras formés par les ailes, trônait une vaste salle de bal, haute d'un étage, coiffée d'un immense dôme en cristalune. Fleuron d'un temps où l'on dansait sous les étoiles lors des réceptions. L'espace principal, dallé de marbre gris, était encadré d'une galerie en hauteur, à laquelle on accédait par deux petits escaliers discrets. Ornée de sculptures et de tableaux, des alcôves s'y ouvraient à intervalles réguliers, permettant de s'isoler afin d'échanger soupirs ou secrets.

Felkeyn s'était glissé dans l'une des chambres d'invités. Les grands drapés recouvrant le mobilier témoignaient du peu d'utilité de cette dernière. Discret comme un chat, l'Ombre traversa la chambre sans même déranger un grain de poussière. La porte n'était pas fermée, et s'ouvrit sans bruit. L'obscurité avait envahi les lieux. Ses yeux d'acier s'adaptèrent d'eux-mêmes. Grâce à son infravision, Felkeyn parcourut l'endroit facilement. L'aile des invités était complètement vide. Tout comme le reste du bâtiment, d'ailleurs. Cela faisait des jours que personne n'habitait plus ici. De légers effluves résiduels vinrent exciter les sens de l'Ombre. *Du sang !* pensa-t-il. *Cet endroit pue la mort...*

Rapidement, Felkeyn rejoignit le bâtiment principal. Seul le grand hall était faiblement éclairé. Et gardé. En plus des deux soldats qui faisaient le planton devant l'entrée, trois autres se tenaient dans le hall. Assis autour d'une petite table ronde, dans un coin, ils jouaient aux dés sans être particulièrement attentifs.

L'escalier central montait en deux volées de marches, qui se rejoignaient sur un palier, à mi-hauteur, avant de repartir vers les étages. Sur ce palier, entre les escaliers jumeaux, une arche en ogive s'ouvrait sur la grande salle de bal. Une lueur attira l'attention de Felkeyn. Toujours aussi discret, il descendit les marches, accroupi derrière les colonnettes en marbre de la balustrade. Une fois sur le palier, il bondit sous l'arche. Concentrés sur leur jeu, les gardes n'y virent que du feu. Felkeyn déboucha sur un petit balcon présidant la salle de bal, sorte de tribune d'honneur. Quelques marches s'élargissaient pour permettre une entrée triomphale. Deux coursives filaient de part et d'autre pour rejoindre les petits escaliers, montant vers la galerie.

La pièce était éclairée par des dizaines de bougies, plantées sur de grands candélabres, suffisamment espacés pour ne diffuser qu'une lumière tamisée. L'espace central était traversé par un épais tapis rouge, bordé de deux rangées de sept chaises se faisant face. Le tout avait été décoré avec un goût particulièrement macabre. Des crânes et des ossements étaient disposés un peu partout, sur le sol comme accrochés aux murs. Le pire restait l'ornement central de la pièce. Suspendu au grand lustre par des crochets, un corps totalement dépecé oscillait lentement. Aucune goutte de sang ne s'en écoulait, mais les muscles et les nerfs étaient à vif, reflétant l'éclat des flammes des bougies. Le corps de la victime luisait ainsi d'une aura sépulcrale. Felkeyn n'aurait su dire si elle était morte ou encore vivante, toutefois, il aurait bien parié quelques licornes sur la seconde possibilité. Mis à part ce corps, il n'y avait personne. Felkeyn longea la coursive sur sa gauche, monta l'escalier et atteignit la galerie. *Attendons nos invités…* se dit-il. *Et préparons-nous à les recevoir dignement.* L'Ombre se faufila dans une alcôve, et s'enveloppa dans l'obscurité. Assis en tailleur sur le sol, Felkeyn se laissa couler dans une légère transe issue du Zen, permettant de trouver le repos sans perdre conscience de l'environnement proche. Il avait besoin de régénérer ses forces pour ce qui l'attendait. L'Ombre agissait toujours d'instinct, et celui-ci ne l'avait jamais trompé.

*

Deux heures plus tard, Felkeyn rouvrit les yeux, alerté par un bruit. Celui de la porte d'entrée du manoir qui s'ouvrait. Il se redressa et vint se placer derrière une colonne décorant la galerie. Il avait un parfait point de vue sur la salle de bal, et ce qui allait suivre. Mais aucune idée sur ce qu'il allait faire.

Plusieurs silhouettes, vêtues de longues capes à capuchon, entrèrent depuis l'alcôve donnant sur la grande salle de bal. Leurs visages étaient dissimulés sous des masques d'or, et leurs mains recouvertes de gants noirs. Quatorze au total, qui prirent place sur les chaises préparées à leur intention dans un silence cérémonial. Les mains posées sur les genoux, ils attendirent. Felkeyn évalua à cinq femmes et neuf hommes, d'âges et de statures différents. Principalement de la haute société, s'il en croyait les effluves de parfum hors de prix.

Des gardes, menés par le capitaine Firenzo, entrèrent à leur tour. Six au total en cottes de mailles, épée aux côtés, vinrent se placer, trois de part et d'autre, derrière les cultistes. Firenzo lui-même se positionna derrière un participant. Si les autres l'ignoraient, le capitaine savait pertinemment que sous le masque d'or de celui-là, se trouvait Valrym de Fenn.

Bien que peu coutumier à de telles rituélies, Felkeyn fut surpris. Son instinct de guerrier s'éveillait de plus en plus. Lorsque le dernier acteur de cette tragédie morbide arriva, il sentit un frisson le parcourir. Il s'agissait de l'homme au masque écorché, que Valrym avait accueilli un peu plus tôt. Cette fois, il était seul, et marcha lentement jusqu'à l'extrémité des deux rangées, se plaçant précisément sous le corps pendu au plafond. Et se retourna en écartant les bras.

— Gloire au Fléau des Temps, scanda-t-il.

Tous répétèrent l'incantation avec un fanatisme affiché. Le Maître des Os reprit sur un ton péremptoire :

— Mes Frères ! Mes Sœurs ! Louons l'Ultime Rédempteur, car nos prières ont été entendues. L'heure est venue ! Enfin, nous allons être récompensés.

Certains sectateurs tournèrent la tête vers leur maître. D'autres échangèrent des regards surpris. Une nervosité due à l'impatience se fit sentir. Quelques murmures résonnèrent dans les deux rangées.

— Silence ! tonna le Maître des Os. Tous ici, vous représentez la fine fleur de Coruscante. Cette cité vous appartient. Vous contrôlez l'armée, la justice, les banques… Les guildes viennent picorer le grain au creux de vos mains…

Les soldats s'étaient furtivement rapprochés des participants. Profitant du discours du maître, accaparant l'attention générale, ils glissèrent leurs armes hors de leurs fourreaux.

Depuis la galerie, Felkeyn fronça les sourcils. Les épées des soldats étaient étranges. Tranchants dentelés, faites d'un acier sombre, elles étaient loin des armes réglementaires d'usage.

Le Maître des Os poursuivit son discours, vantant les mérites et talents de l'élite de la secte, ici réunis. Puis le ton voix changea. Ses paroles devinrent mordantes, et sa voix prit un son plus guttural.

— Tout cela prend fin désormais… coassa-t-il avec un sourire qui se devinait. L'âge des hommes est terminé. Le temps des Smaughs est venu !

Valrym se leva d'un bond, jetant bas son masque d'un geste rageur.

— Mais quelle est cette masca… voulut-il clamer.

La fin de sa phrase fut étouffée par le bras du capitaine Firenzo qui venait de le saisir à la gorge. Les épées s'abattirent toutes en même temps, tranchant les chairs. Les capes furent déchirées, et les masques arrachés.

Le juge Berghus Volk, dit le juge Tombe, contrôlant tout le système judiciaire de Coruscante, eut le visage sectionné en deux par une lame noire. Il ne mourut pas sur le coup. Il se mit à ramper sur le sol, agonisant. Son bourreau prit un cruel plaisir à lui labourer le dos d'entailles profondes.

Azraël Filkerys, artiste et compositeur de talent, mais surtout maître de la guilde des Voleurs de la ville, observa avec stupeur la pointe sombre qui ressortit de sa poitrine en lui perforant un poumon.

Dame Vallya Satine était surnommée la Dame de Fer et d'Or de par sa main mise sur les banques et institutions financières. Cela ne la protégea pas de l'épée qui pénétra son flanc et lui déchira le ventre. Elle put observer ses entrailles souiller le tapis rouge avant de mourir.

Parmi les quatorze membres les plus influents de Coruscante et membres de la secte du Fléau des Temps, treize furent sauvagement massacrés cette nuit dans la grande salle de bal du manoir Naalar. Restait le dictateur Valrym de Fenn, solidement maintenu par la poigne du capitaine Firenzo. Le Haut-Conseiller observa avec horreur le carnage perpétré en quelques secondes.

Le Maître des Os tourna son masque d'écorché vers Valrym. Lentement, il leva une main gantée sous son capuchon de brocart, et révéla son vrai visage.

Valrym posa un regard terrifié sur lui, et la peur se transforma en colère incrédule. Derrière le masque, Leovald, son homme de confiance. Du moins, ce qui ressemblait encore au Conseiller d'antiope. Le visage du jeune noble, habituellement fin et harmonieux, n'était plus qu'une caricature difforme de son ancienne beauté. Sa mâchoire déformée et proéminente tordait sa bouche en un rictus cruel. Sur la moitié de son visage, sa peau évoquait la cire fondue. La chair nécrosée avait littéralement coulé le long de sa gorge, dévoilant une seconde couche d'épiderme de couleur gris clair, taché de noir, semblable à la peau d'un reptile. La capuche tomba, dévoilant un crâne oblong, étirant la peau et déformant le cuir chevelu, ne laissant apparaître que quelques touffes hirsutes de cheveux noirs. Ses oreilles étaient devenues longues et pointues, striées comme celles d'une chauve-souris. Ses yeux, iris mauves fendus de pupilles de jais, soulignés de khôl, luisaient de cruauté.

Derrière Leovald – ou du moins, ce qu'il en restait –, apparut la mince silhouette menaçante de la tueuse, Ayæsha la Mygale. À son tour, Valrym de Fenn connut le goût amer de la trahison. Il en retrouva un peu de courage, et se débattit pour réussir à parler. L'étreinte de Firenzo se desserra juste assez pour qu'il puisse égrainer d'une voix rauque :

— Leovald ? Comment est-ce possible ? C'est toi, le Maître des Os ?

L'interpellé ricana, se délectant de la situation.

— Oh, non, mon pauvre Valrym. Le Maître m'a fait l'honneur de me laisser porter son masque pour l'occasion. Et ainsi, de te porter le coup fatal, misérable sang-chaud ! Une magnifique récompense pour l'avoir aussi bien servi depuis que j'ai éclos... Je vais enfin pouvoir me débarrasser de cette immonde enveloppe de chair humaine, et je recevrai mon premier clou !

— Enfin, Leovald, reprends-toi ! Nous avons toujours été alliés ! rétorqua Valrym.

— Leovald est mort depuis longtemps ! éructa la créature qui avait pris sa place. Tu ne comprends donc rien... Nous sommes les Smaughs ! Nous portons vos manteaux de chair et usurpons vos identités afin de préparer la venue de notre Déesse, Øz, glorifié soit son nom !

— Mais... répliqua Fenn, désespéré. La secte... le Fléau des Temps...

— Un artifice nécessaire pour infiltrer les hautes sociétés de vos villes dépravées... Trêve de conversation. Nous n'avons plus besoin de toi, dictateur... Nos armées sont en marche. Le *Faaharak-Shar* a commencé... C'est l'heure de mourir !

La voix de Felkeyn retentit depuis la galerie :

— C'est demandé si gentiment... déclara le guerrier d'élite.

L'Ombre du Néant jaillit de sa cachette avec un saut agile. Il atterrit souplement sur ses jambes, entre les soldats stupéfaits. Les Gardes tournèrent leurs armes vers l'inconnu, attendant l'ordre d'intervenir.

— Bien le bonsoir, par ici ! lança joyeusement Felkeyn.

Il dégaina ses sabres, prenant le droit en prise inversée, et pointant le gauche vers le faux Maître des Os.

— Qui es-tu, toi... cracha l'usurpateur.

— L'invité-surprise... désolé du retard, Haut-Conseiller ! lança Felkeyn vers Valrym avec ironie. Je n'étais pas trop sûr de ce qui se passait. Mais maintenant, je suis prêt pour la danse !

— Dépecez-moi ça... ordonna le Smaugh à ses gardes.

Les cinq soldats levèrent leurs épées dentelées, et se positionnèrent entre l'Ombre et leur maître. L'un d'eux arma l'arbalète légère qu'il portait en bandoulière, et pointa l'arme sur Felkeyn. Aux rictus et grimaces qu'ils affichaient, ils ignoraient ce qui les attendait.

Aucun besoin du *zen* pour se débarrasser de ceux-là. Felkeyn avança d'un pas sûr. Chaque position, chaque mouvement, étaient déjà très clairs dans l'esprit de l'Ombre. Un enchaînement très simple de *l'Art des Lames Jumelles* suffirait amplement.

L'arbalétrier libéra son carreau. Felkeyn le trancha en plein vol d'un revers de son sabre en senestre. Le premier soldat se précipita au contact, et frappa d'un grand revers latéral. L'Ombre pivota sur lui-même, et bloqua le coup de sa lame gauche. Il repoussa l'épée pour ouvrir la garde de son adversaire, et enfonça son sabre en prise inversée droit dans la bouche du soldat. D'une torsion du poignet, Felkeyn libéra sa lame, déchirant la joue et broyant la mâchoire de sa victime dans un *crac* écœurant. Ce ne fut pas un sang rouge qui jaillit, mais une sorte de glaire visqueuse et rosâtre.

Le second soldat voulut profiter de l'assaut de son camarade, et chargea l'épée haute. Felkeyn accéléra un pas, prenant l'initiative. Ses deux sabres agirent dans un ensemble parfait. Le gauche accompagna le coup de taille maladroit, déstabilisant le garde. Le droit fusa vers son abdomen. La lame runique découpa les mailles d'acier, la chair et les boyaux. Un amalgame immonde et glaireux se répandit sur le sol lorsqu'il mourut.

Conservant son avantage, Felkeyn accéléra encore ses mouvements. Il fondit sur le troisième soldat, feinta un assaut vers le haut du corps. Le garde leva son arme à deux mains pour contrer. La dextre de l'Ombre lui sectionna la cuisse et le fémur de la jambe droite. Il tomba sur le genou gauche. Un revers du même sabre lui ouvrit la gorge.

L'Ombre enchaîna, se jetant sur le quatrième soldat. Son sabre inversé bloqua l'épée dentelée contre la poitrine du garde, que Felkeyn sonna d'un coup de pommeau. Sa lame en senestre poinçonna son adversaire au foie, aux poumons et à la gorge. L'homme s'effondra avec un gargouillis grotesque, une substance visqueuse jaillissant de ses plaies.

Le cinquième et dernier garde cherchait désespérément à recharger son arbalète. Felkeyn fit une volte de danseur, et lança son sabre gauche. L'arme perfora sa cible en plein cœur.

— C'est trop facile… se moqua l'Ombre du Néant.

La Mygale fit quelques pas en direction de Felkeyn, s'interposant entre l'Ombre et le Haut-Conseiller prisonnier.

CHAPITRE 41

La suite de la conversation avec le lieutenant Wolf fut beaucoup plus calme. Laureline soigna son nez fracturé. La guérisseuse put enfin se faire reconnaître comme l'épouse du Conseiller Miramas Dante. Il fut convenu qu'un petit détachement de la Garde, mené par la sergente Kira, escorterait Laureline jusqu'à sa demeure. Elle devait organiser une rencontre avec son époux le soir même. Nova, quant à elle, partit de son côté. La Sœur Grise avait des affaires plus personnelles à gérer.

Afin de patienter jusque-là dans la plus grande discrétion, Wolf indiqua à Estrée et Rodan une petite auberge calme, nommée *L'Esturgeon doré*. La tenancière, Rose-Anne – Rosie pour les intimes –, n'était autre que l'épouse du lieutenant. Une jeune femme joyeuse, pulpeuse, aux joues roses. Elle accueillit le couple avec beaucoup de sympathie. Estrée ne put s'empêcher de lui demander comment une femme aussi douce pouvait supporter le lieutenant Wolf.

— Il a son caractère, mais c'est un homme doux et bon, répondit-elle d'un ton enjoué.

Estrée et Rodan échangèrent un regard interloqué, puis pouffèrent de rire. Rose-Anne se tourna vers eux avec une moue faussement courroucée.

— Désolée, s'excusa Estrée. C'est juste que… votre mari ne nous a pas laissé cette impression.

— Il fait cela à tout le monde, précisa l'aubergiste en haussant les épaules. Il faut le connaître, c'est tout. Allez, venez les tourtereaux, je vais vous faire préparer un baquet d'eau chaude ! Vous avez besoin de vous laver, on jurerait que vous sortez d'une promenade dans les égouts.

Chacun leur tour, la fille d'Eodh et le mercenaire passèrent par la salle d'eau. Une fois dans la chambre, Estrée en profita pour récurer ses bottes et son armure de cuir à l'aide d'une brosse à poils durs. Elle suspendit son geste soudainement, et leva la brosse à hauteur de ses yeux. Et fut envahie par le souvenir d'un même ustensile dans sa main, frottant le parquet d'une autre auberge. Celle des *Quatre Chemins. Une autre vie…* pensa-t-elle. Estrée avait cru pouvoir se réfugier dans l'oubli d'une vie anonyme. Sans doute aurait-elle pu vivre comme Rose-Anne. Épouser un homme simple et bourru, dans le genre du lieutenant Wolf. Avoir des enfants… L'image de Cellendhyll s'imposa à son tour. Les traits de l'Ange du Chaos apparurent presque flous, indistincts. Elle eut soudain du mal à se rappeler le son de sa voix. *Comme tout cela semble appartenir à une autre Estrée, à présent…* Rodan frappa à la porte. Le bruit sec des coups contre le bois de la porte chassa les pensées d'Estrée, à l'instar du vent balayant le brouillard. Elle posa ses bottes propres sur le sol, puis, en tunique et pieds nus, alla ouvrir. Rodan, propre lui aussi, était en chemise, son équipement sous le bras. Il leva les yeux sur Estrée, l'air gêné, en disant :

— Estrée… Rose-Anne ne nous a donné qu'une seule chambre, et…

La fille d'Eodh sourit, ouvrant la porte en grand.

— Tu ne vas pas faire le timide maintenant, quand même, dit-elle d'un ton léger. Entre, Rodan. Je crois que nous avons à parler, non ?

Penaud, le mercenaire franchit le seuil, et déposa ses affaires sur un petit banc contre le mur. Il en avait lui aussi profité pour débarrasser ses vêtements de la crasse des égouts.

Un lourd silence s'installa. Aucun des deux ne sut comment aborder une conversation que tous les couples redoutaient. Finalement, le ventre d'Estrée émis un long gargouillis. Tous deux éclatèrent de rire.

— Je meurs de faim également, déclara Rodan.

— Allons voir si la charmante Rosie peut nous servir quelque chose, proposa Estrée avec douceur. Après tout ce que nous avons vécu, Rodan, parlons-nous franchement. Et je te dois sans doute des excuses...

L'Héritière prit le mercenaire par la main, et tous deux descendirent l'escalier de bois menant à la salle principale de l'auberge. C'était un petit établissement, n'accueillant guère plus de cinq chambres (une double, quatre individuelles) et une dizaine de tables. Les lieux étaient propres, agréables et chaleureux. Il y régnait une ambiance presque familiale. Après l'agitation et le tumulte des jours récents, Estrée se laissa bercer bien volontiers par ce calme inopiné. Seuls clients du moment, ils s'installèrent à une petite table, jouxtant la cheminée.

Rosie leur servit un plat de charcuterie et de fromages, une miche de pain encore chaude, et un grand pot de café des Hauts-Plateaux. Estrée se jeta dessus avec la voracité de ceux qui n'avaient rien mangé depuis des jours. Ce qui n'était pas loin d'être vrai.

Rodan servi deux bols de café brûlant, regardant avec amusement celle qu'il croyait tant aimer. Car pour le mercenaire, les choses apparaissaient plus clairement. Il avait cru être tombé éperdument amoureux d'Estrée. Qu'une telle femme puisse s'intéresser à lui, ne pouvait être qu'un signe du *grand amour*. Puis il l'avait perdue. Durant son premier combat contre Hagòn, Estrée avait été précipitée dans un gouffre, Rodan avait cru son cœur s'arrêter. Il avait ensuite croisé le chemin de Nova. La Sœur Grise, avec ses aspects les plus insupportables, avait su le ramener à la réalité. Une attirance naquit rapidement entre Nova et lui. Du moins, l'espérait-il. Jusqu'à ce qu'Estrée revienne d'entre les morts. Mène la bataille contre le Poing Sanglant. Terrasse le Briseur-de-Destin. Devienne la nouvelle capitaine de la compagnie des Mille Lames. Et sans lui demander, prenne Rodan comme amant. Bien sûr qu'il s'était laissé faire, elle ne l'avait pas violé. Mais cela avait fait voler en éclats le début de séduction qui naissait entre Rodan et la Sœur Grise. Depuis, le jeune homme ne savait plus comment se positionner.

— Tu ne manges pas ? demanda Estrée, sortant Rodan de ses réflexions intimes.

— Je n'ai finalement pas très faim… le café suffira, répondit-il avec un demi-sourire.

Estrée mangea pour deux, puis fit passer le tout en avalant d'un trait son bol de café. Elle étouffa un rot sonore, qui arracha un rire au mercenaire.

— Mes excuses… dit-elle en riant.

Cela eut le mérite d'alléger l'ambiance. Ils se sourirent franchement, retrouvant la complicité qui les liait depuis leur première rencontre. À l'époque, le jeune homme s'était dressé entre les velléités de Rogg, épaulé de quelques sbires, et Estrée la fille d'auberge. Un vrai chevalier servant… en quête de sa princesse. Cependant, Estrée n'était pas une princesse, et ne cherchait sûrement pas un chevalier pour la servir… ou pire encore, l'asservir.

Leur conversation eut lieu à travers un échange de regards et de sourires. Ils n'eurent pas besoin des mots pour se comprendre. Estrée sentit son cœur se serrer légèrement. Rodan se sentit libéré. Leurs mains avancèrent sur la table pour se toucher avec la douceur de deux amants. Pour la dernière fois.

*

Cette journée de repos fut un véritable luxe. Estrée dormi plusieurs heures, Rodan montant la garde. À son réveil, elle s'étira longuement et fit quelques exercices. Estrée se sentait pleinement reposée. Son énergie était revenue. En remettant ses bracelets de force, elle se concentra. Un crépitement pourpre dansa sur les runes gravées dans le cuir, et glissa jusque dans sa main. Estrée serra le poing, et fit jaillir sa *Lame de Volonté*. L'arme de mana se cristallisa dans le prolongement parfait de son bras. Son tranchant luisait d'un feu éclatant. Satisfaite, Estrée dissipa sa lame d'une pensée.

Rodan, adossé contre le mur près de la fenêtre, l'observait avec une pointe d'admiration. Estrée lui sourit en retour.

— Il me semble que tu n'es pas en reste à ce sujet, petit cachotier… Une épée de Lumière ? C'est un pouvoir de Paladin Bleu, non ?

Estrée faisait référence à la capacité de Rodan à invoquer, lui aussi, une arme de mana. Bien qu'alimenté par l'énergie magique propre à chaque être vivant – le mana –, celle de Rodan naissait de sa foi et de ses convictions envers la Lumière.

— Je suis loin de maîtriser mon pouvoir aussi bien que toi, Estrée. *L'Arme Spirituelle* des Paladins est directement liée à leur foi, et je n'ai pas beaucoup prié la Lumière ces dernières années. J'étais à peine capable de l'invoquer lorsque j'étais écuyer. Je ne sais pas encore vraiment ce qui se passe en moi…

— Un peu comme avec Nova, je suppose ? le titilla la fille d'Eodh.

Rodan se figea, et sentit son visage virer au cramoisi.

— Allons, Rodan… tempéra Estrée. Je sais parfaitement reconnaître le désir entre deux personnes. J'avoue, cela m'a rendue jalouse. Et j'ai peut-être été légèrement agressive avec Nova. Maintenant que les choses sont claires entre nous, je te promets de vous laisser le champ libre.

Le mercenaire opina lentement. Rodan n'était pas encore sûr de ce qu'il ressentait vis-à-vis de Nova.

— Tu auras d'ailleurs l'occasion de lui en parler toi-même. Ce soir, j'irai seule, affirma l'Héritière.

— Comment ? s'offusqua Rodan. C'est hors de question, c'est bien trop dangereux !

Le regard d'Estrée se fit foudroyant, et sa voix répondit sur un ton sans appel :

— Merci pour ce dernier élan protecteur, Paladin Rodan, mais à ce que je sache, c'est moi qui donne les ordres dans cette compagnie.

Le mercenaire en eut la chique coupée net. Remis à sa place, il hésita à faire un salut militaire. Il se résigna à hocher la tête. Leur couple était bel et bien fini. Restait la capitaine et le soldat. Et, peut-être, deux amis. L'avenir le dirait. Il était temps de partir.

Dans la salle de l'auberge, quelques tables étaient à présent occupées. Estrée et Rodan se dirigèrent vers la sortie, sans qu'aucun ne leur prête la moindre attention.

Avant qu'ils ne franchissent la porte menant vers l'extérieur, Rosie s'avança vers la fille d'Eodh. La tenancière de l'auberge tenait un épais manteau dans les mains.

— Attendez, heu... Estrée, c'est bien cela ? chuchota Rosie.

La fille d'Eodh acquiesça en souriant, et tendit quelques licornes d'argent.

— Désolée Rosie, j'ai failli oublier de vous payer. Tenez !

— Oh, non ! répondit la tenancière, toujours tout sourires. Je vous en prie, gardez votre argent. Tenez, c'est pour vous ! Les nuits peuvent être fraîches, et cela sera plus discret que de vous promener en armes et armures apparentes !

Rose-Anne tendit le long pardessus, en cuir doublé de tissu épais, doté d'une large capuche.

— Comme il est à ma taille, vous pourrez facilement le porter au-dessus de votre équipement, plaisanta Rosie.

— Mais... je ne peux pas accepter cela, protesta l'Héritière.

— Oh, voyons, ne faites pas votre mijaurée !

Rosie mit le manteau sur les épaules d'Estrée sans plus de manières.

— Voilà, c'est parfait ! se félicita l'aubergiste avec un large sourire. Vous pouvez filer à présent. Je n'ai pas la moindre idée de ce que vous avez à faire, mais si mon Wolfy vous aide, c'est que ça doit être important. Bonne chance !

Estrée sentit une bouffée de sympathie envers Rosie l'envahir. Elle prit l'aubergiste entre ses bras et la serra durant quelques secondes.

— Merci, Rosie... lui glissa-t-elle à l'oreille.

L'Héritière et le mercenaire quittèrent l'auberge. Tous deux se regardèrent longuement, puis leurs chemins se séparèrent. Rodan s'en alla retrouver Nova au bastion de la garde. Estrée partit vers *Le Joyeux Gourmet*, suivant les indications que Laureline lui avait laissées.

CHAPITRE 42

Ce qui restait encore du visage de Leovald disparut complètement lorsqu'il arracha les lambeaux de peau qui dissimulaient encore sa véritable nature. Il dégaina, d'un repli de sa toge, un long poignard à lame ondulée, d'un noir profond. Valrym, toujours maintenu par Firenzo, tenta à nouveau de se débattre, en vain. Le Smaugh approcha ses dents du visage du dictateur. De petites dents, taillées en pointes. Dans un grognement chargé d'une haleine fétide, il prononça quelques mots :

— Un dernier cadeau, mon « ami »… Une mort lente, et douloureuse !

Le Smaugh leva les bras vers le ciel en hurlant :

— Ainsi commence le *Faaharak-Shar*, la Conquête de Sang ! GLOIRE À ØZ !

Et le kriss vint déchirer les entrailles de Valrym de Fenn. Le Haut-Conseiller s'écroula au sol, le visage crispé par l'affreuse douleur qui dévorait son corps. Son meurtrier se pencha sur lui, et fouilla rapidement sous la toge du dictateur. Le Smaugh s'empara d'un sceptre en ivoire que Valrym dissimulait dans ses vêtements.

— Tu n'auras plus besoin de ça… cracha-t-il au visage mourant du seigneur de Fenn.

Le Smaugh posa son regard suintant le mal sur Felkeyn, puis se tourna vers Ayæsha.

— Finis le travail… siffla-t-il.

Dans un bruissement de velours, il quitta la pièce à longues enjambées, suivi de Firenzo. Le soldat était resté de marbre, sans la moindre émotion, durant toute la scène. Felkeyn les ignora, n'osant pas lâcher la Mygale des yeux un seul instant. Ce qui aurait pu s'avérer fatal. La porte de la grande salle se referma sur les deux assassins.

*

Ayæsha était l'une des meilleures tueuses des Territoires-Francs. Si elle préférait l'usage des poisons, elle était également une experte dans les arts du combat rapproché. D'un étui dorsal, Ayæsha dégaina un long katar ; poignard à la lame triangulaire, et à la poignée horizontale. Cette arme avait la particularité de permettre de puissantes attaques d'estoc, pouvant percer les armures. L'arme de la Mygale, d'un acier vert aux reflets chauds et dorés, vibrait de magie. Les fines runes qui bordaient son fil le prouvaient. Elle positionna le katar à hauteur d'œil, fléchit les genoux, et arqua sa main gauche en forme de griffe.

Felkeyn reconnut la posture du *Khãlari K'ûn*, un art martial très rare dans les Territoires-Francs. Originaire de la satrapie de Rybalka, cette technique rigoureuse combinait le combat à mains nues avec la pratique des armes blanches. Allié à la parfaite connaissance des points vitaux du corps humain, cet art martial avait vocation thérapeutique avant de devenir une pratique mortelle. Développé par la caste guerrière des *Nayars*, ou guerriers-guérisseurs, cet art tomba en désuétude après la colonisation des satrapies par la Lumière. La magie de la Guelfe Blanche remplaça l'usage du *Khãlari K'ûn*, et les Nayars en furent réduits à devenir des combattants d'arènes. Le père d'Ayæsha mourut dans une de ces fosses de combat, mais pas avant d'avoir transmis la maîtrise de son art à sa fille unique.

D'un geste dédaigneux, Felkeyn désigna les corps des soldats qu'il avait abattus. La lymphe glaireuse qui s'échappait de leurs plaies attestait qu'ils n'étaient pas humains.

— Rares sont ceux qui maîtrisent encore le *Khãlari K'ûn*. Ta réputation te précède, Ayæsha la Mygale. Pourquoi t'allier à ces créatures ? Tu vaux bien mieux que ça… lança-t-il.

La tueuse haussa les épaules.

— Je me range du côté des vainqueurs, laissa-t-elle échapper dans un souffle.

— Les vainqueurs ? Tu surestimes ces créatures, ces… Smaughs, et leur conquête sanglante.

— Conquête de Sang, corrigea Ayæsha. Le *Faaharak-Shar* marque l'arrivée de leur armée. Et ils sont innombrables… Je les ai vus, le sais-tu ? J'ai vu les mondes qui se sont opposés à eux, détruits. Des races entières, exterminées. Les rares survivants, esclaves. Et je l'ai vue, elle… Leur Déesse… Øz. Si belle, si magnifique, si envoûtante… Il est encore temps pour toi de t'agenouiller et de la servir. Tu es un guerrier de choix. Tu aurais une place dans son armée.

— Comme esclave, tu veux dire ? Non, merci. Je passe mon tour…

— Dommage pour toi ! feula Ayæsha avant de bondir à l'assaut.

Vive comme un cobra, la tueuse frappa trois coups d'estoc très rapides. Sa lame chercha à atteindre Felkeyn à la poitrine, au cou, aux yeux. L'Ombre bloqua de son sabre court les deux premiers assauts, et bondit en arrière pour éviter le troisième. Ayæsha avait anticipé cette esquive. Repliée sur elle-même, elle bondit en direction de Felkeyn. Le katar plongea droit vers son cœur. C'était sous-estimer les réflexes fulgurants de l'Ombre du Néant. Felkeyn pivota sur ses jambes. La lame triangulaire runique déchira le cuir de son plastron comme du papier, manquant la chair. Dans le même mouvement, il arma sa jambe gauche. Lorsque la Mygale se réceptionna sur les dalles de marbre, le talon de Felkeyn la cueillit juste sous l'aisselle. La tueuse partit en roulé-boulé et se ramassa sur elle-même, une grimace de douleur sur le visage.

— Pas mal... concéda-t-elle. Mais ce n'est que l'échauffement.

Ayæsha repartit à l'assaut avec encore plus de férocité. Ses attaques poussèrent Felkeyn à garder une posture défensive. L'Ombre étudiait chaque mouvement, jugeait de la rapidité et de la portée de chaque coup. Felkeyn contrôlait ses moindres gestes, économisant son énergie, sa concentration augmentant à chaque esquive. Il avait décidé de ne porter qu'une seule et unique contre-attaque, qui serait décisive, alliant l'*Art de la Riposte* avec une soudaine accélération dérivée de la transe du *zen*. Il suffisait d'attendre le bon moment.

La Mygale sentit le coup fourré. Elle ralentit l'allure de ses attaques, cherchant la faille chez son adversaire. N'en trouvant pas, elle décida d'en créer une. Une série de trois coups de pied tournoyants, suivis d'une attaque en croix de sa lame triangulaire. Felkeyn évita aisément par des torsions du buste, et bloqua le katar en utilisant son sabre en prise inversée. Les deux lames s'entrechoquèrent dans un jaillissement d'étincelles. Les adversaires étaient pratiquement épaule contre épaule. Leurs lames s'affrontaient dans un duel de métal et de magie. Lorsque la Mygale cracha son venin droit vers les yeux d'acier de l'Ombre.

Felkeyn eut juste le temps d'interposer sa senestre et de rompre l'assaut. Une douleur brûlante se répandit dans la paume de sa main. *Des aiguilles ! Elle m'a craché des aiguilles ! Par les couilles du* Grand Cornu*, j'aurais dû le voir venir, ce coup-là !*

De fait, cinq fines aiguilles presque invisibles étaient fichées dans sa main gauche. S'il n'avait pas eu ses réflexes, il serait aveugle à présent. D'un geste rageur, Felkeyn arracha les aiguilles avec ses dents, et les recracha sur le sol. La Mygale, elle, s'était reculée de trois bons mètres afin de contempler les effets de sa ruse. Déjà, l'Ombre sentait son bras gauche s'engourdir.

— Le venin de la mygale de Rybalka, précisa fièrement Ayæsha. C'est d'elle que je tiens mon surnom. À petite dose, paralysie temporaire. À plus forte quantité, difficultés respiratoires et lésions cérébrales. À forte dose, la mort par apoplexie. Rassure-toi, ces aiguilles ne peuvent contenir qu'une faible dose de venin. Par contre, il a un autre effet particulièrement apprécié… Il bloque complètement l'accès au Nexus, et donc à tes pouvoirs… Tu n'es pas le premier Initié que j'affronte, le sais-tu ? Ni le premier que je tue…

La Mygale arma de nouveau son katar, visant le cœur de Felkeyn.

CHAPITRE 43

Le ciel s'était voilé d'une multitude de teintes bleutées, et un vent frais soufflait sur le quartier bourgeois de Coruscante. Loin des rues étroites et des murs de torchis de la ville basse, il abritait des dizaines d'hôtels particuliers et de petits manoirs. Les rues étaient bien éclairées par des lampadaires portant des globes de gemmelites. Les patrouilles régulières des arbalétriers assuraient la sécurité.

Estrée se faufila discrètement, évitant les rues trop bondées et les gardes vigilants. Bien abritée par l'ample capuchon de son manteau, elle arriva enfin devant l'établissement, dit *Le Joyeux Gourmet.* Petit bâtiment de bois peint couleur vert d'eau, rideaux bleu roi, ambiance tamisée. Le nom du restaurant était gravé sur une enseigne en forme de feuille d'acacia, qui se balançait lentement au gré du vent.

La porte poussée, Estrée dut écarter deux épais rideaux bleus afin d'entrer dans le lieu lui-même, tout en longueur. Abrité du froid extérieur, une douce chaleur y régnait. Un plafond végétal était suspendu à une armature de bambous.

Hormis la dizaine de clients répartis sur les tables, trois personnes officiaient. Derrière un long tablier de bar en bois patiné, une femme blonde, au sourire charmeur et au regard malicieux, préparait soigneusement le vin. Une autre, plus jeune, à la peau hâlée et aux longs cheveux noirs bouclés, venait récupérer les plateaux chargés de verres et de carafes. Dansant presque entre les tables, elle évoluait avec une grâce féerique. Estrée s'avançait vers le bar, lorsque le troisième personnage s'approcha d'elle. Un jeune homme, d'originaire kelashe, à en croire ses yeux en amande, tout en sourires et en sympathiques rondeurs. Il interpella la fille d'Eodh d'une voix claire et enjouée :

— Gente dame, le bon soir ! Bienvenue dans mon humble établissement. Je me nomme Kaël, à votre service.

— Bonsoir, Kaël, répondit amicalement Estrée.

La bonne humeur du jeune homme était communicative. L'endroit était accueillant, on s'y sentait bienvenu. Les odeurs épicées flattaient les narines délicates, et le personnel était souriant. Loin des palaces et hôtels de luxe, comme le *Meuritz*, que la fille d'Eodh aurait naturellement fréquentés jadis. Estrée y préféra mille fois le calme feutré de ce petit restaurant.

La jeune femme pétillante à la peau hâlée s'approcha à son tour. Elle salua Estrée avec un franc sourire, et chuchota quelques mots à l'oreille de Kaël.

— Ah, très bien. Merci, Auroa, répondit-il à la serveuse.

Puis, se tournant de nouveau vers Estrée, d'une voix plus basse :

— Chère madame, il semblerait que vous soyez attendue. Je ne crois pas qu'il y en ait deux comme vous, impossible de se tromper. Si vous voulez bien suivre Auroa…

Kaël conclut en inclinant le buste, tout en tendant la main vers la serveuse. Celle-ci attendait sagement qu'Estrée lui emboîtât le pas. L'Héritière du Chaos ne se fit pas prier, remercia son hôte d'un charmant sourire, et suivit la jeune et jolie Auroa.

Quelques marches de bois verni les menèrent à l'étage. Un couloir lambrissé, un tapis de laine vert. Enfin, une porte, qui s'ouvrit sur une grande salle aux murs recouverts de bibliothèques, elles-mêmes chargées de livres aux tranches colorées. Une longue table, pouvant accueillir une douzaine de convives, trônait au centre de la pièce. Une fenêtre entrouverte laissait passer un petit courant d'air frais. Un léger souffle de vent salvateur, car un fumet désagréable flottait dans la pièce. Des effluves piquants de transpiration, insuffisamment masqués par les fragrances florales de parfums onéreux.

Auroa s'effaça sur le côté pour laisser entrer la fille d'Eodh. Laureline et Miramas Dante l'attendaient, attablés, et se levèrent pour l'accueillir. La prêtresse avait revêtu une robe simple, mais de qualité, dans les tons prune. Son époux, le Conseiller Miramas, s'essuya rapidement le front à l'aide d'un carré de soie blanche. Petit et replet, le crâne chauve et luisant, l'homme transpirait abondamment en permanence. Différence notable de ses habitudes publiques, il ne portait ni bijoux clinquants, ni broderies dorées sur ses vêtements. Miramas était vêtu d'une toge discrète, de coton et de lin, de couleur vert sombre. Il s'empressa de tirer une chaise pour Estrée.

— Capitaine, la salua-t-il solennellement, je vous en prie, prenez place.

La voix du Conseiller était posée. Il s'exprimait sur un ton humble et paternel. Estrée accepta la chaise ainsi proposée. Des derniers souvenirs qu'elle avait de lui, lors de la catastrophe du Grand Hall, quelque chose ne collait pas. Le Conseiller Dante avait un masque public, un rôle qu'il endossait pour apparaître au Conseil de la ville. Miramas, l'homme, était très différent. Ce dernier ouvrit la fenêtre en grand, afin d'aérer davantage la pièce. Il en profita pour jeter un coup d'œil nerveux de chaque côté de la rue, et sur les toits proches. Puis il se tourna vers Estrée pour ajouter :

— Je vous prie d'accepter mes excuses pour… mon usage abondant de parfums. Voyez-vous, je suis né avec une terrible maladie de peau, qui provoque une sudation odorante incontrôlable. Et ce, par tout temps, quelle que soit la température. Si les soins que me prodigue la Guelfe Blanche évitent à mon épiderme de partir en lambeaux, ils ne peuvent, hélas, rien pour les désagréments olfactifs.

Miramas revint s'asseoir près de sa jeune épouse. Laureline lui sourit avec une immense tendresse, en posant sa fine main sur les doigts boudinés du Conseiller.

Estrée tourna son regard vers Laureline. La prêtresse lui sourit en retour.

— Je comprends à présent ce que vous disiez, lors de notre dernière conversation, dame Dante, dit la fille d'Eodh.

Puis s'adressant à Miramas :

— Conseiller, merci de me recevoir. Je m'appelle Estrée, j'imagine que vous le savez déjà. J'ai conscience que vous prenez beaucoup de risques, mais nous devions absolument vous parler. Le Conseiller Cornell emploie désormais la compagnie des Mille Lames pour sa protection. J'en suis la capitaine, depuis la mort de Sentenza.

— J'ai en effet appris pour Sibyl. Mon épouse m'a raconté ce qui s'est passé sur les terres de Liam. Oui, j'étais au courant, et ce depuis le début. Brighit et moi ne nous cachions rien. Je suis terriblement navré que sa fille ait payé votre victoire de sa vie.

Au ton de sa voix, la peine du Conseiller Dante était sincère.

— Son sacrifice ne sera pas vain, ajouta Estrée. Nous pensons que tout a été orchestré par Valrym de Fenn, pour prendre le pouvoir.

— Et vous avez bien raison de le penser, confirma Dante.

— Nous voulons le faire payer ! Personnellement, je serais partisane d'une solution plus radicale... Néanmoins, Liam Cornell désire le traîner devant la justice du Grand Chai. Il nous faudra des preuves irréfutables. Vous avez évoqué Brighit. La Conseillère Naalar a quitté le manoir Cornell pour trouver ces preuves. Depuis, nous n'avons aucune nouvelle de sa part...

— Comment ? Brighit est en ville ? s'étonna le Conseiller. Impossible... Je l'aurais su. Valrym a fait confisquer tous ses biens. Il a même réquisitionné le manoir familial Naalar pour ses... réunions secrètes.

— Quelles réunions secrètes ? interrogea Estrée. De quoi parlez-vous, Conseiller ?

Dante prit une grande inspiration afin de mettre de l'ordre dans ses pensées. Quelques coups résonnèrent discrètement à la porte. Laureline ouvrit, laissant Auroa entrer avec une carafe de vin couleur grenat. La serveuse remplit les coupes dans un silence gênant, et s'empressa de les laisser. Le Conseiller prit le temps de boire une longue gorgée. Estrée se laissa tenter à son tour. Sans être un grand cru, le vin se révéla excellent. Sur le fruit, léger, pulpeux, très facile et très agréable à boire. Des notes de groseille et de mûre, et des tanins fondus. Parfait pour alléger un peu l'atmosphère, avant de lourdes révélations. Le Conseiller répondit à l'Héritière du Chaos, en commençant par le début :

— Depuis des temps très anciens, nous, Disciples de Lyr œuvrons pour la sécurité et l'indépendance des

Territoires-Francs. Héritiers des traditions du dieu de la Connaissance et des Arts, les disciples initient leurs successeurs depuis des générations, afin de conserver vivaces les paroles de Lyr. Nous nous réunissons dans de petites loges secrètes, dans chaque Cité-Franche, et chaque année, une grande réunion a lieu à Ambre. Nous avons ainsi toujours pu influencer ou orienter la politique dans l'intérêt de tous.

Estrée ne dit rien, ne voulant pas interrompre le Conseiller, mais elle n'en pensait pas moins. Pour elle, ce genre de conclaves secrets ne pouvait que tisser des réseaux de pouvoir, noyautés par des cercles d'influences encore plus restreints, eux-mêmes sources d'ego et de pouvoir personnel.

— Je sais ce que vous vous dites : Les Disciples ne sont qu'un réseau de riches influenceurs qui cherchent avant tout le pouvoir et le contrôle. Je ne dénigre pas le fait que de tels individus marchèrent dans nos rangs quelquefois. Comme toute société, la nôtre a son lot de profiteurs. Valrym de Fenn aurait pu être de ceux-là, c'est pourquoi nous avons toujours refusé ses demandes de rejoindre notre confrérie. Croyez-le ou non, Estrée, les Disciples tentent d'œuvrer pour la pérennité de notre monde, et le bien de tous les êtres qui y vivent.

— Je veux bien croire en votre dévouement philanthropique, Conseiller, répondit Estrée avec perplexité. Je vous en prie, poursuivez.

— Vos doutes sont légitimes, capitaine. Car il existe une déviance à notre société secrète. Une secte de béotiens, fondée par des ésotéristes de comptoir à moitié fous, initialement refusés par notre congrégation. De ceux qui portent tous les vices que vous pouvez imaginer, et donnent l'image que vous avez de ce genre de cénacle.

Des fous travestissant les paroles des sages, pour exciter les sots. Qui ne prêchent que l'euphorie des sens, la richesse et le pouvoir personnel. Qui craignent la mort comme la fin de toute chose. Ceux qui se vouent à une entité fantasmée : le Fléau des Temps ! finit par clamer Miramas avec emphase.

Estrée avait légèrement sursauté lorsque Dante conclut sa dernière phrase. Le Conseiller maîtrisait l'art de la rhétorique, comme il se devait pour un homme politique de sa trempe. La fille d'Eodh fit une moue respectueuse, et avala une gorgée de vin. Dante souligna son effet dramatique d'une courte pause, et reprit :

— Le Fléau des Temps s'est imposé dans les cercles de la petite noblesse ou de la bourgeoisie en attirant oisifs et ambitieux. Lors de cérémonies parodiques et faussement sanglantes, ils scandent le nom d'un dieu factice, puis célèbrent leur fraternité lors de soirées dépravées. Le plus riche ou la plus respectée enfile le masque de chef de culte, et toujours, nous avons su qui cela cachait. Au-delà d'un réseau de contreparties mutuelles, tout cela n'était guère bien méchant… jusqu'à récemment. Nous avons découvert que dans toutes les Cités-Franches, la secte du Fléau des Temps prenait de l'ampleur. Leurs membres devenaient de plus en plus influents. Leurs rites se transformaient en véritables pratiques sacrificielles. Et plus aucune information concernant l'identité de celles ou ceux qui se cachent derrière les masques des chefs de ce culte ne nous parvint… Ceux qui se font appeler les *Maîtres des Os*… chuchota le Conseiller Dante.

Estrée écoutait avec attention, son esprit mettait en place les différentes pièces à sa disposition. Habituée aux complots et intrigues dès son plus jeune âge, elle avait elle-même mené plus d'une manigance au sein des cours du Chaos.

Nouvelle pause. Nouvelle gorgée de vin.

Miramas reprit son exposé d'une voix modulée.

— Ici, à Coruscante, nous avons longtemps pensé que le *Maître des Os* n'était autre que Valrym de Fenn. Brighit, dont le rôle était d'espionner Fenn, avait rejoint la secte dans ce but. Elle était la seule à savoir que le Haut-Conseiller n'était pas derrière le masque d'écorché. Valrym lui-même ignore de qui il s'agissait.

— Vous êtes en train de me dire que les personnes les plus influentes de Coruscante, y compris le Haut-Conseiller, sont manipulées par un parfait inconnu ? C'est original. Même au Chaos, je n'aurais pas pensé voir ça ! s'exclama Estrée avec un sourire moqueur.

Le Conseiller Dante tiqua.

— Qu'est-ce que le Chaos vient faire dans cette histoire ? nota-t-il avec curiosité.

Estrée regarda son verre de vin vide en fronçant les sourcils. Elle le repoussa du bout des doigts, et exhiba à Miramas son sourire le plus innocent, combiné à son regard le plus charmeur.

— J'ai dit ça comme ça… Continuez, je vous prie, Conseiller.

Dante sourit devant la tentative de séduction de la fille d'Eodh. Bien essayé. S'il avait été sexuellement sensible, la diversion aurait sans doute fonctionné. Mais le Conseiller n'avait aucune libido, conséquence malheureuse de sa maladie. Il arqua un sourcil, et rangea l'information dans sa mémoire, avant de reprendre :

— Vous avez raison, Estrée, il y a bien de quoi s'inquiéter. Depuis que ce maître mystérieux manipule le Fléau des Temps à Coruscante, beaucoup de choses vont de travers. Des budgets d'entretiens cruciaux pour la ville se sont vus soudainement alloués à des choses sans importance. Les égouts ne sont plus nettoyés, les canaux sont envahis par la pollution végétale. L'insécurité règne en maîtresse incontestée dans les faubourgs. Plus récemment, la taxation des Grands Portails… jusqu'à ce qu'ils cessent de fonctionner la nuit dernière.

— Les Grands Portails ? s'étonna Estrée.

— En effet, et nul ne se l'explique. La guilde des Mages se perd en conjectures. Ils furent bâtis grâce à la science de Lyr, en tant que présent inaltérable de l'ancien dieu avant qu'il ne disparaisse. Nul ne connaît le véritable secret de leur fonctionnement. Et encore moins comment les réactiver…

— Fragiliser l'économie locale… Instaurer un climat de peur… Paralyser les communications et les déplacements… pensa Estrée à voix haute.

— En effet, capitaine. Nous avons eu ce même raisonnement, et sommes sans aucun doute parvenus à la même conclusion.

— Une invasion !

Comme pour souligner les derniers mots de l'Héritière du Chaos, la porte s'ouvrit un peu trop fort et claqua contre le mur. Auroa entra, et se figea lorsque trois regards se posèrent sur elle. Un sourire timide s'afficha sur son visage. Elle leur proposa une nouvelle carafe de vin, et dit d'une petite voix :

— Pardon… Je croyais que vous m'aviez entendu frapper. Je viens resservir vos coupes.

Estrée était certaine de ne pas avoir entendu qui que ce soit frapper à la porte. Néanmoins, le vin était sournois et commençait à lui tourner un peu la tête. *Après un seul verre ? Tu vieillis, ma fille… À moins que…*

À cette pensée, Laureline glissa de sa chaise et s'effondra sur le sol. Miramas eut un geste maladroit vers sa jeune épouse, emportant son verre qui alla se fracasser sur les lambris. Estrée voulut se lever, ses jambes refusèrent de lui obéir. *De la drogue ?*

Auroa se glissa dans la pièce. La jeune serveuse avançait vers le Conseiller Dante. Un rictus cruel déformait son joli visage. Elle émit un petit rire grinçant. De sa main gauche, elle écarta sa jupe pour saisir un long stylet d'acier, fixé à l'intérieur de sa cuisse. Auroa enjamba le corps inerte de Laureline.

Miramas restait assis, pris de spasmes incontrôlables. Ses yeux écarquillés d'impuissance étaient rivés sur le corps de son épouse. Avec un reflet d'acier, la dague assassine pointa sur la gorge du Conseiller.

Non !

Estrée poussa ce cri intérieur. Elle serra les poings et força sa volonté à lui obéir. Une vague d'énergie jaillit de son Nexus pour irradier son corps. Son mana ainsi canalisé chassa les effets de la drogue. L'Héritière bondit sur la table et glissa vers Auroa, dont l'attention et la lame étaient fixées sur le Conseiller Dante. Estrée saisit son sabre dans sa dextre, et profitant de son élan, frappa d'estoc.

L'arme d'acier bleu cobalt perfora la nuque de la serveuse pour ressortir par sa bouche. La tueuse se figea, laissant échapper un gargouillis étranglé, et s'effondra. Un épais fluide laiteux coula de sa bouche, pour se répandre sur le plancher en flaque gluante.

Dante resta assis, tremblant de tous ses membres. Laureline gisait sur le sol. Estrée vérifia le pouls de la jeune femme. *Elle est vivante… Une simple drogue légère dans le vin. Juste de quoi nous affaiblir.* La fille d'Eodh releva Laureline pour la rasseoir sur sa chaise. *Bon, aux grands maux…*

La gifle claqua sur la joue de la prêtresse. Sous le choc, Laureline ouvrit des yeux ronds.

— Aïe ! lâcha-t-elle dans un cri indigné.

Estrée lui adressa un demi-sourire, et s'effaça pour que la jeune femme puisse voir le Conseiller. Dante, toujours soumis à une crise de spasmes violents, risquait à tout moment des conséquences graves pour sa santé, peut-être même un arrêt cardiaque.

Chassant la nausée due aux effets de la drogue, Laureline se précipita vers son époux. Heureusement, elle n'était pas amatrice de vin, et n'avait donc bu qu'une toute petite gorgée. La concentration fut cependant difficile. Le visage crispé par l'effort, elle fit appel aux dons enseignés par la Guelfe Blanche. Une clarté bleu pâle se diffusa depuis ses mains posées sur la poitrine de Miramas. Lentement, le Conseiller se calma, et retrouva un souffle régulier. Pour rouvrir les yeux, le regard encore paniqué.

— Estrée ! cria-t-il à l'Héritière pourtant toute proche. Vous devez les arrêter ! Le *Fléau des Temps* ! Ils… Ils ne sont plus humains… Ce soir, leur réunion… a lieu… ce soir.

— Où ? Où puis-je les trouver, Conseiller ?

Dante se redressa malgré ses forces vacillantes. Il toussa, la gorge sèche. Ses petits yeux noirs brillèrent de détermination en se plongeant dans les améthystes de l'Héritière du Chaos.

— Au manoir Naalar…

La porte s'ouvrit à nouveau, sur Kaël cette fois. Qui lâcha un cri suraigu en même temps que son plateau de faïence chargé de petits légumes délicatement coupés. Lorsque le plat éclata en mille morceaux sur le parquet, Estrée dégaina la dague attachée à sa cuisse gauche. D'un pas rapide, elle fondit sur Kaël. La lame d'acier blanc vint se poser juste sous sa gorge, entaillant légèrement sa chair. Un fin filet de sang carmin coula le long de son cou. L'homme terrorisé n'osait ni bouger ni parler. Ses yeux allaient du cadavre d'Auroa au couteau qu'Estrée tenait sur sa jugulaire. Mais son sang était bien rouge. Pas de liquide glaireux et blanchâtre. La fille d'Eodh éloigna lentement son arme.

— Désolée, Kaël, souffla-t-elle.

Estrée retourna le corps de la serveuse du bout du pied.

— Regardez, poursuivit l'Héritière. Cette chose n'est pas Auroa. Vous n'aviez rien remarqué de particulier la concernant ? Un détail physique, un changement de comportement ?

Prenant une grande inspiration pour retrouver son calme, Kaël répondit d'une voix étouffée :

— Non, non, je... Attendez... Peut-être, maintenant que vous me le dites. Lussyria, qui tient le bar, me disait, il y a quelques jours... qu'elle trouvait Auroa changée. Plus distante, plus froide avec les clients. Et ce, depuis qu'elle fréquentait un capitaine de la garde.

— Un capitaine des arbalétriers ? Vous connaissez son nom ?

Kaël regarda le sol comme si le nom du capitaine y était gravé.

— Quelque chose comme... Forenz ? Farenza ?

— Firenzo ! grogna le Conseiller Miramas d'une voix sèche. Le capitaine Firenzo ! C'est l'homme de confiance du Conseiller Leovald d'Antiope. Alors, lui aussi serait...

La question rhétorique resta en suspens.

— Il n'y a qu'une façon d'être fixés ! clama Estrée. Je vais rendre une petite visite à Valrym de Fenn. Le manoir Naalar, avez-vous dit, Conseiller ?

Dante hocha gravement la tête.

— Bien. Kaël, vous voulez bien me rendre un petit service ?

Le Khelash, la main sur la gorge, constatait la fine coupure que la dague de l'Héritière y avait laissée. Estrée n'attendit pas qu'il acquiesce pour poursuivre :

— Envoyez un message au fort de la Garde, au quartier des entrepôts. À l'intention du lieutenant Wolf. Dites-lui juste que s'il ne pointe pas ses fesses au manoir Naalar, je lui brise à nouveau le nez. Compris ?

Ebahi, incapable de résister à la soudaine aura d'autorité que dégageait Estrée, Kaël ne put qu'opiner.

Puis, se tournant vers Miramas, elle ajouta :

— Ça ira, Conseiller ?

Dante était secoué par une violente quinte de toux. Son épouse usa de nouveau de ses talents de guérisseuse pour le calmer. Laureline leva les yeux sur Estrée, et hocha la tête.

— Je m'occupe de mon époux. Ne vous inquiétez pas pour nous ! lança-t-elle, déterminée.

Estrée bondit comme une panthère, bouscula Kaël, descendit les marches quatre à quatre et sortit du *Joyeux Gourmet*. À son tour, l'Héritière avait hâte d'en découdre. Toutes ces manœuvres semblaient destinées à affaiblir la ville pour s'en emparer. Mais qui ? Aucune armée n'avait été signalée. Les querelles entre les Cités-Franches n'avaient jamais dégénéré au point de déclencher une guerre civile. Depuis la mort du Père de la Douleur, les Ténèbres avaient cessé toute manœuvre d'invasion à travers les Plans. Arasùl, le nouveau Seigneur des Ténèbres, était, pour le moment du moins, beaucoup plus mesuré et diplomate. La menace devait donc venir d'ailleurs. Quelque chose capable d'infiltrer une société, en utilisant des ersatz humains. Si les Grands Portails avaient cessé de fonctionner, les envahisseurs ne les emprunteraient pas non plus. Alors… d'où viendraient-ils ?

CHAPITRE 44

Dans la pénombre du crépuscule, une silhouette marchait à pas lents au milieu du champ de bataille. Une étroite vallée où, quelques jours plus tôt, deux armées de mercenaires s'affrontaient. Les vestiges de ces combats récents jonchaient toujours les lieux. Armes brisées, hampes de flèches hérissant un sol boueux, cadavres de chevaux. La pluie s'était mêlée au sang versé, transformant le sol en une gadoue immonde. Les corbeaux avaient déjà fui l'endroit, après avoir picoré quelques lambeaux de chairs. Les nuées de mouches noires, aux reflets verts ou bleus, régnaient en maîtresses incontestées.

La silhouette s'en moquait bien. Enveloppée d'un lourd manteau de brocart, un large capuchon rabattu sur son visage, elle s'avançait lentement entre les nuages bourdonnant, pataugeant dans la boue gorgée de fluides vitaux en tout genre.

Raïsh'Aàn riait.

Sa bouche aux lèvres minces dévoilait une rangée de petites dents taillées en pointes acérées. Une langue bifide allait et venait avec un sifflement aigu.

Raïsh'Aàn riait.

De ses longs doigts aux ongles noirs, tranchants comme des rasoirs, le sorcier Smaugh tomba son capuchon. Son crâne oblong ainsi exposé dévoila trois rangées de sept clous, plantés en parallèle sur toute la longueur de sa tête. Sur sa peau blanche comme la craie, tachée de plaques noires, de fins tatouages cabalistiques s'entrelaçaient en arabesques malsaines.

Raïsh'Aàn riait.

De longues années de préparation touchaient à leur fin. Devoir vivre au milieu des Sang-chauds avait été particulièrement pénible pour le sorcier smaugh. Heureusement, il avait pu expérimenter de nouveaux sévices sur des hommes et des femmes de tout âge. La douleur, voilà ce qui nourrissait la magie des Smaughs. La douleur, et le sang. Pour que l'antique portail puisse s'ouvrir, il avait fallu beaucoup de douleur et de sang.

Celui des Kàwanakhees, initialement. Le peuple indie, originaire des Terres de l'Ouest, avait été chassé volontairement par les guerriers smaughs, infiltrés dans ces lointaines contrées, pour qu'ils soient poussés à fuir jusqu'ici. Au milieu des sables du désert, un ancien portail jumeau de celui de la cité antique les avait menés jusqu'au plateau de Pellon. Sur les terres de Liam Cornell. Là, le Poing Sanglant était censé les massacrer avec la plus grande cruauté. Hommes, femmes, enfants. Et la douleur et le sang seraient venus alimenter à nouveau le grand portail oublié, ouvrant le passage des montagnes.

Au final, la violence de la bataille entre le Poing Sanglant et les Mille Lames avait fait l'affaire. À peine quelques jours de retard sur le plan initial, mais Øz le pardonnerait. Raïsh'Aàn accéderait ainsi au quatrième Cercle de Pouvoir. Il recevrait la gloire, des esclaves, et de nouveaux clous plantés dans son crâne pour alimenter sa magie.

Une longue incantation résonnant de sa gorge, Raïsh'Aàn écarta les bras. Des paroles gutturales, vibrantes de maléfice, suintantes de perversion. De longs et fins arcs électriques crépitèrent entre la terre boueuse de sang et les doigts crochus du sorcier. Une chaîne d'éclairs pourpres, ourlés d'un noir profond, s'élevèrent de partout, sur toute la longueur du champ de bataille. Cette énergie concentrée, Raïsh'Aàn la leva vers le ciel comme un filet de foudre, et pointa ses mains vers les montagnes. Un immense éclair éclatant, crépitant, pulsa sur des kilomètres. La foudre née du sang et de la douleur survola les terres Cornell, le plateau de Pellon, et s'éleva dans les montagnes du Hann pour venir frapper un grand cercle de pierre oublié dans les cimes rocheuses. Le portail de l'antique cité s'activa dans une explosion de lumière noire.

Un rideau opaque se forma au cœur du portail. Surface calme d'une eau noire, soudain troublée, frappée d'une légère ondée. Un premier guerrier smaugh apparut. Neuf-Clous ornaient son crâne, dépassant de longueurs différentes. Une armure de peaux et de cuirs sombres couvrait sa peau pâle. Entre ses mains, une impressionnante hache à deux lames, forgée dans un métal obscur. Le Smaugh leva les yeux vers le ciel, et hurla. La seconde phase du *Faaharak-Shar* étant lancée.

Des centaines de ses semblables jaillirent du portail.

*

Une fois sa besogne accomplie, Raïsh'Aàn s'enveloppa de rets d'énergie résiduelle. D'une nouvelle incantation aux intonations malsaines, le sorcier smaugh lança un sortilège de téléportation. Sa silhouette s'enfonça dans la boue jusqu'à disparaître, laissant derrière lui une unique bulle sanglante, qui éclata dans un *plop* sonore.

Des hauteurs de la vallée, la démonstration de puissance du sorcier smaugh n'eut qu'un seul et unique témoin. Cheenoa, accroupie et l'arc sur les genoux, observa Raïsh'Aàn exercer son rituel. La guerrière kàwanakhee était bien trop loin pour un tir efficace. Cheenoa bondit, dévala la pente rocailleuse, et partit à toute allure vers le manoir Cornell.

*

Dans les profondeurs d'une antique cave, au cœur des égouts de Coruscante, le sol s'ouvrit comme un immonde sphincter. Raïsh'Aàn fut régurgité lentement par la terre, le sorcier crépitant toujours d'une magie sombre. Sa longue robe ne portait pas la moindre trace de boue. Il posa le pied sur le sol de la cave tel un prince débarquant dans un palais conquis.

La cave était hémisphérique, soutenue par d'anciennes arches de pierre. La maçonnerie était recouverte d'un épais rideau de lichens. Entre les briques, une mousse phosphorescente avait élu domicile, éclairant les lieux d'un éclat lugubre. Des bassins, creusés dans le sol, débordaient d'un liquide rouge sombre. Des racines violacées et pulsantes jaillissaient pour s'épanouir en arbres tordus. Les troncs, recouverts d'une écorce en écailles. Les larges branches chargées de feuilles ovées et de fleurs blafardes. De longues lianes s'enroulaient autour des arbres pour se terminer en sépales tordus et racornis. Les gousses dont elles étaient autrefois chargées avaient disparu. Les graines qu'elles contenaient, implantées dans les corps involontaires de leurs victimes, avaient germé pour donner naissance à de nouveaux Smaughs.

Sous l'apparence du terreau humain qui les avait vus naître, les jeunes Smaughs étaient disséminés un peu partout en ville. Une forme d'esprit de ruche les reliait en permanence à Raïsh'Aàn. Le sorcier avait créé la matrice nourricière initiale pour planter la mangrove de chair. Ce qui faisait de lui, d'une certaine manière, leur géniteur. Même si aucun de ces jeunes Smaughs ne l'appellerait jamais « père ». Le concept même de paternité était étranger à ce peuple de conquérants. Ils ne connaissaient que l'asservissement, ou l'anéantissement. Ils ne respectaient que l'ordre imposé par leur déesse incarnée, Øz, glorifié soit son nom.

— Maître, vous êtes de retour ! glapit une voix étranglée depuis le fond de la caverne.

Moggus, l'homme au faciès de crapaud, vint se jeter aux pieds de Raïsh'Aàn. Unique survivant d'un peuple autrefois civilisé et puissant, rare témoin vivant de la cruauté des Smaughs qui avaient exterminé sa race. Depuis, Moggus servait fidèlement Raïsh'Aàn, totalement asservi par la puissance du sorcier. Une seule et unique fois, Moggus avait eu une pensée rebelle, s'imaginant étriper son maître avec un de ses crochets. Raïsh'Aàn l'avait lu dans son regard de batracien. L'intense douleur, due à la torture qui avait suivi des jours durant, avait effacé tout sentiment de révolte chez l'homme-crapaud.

— Oui, mon fidèle Moggus, me voici, répondit Raïsh'Aàn avec autorité. Et réjouis-toi, car le sang répandu sur le champ de bataille était suffisant. Le portail est ouvert, et des milliers de nos guerriers vont bientôt faire irruption dans les rues de cette ville condamnée. Ainsi se poursuit la *Conquête de Sang*.

— Gloire au *Faaharak-Shar* ! rugit Moggus. Gloire à Øz !

La langue bifide du sorcier frétilla d'excitation. Il marcha d'un pas vif vers le fond de la caverne, où il avait installé ses appartements privés. Passant sous une alcôve de pierre, il déboucha dans une pièce sèche, et propre, au sol dallé d'une ancienne mosaïque. Sur le mur de droite, tout un arsenal alchimique s'alignait. Alambic, cornées, fourneau, athanor. Au fond, plusieurs rouleaux de vélin s'entassaient dans une étroite bibliothèque aux rayonnages de pierre. Sur la gauche, une couche garnie de draps de soie, l'un des rares caprices du sorcier. Tout comme la jeune humaine qui l'attendait, enchaînée, totalement nue.

La prisonnière se tortilla, écarquillant les yeux de terreur en voyant arriver le Smaugh au crâne hérissé de clous noirs. Elle voulut hurler, mais elle était bâillonnée. Elle lutta, mais ne réussit qu'à se meurtrir les chairs sur l'acier de ses entraves.

— Oh ! s'exclama Raïsh'Aàn. Une surprise ! Mon brave et fidèle Moggus… j'adore les surprises…

Le Smaugh tapota la tête de l'homme-batracien, dont le visage se déforma en grimace de plaisir. Raïsh'Aàn imaginait déjà les supplices qu'il allait infliger à ce pauvre hère. Privilège des Smaughs adultes, lui disposait bien de parties génitales masculines. Son sexe, long et fin, se durcit sous sa robe, et exsudait déjà un liquide pré-séminal corrosif pour la chair humaine. Sa langue bifide s'agitait, avide de fouiller les orifices de la jeune femme pour en déchirer les tissus et se repaître de ses fluides. Les Smaughs se nourrissaient de terreur et de douleur. Plus leur victime souffrait, plus le plaisir du sorcier serait grand. Et celle-ci allait souffrir…

Raïsh'Aàn commença à se défaire de sa robe, et s'approcha. Il s'autorisa un détour par le fond de ses quartiers. Un bocal à oignons était posé sur une des étagères de pierre. Un simple récipient de verre, fermé d'un bouchon et calfeutré à la cire. À l'intérieur, aucun légume, mais une étrange brume en suspension. Le sorcier tapota le verre du bout de l'ongle. Rien. Il fronça les sourcils. Un petit éclair noir jaillit de son doigt, traversant le verre pour frapper la brume à l'intérieur du bocal. Apparaissant à travers l'étrange fumée, un visage qui chercha à hurler. Cette fois, Raïsh'Aàn fut satisfait.

Dans sa prison de verre, le mage Antonius Draghetti, dit *le Don,* était toujours en vie. Piégé sous forme gazeuse, mais en vie. Lui-même pensait qu'il finirait par mourir de faim et de soif, être coincé sans substance l'avait au contraire préservé. Depuis des jours, il était le témoin des actes du sorcier, impuissant face à ses horribles pratiques. Cette fois encore, il devrait supporter l'affreux spectacle qui allait suivre. Raïsh'Aàn prit soin d'ôter le bâillon de sa victime, afin que ses cris et suppliques résonnent dans la cave. Le Don attendait son heure, conscient que tôt ou tard, le sorcier se lasserait de son trophée sous verre.

CHAPITRE 45

Felkeyn évita de justesse la lame triangulaire avant qu'elle ne perfore son œil droit. Ayæsha attaqua à coups redoublés. Chaque fois, l'Ombre esquiva ou para de son sabre. Son bras gauche, inutilisable, pendait le long de son corps. La Mygale avait dit vrai. Felkeyn n'arrivait plus à atteindre son Nexus. Le poison paralysait ses pouvoirs en même temps que son bras. Et même s'il restait un maître d'armes accompli, face à une tueuse aussi farouche, les chances n'étaient pas de son côté.

Campé sur la défensive, Felkeyn fit un bond arrière et se positionna jambes fléchies, le bras droit levé à la perpendiculaire de son corps, le fil du sabre à hauteur de ses yeux. *J'ai moi aussi quelques tours dans mon sac, l'araignée…* sourit l'Ombre.

Ayæsha, prudente, contourna Felkeyn, son katar prêt à frapper à tout moment. Felkeyn ne bougeait pas. Une fois placée à la périphérie du champ de vision de son adversaire, la tueuse se fendit vers l'avant. L'homme aux yeux d'acier se déroba au tout dernier instant. Le katar laissa une profonde crevasse dans la chair de son épaule, faisant couler son sang. Ayæsha, emportée par son élan, se rendit compte de son erreur une demi-seconde trop tard.

La jambe de Felkeyn fusa comme un fouet. Son tibia atteignit la Mygale dans l'estomac. La tueuse se plia en deux sous l'impact, souffle coupé. *C'est parti pour une danse ! Je suis l'Ombre et la Mort. Je danse, et je tue !*

L'Ombre enchaîna une série de coups de pied en arc de cercle, partant de l'extérieur pour venir frapper avec le talon. Le premier coup toucha la Mygale au visage, lui arrachant quelques dents. Le deuxième frappa dans le creux de l'épaule, obligeant la tueuse à poser un genou au sol. Le troisième la heurta entre les omoplates dans un terrible coup de marteau, fracturant l'os. Les *Faucilles de la Mort*, une redoutable technique du Hache-Ombre. La Mygale roula sur le sol pour se mettre hors de portée des coups de pied de Felkeyn.

Les deux adversaires s'observèrent. Le respect propre aux guerriers d'élite se lisait dans leurs regards. Plus de provocation, plus de moquerie. À la fin de cette danse, il ne pourrait en rester qu'un.

Leur valse fut interrompue par le fracas d'une porte ouverte de force. Suivi de bruits de bottes frappant le dallage de marbre. La silhouette d'Estrée apparut à l'entrée de la grande salle de bal.

L'Héritière s'accouda au balcon, plongeant son regard dans les yeux d'acier de l'Ombre. Elle sourit, la joie de revoir Felkeyn supplantant la surprise de le trouver là.

— Je dérange, peut-être ? demanda-t-elle d'un ton badin.

Estrée descendit lentement les quelques marches menant à la salle de bal, le claquement de ses bottes résonnant en glas funeste. Ses yeux s'allumèrent d'un éclat pourpre lorsqu'elle les posa sur la Mygale. La fille d'Eodh enjamba négligemment les cadavres jonchant les dalles. D'une simple pensée, une *Lame de Volonté* jaillit dans un crépitement le long de sa main droite. Tout en avançant vers Ayæsha, elle adressa une œillade sulfureuse à Felkeyn. L'Ombre lui répondit par un sourire séducteur. Le genre de sourire sensuel et provocant qu'on adresse à un amant ou une amante, en prévision d'un moment torride.

Ayæsha ne se laissa par intimider pour autant. Blessée, à deux contre une, elle avait bien conscience de ne pas avoir la moindre chance de l'emporter. Profitant des échanges entre ses deux adversaires, elle fit pivoter un joyau incrusté dans le manche de son katar. Une petite gemme iridescente glissa dans sa paume.

— Nous règlerons nos comptes une autre fois… crissa la Mygale en jetant la pierre cristalline sur le sol.

La gemme explosa en une myriade d'éclats étincelants. Dans la seconde suivante, une intense brume opaque remplit l'espace où se tenait la tueuse. Felkeyn et Estrée se protégèrent les yeux de la main en détournant le regard, et d'instinct, reculèrent de quelques pas. La brume était toxique, le moindre contact avec la peau ou les yeux aurait provoqué d'intenses brûlures. L'effet fut bref.

Lorsque la nappe se dissipa d'elle-même, Ayæsha avait disparu sans laisser la moindre trace.

*

Une fois certaine que tout danger était écarté, Estrée se jeta dans les bras de Felkeyn. D'abord surpris d'une telle démonstration d'affection, l'Ombre passa son bras droit dans le dos de la fille d'Eodh. Le gauche restait désespérément engourdi.

— Fel ! Par les Six Chaos, tu m'as manqué… s'exclama-t-elle, la tête contre l'épaule du guerrier. Comment…

comment est-ce possible ? Je t'ai cru mort ! tout est allé si vite. Et qu'est-ce que tu... ?

Elle ne parvint pas à finir sa phrase. Estrée releva les yeux, ses améthystes plongeant dans l'acier. Un léger trouble s'installa. Un de ces moments intenses, que seul le silence pouvait définir. Une attirance, un magnétisme, qui pousse deux êtres l'un vers l'autre. Lorsque deux corps se rencontrent, et font leurs aveux. Qui unit les souffles et embrase les sens. Et que les lèvres, irrésistiblement, s'approchent.

Un râle d'agonie se fit entendre dans la salle de bal, crissant comme une craie sur un tableau noir. La magie entre Estrée et Felkeyn se brisa. Ils se sourirent, néanmoins conscients de cette proximité soudaine.

— Je répondrai à toutes tes questions plus tard, Estrée. Je ne sais pas vraiment ce qui se passe ici. Sous les capes des cultistes se cachaient les notables les plus influents de la ville. Les gardes les ont massacrés sans prévenir. Je crois que c'est une sorte d'invasion par des créatures se faisant appeler *Smaughs*. Celui qui a manigancé ce carnage a parlé d'une *Conquête de Sang*...

Le râle se transforma en un rire étranglé. Appuyé contre une colonne de marbre, le Haut-Conseiller Valrym agonisait. Le kriss du Smaugh était toujours fiché dans son ventre. D'une main, Valrym retenait ses entrailles de sortir de son abdomen déchiré. Malgré son affreuse blessure, la forte volonté du Haut-Conseiller l'empêchait de sombrer dans la douceur de l'inconscience. Son rire se transforma en toux réprimée. Un rictus de souffrance transforma son visage déjà blafard en un masque de douleur. Serrant les dents, il reprit une once de contenance. Même aux portes du royaume de Dame Mort, Valrym de Fenn conservait la cape de son orgueil.

— Quelles charmantes retrouvailles… ironisa-t-il d'une voix mourante. Désolé de troubler le tableau… mais vous arrivez trop tard.

Le couple du Chaos s'approcha du dictateur mourant.

— Je ne suis pas venue vous sauver, vous ! feula Estrée. En ce qui me concerne, vous méritez amplement votre sort.

— Je vois… répliqua Valrym, d'une voix de plus en plus faible. Vous êtes là pour Brighit, je suppose… Elle est sans doute morte, elle aussi, à présent. Il n'y a plus personne pour surveiller sa cellule, et ces… créatures… ne font visiblement pas de prisonniers. Elle… au sous-sol… Quel gâchis…

Estrée se baissa sur le Haut-Conseiller. Si elle n'était pas là pour sauver Fenn, mais plutôt pour en finir avec lui, elle ne s'attendait pas à ce que Valrym se confesse.

Le Haut-Conseiller venait de rendre son dernier souffle. Sa main retomba, inerte, libérant ses intestins qui s'étalèrent sur le sol de marbre. Estrée recula face à l'odeur ignoble qui se répandit dans l'air. Elle eut un dernier regard chargé de dédain pour la dépouille du dictateur de Coruscante.

— Meurs dans ta propre fange, c'est tout ce que tu mérites, souffla-t-elle.

Et se tourna vers Felkeyn, inquiète pour Brighit.

— Il a parlé du sous-sol… dit-elle à l'Ombre. Allons voir. On discutera plus tard.

Elle allait partir, puis se ravisa, et se retourna pour être face à face avec Felkeyn.

— Et, Fel… Je suis vraiment contente de te revoir. Tu m'as manqué… Plus que je ne l'aurais cru… souffla-t-elle d'une voix chaude.

Le couple du Chaos échangea un long et profond regard. L'Héritière avait beaucoup de questions. Elle les garda pour elle, savourant simplement ce moment. Avoir retrouvé Felkeyn avait rallumé quelque chose en elle. Quelque chose d'enfoui, qu'elle croyait éteint à jamais. Une chaleur naissante, douce et agréable. Et cette fois, aucune petite voix ne vint troubler la sensation. Estrée partit d'un pas décidé en direction du hall du manoir.

Felkeyn embrassa une dernière fois des yeux le spectacle sanglant de la salle de bal. Une vingtaine de corps parsemaient le sol, certains non humains. Et l'Héritière du Chaos les avait royalement ignorés. Il l'observa traverser la pièce. Sa démarche, son regard, même son sourire avaient changé. De tout son corps, Estrée d'Eodh vibrait d'une force retrouvée, d'une détermination sans faille, d'une volonté farouche.

Felkeyn adorait ça.

*

Trois chariots bâchés de la garde de Coruscante, chacun tiré par quatre chevaux, arrivèrent à vive allure pour stopper devant le manoir Naalar. Les grandes toiles huilées se soulevèrent pour laisser le passage à dix-huit arbalétriers, menés par le lieutenant Wolf et la sergente Kira. Du dernier chariot, le Conseiller Dante descendit péniblement. Rodan l'aida d'une main secourable. Nova sauta à sa suite.

Miramas approcha de Wolf, le visage crispé. C'était la première fois que le Conseiller prenait part à une opération de ce genre. L'euphorie de l'action se mêlait à la peur qui nouait ses tripes. Le lieutenant se passa d'un garde-à-vous, mais s'adressa au Conseiller avec respect :

— Seigneur Dante, nous sommes à vos ordres. Mes hommes ont déjà arrêté les carrosses et leurs cochers qui attendaient dans l'arrière-cour du manoir. La fine fleur de la noblesse de la ville semble être réunie ici, Conseiller.

— Très bien, lieutenant. Arrêtez-les tous, et soyez prudents. Nous n'avons pas besoin d'un incident diplomatique. La situation est plus complexe qu'il n'y paraît. Certaines personnes à l'intérieur ne seront peut-être pas elles-mêmes. J'en appelle à votre plus grande vigilance ! précisa Miramas d'une petite voix aiguë.

— Bien sûr, Conseiller.

Le lieutenant Wolf cria rapidement quelques ordres. Kira prit la tête de six arbalétriers, et avança vers les grilles du manoir. Il n'y avait plus la moindre trace des soldats à la solde du capitaine Firenzo, qui gardaient les lieux encore quelques minutes plus tôt. La cour principale était déserte, et la porte du manoir béante. Visiblement, cette dernière avait été forcée. La serrure d'acier était fendue en deux, celle-ci n'ayant pas résistée aux *Lames de Volonté* d'Estrée.

Sans attendre le déploiement de la Garde, Rodan et Nova se précipitèrent vers l'entrée. Le mercenaire avait un mauvais pressentiment. Sans vraiment savoir à quoi s'attendre, il était certain qu'il n'aimerait pas ce qu'il trouverait.

CHAPITRE 46

L'escalier menant aux caves du manoir Naalar ne fut pas difficile à trouver. L'Ombre avança en premier, ses yeux s'adaptant à l'obscurité.

— Laisse-moi m'assurer qu'il n'y a pas de mauvaises surprises qui nous attendent… chuchota Felkeyn.

La fille d'Eodh resta en arrière. Rapidement, Felkeyn fit le tour des étagères chargées de bouteilles de vin qui ne seraient probablement jamais bues. Ses sens aiguisés étaient en alerte. Son instinct restait silencieux. Pas le moindre danger. Au détour d'une alcôve de briques rouges, il perçut l'écho d'une faible respiration et découvrit une sphère opaque posée sur un trépied. Un globe de gemmelite luminescent, qu'il activa en l'effleurant. Une lueur laiteuse se répandit dans la cave à vin, se réfléchissant sur les bouteilles, éclairant le tunnel menant aux anciennes geôles.

Felkeyn fit signe à Estrée, qui le rejoignit rapidement. L'Héritière observa l'étroit corridor parsemé de grilles d'acier rouillé.

— Des cellules ? s'étonna-t-elle.

— L'ancienne noblesse avait pour habitude de rendre sa propre justice… soupira Felkeyn. Beaucoup de vieux manoirs disposent encore de leurs geôles privées.

— Évidemment. Cela ne devrait pas me surprendre, les maisons du Chaos font de même… À croire que je suis partie de chez moi depuis trop longtemps…

— Je sais ce que c'est, répondit Felkeyn. Je suis parti un long moment aussi.

Avant qu'Estrée n'ait le temps de répondre, il ajouta :

— Là-bas, j'entends quelqu'un respirer.

*

Les arbalétriers du lieutenant Wolf avaient investi le manoir Naalar. Lorsqu'ils découvrirent le carnage de la salle de bal, trois d'entre eux ne purent s'empêcher de vomir leur ordinaire du soir. Même Kira, qui avait pourtant le cœur bien accroché, détourna les yeux en portant la main à ses narines. Un horrible effluve délétère de décomposition, mêlé d'odeur de sang et d'excréments, avait envahi toute la pièce. Les corps des treize notables de la ville se mélangeaient à ceux de leurs bourreaux. Celui du Haut-Conseiller Valrym de Fenn gisait parmi eux, les tripes à l'air.

Rodan se sentit soulagé en constatant que le corps d'Estrée ne figurait pas sur le tableau macabre. Le mercenaire se sentit néanmoins troublé. Son intuition se retenait de hurler à l'arrière de son crâne. Il revint dans le hall d'entrée, la main sur la poignée de son épée. Inquiète, Nova le suivit, et posa une main sur l'épaule du mercenaire.

— Ça va, Rodan ? lui demanda-t-elle.

— Je ne sais pas… répondit-il à voix basse. Je ressens une présence qui me met mal à l'aise.

Felkeyn et Estrée surgirent d'un couloir menant aux cuisines. Le guerrier d'élite tenait entre ses bras le corps immobile de la Conseillère Brighit Naalar. Felkeyn et Rodan s'affrontèrent immédiatement du regard. L'Ombre ressentit toute la haine que lui vouait l'ex-Paladin.

Le Conseiller Dante apparut à son tour dans le hall, accompagné par deux gardes. Il hoqueta de surprise en voyant Brighit dans les bras de Felkeyn. Miramas se précipita dans leur direction. Haletant, il leva une main tremblante vers Brighit.

— Est-elle… demanda-t-il à Estrée en levant les yeux vers elle.

— Elle est vivante, s'empressa de répondre l'Héritière. Mais très faible. Il faut l'emmener à votre épouse au plus vite.

— Lieutenant ! hurla Miramas en cherchant Wolf des yeux.

Les soldats prirent en charge la Conseillère Naalar. Miramas veilla personnellement à ce qu'elle soit traitée avec douceur. Deux soldats dégondèrent une porte, sur laquelle ils plièrent un épais rideau de velours, confectionnant un brancard de fortune. Brighit fut emmenée dans l'un des chariots, sous la vigilance du Conseiller Dante.

Rassurée sur le sort de Brighit, Estrée approcha de Rodan et Nova en souriant.

— Désolée, mais vous avez raté la fête ! plaisanta-t-elle.

— Je vois, répliqua Nova avec un signe de tête vers la salle de bal. Joli spectacle, c'est toi qui as fait ça, Estrée ?

— Non… feula Rodan, le regard froid posé sur Felkeyn. Ce n'est pas Estrée qui a massacré ces hommes. Je me trompe ?

Felkeyn haussa les épaules.

— Je n'ai pas eu le temps de faire dans la dentelle, ironisa l'Ombre.

— Impressionnant quand même... répondit Nova d'une voix chaude. Et vous êtes ?

— Felkeyn, pour vous servir ! répondit l'intéressé avec un sourire séducteur. Et comment se nomme une aussi charmante Sœur Grise ?

— Nova.

— Un nom qui associe la force à une évidente beauté. Un réel plaisir de vous rencontrer, Nova.

— Non, mais je rêve... ? lâcha Rodan.

— Un plaisir partagé ! répliqua Nova, avec un peu de provocation dans la voix, en se tournant vers Rodan.

Le mercenaire laissa échapper un long soupir et leva les bras en signe de reddition. Nova profitait visiblement de la situation pour lui donner une petite leçon. Il n'entrerait pas dans ce jeu-là.

— Felkeyn... souffla Rodan. Tout le monde te croyait mort. Comment t'es-tu retrouvé ici ?

La dernière fois qu'il avait entendu parler de l'Ombre, Felkeyn partait infiltrer le campement du Poing Sanglant pour libérer Maeve, alors prisonnière de Hagòn. Aucun des deux n'était réapparu.

— C'est une longue histoire, comme on dit, répliqua l'Ombre. Je viens à peine de retrouver Estrée. Je n'ai pas encore eu le temps de la lui raconter non plus. Disons qu'une erreur de portail m'a ramené ici... juste à temps pour participer au bal !

— Plus sérieusement, coupa la Sœur Grise, qu'est-ce qui s'est passé ici ?

— Voilà la bonne question ! répondit brutalement Estrée. Je voulais te poser la même, Fel, mais les événements se sont un peu enchaînés. L'important était de mettre la Conseillère en lieu sûr. Que diriez-vous de faire un point général de la situation, devant un bon verre de vin ? Cela apaisera aussi les esprits. Rodan ? Nova ?

— Si c'est un ordre… grommela le mercenaire.

Estrée serra les dents pour conserver son calme.

— Non, c'est une demande qui repose sur notre amitié, Rodan, répondit-elle. Il me semblait pouvoir compter dessus. Me serais-je trompée ?

Piqué dans son orgueil, Rodan se sentit piégé. Il fut bon perdant.

— Non, bien sûr, Estrée, répondit-il sur un ton plus conciliant. Très bien, essayons de tirer tout cela au clair.

— Là, vous prêchez une convertie ! plaisanta Nova. Je ne comprends rien à ce qui se passe ici, mais ça m'a tout l'air d'un sacré merdier. Et, par les Foudres d'Isolde, je compte bien m'en mêler !

— Voilà un caractère qui me plaît… répondit Felkeyn sur un ton sérieux. Il nous faudrait un lieu plus serein. Quelqu'un a une idée ?

L'Ombre finit sa phrase avec un clin d'œil discret, adressé à Nova.

La Sœur Grise prit le temps d'observer Felkeyn. Malgré le caractère léger et un peu burlesque de l'échange, elle n'était pas insensible au charme assassin de l'Ombre du Néant. Il avait cette aura, que seuls les guerriers d'élite dégageaient. Une vibration, comme le sifflement d'une lame jaillissant d'un fourreau, qui fit frissonner la combattante qu'était Nova. Cet homme excitait ses sens. Elle prit bien soin de ne rien laisser paraître.

Le Conseiller Dante choisit cet instant pour réapparaître dans le hall du manoir Naalar. Il n'avait pas suivi les premiers échanges. Juste entendu les derniers mots de Felkeyn. Il se permit d'intervenir :

— Je vous en prie, laissez-moi vous offrir l'hospitalité en mon hôtel particulier. Ainsi, vous pourrez vous entretenir avec la Conseillère Naalar dès qu'elle sera remise de son état. Le lieutenant Wolf et ses soldats assureront notre protection. Et le peu d'influence dont je dispose encore à Coruscante est à votre disposition, capitaine Estrée.

— Merci, Conseiller, répondit sincèrement la fille d'Eodh. Nous acceptons avec plaisir. Je crains que personne ne soit en réelle sécurité en ville. Aussi, nous pourrons veiller sur Brighit et sur vous.

— Soit. Venez, je vous ai fait venir un carrosse.

Le Conseiller Dante s'éloigna, visiblement heureux de pouvoir apporter son aide. Rodan et Nova lui emboîtèrent le pas. Felkeyn agrippa Estrée par le bras au moment où elle voulut les suivre à son tour. Il s'approcha pour lui glisser quelques mots à l'oreille :

— Estrée… surtout ne fais confiance à personne. À personne, tu comprends ? Ces êtres, ces… Smaughs… peuvent prendre l'apparence de n'importe qui.

Voilà qui expliquait déjà beaucoup de choses, pensa Estrée. Elle opina de façon quasi imperceptible.

Estrée récupéra l'épais manteau de cuir offert par Rose-Anne. La fille d'Eodh l'avait laissé à l'entrée du manoir Naalar. L'ample vêtement n'était pas confortable pour se battre. Elle le jeta sur ses épaules, et ferma la première fibule. Dans le carrosse, Estrée, assise à côté de Felkeyn, se retrouva donc face à Rodan, lui-même assis à côté de Nova. Un étrange malaise prit place avec eux en tant que cinquième passager.

CHAPITRE 47

Toute la nuit, un flot continu de Smaughs traversa le portail de l'antique cité des montagnes de Hann. Presque cinq mille guerriers prirent position sur les flancs rocheux et le plateau de Pellon. Là où, quelques jours plus tôt, vivait le peuple des Kàwanakhees. Une nuée de guerriers, vêtus de cuir noir taillé pour le combat, brandissant haches, lances et épées dentelées, avaient succédé aux paisibles familles indies.

Un dernier Smaugh franchit le rideau de lumière irisée. Dernier, mais pas des moindres. Le plus imposant de tous. Deux mètres dix de hauteur dédaigneuse, pour cent quarante kilos de puissance écrasante. Ses petits yeux, soulignés de khôl, brillaient de cruauté au milieu de son visage rond. Une trentaine de clous étaient plantés dans son crâne. Son corps était engoncé dans une armure complète de mailles et de plaques de métal noir. Pour toute arme, deux gantelets hérissés de pointes capables de déchirer cuir, chair et os. Un monstre de muscles et de haine. Oghul-Tak, l'un des quatre seigneurs de guerre smaughs, aimait combattre de près, broyer ses victimes, entendre le bruit des os qui se brisent, et sentir la vie s'échapper de leurs corps détruits.

Oghul-Tak traversa les rangs de ses guerriers, inspectant ses troupes. Malheur à celui qui ne témoignait pas un respect total envers le seigneur de guerre. Une fois satisfait, il prit la tête de son armée, leva le bras bien haut, et poussa un cri terrifiant. Des hauteurs de la montagne jusqu'aux bords du plateau de Pellon, cinq mille voix reprirent son cri à l'unisson. Le sol vibra comme si la montagne tremblait de terreur.

La première phase de la Conquête de Sang avait vu la chute de Tygarde, capitale du Plan de la Lumière. La seconde phase du *Faaharak-Shar* venait de commencer. Coruscante en serait la première victime.

CHAPITRE 48

Felkeyn profita du trajet en carrosse pour faire le point sur les événements de la soirée. Il passa sur l'incident du portail, précisant juste que ces derniers étaient à présent hors service.

Après une quinzaine de minutes de trajet, le carrosse ralentit avant de s'engouffrer sous une porte cochère à double-battants. Les vantaux se refermèrent derrière le véhicule, qui s'arrêta au milieu d'une cour pavée. Estrée sortit la première, soulagée que le voyage soit si court. La fille d'Eodh leva les yeux, et fronça les sourcils. Le ciel était d'un noir d'encre. Il ne lui semblait pas qu'il fut déjà si tard, mais avec les récents événements, elle avait un peu perdu la notion du temps. Le reste du groupe descendit du véhicule.

Ils se trouvaient dans la cour intérieure d'un hôtel particulier. Le corps de logis, en pierre blanche, dominait l'espace de ses trois étages, couronné d'un fronton triangulaire. Les deux ailes latérales formaient une cour d'honneur fermée par un mur percé d'une double porte. Deux hauts pavillons carrés flanquaient les angles, évoquant la disposition d'un petit château.

Les arbalétriers s'étaient répartis sur des positions défensives, suivant les ordres du lieutenant Wolf. La sergente Kira était affectée à la protection du Conseiller. Valrym de Fenn étant mort, et Leovald d'Antiope discrédité, Miramas Dante devenait, de fait, le Haut-Conseiller de Coruscante.

Rapidement, une petite armée de serviteurs en livrée marron foncé se mit à l'œuvre. Le temps que le groupe suive l'un d'eux dans un salon-bibliothèque, chacun s'était vu attribuer une chambre individuelle, une collation était en préparation, le vin décantait en carafe, le café passait et le thé infusait.

Laureline, vêtue d'une robe simple dans des tons clairs – jaune et blanc –, vint les accueillir chaleureusement. Estrée saisit les mains de la prêtresse. En sentant la chaleur des paumes de la jeune femme, l'Héritière se trouva rassurée. Felkeyn avait précisé que le Smaugh avait appelé les humains « sang-chauds ». Ce petit détail devait permettre d'identifier une de ces créatures derrière un visage amical. C'était mieux que rien. Laureline s'excusa pour aller s'occuper de Brighit, et laissa le groupe s'installer confortablement dans le salon.

La pièce était accueillante et luxueuse. Six fauteuils en cuir de Tarbayne, cloutés d'or, deux larges canapés en velours, garnis de coussins en laine d'alpaga, une table basse en ébène, ovale, garnie d'estampes colorées et une cheminée au corps de marbre noir veiné d'argent qui ornait un de ses murs, en constituaient le mobilier. Aucune fenêtre, mais de nombreuses appliques en cristalune permettaient de régler la luminosité. Les murs restants, eux, n'étaient que rayonnages garnis de livres, du sol au plafond. Une petite échelle sur roues permettait d'accéder aux ouvrages les plus élevés. Des milliers de livres aux reliures de cuir, en longues collections ou tomes uniques, s'alignaient partout autour d'eux.

Nova siffla d'admiration.

— Il faudrait plus d'une vie pour lire tout ça... commenta la Sœur Grise.

— Tout dépend combien de temps vous vivez... répliqua Felkeyn, un sourire étrange au coin des lèvres.

Nova lui lança un regard sauvage, fronçant les sourcils. *Il se moque de moi ?* pensa-t-elle. Felkeyn répondit par un simple sourire qui fit naître une soudaine chaleur dans le ventre de la Sœur Grise. Chassant les images impliquant des corps nus qui jaillirent dans son esprit, Nova se concentra pour déchiffrer le titre hiéroglyphique inscrit sur la tranche d'un énorme livre. Leur bref échange passa totalement inaperçu.

Un petit feu crépitait dans la cheminée, diffusant une douce et agréable chaleur dans tout le salon. Une paroi, également en cristalune, contenait les flammes dans l'âtre et protégeait les livres de toute étincelle vorace.

Rodan défit le ceinturon portant son épée, et testa l'un des fauteuils. Sa moue satisfaite témoigna du confort de son siège. Nova s'allongea de tout son long sur l'un des canapés, les bras derrière la tête, et poussa un long soupir de soulagement. Felkeyn préféra rester debout, adossé à l'un des montants de la cheminée, les bras croisés. Estrée parcourut les ouvrages avec émerveillement.

— Incroyable... Mon frère donnerait cher pour certains de ces titres... se dit-elle pour elle-même.

Deux serviteurs en livrée apparurent quelques instants plus tard, l'un d'eux portant une carafe en cristal finement ouvragé, remplie d'un vin à la robe rouge vermillon intense. L'autre serviteur servit les coupes. Tous acceptèrent de bonne grâce, sauf Nova.

— Merci, mais je n'aime pas trop le vin, s'excusa la Sœur Grise.

Tous les regards se posèrent sur elle.

— Eh bien, quoi ? s'offusqua-t-elle. Tout le monde n'est pas obligé d'aimer le vin, à ce que je sache. Je n'aime pas ça, c'est tout. Je prendrai un café, noir, très sucré. Merci.

Felkeyn brisa la gêne avec un rire léger et franc, qui s'avéra communicatif. Tous les quatre s'esclaffèrent de bon cœur. S'accorder ce court moment de détente après tout ce qui s'était passé récemment était salvateur. Il fallait en profiter, chasser la pression et le stress. Les combats étaient loin d'être terminés.

Estrée leva le verre jusqu'à ses narines. Le vin avait un parfum élégant, s'ouvrant sur la framboise fraîche, et évoluant sur des notes de cassis et de thym. Une fois sur la langue, il était frais et équilibré, marqué par des tanins jeunes présents en fin de bouche. Un vin simple, croquant et très agréable à savourer. La fille d'Eodh croisa le regard de Felkeyn. L'Ombre lui sourit en s'approchant pour trinquer avec elle. La même flamme se reflétait dans leurs pupilles. L'évident feu du désir réprimé. Estrée pencha la tête de côté, comme pour essayer de lire les pensées du guerrier. *Tu fricotes avec la Sœur Grise pour me rendre jalouse ? Ou cherches-tu à me provoquer ? Qu'est-ce que tu veux, Fel… S'il te plaît, ne joue pas avec moi…*

Si Nova, allongée sur le sofa, passa totalement à côté de cette complicité entre Estrée et Felkeyn, Rodan, lui, n'en manqua pas une miette. Il ne dit rien, buvant son vin à petites gorgées. Bien que tout soit terminé avec la fille d'Eodh, le mercenaire ne pouvait pas s'empêcher de ressentir une jalousie féroce envers l'Ombre. Sentiment largement amplifié par sa connaissance du fait que Felkeyn était l'assassin de l'impératrice de la Lumière,

Mélianor, la mère de Priam. Le traumatisme de ce meurtre hantait toujours la mémoire des Lumineux. Un acte qui avait été la cause des secondes Guerres de Sang. Persuadé que les Ténèbres étaient fautives, l'empire de la Lumière s'était lancé dans une croisade folle. Les longues années de guerre qui suivirent à travers le Monde des Plans, causèrent des millions de morts. Tel était le fardeau de l'Ombre du Néant.

La porte s'ouvrit sur Brighit Naalar. Pâle, affaiblie, les joues creusées, mais vivante. Vêtue d'une simple robe d'un vert avocat, un ample châle en laine blanche sur les épaules. Le lieutenant Wolf aidait la Conseillère à marcher. Miramas et Laureline entrèrent à sa suite. Brighit prit place dans le second canapé, s'asseyant lentement. Elle remercia le lieutenant d'un signe de tête élégant. Une intense tristesse se lisait dans son regard. *Elle sait*... se dit Estrée. *Pour la mort de sa fille*. Laureline vint s'asseoir aux côtés de la Conseillère, gardant une des mains de Brighit entre les siennes. La prêtresse était attentive au moindre signe de faiblesse. Miramas resta debout près de la porte, son sempiternel mouchoir en main afin d'éponger son front luisant de sueur. Le nouveau Haut-Conseiller de la ville se forçait à sourire, malgré l'inquiétude qui voilait son visage.

Brighit Naalar prit la parole d'une voix rêche :

— Je tiens tout d'abord à vous remercier, tous autant que vous êtes. Je sais que vous avez fait votre possible, dans la situation actuelle, pour vous opposer aux actes de Valrym. Mais avant toute chose, j'ai besoin de savoir...

La Conseillère obliqua son regard vers la fille d'Eodh.

— Estrée... Ni Miramas ni Laureline n'ont voulu me le dire, me jugeant probablement trop faible pour l'entendre. Pourtant, je le sens, au plus profond de mon être. Une mère ne peut pas ignorer ces choses. Alors, dites-moi, je vous en prie... Dites-moi comment ma fille est morte.

Estrée lui raconta. Elle lui raconta le courage et la vaillance de Sentenza, la capitaine mercenaire. Elle lui raconta la femme que Sibyl Naalar était devenue, comment elle avait choisi de vivre, comment elle avait choisi de mourir.

— Fièrement, conclut Estrée sur un ton paisible.

Quelques larmes silencieuses coulèrent le long des joues de la Conseillère. Brighit sourit aux dernières paroles de l'Héritière du Chaos.

— Merci, finit par dire simplement Brighit. Je pleurerai mon enfant quand tout sera terminé. Vous n'avez pas besoin d'une mère éplorée, mais d'une Conseillère fermement décidée. Dites-moi, comment puis-je vous aider ?

Tous détaillèrent à leur tour les événements qu'ils avaient vécus. Nova et Laureline revinrent sur l'incendie du temple de la Guelfe Blanche, et la façon dont Aleenor avait remué ciel et terre pour trouver un moyen de soigner Sibyl. Brighit sourit en pensant à la fille de Liam.

Estrée décrivit ensuite la bataille des Mille Lames contre le Poing Sanglant. L'infiltration du camp ennemi pour affronter la Reine de Sang. Son récit lui valut un regard admiratif de Felkeyn.

— Tu as vaincu seule une Sorcière de Sang ? demanda l'Ombre.

— Et j'ai servi sa tête à Hagòn, garnie d'explosifs nains ! se vanta Estrée avec une fausse suffisance.

La suite du récit fut plus sérieuse, alourdie par le combat de Sentenza contre Hagòn.

— Nous n'aurions jamais terrassé ce monstre ténébreux sans son aide, souligna Estrée. La victoire, c'est à Sentenza que nous la devons. Je peux vous assurer que toute la compagnie des Mille Lames lui a rendu un vibrant hommage.

— Vous avez perdu beaucoup de vos compagnons, Estrée. Nous partageons tous la même douleur, répondit Brighit.

Estrée lui offrit un sourire compatissant et sincère, avant de poursuivre :

— Je suis devenue capitaine à la suite de Sentenza. Le seigneur Cornell nous a demandé de rester à son service, afin de mettre un terme aux agissements néfastes de Valrym de Fenn. C'est pour cela que nous avons pris directement contact avec le seigneur Dante, grâce à Nova. Et au lieutenant Wolf, précisa Estrée.

Le soldat, silencieux, remercia Estrée en levant son verre de vin, qu'il vida d'un trait.

— Et c'est là que j'entre en scène, enchaîna Felkeyn.

L'Ombre détailla comment il avait pris Fenn en filature, jusqu'au manoir de Brighit. Et assisté à l'exécution des hommes et des femmes les plus influents de la ville par les Smaughs. Et à la mort du Haut-Conseiller, trahi par celui qu'il croyait être Leovald d'Antiope, son fidèle bras droit.

Pratiquement toutes les pièces du casse-tête étaient en place. Du moins, celles dont chacun disposait. Un long moment de réflexion s'installa. Brighit reprit la parole :

— J'étais revenue à Coruscante afin de trouver des preuves pour confondre Valrym. Il ne m'en a pas laissé le temps. Avant que je puisse contacter les Disciples de Lyr, il m'a fait enlever par sa tueuse. Puis il m'a enfermée dans les sous-sols de mon propre manoir, afin de m'interroger. Valrym voulait connaître l'identité des Disciples à Coruscante. Il a menacé de s'en prendre à Aleenor si je ne lui donnais pas ces noms.

La Conseillère sentit une vague de culpabilité l'envahir. Sa voix tressaillit, sans qu'elle ne trouve la force de poursuivre.

— Vous lui avez donné treize noms, je suppose ? avança Felkeyn.

Brighit opina, et prit une grande inspiration afin de retrouver ses moyens.

— Parmi les plus influents, mais aussi les plus corrompus que je connaisse. Valrym croyait fermement que les Disciples étaient un réseau de pouvoir et de contrôle. Les noms que je lui donnai le convainquirent. Tous étaient membres du Fléau des Temps. Valrym croyait que les Disciples avaient infiltré et noyauté la secte. J'imagine qu'il en a référé immédiatement à ce… *Maître des Os*.

— Et les Smaughs ont fait le travail, poursuivit Estrée. En éliminant tous ceux de la liste… Valrym de Fenn inclus.

— Ces créatures préparent l'invasion de Coruscante, précisa Felkeyn. Ils ont créé un climat de terreur, paralysé les Grands Portails, et éliminés presque tous les notables de la ville. La suite est évidente : un assaut militaire.

— Je partage l'avis de Felkeyn, intervint Rodan. Il faut s'attendre à un siège de la cité, et très rapidement.

— De quelle armée parlons-nous ? intervint Nova. Il faudrait des milliers de soldats pour prendre Coruscante. De quoi tenir un siège, avec des engins de guerre, et toute la logistique que cela implique. Rien de tel ne serait passé inaperçu dans les Territoires-Francs. Et comment se coordonnent-ils, si plus aucun portail ne fonctionne ?

Encore des questions qui restaient sans réponse.

— Durant ma captivité… reprit Brighit, il m'arrivait d'entendre… une conversation. Après les coups et les privations, je croyais délirer. Maintenant que j'ai les idées plus claires, mes souvenirs se font plus précis. Cette tueuse…

— Ayæsha, précisa Felkeyn. Ou la Mygale, de son charmant surnom.

— Ayæsha donc… je l'entendais discuter. Je n'ai pas pu voir son interlocuteur, par contre, je me souviens de sa voix. Un son étranglé, affreux, comme un… coassement. Je n'ai pas pu comprendre le sens de leur conversation, mais au ton, je dirai que la Mygale recevait des ordres.

Felkeyn intervint :

— Avant notre combat, Ayæsha m'a tenu un discours qui corrobore les informations de la Conseillère. Apparemment, elle a juré allégeance aux Smaughs, ou du moins, à leur déesse qu'ils nomment Øz. Leur but semble simple : réduire la population en esclavage en supprimant les faibles.

Rodan se leva pour faire quelques pas afin de raviver sa mémoire.

— Vous vous rappelez, dit le mercenaire, lors de l'incendie du temple de la Guelfe ? J'ai cru voir quelque chose, ce soir-là… Je pensais que mon imagination me jouait des tours, mais quand vous avez évoqué un coassement, Conseillère Naalar… Je me suis rappelé cette silhouette étrange que j'avais alors aperçue. Un homme… au visage difforme.

— Il y a des rumeurs sur un homme-crapaud qui errerait dans les égouts, ajouta Nova. Ce n'est guère plus qu'une légende urbaine…

— Conseillère, intervint Nova, y a-t-il un accès aux égouts de la ville dans les sous-sols de votre manoir ?

Brighit réfléchit quelques instants, et répondit :

— Ma famille est à l'origine de la construction du réseau souterrain d'épuration, ainsi que des canaux de la ville.

Il y avait donc, par le passé, une cave qui menait au tout premier site d'excavation. Tout cela fut condamné il y a des dizaines d'années…

Estrée posa une main sur son visage.

— Oh non… soupira la fille d'Eodh. Ne me dites pas qu'on va repartir pour une virée dans les égouts ?

CHAPITRE 49

Réveillée en pleine nuit par un terrible cauchemar, Aleenor se redressa dans son lit en hurlant. La jeune femme était hantée par les images d'une affreuse créature, à la peau blafarde et au crâne hérissé de clous, qui se penchait sur elle pour la torturer. On frappa plusieurs fois à sa porte. Aleenor encore sous le choc, ne répondit pas. Ladite porte s'ouvrit donc sur le sergent Radjak, glaive au poing.

Le soldat parcourut la chambre des yeux, observa la fenêtre et les volets clos : aucun signe d'une quelconque effraction. Quelqu'un cria « Alee ! » dans le couloir, et Liam surgit à son tour dans la chambre de sa fille. Radjak rassura le seigneur Cornell d'un signe de tête, et quitta pudiquement la pièce.

Aleenor se leva précipitamment, rejetant sa couverture. Elle s'approcha de la grande fenêtre donnant sur le balcon. Liam voulut la prendre dans ses bras, en bon père voulant rassurer son bébé qui venait de faire un mauvais rêve. Mais Aleenor n'était plus une enfant. Elle avait chassé l'affreux visage du Smaugh de son esprit, et suivait à présent une intuition. Elle ignora Liam, et s'empressa d'ouvrir la fenêtre et les volets. Pieds nus, faisant fi de l'air frais de la nuit, elle avança sur le balcon et posa ses mains sur la rambarde.

— Aleenor, ne prends pas froid… soupira Liam en posant à son tour un pied nu sur le balcon. Que t'arrive-t-il ? Un cauchemar ?

La vue depuis la fenêtre de la chambre donnait sur le vaste jardin, orné de sa fontaine en cristalune. Les restes calcinés des grandes écuries se devinaient tout au bout du terrain, vestige de la tentative d'enlèvement d'Aleenor par Ronce. Au-delà, vers le sud-est, les contreforts boisés des monts de Hann. Un chemin montant à travers les pentes escarpées atteignait le plateau de Pellon. Et plus au sud, les montagnes. C'était là, rayonnant des pics brumeux, qu'on pouvait apercevoir l'éclat du rideau d'énergie magique qui illuminait le portail de l'antique cité. Une lueur diffuse, comme une torche en plein brouillard, bien visible.

Aleenor pointa un doigt vers cet éclat, en chuchotant :

— Ils arrivent…

Liam n'eut pas le loisir de demander qui arrivait. De l'intérieur du manoir, il entendit la voix puissante de Rens qui l'appelait.

Marise, la talentueuse cuisinière de la maisonnée Cornell, fut réveillée afin de préparer du thé. Liam enfila un peignoir d'intérieur, et Aleenor s'enroula dans un grand châle. Père et fille rejoignirent le dernier lieutenant de la compagnie des Mille Lames, qui attendait dans la salle à manger. Le colosse était sur le pied de guerre. Dans son dos, une large hache à double tranchant avait remplacé sa grande épée, brisée durant la dernière bataille. Le mercenaire était accompagné de deux Kàwanakhees : Kwanee le Sage, le vieux chef de la tribu, et Cheenoa, l'archère.

Le sergent Radjak suivait les Cornell, et se positionna près de la porte.

— Asseyez-vous, je vous prie, invita Liam. Que se passe-t-il ?

Kwanee tira une chaise et s'assit en tailleur, tirant ses vieilles jambes noueuses l'une au-dessus de l'autre dans un craquement d'articulation. Cheenoa resta debout et vint se placer derrière le Sage.

Rens hésita en regardant la chaise, doutant que le meuble puisse supporter son poids. Il finit par la retourner, et s'asseoir dessus à califourchon, les avant-bras posés sur le dossier. Ainsi, son imposante hache ne risquait pas de rayer le bois délicat.

Aleenor observait le Tueur-de-Géants avec un air amusé ; qu'un tel guerrier puisse prendre autant de précautions lui semblait irréel. Le mercenaire était impitoyable au combat, mais s'avérait par ailleurs d'une douceur hors du commun.

Sans la moindre émotion, Cheenoa raconta ce qu'elle avait vu dans la langue chantante des Kàwanakhees. Kwanee traduisit.

— C'est donc cela qui luit dans les montagnes… Le portail qui vous a amené ici s'est ouvert à nouveau, conclut Liam.

— Et les démons à la peau blanche vont en jaillir, Seigneur-des-Chevaux… renchérit Kwanee.

— Ce sont eux que j'ai vus dans mon cauchemar, père ! clama Aleenor.

— Les Esprits du Vent et de la Terre parlent à celle qui danse avec le Feu ! ajouta le vieux chef indie. C'est une tempête que Mille Lames ne sauraient endiguer, cette fois.

Liam se tourna vers Rens, qui avait écouté le récit de l'archère avec beaucoup d'attention. Il répondit de sa voix profonde :

— Je ne sais pas ce qui va arriver depuis ce portail, monseigneur. Toutefois, nous ne serons pas en mesure d'affronter un nouvel ennemi aussi redoutable que le Poing Sanglant, si ce n'est plus, dans l'état actuel de nos troupes.

Rens énonçait une évidence, Liam voulait juste une confirmation. Aleenor posa sa main sur celle de son père. Le regard de la jeune fille s'était durci, et elle parla d'une voix assurée :

— Cet ennemi est bien plus terrible que le Poing Sanglant, père. Ils sont des milliers, et n'ont pas la moindre pitié…

— Comment peux-tu savoir ça, Alee ? demanda Liam.

— Je ne sais pas… C'est une sensation. Je peux… presque les voir…

Les yeux de la jeune femme se perdirent dans le vague. Aleenor regardait quelque chose qui n'était pas dans la pièce, mais bien au-delà de ses perceptions habituelles.

— Des hordes de guerriers aux têtes-de-clous… poursuivit-elle d'une voix basse, comme si elle craignait qu'on ne l'entende. Des bêtes élevées pour la guerre… Et Elle. Je la vois, père. Leur déesse… Aussi belle et terrible que la Mort elle-même… Øz ! La déesse-mère des Smaughs !

Aleenor cracha ces derniers mots comme un juron impropre dans sa bouche. La jeune fille eut un hoquet étouffé, et secoua la tête pour revenir à sa réalité. Elle transpirait à grosses gouttes. Paniquée, elle se jeta dans les bras de son père.

— Elle m'a vue… dit-elle d'une voix tremblotante. Elle m'a regardée dans les yeux, père. Ce n'est pas la Mort… c'est le Mal incarné !

— Du calme, Alee, la rassura Liam. Tout va bien.

— Non… non, père, tout ne va pas bien. Je les ai vus, ils arrivent. Ils jaillissent d'un autre portail, plus grand, au milieu des ruines d'une immense cité de pierre noire. Ils sont innombrables.

— Votre fille a le don de *Double Vue*, Seigneur-des-Chevaux, ajouta Kwanee. Un cadeau précieux des Esprits. Son regard perce les voiles qui séparent les Mondes.

— Si ces créatures envahissent mes terres, cela me fera une belle jambe… lâcha Liam, agacé et inquiet.

Àllusion à une époque révolue, où la mode des Territoires-Francs invitait les hommes de sang noble à porter des collants, alors synonyme de coquetterie et de raffinement. Kwanee ne saisit pas l'ironie.

— Nous devons partir… souffla Aleenor.

— Et abandonner nos terres ? Alee, je ne peux pas faire ça… répondit son père.

— Nos terres sont déjà perdues, père. Et lorsque ces horreurs arriveront à Coruscante, ce sera un bain de sang. Nous avons peut-être encore une chance d'éviter ça.

— Je ne comprends pas… avoua Liam. Qu'as-tu en tête ?

— Il faut évacuer la ville.

*

Une heure avant le lever du jour, la Compagnie-Franche des mercenaires des Mille Lames était prête à lever le camp. Une grosse partie du matériel fut abandonnée sur place. Les blessés furent installés dans des chariots.

Les Kàwanakhees abandonnèrent presque tous leurs biens, forcés à nouveau de fuir un ennemi implacable.

Une aide inespérée vint du peuple centaure, qui aida au transport du matériel et à la logistique. De gros sacs de vivres et des tonneaux d'eau claire furent chargés sur leurs dos puissants.

Dans le manoir Cornell, Hector dirigeait l'évacuation avec son flegme habituel, le cœur lourd. *N'emportez que le strict minimum*... avait ordonné le seigneur Cornell.

Appliquer sa propre consigne fut difficile pour Liam. Toute l'histoire de sa famille, et une grande partie de sa vie, tenait entre ces murs. D'innombrables souvenirs l'envahirent lorsqu'il ouvrit armoires et garde-robes pour sélectionner ce qu'il allait emporter. D'un tiroir secret de son bureau, il tira un petit coffre plat. À l'intérieur, l'équivalent de trois mille licornes d'or s'alignaient dans des rainures tapissées de velours rouge. Il trouva également une pochette de cuir gras contenant des lettres de change et des titres de propriétés. Ce que Valrym cherchait à obtenir depuis si longtemps. L'équivalent de plusieurs dizaines de milliers de licornes d'or. Une fortune. Toute sa fortune. Il mit le tout dans une besace qu'il passa sur son épaule.

Liam Cornell parcourut son manoir pour la dernière fois. Sur la cheminée de la salle à manger, une peinture de ses parents. Clegan et Alhena Cornell. Le Conseiller n'aurait jamais pensé être le témoin de la chute de ce que six générations de Cornell avaient bâti avant lui.

La salle d'armes. Une étroite pièce lambrissée, recouverte des souvenirs d'une vie de soldat. Des uniformes en vitrines. Une selle de cavalerie sur un piédestal en bois de chêne. Un casque à panache, un peu ridicule. Une collection de sabres et d'épées, fixés en éventail sur le mur. Quelques lances. Sur une impulsion, le seigneur Cornell approcha de sa collection de lames. Il décrocha du mur une rapière fine et légère, en bel acier de Véronèse. Une arme souple, mais solide, capable de percer une cotte de mailles, avec une garde en cloche renforcée. Une arme de qualité, que lui avait offerte son maître d'armes, Inigo Montellino, à l'académie militaire d'Ambre. Liam retrouva le fourreau et le baudrier adapté dans le tiroir d'une commode basse. Il y glissa la lame, parfaitement entretenue par les bons soins d'Hector. Et emporta le tout.

Le seigneur Cornell retrouva sa fille dans le hall d'entrée. Aleenor avait revêtu la tenue de cavalière en cuir et daim, que lui avait offerte Brighit. Un manteau de voyage sur les épaules, une besace légère en bandoulière. Et le foulard de sa mère autour du cou. Le Conseiller sentit l'émotion le submerger en voyant son enfant. Elle qui n'était qu'une toute jeune fille, à peine quelques jours plus tôt. Et le resterait à jamais, dans les yeux de son père.

— Alee ? l'interpella Liam.

— Oui, papa ? répondit-elle en souriant.

L'entendre l'appeler « papa » réchauffa le cœur lourd du Conseiller. C'était pour Aleenor une marque d'affection sincère. Si l'étiquette réclamait l'usage de « père », la jeune femme s'en moquait bien souvent.

Liam tendit la rapière à contrecœur.

— Tiens, c'est pour toi. Je ne pensais pas devoir un jour t'offrir une épée, mais… Avec ce qui nous attend, je préfère te savoir armée.

Aleenor se saisit de la rapière avec précaution, comme si elle touchait un artefact précieux. Elle posa sa main droite sur la garde et dégaina quelques centimètres d'acier. Liam posa une main sur la coque de l'arme pour l'arrêter.

— Attends… Je n'ai certes pas le temps de t'apprendre l'escrime, alors laisse-moi au moins te montrer les mouvements de base.

Au cœur d'une nuit silencieuse, dans le hall de leur manoir, et sous la lumière diffuse des globes de gemmelite, Liam montra à sa fille comment tenir une lame. Ils répétèrent ensemble quelques gestes simples. Ce moment intime entre père et fille devint presque un jeu. Ils rirent tous les deux. Aleenor s'avéra plutôt habile.

— Voilà ! clama Liam. À présent, tu peux dégainer ton épée sans te blesser.

— Hé ! s'offusqua faussement Aleenor.

La jeune femme se lova dans les bras de son père, le lieu le plus sûr du monde à ses yeux.

— Merci, papa. Allons sauver Coruscante, maintenant !

Quelques minutes avant l'aube, la longue colonne composée de mercenaires, d'indies et de centaures, quitta les terres de Liam Cornell pour ne plus jamais y revenir.

*

Le soleil se leva timidement sur la première journée du *Faaharak-Shar* des Territoires-Francs. D'épais nuages charbonneux emplissaient le ciel, ne laissant passer que quelques minces rayons de lumière, zébrant l'obscurité de longs traits dorés. L'air était électrique, comme si un nouvel orage se préparait. Oghul-Tak ordonna à son armée de se mettre en marche. Cinq mille Smaughs martelèrent le sol rocailleux en direction de Coruscante.

CHAPITRE 50

Un silence appréciable régnait dans la résidence du Haut-Conseiller Dante. Estrée s'était accordée quelques heures de sommeil. Elle se réveilla à l'aube, avec un mauvais pressentiment. Lentement, elle s'extirpa des draps soyeux du lit confortable que Miramas avait mis à sa disposition, dans l'une des nombreuses chambres de son hôtel particulier. Complètement nue, elle ouvrit la fenêtre en grand. Une lumière timide et un air frais s'engouffrèrent dans la pièce. La fille d'Eodh sentit un frisson courir sur sa peau. Son esprit fit le point sur tout ce qui venait de se passer.

Comme le palais d'Eodh me semble loin. Retournerai-je un jour au Chaos ? Reverrai-je mon frère Morion, ou mon père ? Estrée sourit à la pensée d'Elvanthyell, le Duc du Chaos. Bien qu'elle ne l'ait pas vu depuis plus d'un an, il ne lui manquait pas du tout. Il faut dire que le duc n'avait jamais été très paternel. Même s'il aimait ses enfants, à sa façon, le Puissant d'Eodh n'était pas du tout le même genre de père que Liam pouvait l'être avec Aleenor. *Je vais bientôt avoir trente ans...* pensa soudainement Estrée. *Mon destin est-il de rester capitaine mercenaire, d'arpenter les Territoires-Francs, d'aller explorer les Terres sauvages de l'Ouest ? Oui, pourquoi pas… L'idée ne me déplaît pas. Reste à voir, avec qui ?*

Trois coups légers frappés à la porte. La voix de Felkeyn interrompit ses pensées, curieusement à cet instant précis.

— Estrée ? Tu es réveillée ?

— Oui, Fel. Entre, répondit-elle.

Sans aucune pudeur, la fille d'Eodh laissa Felkeyn entrer dans sa chambre. L'Ombre n'en fut pas surpris pour autant, il commençait à connaître le tempérament sulfureux d'Estrée. Il referma la porte dans son dos. Le guerrier était vêtu d'une simple tunique et d'un pantalon en coton assorti. Le maître des lieux avait mis des vêtements propres à la disposition de tous.

— Je me déshabille aussi ? lança-t-il, provocant.

— Ne me tente pas… répondit Estrée.

L'Héritière ondula lascivement vers Felkeyn, réveillant les sens du guerrier. Elle lui lança une œillade brûlante, et sourit, visiblement satisfaite de ce qu'elle provoquait. Elle bifurqua alors, pour se diriger vers le paravent de bois peint, qui masquait le coin d'eau de la chambre. Estrée y posa une main, tournant le dos à Felkeyn, lui offrant une vue imprenable sur sa chute de reins. L'Ombre ne se priva pas du spectacle, un sourire appréciateur sur les lèvres.

— Heureuse de constater que je fais toujours autant d'effet à un homme… chuchota Estrée d'une voix suave.

— Je ne le nierai pas, Héritière du Chaos, répliqua Felkeyn.

— Ne m'appelle pas comme ça ! répliqua Estrée. Cela… cela ne me correspond plus. Et ne t'avise pas de me donner du « capitaine Estrée » ! rajouta-t-elle d'une voix plus légère, cette fois.

— Je n'avais pas l'intention de me mettre au garde-à-vous…

— Ah non ? Dommage… souffla la fille aux yeux violets, avec une sensualité exagérée.

Estrée se glissa à moitié derrière le paravent, et se retourna vers Felkeyn, les bras le long du corps et les mains sur les hanches. Le corps de la fille d'Eodh s'était affermi, lui donnant une silhouette plus athlétique qu'autrefois. Le guerrier détailla sans honte la vue qu'elle lui proposait. De la courbe d'un sein fièrement dressé, au creux d'une hanche. D'un ventre plat et finement musclé, jusqu'aux frontières du mont de Vénus. Le regard de Felkeyn fit un détour pour suivre la course fuselée d'une cuisse. Appréciant le galbe d'une jambe et la courbe d'un pied au talon relevé. Ses yeux glissèrent sur le sexe de la fille d'Eodh, sagement endormi dans la douce vallée de l'aine. Puis remontèrent pour passer sur ses lèvres entrouvertes, et se planter dans ses améthystes brillantes. Décidément, Estrée savait toujours autant se mettre en valeur. Et en jouer pour enflammer l'imagination.

Avec un rire cristallin, Estrée disparut derrière le paravent. Elle se lava rapidement à l'eau froide d'une cruche, calmant son propre début d'excitation. De son côté, Felkeyn fit les cent pas dans la chambre. Sa toilette terminée, elle avisa une pile de linge frais parfumé à la lavande. Elle enfila une tunique simple et échancrée, dans les tons mauves, et un pantalon noir, lacé sur le côté. Puis se glissa dans ses bottes.

Felkeyn s'était campé devant la fenêtre ouverte, observant le ciel, visage fermé. Estrée vint se poster à ses côtés. La mine renfrognée de l'homme aux yeux d'acier ne la rassurait pas.

— Il y a un problème, Fel ? demanda-t-elle.

— Je n'aime pas ces nuages… Quelque chose gronde, à l'est. L'ennemi est en marche. Ils ne viennent pas juste conquérir… Ils veulent réduire tous les peuples des Territoires-Francs en esclavage. Ils massacreront tous ceux qui résisteront.

— Le Plan Primaire dispose de ressources, suggéra Estrée. Chaque Cité-Franche a sa propre armée, généralement deux ou trois mille soldats, il me semble. Et les compagnies-franches de mercenaires, comme les Mille Lames, sont nombreuses.

— Mais ils sont à Gar-Vallon, là où siège leur guilde. Et Gar-Vallon est à des centaines de kilomètres, il faudra des semaines pour acheminer une armée par voie terrestre. Sans les Grands Portails, les Cités-Franches sont paralysées.

— Tu es en train de dire que Coruscante est perdue, Fel ?

L'Ombre se tourna pour regarder la fille d'Eodh en face. Il n'eut pas besoin de répondre. Ses yeux gris ne laissaient planer aucun doute sur ce qu'il pensait.

— Il faut gagner du temps… avança Estrée. Trouver ce qui se cache dans les souterrains de la ville, et y mettre un terme. Ensuite, nous retournerons auprès des Mille Lames, et nous aviserons avec Dante et Cornell.

— Je ne suis pas sûr que cela suffise… Nous devons nous préparer au pire.

Ils échangèrent un soupir. Quelque chose se créait entre eux. Une vibration qui n'existait pas auparavant, un lien qu'ils s'étaient d'abord refusé. Mais il est des choses, en ce monde comme dans les autres, contre lesquelles on ne peut rien.

Auraient-ils le temps de le découvrir ?

Rien n'était moins sûr.

*

Grâce aux indications des serviteurs qui fourmillaient dans la grande maisonnée, Estrée et Felkeyn rejoignirent Rodan et Nova dans une vaste salle à manger. La pièce aurait pu facilement accueillir une centaine de convives. Les murs étaient chargés de peintures diverses. Des sculptures s'exposaient dans des alcôves, ou trônaient sur des colonnettes. Une vaste table rectangulaire occupait le centre de la pièce. Des bancs capitonnés étaient posés à intervalles réguliers contre les murs. Un jardin d'hiver formé par une structure vitrée en demi-cercle, encadrée d'épais rideaux, proposait ses fauteuils en cuir entre de grandes plantes vertes. L'endroit sentait la cire d'abeille et le feu de cheminée.

Tous avaient pu se laver et se vêtir de propre, pendant qu'armures et capes étaient en cours de nettoyage par le personnel du Conseiller Dante. Ils s'installèrent sur des chaises confortables autour de la table. Des plats chargés de fruits, de pains, de brioches, de fromages et de charcuteries leur furent servis. Pour les accompagner, des pots de café des Hauts Plateaux, du thé des îles de Jade, du lait frais, du miel, et neuf parfums de confitures.

Nova mit un point d'honneur à goûter chaque confiture, en tartinant généreusement d'épaisses tranches d'une brioche aux petits raisins. Elle fit une pause entre deux bouchées pour adresser un « 'Jour ! » au couple du Chaos, avant de reprendre son insense combat contre griottes, prunes, oranges et autres agrumes confits. Rodan, méditant devant une grande tasse de café, se contenta d'un sourire un peu forcé. Estrée prit place et choisit le thé, qu'elle sucra avec du miel. Felkeyn détailla les différents fruits, en particulier ceux dont ce n'était pas du tout la saison. Avant qu'il ne puisse choisir, le Haut-Conseiller Miramas et son épouse Laureline firent leur entrée.

— Je vous souhaite le bonjour, clama Dante. Vous m'excuserez de ne pas me joindre à vous, mais j'ai déjà déjeuné. Je vous en prie, régalez-vous ! Les fruits viennent directement de la Sylve. L'avantage d'avoir des amis druides est de s'assurer la réception de fruits frais en toutes saisons !

Laureline vint s'asseoir près d'Estrée. Une servante jaillie de nulle part vint servir du thé à la jeune épouse du Haut-Conseiller.

Derrière la silhouette rondouillarde de Miramas, un jeune homme en livrée de scribe tenait un grand nombre de rouleaux de parchemins et d'étuis de cuir entre ses bras.

— Avec l'aide de Brighit, déclara Dante, et de quelques amis, nous avons pu réunir les plans des égouts et canaux souterrains de Coruscante ! Nous avons été dans l'obligation de réveiller du monde, et les scribes ont œuvré toute la nuit, tout est là. Par ailleurs, il semble que l'annonce de la mort de Valrym de Fenn se soit déjà répandue dans toute la ville. Les nouvelles vont vite, comme on dit…

Rouleaux et cartes furent déposés sur la table. Le scribe prit soin de les éloigner le plus possible des projections de confitures. Miramas avait cité l'aide de la Conseillère Naalar, pourtant cette dernière manquait à l'appel. La fille d'Eodh s'en inquiéta.

— Comment va Brighit ? s'enquit Estrée auprès de Laureline.

— Mieux, elle se repose, répondit la guérisseuse. Il lui faudra plusieurs semaines, mais elle se remettra. Du moins, physiquement…

Rodan s'était levé pour aider le scribe à étaler les documents. Les plans étaient anciens, certains en très mauvais état. Il ne serait pas simple de s'orienter dans ce dédale. Nova vint rejoindre le mercenaire, une large tartine chargée de marmelade à la main. Elle adressa un sourire amical à Rodan. Il le lui rendit avec soulagement.

— Attends, je vais t'aider. Je connais mieux la ville, proposa Nova sans aucune prétention.

Tout en mordant dans sa brioche, la Sœur Grise fit défiler quelques cartes, tout en posant des questions au scribe. Très vite, des associations se firent entre les plans schématiques, les vues d'artistes, et les spécificités techniques de construction.

— Que cherche-t-on ?… demanda Rodan, autant pour lui-même que pour les autres.

— Hmm… Peut-être un lieu central, un point à partir duquel on pourrait facilement et rapidement accéder à tous les quartiers de la ville ? suggéra la Sœur Grise. Il y a beaucoup de souterrains qui se rejoignent, les caves et les canaux communiquent presque tous entre eux. Quelque chose comme ça.

— D'accord, quelque chose comme ça alors… soupira Rodan.

Nova posa une main douce sur celle du mercenaire, et ils échangèrent un regard complice.

Felkeyn observait en souriant, tout en croquant dans une petite prune noire.

— Nous ne serons pas d'une très grande aide… déclara-t-il en désignant les plans étalés sur la table. Estrée, que dirais-tu d'un peu d'exercice ?

La fille d'Eodh lui adressa une œillade amusée.

Nova sentit son propre regard attiré vers Felkeyn. La Sœur Grise aurait bien fait un peu d'exercice avec l'Ombre, elle aussi. Elle se concentra rapidement sur les cartes pour que Rodan ne le remarque pas.

— Que proposes-tu, Fel ? demanda Estrée, tâchant de ne pas apparaître trop provocante cette fois.

L'Ombre se tourna vers Miramas, qui restait poliment en retrait.

— Dites-moi, Conseiller, disposez-vous d'une salle d'entraînement dans votre somptueuse demeure ?

— Oh ? Eh bien, il y a une salle d'armes, répliqua Dante. Dans l'aile ouest. Elle ne sert pas beaucoup, je vous l'avoue. Je ne suis pas très porté sur le maniement des armes, vous l'aurez deviné. Elle est à votre entière disposition, si vous le souhaitez.

— Qu'en penses-tu ? demanda Felkeyn à Estrée.

— Ce genre d'exercice ? Je pense que cela ne peut pas nous faire de mal. Nous avons un peu de temps devant nous. Je te suis !

— À la bonne heure ! clama le guerrier d'élite. Allons voir ce que tu as appris pendant mon absence… capitaine !

Estrée le foudroya du regard, mais ne put s'empêcher de sourire. *Attends un peu que nous soyons seuls…* Les pensées de l'Héritière furent agrémentées d'images à faire rougir une matrone.

CHAPITRE 51

Au cœur du repaire de Raïsh'Aàn, dans les entrailles de Coruscante, s'ouvrait une arche de pierre menant au cœur d'un sanctuaire oublié. Dissimulée par une épaisse couche de chitine violacée, créée par l'immonde magie des Smaughs, l'entrée restait cachée aux yeux de tous, sauf du sorcier. Non pas qu'il craignait qu'un visiteur important ne découvre son antre. Raïsh'Aàn était tout simplement paranoïaque au plus haut point. Ce passage secret était donc protégé par des runes magiques et des sortilèges capables de foudroyer un Sangh des Ténèbres.

La carapace de chitine s'ouvrit d'elle-même pour laisser passer Raïsh'Aàn. Le sorcier du troisième cercle avançait à pas lents, le long de ce tunnel perdu à travers le temps. Les racines de l'arbre à cosses recouvraient les parois et le sol, tapis gluant de sphaigne sanguinolente. Le Smaugh déboucha sur un escarpement étroit, qui dominait un gouffre souterrain. Le long des parois de roche déchirée se devinait encore par endroits une architecture grandiose. La façade d'un temple, garnie de hautes colonnades, de gravures et de bas-reliefs, devait autrefois magnifier l'autre côté de la faille. Les vestiges d'un pont s'élançaient au-dessus du vide. Aujourd'hui, les colonnes s'étaient brisées, reposant probablement au fin fond du gouffre. La façade était fendue de fissures assez larges pour passer un bras. Les bas-reliefs avaient disparu, rongés par les années. Du pont, il ne restait que quelques moellons de part et d'autre, dominant le vide d'une chute interminable.

Les longues racines surgissaient du tunnel emprunté par le sorcier, tumeur végétale cherchant à envahir l'organisme de pierre. Elles s'élançaient ensuite en longues branches noires, se nouant les unes aux autres, pour créer une passerelle végétale au-dessus du vide. Cet amalgame finissait en un faisceau de fines vésicules, s'étirant comme d'innombrables petites mains, pour s'ancrer de l'autre côté.

Raïsh'Aàn traversa ce pont de racines, et posa le pied sur les premières marches menant au temple oublié. Un très ancien sanctuaire dédié à Lyr. Le sorcier y pénétra, comme un roi en son palais. L'intérieur se composait d'une vaste salle circulaire, soutenue par de hauts piliers et recouverte d'un dôme. Partout, les racines corrompues couraient sur les murs, le sol, se glissant dans les moindres interstices. La vigne de l'arbre des Smaughs, brillante et suintante, pendait telle la chevelure d'une guenaude aquatique géante. Le seul endroit épargné par l'ignoble végétal était un piédestal, haut d'un mètre vingt, dressé exactement au centre du temple. Posé sur un socle, une pierre carrée, de trente-trois centimètres d'arête, coiffée d'un pyramidion. La *Pierre de Mémoire*, sur laquelle les fondations de Coruscante furent bâties.

Ce qui intéressait Raïsh'Aàn n'était pas ce symbole des temps anciens, mais un petit bassin, dressé contre le mur du fond, auréolé d'un rideau de vignes mauves. De forme circulaire, à hauteur de poitrine et d'un mètre de diamètre, rempli d'un liquide argenté brillant. Ses bords étaient faits de plusieurs anneaux cuivrés concentriques, gravés de glyphes inconnus, pouvant pivoter les uns par rapport aux autres.

Raïsh'Aàn fit coulisser chaque anneau, alignant plusieurs glyphes, et prononça de sombres mots de pouvoir dans sa langue gutturale. Les runes magiques s'illuminèrent, la surface miroitante à l'intérieur du bassin se troubla, et des images apparurent.

Une longue colonne de guerriers smaughs descendait des montagnes. À leur tête, le puissant Oghul-Tak.

La mince bouche garnie de dents pointues de Raïsh'Aàn s'élargit en sourire féroce. *Bien !* pensa le sorcier. *Ce crétin de Tak est en route. Tout se déroule comme prévu !*

Une autre parole de pouvoir, et les images devinrent floues pour laisser apparaître d'autres lieux.

Les ruines d'une gigantesque cité, bâtie d'obsidienne. En son cœur, dominant tous les autres bâtiments, un portail de transfert. Parfaitement fonctionnel, celui-là. L'artefact vomissait des milliers de guerriers smaughs. Des lézards de la taille d'un cheval tiraient d'énormes chariots de bois renforcés d'acier. Des Sorciers conduisaient des chars bardés de lames.

La surface du bassin fut agitée, et cette fois, l'image changea sans que le sorcier prononce le moindre mot.

Le visage innocent d'une jeune femme d'une rare beauté. De longs cheveux couleur de neige cascadant le long de son dos. Un charisme sauvage vibrant avec force. Un sourire sans joie, un regard doux, mais brillant de l'étincelle de la folie et de la cruauté.

Raïsh'Aàn s'inclina prestement en signe de soumission. S'il ne devait pas rester visible de la surface du bassin, il se serait mis à genoux. Il salua l'image avec un immense respect et une totale dévotion :

— Ô ma Déesse, toute-puissante Øz, glorifié soit Ton Nom. Moi, Raïsh'Aàn, sorcier du troisième cercle, je suis Ton humble serviteur. Ordonne, et que Ta parole soit exaucée.

Øz lui répondit avec une voix envoûtante :

— Raïsh'Aàn, je suis contrariée. Les humains ne m'amusent plus du tout. Un de mes jouets préférés s'est échappé, et je désire leur faire payer. Faìs de Coruscante un exemple. Inonde les rues de leur sang.

— Il en sera fait selon vos désirs, ma Déesse.

L'image disparut, et la surface argentée redevint calme.

Depuis l'entrée du temple, la voix étranglée de Moggus retentit doucement :

— Maître… ¿

Le sorcier se retourna. Moggus et Ayæsha, un genou au sol, attendaient son bon vouloir.

— Qu'y a-t-il, mon fidèle Moggus ¿ Pourquoi la Mygale est-elle ici ¿

— Justement, Maître, répondit l'homme-crapaud. Il y a eu un imprévu…

Raïsh'Aàn exécrait les imprévus.

CHAPITRE 52

— Ah, tu ne l'avais pas prévu celle-là, n'est-ce pas, Première Ombre ! exulta Estrée, haletante.

À ses pieds, gisait Felkeyn, jeté au tapis à la suite d'une feinte de l'Héritière du Chaos. Le guerrier fit une roulade sur l'épaule, et se releva avec la grâce d'un danseur. Il lui concéda un demi-sourire, en répliquant :

— Ne crie pas victoire trop vite, petite princesse ! Jusque-là, je t'ai épargnée. Puisque tu as décidé de faire la maligne, on va augmenter le rythme. L'art du Wush'in te convient à merveille, mais tu n'en maîtrises pas encore toutes les subtilités. En garde !

Et Felkeyn se jeta sur elle, enchaînant les coups redoublés, forçant Estrée à la défense.

Ils s'entraînaient ainsi depuis deux bonnes heures. L'Ombre avait souhaité voir les progrès de la fille d'Eodh, et n'était pas déçu. Estrée avait gagné en rapidité, en force, et surtout en technique. Elle connaissait les bases de la plupart des arts martiaux enseignés au Chaos. Qui plus est, sans totalement s'en rendre compte, Estrée utilisait ses ressources magiques pour augmenter sensiblement ses capacités physiques. Ce talent lui permettait de rivaliser avec un Initié, rompu au combat et disposant, a minima, du Zen dans sa panoplie martiale.

Pour tester sa réactivité, Felkeyn accéléra progressivement le rythme de ses assauts. Estrée, concentrée à l'extrême, se mit en posture défensive. L'Ombre entama une série fulgurante de coups de poing et de coude visant le haut du corps. L'Héritière esquiva du buste, bloqua de ses avant-bras, et contre-volta pour se mettre hors de portée.

Felkeyn était d'une autre trempe. Il anticipa le mouvement pour lancer un assaut de coups de pied. Chassés, fouettés, retournés. Ce déferlement prit Estrée par surprise cette fois. Felkeyn feinta, et son talon chassa les appuis de l'Héritière.

Estrée partit à la renverse. Elle tenta de se remettre d'une roue. Lorsqu'elle posa les mains sur le sol, l'Ombre fouetta ses poignets avec son tibia. Estrée tournoya sur elle-même comme un jeune arbre emporté par la tempête. Et alla embrasser le sol, sa fierté répandue à travers la salle d'armes.

La fille d'Eodh frappa l'épais tapis d'entraînement du plat de la main dans un geste rageur.

— Raaaah, ça, tu vas me le payer, Fel ! pesta-t-elle.

Estrée se retourna et se releva d'un rapide saut carpé. Les sourcils froncés et les mâchoires serrées par l'excitation du combat, elle se jeta sur Felkeyn, prenant de la hauteur pour frapper d'un coup de poing descendant.

Trop précipité. Trop emportée par la rage.

S'ils s'étaient affrontés lors d'un combat réel, Felkeyn aurait trouvé six façons différentes de la tuer sur l'instant. Le guerrier changea d'axe pour prendre appui sur sa jambe droite, et laissa passer le poing d'Estrée devant son visage. Puis, avec une extrême facilité, il saisit son bras, la fit pivoter sur sa hanche, et l'envoya valser plein dos sur le sol. Sans laisser à l'Héritière le temps de pester, Felkeyn s'assit sur Estrée, bloquant ses bras sur le sol.

La fille d'Eodh se débattit un instant. Au-dessus d'elle, l'Ombre du Néant la fixait avec ses yeux d'acier. Une telle force émanait du guerrier, qu'Estrée sentit une vague de chaleur l'envahir. L'excitation du combat fit place à une autre énergie, tout aussi brûlante. Elle se sentit haleter doucement, comme l'auditoire d'une tragédie attendant son dénouement. Le désir s'empara d'elle. Tout son corps réclamait celui du guerrier. Elle le voulait. Sentir ses mains sur son corps. Son souffle sur sa peau. L'ardente aura sexuelle qui se dégagea soudain de la fille d'Eodh troubla Felkeyn. Estrée sentit le sexe de l'homme assis sur elle durcir contre son ventre. Elle perçut le trouble de l'Ombre, et sourit. Un sourire de victoire.

Estrée pivota sur ses hanches, déstabilisant Felkeyn. Il la lâcha en glissant sur le côté. À son tour, la fille d'Eodh vint chevaucher son adversaire, attrapant ses poignets pour plaquer les mains du guerrier contre le sol.

Felkeyn aurait pu résister, par la force brute ou une dérobade agile. Il n'en fit rien. Ce qui grandissait entre eux brisait ses dernières défenses. Il s'était juré, des années auparavant, de ne plus jamais tomber amoureux. Il sentit que l'Héritière du Chaos s'en moquait bien. Felkeyn se laissa noyer dans le lac d'améthyste de ce regard brûlant.

Cette fois, leurs corps réagirent à l'unisson. Estrée ondula sur le guerrier, sentant son sexe durcir davantage. Elle se baissa, laissant apercevoir, à travers l'échancrure de sa tunique, son propre désir qui dressait sa poitrine.

La vision de ces seins aux courbes parfaites enflamma Felkeyn. L'Héritière le tenait toujours contre le sol, mais il ne luttait plus. Il était curieux de voir jusqu'où la sensualité conquérante d'Estrée pouvait les emmener.

La fille d'Eodh approcha suffisamment son visage pour que leurs souffles s'emmêlent. Puis elle passa subrepticement une langue mutine dans le creux entre l'oreille et le cou du guerrier. Goûtant sa peau. Partageant un frisson.

Plus aucun besoin des mots. Toute parole eût été superflue. Leurs lèvres s'entrouvrirent en même temps. Leurs bouches se mirent en quête l'une de l'autre. Leurs langues s'impatientaient de se goûter.

Rodan entra dans la pièce en ouvrant la porte à la volée.

CHAPITRE 53

Raïsh'Aàn retraversa le pont de lianes et le tunnel afin de réintégrer sa cave. Moggus et la Mygale suivirent le sorcier, en prenant bien garde de rester en arrière. La paroi de chitine s'effaça à nouveau pour leur laisser le passage. Raïsh'Aàn poursuivit sa marche rageuse, se moquant bien d'arracher feuilles et branches gluantes à la végétation sanglante.

Au cœur de cette caverne à l'atmosphère tropicale, l'arbre à cosses. Immonde matrice pulsante d'une énergie malsaine d'où naissaient les Smaughs. Entre les racines graisseuses baignant dans une mare noirâtre, pouvait-on encore distinguer quelques restes humains. Membres brisés et os fracturés, dont l'abomination végétale se nourrissait en aspirant les sucs. Dans cette étreinte mortelle, de rares victimes étaient conservées en un seul morceau comme réserve nutritive. Et dans cet entrelacs de lianes violacées, le visage de Kò'Ankha restait figé sur une expression de terreur infinie.

Kò'Ankha, l'ancien chasseur kàwanakhee. Corrompu par Valrym de Fenn, qui le fournissait en cristaux de *Licorne Pourpre*. La drogue avait totalement avili le jeune indigène. Pour en obtenir davantage, il avait perpétré des horreurs indignes de sa tribu. Ainsi le chasseur était-il tombé dans les filets des manipulations du dictateur, pour se retrouver arrêté par le capitaine Firenzo sur les lieux même de son dernier carnage. Ko'Ankha fut livré en pâture aux appétits de justice aveugle du peuple de Coruscante. Lorsque la foule atteignit le paroxysme de son hystérie, Raïsh'Aàn porta le coup de grâce. Usant de sa magie noire, il transforma Kò'Ankha en un mutant décérébré et sauvage.

Si l'indigène ainsi transformé fut abattu, le chaos résultant propulsa Fenn sur son trône de dictateur, et jeta l'opprobre sur Liam et Brighit. Lorsque la foule quitta l'agora, personne ne s'inquiéta du Kàwanakhee. Laissé pour mort, son corps resta seul, brisé et tailladé, sur le dallage mosaïque du Grand Hall.

Pourtant, Kò'Ankha, sous l'emprise de la sorcellerie de Raïsh'Aàn, avait survécu. Bien plus tard, sous le couvert de la nuit, Moggus revint récupérer ses restes. Qui depuis, attendaient de servir d'engrais.

Le sorcier smaugh se campa devant l'arbre à cosses. Ses pupilles fendues, luisant d'un éclat mauve pernicieux, se posèrent sur Kò'Ankha. Le chasseur était toujours vivant. Ses yeux glissèrent dans ses orbites broyées, pour se poser sur Raïsh'Aàn. Une saccade agita les racines lorsque les derniers muscles du Kàwanakhee tremblèrent. L'arbre resserra son étreinte sur son corps déjà en miettes. Si Kò'Ankha ne pouvait plus hurler depuis longtemps, son regard exprima l'indicible terreur qu'il ressentait.

— Sang-chaud… Réjouis-toi ! Tu vas encore pouvoir nous servir, finalement… grogna le sorcier.

Les mots de pouvoir résonnèrent dans la cave. L'arbre smaugh lui-même trembla de ses feuillages, et desserra son étreinte. Les racines s'ouvrirent, libérant un flot de chairs et d'amas gluants. Obéissant aux ordres du sorcier, les branches de l'arbre s'agitèrent et se tordirent dans un bruit sec, à mi-chemin entre le bois et l'os. Quatre bras végétaux saisirent le corps disloqué du chasseur, pour l'extirper de la fange poisseuse et l'élever dans les airs. Seuls les yeux de Kò'Ankha témoignaient de la vie que son corps détruit abritait encore.

Raïsh'Aàn leva ses doigts fins aux ongles noirs et tranchants. Des éclairs nimbés de pourpre en jaillirent. Tout en égrenant une mélopée gutturale, le sorcier sculpta les chairs et les os du Kàwanakhee. Il y mêla la sève de l'arbre à cosses. L'obscure réaction alchimique ne se fit pas attendre. Le corps du chasseur enfla à en devenir grotesque. Puis se densifia de manière disproportionnée. Ses os s'épaissirent, et furent recouverts par une gangue d'écorce noire. Ses muscles gonflèrent de façon obscène. Son crâne prit une forme oblongue, sa mâchoire devint prognathe ; ses dents, des crocs proéminents. La longue mutation achevée, un terrible golem de chair était prêt à obéir aux ordres de son créateur. Une monstruosité de deux mètres cinquante, pour cent quatre-vingts kilos de muscles. Une machine à tuer.

De Kò'Ankha, il ne restait qu'une ridicule petite crête de cheveux noirs sur le haut d'une tête difforme.

CHAPITRE 54

— On ne t'a jamais appris à frapper, chez les Paladins Bleus ? rugit Estrée.

L'Héritière du Chaos s'était relevée, et foudroyait Rodan du regard. Le mercenaire semblait hésiter entre fuir à toutes jambes et riposter. Il prit la mauvaise option.

— Il fallait mettre un panneau « attention, fornication » sur la porte ! répliqua-t-il sur un ton vindicatif.

Et Nova choisit ce très mauvais moment pour arriver. Pensant alléger l'ambiance, elle demanda :

— Quelqu'un fornique, ici ?

Felkeyn ricana, ce qui eut le don de faire rougir Rodan de colère.

— Je devrais peut-être vous laisser poursuivre tous les trois ? cracha le mercenaire.

Femme au caractère bien trempé, Nova n'était pas du genre à se laisser malmener verbalement.

— Oh ben oui, pourquoi pas ? répliqua-t-elle.

Et couronna le tout en mimant un baiser en direction de Felkeyn – ou d'Estrée d'ailleurs, qui sait.

— Toi aussi, tu fantasmes sur le bel assassin ? Je devrais peut-être me mettre à tuer des gens... riposta-t-il.

Là où le ton de la Sœur Grise fut léger, celui de Rodan, attisé par la jalousie, se fit agressif. Felkeyn détestait lorsqu'on était agressif envers une femme, même parfaitement capable de se défendre.

— N'exagère pas, Rodan, feula l'Ombre du Néant. Je mets tes paroles sur le compte de la colère, mais ne dépasse pas les bornes...

Il n'en fallut pas plus pour que les hormones se mettent à parler. Rodan se planta devant Felkeyn, les poings serrés.

— Sinon... ? défia-t-il.

Estrée, tout à sa frustration, n'était pas intervenue jusque-là. Devant la promesse de mort qu'elle lut dans l'acier des yeux de Felkeyn, elle s'interposa.

— Ça suffit ! lança-t-elle d'autorité.

Puis, d'une voix plus posée :

— Inutile de nous disputer. Je vais aller me changer. Je vous conseille d'en faire autant, nous partirons après le repas. Sauf si vous préférez vous entretuer ici et maintenant, je m'en moque.

Et Estrée quitta la pièce à grandes enjambées. Nova lui emboîta le pas, pour rattraper l'Héritière dans le couloir. La Sœur Grise lui saisit le bras, sans geste brusque.

— Estrée... commença Nova sur un ton sérieux. Désolé pour... l'interruption.

La fille d'Eodh répondit par un sourire apaisé. Si une forme de rivalité était palpable entre les deux femmes, une complicité commençait également à se créer. Estrée respectait la Sœur Grise pour ses valeurs et ses qualités de combattante.

Nova se devait de reconnaître que l'Héritière avait du tempérament. Élevée au sein d'une sororité de prêtresses-guerrières, elle avait beaucoup de respect pour les femmes de caractère, capables de se battre et de s'élever au sein d'un monde encore trop dominé par les hommes. Même si leur rivalité concernait justement un homme… Rodan valait-il finalement qu'elles se disputent pour lui ? Elles s'éloignèrent dans le couloir tout en discutant, loin des oreilles masculines.

— Ce n'est rien, finit par dire Estrée. Nous sommes tous un peu sous pression. Et si je peux me permettre, Nova, concernant Rodan… C'est un homme valeureux, mais un tantinet trop jaloux pour moi.

— Je m'en souviendrai, sourit la Sœur Grise. Je suis du genre possessive, moi aussi…

— Voilà qui risque de faire des étincelles de mana ! plaisanta Estrée. Cela dit… je dois avouer que c'est plutôt un bon coup ! C'est lorsqu'il ne parle pas qu'il utilise le mieux sa langue…

Nova devint pivoine jusqu'aux oreilles.

— Je… Je m'en souviendrai aussi… laissa-t-elle échapper. Bref. Vous interrompre, Felkeyn et toi, n'était pas la raison de notre visite ! Nous avons trouvé quelque chose, sur les plans des souterrains. Le Conseiller… enfin, le Haut-Conseiller Dante nous attend dans la salle à manger, avec dame Naalar.

— Très bien, allons voir ça !

Les deux femmes pressèrent le pas pour traverser la somptueuse demeure.

De leur côté, Rodan et Felkeyn restèrent face à face, s'affrontant du regard. La nonchalance du guerrier d'élite excédait Rodan au plus haut point. Felkeyn se savait bien supérieur au combat que le mercenaire. Et Rodan en avait parfaitement conscience. Aussi, il rageait intérieurement.

— Ce n'est pas terminé… grommela le mercenaire.

— Rodan… soupira Felkeyn, cherchant à calmer la situation. Je ne sais pas ce que tu crois savoir sur moi, mais je ne suis pas ton ennemi. Je ne l'ai jamais été. Et si cela concerne Estrée…

— Estrée n'a rien à voir là-dedans ! C'est toi, Felkeyn. C'est toi, le problème ! rugit Rodan, qui commençait à perdre le contrôle de lui-même.

— Par les Couilles du *Grand Cornu*, Rodan, qu'est-ce que je t'ai fait ?

— Je sais, assassin… Je sais, pour l'impératrice Mélianor…

Rodan fit un pas en direction de l'Ombre. Un halo lumineux et doré nimba le poing du mercenaire. Son *Arme Spirituelle* était prête à apparaître dans sa main.

— Écoute, Rodan… dit Felkeyn d'une voix douce, peu importe ce que tu sais ou non. Même si c'est vrai, ce n'est pas le moment. Estrée compte sur nous pour affronter un ennemi commun. Alors, voilà ce que je te propose : passons un accord. Faisons front contre ces Smaughs, et ensuite… je te raconterai la vérité. Toute la vérité. C'est ce qu'on appelle par ailleurs l'*Extrême Nécessité*. Où deux adversaires décident de s'unir, pour affronter une menace commune. Qu'en dis-tu ?

Le mercenaire prit une grande inspiration. La tirade de Felkeyn avait au moins eu le mérite de le calmer. L'éclat de son arme de mana disparut, et Rodan recula d'un pas.

— D'accord, finit-il par lâcher. Mais je te jure que tu paieras pour ce que tu as fait…

Le mercenaire tourna les talons, méprisant, et quitta rapidement la salle d'armes. Felkeyn resta seul avec ses pensées.

— Oh, rassure-toi, Paladin… je paie déjà… souffla-t-il.

Les hautes armures d'apparat, fixées aux murs, le toisèrent silencieusement de leur vide inquisiteur.

*

Pendant qu'Estrée et Felkeyn s'entraînaient, et que Rodan et Nova consultaient les cartes, Miramas avait pris en main ses nouvelles fonctions. Des messagers allaient et venaient, sous la vigilance du lieutenant Wolf et de ses hommes. Sur les conseils de Laureline, tous s'étaient prêtés à un examen très simple : une légère entaille sur le bras. Quelques gouttes de sang rouge, associées à un corps dégageant un minimum de chaleur, permirent de s'assurer de ne pas avoir affaire à un Smaugh caché derrière une peau humaine. En présence de la guérisseuse, bien sûr, mais surtout sous la menace des arbalètes de la Garde.

Les premiers retours s'avérèrent inquiétants. Les rapports alarmants s'accumulèrent sur le bureau du Haut-Conseiller Dante. Plusieurs capitaines de la garde avaient disparu, brisant la chaîne de commandement au sein de la défense de la ville. Les pigeons, dernier moyen de communication, avaient été empoisonnés. Des centaines de volatiles morts pourrissaient, inutiles, dans les hautes tourelles des murailles. Les bas-quartiers menaçaient de s'enflammer, au propre comme au figuré. Des gangs de truands avaient pris le contrôle de plusieurs quartiers des faubourgs, et un incendie avait ravagé trois pâtés de maisons. Les Smaughs avaient bien œuvré.

Ce furent ces tristes nouvelles que Miramas confia à Estrée et ses compagnons.

— Aucune nouvelle du seigneur Cornell ? tenta la fille d'Eodh, énonçant davantage un constat que posant une question.

— Aucune, je suis navré, répondit Dante. Il n'y a plus le moindre pigeon voyageur dans tout Coruscante. Le chaos s'est emparé de la ville. La Garde est totalement désorganisée. Le lieutenant Wolf est le dernier officier de confiance à notre connaissance.

Estrée soupira longuement.

— Il nous faut le renfort des Mille Lames ! affirma-t-elle. Si on ne peut pas envoyer un pigeon, il faut envoyer un cavalier.

— Je vais voir ce que je peux faire, capitaine, opina Miramas.

— Nova ? appela Estrée. Qu'avez-vous découvert dans les souterrains ?

Ils se réunirent tous autour des cartes étalées sur la table massive. La Sœur Grise fit le lien entre plusieurs plans, certains à moitié effacés par le temps. Depuis les fondations des premiers bâtiments de la ville, les catacombes et le réseau d'égouts, c'était un labyrinthe inextricable.

— Regardez… ici, précisa Nova, il semble y avoir un point convergent. Cela se situe plusieurs mètres sous la place du Grand Chant, à la verticale du Grand Hall. Mais je suis bien incapable de dire ce que c'est.

La voix de Brighit répondit depuis l'entrée de la salle à manger.

— Sur ce point, je peux peut-être vous éclairer, dit-elle.

La Conseillère Naalar avait repris quelques couleurs, même si elle restait amaigrie et faible. Elle s'aidait d'une canne en acajou pour marcher, mais au moins, pouvait-elle se déplacer seule. Vêtue d'une robe bleu nuit, mettant en valeur sa chevelure cuivrée tissée d'argent, et coiffée en un sobre chignon, Brighit Naalar conservait toute sa dignité. Elle approcha de la table, suivie par un homme âgé, affable et discret, le crâne parsemé de rares cheveux blancs. Un sourire bienveillant éclairait son visage, et son regard brillait d'intelligence. Il était vêtu d'une simple robe dans un style monastique. Brighit fit les présentations :

— Voici Maître Alek, le conservateur de la bibliothèque de la tour des Archives.

L'homme salua l'assemblée d'un signe de tête poli et aimable. Miramas s'approcha pour gratifier le vieil homme d'une accolade. Visiblement, ils se connaissaient déjà.

— La tour des Archives ? s'étonna Nova. Vous parlez du Grand Hall où se tiennent les agoras ? Je croyais qu'il n'y avait plus rien dans cette tour, et que toutes les archives de Coruscante avaient été déplacées à Ambre.

Maître Alek répondit d'une voix douce et posée :

— Vous avez parfaitement raison sur ce point, chère Sœur Grise. Néanmoins, sur les sept étages que compte la tour, trois servent encore à conserver la mémoire des temps anciens. Des choses poussiéreuses et oubliées, qui n'ont d'intérêt pour personne, ou presque.

— C'est grâce à Maître Alek que nous avons pu vous fournir ces cartes, précisa Brighit.

— Et je constate que votre sagacité a déjà découvert ce que vous cherchiez, souligna le bibliothécaire. C'est très bien.

— Alors, qu'est-ce que c'est ? s'impatienta Estrée.

— L'ancien temple de Lyr, affirma Alek avec une pointe d'emphase. Là où repose la Pierre sacrée de la Mémoire, qui date de la fondation de Coruscante.

Plusieurs regards dubitatifs s'échangèrent. Le vieil homme sourit, trop heureux de pouvoir conter une histoire qu'il n'avait pas pu exposer depuis longtemps. Il prit une profonde inspiration, et déclama solennellement :

— Comme le prétend la légende, Lyr, dieu des Arts et de la Connaissance, partit vivre sur le Plan Primaire après la création du Monde des Plans. Lyr inspira les hommes, qui créèrent la première grande civilisation. Bien qu'à leur apogée, leur société se fût développée sur tout le Plan Primaire, il n'en reste aujourd'hui que de rares vestiges. On ne sait presque rien d'eux, si ce n'est qu'ils étaient complètement dévoués à leurs dieux, leur vie était rythmée par les cultes, centrée sur la foi, et dirigée par les dogmes. Lorsque les hommes perdirent la foi, cette théocratie s'écroula d'elle-même et une terrible guerre civile éclata. Le déferlement de violence et de magie provoqua une apocalypse qui réduisit à néant leur civilisation, et transforma radicalement la surface du Plan Primaire.

Alek ménagea une pause dans son cours d'histoire, s'assurant de l'attention de son auditoire, et reprit :

— Pendant bien des années, les rares survivants durent s'abriter et se protéger de la colère des éléments déchaînés. Parmi eux, un homme incarnait la sagesse et l'espoir. Il fut nommé le Prophète, car il avait préservé une partie du savoir et des arts de leur civilisation perdue. Cet homme n'était autre que Lyr. Quand il comprit que le temps des dieux était révolu, Lyr sut que tout ce qui avait été bâti allait être détruit à jamais. Tout doit mourir un jour, même les dieux, telle est la loi qui régit le Monde des Plans. Alors, au jour de la fin de ce monde, Lyr choisit de devenir mortel. Il réunit autour de lui une poignée d'élus, avec lesquels il préserva une partie des connaissances acquises par leurs ancêtres. Du grand temple dévoué au Savoir, qui était le centre de la capitale de feu leur civilisation, il conserva sept pierres, chacune représentant une partie de ce qui devait être préservé. La première d'entre elles, la pierre de la Connaissance, devint la fondation de la cité d'Ambre. Quand ses disciples quittèrent la capitale pour fonder les autres cités, Lyr leur confia à chacun une des six pierres restantes, représentant symboliquement la Force, l'Art, le Commerce, la Sagesse, la Mémoire et la Beauté. Ils devinrent les Disciples de Lyr, et fondirent les Cités-Franches, que vous connaissez aujourd'hui. Corus, l'un de ces disciples, posa la pierre de la Mémoire dans les fondations de la tour des Archives, au pied des contreforts de Hann, sur les berges du lac Karkal. Autour fut bâtie la cité du « Chant de Corus »... Coruscante.

Un silence religieux s'installa.

— Merci pour la leçon d'histoire, Maître Alek... ironisa Estrée. Je suppose que c'est là que nous devons nous rendre.

— Ce n'est pas à moi de vous dire ce que vous avez à faire, ni comment, dame capitaine des Mille Lames.

Estrée s'étonna que le vieil homme soit aussi bien informé, aucun d'entre eux ne s'étant présenté en retour. Elle laissa filer, tandis que le bibliothécaire poursuivait :

— Mais le lieu où repose la Pierre de Mémoire est un lieu de Pouvoir puissant. Une convergence des lignes leys. Les forces telluriques y sont concentrées, en lien avec la pierre de Vie du Plan Primaire.

— Un Node ! comprit l'Héritière du Chaos. C'est un Node. S'il y a un homme-crapaud qui protège un secret dans les sous-sols de la ville, c'est probablement là-bas. Comment y accède-t-on ?

Ce fut Brighit qui répondit à Estrée :

— Les anciens accès depuis la tour des Archives ont été condamnés depuis longtemps, entre les glissements de terrain et les fondations du réseau des égouts. S'il en existe encore, plus personne aujourd'hui ne les connaît. Ce que Nova a découvert dans les cartes, c'est l'ancien collecteur des eaux usées. Le premier, bien avant que les canaux ne fussent creusés. D'anciens tunnels doivent probablement pouvoir y mener.

— Bien… soupira la fille d'Eodh. Il va nous falloir un peu de matériel. Merci, Maître Alek.

— Je vous en prie. Les Disciples de Lyr, que je préside aujourd'hui dans cette ville, ont toujours agi pour préserver les Territoires-Francs. Cette menace est bien plus grande que tout ce que nous avons pu imaginer. Bonne chance à vous. Je retourne à mes grimoires. Nous nous reverrons bientôt.

Sur ses paroles énigmatiques, le vieux bibliothécaire s'éloigna, suivi du scribe qui avait apporté les cartes.

Des cris retentirent à l'extérieur. Le bruit du métal qu'on tord résonna puis se transforma en fracas épouvantable. Nova voulut s'approcher d'une des hautes fenêtres qui donnaient sur la cour intérieure ; Felkeyn lui attrapa le bras et la tira en arrière, juste à temps. Le corps d'un garde traversa la vitre.

Dans une pluie de verre brisé, le corps de *La Fouine* s'encastra dans la cheminée de marbre. La cage thoracique du soldat était enfoncée, et ses membres formaient des angles impossibles avec son torse.

CHAPITRE 55

Un vacarme éclata à l'extérieur de l'hôtel particulier du Haut-Conseiller Dante. On cria confusément des « Aux armes ! » dans la cour. Le bruit d'un pas de course lourd et puissant fit vibrer l'air.

Estrée se tourna vers Rodan et désigna du menton ceux qui ne pouvaient pas se battre, en criant :

— Mets-les à l'abri, Rodan ! Et protège-les !

C'était bel et bien un ordre, le ton de la voix de l'Héritière était sans appel. Rodan le comprit immédiatement, et l'entraînement militaire prit le dessus. Le mercenaire saisit Laureline par la main et se dirigea vers le Conseiller Dante. Du regard, il invita Brighit et Maître Alek à le suivre.

— Vite, par ici ! Il faut s'éloigner des fenêtres ! hurla-t-il.

— Felkeyn, avec moi ! ordonna Estrée. Nova, la table, en hauteur ! En position, tous !

L'Ombre se plaça sur la gauche de la fenêtre brisée, tandis qu'Estrée se mettait sur la droite. Aucun n'avait d'arme à portée de main, sauf la Sœur Grise qui ne se séparait jamais de ses éventails. Nova sauta sur la table, balayant les cartes qu'elle avait si soigneusement assemblées. Elle se campa sur ses jambes, éventails en main. Tous trois observèrent, ébahis, la *chose* qui arrivait droit sur eux.

L'énorme golem de chair, lancé au pas de course depuis la grille d'entrée, balayait les gardes comme un jeu de quilles en bois pour enfants. Le monstre s'élança, en suivant la trajectoire précédemment définie par *La Fouine*, à travers la vitre. Le golem, bien plus large que la double-fenêtre, explosa le cadre en bois, et emporta une bonne partie de la maçonnerie.

Estrée et Felkeyn durent reculer pour se protéger de l'irruption brutale du monstre. Nova croisa ses éventails, mais n'eut pas le temps d'invoquer la Voie du Vent. Plusieurs briques heurtèrent ses épaules et ses bras, tendres caresses au vu de l'immense créature qui fondait sur elle. La Sœur Grise bondit en un saut périlleux arrière, jambes tendues. Nova atteignit le sol juste au moment où les pieds du golem allaient s'écraser sur elle. La table, en revanche, ne résista pas. Le meuble céda dans un craquement sec et une explosion d'esquilles.

Tout en grognant, le monstre fouilla la pièce de ses petits yeux engoncés dans son crâne.

— Qu'est-ce que c'est que cette horreur ! lâcha Estrée.

— Il ne te rappelle rien ? Souviens-toi, le procès ! répondit Felkeyn, reconnaissant Kò'Ankha sous cet amas de muscles difformes.

— Par les Six Chaos ! siffla Estrée. Impossible...

— On dirait bien qu'impossible n'est pas smaugh ! railla L'Ombre. On attaque de flanc ! Nova, essaye de le distraire !

Le golem venait d'apercevoir Miramas, Alek, Laureline et Brighit, qui se précipitaient vers la porte de la salle à manger, protégés par Rodan. L'éclat malsain qui s'alluma dans son regard sans âme confirma l'identité de sa cible.

Cette horreur venait abattre les derniers Conseillers de Coruscante.

Nova, faisant face au golem, le comprit immédiatement. La Sœur Grise s'éloigna du monstre de deux pas chassés rapides, et fit danser ses éventails. Une soudaine lumière naquit entre les feuilles métalliques de ses armes. Le rayon lumineux explosa en flash éblouissant dans les yeux de la créature. Un *Éclat Aveuglant*, une magie généralement utilisée par les prêtres-guerriers de la Lumière ! Décidément, la Sœur Grise était pleine de surprise.

Aveuglé, le monstre rugit de colère, et posa ses énormes mains sur ses yeux. L'effet ne durerait que quelques secondes. Estrée et Felkeyn échangèrent un bref regard : c'était le moment ! L'Ombre se baissa sur la droite du golem, en pivotant sur une jambe, et lança son tibia derrière le genou du monstre. Porté avec la force d'un coup de hache, l'impact le força à plier la jambe, déstabilisé.

Estrée profita de l'ouverture, et bondit, sa *Lame de Volonté* fusant de son avant-bras gauche dans un éclat pourpre. Elle frappa, un estoc foudroyant, directement vers le cœur du golem. L'arme de mana s'enfonça dans la chair flasque et perfora la poitrine du monstre de part en part.

La créature hurla de plus belle, un cri strident, rocailleux et vibrant de rage. La lame magique d'Estrée ne lui fit pas plus d'effet qu'une piqure de moustique. Ce n'était plus ses organes ni son sang qui le maintenaient en vie, mais une magie noire qui animait son corps grotesque. Des insectes venaient de se mettre entre lui et sa proie. Il fallait les chasser. Avec une vitesse inhumaine, le monstre frappa Estrée d'un revers de sa main gauche. Une gifle titanesque, assez puissante pour arracher la tête de l'Héritière du Chaos. Fin de l'histoire.

Bien que surprise par la vitesse du golem, Estrée eut le temps de relever son bras droit pour accompagner l'impact.

Wham !

La fille d'Eodh fut balayée par la violence du monstre. Son bracelet de force se nimba d'un éclat protecteur, lui évitant une fracture. Estrée, prenant le contrôle de sa chute d'une torsion du bassin, se retourna en plein vol. En touchant le sol, elle ficha sa lame de magie pure dans le parquet en bois précieux pour ralentir sa course. L'Héritière se stabilisa en position de sprinteur, relevant les yeux vers le monstre.

Felkeyn profita de ces quelques secondes pour se connecter à son Nexus. L'Ombre glissa dans la transe bleutée du Zen. L'énorme masse du golem se nimba d'un halo orangé. Les mouvements de la créature ralentirent dans son champ de vision.

Mon corps est une arme.
Je suis l'ombre, insaisissable et mortelle.
Je danse et je tue.

Le mantra des ombres s'imprima dans l'esprit de Felkeyn. Qui devint tornade martiale. Le guerrier se lança sur le monstre, déchaînant son art. Frappe du poing fermé à la tempe, droit sur l'artère, suivi d'une seconde sur un centre nerveux. Le bruit écœurant d'un crâne qui se fend. Frappe Cobra du Darkl'gh, dans les yeux. L'œil gauche du monstre éclata. Coup ascendant de la paume sur l'arête du nez. L'os nasal se brisa comme du bois sec, perforant le cerveau. Felkeyn pivota sur lui-même, levant la jambe droite. Coup de pied retourné en balancier du Hache-Ombre. Le talon du guerrier percuta la bouche tordue du golem, éclatant lèvres et dents. Felkeyn réarma sa jambe, inversant le mouvement, et frappa du tranchant du pied dans la gorge du monstre, broyant sa pomme d'Adam, écrasant l'œsophage.

Le golem tenta d'instinct de se protéger de ce déferlement, mais l'Ombre était bien trop rapide. Un nouvel enchaînement brisa ses côtes. Il grogna de frustration, et tendit la main pour essayer d'attraper cet insecte impertinent.

Felkeyn s'était déjà dérobé, lançant son talon dans un mouvement arrière de la jambe, directement dans les testicules.

La créature hoqueta, son œil droit écarquillé plus par surprise que de douleur. La magie noire qui l'animait pulsa dans son corps, insufflant une nouvelle énergie. Avec un cri rauque, le golem frappa du pied à une telle vitesse qu'il trompa la transe de l'Initié. L'assaut du monstre cueillit Felkeyn en pleine poitrine. L'Ombre fut projeté à grande vitesse. Il aurait fini sa course encastré dans une bibliothèque, si Nova n'était pas intervenue.

Les éventails dessinèrent des arabesques à grande vitesse entre les mains de Nova. L'air se chargea d'une lueur nacrée en épousant ses mouvements. La Sœur Grise invoqua un courant d'air chaud qui enveloppa Felkeyn, ralentissant sa chute pour le déposer délicatement sur le sol.

L'Ombre se redressa, une main sur le flanc gauche. Trois côtes brisées, il s'en sortait bien. Il prit le temps de remercier Nova d'un rapide signe de tête.

Tout être vivant, même de cette taille et de cette corpulence, n'aurait pu survivre au traitement que l'homme aux yeux d'acier venait d'infliger au golem. Estrée se rapprocha pour entrer de nouveau dans la danse. Felkeyn lui cria :

— C'est un mort-vivant ! Il faut attaquer la tête, c'est son seul point faible ! Estrée, Nova, on attaque ensemble !

Créé dans un seul but – massacrer Miramas Dante et son épouse –, le golem ignora totalement les trois combattants pour fixer son œil valide sur la porte.

Rodan venait de les faire sortir de la salle à manger. Le mercenaire resta sur le seuil, prêt à faire rempart de son corps. Une épée de lumière cristalline grandit et se solidifia dans sa main.

La créature se prépara à charger, prête à pulvériser tout ce qui se mettrai sur son passage, que ce soit un mur de briques ou un corps de chair et d'os.

Nova déploya ses éventails autour de son corps, s'enveloppant de cette magie si spécifique aux Sœurs Grises. Le fil de ses armes s'illumina. Avec une grâce irréelle, Nova lança ses éventails. Portés par les vents magiques, les deux armes tournoyèrent à vive allure en direction du golem, et se mirent à virevolter autour de son corps grotesque. Une technique semblable à celle que Nova utilisa contre Taï-Lung. Visant les jambes cette fois, les éventails tranchèrent les tendons d'Achille du monstre.

Le golem tomba lourdement à genoux, et beugla de fureur. Il leva le bras droit dans un geste rageur. Une lame de mana pourpre décrivit un arc de cercle précis, et lui sectionna la main à hauteur du poignet.

Estrée s'était placée derrière la créature. Sa première *Lame de Volonté* venait de lui trancher la main. La seconde *Lame* jaillit, extension de sa main gauche, et s'enfonça dans la gorge noueuse du golem. Un gargouillis étouffé remplaça les cris bestiaux.

Il était temps d'en finir.

Felkeyn termina ce ballet martial d'une main-sabre Fenn shah'. Il fit appel à l'un de ses pouvoirs, bien supérieur à celui d'un simple Initié. Ses doigts raidis se nimbèrent d'une aura sombre.

La *Frappe du Vide*. Une technique qui prolongeait le tranchant de la main d'un vide acéré, capable de trancher l'acier.

Son coup marqua les airs d'un trait d'ombre, qui vint caresser le monstre en travers de sa face hideuse, du haut de son crâne, entre ses yeux, jusqu'au bas de sa mâchoire. La tête de l'abomination s'ouvrit en deux. La partie supérieure glissa sur le sol, et atterrit sur le parquet précieux avec un bruit flasque.

Le corps de ce qui fut Kò'Ankha, définitivement sans vie, s'effondra.

Les trois combattants se saluèrent mutuellement d'un signe de tête respectueux. Rodan s'approcha, le Conseiller Dante apparaissant derrière lui, dans l'encadrure de la porte. Estrée colla un dernier coup de pied dans les côtes du golem, juste pour être sûre.

— Notre ennemi a toujours un coup d'avance sur nous… déclara l'Héritière du Chaos. Il est temps d'inverser la donne. Allons lui rendre une petite visite…

Estrée se tourna vers l'Ombre du Néant.

— Felkeyn, tu viens avec moi, dit-elle. Rodan, Nova… je veux que vous rejoigniez les Mille Lames. Le seigneur Cornell aura besoin d'aide.

— Mais… voulut protester Rodan.

— C'est un ordre, trancha Estrée. Et… je crois que c'est mieux pour nous tous que nous agissions… séparément, dès à présent.

Nova opina.

— Je ne suis pas sous vos ordres, capitaine Estrée… nargua la Sœur Grise. Mais pour le coup, je me range à votre avis. Allons-y, Rodan, partons retrouver Liam et Aleenor.

— Rodan… ajouta la fille d'Eodh. Préviens Rens pour moi, veux-tu. Si je ne reviens pas… Il devient le nouveau capitaine des Mille Lames. D'accord ?

— Estrée… tenta le mercenaire.

— D'accord ? insista l'Héritière avec plus de véhémence.

— À tes ordres… capitaine. Sois prudente, tu veux bien ?

— Je ferai de mon mieux. Filez, maintenant. Une dernière chose… dit-elle plus doucement.

Rodan la fixa, en attente. La fille d'Eodh lui offrit son plus beau sourire.

— Merci, Rodan. Pour tout.

Les derniers résidus de la tension entre les deux anciens amants se dissipèrent. Estrée déposa un doux baiser sur les lèvres du mercenaire, puis se détourna.

Miramas Dante observa, interdit, l'énorme masse de chairs qui inondait son beau parquet d'un sang noirâtre. Le bilan s'avérait plutôt lourd pour l'escouade du lieutenant Wolf. Trois soldats broyés à mort par la charge du monstre, en plus de *La Fouine*, qui gisaient désarticulés dans la cheminée en marbre.

Les autres membres de la Garde s'étaient redéployés pour contrôler les alentours. Le quartier était redevenu calme. Toute menace semblait écartée.

Kira entra par la fenêtre pulvérisée. La sergente tenait son bras gauche serré le long de son corps. Une simple épaule déboîtée, elle s'en tirait à bon compte. Elle constata les dégâts avec une grimace.

— Désolée, monseigneur, s'excusa-t-elle auprès de Dante. Cette monstruosité a défoncé la grille et s'est débarrassée de nous comme des fétus de paille. Nous avons remonté sa piste, il semble que cette chose soit sortie du canal le plus proche. À part marcher au fond de l'eau, je ne vois pas comment il a pu arriver jusqu'à ce quartier hautement surveillé...

— C'est probablement ce qu'il a fait, souligna Estrée. Cela confirme notre théorie. Notre ennemi a investi les sous-sols, et utilise les égouts pour commettre ses méfaits. Nova, peux-tu nous indiquer un itinéraire afin de rejoindre ce... temple perdu ?

La Sœur Grise fit la moue.

— Je vais faire de mon mieux, répondit-elle. Felkeyn, tu as quelques talents de pisteur ?

— Je suis le meilleur dans ma partie ! se vanta l'Ombre.

— Prétentieux ! le taquina-t-elle.

Nova rassembla les feuillets épars à même le sol. Felkeyn se baissa près d'elle afin de s'imprégner des plans qu'elle repositionnait minutieusement.

Pendant que Nova proposait un itinéraire à Felkeyn, Miramas rédigea un laissez-passer, marqué de son sceau, qu'il remit à Rodan.

— Ceci vous permettra de passer les postes de gardes et les contrôles sans encombre, expliqua le Conseiller. Du moins, je l'espère, au vu de la situation actuelle. Il vous investit temporairement du pouvoir que je représente. Tous ceux qui sont encore fidèles à Coruscante respecteront mon sceau.

— Merci, monseigneur, répondit le mercenaire en empochant le parchemin roulé.

Laureline s'était elle aussi mise à la tâche. Elle soigna l'épaule de Kira, ainsi que toutes les blessures récoltées durant l'affrontement. La magie curative de la Guelfe Blanche fit des merveilles. Les côtes de Felkeyn furent ressoudées, les plaies de Nova, refermées. Estrée, quant à elle, demanda aux serviteurs de la maisonnée de lui rapporter quelques fournitures : un rouleau de corde solide, des outres d'eau fraîche, et de quoi s'éclairer, idéalement une lanterne tempête alimentée par de la gemmelite.

Une demi-heure plus tard, ils étaient prêts.

Le lieutenant Wolf vint à leur rencontre, accompagné d'une jeune femme en robe bleu nuit brodée de symboles cabalistiques. Felkeyn reconnut Olympe, la magicienne que Valrym de Fenn avait interrogée sur la place du Grand Chant.

— Haut-Conseiller, commença Wolf, j'ai renforcé la protection de votre demeure, et demandé le renfort de la guilde de l'Étoile de Cristal.

— Magnifique ! s'exclama Dante. Jeune Olympe, c'est toujours un plaisir de vous retrouver. Comment se porte mon ami Querryan Avin'en, l'archimage de l'académie d'Ambre ?

La jeune magicienne adressa un sourire amical au Conseiller, tout en saluant l'assemblée d'un signe de tête.

— Il est fidèle à lui-même, monseigneur. Mystérieux, secret, le nez dans ses grimoires. Il doit probablement se pencher sur le problème des portails, à l'heure qu'il est. Soyez assuré que s'il existe une solution, maître Querryan la découvrira !

Dante fit les présentations. La magicienne était humble et d'un abord sympathique. Elle plut immédiatement à Estrée. La fille d'Eodh se rappela les mages hautains et pédants des cours du Chaos. Ses propres professeurs, à l'époque où elle étudiait la magie, étaient une calamité sociale. L'un d'eux avait même proposé à Estrée de coucher avec lui pour accélérer sa progression dans les cercles de magie ! D'ailleurs… Elle se rappela avoir bel et bien couché avec lui. Un coup médiocre, mais qui lui avait épargné plusieurs mois de cours théoriques fastidieux. Un autre temps. Une autre Estrée.

Olympe, magicienne élémentaliste spécialiste du feu, se chargerait de protéger le Conseiller. Avec Shahyne en renfort. En cas de besoin, une bonne lame s'avérerait toujours utile. Le sang-mêlé rageait de ne pas avoir pu se confronter au golem, trop éloigné lors de l'apparition du monstre.

— Je suis certaine que vous serez parfaitement bien protégé, Conseiller ! constata Estrée, souriante. Faites attention à vous.

Le gros bonhomme rougeaud, si antipathique à la base, était sacrément remonté dans l'estime de la fille d'Eodh. Si elle l'avait initialement pris en pitié, elle avait désormais un véritable respect pour cet homme profondément bienveillant.

Laureline apparut au bras de son époux. La prêtresse sortit un petit mouchoir, qu'elle utilisa pour éponger délicatement le front ruisselant de sueur du Conseiller. Un geste tendre et attentionné. Miramas remercia chaleureusement son épouse, puis revint à Estrée :

— J'aurais voulu faire bien plus, capitaine. Hélas, je n'ai jamais trouvé le courage de m'opposer ouvertement à Valrym, contrairement à Liam ou Brighit. J'en suis terriblement navré.

— Au contraire, monseigneur, répondit l'Héritière. Je trouve que vous avez beaucoup de mérite d'avoir supporté ce serpent de Fenn jusqu'à présent. Bonne chance, Conseiller !

Estrée tendit une main ferme vers Miramas. Celui-ci prit le temps d'essuyer la sienne sur sa tunique, avant de serrer les doigts délicats de l'Héritière du Chaos.

*

Sans prendre plus de temps pour faire des adieux, Estrée et Felkeyn quittèrent l'hôtel particulier. La fille d'Eodh avait endossé le manteau en cuir offert par Rosie. Une fois à l'écart, Estrée se tourna vers l'Ombre.

Et sans prévenir, l'embrassa fougueusement.

Sa langue avide de conquête envahit la bouche du guerrier, qui lui rendit aussitôt son baiser avec la même passion. Leurs corps se soudèrent, leurs mains à la recherche de ce contact tant attendu. Un baiser intense, passionné... mais bien trop bref. Si les visages s'éloignèrent, les regards restèrent enlacés.

— Essayons de ne pas mourir, Première Ombre... souffla Estrée d'une voix envahie par le désir. J'entends bien donner une suite à ce baiser.

Felkeyn ne répondit pas. Son souffle court et ses yeux brillants suffirent à exprimer son accord. Sans compter l'érection fulgurante qui déformait son pantalon de cuir.

Pour le couple du Chaos, l'heure n'était pas aux effusions de sentiments. Estrée se força à rompre le contact, elle-même vibrante de sensualité et d'excitation. Elle se retourna pour reprendre la route, quand le paysage changea soudainement tout autour d'elle.

Un gazon soyeux et parfaitement taillé s'étendait à perte de vue, jusqu'à l'horizon. Cyprès, lauriers, ifs et buis ornaient cet écrin de verdure. Un ciel bleu azur, décoré d'un disque solaire flamboyait, offrant à ces lieux un air de paradis.

Estrée était revenue au sein de l'Éternel Jardin.

CHAPITRE 56

Le Smaugh qui se cachait sous la peau du Conseiller d'Antiope était enfin arrivé à maturité. Prostré dans une anfractuosité chitineuse de la grotte de l'arbre à cosses, il geignait de douleur et de plaisir à la fois. Il déchira les derniers lambeaux de peau vaguement humaine de son corps nu. Entre ses jambes, ses organes sexuels étaient apparus. Le Smaugh consommait avidement sa première érection, baignant dans ses propres fluides. Dans un ultime râle, il éjacula pour la troisième fois, alors que ses os et ses organes devenaient définitivement conformes à sa race.

À l'écart, Raïsh'Aàn observait la mutation avec satisfaction. Dans sa main, un long clou d'acier noir luisait des reflets mauves de la luminosité ambiante. La pointe d'acier crépitait de la magie smaugh qui l'imbibait. Plantés à des points bien précis de leurs crânes, ces clous transformaient la douleur en plaisir, et démultipliaient les sensations.

De Leovald d'Antiope, il ne restait rien. Tout avait été consumé par l'organisme qui avait pris sa place, pour donner naissance à un nouveau guerrier de cette race conquérante.

Le jeune Smaugh se redressa, tremblant encore de ses récents orgasmes, et vint poser ses deux genoux à terre, aux pieds de son maître. Raïsh'Aàn leva bien haut le clou sombre, prononçant une incantation lugubre ; d'un geste précis et vif, il planta la pointe dans le crâne offert, en hurlant :

— Je te nomme Tal'Raak ! Les Smaughs comptent un nouveau frère de race ! Nous vivons et mourrons pour notre déesse. Øz ! Glorifié soit son nom pour l'éternité !

Tal'Raak se redressa fièrement. Son visage triangulaire fendu d'un sourire carnassier. À son tour, il était prêt pour la curée.

CHAPITRE 57

Le gazon de l'Infini Jardin était toujours aussi parfait. Estrée fit quelques pas, profitant de ce paysage idyllique. Les brins d'herbe, animés d'une vie propre, se redressaient sous ses pas pour reprendre leur place, gardant ainsi les lieux immaculés. C'était ici, il y a quelques jours à peine, qu'elle avait triomphé de Devora Al'Chyaris, le spectre de ses erreurs passées.

Au détour d'une haie de cyprès parfaitement taillés, elle retrouva le dôme de vigne vierge, formant un havre de paix bucolique dans ce paysage enchanteur. De minuscules lucioles flottaient dans l'air, lumignons dorés qui s'agitèrent pour fêter le retour de l'Héritière du Chaos.

Sous le dôme végétal, le Jardinier l'attendait. L'homme sans âge, aux cheveux d'un blanc laiteux coupés très court, se tenait droit et immobile. Lorsque Estrée approcha, son visage sec au nez fin s'éclaira d'une joie réelle. Il lissa d'un geste coutumier sa longue redingote vert olive, chassant un pli imaginaire.

— Estrée d'Eodh ! clama-t-il. Si j'avais un cœur, il bondirait de joie de vous revoir. Vous m'avez l'air en excellente forme.

— Cher ami roi des pucerons, plaisanta Estrée. Vous savez toujours autant ménager vos entrées.

La fille d'Eodh s'approcha du Jardinier. Elle hésita un instant, puis haussant les épaules, elle prit l'étrange personnage entre ses bras, lui offrant une accolade amicale.

Le Jardinier resta tétanisé, les bras ballants le long du corps, les sourcils arqués. Puis il sourit, et tapota très légèrement le dos de l'Héritière, comme s'il craignait de la casser. Il poussa un soupir de soulagement lorsqu'elle desserra son étreinte.

— Vous m'excuserez de vous avoir amené céans sans prévenir, ma chère. Je souhaitais vous voir plut tôt, mais je ne voulais pas qu'on m'accuse de... comment disent-ils, déjà ¿ *Deus Ex Machina* ¿ Quelle étrange expression.

Estrée secoua la tête, interdite.

— Bien que, cette fois, je n'aie pu attirer ici qu'une petite partie de votre conscience, poursuivit le Jardinier. Même si cela vous apparaît... physique... vous n'êtes ici que par l'esprit. Toutefois, esprit et matière sont égaux par ailleurs, tout comme ce qui est en haut est comme ce qui est en bas. Ce qui explique, par corrélation, que vous puissiez physiquement ressentir ce que vous touchez ici. N'est-ce pas ¿

La fille d'Eodh baissa les yeux, soudainement très lasse. *J'ai failli lui dire qu'il m'avait manqué, mais... non. Au bout de cinq phrases, je sens déjà une terrible migraine s'installer.* Prise d'une inspiration soudaine, Estrée sourit avant de répondre :

— C'est si évident que cela va sans dire !

— Précisément ! s'enjoua le Jardinier. Et moi qui vous prenais pour une inculte à l'esprit obtus. Mais je constate que la graine a germé, afin de donner ses fruits.

— Juste pour être sûre... s'enquit Estrée. Suis-je la graine ou le fruit ¿

Le Jardinier cligna deux fois des yeux.

— De l'humour, n'est-ce pas ¿ avança le maître de l'Infini Jardin.

— Précisément ! clama Estrée. Vous voyez que vous n'avez pas l'esprit obtus !

— Je… Est-ce toujours de l'humour ? Mâtiné d'une pointe d'ironie ?

Mutine, Estrée pencha la tête de côté, affichant un magnifique sourire narquois. Le Jardinier esquissa trois intonations d'un rire totalement artificiel, et s'exclama :

— Formidable ! Grâce à vous, je me découvre une totale aisance en société. Maîtriser l'humour et l'ironie ne font pas partie de mes attributions initiales. Je suis un cultivateur, je plante des graines afin que…

Estrée le coupa dans sa tirade, qu'elle ne connaissait déjà que trop bien :

— Pourquoi m'avez-vous fait revenir ici ?

— Oh, certes, certes. Voilà, ma chère, je voulais vous présenter mes excuses.

— Vos excuses ? Pour m'avoir sauvé la vie et libérée de mon fantôme ? Vous êtes impayable… se moqua gentiment Estrée.

— Eh bien, pour vous dire une partie compréhensible de la vérité, je vous ai un peu… manipulée.

— Sans blague ? Figurez-vous que je me doutais que vos actes n'étaient pas désintéressés. Je suis l'Héritière du Chaos, l'auriez-vous oublié ? Le Chaos, Plan Maître des intrigues et des mystères… Mais je suis curieuse, messire Jardinier. Quel était mon rôle dans vos plans secrets ?

Le curieux personnage fit quelques pas dans l'herbe, les mains jointes derrière le dos.

— Voyez-vous, reprit-il après une courte réflexion, moi aussi, je sers un maître. Enfin, devrais-je dire *servais* un maître. Le Seigneur Destin, pour être exact, dame du Chaos. Ce dernier voulait vous utiliser pour atteindre le seul être sur lequel il n'avait aucune emprise. Un être, comme il n'en existe qu'un seul par génération. L'héritier de l'éclat primordial qui fit éclater le Néant, et donna naissance à notre univers. Qu'on appelle... *Hors-Destin.*

Estrée haussa un sourcil.

— Et le *Hors-Destin*, chère Estrée, n'est autre que Cellendhyll de Cortavar.

La fille d'Eodh n'était pas sûre de tout comprendre.

— En quoi aurais-je été capable d'avoir une quelconque influence sur Cellendhyll ? demanda-t-elle.

— S'il fut le roi blanc sur le vaste échiquier du Monde des Plans, vous en étiez la reine noire, très chère.

— Arrêtez de m'appeler *très chère.*

— Bien sûr, bien sûr. Et grâce à vous, le Destin espérait retrouver son emprise sur le seul qui lui échappe. Cellendhyll. Le *Hors-Destin*. Vous comprenez, très chère ?

— Non. Et arrêtez de m'appeler comme ça. D'accord, vous m'avez sauvée et entraînée pour que je vous serve contre Cellendhyll... mais à quoi, au juste ?

— À le tuer, évidemment ! Vous deviez devenir une championne du Destin, à votre tour !

— Tuer Cellendhyll ? Moi ? Vous êtes cinglé... Il m'arracherait la tête avec son petit doigt gauche, répliqua-t-elle en ricanant.

— Votre entraînement n'était pas terminé... Vous avez découvert vos nouvelles capacités, mais vous êtes loin de leur réel potentiel. Une petite cure dans les sources de *mana sauvage* aurait très bien pu... Allons, je m'égare !

— Bon, trancha Estrée. Et maintenant ? Vous m'avez fait venir pour prendre le thé et discuter ? J'ai une armée smaugh à arrêter, moi.

— Sur ce point, très ch... (Estrée le transperça de son regard) hum. Sur ce point, je suis désolé de devoir mettre un frein à vos espoirs. Aucun avenir possible ne vous affiche victorieuse.

— Ça, c'est vous qui le dites. Les prédictions de foire, je m'en passe volontiers.

— Je le sais, vous ferez votre possible. Hélas, les fils du Destin ont déjà été tissés, certains ne peuvent être rompus. Vous retrouverez le *Hors-Destin* et, à ce moment-là, vous devrez prendre une décision cruciale pour le Monde des Plans.

Le Jardinier lança un regard paternel à Estrée.

— Rien à faire de vos foutaises ! jura l'Héritière. Croyez-moi bien, messire le cultivateur, je ferai tout mon possible pour éviter Cellendhyll. Je n'ai pas l'intention de recroiser sa route, jamais. Encore moins de me battre contre lui. Et puis quoi encore, coucher avec lui, peut-être ?

Le maître de l'Infini Jardin resta silencieux, les traits figés, inexpressif.

— Vous le savez ! poursuivit Estrée. Je vous l'ai dit lors de notre dernière rencontre : je ne laisserai plus personne dicter ma vie. Le Seigneur Destin ou qui que ce soit d'autre, peut enfouir ses projets bien profondément dans son fondement !

Estrée s'était laissé emporter. Elle se força à se calmer, l'homme n'était pas responsable de sa colère. Une rage qui visait plutôt son père, le duc Elvanthyell, pour l'avoir utilisée contre les Ténèbres. Une colère envers son frère Morion, qui voulait toujours contrôler ses actes. Envers Cellendhyll, qui... qui... Elle ne savait plus. Estrée avait fui son monde et ses responsabilités car elle se sentait coupable. Impuissante. Et abandonnée.

— Désolée... Je n'ai pas à passer mes nerfs sur vous. Malgré ces billevesées sur le *Hors-Destin*, vous m'avez aidée. J'accepte vos excuses, si vous acceptez les miennes pour mon mauvais caractère.

— À la bonne heure ! Vous me voyez ravi que nous puissions nous entendre.

— Et qu'allez-vous dire à votre... maître ? demanda Estrée.

— Je vous passe les détails, ma chère. Il s'avère que de récents événements m'ont... libéré de cette allégeance. Je n'ai plus de compte à rendre, plus de sermons à subir, plus d'ordres impossibles à exécuter. Je suis libre !

Le Jardinier sauta en claquant des talons, et tourna sur lui-même, mimant une gigue ridicule. Estrée le regarda faire, hésitant entre éclater de rire, ou lui prendre le bras pour danser avec lui. Il cessa enfin sa danse, retrouvant sa dignité tout en lissant sa redingote.

— Navré, dit-il en reprenant constance. De nouveaux paramètres m'obligent à exprimer ma joie de cette façon. Je disais donc : me voici affranchi de mon maître.

— Qu'est-il arrivé ? s'enquit la fille d'Eodh.

— Je ne peux hélas pas vous donner de détails précis. Vous l'apprendrez bientôt par une autre voix que la mienne. Néanmoins, je tenais aussi à vous préciser que dès à présent, je ne serai plus en mesure de vous aider. Mes modestes pouvoirs ne pourront plus transgresser les lois de l'univers afin de plier l'espace et le temps en votre faveur, très chère !

Cette fois, Estrée ne s'offusqua pas du tic de langage du Jardinier. Elle se contenta de hausser les épaules en l'ignorant.

— D'accord, dit-elle, j'ai compris. Je ne poserai pas de question. S'il n'y a plus de racines pour entraver mes ennemis, ni de promenade dans ce merveilleux jardin, dois-je comprendre que je ne vous verrai plus ?

— C'est probable, dame du Chaos. Mon rôle se bornait au premier tome de votre histoire. La suite, vous l'écrirez vous-même. Mais je vous rassure : vous ne serez pas seule.

— Vous n'allez pas encore me parler de Cellendhyll, j'espère ¿!

— Il ne m'appartient plus de vous révéler vos futurs possibles. Ce fut un honneur d'être votre tuteur, Estrée d'Eodh ! clama joyeusement l'homme.

— Ce fut un honneur d'être votre belle plante, messire Jardinier. Ah, au fait, j'allais oublier !

Estrée farfouilla dans une poche intérieure de son armure en cuir de griffon. Elle en sortit un rond de verre serti dans un petit cercle doré, chaînette assortie.

— Vous avez perdu ça ! dit l'Héritière en lui tendant son monocle.

— Par le Grand Gazon chatoyant ! Mille mercis, dame du Chaos ! Je vais pouvoir reprendre la taille de mes plantes adorées, à présent.

L'homme regarda longuement Estrée sans cligner des paupières. Ses lèvres dessinèrent un fin sourire qui plissa ses yeux. Une réelle émotion venait d'apparaître, pour la première fois, sur le visage du maître de l'Infini Jardin.

— Adieu, Estrée d'Eodh, dit-il d'une voix subtilement triste.

— Adieu, messire Jardinier, répondit-elle avec chaleur. Ce fut aussi un plaisir, étrange sans doute, mais un plaisir de vous avoir connu.

— Grandement partagé. Bon voyage, très chère.

Estrée voulut s'approcher pour une nouvelle étreinte. Elle cligna des yeux. Les rues de Coruscante étaient de nouveau à leur place. Felkeyn se tenait à côté d'elle, souriant. Son ultime promenade au sein de l'Infini Jardin n'avait duré qu'une seconde.

— En route ! déclara-t-elle. Il est temps de casser du Smaugh !

CHAPITRE 58

Le sergent Gorjo attendait désespérément la relève d'une garde qui n'en finissait pas. Affecté à la grande porte sud de Coruscante depuis des années, le soldat rêvait d'une promotion qui lui offrirait le confort d'un petit bureau, une bonne solde pour remplir sa bourse, et enfin, lui permettrait de fuir les odeurs infâmes émanant à la fois des bas quartiers et du port de pêche. Le poisson ! Gorjo détestait le poisson ! Malheureusement pour lui, cette promotion, c'était Wolf qui l'avait obtenue l'an dernier. Gorjo détestait Wolf presque autant que le poisson… À l'approche de la cinquantaine, célibataire sans enfants, le soldat trapu au visage rougeaud passait son temps libre dans les tavernes du port, dépensant ses licornes en jeu, alcool et ribaudes. Une réputation qui ne l'avait pas aidé à obtenir une quelconque promotion. Le capitaine Firenzo l'avait d'ailleurs pris en grippe. L'officier n'aimait pas trop que ses soldats traînent ce type de notoriété. Gorjo était donc planton à la porte sud tous les après-midi, aux heures les plus cuisantes, aux odeurs les plus prononcées.

La nouvelle de la mort du Haut-Conseiller Valrym n'était pas encore arrivée jusqu'à lui. Il se bornait à contrôler les allées et venues de tous ceux qui lui paraissaient un peu louches. Comprenez : qui ne lui graissaient pas la patte au passage. La seule particularité dans son quotidien était un mandat d'amener, émis par le juge Volk deux jours plus tôt, et concernant deux personnes.

La première était le Conseiller déchu Liam Cornell. Gorjo n'en était pas surpris, ce dernier avait délibérément mis Coruscante en danger avec ses indigènes assoiffés de sang.

La seconde, plus étrangement, était Laureline Dante, l'épouse du Conseiller Miramas Dante. Pour le coup, Gorjo n'avait pas la moindre idée de ce que la prêtresse de la Guelfe Blanche avait pu faire. Il l'avait vue une fois, lors d'une cérémonie officielle ou quelque chose du genre. Le sergent se rappelait vaguement une jeune femme discrète et plutôt mignonne. *Il ne se refuse rien, le gros Dante ! Cette éponge à sueur se tape une jeune et jolie damoiselle... Le prestige et le pouvoir, je suppose...* morigéna Gorjo.

Un carrosse aux effigies des banques Satine fila sous son nez, sans prendre la peine de s'arrêter. Lancé à vive allure, le véhicule faillit rouler sur les pieds du sergent.

— Hééééé ! cria Gorjo.

Mais le carrosse était déjà loin.

Un arbalétrier de seconde classe, répondant au nom de Vanis, s'approcha de Gorjo. Ce jeune homme athlétique dépassait le sergent d'une bonne tête.

— Dites donc, sergent, il a failli vous aplatir celui-là... railla Vanis de sa voix de baryton. Je ne sais pas ce qui se passe, c'est le troisième carrosse qu'on voit filer comme ça aujourd'hui. À croire que la banque Satine a fait faillite...

Tout en suivant la trajectoire du carrosse fou furieux, Gorjo plissa les yeux. Une colonne de poussière s'élevait à quelques centaines de mètres au sud-est. Il n'y avait là-bas qu'une seule route, rarement utilisée, si ce n'est par l'ex-Conseiller Cornell pour acheminer ses troupeaux de chevaux pelloniens en ville.

— *Foutresang,* Vanis ! Appelle Firenzo. Je crois bien que le Cornell se pointe par ici. Si j'arrête ce foutu traître, j'aurai enfin droit à ma promotion ! Allez, va chercher le capitaine, et amène du renfort !

Laissant Vanis à sa stupeur, Gorjo saisit sa vieille arbalète, et s'avança pour se camper à une intersection. À sa gauche, la route menait au caravansérail, et aux docks de la ville. *Peut-être que l'ex-Conseiller espère y vendre ses chevaux et financer sa fuite...* pensa Gorjo. À sa droite, le chemin se séparait en une multitude de venelles tentaculaires, serpentant entre les bâtisses branlantes des faubourgs. Le sergent détacha le rabat en cuir de son carquois, saisit un carreau et le glissa dans la gouttière de son arme. Il posa ensuite son arbalète sur le sol terreux, passant son pied dans l'anneau de fer placé en tête de l'arme. Saisissant les deux poignées de part et d'autre du fût, il tendit la corde et la plaça dans son logement. *Clac !* Arbalète chargée. Gorjo était prêt à faire la démonstration de son autorité.

Et de fait, Liam Cornell apparut depuis le sud-est. L'imposant Rens, Aleenor, et K'Lishaa la centaure, se tenaient à ses côtés. À leur suite, venaient cent cinquante mercenaires de la Compagnie-Franche des Mille Lames, tous montés sur les meilleurs destriers pelloniens du cheptel de Liam. Une centaine de centaures vêtus de cuir, armés d'arcs longs et de cimeterres. Trois cents hommes, femmes et enfants Kàwanakhees, à pied, pour beaucoup armés eux aussi. Ainsi que sept chariots lourdement chargés ; de mercenaires blessés, mais aussi de réserves de munitions, d'eau et de nourriture.

Gorjo observa bouche bée le long cortège approcher. À une dizaine de mètres de lui, Liam Cornell leva le bras droit, main fermée. Parfaitement disciplinés, les cavaliers stoppèrent le pas de leurs montures. La longue colonne d'indies s'arrêta avec moins de panache.

Les chevaux piaffèrent, et les conversations se turent. Liam mit pied à terre. Le sergent leva son arbalète. Le tremblement qui agitait l'arme n'était pas bon signe, témoignant de la nervosité du soldat.

— Halte ! ordonna Gorjo. Seigneur Cornell... Je... Je vous arrête !

*

Le carrosse léger affrété par le Haut-Conseiller Dante déposa Rodan et Nova à la porte sud de Coruscante.

— Nous trouverons des chevaux au caravansérail ! déclara le mercenaire en pressant le pas.

Tous deux franchirent la muraille, s'étonnant de ne pas y trouver de garde en faction.

— Il n'y a personne ? constata Nova. À cette heure-ci il y a toujours au moins deux gardes, dont le sergent Gorjo. C'est un homme bourru et quelque peu dépravé, pour autant, ce n'est pas un mauvais bougre.

Rodan entendit un bruit caractéristique : celui des bottes martelant le sol à une cadence militaire.

— Planque-toi ! chuchota-t-il à Nova.

Le mercenaire tira la Sœur Grise par le bras, la forçant à se baisser derrière un petit muret. Juste à temps !

Dix arbalétriers d'élite, armés de pied en cap, jaillirent de l'angle de rue le plus proche et se hâtèrent de passer par la porte sud. À leur tête, un fier officier de grande taille, aux courts cheveux blond cendré et à la fine moustache.

— C'est Firenzo ! constata Nova.

— Le capitaine qui a poignardé Valrym, selon les dires de Felkeyn ?

— Oui, c'est lui... répondit la Sœur Grise. Enfin, quelque chose qui lui ressemble. Je pense que c'est un Smaugh, lui aussi. Il émane de lui une aura qui me donne le frisson. Si j'ai raison, il faut l'arrêter, et vite.

— Viens, suivons-les, proposa Rodan. Voyons où ils se dirigent avec un tel entrain...

— Tu as raison, ils ne sont que dix, de toute façon... taquina Nova en haussant les épaules.

— Que sont dix arbalétriers face à la puissante Sœur Grise qui m'accompagne ?

— Et du vaillant Paladin à ses côtés... répondit Nova avec une pointe de sensualité.

Le mercenaire se laissa aller sans réfléchir à un soudain élan. Il se pencha sur Nova, et l'embrassa. Un baiser chaste, timide, où les lèvres s'effleurent. Qui fit naître un long frisson tout au long de l'échine de la jeune femme. Nova sourit, passant sa main sur la joue de Rodan.

— J'ai cru que tu ne te déciderais jamais... souffla-t-elle. Par contre, il faudra mieux choisir tes moments...

Nova se redressa, jugeant les soldats suffisamment éloignés. Cette fois, ce fut elle qui prit Rodan par la main pour le mettre en mouvement. Ils échangèrent un regard complice et chargé de promesses, puis emboîtèrent la marche des arbalétriers.

CHAPITRE 59

Estrée glissa sur le pavage humide des égouts pour la troisième fois. Ses pieds partirent dans un entrechat grotesque. Elle se retint in extremis au bras de Felkeyn.

— Peste soit de ces… Raaah ! ragea-t-elle sans finir sa phrase.

La fille d'Eodh serra les dents. Dans ces tunnels obscurs, qu'ils arpentaient depuis plus de deux heures, il valait mieux être discret. Pas question de retomber sur une horde de morts-vivants, cette fois-ci. Ou pire.

Felkeyn lâcha un petit rire moqueur.

— Eh bien, Héritière du Chaos, où est ta légendaire grâce surnaturelle ?

Une réponse vint à l'esprit d'Estrée, mais elle préféra dire :

— Je n'ai pas tes yeux de chat, moi, Première Ombre. Je ne vois pas dans le noir. Alors si tu es si malin, essaye de me prévenir quand le sol devient glissant ?

Suivant le plan et les indications fournies par Nova, le couple du Chaos avait pénétré les souterrains de la ville depuis un tunnel servant à la maintenance des canaux qui parcouraient la ville. Si Estrée se fiait totalement aux talents de pisteur de Felkeyn, elle soupçonnait le guerrier d'être plus à l'aise en extérieur que dans ces tunnels nauséabonds. Néanmoins, l'homme aux yeux d'acier avançait sans hésitation depuis leurs premiers pas dans ce réseau, qui creusait le sol sous Coruscante comme une gigantesque fourmilière.

— Ça va nous prendre longtemps, cette petite promenade ? chuchota Estrée, qui détestait les lieux et son panel d'odeurs plus immondes les unes que les autres.

— J'ai dû faire un détour pour éviter la faune locale… Je suis certain que tu n'as pas envie de faire leur connaissance, sourit Felkeyn.

— Tu veux parler des Fangeux ? Merci, j'ai déjà donné.

— Vraiment ? Vous êtes pleine de surprise, Estrée d'Eodh. Vous savez vous faire des amis partout… se moqua gentiment l'Ombre.

— C'étaient les amis de Nova. Allez, avance, au lieu de faire de l'humour.

Estrée et Felkeyn purent enfin cesser de patauger dans les égouts, pour emprunter une galerie plus étroite. La fille d'Eodh alluma la lampe-tempête. Un faisceau de lumière pâle éclaira suffisamment les lieux pour qu'elle puisse marcher sans risque de se rompre une cheville, ou d'attirer l'attention. Ils foulaient à présent un sol en terre argileuse, dans un tunnel maçonné de briques rouges, soutenu par des arches en ogives.

— D'anciennes fondations, précisa Felkeyn en sortant le plan dessiné par Nova. Nous sommes sur la bonne route. Regarde…

L'Ombre désigna à Estrée un entrelacs de lignes qui se croisaient, dessinées au fusain sur un parchemin. Elle n'y comprenait absolument rien, mais opina avec l'air de ceux qui savent.

Ils marchèrent une heure de plus dans ce dédale. Certaines galeries s'étaient effondrées à travers les siècles.

L'air devenait plus rare, chargé d'une fine poussière. Felkeyn continua de les guider, prenant le temps pour se repérer à chaque intersection. Ils débouchèrent sur un croisement en Y. Là, le guerrier s'arrêta, hésitant. Il se baissa, posant un genou au sol, palpant la terre délicatement du bout des doigts.

— La Première Ombre se serait-elle égarée ? plaisanta Estrée.

— Je ne me perds jamais, l'Héritière. Je suis juste prudent. Et nous ne sommes pas seuls par ici…

Estrée redevint sérieuse. Elle se baissa à hauteur de Felkeyn, cherchant à voir d'éventuelles traces. Elle discerna bien quelques irrégularités dans le sol terreux. De là à y voir des empreintes…

— Ici, ici, et là, précisa Felkeyn en pointant plusieurs endroits sur le sol. Deux paires de bottes, et une de pieds nus. Et pas humains, je dirais. Ça m'évoquerait plutôt des pieds palmés, si tu vois ce que je veux dire.

— Notre ami l'homme-crapaud… conclut Estrée. Et les autres ?

— La première empreinte est celle d'un homme au pas sûr, qui ne prend pas la peine de se faire discret. La seconde… témoigne d'une démarche plus légère. Quelqu'un qui préfère ne pas laisser de traces. Un pas souple, martial. Je penserai à une femme. Mon intuition me souffle un nom : la Mygale.

La fille d'Eodh soupira. Cela commençait à faire beaucoup d'adversaires potentiels.

— Il y a d'autres traces, poursuivit Felkeyn. Plus anciennes. Impossibles à déchiffrer avec précision. Au moins, nous sommes sur la bonne piste. Toujours déterminée à continuer ?

— Évidemment ! Et puis, qu'est-ce que je risque, avec l'Ombre du Néant à mes côtés ?

— Une cheville foulée ?

— Gros malin ! Alors, c'est quel chemin ?

Felkeyn désigna un tunnel qui s'enfonçait en pente douce, plus profondément dans les entrailles de Coruscante.

— Les femmes d'abord ! fit l'Ombre avec une révérence appuyée.

— Je n'ai jamais apprécié la galanterie. Cesse de minauder, et ouvre la route, tu veux bien ? répondit Estrée, un faux air outré sur le visage.

Ils partagèrent un sourire, un regard, leurs mains se touchèrent un court instant. Bien trop court. Leur lien grandissait, se forgeait dans les épreuves et l'adversité. Que pouvait-il en résulter, au final ?

Estrée préféra ne pas y penser.

*

La galerie souterraine menait à une vaste salle, construite en forme de dôme. Ils étaient de nouveaux dans les égouts, une partie bien plus ancienne cette fois. Huit tunnels amenaient paresseusement les eaux usées jusqu'à un collecteur circulaire, qui se jetait lui-même dans un large bassin, fermé d'une épaisse paroi amovible en bois gorgée d'eau. Des arches de pierre reliaient les tunnels d'accès à une plateforme, au centre de ce vaste ensemble. Sur les bords, plantés comme les dents cariées d'une antique mâchoire, des mécanismes faits de rouages et de leviers rouillés. Le tout devait permettre de réguler les eaux en cas de crue du lac Karkal. Si les lieux étaient à l'abandon depuis des décennies, de petits éclats de gemmelite étaient toujours fixés dans le plafond, diffusant une lueur lugubre et clignotante. L'écoulement d'eaux graisseuses résonnait dans la salle. Une odeur de décomposition rendait l'air quasi irrespirable.

Estrée allait s'engager sur l'une des arches de pierre, lorsque Felkeyn l'arrêta d'un geste.

— Attends... dit-il tout bas. Quelqu'un approche...

La fille d'Eodh fit un signe de tête, et moucha la lumière de sa lampe-tempête. Le couple du Chaos se dissimula dans l'ombre du tunnel qui les avait menés jusque-là. D'un passage opposé, deux silhouettes apparurent.

Une voix rauque couvrit le clapotis des égouts, éructant les mots plus qu'elle ne les prononça :

— Le golem a échoué... glapit Moggus en claquant de la langue plusieurs fois. Et Dante est bien protégé, à présent. Le Maître est en colère. Tu vas devoir te concentrer sur ta deuxième cible, à présent. Rapporte-nous les têtes du Conseiller Cornell, et de sa fille. Personne ne doit s'opposer à la Conquête de Sang !

Derrière l'homme au faciès de crapaud, vêtu de sa traditionnelle robe de bure souillée, la Mygale surgit à son tour. Elle suivait Moggus sans répondre. Tous deux s'engagèrent sur une arche pour rejoindre la partie centrale. Avant d'y poser un premier pas, Ayæsha se figea. Son instinct de tueuse venait de s'éveiller. De ses petits yeux noirs, elle fouilla les ténèbres. Son regard venimeux s'arrêta longuement à l'endroit où, quelques secondes plus tôt, se tenait le couple du Chaos.

Moggus pencha son ignoble tête de côté, ses yeux globuleux injectés de sang fixés sur la Mygale.

— Un problème ? demanda-t-il en projetant une grosse bulle de salive.

Ayæsha fit une moue contrariée, et imposa le silence d'un geste. Son katar était apparu dans sa main.

Felkeyn ne put s'empêcher de ressentir du respect pour la tueuse. *Dommage qu'elle soit dans le mauvais camp...* se dit-il en souriant. Ils devaient réagir, s'ils voulaient conserver un tant soit peu l'avantage de la surprise. L'Ombre ne savait pas quel risque représentait l'homme batracien, mais il savait la Mygale particulièrement redoutable. Cette fois, Felkeyn ne se laisserait pas duper par ses ruses.

L'Ombre ferma les yeux et se concentra. Totalement reposé, ses pouvoirs étaient à leur plein potentiel. Il se connecta à son Nexus avec aisance. Felkeyn se tourna vers Estrée, qui était déjà prête à bondir. Il posa son index sur ses lèvres en un « chut » silencieux, lui adressa un clin d'œil et lui prit la main.

Estrée sentit une vague de puissance l'envahir. L'effet fut celui d'un souffle puissant qui s'empara de chaque particule de son être ; elle se sentit s'évaporer. Elle serra la main de Felkeyn pour conserver un lien palpable avec la réalité. Puis les faibles couleurs environnantes du monde autour d'elle s'inversèrent. Ses perceptions furent chamboulées. Estrée eut l'impression de voir les sons et d'entendre les couleurs. L'Ombre et l'Héritière disparurent dans le *Néant*.

La Mygale traversa rapidement l'arche pour atteindre le tunnel abritant le couple du Chaos. Personne. Son instinct se tut. La menace qui l'avait réveillée avait disparu. Ayæsha rangea sa lame triangulaire dans son fourreau de cuisse, et retraversa le pont pour rejoindre Moggus. La tueuse fronçait les sourcils d'incompréhension.

— Tu es complètement paranoïaque, la Mygale, éructa l'homme-crapaud dans un rire postillonnant.

— C'est ce qui me maintient en vie... feula Ayæsha.

Le rire de Moggus s'étrangla. Surgissant de nulle part, juste derrière la Mygale, deux silhouettes venaient de se matérialiser. Une femme, titubante et désorientée. Un homme, qui par contre, tenait une lame déjà prête à frapper.

Ayæsha se retourna, prête à réagir. Trop tard. Rien ne pouvait prévenir une frappe surgissant du *Néant*. L'entraînement martial de la tueuse lui épargna néanmoins de subir un coup fatal. La Mygale se laissa porter par une esquive du buste totalement intuitive. Elle sentit le sabre court de Felkeyn qui, au lieu de lui trancher le cou, lui fendit le visage en diagonale sur toute sa longueur.

L'homme aux yeux d'acier venait de frapper d'un large revers latéral. Une attaque sournoise, parfaitement exécutée. Cette fois encore, Ayæsha s'avéra pleine de ressources. La Mygale, bien que cruellement blessée, volta pour se mettre hors de sa portée. Felkeyn se campa sur ses jambes et dégaina son second sabre, en prise inversée dans sa senestre.

Estrée posa un genou et les deux mains sur le sol. La tête lui tournait, elle lutta contre une envie de vomir. Elle ne percevait que quelques images troubles. Heureusement, cette soudaine nausée passa très vite. Une poussée d'adrénaline secoua son corps, et tous ses sens lui revinrent. *Je ne sais pas ce que c'était, mais j'en reprendrais volontiers !* Estrée se releva en saisissant la poignée de son arme.

Ayæsha gardait sa main gauche serrée contre son visage en sang. Une grimace de rage et de douleur déformait ses traits. Elle accusait le choc avec une énergie surhumaine. Grâce à son esquive purement instinctive, elle avait pu éviter non seulement la décapitation, mais aussi de perdre un œil. Son visage s'ornait à présent d'une profonde entaille de travers. Son sang ruisselait sur sa mâchoire, le long de son cou, et inondait son torse.

Felkeyn hésita à enchaîner. Il gardait Moggus à l'œil. Jusque-là, l'affreux batracien n'avait pas réagi. Il observait Felkeyn de son regard exorbité. L'un de ses yeux divergea de l'autre pour se poser sur Estrée. La fille d'Eodh prit place aux côtés de l'Ombre.

— Préviens, la prochaine fois, Fel… grogna-t-elle.

Felkeyn répondit d'un haussement d'épaules. Le guerrier sourit à la Mygale pour mieux la provoquer :

— Comme on se retrouve… ça fait mal ?

Ayæsha s'était mise en garde, le katar levé. Combattante éprouvée, elle avait remisé la douleur dans un coin de son esprit, pour se focaliser sur le combat. Elle glissa d'un pas vers Moggus, pour qu'il puisse couvrir ses flancs. L'homme-crapaud en décida autrement.

Moggus se ramassa sur lui-même et bondit. Un saut prodigieux, qui lui permit d'atteindre la voûte, quatre mètres plus haut. Les doigts de ses mains et de ses pieds adhérèrent à la brique, collés au dôme de la grande salle. Sa tête se tourna dans un angle impossible. L'homme-crapaud darda un œil sur ses adversaires, tandis que l'autre fouillait tous les recoins de la salle. Puis il se mit à ramper à grande vitesse sur le mur. S'engouffra dans une ouverture. Et disparut.

Estrée se lança à sa poursuite. Elle se précipita vers le tunnel emprunté par la créature, tout en criant à Felkeyn :

— Il est à moi, celui-là ! Occupe-toi d'écraser cette araignée !

Le guerrier ne lâchait pas Ayæsha du regard. Pas d'aiguille empoisonnée pour bloquer son Nexus, cette fois. Felkeyn disposait de toute sa panoplie martiale.

— Rien que toi et moi, la Mygale… Une autre danse ? dit-il en arborant le sourire de Dame Mort.

CHAPITRE 60

— Je vous arrête ! répéta Gorjo en essayant de mettre plus de conviction dans sa voix.

Liam leva les bras en signe d'apaisement.

— Du calme, sergent. Baissez votre arme, vous risquez de blesser quelqu'un. La situation est grave et…

Gorjo cria pour interrompre les paroles de Liam :

— Un peu, qu'elle est grave ! Vous êtes un traître, et j'ai reçu l'ordre de vous mettre aux arrêts !

Le sergent ne semblait pas se rendre compte qu'une petite armée se tenait derrière le seigneur Cornell. Obnubilé par la promesse d'une promotion, porté par l'autorité qu'il représentait, le soldat se sentait tout-puissant.

K'Lishaa sortit une longue flèche de son carquois, et l'encocha lentement à la corde de son arc. Gorjo aperçut le mouvement, et braqua son arbalète sur la centaure.

— Hé ! toi, sur ton cheval ! Lâche ton arc tout de suite ! Et descends de…

Le corps de la guerrière et celui de son cheval ne faisaient qu'un. Gorjo s'en rendit compte et balbutia la fin de sa phrase. Liam avança, les mains toujours levées.

— Sergent, discutons, voulez-vous ?

L'arbalète se tourna derechef sur le seigneur Cornell. Liam fit un pas de côté, très lentement, pour éviter qu'Aleenor ne se retrouve sur une trajectoire malheureuse. Le soldat en face de lui était trop nerveux pour ajuster correctement un tir.

— Vous discuterez avec le capitaine Firenzo, quand vous aurez jeté votre arme, cracha le sergent.

Liam hocha la tête, résigné. D'un geste subtil, il fit signe à Rens pour que personne n'intervienne. Pour le moment. L'ex-Conseiller déboucla son baudrier, et laissa glisser son sabre de cavalerie sur le sol.

— Et maintenant, sergent ? demanda Liam posément.

— Maintenant, on attend… répondit Gorjo.

Ils n'eurent pas à attendre bien longtemps. Le capitaine Firenzo arriva quelques minutes plus tard, avec son bataillon d'arbalétriers. Réglés comme une horloge vedyenne, les soldats se positionnèrent en lignes, sur deux rangées. Une défense bien faible face à une centaine de cavaliers, mais une première volée de carreaux faucherait bien assez de vies pour dissuader toute charge héroïque. Le Smaugh qui consumait Firenzo sous l'apparence du capitaine en conservait toutes les connaissances et tactiques militaires.

Longeant les bâtiments des premiers faubourgs, Rodan et Nova approchaient discrètement. Focalisés sur Liam et son armée, aucun garde ne les aperçut.

Le capitaine Firenzo se porta à hauteur de Gorjo.

— Baissez votre arme, sergent.

Le soldat obéit à contrecœur.

— Capitaine Firenzo, le salua Liam.

— Seigneur Cornell. Devons-nous prévenir une action militaire de votre part ? demanda Firenzo, désignant les Mille Lames de la main.

— Je ne suis pas venu envahir Coruscante, capitaine, bien au contraire. Nous venons vous aider.

— Nous aider ? Vous êtes accusé de haute trahison, monseigneur. Chaque soldat de cette ville a reçu l'ordre de vous arrêter. Avec plus ou moins de zèle... Quelle aide sommes-nous censés attendre de vous ?

Firenzo gagnait du temps, et Liam s'en rendait bien compte. Bientôt, ce ne serait pas dix arbalétriers qu'ils auraient face à eux, mais quelques centaines. D'un autre côté, lorsque les Smaughs débarqueraient devant les murailles de la ville, ces renforts ne seraient pas de trop. Liam décida donc d'entrer dans le jeu du capitaine. L'ex-Conseiller ignorait tout du Smaugh qui vivait sous la peau de Firenzo.

— Il y a une autre armée derrière moi, capitaine. Et celle-ci vient assiéger la ville. Il nous faut organiser les défenses, et si nécessaire... l'évacuation de Coruscante.

Firenzo éclata d'un rire moqueur.

— Une armée, monseigneur ? Et d'où viendrait-elle ? Si ce n'est de votre imagination...

— Inutile d'être pédant, capitaine. Je viens en tant que citoyen de Coruscante, nullement comme Conseiller. Je suis tout autant attaché à notre ville que vous l'êtes probablement. Alors, de soldat à soldat, laissez-nous vous aider. Conduisez-moi au seigneur Valrym, il entendra raison cette fois...

— J'en doute, monseigneur... répondit Firenzo sur un ton narquois. Le Haut-Conseiller n'est plus.

Liam accusa la nouvelle, partagé entre soulagement et frustration.

— Valrym, mort ?... Mais qui ?

— Ne jouez pas à ça avec moi, seigneur Cornell ! rugit Firenzo. Qui me dit que vous n'êtes pas derrière son assassinat… ? Vous avez tous les mobiles possibles. Vous auriez très bien pu fomenter ce meurtre avec votre vieille amie, la Conseillère Naalar…

— Ne soyez pas ridicule, capitaine. Si Fenn est mort, qui dirige Coruscante ? s'inquiéta Liam.

— Le Conseiller Dante… Puisque vous avez proposé de vous rendre, je vais vous mener justement auprès du Conseiller d'Antiope, qui mène sa propre enquête. Vous y répondrez à nos questions. Votre petite armée restera ici, sous bonne garde.

Liam réfléchit à toute vitesse. Quelque chose sonnait faux. Il manquait cruellement d'informations. Peut-être pourrait-il en obtenir auprès de Leovald ?

— Très bien, capitaine. Je vais vous suivre, en tant que prisonnier.

— Père, non ! Ne fais pas ça ! cria Aleenor qui avait suivi toute la conversation. C'est un piège, je le sens !

La tension monta d'un cran. Des armes jaillirent de leurs fourreaux côté Mille Lames. Les arbalétriers choisirent leurs cibles, doigt sur le levier.

Liam s'avança vers Firenzo, prêt à se constituer prisonnier. Aleenor hurla de plus belle :

— C'est un des leurs, père ! C'est lui, le traître !

Liam regarda le capitaine dans les yeux. Et comprit. Les yeux ne mentaient pas. Derrière le visage de Firenzo, se cachait quelque chose qui n'était pas humain. Liam y vit la cruauté, la soif de sang, la haine. De son côté, Firenzo comprit que le Conseiller l'avait percé à jour. Il fit trois pas rapides en arrière, et désigna Cornell de sa main tendue.

— Abattez-le ! Abattez ce traître !

Le neuvième bataillon d'arbalétriers d'élite était sous les ordres de Firenzo depuis des années. Pourtant, ils hésitèrent. Jamais leur capitaine ne s'était comporté ainsi.

Jamais il n'avait donné l'ordre d'abattre un homme désarmé, quand bien même il fut à la tête d'une armée. Jamais il n'aurait ordonné qu'on abatte un père devant sa fille. Sur les dix soldats, quatre refusèrent d'obtempérer. Malgré tout, un ordre restait un ordre. Six cordes d'arbalètes claquèrent, six carreaux véloces jaillirent vers Liam.

L'ex-Conseiller leva les bras par pur réflexe. Cela ne le protégerait pas des pointes acérées.

Aleenor hurla.

K'Lishaa banda son arc, visant Firenzo.

Un tourbillon d'air chaud s'enroula autour des chevilles de Liam.

Nova intervint juste à temps. Les vents magiques, invoqués par l'Art des Sœurs Grises, se mirent à tournoyer comme une tornade autour du Conseiller Cornell. Les traits mortels furent repoussés, tournoyant dans les airs pour aller se perdre, inoffensifs, sur le bas-côté.

Profitant de la diversion, Rodan jaillit d'une maisonnée en ruine. Dans sa course, une longue épée de lumière se densifia dans sa dextre. Il se glissa entre les rangs des arbalétriers, totalement pris par surprise. L'*Arme Spirituelle* des Paladins Bleus s'abattit sur Firenzo. La lame de lumière pénétra les chairs du capitaine à hauteur de l'épaule droite, découpa son plastron de cuir, et ressortit par sa hanche gauche.

Firenzo eut un dernier hoquet avant que son corps ne s'ouvre en deux. Un amas répugnant de glaires blanchâtres se répandit sur le sol en terre battue. Aucun organe. Aucun viscère. Seulement cette substance molle et gélatineuse.

Le plus jeune des arbalétriers se détourna pour vomir sur son camarade. Trois autres rechargèrent leurs armes à gestes tremblants. Gorjo en lâcha la sienne, paralysé par le spectacle de son capitaine découpé, et ce qu'il contenait.

Nova apparut à son tour, concentrée sur sa magie. Ses yeux brillaient d'un bleu intense, ses éventails dans les mains. Elle vint se placer devant Liam, prête à intercepter d'autres projectiles.

Rodan posa immédiatement un genou au sol, dissipant son *Arme Spirituelle*. Il leva le bras droit en signe de paix, et de la main gauche, il tendit un rouleau de parchemin.

— Sergent Gorjo ! cria Nova assez fort pour se faire entendre. Vérifiez le sauf-conduit, dans la main de cet homme ! Vous me connaissez, non ? Je vous en prie, faites-moi confiance !

Le sergent hésita. En effet, il connaissait la Sœur Grise. Nova aidait beaucoup les nécessiteux des faubourgs de Coruscante. Elle travaillait main dans la main avec la Guelfe Blanche. Il l'avait également croisée plusieurs fois dans une taverne du port. Gorjo choisit de faire confiance à Nova. Il fit un signe aux autres arbalétriers de ne pas tirer, et s'avança pour récupérer le parchemin. Il le déroula, le parcourut rapidement, et constata l'authenticité du sceau du Conseiller Dante.

— Baissez vos armes ! ordonna-t-il.

Avec la mort du capitaine Firenzo, Gorjo devenait le plus gradé aux alentours. Le sergent s'approcha du seigneur Cornell, et lui tendit le parchemin à son tour.

Liam lit le document, opina en souriant, et le rendit au soldat. Gorjo lui répondit avec un signe de tête :

— Il semblerait que vous ayez dit la vérité, seigneur Cornell. Je vous présente mes plus humbles excuses.

La tension s'allégea quelque peu. Si les arbalètes pointaient le sol, les gardes restaient prêts à réagir. Le corps des Arbalétriers de Coruscante était réputé pour sa discipline, et bien entraîné.

— Et maintenant ? interrogea le sergent.

— Il y a bien une armée qui marche sur nous, sergent. Il faut prévenir la Garde et lever les troupes. Tout le monde, je dis bien : tout le monde. Vous pouvez faire ça ?

— Je vais faire de mon mieux… Conseiller ! répondit Gorjo en se mettant au garde-à-vous.

Le sergent retourna avec les autres soldats, totalement dépassés. Gorjo prit leur tête pour les emmener vers les murailles. Il y avait fort à faire pour préparer un siège.

Nova observa les maisons pauvres qui s'entassaient le long des murs de la ville. Les faubourgs abritaient des centaines de miséreux.

— Que fait-on pour eux… ? demanda-t-elle.

Le Conseiller s'était rapproché de Rens pour remettre la compagnie en route. Le guerrier répondit à sa place :

— Nous ne pouvons pas défendre ce qui se trouve hors de la ville, dit-il doucement.

Nova plissa les yeux, puis ajouta, bien déterminée :

— Alors, il faut les faire entrer !

— Nova… nous n'aurons jamais le temps… répliqua Liam.

Aleenor vint se ranger auprès de la Sœur Grise.

— Elle a raison, père. Nous ne pouvons pas abandonner ces gens. Eux aussi, vivent à Coruscante. Qu'ils soient pauvres n'en fait pas moins des hommes et des femmes, des enfants, citoyens de la ville.

— Très bien… concéda Liam. Je ne peux pas vous donner tort. Mais faisons vite.

— Je m'en occupe ! affirma Nova. Mes Sœurs ont une enclave dans les faubourgs, elles nous aideront !

— Je viens avec toi, ajouta Aleenor.

Liam ne chercha pas à argumenter contre sa fille. Il lui sourit, et accepta d'un signe de tête. Sans que le Conseiller le demande, Rodan leur emboîta le pas. Les deux hommes échangèrent un signe de tête. Liam avait confiance en l'ex-Paladin.

— Essayez de sauver le plus de vies possible… dit le seigneur Cornell.

Comme pour lui répondre, le son de tambours de guerre résonna à l'est. Liam estima que leurs ennemis se trouvaient sur ses propres terres. Et si cette armée avançait en marche forcée, elle serait là à la tombée de la nuit. Ils avaient moins de six heures pour évacuer les faubourgs et préparer la défense de la ville.

Ça ne sera jamais suffisant… pensa Liam.

CHAPITRE 61

Ayæsha gardait ses distances face à Felkeyn. Lors de leur dernier combat, elle avait rusé pour prendre l'avantage sur l'Initié. Cette fois, elle était cruellement blessée, tandis que le guerrier était en pleine forme. À force de reculer, elle se tenait dos au grand bassin circulaire qui collectait les eaux sales. Elle n'avait pas la moindre chance de l'emporter.

Felkeyn le savait. Ses deux sabres, qu'il tenait nonchalamment, étaient prêts à se transformer en tempête d'acier mortelle à tout instant.

— Tu ne peux pas gagner contre moi, la Mygale. Tu le sais très bien… lança le guerrier.

— C'est ce qu'on va voir… siffla Ayæsha. Ce n'est pas une petite balafre qui va m'empêcher de te tuer…

La voix de la tueuse n'était pas très convaincante.

— J'avoue que tu as de la ressource, tueuse. Pour autant, les mêmes ruses ne marchent jamais deux fois contre un Initié, tu le sais. Plus d'aiguille empoisonnée pour équilibrer la donne. Je vais te laisser une chance de vivre. Dis-moi ce que tu sais sur les Smaughs et leurs projets, et je ne te tuerai pas.

— Tu penses vraiment que je vais avaler ça ? Tu es un assassin tout autant que moi, je peux le lire dans tes yeux. Tu aimes tuer. Pourquoi devrais-je te croire ?

— C'est légitime, concéda Felkeyn. Parce que je t'aime bien, la Mygale. Si tu me donnes ta parole que tu quitteras la ville définitivement, sans chercher à t'en prendre aux Cornell ou à qui que ce soit par ici, eh bien… Je te donne la mienne de te laisser la vie sauve.

Les mains tremblantes, Ayæsha resta en position défensive. La douleur commençait à reprendre ses droits. La plaie était profonde, il lui faudrait rapidement des soins. À chaque seconde qui passait, elle se vidait un peu plus de son sang.

— D'accord, le tueur. Je veux bien te croire… Mais je ne suis pas au courant de grand-chose, tu risques d'être déçu. J'ai ta parole ?

— Si j'ai la tienne, Mygale, insista l'Ombre. Je vais même te donner quelque chose contre la douleur, avant que tu ne partes d'ici. Alors, tu te mets à table ?

Felkeyn avait gagné.

La Mygale lui dit le peu qu'elle savait sur les projets des Smaughs. Les plantations des arbres à cosses, un peu partout dans les Territoires-Francs. L'arrêt programmé des Grands Portails. Et l'armée en marche sur Coruscante.

Lorsque la tueuse eut fini son court exposé, Felkeyn s'approcha d'elle.

— Comme promis, Mygale, voici de quoi faire passer la douleur, siffla-t-il.

L'Ombre s'était glissé dans le Zen tout en marchant. Son mouvement devenu flou par la rapidité de son geste, Ayæsha ne vit pas la lame s'enfoncer dans son cœur et ressortir dans son dos. Une grimace de surprise s'afficha sur son visage fendu.

— Tu… tu avais donné ta parole… cracha-t-elle en même temps qu'un flot de sang.

— J'ai menti. Et toi, Mygale, aurais-tu tenu la tienne ? répliqua Felkeyn.

La tueuse répondit par un sourire. Bien sûr que non. Ayæsha pensait pouvoir s'en sortir, pour aller abattre les Cornell et se racheter aux yeux de Raïsh'Aàn.

Felkeyn tourna sa lame de quarante-cinq degrés, ouvrant une plaie béante. Le sang jaillit en longs traits carmin. L'homme aux yeux d'acier retira son arme d'un geste sec.

Le corps de la Mygale tomba dans le collecteur d'égouts, et fut immédiatement englouti par les eaux sales.

CHAPITRE 62

À la fin des premières Grandes Guerres de Sang, six cents ans plus tôt, une enclave des Sœurs Grises s'était installée à Coruscante. Les prêtresses-guerrières s'allièrent à la Guelfe Blanche, l'ordre guérisseur de la Lumière, pour aider à la reconstruction. Ce lien existait toujours.

Avec l'incendie du temple d'Antheros, la Guelfe Blanche de Coruscante avait pratiquement tout perdu. Les quelques survivants s'étaient tout naturellement réfugiés auprès des Sœurs Grises. Celles-ci vivaient dans une ancienne auberge fortifiée. Autrefois bordant l'une des routes reliant Coruscante à Claire-Aube, l'endroit avait été rattrapé par l'expansion des faubourgs. Les Sœurs l'avaient rebaptisé *Le Souffle d'Isolde*, du nom de la fondatrice de leur ordre. C'était, comme tout havre des Sœurs Grises, un refuge pour les femmes de toutes origines. L'ordre leur offrait protection au sein d'un quartier pauvre et infesté par les criminels de tout genre. Autant dire qu'elles ne chômaient pas.

Nova, Aleenor et Rodan se présentèrent devant les doubles portes en bois fermant la cour intérieure. Une sœur athlétique au crâne rasé vint leur ouvrir. Les deux guerrières se serrèrent dans les bras l'une l'autre.

— Nova ! clama la gardienne de la porte. Quel bon vent t'amène ?

— Un vent de guerre, hélas, ma sœur. Laisse-moi d'abord te présenter. Voici Aleenor Cornell, la fille du Conseiller Cornell, et Rodan Valerio, sergent de la Compagnie-Franche des Mille Lames.

La Sœur Grise au crâne rasé sourit à Aleenor, mais observa Rodan avec méfiance.

— Ça va, Shahi, c'est un ami, rassura Nova. Alee, Rodan, je vous présente Shahili, ma sœur d'âme.

Rodan la salua d'un signe de tête respectueux. Aleenor lui adressa un grand sourire.

— Ouaouh ! s'exclama la jeune femme. Nova a une sœur ? Vous ne vous ressemblez pas beaucoup…

Face à la candeur d'Aleenor, la guerrière au crâne rasé rit de bon cœur.

— Nous ne sommes pas vraiment sœur, pour tout te dire. Nous sommes des *sœurs d'âme* ! C'est un peu compliqué à expliquer, dis-toi que nous sommes unies par des liens encore plus forts qu'une parenté.

Nova posa sa main sur le bras de Shahili, pour lui glisser à voix basse :

— Shahi, nous devons nous réunir de toute urgence avec l'abbesse Jorda. La situation est grave…

Devant la mine renfrognée de sa sœur d'âme, Shahili ne discuta pas. Elle les invita à entrer dans *Le Souffle d'Isolde*. Un grand bâtiment en « L » de deux étages fermait l'angle nord-ouest. Une rangée de stalles d'écuries sous préau clôturait le carré de la cour intérieure. L'endroit grouillait d'activité. Des femmes de tous âges allaient et venaient depuis le bâtiment principal, vaquant à diverses occupations, bras chargés de paniers à provisions ou à linges. Des enfants jouaient avec des animaux de ferme ;

poules, cochons, oies et moutons. Toute une vivante communauté s'étalait sous les yeux ébahis d'Aleenor. Communauté d'ailleurs très accueillante. Trois jeunes femmes de moins de seize ans, assises sur un banc, lui firent des gestes amicaux. Durant toutes ses années d'adolescence, Aleenor n'avait guère fréquenté que le personnel de sa maisonnée. Son père, bien trop protecteur, lui avait toujours refusé de s'aventurer seule en ville. Elle n'avait vu que différents précepteurs pour son éducation, et Violaine, sa nourrice, qui s'occupait d'elle depuis sa plus tendre enfance. Ses amis étaient des personnages de romans d'aventures.

Nova s'attendrit devant la réaction d'Aleenor.

— Va leur parler ! lui dit-elle. Ici, tu es en sécurité, Alee.

La jeune femme ne se fit pas prier. D'abord timidement, elle s'avança vers le trio, évitant un groupe d'enfants courant après une oie. Riant aux éclats, oubliant l'espace d'un instant la menace qui pesait sur la ville, Aleenor se hâta de rejoindre les filles de son âge.

Shahili se tourna vers Rodan pour lui intimer d'un ton sans appel :

— Je dois te demander d'attendre ici, mercenaire. Seules les femmes sont admises au conseil des Sœurs Grises.

— Je comprends, répondit-il sans se vexer. J'attendrai ici.

Nova emboîta le pas à sa sœur d'âme en direction du grand bâtiment. Sur le porche, une femme d'une quarantaine d'années, cheveux courts argentés, les attendait déjà. Sa longue robe grise témoignait de son rang d'abbesse des Sœurs Grises. Jorda les précéda à l'intérieur, et les portes se fermèrent sur elles.

Rodan resta à observer ce havre de paix. D'ici quelques heures, il deviendrait la proie de la cruauté des Smaughs. Les rires se changeraient en pleurs et cris de terreur. Le sang recouvrirait le sol. Et *Le Souffle d'Isolde* finirait ravagé par les flammes.

*

Il fallut un peu plus d'une heure pour que le conseil des Sœurs Grises mobilise ses ressources, et se répartisse les tâches. Plusieurs messages furent même envoyés aux représentants de la guilde des Voleurs. Depuis la mort d'Azraël Filkerys, maître incontesté du crime organisé à Coruscante, les querelles intestines entre factions rivales ne facilitaient pas la tâche. Par ailleurs, beaucoup ne voulurent pas être délogés. Dans un tel quartier, quitter sa maison signifiait la perdre à tout jamais. Même la menace d'une invasion ne suffit pas à convaincre les plus obtus.

Deux jeunes Sœurs Grises accompagnèrent Nova et Rodan. Ils prirent la tête des premiers réfugiés pour atteindre la porte sud. Grâce au sergent Gorjo, la Garde vint en renfort. L'évacuation des faubourgs commença trois heures avant l'arrivée des Smaughs.

Une masse grouillante d'habitants, chargés du peu qu'ils possédaient, se massa devant la porte sud. Orientés par les soldats de la Garde, ils furent dirigés vers de grands entrepôts, spécialement affectés à cette triste occasion. Lentement, le flot humain gagna la protection des murailles.

Beaucoup trop lentement.

CHAPITRE 63

Mais qu'est ce qui m'a prise ! ragea intérieurement la fille d'Eodh. *Courir aveuglément après un homme-crapaud à travers les égouts ! Bravo, l'Héritière du Chaos… Très malin de ta part.* Heureusement pour elle, le tunnel qu'elle avait emprunté à la poursuite de Moggus était faiblement éclairé par ces mêmes éclats de gemmelite. Les cristaux magiques étaient capables de fournir de la lumière pendant des dizaines, voire des centaines d'années, avant d'épuiser le mana qu'ils stockaient. Estrée remercia tout l'art des enchanteurs de gemmelite.

Pour suivre le batracien, nul besoin des talents de Felkeyn. La créature suivait un passage bien droit, sans la moindre intersection. Qui déboucha sur un gouffre béant. Une large faille fendait le tunnel sur toute sa largeur et déchirait la terre sur une bonne quinzaine de mètres de long. Estrée stoppa sa course de justesse. Ses bottes crissèrent sur le sol, déclenchant une avalanche de petits cailloux. L'écho de la pierraille qui rebondit dans le gouffre témoigna de sa profondeur.

Peste ! Encore une maudite crevasse… Et pas de Jardinier pour te cueillir en pleine chute, cette fois, ma fille. Quant à sauter par-dessus… je ne suis pas une grenouille, moi ! Quoi que…

— Tu ne vas pas t'en tirer comme ça... gronda Estrée à voix haute.

La fille d'Eodh se concentra suffisamment pour atteindre son Nexus. L'influx d'énergie parcourut son corps, alors que le mana inondait ses veines. Ses yeux s'illuminèrent en projetant un éclat violet. Estrée prit trois pas d'élan et bondit !

Un saut prodigieux, parfaitement calculé. Estrée se réceptionna d'une roulade, glissa sur un bon mètre, et s'immobilisa. Elle se sourit à elle-même, fière de son exploit. Et reprit sa course de plus belle à la poursuite de l'homme-crapaud.

Une centaine de mètres plus loin, Estrée se retrouva devant un éboulis. Le tunnel s'arrêtait là, à jamais fermé par l'usure du temps. Le dernier éclat de gemmelite était loin derrière elle, laissant place à une obscurité étouffante. La fille d'Eodh se décida à rallumer sa lampe-tempête.

Tu n'as pas pu t'évaporer, le crapaud... Par où t'es-tu faufilé... Là !

Estrée découvrit une ouverture à la base du mur de droite. En demi-cercle d'un mètre de rayon. Les barreaux qui fermaient autrefois ce passage étaient en partie devenus poussière de rouille depuis des éons. Le tout formait une bouche édentée, prête à avaler la moindre Héritière du Chaos qui passerait par là. Elle prit soin à rester sur ses gardes, prête à tout mauvais tour que lui jouerait la créature. Elle ne découvrit qu'un pan de toile grossière, accrochée à un restant de barreau de fer. Un morceau déchiré de la robe de bure de Moggus.

Pas vraiment le choix... Estrée soupira, et s'engouffra en rampant dans l'étroit boyau, sa lanterne chassant les ténèbres. La fille d'Eodh se demanda si elle n'aurait pas préféré affronter la Mygale, et laisser Felkeyn pourchasser l'homme-crapaud...

*

Le conduit d'aération déboucha sur un tunnel naturel, plus large, aux parois envahies de racines qui s'ancraient dans la roche. De la gauche, Estrée sentit un courant d'air chaud et moite, chargé de relents de putréfaction. *Comme si ça ne sentait pas assez mauvais depuis le début... Un signe que je suis sur le bon chemin, probablement...* se rassura-t-elle. Au moins, pouvait-elle progresser sur les coudes et les genoux, plutôt que ventre à terre. Estrée avança ainsi sur une trentaine de mètres avant d'atteindre la sortie. Une corniche dominait une caverne hémisphérique, creusée de main d'homme. L'humidité était étouffante, quasi tropicale. La haute voûte était soutenue par de grandes colonnes de pierres, recouvertes d'un épais rideau de lichens. Une mousse phosphorescente envahissait les moindres surfaces visibles. Partout, des racines violacées prenaient leur source dans des bassins creusés dans le sol. Bassins remplis d'un liquide rouge sombre. Des arbres aux troncs noueux et tordus baignaient dans ce fluide sanglant. Leurs branches se rejoignaient au niveau du plafond, et retombaient en entrelacs végétaux autour d'un végétal imposant, dominant les autres : l'arbre-mère smaugh.

Depuis son aplomb rocheux, Estrée avait une vue globale sur la caverne. L'affreux végétal la fit frissonner. Plongé dans un silence de tombeau, l'endroit tout entier suintait le mal.

Aucun signe du batracien. Estrée masqua la lueur de sa lampe, laissant ses yeux s'habituer à la lueur glauque qui nimbait la caverne. Elle s'accrocha aux racines, et se laissa glisser jusqu'au sol, trois mètres plus bas.

Je devrais peut-être attendre Felkeyn... se dit-elle.

Un crochet acéré, lancé avec force, s'enfonça dans son épaule.

Estrée accusa le choc en grognant de douleur. Elle fit quelques pas rapides pour tenter de se mettre à l'abri derrière un pilier de pierre. Elle ignorait totalement d'où ce crochet avait été lancé. Le fer tordu était fiché dans son épaule droite. Heureusement pour elle, son armure avait amorti l'impact. Seule la pointe avait mordu ses chairs. Sans cette protection, Estrée aurait eu l'épaule transpercée et la clavicule brisée. Elle arracha l'arme en serrant les dents. Un filet de sang coula sous son épaulette, pour venir dessiner un ruisseau écarlate sur la peau de son bras. Estrée jeta le crochet au loin avec colère.

Un rire gras résonna dans la caverne. L'homme-crapaud chantonna, sa voix jaillissant d'entre les arbres à cosses :

— Jolie petite libellule, file à tire-d'aile... viens donc vers moi, toi qui es si belle...

Le bruit d'un objet véloce siffla dans les airs. Estrée eut juste le temps de se baisser. Un nouveau crochet, plus épais celui-là, vint se planter violemment dans la pierre du pilier. Le rire de Moggus retentit de nouveau, au-dessus d'elle cette fois. Estrée eut beau fouiller des yeux les lichens recouvrant la voûte, aucun signe du batracien. La créature devait se déplacer trop vite pour que la fille d'Eodh puisse la localiser.

Bouge ! Ne reste pas en place ! Immobile veut dire mort... Estrée se rappela les paroles de Cellendhyll lors de leurs entraînements. Elle se ramassa sur elle-même et fonça à l'opposé, passant du couvert d'un pilier à un autre.

— Vole, vole, petite libellule ! chanta Moggus d'une voix moqueuse. Aussi vite que tu pourras ! Viens jouer avec moi !

Nouveau sifflement d'un objet tournoyant à grande vitesse. Cette fois, Estrée ne se laissa pas surprendre. Elle se retourna vers le crochet lancé vers elle, dégaina son sabre et dans le même mouvement, frappa la tige de fer tordue. Une gerbe d'étincelles, et l'affreux hameçon fut dévié de sa course, finissant dans un bassin de sang.

— Arrête de te cacher et viens te battre, le crapaud ! rugit l'Héritière.

— Oh, vilaine petite libellule ! houspilla Moggus. Si tu ne veux pas jouer... Tu finiras dans mon gosier !

L'immonde langue verruqueuse de l'homme-crapaud jaillit de l'ombre d'un arbre. L'organe claqua comme un fouet spongieux, pour happer la tête d'Estrée.

Avec un cri rageur, l'Héritière évita ce premier assaut. La langue arracha plusieurs briques au pilier qui l'abritait, s'entortilla sur elle-même, et fouetta à nouveau. Estrée roula pour éviter cette deuxième attaque. L'organe de l'homme-crapaud se replia et attaqua à nouveau. La fille d'Eodh esquiva par un salto arrière. Chaque coup de langue projeta sur le sol une traînée de salive. En touchant la roche, les gouttes se mirent à grésiller. Estrée frissonna devant le sort funeste de sa peau si l'appendice venait à la saisir.

La langue claqua encore, mais Estrée avait bondi hors de portée. Moggus se montra enfin, quittant l'ombre d'un arbre à cosses. Débarrassé de sa robe de bure, il apparut dans toute sa splendeur. Son corps se tordait de muscles recouverts d'une épaisse couche de graisse. Sa peau verdâtre était grenelée de plaies purulentes et de verrues. Le pire était les crochets. De tailles et de formes diverses, du gros hameçon de pêche au crochet à viande, enfoncés par grappes dans sa chair. Fichés sous sa peau comme dans des fourreaux de chair. Une vision affreuse.

La fille d'Eodh, pourtant habituée à pire, tressaillit de dégoût.

— Tu n'as pas une tronche de porte-bonheur, toi… railla Estrée pour chasser sa répulsion.

L'homme-crapaud arracha deux crochets de fer, ignorant sa peau déchirée. Il coassa un rire, avant de repartir à l'assaut. D'une détente de ses jambes puissantes, Moggus bondit sur l'Héritière du Chaos, pointes acérés en avant. Estrée dévia l'attaque d'une large parade en arc de cercle. L'acier du sabre, offert par Felkeyn, trancha net le premier crochet, et arracha le second des mains du batracien. La fille d'Eodh accompagna le mouvement d'une roulade latérale, pour se mettre hors de portée du monstre.

Moggus sauta pour se retrouver en hauteur, agrippé à un pilier. Sa tête se retourna avec un atroce crissement de cartilage. Son affreuse langue claqua encore, par trois fois.

L'Héritière roula de côté pour éviter l'appendice. La roche grésilla sous l'effet de l'acide organique. Le deuxième assaut lécha Estrée sur le cuir protégeant sa poitrine, la jetant au sol. Elle atterrit sur un tapis de racines entrelacées. Son armure fumait, mais la peau de griffon tint bon. Elle évita la terrible brûlure de la substance corrosive. *Merci Hazeline ! L'armure que tu m'as offerte vient de me sauver la vie… et les seins.* Estrée n'eut pas le temps d'y penser davantage. La langue du batracien s'enroulait déjà pour le troisième assaut.

— Pas cette fois… gronda-t-elle.

Estrée se releva sur un genou, levant l'avant-bras gauche devant son visage. Ses yeux brillèrent de cet éclat améthyste, caractéristique de l'afflux de mana dans son corps. Sa main se nimba d'une aura pourpre.

Le fouet de chair gluant jaillit pour lécher le visage de la fille d'Eodh. Estrée l'attrapa au vol. Sa poigne se referma sur la langue de Moggus, écrasant les papilles mortelles. L'extrémité de l'appendice se tortilla comme un ver de terre prisonnier. Estrée serra encore, arrachant un cri étranglé à l'homme-crapaud. L'Héritière frappa. Un coup de taille de son sabre en prise inversée, qui fendit l'organe en deux.

La langue sectionnée frétilla en projetant un mélange de sang et de salive acide. Moggus la ravala avec des borborygmes étouffés, en crachant d'immondes glaviots. L'homme-crapaud rampa à grande vitesse sur le pilier pour aller se cacher au sein de la voûte végétale.

Tenant l'extrémité tranchée à bout de bras, Estrée l'observa en grimaçant. Le bouclier protecteur qu'elle avait créé autour de son bras avait fonctionné. Elle jeta le morceau de chair molle dans l'un des bassins. L'arbre qui y prenait sa source tressaillit légèrement.

— Vraiment répugnant... Au moins, tu ne chanteras plus ! railla Estrée.

Estrée regarda son sabre avec désarroi. L'acide grésillait sur l'arme. À l'endroit où la lame avait mordu la chair, une partie du tranchant avait fondu. Si son armure de cuir avait résisté, le métal, même enchanté, n'avait pas eu cette chance. Ainsi fragilisée, l'arme était inutilisable.

— Felkeyn va me tuer... lâcha Estrée.

Elle secoua le sabre pour en faire tomber les dernières gouttes d'acide et de sang. Puis, une fois certaine que c'était sans risque, le rengaina dans son fourreau. La fille d'Eodh s'avança entre les arbres smaughs, tous les sens en éveil. Le batracien pouvait resurgir à tout moment.

Au cœur de cette parodie de serre souterraine, elle découvrit l'arbre-mère. Hybride végétal au corps de chair palpitante. Son faîte montait jusqu'à la voûte de la caverne, et ses branches se déployaient comme de longues griffes prêtes à déchiqueter une proie. Il ne portait plus aucune cosse. De petits bourgeons, semblables à des tumeurs naissantes, repoussaient déjà. Estrée observa longuement l'arbre smaugh, avant de lui déclarer :

— Je ne sais pas ce que tu es, mais j'ai vu suffisamment d'arbres dans la forêt de Streywenn pour savoir que tu n'en es pas un…

Suivant son instinct, L'Héritière du Chaos concentra sa volonté jusqu'à faire naître, depuis son bras droit, une longue lame de mana. L'arme magique crépita d'éclairs pourpres. Estrée lança un sourire féroce à l'arbre smaugh avant de pivoter sur elle-même pour prendre de l'élan. Sa *Lame de Volonté* décrivit un arc de cercle complet, illuminant les airs d'un trait d'énergie mauve, et trancha le tronc de chair comme un simple bambou. Une fine ligne apparut dans son écorce, suintante de sucs épais et sanglants. Un craquement aigu retentit. Le végétal se scinda en deux dans un concert de sons horribles, entre le bois sec qui se fend et l'os qui se brise, entre une écorce arrachée et la chair déchirée.

Derrière Estrée, beuglant comme un forcené, Moggus surgit, son regard de batracien complètement fou, ses yeux globuleux larmoyants. Enragé par le meurtre de son arbre chéri, l'homme-crapaud se jeta sur l'Héritière pour la déchiqueter de tous les crochets fichés dans son corps.

CHAPITRE 64

— Plus vite ! cria Nova. Dépêchez-vous ! Avancez !

La longue colonne d'habitants expropriés dans l'urgence avançait bien trop lentement aux yeux de la Sœur Grise. Plusieurs centaines avaient déjà trouvé refuge dans l'enceinte de la cité. Ils étaient encore des milliers. Hommes, femmes, enfants, vieillards, éclopés. Peu saisissaient la gravité de la situation, mais Nova et ses sœurs avaient préféré ne pas risquer un mouvement de panique. Le résultat eut été bien pire. Ce n'était pas le moment de voir ces gens se ruer les uns sur les autres, écrasant les plus faibles pour forcer le passage vers la porte sud de Coruscante.

Les Mille Lames, aidés par plusieurs Kàwanakhees encore vaillants, faisaient de leur mieux pour orienter ce flux incessant d'humains déjà désespérés par la pauvreté. La présence des centaures, aussi intrigante qu'inquiétante, eut malgré tout un effet positif sur la situation. Postés aux abords proches pour surveiller la route du sud, les hommes-chevaux imposaient, de par leur simple présence, une certaine discipline à la marée de réfugiés.

Rens Ogden organisait la première ligne de défense de Coruscante. Le sergent Gorjo relayait les indications du Tueur-de-Géants à la lettre. Rens était un expert en poliorcétique. Sa défense contre le Poing Sanglant l'avait prouvé. Aussi, avec l'appui du Conseiller Cornell, le puissant guerrier s'était-il retrouvé à commander les arbalétriers de la muraille sud de la ville.

Grimpant l'escalier à pas pressés, Liam rejoignit les remparts dominant les faubourgs. Sur la courtine sud, presque deux cents arbalétriers d'élite prenaient leurs postes entre les créneaux. Le Conseiller se sentit confiant. Une pluie de projectiles acérés attendait leurs ennemis. Liam espérait, sans plus de conviction, que cela pourrait suffire en attendant les renforts. Il parcourut les remparts jusqu'à Rens.

Le Tueur-de-Géants observait, bras croisés, le manteau d'obscurité qui naissait à l'est. Le jour touchait à sa fin, et accompagnant la nuit, une armée impitoyable s'approchait. L'éclat lugubre qui luisait dans les montagnes semblait annonciateur de l'arrivée imminente de Dame Mort. Selon les explications de Rodan, il s'agissait d'un antique portail, dressé dans les ruines d'une cité d'un autre temps. Depuis ce portail, arrivait l'ennemi. Ceux que Rodan avait appelés « Smaughs ». Si Rens n'avait aucune idée de ce qu'étaient les Smaughs, son instinct de guerrier était en alerte. Il ressentait une menace bien plus grande que celle du Poing Sanglant. Liam vint de placer à sa gauche, et dit d'une voix étouffée :

— Vous n'avez pas l'air très confiant, lieutenant. Pourtant, nous avons des murailles, et assez de carreaux pour abattre des centaines d'ennemis…

Rens grogna, beaucoup moins convaincu.

— Ce n'est pas n'importe quelle armée qui arrive, Conseiller, répondit le mercenaire. Je le sens. Nous ne pourrons pas gagner cette guerre.

— Vous aviez dit la même chose à propos du Poing Sanglant, lieutenant. Et pourtant, vous les avez vaincus ! souligna le Conseiller.

— Grâce à la ruse d'Estrée, et à l'arrivée inopinée des centaures. Nous n'aurons rien de tout cela, cette fois. Les murailles de Coruscante sont anciennes, et pas assez entretenues. Je pourrais prendre cette ville uniquement avec les Mille Lames.

— Mais nous avons également des soldats, à Coruscante. En ce moment même, deux mille combattants se préparent à venir renforcer nos défenses.

— J'aimerais partager votre optimisme, Conseiller, soupira Rens. Vous nous avez engagés pour tenter de sauver votre ville. C'est ce que nous ferons.

L'inquiétude s'installa dans l'estomac du seigneur Cornell. Il fronça les sourcils, pris par le doute. Rens reprit la parole :

— Conseiller... Où se trouve votre fille en cet instant ?

— Aleenor ? s'étonna Liam. Elle est avec les Sœurs Grises. Elle aide Nova à organiser l'évacuation des faubourgs.

Rens se tourna pour regarder Liam droit dans les yeux.

— Si j'étais à votre place, monseigneur... j'irai la chercher pour la mettre à l'abri.

Liam allait répondre qu'il n'y avait pas de quoi s'inquiéter. Pourtant, dans les yeux de Rens Ogden, il vit quelque chose que le Conseiller n'aurait jamais pensé voir un jour. Derrière la volonté de fer et la loyauté inébranlable du guerrier, Liam décela de la peur, et de la résignation. Rens savait qu'il ne verrait pas le prochain soleil se lever. Le Conseiller Cornell opina silencieusement.

Booom... Booom...

Le son lourd de tambours de guerre résonna, de plus en plus proche.

Liam frissonna. Le soldat en lui serra la main sur la poignée de son sabre de cavalerie.

— Conseiller… dit gravement Rens. Vous avez une heure.

Liam dévala les escaliers des remparts pour aller chercher Aleenor.

Booom… Booom… BOOM !

Le compte à rebours final venait de commencer.

CHAPITRE 65

Emporté par son élan, Moggus entraîna Estrée avec lui. Tous deux finirent empêtrés dans les racines de l'arbre smaugh, baignant dans une large mare de sucs sanglants. La langue tranchée de l'homme-crapaud dépassait mollement de sa bouche, projetant un jet de salive acide à chaque mouvement de sa tête difforme.

Sous l'impact, la *Lame de Volonté* s'était dissipée. Estrée avait croisé les avant-bras devant elle pour se protéger au mieux. Elle sentait déjà plusieurs pointes acérées pénétrer les parties exposées de son corps. Des pics de douleurs vrillaient ses cuisses et ses bras. Elle serra les dents, tentant vainement de repousser l'énorme masse de chair verruqueuse qui pesait sur elle.

Moggus glapissait des paroles incompréhensibles. Ses mots se heurtaient à sa langue mutilée. Il pleurait, rendu fou de chagrin par la perte de l'arbre-mère. Et sa folie était meurtrière. Estrée battait frénétiquement des bras pour tenter d'arracher les yeux de l'assassin. Heureusement pour Estrée, sa rage le rendait imprécis et ses mouvements n'avaient plus aucune coordination. Moggus chercha à écraser la fille d'Eodh sous sa masse, se frottant sur elle pour que les crochets lui infligent le plus de dégâts possible.

Par les Six chaos, Felkeyn, qu'est-ce que tu fous ! J'aurais bien besoin d'un coup de main, là !

Mais Felkeyn ne vint pas.

Estrée se sentit faiblir sous le poids du batracien.

D'un large revers, Moggus fouetta les bras d'Estrée, balayant sa garde précaire. Les énormes mains de l'homme-crapaud se refermèrent sur la gorge de l'Héritière. La fille d'Eodh saisit les poignets de son adversaire pour éviter d'avoir la trachée écrasée. La poigne de la créature se raffermit à chaque seconde. Estrée sentit sa résistance faiblir.

J'espère qu'il les a au même endroit qu'un homme normal… pria-t-elle.

Estrée contracta ses abdominaux pour donner plus de force à son coup, et remonta violemment la jambe. Son genou trouva le chemin des organes génitaux de l'homme-crapaud. Qui, bien que crapaud d'apparence, n'en était pas moins… homme. La bouche de Moggus s'ouvrit en grand sous la douleur causée par ses testicules broyés. Estrée bougea la tête de côté pour éviter de justesse un long filet de bave acide. Et réitéra.

L'homme-crapaud roula sur le côté en hurlant. Un cri suraigu, à vous percer les tympans. Ses mains qui serraient le cou de la fille d'Eodh étaient à présent pressées sur ses parties intimes.

Estrée se releva de la mare où elle baignait, la gorge douloureuse, et toussa. Elle dégoulinait des fluides nutritifs de l'arbre-mère. Quelques pas chancelants lui permirent de s'éloigner afin de reprendre son souffle.

Moggus se tortillait sur le sol en couinant.

— Il est temps d'en finir, le crapaud… feula l'Héritière.

Une dague de mana apparut à sa main gauche sur une contraction de sa volonté. Estrée s'approcha pour la ficher dans le crâne mou du batracien.

L'homme-batracien n'avait pas dit son dernier gargouillis. Il roula et se mit à plat ventre, les bras arqués, mains sur le sol, jambes écartées. Une réelle position de crapaud, cette fois. Moggus contracta les cuisses plusieurs fois alors que la peau de son cou se gonflait comme un ballon. Lorsque Estrée arriva sur lui, il bondit et impacta violemment l'Héritière. Totalement surprise par une telle détente, elle n'eut pas le temps d'éviter. Moggus la happa en plein vol et l'emporta sur plusieurs mètres. Ils franchirent une alcôve dissimulée derrière un épais rideau végétal, avant d'atterrir lourdement sur un sol pavé.

Estrée sentit se briser plusieurs de ses côtes. Un épais crochet perfora le haut de son torse. Une vague de douleur l'emporta. L'arrière de sa tête heurta la roche, transformant son crâne en beffroi sonnant l'heure du trépas.

Emporté par son propre élan, Moggus s'en alla rouler plus loin pour finir dans une bibliothèque en pierre. Le meuble se brisa sous l'impact, dans une avalanche de grimoires et de parchemins anciens. Une épaisse plaque de pierre se détacha, et se fracassa sur le crâne du batracien.

Sonné par le choc, Moggus resta affalé sous les ouvrages, bras ballants et jambes écartées, dans une position grotesque.

Une étagère fixée au mur fut ébranlée à son tour. Sur cette étagère, un bocal de verre oscilla dangereusement.

Chancelante, Estrée se releva. Son corps était envahi par la douleur. Deux gros hameçons y étaient plantés, l'un dans sa cuisse droite, l'autre dans son bras gauche. Sa gorge était brûlante, et son souffle court. Elle avisa l'endroit d'un regard rapide. Un sol pavé en mosaïque.

Un long établi d'alchimiste. Une imposante couche aux draps de soie... la chambre de Raïsh'Aàn !

La fille d'Eodh n'eut pas le temps de détailler les lieux. Moggus se relevait déjà, projetant livres et parchemins autour de lui. L'homme-crapaud fit craquer le cartilage de son cou. Une horrible grimace de haine étira son faciès de batracien. Estrée ne se sentait plus la force de soutenir un nouvel assaut de la créature. Elle avait épuisé beaucoup de mana pour fendre l'arbre-mère des Smaughs. Son sabre était rongé par l'acide. Et aucune technique de corps à corps capable d'affronter un être au corps constellé de crochets ne lui vint à l'esprit.

Un miroitement attira son attention.

Un fin filet de fumée se dégageait du bocal à oignons, rempli d'une brume étrange, posé sur l'étagère au-dessus de la tête de Moggus. Et cette fumée commença à former... un visage ?

Moggus fit un pas lourd vers elle. Il allait la faire souffrir avant de la tuer. Cela se lisait dans ses yeux disproportionnés et débordant de folie.

Estrée joua une dernière carte. L'Héritière du Chaos invoqua ce qui lui restait de mana, qui se densifia entre ses doigts. D'un geste large, Estrée lança sa dernière *Lame de Volonté*, sous forme d'un croissant de lune pourpre. La lame magique tournoya vers Moggus. L'homme-crapaud, surpris, sauta de côté, mais ne put empêcher le projectile de mana de fendre sa joue droite. Avant de venir finir sa course dans le mur, pour y éclater contre les briques antiques.

Une longue fissure se dessina sur le mur, détachant l'étagère. Un éclat de verre brisé retentit derrière l'homme-crapaud.

Moggus l'ignora totalement. Il fouilla sa joue béante d'un ongle sale en ricanant, pour bien montrer que cette petite blessure ne le dérangerait pas. Ravalant sang et salive, il parvint à cracher quelques mots noyés :

— Si tu crois que ça va suffire… gloussa-t-il.

La voix du Don répondit derrière le batracien :

— Ça suffira pour moi !

La chambre de Raïsh'Aàn s'illumina d'une lumière foudroyante.

Antonius Draghetti s'était matérialisé depuis la brume jusqu'alors enfermée dans sa prison de verre. Le mage s'était autrefois infiltré dans le repaire de Raïsh'Aàn sous forme gazeuse, se croyant indétectable. Belle erreur que de sous-estimer le sorcier ! Depuis, piégé sous cette forme dans un bocal scellé, il servait de trophée dans la chambre du Smaugh. Le Don affichait la cinquantaine d'années, dégarni sur le haut du crâne, arborant une fière barbiche frisottante d'un blond cendré. Ses yeux gris reflétaient l'expérience et la sagesse, mais aussi une pointe de malice. À peine sa consistance retrouvée, il avait fait glisser de sa manche une carte à jouer. Dans sa main était apparu un rectangle de carton simple, arborant le tracé d'un éclair peint en rouge vif. D'un mot de pouvoir, le Don avait transformé sa carte en mana crépitant.

Le sort de *Lance Foudroyante* frappa Moggus pile entre les omoplates.

L'homme-crapaud fut secoué de spasmes et de soubresaut. Estrée en profita immédiatement. Puisant dans ses dernières réserves, elle se précipita sur Moggus, dégainant son sabre abîmé pour en saisir la garde des deux mains, en prise inversée. Estrée leva son arme bien haute, et transperça la tête de Moggus, perforant son cerveau. Un coup si violent, que sa lame fut brisée, laissant un demi-mètre d'acier trempé dans le crâne du batracien. Dont le corps sans vie s'affala mollement sur les mosaïques du sol. Épuisée, blessée, Estrée s'écroula sur le lit du sorcier.

Au même instant, la voix paniquée de Felkeyn retentit depuis l'entrée de la caverne :

— *Foutresang*, Estrée !

Tout aussi épuisé par son séjour gazeux et l'usage de sa magie, le Don s'appuya contre le mur. Il respirait lentement, et tentait de reprendre ses propres forces. Il avait le teint pâle, et les traits tirés. Le mage leva les yeux sur le guerrier qui venait d'apparaître.

— Un peu en retard… souffla Antonius.

Felkeyn tenait son sabre court, à la lame poisseuse, dans sa main droite. Dans la gauche, une tête fraîchement tranchée, qu'il tenait depuis l'extrémité d'un gros clou noir planté dans le crâne de sa victime. Les yeux révulsés et la bouche béante, Tal'Raak n'avait pas profité bien longtemps de sa vie de Smaugh. Dommage pour lui, il était tombé sur l'Ombre du Néant dans les tunnels obscurs qui menaient à la caverne de l'arbre-mère.

— Désolé, un léger contretemps, rétorqua-t-il, en jetant la tête de Tal'Raak dans un coin.

Felkeyn rejoint rapidement Estrée. Elle était inconsciente, et respirait faiblement. Avec d'infinies précautions, il ôta les crochets toujours fichés dans le corps de la fille d'Eodh. Le sang jaillit des blessures. L'Ombre déchira une manche de sa tunique, et comprima les plaies. Estrée gémit, mais ne se réveilla pas.

— Elle a besoin de soins… dit Felkeyn, soulignant l'évidence. Dites, le Don, vous n'avez pas un sort de soins caché dans votre manche ?

— Hélas, j'ai épuisé mes dernières réserves de mana. J'ai joué toutes mes cartes, cette fois. Je suis désolé, je suis impuissant… répondit désespérément Antonius.

S'ils ne faisaient rien, le sort de l'Héritière du Chaos serait funeste. Felkeyn dégrafa l'armure d'Estrée et palpa son corps. Il détecta les côtes brisées, lui arrachant de nouveaux gémissements. L'Ombre fronça les sourcils, et se résigna. Il prit délicatement Estrée contre lui, et posa sa main sur le cœur de l'Héritière.

Une longue inspiration. Felkeyn fit le vide, plongeant au plus profond de lui-même. Il atteignit son Nexus, point central ou tout est *Un*, cœur de son pouvoir d'Initié. Il se connecta au Néant, source de sa puissance. Felkeyn était le dernier détenteur d'un art ancien, summum des talents martiaux d'une race éteinte. *L'Initié du Néant* pouvait détruire tout ce qui existait. *L'Adepte du Néant*, lui, devenait capable de disparaître de la réalité. Mais l'Ultime détenteur des secrets, *l'Exalté du Néant*, était capable d'influencer le tissu même de la création. Et ainsi, créer à son tour.

La main de Felkeyn devint floue et s'enfonça dans la poitrine d'Estrée. L'énergie vitale de l'Ombre jaillit de son Nexus et déferla dans celui de l'Héritière du Chaos. Ses plaies se refermèrent, ses os se ressoudèrent. Son cœur se mit à battre la chamade sous l'influx d'énergie et d'adrénaline pure. Durant les quelques secondes que dura cet échange, leurs esprits se touchèrent, leurs souvenirs se mêlèrent.

Estrée rouvrit les yeux en prenant conscience de l'infinie souffrance que Felkeyn cachait en son for intérieur. L'Ombre du Néant avait vécu plusieurs vies d'homme, mené tant de combats. Il avait vu mourir tous ceux auxquels il tenait. Certains étaient morts de sa main.

La confusion remplaça les images avant que la fille d'Eodh ne put comprendre davantage.

Felkeyn retira sa main d'un geste lent. Ses doigts reprirent consistance, mais tremblaient. Estrée se redressa en prenant de grandes inspirations. Elle regarda Felkeyn avec de grands yeux étonnés, avant de se laisser tomber dans ses bras. L'Ombre ne dit rien, se contentant de la serrer. Il sentait le cœur de la fille d'Eodh battre dans sa poitrine et, à cet instant, c'était tout ce qui comptait pour lui.

Le Don observa sans rien dire. Ce qu'il vit n'était pas commun aux Arts Étranges que pratiquaient les mages. Intuitivement, le Don comprit. *Un Transfert de Vie...* pensa-t-il. *Je croyais que seules les druidesses de la Sylve étaient capables de ce prodige. Felkeyn avait fait don de son propre temps de vie pour soigner Estrée. Vu son état, combien d'années lui avait-il données ?*

Combien ? Felkeyn s'en moquait.

CHAPITRE 66

— Combien ? Vous avez dit, combien ? demanda Nova d'une voix épuisée.

Boom Boom… Boom Boom…

La nuit tombait. L'écho des tambours de guerre résonnait depuis l'est, tel le battement de cœur d'un terrible béhémoth. Si les réfugiés qui se massaient devant les murailles sud de Coruscante cessaient de se bousculer en vociférant, ils entendraient le martèlement sourd de milliers de bottes frappant le sol.

Les deux jeunes Sœurs Grises que Nova venait d'interroger échangèrent un regard chargé de doutes. La première, une petite brune aux yeux en amande, répondit :

— Peut-être encore mille cinq cents habitants à évacuer ? C'est très difficile de les compter, Nova. Les faubourgs abritent plus de trois mille personnes. Et beaucoup refusent de quitter leurs masures.

La seconde Sœur Grise, rousse au visage grêlé de taches de son, enchérit à son tour :

— Le son des tambours de guerre a créé un vent de panique. Il y a déjà plusieurs blessés…

Nova tourna ses yeux vers l'est. Son instinct de guerrière vibrait de plus en plus. La menace était proche.

Le temps leur manquait cruellement. La Sœur Grise soupira avant de s'adresser de nouveau à ses camarades, sur un ton déterminé :

— Orpha, Naëllé, courez au *Souffle d'Isolde* prévenir Jorda. Nous ne pourrons pas évacuer tout le monde. Que l'enclave soit prête à accueillir un maximum de gens. Et dites à Shahili de tenir bon !

Les deux jeunes femmes opinèrent, et partirent en courant vers les faubourgs. Nova sentit une angoisse froide lui serrer la poitrine. L'enclave des Sœurs Grises pourrait accueillir trois cents, voire quatre cents personnes au maximum. Qu'adviendrait-il des autres ? *Par l'éventail d'Isolde…* se dit Nova, *avec un peu de chance, nos assaillants se concentreront sur la cité, protégée de ses murailles, et laisseront les faubourgs en paix. Cela donnera le temps à mes sœurs de les évacuer vers la porte ouest de Coruscante. Après tout, pour ces Smaughs, que représentent des centaines de pauvres gens ?*

Peu rassurée, Nova retrouva Rodan à la porte sud. L'ex-Paladin Bleu, aidé par des mercenaires des Mille Lames, œuvrait de son mieux pour aider la population des faubourgs à entrer en ville.

*

Le sergent Gorjo s'impatientait, pointant un doigt menaçant sur Rodan.

— Je vous dis que nous devons fermer les portes tout de suite ! s'époumonait le sergent. C'est un ordre du lieutenant Ogden, votre propre supérieur !

Rodan resta de marbre. Autour d'eux, un pêle-mêle de soldats de la Garde de Coruscante, et de mercenaires des Mille Lames, attendait une décision. Rodan disposait lui aussi du grade de sergent. Et il avait pris la responsabilité de gérer le flot de réfugiés venant des faubourgs. Afin de préparer le siège à venir, Rens avait ordonné de faire entrer toute la compagnie, y compris les centaures. La centaine d'hommes-chevaux, plus habitués à se battre en extérieur, attendait dans le grand corral d'un vieux relais de la guilde des Messagers, bâti contre les murailles intérieures.

Bloquer l'entrée sud de Coruscante revenait à laisser des centaines de personnes à l'extérieur. L'ex-Paladin à la foi retrouvée s'y refusait catégoriquement.

— Nous fermerons les portes lorsque ces gens seront à l'abri ! répondit Rodan sur un ton ferme.

— Rodan… commença Nova, en essayant d'être conciliante. Cela me frustre autant que toi, mais… l'arrivée des Smaughs n'est pas un risque probable, c'est un fait. Ils sont déjà là. On ne les voit pas encore, pourtant leurs tambours les annoncent, et leurs pas résonnent. Si on ne ferme pas les portes de Coruscante, nous aurons fait tout cela pour rien. Ils écraseront ces pauvres gens avant de déferler dans les rues de la cité. Mes sœurs vont rapatrier un maximum d'habitants au *Souffle d'Isolde*. Elles pourront les protéger. Il est probable que les Smaughs ignorent les faubourgs pour assiéger la ville. Nous devons aussi penser à ceux qui sont à l'intérieur des murailles.

Le mercenaire serra les dents. Il bafouilla, cherchant un argument. Nova avait raison. Rodan regarda longuement la cohorte de gens qui entrait se mettre à l'abri. La plupart n'avaient que ce qu'ils portaient sur eux, à savoir quelques haillons, parfois un sac en toile grossière contenant leurs maigres possessions. Des enfants hurlaient dans les bras de leurs parents. Des vieillards chutaient sur les pierres du pavement. La Garde tendait une lance ou un glaive aux rares volontaires prêts à défendre la ville.

Bien sûr que Nova avait raison.

Rodan poussa un cri de rage avant de se tourner, résigné, vers Gorjo.

— Allez-y, sergent…

Les deux immenses battants renforcés d'acier se refermèrent, inexorablement. Les mâchoires de bois mordirent dans la foule. Les réfugiés se poussèrent, crièrent, certains se mirent à jurer, insultant la Garde qui les forçait à reculer. Quelques-uns, furieux, réussirent à passer en force.

Dans un grondement de gond en acier, les portes furent fermées. Des dizaines de poings frappèrent de l'autre côté. Un système de double madrier verrouilla définitivement la porte sud de la ville.

Rodan gravit les marches pour atteindre les créneaux qui dominaient la porte, Nova derrière lui. Dans sa colère, il ne vit pas la peur qui habitait tous les soldats présents sur la muraille. Le mercenaire vint se camper devant Rens, qui observait au loin, bras croisés.

— Et maintenant… Quels sont vos ordres, lieutenant ? cracha Rodan.

Rens ne répondit pas. Le colosse se contenta d'un signe de tête en direction de l'extérieur de la ville. Rodan se retourna, et pâlit.

Les Smaughs étaient bel et bien arrivés.

*

À la dernière heure du jour, la horde de guerriers smaughs s'étala sur les collines qui dominaient le sud-est de Coruscante, piétinant la bruyère et les chardons. Cinq mille combattants, avides de violence et de sang. Engoncés dans leurs armures de cuir sombre, brandissant leurs armes, le regard excité par la promesse du combat. Tous ces Smaughs étaient de jeunes guerriers, en quête de gloire et de hauts faits. En plus des richesses et des esclaves gagnés au combat, ils pourraient surtout recevoir leur premier clou. Les pointes de fer noir, imbibées de mana, démultipliaient les sensations en plus de témoigner de la valeur d'un Smaugh. Oghul-Tak en arborait trente-trois, plantées en trois rangées de part et d'autre, ainsi qu'au milieu de son crâne.

La masse des guerriers s'écarta pour laisser passer un énorme char de métal noir, hérissé de pointes et de lames. C'était un engin de guerre fait pour transpercer les rangs d'une armée, tout en mutilant les soldats. Un véhicule tiré par deux créatures de la taille de chevaux, couvertes d'écailles depuis leurs sabots fendus jusqu'à leur tête reptilienne. Tenant les rênes, fièrement dressée sur son char de guerre, Oghul-Tak observa avec dédain les murailles de Coruscante. Le seigneur Smaugh balaya du regard la cité et ses faubourgs. Un rictus cruel se dessina sur son visage lorsqu'il vit les réfugiés fourmillant entre les portes de la ville et le quartier pauvre s'étalant au pied des remparts.

Un guerrier au crâne orné de neuf clous s'approcha prudemment du char. Plus d'un Smaugh avait fait la triste expérience des sautes d'humeur du seigneur de guerre. Il s'adressa à Oghul-Tak avec une voix empreinte de respect :

— Mon seigneur… Nos troupes sont prêtes à monter à l'assaut. Ces misérables murs ne pourront pas les protéger, nous les escaladerons sans la moindre difficulté. À votre ordre, nous attaquons la cité.

Oghul-Tak passa sa langue sur ses dents, salivant aux souffrances qu'il allait infliger à ses proies. Les humains étaient si fragiles, si prompts à souffrir, et à mourir...

— Non ! gronda le seigneur de guerre. Attaquez d'abord ceux-là...

De sa main gauche, gantée de fer hérissé de pointes, Oghul-Tak désigna les faubourgs.

— Et quand leurs cris résonneront, semant la terreur dans le cœur de leurs soldats, alors, nous prendrons la muraille...

— Il en sera fait selon vos désirs, mon seigneur ! clama Neuf-Clous.

Une partie de l'armée smaugh se détacha de la masse des guerriers. Deux mille d'entre eux se jetèrent sur les faubourgs dans l'unique but de massacrer ses habitants. Le rire d'Oghul-Tak les accompagna.

CHAPITRE 67

L'étreinte de l'Héritière du Chaos et de l'Ombre du Néant ne put durer davantage. Le temps était un luxe qu'ils ne pouvaient s'octroyer. Estrée quitta à contrecœur les bras de Felkeyn, et se releva. Bien que chancelante, elle perçut une énergie nouvelle irradier son corps. Une force revigorante, à tel point que la fille d'Eodh se sentit plus jeune de quelques années. Non pas qu'elle fut vieille, Estrée n'avait pas encore trente ans. Son corps lui semblait toutefois régénéré du moindre traumatisme subit depuis ses dix-huit ans. *Felkeyn... que m'as-tu fait ? Tu me devras des explications plus tard, tu peux en être sûr... !*

— Heureux de vous voir sur pied, Estrée ! la salua le Don.

— Merci, Antonius, répondit l'Héritière. C'est une joie partagée. Sans votre aide, je ne serais sans doute pas venue à bout de cette... chose. Comment vous êtes-vous retrouvé coincé dans... un bocal à oignons ?

Le mage renifla ses vêtements, et eut une grimace de dégoût.

— Je vois... répondit-il. C'est une longue histoire. Pour vous donner la version courte, vous rappelez-vous notre fuite du grand hall à l'issue de la prise de pouvoir de Valrym ?

Estrée opina. Felkeyn fit le tour de la pièce, détaillant les ouvrages répandus depuis la bibliothèque fracassée. Le Don poursuivit :

— Bien. Pour échapper aux gardes, je me suis transformé en brume, voyez-vous ? Je me suis enfui par les égouts, et alors que je cherchais un moyen de remonter, je suis tombé sur cet étrange homme-crapaud. Je l'ai suivi jusqu'ici, mais le maître des lieux m'a découvert. Sa sorcellerie m'a contraint à cette forme, sous son emprise. Et il m'a enfermé dans cette prison de verre… Jusqu'à votre arrivée.

— Le maître des lieux, dites-vous ? demanda Estrée.

— Un sorcier cruel. Je l'ai vu infliger mille souffrances à une pauvre jeune femme qu'il avait capturée. Des sévices sexuels jusqu'à la torture physique. Cette fille a beaucoup souffert avant de rendre l'âme. Cet être vil n'est pas humain. Et son crâne… plusieurs dizaines de clous y sont plantés !

— Ce sont des Smaughs, précisa la fille d'Eodh. Une race de conquérants venue d'un autre Plan pour envahir les Territoires-Francs.

— Oh, fit le Don. Je vois. Vous n'avez pas chômé pendant mon séjour ici.

— Non, et nous n'en avons pas terminé. Il faut retrouver ce sorcier smaugh. Je pense que c'est lui qui tire les ficelles, et qui informe les siens de la situation à Coruscante. Si nous l'arrêtons, nous avons une toute petite chance d'empêcher l'invasion. Ou du moins, de gagner un peu de temps. Vous savez où se trouve ce sorcier ?

— J'en ai une petite idée… répondit Antonius. Si mon sens de l'orientation ne me trompe pas. Il doit y avoir une galerie ou un tunnel dissimulé quelque part. Je dois pouvoir le trouver. Je n'ai plus de sortilège complexe à disposition, mais j'ai toujours quelques capacités parmi les plus élémentaires. Je devrais pouvoir vous aider dans cette moindre mesure. Et il y a peut-être des choses intéressantes à récupérer ici, dans la chambre du sorcier.

Felkeyn saisit un sceptre en ivoire glissé dans sa ceinture, et le tendit au Don.

— Le Smaugh que j'ai abattu en arrivant ici avait ça sur lui, dit l'Ombre. Je pense que c'est un bâton de pouvoir, bien que la magie ne soit pas ma spécialité.

— Dites donc ! Un *Sceptre d'Annihilation* ! Une arme magique d'une rare puissance. À ma connaissance, il n'y avait que Valrym de Fenn pour détenir un tel objet en ville, acheté à prix d'or à un de mes confrères. Comment s'est-il procuré cela ?

— Je crois que ce Smaugh était celui qui se cachait derrière l'apparence du Conseiller d'antiope, répondit Felkeyn. Il a sans doute récupéré le sceptre après avoir poignardé Valrym.

— Vous avez eu de la chance qu'il ne sache pas l'utiliser… souligna le Don. Cet artefact aurait été capable de vous vaporiser, ami guerrier.

— Parfait, on l'enfoncera directement dans le fondement du sorcier ! souffla Estrée.

— Ce n'est pas exactement comme cela que ça fonctionne… commença Antonius.

Estrée et Felkeyn sourirent au mage.

— … mais ça peut marcher aussi, conclut-il, souriant à son tour.

Le Don prit quelques instants pour fouiner à son tour dans les appartements de Raïsh'Aàn.

Felkeyn détailla le cadavre de Moggus.

— Eh bien, tu ne l'as pas loupé... dit-il à Estrée.

La fille d'Eodh ramassa ce qui restait du sabre brisé. Avec une moue gênée, elle le tendit au guerrier.

— Je suis désolée, Fel... J'ai cassé le sabre que tu m'avais confié.

Felkeyn saisit la poignée de l'arme, observant les quelques centimètres de lame restante. Des centaines de souvenirs défilèrent dans son esprit en quelques secondes. Un fidèle compagnon, avec lequel il avait affronté des centaines d'adversaires, ôté des centaines de vies. Puis il sourit, et jeta le sabre brisé par-dessus son épaule. Felkeyn détacha le baudrier de l'une de ses lames jumelles, et le tendit à Estrée.

— Prends celui-ci. On y va ? Nous avons toujours du Smaugh à pourfendre !

Estrée sourit, prit délicatement l'arme comme si Felkeyn venait de lui offrir une bague hors de prix. Elle posa un tendre baiser sur les lèvres de l'Ombre, et se tourna vers le mage.

— Quand vous voulez, Don !

CHAPITRE 68

Liam enfourcha sa jument, *Poussière,* et remonta avec difficulté la cohorte humaine. Il avait franchi la porte sud juste avant qu'elle ne se referme, forcé à bousculer les réfugiés pour se frayer un passage. Une fois passée la longue file d'habitants paniqués, traverser les faubourgs fut plus simple. Il se refusa néanmoins à galoper, de peur de renverser quelqu'un qui surgirait devant lui. *Poussière* trotta avec élégance, bien que pas assez rapidement au goût du Conseiller. L'avertissement de Rens résonnait en lui. Si son âme de soldat voulait se battre aux côtés de la Garde, son cœur de père ne battait que pour sa fille. Aleenor était restée auprès des Sœurs Grises, se croyant en sécurité. Il atteignit les portes ouvertes du *Souffle d'Isolde* alors que les Smaughs se ruaient à l'assaut des faubourgs.

Le Conseiller descendit de cheval rapidement. Shahili vint l'accueillir. Les lieux débordaient d'activité. Des centaines de personnes s'étaient massées dans la cour et les divers bâtiments de l'enclave des Sœurs Grises. Principalement des femmes, des enfants, et quelques vieillards. L'abbesse Jorda avait refusé d'accueillir les hommes valides. Historiquement, l'ordre des Sœurs Grises de Claire-Aube se vouait à protéger les femmes, plus souvent victimes des guerres dans un monde resté ancré dans d'anciennes traditions patriarcales.

Sur un ton brusque, Liam s'adressa à Shahili :

— Où est ma fille ? demanda-t-il.

La guerrière fronça les sourcils, mais ressentit la panique du Conseiller. Shahili indiqua une petite construction, servant habituellement à stocker bois et provisions. Aleenor était là, aidant de son mieux une vieille femme à s'asseoir.

Liam remercia Shahili d'un hochement de tête, et traversa la foule en direction de sa fille. Trois autres jeunes femmes avaient rejoint Aleenor lorsqu'il arriva près d'elle.

— Père ! l'accueillit-elle joyeusement. Tu es de retour ! Laisse-moi te présenter Aryss, Mélicia et Antione !

Liam ignora royalement les amies de sa fille. Il prit Aleenor par le bras pour l'éloigner. Entre les enfants qui pleuraient et les adultes qui criaient, un boucan de tous les diables résonnait dans la cour de l'enclave.

— Alee... dit-il à l'oreille de sa fille. Nous devons partir. Maintenant.

— Comment ? s'étonna la jeune femme. Non, Papa... Ces gens ont besoin de moi. Il y a tant à faire ici, au moins, je peux être utile...

Aleenor voulut se défaire de la main de son père, mais Liam la tenait fermement.

— Tu dois m'écouter, Aleenor. Si cela ne doit être qu'une seule fois dans ta vie, je te demande de m'obéir sans discuter cette fois. Je t'en prie, ma fille... supplia le Conseiller.

Shahili s'était furtivement rapprochée. L'instinct de protection de la Sœur Grise s'était réveillé. Elle garda néanmoins ses distances.

Aleenor l'aperçut du coin de l'œil, et fit un discret « non » de la tête. Si Liam s'en aperçut, il ne releva pas.

La jeune femme allait protester. Argumenter. Tenter de convaincre son père.

Les premiers hurlements de terreur se firent entendre par-dessus le bruit régnant dans l'enclave.

Les discussions moururent. Les enfants cessèrent de courir après les oies. De nouveaux cris d'effroi, plus proches cette fois, retentirent, accompagnés des rugissements sauvages des guerriers smaughs. Un début de panique secoua le *Souffle d'Isolde*.

Shahili échangea de rapides regards avec ses sœurs. Les guerrières comprirent immédiatement le danger. Les réfugiés se précipitèrent vers les moindres abris. La sœur d'âme de Nova approcha du Conseiller, bien déterminée cette fois. Elle se campa du côté de Liam, et s'adressa à sa fille :

— Aleenor. Tu dois partir. Nous devons nous occuper des réfugiés ici, nous ne pourrons plus te protéger. Va avec ton père.

Le ton de Shahili était froid et sans appel. Aleenor s'avoua vaincue. Elle se retourna vers les trois jeunes femmes, dont elle venait à peine de faire la connaissance. Elle espérait tant se faire de vraies amies, comme toute fille de son âge. Aleenor fit un signe de la main pour saluer Aryss, Mélicia et Antione. Toutes trois échangèrent des regards d'incompréhension, avant de lui rendre son geste amical.

— Très bien, père, fit Aleenor, résignée. Nous pouvons partir.

— Conseiller, reprit Shahili. Nous allons fermer les portes de l'enclave. Partez vite, et contournez Coruscante pour rejoindre la porte ouest. Si vous le pouvez, envoyez-nous des renforts… Nous tiendrons autant que nous le pourrons.

La Sœur Grise n'avait que peu d'espoir.

— Je ferai tout mon possible, je vous le promets, répondit le Conseiller.

Aleenor embrassa Shahili. Liam la remercia d'un signe de tête. Prenant Aleenor par la main, ils traversèrent la cour, en proie à une peur grandissante. Les Sœurs Grises faisaient de leur mieux pour calmer les réfugiés. À l'extérieur, les échos du massacre s'intensifiaient.

— Retrouve Nova, cria Shahili à l'intention d'Aleenor. Et reste en vie !

Le Conseiller Cornell aida sa fille à monter sur *Poussière,* avant d'enfourcher la jument à son tour. Il lança sa monture vers les faubourgs, et prit la direction de l'ouest. Les portes du *Souffle d'Isolde* se refermèrent derrière eux.

*

La nuit s'était abattue, chape d'obscurité annonciatrice de mort. Les Smaughs déferlèrent sur les faubourgs de Coruscante comme un raz-de-marée de cruauté. Une masse grouillante de centaines de guerriers assoiffés du sang de leurs victimes. Ce sang qui inonda les ruelles étroites et le sol boueux du quartier pauvre. Les habitants paniqués coururent dans tous les sens pour tenter de fuir les haches mortelles. Leurs hurlements de terreur se mêlèrent aux cris fanatiques des guerriers smaughs. Inlassablement, l'acier noir tranchait, éventrait, démembrait. Les corps des victimes, hommes ou femmes, étaient profanés sans distinction d'âge. La férocité des envahisseurs était sans égale.

Derrière les minces portes de l'enceinte du *Souffle d'Isolde,* les réfugiés se serraient les uns contre les autres.

Pour assurer leur protection, quatorze Sœurs Grises, principalement des novices, tentaient d'organiser un périmètre de défense.

Shahili se tenait derrière la porte principale fermant l'enclave. Elle observa l'extérieur par une petite trappe coulissante. La sœur d'âme de Nova serra les dents lorsqu'elle entendit les cris de désespoir des victimes massacrées. Un incendie s'était déclaré non loin, illuminant les cieux d'une colonne de flammes dansantes. Un groupe d'habitations en torchis s'effondra dans un grondement sourd et une volée de lumignons enflammés. Durant quelques secondes, la rue face au *Souffle d'Isolde* baigna dans un calme irréel. Les cris s'étaient éloignés en même temps que les habitants, qui fuyaient le plus loin possible.

Et la horde sauvage jaillit de partout à la fois.

Surgissant des ruelles, traversant les murs des maisons, courant sur les toits de chaume. Une vague mortelle s'abattit sur l'enceinte des Sœurs Grises.

— Aux armes ! hurla Shahili. Ils arrivent !

Orpha et Naëllé rejoignirent Shahili. La jeune guerrière brune aux yeux en amande tenait fermement un bâton de combat ferré, tandis que la rouquine maniait deux cimeterres avec élégance. Shahili, elle, pointait un fauchard de guerre à la longue lame incurvée. Les trois Sœurs Grises attendirent nerveusement, en espérant que la porte tienne un peu.

Un immense guerrier smaugh, brandissant une hache à double tranchant surdimensionnée, la traversa comme du papier de riz, fracassant les panneaux de bois dans une explosion d'esquilles. Au même instant, des dizaines de Smaughs jaillirent en escaladant l'enceinte aussi facilement que s'ils montaient un escalier.

Le baroud d'honneur des Sœurs Grises fut aussi vaillant que futile.

Orpha se jeta au contact du Smaugh qui venait de surgir face à elle. Son bâton de combat tournoya au-dessus de sa tête avant de frapper avec la vitesse d'un cobra. Frappe latérale sur la tempe. La tête du guerrier smaugh bougea à peine, l'impact ne fit que lui arracher un sourire féroce. Frappe d'estoc à l'estomac. L'extrémité renforcée d'acier du bâton aurait brisé les côtes et éclaté la rate d'un adversaire normal. Cet adversaire n'avait rien de normal. L'arme d'Orpha rebondit, ne causant au guerrier rien de plus qu'un léger désagrément. La Sœur Grise pivota sur elle-même pour donner plus d'élan et frapper de l'autre extrémité de son arme, droit vers le plexus.

Le Smaugh happa au vol le bâton de combat, et l'arracha des mains d'Orpha comme de celles d'une enfant. La hache de Lochabre fendit la Sœur Grise, depuis le haut du crâne jusqu'à l'entrejambe.

Naëllé ressentit la mort de sa sœur d'âme comme si ses propres entrailles lui étaient arrachées. La guerrière rousse hurla un cri de défi, et lança ses cimeterres, portés par la Voie du Vent. Les lames tourbillonnèrent, et la Sœur Grise zébra le colosse smaugh d'une dizaine d'entailles sanglantes. Mais pas assez profondes. Son adversaire ricana en voyant son sang couler.

Le guerrier smaugh fit tournoyer sa hache dans un large mouvement latéral. Les sabres de Naëllé, opposés en parade croisée, furent brisés net dans une gerbe d'étincelles et d'éclats de métal. La hache poursuivit sa course et ouvrit la Sœur Grise en deux. Les entrailles de Naëllé lui furent bel et bien arrachées. Son corps sans vie s'écroula sur celui d'Orpha.

L'attaque des trois Sœurs Grises aurait pu être coordonnée. Devant la sauvagerie de leurs adversaires, deux d'entre elles venaient de perdre leur sang-froid. Et l'avaient payé de leurs vies.

Shahili écarquilla les yeux face à tant d'horreur. Derrière elle, dans la cour du refuge, les Smaughs massacraient aussi bien les réfugiés que les novices. Pourtant bien entraînée et formée aux arts du combat, Shahili n'avait jamais connu la réalité de la guerre. Son estomac s'était transformé en corde à nœuds. Son cœur battait à tout rompre, et ses oreilles bourdonnaient. Malgré la peur qui ruisselait dans son dos en longs filets de sueur froide, Shahili restait une Sœur Grise de Claire-Aube. Sa volonté se raffermit, repoussant l'effroi afin de canaliser son pouvoir. Elle s'enveloppa d'un courant d'air protecteur, juste à temps pour dévier la hache de Lochabre qui s'abattait sur elle. Le fer de l'arme fut détourné et fendit la terre aux pieds de la guerrière. Le Smaugh rugit de frustration. Shahili profita de l'ouverture, et concentra ses vents magiques pour augmenter la vélocité de son assaut. La lame du fauchard trouva la gorge de son adversaire, et l'ouvrit sur toute sa largeur.

Le Smaugh recula, une main sur son cou pour tenter d'endiguer le flot de son fluide vital. Peine perdue. Le guerrier tomba à genoux, son torse recouvert de sang.

Shahili posa un dernier regard sur les corps sans vie de ses sœurs. Une vague de fureur remplaça la tristesse. Sa lame réclamant vengeance, elle se jeta à l'assaut à son tour, frappant de toute sa colère chaque Smaugh passant à sa portée.

Les cadavres s'accumulèrent dans la cour du *Souffle d'Isolde*. Les réfugiés furent piétinés, les novices balayées. L'abbesse Jorda n'eut pas le temps de faire appel à sa maîtrise de la Voie du Vent. Saisie par l'horreur du massacre, la sœur supérieure de l'enclave perdit de précieuses secondes à se ressaisir. Trois javelots aux pointes dentelées clouèrent son corps dans le mur de brique du bâtiment principal.

La sœur d'âme de Nova fut la dernière à combattre. Couverte de sang, une entaille profonde sur le visage et le bras gauche brisé, elle résista. Lorsqu'un javelot transperça sa cuisse, elle combattit sur une jambe.

Un Smaugh hilare, utilisant d'affreuses griffes de combat fixées sur ses avant-bras, arracha la main droite de la guerrière. Shahili se jeta sur lui pour lui déchirer la gorge avec les dents, avant de s'effondrer sur les genoux.

La Sœur Grise entendit, avant de le voir, le sifflement du javelot qui la prit pour cible. Elle n'avait plus la force d'esquiver. Avec effroi, elle vit les monceaux de corps, mais surtout les survivantes. Aryss, Mélicia et Antione étaient, toutes les trois en même temps, traînées sur le sol par les cheveux, prisonnières d'un Smaugh dont le faciès ne laissa planer aucun doute sur le sort qu'il leur réservait.

Une pointe de javelot transperça le cœur de Shahili, et tout devint noir.

*

Sur les murailles de la porte sud, Nova tomba à genoux, hurlant sa douleur aux ténèbres nocturnes.

CHAPITRE 69

Antonius fouillait les ténèbres de la cave des arbres smaughs depuis une heure. Le mage inspectait minutieusement chaque paroi de pierre, chaque rideau de vigne, avec moult précautions. Il prononçait, à intervalles réguliers, une courte incantation. Estrée reconnut un sort mineur, *l'Œil du Nexus*, qui permettait de détecter les auras magiques.

Laissant le mage à son investigation, le couple du Chaos parcourut la salle souterraine à pas lents. Le sorcier pouvait surgir à tout moment, aussi restaient-ils tous deux sur leurs gardes. Felkeyn stoppa devant le tronc fendu de l'arbre-mère. Un suc épais, entre la sève et le sang, suintait toujours lentement le long de l'écorce écailleuse.

— C'est ton œuvre ? demanda-t-il à Estrée.

La fille d'Eodh posa les poings sur ses hanches avec un sourire malicieux.

— Un arbre malade, on le coupe ! répondit-elle.

Estrée et Felkeyn échangèrent un regard complice. L'Ombre opina, respectueux.

— Joli travail.

— J'ai bien peur que ce soit peine perdue… fit Estrée. Si j'ai bien assemblé les pièces de ce maudit puzzle, cet arbre était à l'origine des larves implantées dans des hôtes humains. Qui à leurs tours, sont devenus des Smaughs. Certainement leur moyen de reproduction. Charmant… Parasiter un être vivant. Ces créatures sont vraiment immondes. Et c'est comme ça qu'ils ont infiltré Coruscante.

— Et probablement d'autres Cités-Franches, précisa Felkeyn. Tous les portails à destination des grandes villes des Territoires-Francs étaient perturbés, même depuis ceux du Plan du Chaos. Ce qui se passe ici se produit sans doute ailleurs… À Claire-Aube, Gar-Vallon… voire Ambre elle-même.

— Ce serait une invasion à grande échelle ? Coruscante ne serait qu'une étape ? interrogea la fille d'Eodh.

— C'est ce que je pense… répondit l'Ombre. Une base d'opérations, pour assurer l'approvisionnement de leurs troupes. Et des esclaves pour épancher leurs vices.

— Si Coruscante n'est qu'un point de départ, où iront-ils ensuite ?

— Tarbayne est très loin au nord, dans les montagnes, dit Felkeyn. Quant à Véronèse, il faut traverser la plaine des Fleurs en direction de la mer, à presque trois cents kilomètres vers le sud. Non… Je pense qu'ils vont marcher sur Ambre. C'est une longue route, et il leur faudra traverser un canyon étroit pour l'atteindre, mais… Ce n'est pas la petite garnison sur place qui les en empêchera.

— Alors, nous sommes en guerre… conclut Estrée.

— Oui. Une guerre comme les Territoires-Francs, et même le Monde des Plans dans son ensemble, n'en a connu depuis les Grandes Guerres de Sang.

Un lourd silence s'installa. Seul le clapotis des gouttes tombant du plafond végétal dans les bassins sanglants souligna les propos échangés par le couple du Chaos.

Silence qui fut finalement rompu par la voix de ténor d'Antonius :

— Par ici ! Je crois que j'ai trouvé !

Le Don se tenait devant une paroi de roche recouverte de chitine violacée. Le couple du Chaos se porta à sa hauteur. Antonius leva la main précipitamment.

— Surtout n'approchez pas ! les prévint-il. Cette roche est empreinte d'une magie puissante. Des runes de protection qui vous vaporiseraient en un clin d'œil !

Estrée soupira. La fille d'Eodh s'impatientait de pouvoir en finir. Elle ignorait qu'elle était encore loin d'en avoir terminé avec les Smaughs...

À son tour, Antonius recula de trois pas. Il brandit le sceptre en direction de la roche, et prononça un mot de pouvoir qui vibra dans l'air. L'extrémité de l'artefact crépita d'éclairs, et un trait de lumière blanche aveuglante fusa vers la paroi. Chitine, roche, et protections magiques furent désintégrées pour laisser place à une ouverture circulaire béante. Toute la circonférence du passage ainsi créé rougeoya et se cristallisa, totalement vitrifiée par la puissance du *Sceptre d'Annihilation*. Une galerie apparut, s'enfonçant dans l'obscurité.

— Pas mal... fit Estrée avec une pointe d'ironie.

D'un tour magique simple, Antonius fit naître une luciole qui diffusa une lumière équivalente à celle d'une torche. Tous les trois s'engouffrèrent dans le tunnel.

*

Dans la grande salle de la Pierre de Mémoire, Raïsh'Aàn observait, à travers le bassin divinatoire, la progression des armées smaughs, Oghul-Tak à leur tête. Entre les sorciers et les seigneurs de guerre, une rivalité féroce existait depuis toujours. Les querelles étaient monnaie courante, et il n'était pas rare qu'elles dégénèrent en conflit ouvert. Raïsh'Aàn n'était qu'un sorcier du troisième cercle. La gloire qu'il gagnerait grâce à son rôle dans la prise de Coruscante lui vaudrait l'accès aux savoirs ésotériques du quatrième cercle. Un jour, peut-être, détrônerait-il Rakùl-Bahir, l'unique maître-sorcier du cinquième cercle ! Et pour y arriver, Raïsh'Aàn était prêt à tout. Y compris sceller une alliance avec un idiot comme Oghul-Tak. Les guerriers avaient leur utilité.

De sa langue bifide, Raïsh'Aàn caressa ses dents taillées en pointe. Le sorcier prenait un réel plaisir à observer le massacre des faubourgs. Un spectacle jouissif pour lui. À tel point, que le Smaugh ne sentit pas la présence des intrus qui avaient traversé le pont de racines, et venaient de franchir la porte du temple de Lyr.

*

Felkeyn désigna Raïsh'Aàn et fit signe à Estrée de contourner par la droite, mimant qu'il prenait lui-même par la gauche. Puis il indiqua au mage de rester à sa place, en pointant son sceptre de pouvoir. Tous trois opinèrent en même temps.

Le Smaugh gloussa lorsqu'il vit Shahili mourir, et les guerriers se saisir de son corps pour le profaner.

Estrée se faufila sans bruit entre les racines qui s'entremêlaient sur le sol. L'Ombre, comme à son habitude, glissa dans le plus parfait silence. Le couple du Chaos était presque sur le Smaugh. Antonius pointa le *Sceptre d'Annihilation* sur le sorcier…

Raïsh'Aàn se redressa brutalement. Il venait de percevoir la magie de l'artefact. Il éructa une incantation qui gronda dans la salle comme un orage. Le rayon d'annihilation jaillit du sceptre entre les mains du Don. Le Smaugh fit volte-face, les mains dressées devant lui, les doigts arqués. Le trait de lumière blanche se heurta à un bouclier invisible qui, sous l'impact, crépita d'une énergie noire auréolée de pourpre. Le rayon blanc s'inversa en se colorant d'un noir profond, et fut retourné à l'envoyeur. Le *Sceptre d'Annihilation* explosa entre les mains d'Antonius, projetant le mage contre une colonne de pierre. Le Don s'écroula, immobile, les mains noircies et fumantes.

Estrée bondit pour franchir les derniers mètres qui la séparaient du Smaugh. Sa *Lame de Volonté,* vibrante de mana, apparut depuis sa main droite. Felkeyn dégaina trois dagues de jet effilées, qu'il lança, droit vers le visage du sorcier.

Raïsh'Aàn réagit à une vitesse surnaturelle. De sa dextre, il tira une longue dague de métal sombre, à lame ondulée. Il enchaîna trois rapides mouvements de Shivan-Gewarr, l'art du combat secret des sorciers smaughs. *Cling ! Cling ! Cling !* Les dagues de jet de Felkeyn furent déviées de leur course et se perdirent dans le temple. Dans le même temps, de la main gauche, il déchaîna un éventail d'éclairs violacés, qui cueillit Estrée en plein vol. L'Héritière intercepta la foudre mortelle de son arme de mana, mais fut malgré tout projetée à l'opposé. Elle amortit sa chute d'une roulade, finissant sur un genou. La magie du sorcier avait soufflé sa *Lame de Volonté*. Estrée empoigna le sabre court, récemment offert par Felkeyn.

Le guerrier aux yeux d'acier allait se précipiter sur le Smaugh. Son instinct l'en dissuada. Ils avaient sous-estimé les capacités martiales du sorcier. Raïsh'Aàn n'avait pas que sa magie comme arme. La façon dont il maniait sa dague faisait de lui un adversaire redoutable au corps à corps. Ce n'était pas le moment de commettre une erreur. Felkeyn s'assura d'un regard que la fille d'Eodh allait bien. Estrée lui répondit par un sourire féroce. L'Héritière était prête pour un nouvel assaut. Felkeyn se concentra pour se connecter à son Nexus. Il aurait besoin de tous ses pouvoirs d'Exalté face à un tel adversaire.

Raïsh'Aàn dut sentir le vent tourner. Le sorcier avait aisément repoussé le premier assaut, mais ces sang-chauds étaient une menace à ne pas prendre à la légère. Pour arriver jusqu'à lui, ils avaient dû terrasser Moggus, la Mygale, et tromper ses défenses magiques. Ce combat n'avait pas d'intérêt pour le Smaugh. Le *Faharak-Shaar* était lancé, personne ne le priverait de sa gloire !

Le sorcier prononça une nouvelle incantation aux accents gutturaux. Le sol sous ses pieds émit un bruit de succion, et Raïsh'Aàn disparut, englouti par les entrailles de la terre.

— Peste soit de ces maudits Smaughs ! rugit l'Héritière.

CHAPITRE 70

Les arbalétriers de Coruscante, postés sur les murailles, observaient impuissants le massacre des faubourgs. La nuit promettait d'être longue. Des braseros furent allumés, à l'abri des merlons pour ne pas faire des soldats des cibles trop faciles. Bien que l'armée smaugh ne semblât pas compter de bataillons d'archers. C'était déjà ça de gagné, offrant à la puissance des arbalètes un avantage non négligeable lors de la bataille à venir. C'était, du moins, ce que Rens avait déclaré pour que les soldats gardent le moral.

Un tiers des mercenaires des Mille Lames, sur les cent cinquante ayant survécu à la dernière bataille contre le Poing Sanglant, s'étaient armés d'arcs pour se poster sur les fortifications. Presque autant de Kàwanakhees se joignirent à eux. Ajoutés aux deux cents arbalétriers, trois cents défenseurs attendaient que les Smaughs arrivent à portée de tir.

Dressé sur son char de guerre, Oghul-Tak observait les défenses de la ville. Les volées de flèches et de carreaux, tirées depuis ces créneaux, allaient faucher des centaines de guerriers. Oghul s'en moquait bien. Ce n'était que de la chiourme, de tout jeunes Smaughs à peine à maturité.

Prêts à mourir pour gagner leur premier clou. Et donc, sacrifiables.

La terre à proximité du char se mit à bouillonner. Le guerrier aux neuf clous fit un bond en arrière. Oghul ricana. Du sol, une grosse bulle d'un violet sombre se forma, et grossit jusqu'à atteindre deux mètres de diamètre. Et éclata, libérant Raïsh'Aàn.

Oghul-Tak l'accueillit d'un rire tonitruant.

— Vomi par la terre... Voilà qui te convient à merveille, sorcier ! cracha-t-il avec dédain.

Raïsh'Aàn ne releva pas. Il prit le temps de jauger la situation, avisant les murailles de Coruscante garnies de défenseurs.

— Tu leur as laissé le temps de se préparer, Oghul... Nous allons perdre beaucoup de guerriers pour prendre ces murailles.

— Ne viens pas me dire comment je dois mener la Conquête de Sang ! menaça le seigneur de guerre, brandissant son poing bardé de pointes d'acier.

— Telle n'était pas mon intention... concéda Raïsh'Aàn. Puis-je te proposer une solution qui te facilitera la tâche, sans pour autant t'ôter la gloire du combat ?

Oghul-Tak fronça les sourcils, considérant l'offre.

— Très bien, sorcier... grogna le seigneur de guerre. Je peux bien t'accorder un peu de temps. Va donc jouer avec ces sang-chauds. Ensuite, nous lancerons l'assaut.

Raïsh'Aàn sourit intérieurement. *Bien sûr qu'il accepte... Cet idiot ne comprend rien à la magie des Smaughs. S'il croit mener le Faharaak-Shar, soit. Je me débarrasserais de lui en temps voulu.*

Le sorcier avança d'une dizaine de pas en direction de Coruscante. Il écarta les bras, et égrena une lente mélopée aux sonorités dures. De ses doigts, des filaments de mana noirs s'écoulèrent jusqu'au sol. Là, ils prirent vie, longs serpents filandreux qui ondulèrent vers la Cité-Franche. À mi-chemin des fortifications, ils se scindèrent, encore, et encore. Rampant sur la terre, dans la boue, reptiles magiques invisibles et silencieux dans la nuit. Jusqu'à atteindre les murailles. Une fois au pied des fortifications, les serpents de mana se collèrent à la pierre pour escalader, inexorablement, droit vers les créneaux. Ils s'y dressèrent tels des cobras infernaux, prêts à fondre sur leurs proies.

*

Le sergent Gorjo avait rejoint son unité d'arbalétriers, postée sur le chemin de ronde dominant la porte sud. Si le soldat avait beaucoup de défauts, la couardise n'en faisait pas partie. Gorjo observait, dents serrées, la horde sauvage qui se préparait à l'assaut.

— Qu'attendent-ils donc… grinça un arbalétrier à quelques pas du sergent.

— Je ne sais pas… répondit Gorjo. Tenez-vous prêts. Chaque seconde qui passe est à notre avantage, donnant aux renforts le temps nécessaire pour nous rejoindre.

Un mouvement, dans son angle de vue périphérique, attira l'attention de Gorjo. D'instinct, il tira son épée, et s'approcha. Sur un merlon de pierre, une chose plus noire que la nuit rampait.

— Mais qu'est-ce que… souffla-t-il.

Le serpent obscur se dressa. L'extrémité pointée vers le sergent s'ouvrit en une gueule affamée, dévoilant quatre longs crocs noirs. La créature née de la magie du sorcier smaugh se jeta sur Gorjo. Par pur réflexe, le sergent leva son épée dans une diagonale haute. Sa lame, large et épaisse, trancha le serpent de mana en plein vol. Les deux parties de filament sombre se tortillèrent sur la pierre du parapet, avant de se dissoudre.

Gorjo resta ébahi quelques secondes. Lorsque son cerveau lui intima de prévenir les autres, il était trop tard. Un concert dissonant de cris de surprise et de douleur éclata sur la muraille. Des dizaines de ces serpents de ténèbres avaient fondu sur les arbalétriers et les mercenaires des Mille Lames. Les créatures magiques frappaient aux jointures des armures, se glissaient dans les fentes et sous les casques. Les serpents noirs vrillaient pour pénétrer les chairs, se glissaient sous la peau, dévoraient les yeux. Plusieurs soldats tombèrent de la muraille pour s'écraser huit mètres plus bas. Un chaos total s'empara de la première ligne des défenseurs de Coruscante.

*

Satisfait, Raïsh'Aàn retourna aux côtés d'Oghul-Tak.

— Ils sont à toi, Oghul ! siffla le sorcier.

Entre son combat dans le temple de Lyr et cette démonstration de puissance, Raïsh'Aàn avait complètement épuisé son mana. L'épuisement le guettait. Le sorcier n'en montra rien, s'éloignant de quelques pas nonchalants.

Le seigneur de guerre leva le poing, affichant un sourire cruel. Les tambours de guerre devinrent frénétiques. Oghul-Tak ouvrit la main. Trois mille Smaughs fondirent sur Coruscante en hurlant.

*

Le sang des défenseurs était déjà répandu sur la pierre des murailles de la ville. Les serpents noirs avaient fait plus de cinquante victimes à eux seuls, avant de disparaître en fumée. La seconde ligne d'arbalétriers, renforcée d'archers des Mille Lames, se mit rapidement en place. Un temps précieux, tout aussi précieux que les vies fauchées, fut perdu.

Les Smaughs s'abattirent sur l'enceinte de la ville comme une vague déferlante de fureur assoiffée de sang. Les dizaines de flèches et de carreaux, tirées précipitamment depuis les créneaux, n'eurent guère plus d'effet que des aiguilles dans la peau d'un rhinocéros lancé en pleine charge. Ceux qui tombaient étaient piétinés par les dizaines qui suivaient.

Les guerriers smaughs ignorèrent totalement la porte barricadée de l'entrée sud. Ils se ruèrent contre la muraille, se grimpant les uns sur les autres. Une masse grouillante s'éleva lentement vers le parapet protecteur. D'autres Smaughs, plus agiles, escaladèrent le mur avec autant d'aisance que des araignées. Plantant griffes et dagues dans le mortier ou dans la roche poreuse. Coruscante allait payer lourdement la facture d'une fortification mal entretenue durant des décennies.

Rens trancha en deux le premier Smaugh qui posa le pied sur le parapet. Le haut du corps de l'envahisseur fut projeté par-dessus les merlons, alors que ses jambes s'agitaient encore. Le mercenaire resserra sa prise sur le manche de son épaisse hache à double tranchant.

Rodan tendit la main et fit apparaître son épée de lumière. L'ex-Paladin bondit pour repousser un Smaugh d'un violent coup d'épaule. Un javelot passa à quelques centimètres de son crâne. Invoquant la toute-puissante Lumière, Rodan se fendit pour abattre un autre envahisseur.

Tremblante de rage, Nova attendait impatiemment son premier adversaire. Elle ne tuerait jamais assez de Smaughs pour étancher sa soif de vengeance. Ils allaient payer la mort de Shahili au centuple. La Sœur Grise invoqua la Voie du Vent, et fit danser ses éventails dans ses mains. Elle se jeta sur un envahisseur avec un cri de défi. Un double revers de ses éventails sectionna le torse d'un Smaugh.

La vague conquérante avait atteint le haut des murailles. Arbalétriers et mercenaires des Mille Lames dégainèrent leurs armes, et se jetèrent dans la mêlée.

Les Smaughs arrivaient de tous côtés.

CHAPITRE 71

Le couple du Chaos ignorait que la bataille de Coruscante venait de commencer. Estrée aida le Don à se relever. Si l'explosion du sceptre, due au retour de flammes magiques, avait à peine noirci sa main gauche, la droite souffrait de graves brûlures. Felkeyn lui fit un pansement de fortune, et une écharpe pour maintenir son bras.

— Vous pouvez marcher, Antonius ? demanda Estrée, sincèrement inquiète pour le mage.

— Je... pense que oui... bafouilla le Don. Où est passé le Smaugh ? Vous l'avez eu ?

— Malheureusement non... répondit l'Héritière. Il s'est enfui, comme absorbé par le sol.

— Je vois, dit le mage d'une voix faible. Nous n'en avons pas fini avec lui, semble-t-il. Nous le reverrons.

Felkeyn en profita pour observer les lieux. Sous l'épais tapis de racines nouées qui recouvrait sol et plafond, il décela une antique maçonnerie en arc brisé. Bien que l'Ombre ne fût pas un expert dans le domaine, il reconnut l'œuvre d'un maître architecte.

— Où sommes-nous ? demanda-t-il d'une voix basse.

— Rappelle-toi les paroles de Maître Alek, Fel, répondit Estrée. C'est ici, dans ce temple dédié à Lyr et ses disciples, que repose la Pierre de Mémoire, apportée par Corus. Nous sommes au cœur même des fondations de Coruscante.

La Pierre de Mémoire reposait sur son piédestal, simple roche taillée aux yeux du commun des mortels. La fille d'Eodh ressentit la vibration qui s'en dégageait, un souffle qui réveilla un souvenir lointain. Celui de sa confrontation avec la Pierre de Vie du Chaos. L'artefact incarnait une forme de conscience de son Plan d'origine. Se lier à une Pierre de Vie représentait l'ultime épreuve pour devenir un Puissant, et ainsi détenir le pouvoir de façonner la réalité d'un Plan Maître. Hélas, la Pierre de Vie du Chaos avait brutalement repoussé Estrée. *Tu n'es pas prête...* avait soufflé la Pierre dans son esprit. La fille d'Eodh frissonna. Une présence très similaire imprégnait la Pierre de la Mémoire.

— Vous le sentez, n'est-ce pas, Estrée ? observa Antonius. Cette aura qui émane de la première pierre de Coruscante. C'est un écho à la Pierre de Vie du Plan Primaire.

— La Pierre de Vie du Plan Primaire... répéta Estrée. La source de mana la plus puissante du Monde des Plans, si longtemps convoitée par la Lumière et les Ténèbres.

— En effet. Et nous, Disciples de Lyr, en sommes ses gardiens.

— Où se trouve-t-elle ? demanda Estrée.

— La réponse à cette question est l'information la plus secrète depuis plus de mille ans. Moi-même, je l'ignore, Estrée... fit le mage, pensif. Mais ne vous inquiétez pas, la Pierre de Vie est très bien gardée. Si le sorcier smaugh a installé son repaire ici, dans ce temple ancien, c'est parce qu'il s'agit d'un Node. Il en a exploité la puissance magique, en ignorant très certainement ce lien avec la Pierre de Vie du Plan Primaire.

— Et ce bassin… dit Estrée en caressant les cercles de cuivre concentriques. J'en ai déjà vu un comme celui-là. Sur un autre Plan, qui plus est.

— Il en existe plusieurs, expliqua Antonius. Ils ont différents usages : communiquer, observer, ou même user de magie sur de longues distances. Un de mes confrères mages a passé sa vie à les étudier. Il prétend même que ces bassins ont le pouvoir de percer les voiles du temps, révéler le passé, et l'avenir.

Estrée opina, se remémorant les images que le Jardinier avait fait apparaître dans le bassin de l'Infini Jardin. Cellendhyll, torturé par cette femme aux cheveux de neige…

La voix de Felkeyn sortit la fille d'Eodh de ses souvenirs :

— Désolé d'interrompre le cours d'histoire, mais si nous voulons sortir d'ici, nous avons une longue route. Et il est urgent de vous faire soigner, Antonius. Nous devons rejoindre Laureline si nous voulons guérir votre main.

— Votre sollicitude me touche, guerrier, répondit le Don. Ma main n'a aucune importance. Nous devons informer les Disciples de Lyr de ce que nous avons découvert ici…

— Dans tous les cas, nous devons nous presser… suggéra Estrée.

Antonius écoutait à moitié. Le mage arpenta la grande salle circulaire, observant les arcs et les voûtes. De sa main valide, il arracha quelques racines incrustées dans les briques d'un haut pilier. Le mage caressa l'architecture du bout des doigts, plissant les yeux. Enfin, sous sa peau, une sensation confirma son intuition. Une marque, usée par le temps, pourtant toujours présente. Un message codé, attendant ceux qui savent où le trouver. Le Don se tourna vers Estrée et Felkeyn.

— Je crois que j'ai trouvé quelque chose... dit-il. Pourriez-vous m'aider à ôter cette ignoble végétation ?

Quelques minutes et coups de sabre plus tard, les fines racines qui enserraient les six piliers soutenant la voûte dévoilèrent d'étranges bas-reliefs, mettant en scène lieux divers et personnages variés. Antonius les examina soigneusement, en émettant par moments un *hmm* d'incertitude ou de concentration. La douleur émanant de sa main brûlée n'aidait pas. Le mage fit appel à toute sa volonté pour rester focalisé sur sa tâche. Il pointa enfin un doigt tremblant sur une gravure représentant un maçon édifiant un mur.

— Là ! clama-t-il pour souligner une évidence que lui seul comprenait.

Le Don courut entre les racines du sol jusqu'à un pan de mur, au fond du temple. Mur, lui aussi, recouvert de ces lianes violacées qui s'accrochaient aux briques comme des centaines de minuscules mains griffues. Un maillage végétal bien plus dense que celui qui enserrait les piliers, comme s'il cherchait à recouvrir totalement ce qui pouvait se cacher derrière. Antonius se tourna vers Estrée et Felkeyn, qui attendaient patiemment.

— Ne restez donc pas plantés là, à me regarder ! Aidez-moi à me débarrasser de ces plantes ! invectiva le mage.

Estrée rejoignit Antonius. D'un signe de tête, elle l'invita à s'écarter de quelques pas. Le mage ne se fit pas prier. L'Héritière du Chaos leva le bras droit, et invoqua une *Lame de Volonté,* dont l'éclat s'avéra moins intense que face à l'arbre-mère. L'arme magique fut néanmoins suffisante. D'une large frappe ascendante, Estrée trancha les vrilles végétales sur toute leur hauteur. D'une autre, descendante, elle ouvrit un passage dans l'entrelacs de racines. Les lianes tranchées tombèrent au sol, et grésillèrent avant de se désagréger. La lame de mana se dissipa en une brume pourpre. Un trait de fatigue marquait le front de la fille d'Eodh lorsqu'elle regarda le mage.

Sous les racines, rien qu'un mur de briques plein et solide.

— Il n'y a rien, Antonius. Juste un autre mur... dit-elle d'une voix lasse.

— Estrée, vous savez pourtant qu'il ne faut pas se fier aux apparences. À mon tour de jouer, cette fois, répondit le Don.

Antonius se concentra sur la paroi, et après un temps de réflexion, commença à appuyer à certains endroits précis. À chaque pression, une brique s'enfonça de plusieurs centimètres. Le Don réitéra, poussant quinze briques dans le mur, par des séquences de trois, cinq, puis sept.

— *Ces trois nombres, et leur somme, constitue le secret de l'entrée en notre chambre secrète,* récita-t-il.

— Plaît-il ? siffla Estrée.

Le mage fit face au couple du Chaos, arborant un sourire de triomphe.

— C'est une phrase codée de notre ordre, expliqua-t-il. Sous chaque Cité-Libre des Territoires-Francs, il existe un temple de Lyr comme celui-ci, où réside l'une des sept pierres de la fondation. Sur une telle fondation, doit s'élever un lieu hautement symbolique. Nous sommes à Coruscante, dans le temple de la Mémoire. Au-dessus de nous, se dresse la tour des Archives, plus connue sous le nom de Grand Hall. Si les archives de tous les Territoires-Francs ont été jadis déplacées à Ambre, certaines choses sont restées... secrètes.

— La bibliothèque des Archives, conclut Estrée. C'est ça, la chambre secrète ?

— Bravo pour votre esprit de déduction ! la félicita le mage. Bâtie par les premiers disciples de Lyr, les maçons de l'époque ont intégré des passages dérobés dans toutes les plus anciennes constructions de Coruscante. C'est ce que racontent ces bas-reliefs. Et, de fait, au sein de ce temple, existe-t-il un accès direct vers le lieu qui conserve notre savoir. Ce que nous nommons symboliquement *Chambre secrète*.

Comme pour illustrer les propos d'Antonius, le mur s'effaça dans un frottement de briques, s'ouvrant tel un casse-tête géant. Et dévoila un escalier en fer forgé, montant en colimaçon.

— Chers amis, préparez-vous à découvrir l'un des lieux les plus vieux et les plus mystérieux de tous les Territoires-Francs ! clama le Don avec emphase.

*

Des dizaines d'étagères croulantes sous de vieux livres poussiéreux par centaines, entassés, empilés, parfois sur plus d'un mètre de haut. Le tout sur trois étages, pratiquement dix mètres de haut sans plancher, reliés par des plates-formes bancales et des échelles branlantes. Tel était l'un des lieux les plus mystérieux de tous les Territoires-Francs.

L'escalier mena Estrée, Felkeyn et Antonius, après d'innombrables marches, derrière une cloison de bois. Le lumignon invoqué par le mage dévoila aisément la brique amovible servant de déclencheur. Une bibliothèque chargée d'ouvrages pivota en protestant, soulevant un épais nuage de poussières. Le Don passa le premier, tête haute. Son visage marqué par la faiblesse affichait néanmoins le sourire de ceux qui rentrent chez eux.

Trois personnes, humblement vêtues de robes de lin, vinrent à leur rencontre. Un homme et une femme, d'une quarantaine d'années, menés par maître Alek en personne. Le vénérable accueillit les visiteurs avec un sourire affable.

— Antonius. Nous vous attendions. Vous aussi, Estrée, Héritière d'Eodh, capitaine des Mille Lames. Et vous, Felkeyn, puisque tel est votre nom aujourd'hui, Première Ombre du Chaos. Suivez-nous. Mes apprentis vont soigner vos blessures et servir le thé.

Estrée sentit Felkeyn se crisper. Visiblement, le guerrier n'appréciait pas d'être reconnu si facilement. La fille d'Eodh lui fit un signe apaisant de la main. L'Ombre s'adoucit. Un peu. Estrée nota mentalement la remarque de l'érudit. *Puisque tel est votre nom aujourd'hui… Qui es-tu, Felkeyn aux yeux d'acier ? Estrée, ma fille, tu es vraiment en train de tomber amoureuse ?*

Plus tard, dans un petit salon. Un baume cicatrisant calma la douleur des brûlures d'Antonius. Sa main droite complètement bandée, il sirotait le thé de la main gauche tout en détaillant son séjour dans l'antre des Smaughs. Estrée compléta l'histoire. Felkeyn ne dit rien, appuyé contre un mur, fumant sa pipe à lentes aspirations. Les filets de fumée bleutée s'amoncelaient en nuage doux contre les lattes du plafond. Son tabac dégageait une odeur légère, subtile fragrance issue d'un mélange d'épices et de pétales de roses. Alek écouta silencieusement, hochant parfois la tête.

— Maître Alek, me permettez-vous une question ? demanda Estrée.

— Je vous en prie, posez-moi toutes les questions que vous voudrez, dame d'Eodh.

Pourquoi personne ne peut se contenter de m'appeler Estrée ? fulmina intérieurement l'Héritière.

— Vous connaissiez le passage secret, entre votre bibliothèque et le temple souterrain ? Cet escalier nous aurait permis d'économiser du temps et de l'énergie...

— J'entends le reproche dans votre voix... Estrée.

Alek insista volontairement en prononçant le nom de la fille d'Eodh. Il la regarda avec un sourire malicieux, et poursuivit :

— Mais nous ne pouvions prendre le risque que le sorcier smaugh le découvre. Pour atteindre le centre du labyrinthe de votre quête, Estrée, vous ne pouviez pas emprunter la voie droite. Il vous fallait affronter les épreuves que vous avez traversées.

Estrée posa sa main sur son front, soudain très lasse. *C'est pas vrai ! Par les couilles du* Grand Cornu*, encore un qui va me parler par...*

— Énigmes ? fit Alek. Non, Estrée, rassurez-vous, je vais vous épargner notre littérature.

La fille d'Eodh écarquilla les yeux.

— Vous lisez dans les pensées ? lâcha-t-elle brutalement.

— Non, pas à ce point-là... corrigea Alek. Je suis né avec le don de *Double Vue*. Bénédiction pour certains, malédiction pour d'autres. Je peux voir au-delà des apparences du manifesté et des formes. Parfois, je ressens les pensées de ceux qui m'entourent. Il m'arrive de voir le passé, ou encore... l'avenir. Contrairement aux serviteurs de Seigneur Destin, jamais je n'interviens. Je risquerai de provoquer un futur que je voudrais empêcher. Certains des plus fervents défenseurs du bien ont ainsi sombré dans les profondeurs de leur côté sombre. Nous sommes des cherchants, notre quête est celle du savoir et de la connaissance. Nous ne sommes ni des paladins brandissant une épée lumineuse, ni des mages tentant de manipuler les forces du monde. N'y voyez aucune offense, Antonius, bien sûr.

— Du tout, répondit le Don.

— Bon... fit Estrée. Sauf votre respect, maître Alek, nous n'avons pas le temps de chercher des réponses dans de vieux livres *très* poussiéreux... Les Smaughs sont à nos portes. Nous devons agir !

Alek prit une profonde inspiration, et le temps nécessaire pour peser sa réponse.

— Vous avez fait votre possible, toutefois, Coruscante est perdue. Vous ne pouvez pas sauver la ville.

— Qu'est-ce que vous racontez ! s'enflamma la fille d'Eodh. Vous avez des soldats, non ? Et le célèbre corps des arbalétriers de Coruscante ? La Garde ? Les Mille Lames n'ont pas résisté au Poing Sanglant pour capituler devant ces Smaughs ! Vous devez vous battre !

Le vieux bibliothécaire se leva en soupirant.

— Venez, dit-il. Je vais vous montrer.

Une double porte en bois sculpté s'ouvrit sur un escalier de pierre desservant tous les étages de la tour des Archives. Ils montèrent quatre étages, puis une dernière volée de marches menant à une trappe. Le bois s'ouvrit en grinçant sur un large balcon carré, à l'air libre, fouetté par le vent. Dans un coin, la volière abandonnée d'un ancien pigeonnier.

La nuit était jeune et claire. Yrenas et Felleyran, les lunes jumelles, diffusaient leur lumière à travers d'épais nuages. La tour des Archives ornait la place du Grand Chant, elle-même au cœur de Coruscante, sur une position en hauteur par rapport au reste de la ville. Depuis le sommet de la tour, le point de vue panoramique était incomparable. Tous purent contempler la situation avec effroi.

Les cris et tambours de guerre résonnaient. Une partie des faubourgs brûlait. Les flammes sautaient allégrement d'un toit de chaume à un autre, consumant rapidement les murs en torchis. La muraille sud était noyée par les combats entre les guerriers smaughs et les défenseurs. Les braseros se reflétaient sur les lames, avant qu'elles ne viennent fendre la chair ou se fracasser sur une armure.

Estrée s'approcha de la rambarde, et y serra les mains à s'en faire blanchir les jointures. La rage et la frustration crispaient son visage. Ses yeux brillaient d'éclairs d'améthyste. L'Héritière tremblait d'impuissance.

— Non… lâcha-t-elle dans un souffle.

Felkeyn posa une main réconfortante sur son épaule. Estrée la saisit, entrelaçant ses doigts à ceux du guerrier.

— Pourquoi, Fel… demanda-t-elle. Pourquoi ? Où que j'aille, je ne croise que massacres et souffrances… Mon père m'a utilisée pour infiltrer les Ténèbres. J'y ai perdu mon âme. J'ai tué par amour. J'ai fui par lâcheté. Et pour quel résultat ? Encore plus de souffrances. Sentenza est morte. Rodan l'est peut-être aussi, à l'heure qu'il est. Le prochain, ce sera toi ?

Toutes ces émotions submergèrent la fille d'Eodh. Des larmes coulèrent sur ses joues, des larmes de colère. Estrée rageait contre les Smaughs, contre Cellendhyll, contre Morion, son père, le monde entier. Contre elle-même. Elle lâcha la main de Felkeyn, et frappa du poing contre la rambarde, par trois fois. La mâchoire serrée à s'en briser les dents, elle traversa le balcon à grandes enjambées. Dans un cri, elle frappa du poing un montant de la volière. Le bois vola en éclat. Plusieurs ardoises du toit conique de la grande cage à pigeons glissèrent pour se briser sur le sol. L'édifice fragile pencha dangereusement, mais ne tomba pas.

Alek et Antonius restèrent silencieux. Le Don, pour avoir connu lui aussi la peine et la guerre, comprenait la douleur de l'Héritière du Chaos.

Tout comme Felkeyn, qui avait traversé son lot de combats. L'Ombre s'approcha lentement d'Estrée, et la prit dans ses bras.

— Tu n'y es pour rien, Estrée. Tu as expié tes propres péchés, tu as réussi à faire la paix en toi-même. Ce n'est pas en essayant de sauver tout le monde que tu oublieras le passé. Crois-moi… rien ne le peut. Mais tu peux l'accepter, en faire une part meilleure de toi. Devenir plus forte. T'adapter…

— Pour vaincre, conclut-elle. Oui, je connais ce mantra.

— Alors, adaptons-nous. Si nous ne pouvons pas gagner cette guerre ici, il y aura d'autres batailles pour remporter la victoire !

La détermination du guerrier apaisa un peu la colère de la fille d'Eodh. Elle lui sourit, et posa ses lèvres sur les siennes. Un baiser tendre, vibrant d'intensité.

— Felkeyn dit vrai, les interrompit Alek. Il existe en effet d'autres chemins. Pas pour sauver Coruscante, mais pour arrêter ces envahisseurs.

L'Héritière se libéra à contrecœur de l'étreinte de l'Ombre, et fit un pas vers le Disciple de Lyr. Sa frustration libérée, elle avait enfermé sa colère en elle-même. Il serait bien temps d'en faire profiter ces maudits Smaughs.

— Que devons-nous faire ? demanda-t-elle avec conviction.

— Tous les disciples de Lyr sont à l'œuvre depuis que ce conflit a commencé. Avec l'aide de la Conseillère

Naalar, et du Haut-Conseiller Dante, nous avons commencé l'évacuation de la ville. Beaucoup de nobles ont déjà quitté Coruscante aujourd'hui, vers le sud en direction de Véronèse, ou le nord, vers la Sylve et Tarbayne. Les habitants des faubourgs et des quartiers les plus pauvres ont été moins faciles à convaincre. La Garde a pour ordre de les diriger vers la porte ouest. Le seigneur Cornell est déjà sur les lieux. Dame Naalar l'y attend pour coordonner la foule, mais ils auront besoin de protection. Ils auront besoin de vous, Estrée d'Eodh. Et de vos Mille Lames. Vous devez les emmener à Claire-Aube, sous la protection des Sœurs Grises. Le grand temple des filles d'Ysolde est protégé par une magie que même les Smaughs ne pourront tromper.

Estrée perçut un léger tremblement dans la voix d'Alek. Ce dernier point, l'érudit n'en était pas complètement persuadé. Néanmoins, pour avoir été témoin de nombreuses fois de la magie des Sœurs Grises, Estrée acquiesça. Claire-Aube était leur meilleure chance.

— Soit, dit-elle. Je me fie à vous. Viendrez-vous avec nous, maître Alek ?

— Mon rôle est de protéger la bibliothèque. De plus, il me reste encore une dernière chose à faire ici. Vous devez partir, à présent. Allez chercher vos soldats, et emmenez les réfugiés par la porte ouest. Prenez la direction des *Dents d'Asgorath.*

— Les *Dents d'Asgorath* ? répéta Estrée. Qu'est-ce que c'est ?

Felkeyn répondit à la place d'Alek :

— C'est une zone montagneuse qu'on appelle plus communément « *les Creux* ». Un ensemble de plateaux et de buttes rocheuses, qui entourent un lac. Il abrite une colonie de mineurs nains, et un fort de l'armée régulière d'Ambre. Enfin, aux dernières nouvelles. Je connais l'endroit, je peux nous y mener.

— J'avais presque oublié que tu étais le pisteur de la compagnie, Fel, répondit Estrée en souriant. D'accord. Allons chercher Rens, Rodan et tous les autres, et direction les Creux ! Antonius ?

— Je vous suis, capitaine ! Vous aurez bien besoin d'un mage dans votre compagnie de mercenaires, non ?

— Vous êtes engagé !

L'Héritière, l'Ombre et le mage saluèrent le vénérable érudit, et quittèrent le balcon. Un apprenti bibliothécaire les guida jusqu'à la sortie principale du Grand Hall, ou un carrosse les attendait.

Alek resta à observer la bataille qui faisait rage. Le vieil homme sourit paisiblement. Son propre destin l'attendait. Il se devait d'accueillir dignement sa prochaine visiteuse. Une très belle femme aux cheveux de neige.

CHAPITRE 72

Les Smaughs déferlaient, toujours plus nombreux, sur le parapet des murailles sud de Coruscante. Les cadavres s'entassaient les uns sur les autres, sang et tripes rendaient la pierre glissante. Pourtant, les défenseurs résistaient.

La voix douce de Rens Tueur-de-Géants était devenue grondante, ses ordres résonnaient comme le tonnerre en plein orage. Et les soldats, arbalétriers comme mercenaires, étaient galvanisés par l'aura de puissance brute que le guerrier dégageait.

L'épée de lumière de Rodan illuminait les remparts et fauchait les Smaughs, tranchant leurs armures et leurs chairs. Les éventails de Nova, portés par ses vents magiques, dansaient pour égorger les envahisseurs. Chaque guerrier Smaugh qui posait le pied sur le mur d'enceinte risquait de voir une flèche centaure se planter dans son crâne. Les hommes-chevaux s'étaient répartis à l'intérieur du périmètre défensif, suffisamment éloigné pour avoir un angle de tir sur leurs adversaires. Leurs grands arcs s'avéraient d'une précision redoutable, mais pour un Smaugh abattu, trois autres prenaient sa place.

Cependant, chaque seconde gagnée permettait à la Garde d'évacuer le plus d'habitants possible. Les consignes du Haut-Conseiller Dante étaient claires : emmener le plus de réfugiés possible à la porte ouest.

La panique s'était emparée de la foule. Des parents piétinaient leurs enfants, bousculés par leurs voisins. Des cris hystériques retentissaient de partout. Des corps étaient écrasés contre les murs des bâtiments. Les armes des Smaughs n'étaient pas seules semeuses de mort.

Le carrosse déposa Estrée et Felkeyn face à cette marée humaine. Antonius resta à l'intérieur.

— Sans mana, je ne vous serai d'aucune utilité sur un champ de bataille, déclara le mage. Je vais rejoindre Brighit et l'aider au mieux. On se retrouve à la porte ouest !

Le cocher ne demanda pas mieux que de quitter rapidement la zone.

De leur position, le couple du Chaos pouvait voir les combats. Cependant, la horde de réfugiés en panique leur bloquait le passage.

— Si on ne peut pas passer par la terre, passons par les airs ! déclara Felkeyn.

— Quoi, tu sais voler, maintenant ? ironisa la fille d'Eodh.

— Pas toi ? répondit-il avec un sourire.

Felkeyn désigna un entrepôt à proximité. Sur son faîte, un large palan en bois servait à charger et décharger des caisses. Le bras de l'engin enjambait le vide vers la muraille. Depuis son extrémité, il restait trois mètres à franchir pour atteindre un escalier menant au chemin de ronde. Estrée hocha la tête. Elle avait compris le plan du guerrier.

— Peut-être bien... sourit-elle.

*

Une lame de lumière cristalline transperça le dos d'un guerrier smaugh entre ses omoplates, pour ressortir par son torse. L'envahisseur mourut avant d'avoir pu poinçonner les reins de Nova avec sa lance en acier noir. La Sœur Grise volta gracieusement et leva un éventail, prête à riposter. L'ex-Paladin retira son *Arme Spirituelle* du corps du Smaugh qu'il venait de terrasser.

Un autre guerrier voulut se jeter sur Rodan. Nova invoqua une bourrasque qui déséquilibra le Smaugh, et le fit tournoyer par-dessus les remparts, l'envoyant dans le vide.

— Merci... souffla le mercenaire.

Hurlant telle une diablesse déchaînée, Nova n'entendit même pas Rodan. Elle se jeta derechef sur un nouveau groupe de Smaughs. Sa rage et sa haine la consumaient, sans pour autant l'affaiblir, bien au contraire. L'énergie générée par sa douleur devenait arme terrible, que la Sœur Grise maniait avec une violence décuplée.

Rodan recula. Il sentit la fatigue s'emparer de son bras. Son arme de mana se dissipa en minuscules étoiles blanches. Si l'ex-Paladin Bleu avait retrouvé sa foi envers la Lumière, il était loin de maîtriser ses pouvoirs comme jadis. Rodan dégaina son épée, assurant sa prise d'une main tremblante.

D'autres Smaughs arrivaient, encore et encore. Ils seraient bientôt submergés.

Au summum de son art, Nova dansait. Ses éventails virevoltaient dans ses mains, portés par la Voie des Vents, et fauchaient les guerriers smaughs. La Sœur Grise sauta sur un merlon, et courut sur le rempart, avant d'effectuer un saut périlleux par-dessus trois envahisseurs. Nova vrilla sur elle-même, ses bras écartés en diagonale, et effectua trois gestes d'une précision mortelle. L'Art tranchant de Claire-Aube s'abattit sur les Smaughs. Le souffle magique créé par la Sœur Grise fendit le visage du premier, éventra le deuxième, et trancha les chevilles du dernier. Nova gronda d'une joie malsaine en regardant son adversaire s'effondrer. Une douleur brûlante mit fin à sa danse, lorsqu'une dague en acier noir se ficha dans l'arrière de sa cuisse droite. La guerrière posa un genou sur la pierre ensanglantée des murailles. Derrière elle, un Smaugh hilare, aux membres fins et musclés, s'approcha en léchant le fil de sa hache. Nova ferma les yeux, croyant sa dernière heure venue. La Sœur Grise s'en voulait de ne pas avoir emmenée assez de Smaughs avec elle dans l'oubli, afin de venger Shahili. Elle ne vit pas les trois dagues de jet en acier bleuté clouer le Smaugh, une dans chaque œil, la troisième au milieu du front.

— Un petit coup de main ? demanda Felkeyn.

Nova rouvrit les yeux. Mâchoire serrée, la flamme du combat diminua dans le regard de la guerrière. La douleur prit le pas sur la colère. De la dague fichée dans sa cuisse, des langues de feu remontaient dans tout son corps. Elle accepta volontiers la main que l'Ombre tendait vers elle.

*

La lourde hache de Rens ouvrit un Smaugh en deux, de l'épaule jusqu'à la hanche. Le puissant mercenaire semblait inépuisable. D'un coup de pied, il renvoya un envahisseur dans le vide. Prenant garde à ne pas glisser, Rens courut pour rejoindre Rodan.

— On ne tiendra pas, lieutenant ! cria l'ex-Paladin. Ils sont trop nombreux !

Un guerrier smaugh surgit des remparts et frappa Rens à l'épaule. Une flèche centaure le cueillit entre les deux yeux. Un autre envahisseur tenta d'embrocher le mercenaire. Estrée apparut juste derrière lui. La botte de l'Héritière crocheta le genou du Smaugh, le jetant au sol. Estrée attrapa les trois clous qui dépassaient du crâne du guerrier, et frappa de son sabre court. Deux grands coups de taille rageurs cisaillèrent le cou du Smaugh dans une gerbe de sang. Son corps tressauta avant de s'affaler. La tête de la créature toujours en main, Estrée regarda le Tueur-de-Géants. Elle parla d'une voix forte, déterminée. La voix d'une capitaine donnant ses ordres :

— Rens ! Rodan a raison. Nous devons nous replier. Ordonne à la compagnie d'abandonner la muraille sud, et de se regrouper sur la porte ouest. Nous couvrirons votre fuite avec les centaures.

Elle jeta la tête tranchée du Smaugh au-dessus des remparts pour ponctuer sa phrase. Felkeyn les rejoignit, Nova dans les bras. La dague en acier sombre dépassait toujours de sa cuisse. La Sœur Grise n'était plus en état de combattre. Rodan s'approcha, le cœur battant. L'Ombre abandonna Nova aux bons soins du mercenaire, et se plaça derrière Estrée, à l'affût du moindre envahisseur qui tenterait sa chance. Tous les regards se tournèrent vers Rens Ogden. Le puissant guerrier n'était pas du genre à fuir. Il ouvrit la bouche pour parler, lorsqu'un choc terrible retentit. Un impact puissant fit vibrer les remparts.

La nuée des Smaughs s'était écartée pour laisser passer un énorme bélier. L'engin de guerre était construit à partir de l'immense colonne vertébrale de quelque monstre infernal. Un crâne difforme et bardé d'acier, de la taille d'un bœuf, servait de tête au bélier. Pas moins de vingt guerriers de chaque côté étaient nécessaires pour le manier. Dès le premier coup, une partie du bélier-crâne brisa un madrier et fendit le bois de la grande porte sud en plusieurs endroits. Elle ne résisterait pas longtemps à un tel traitement.

— À vos ordres, capitaine, lâcha Rens avec résignation. Mais si cette porte lâche, vous n'irez pas bien loin. Vous avez besoin de temps, et je vais vous l'offrir.

— Rens, non ! cria Estrée en tendant une main vers lui.

Le Tueur-de-Géants avait pris sa décision. Avec une agilité étonnante au vu de sa corpulence, Rens bondit entre deux merlons, brandit sa hache, et hurla :

— Pour Sentenza ! Pour les Mille Lames !

Et il sauta dans la nuée des Smaughs, droit sur le bélier-crâne.

Estrée fut à un cheveu de sauter à sa suite. Felkeyn lui attrapa le bras pour l'arrêter. Les yeux de la fille d'Eodh foudroyèrent l'Ombre, qui se contenta de secouer la tête, un simple « non » silencieux.

Les cris sauvages des Smaughs retentirent avec plus d'intensité, alors qu'une nouvelle vague de guerriers envahissait les remparts. Ce court instant de répit était terminé, il fallait agir.

— Estrée… glissa l'Ombre à l'oreille de l'Héritière. Ils comptent sur toi, à présent. Tu es leur capitaine.

Les mots du guerrier d'élite firent mouche. Estrée reprit de sa contenance.

— Rodan ! intima l'Héritière. Rassemble nos hommes. Repli sur la porte ouest de la ville.

L'ex-Paladin tenait Nova dans ses bras. La Sœur Grise le força à la relâcher. Elle posa les pieds au sol, la main serrée sur sa jambe blessée.

— Je peux marcher ! fit-elle. Rodan, fais ce qu'elle te dit !

— Très bien, répondit le mercenaire. À vos ordres, capitaine ! lança-t-il à Estrée.

L'Héritière se campa face à Rodan, et le regarda droit dans les yeux.

— Tu es l'un des rares en qui je peux avoir confiance... lui dit-elle d'une voix douce. Sauve la vie de nos soldats, *lieutenant* Valerio !

Reculant d'un pas, le lieutenant Valerio salua sa capitaine, et partit d'un pas pressé en criant l'ordre de repli.

Le couple du Chaos et la Sœur Grise blessée se tenaient tous les trois sur le parapet de la porte sud. Les cris de guerre de Rens Ogden couvraient la mêlée. Le colossal mercenaire tenait tête aux envahisseurs. Le bélier restait silencieux. Mais pour combien de temps ?

Les Smaughs avaient attaqué la partie est des remparts, où les défenseurs seraient bientôt totalement submergés. L'ouest de la muraille, dominant les faubourgs, avait été épargné... jusqu'ici. Une quarantaine de Smaughs déferla entre les merlons pour y prendre position. Ce groupe de guerriers avait quitté l'assaut des faubourgs pour escalader les murs, et s'octroyer un peu de la gloire de la bataille. Un exemple que d'autres suivraient bientôt... Estrée comptait sur cette voie de sortie pour évacuer ses soldats. La fille d'Eodh jura, et leva son arme. La première Ombre fit un pas en avant, un sourire carnassier sur les lèvres. Il tendit son sabre à Estrée, garde en avant.

— Tu peux me tenir ça une seconde ? demanda-t-il avec légèreté. Je vais nous déblayer le passage...

Interdite, la fille d'Eodh saisit l'arme dans sa main gauche. Felkeyn lui adressa un clin d'œil complice, et s'avança droit sur les Smaughs. Les envahisseurs chargèrent cet inconscient en hurlant. Ils n'avaient pas la moindre idée qu'ils affrontaient la Mort incarnée.

Je suis l'Ombre,
Insaisissable et mortelle.
Mon esprit est une lame.
Mon corps est une arme.
S'adapter, c'est vaincre,
Je sers la Voie Unique.
Je suis l'Ombre,
Je danse et je tue.

Le chant funeste du mantra des Ombres résonna dans l'esprit de Felkeyn lorsqu'il fit le vide en lui, ferma les yeux, et glissa dans le *zen*. Le temps ralentit au cœur de la transe secrète des Initiés. Les Smaughs se mouvaient à présent avec une lenteur affligeante. Nimbés d'une aura orangée, ils n'étaient plus que des adversaires aisément identifiés sur la carte mentale de Felkeyn. Le guerrier leva les mains, la droite raidie comme une lame, la gauche arquée en forme de griffe.

Felkeyn cessa d'exister.

L'Exalté fondit sur les Smaughs. Sa silhouette se matérialisa brièvement devant chaque adversaire, avant de se fondre à nouveau dans le Néant. À chaque apparition, Felkeyn frappa. Ses mouvements furent si rapides qu'aucun adversaire ne put les discerner. Attaque tranchante du vide de la main droite. Griffe du Néant de la main gauche. Faucille du talon du Hache-Ombre. Frappe du Cobra du Rak'Do'Rak. Toute une chorégraphie des arts martiaux les plus mortels s'abattit sur les Smaughs.

Felkeyn réapparut derrière ses adversaires. Il surgit du Néant, un genou au sol. Les Smaughs se retournèrent vers lui, sans comprendre. L'homme leur tournait le dos, visiblement affaibli. Cible facile. Ils levèrent leurs armes pour la curée. Ils moururent tous en même temps, dans un concert d'os fracturés et longues giclées de sang. Les Smaughs périrent atrocement, têtes tranchées, abdomens fendus, yeux crevés, cerveaux transpercés, colonnes vertébrales brisées. Quarante Smaughs s'effondrèrent en même temps sur la pierre de la muraille, fauchés par la danse de la Mort.

La voie de repli était libre.

*

Rens atterrit sur un Smaugh. Le corps de la créature s'enfonça dans la terre, réduit en pulpe sanguinolente. L'impact du colosse fit vibrer le sol et chuter ses adversaires les plus proches. Le crâne-bélier tomba à son tour, n'ayant plus assez de mains pour le porter. L'énorme engin de siège écrasa deux autres Smaughs en roulant sur le côté.

Un homme normal n'aurait pu survivre à une telle chute. Rens Ogden n'en était pas un. C'était un *berserker*, un guerrier-fauve des tribus barbares du Grand Nord. De tels combattants étaient capables d'entrer dans une fureur implacable, les rendant insensibles à la douleur, démultipliant leur vigueur et leur force. Et le Tueur-de-Géants laissa cette rage l'envahir. Dans cet état, Rens ne distinguerait plus ses alliés de ses ennemis. Seul face aux Smaughs, il n'en avait pas besoin. Rens brandit sa hache à deux mains, et poussa un hurlement bestial. Ses yeux devinrent totalement rouge sang. Il se jeta sur les Smaughs, broyant et tranchant tous ceux qui passaient à sa portée.

CHAPITRE 73

Sur les remparts, les pertes étaient lourdes. Les défenseurs avaient chèrement payé le prix de leur résistance farouche. Grâce au coup d'éclat de Felkeyn, Mille Lames, arbalétriers et Kàwanakhees purent se replier. Estrée, soutenant Nova pour l'aider à avancer, avait rejoint les centaures. K'Lishaa et les siens lâchèrent des volées de flèches sur les Smaughs, qui se massaient à présent librement sur le parapet. Grâce à cette couverture, les défenseurs purent atteindre l'escalier du chemin de ronde. Seul un tiers d'entre eux avait survécu à l'assaut des murailles.

Le temps ainsi gagné avait été profitable. Si beaucoup de réfugiés s'étaient dispersés dans leur fuite désespérée, la majorité avait pu être orientée vers l'ouest. Les soldats survivants rattrapèrent les civils, les centaures restant en arrière-garde.

À tout moment, la horde des envahisseurs aurait pu s'abattre sur eux. Toutefois, les Smaughs se contentèrent de prendre les remparts. Bien qu'ils fussent avides de perpétrer pillages et massacres, les guerriers suivaient les ordres d'Oghul-Tak. Le seigneur de guerre aimait laisser un peu d'espoir à ses proies avant de lancer la chasse. Et pour le moment, le commandant smaugh avait un petit détail à régler. Un homme seul, fou furieux, lui barrait la route.

La hache du Tueur-de-Géants opposait un barrage de fer redoutable devant la porte sud de Coruscante. Autour du mercenaire, les cadavres démembrés et étripés s'amoncelaient au point qu'il était impossible de les compter. Rens était une plaie vivante. Son corps ruisselait de sang, le sien comme celui de ses victimes. Un coup d'épée avait fendu son visage, emportant son œil droit. Les fers de six javelots dépassaient de son torse. Rens avait brisé les hampes d'un geste rageur. Une hache dépassait de son dos, plantée à hauteur de son épaule gauche.

Le char de guerre d'Oghul-Tak s'avança entre les rangs des Smaughs. Le seigneur de guerre se réjouit de découvrir un tel adversaire. Il fit un geste, et quatre guerriers aux crânes ornés de six clous se déployèrent autour du berserker.

Rens rugit, son instinct ayant repéré la présence d'Oghul. Il s'élança en direction du seigneur de guerre. Les Smaughs aux six clous firent tournoyer de longues chaînes d'acier noir, qu'ils lancèrent sur le mercenaire. Les extrémités aux pointes barbelées s'enroulèrent autour de ses membres, s'ancrant profondément dans sa chair. Rens fut ralenti, mais tira sur ses entraves à s'en déchirer les muscles. D'autres Smaughs, équipés de masses, s'approchèrent à leur tour. Ils glissèrent de longues pointes de fer dans les maillons, qu'ils enfoncèrent ensuite dans la terre à grands coups de masse. Le mercenaire poussa un cri terrifiant lorsque les grappins mordirent ses os.

Oghul-Tak donna un nouvel ordre. Une volée de javelots trouva facilement sa cible. Les pointes acérées se fichèrent dans les jambes, l'abdomen, le torse du Tueur-de-Géants, transpercé de part en part. Il tomba à genoux, ses bras puissants tirant toujours, en vain, sur les chaînes qui l'entravaient. À bout de forces, il s'immobilisa.

Le seigneur de guerre descendit de son char, et s'approcha en piétinant les cadavres des Smaughs. Oghul-Tak leva son poing ganté d'acier, et l'abattit sur le crâne du mercenaire. La tête de Rens éclata comme un fruit mûr.

Loin d'être rassasié, Oghul-Tak se tourna vers Neuf-Clous.

— Prenez la ville. Tuez tous les soldats, mais laissez fuir les civils. Ne nous privons pas du plaisir de la chasse…

Le subordonné sourit, plus qu'heureux d'obéir aux ordres de son seigneur de guerre.

CHAPITRE 74

À la porte ouest, le Haut-Conseiller Dante supervisait l'évacuation en personne. Il s'était posté sur le haut d'une barbacane dominant l'ouverture principale, avec son épouse, Laureline. Juste derrière eux se tenaient Olympe, la jeune magicienne, et Shahyne, le guerrier sang-mêlé, tous deux chargés de la protection rapprochée du Conseiller.

Par l'intermédiaire de la Conseillère Naalar, les Disciples de Lyr avaient coordonné les opérations. Chaque minute gagnée dans le sang par les défenseurs de la porte sud était mise à profit pour sauver un maximum de civils. Ce serait loin d'être suffisant. Sur les trente mille habitants que comptait Coruscante, à peine un millier serait évacué avant que les Smaughs ne se répandent dans les rues de la ville.

Arrivés un peu plus tôt, Liam et Aleenor retrouvèrent Brighit sous la poterne. La Conseillère avait pris les opérations en main, donnant ses consignes directement au lieutenant Wolf, qui à son tour, les faisaient appliquer par la Garde. Aleenor descendit précipitamment de cheval pour se jeter dans les bras de Brighit. La jeune femme ne put contenir davantage ses émotions. Elle fondit en larmes dans les bras de la Conseillère. Liam leur laissa quelques instants avant de s'approcher. Il prit Brighit dans ses bras à son tour. Les Conseillers avaient nourri un amour secret durant des années. D'abord séparés par les affres de la politique, la menace pesant sur eux les avait définitivement rapprochés.

Une colonne d'hommes, de femmes et d'enfants désœuvrés avançait lentement, encadrés par des soldats brandissant de hautes torches. Seule une centaine d'entre eux était affectée à l'évacuation. Sous surveillance, des chariots étaient chargés de provisions et d'eau. La majorité des deux mille arbalétriers de la ville avait été mobilisée pour aller renforcer les défenses, au sud. Ils furent massacrés sur la place du Grand Chant par les Smaughs surgissant de toutes parts.

Une escouade des Mille Lames était également présente. Une dizaine de mercenaires, sous la direction du sergent Radjak. Ils accompagnaient les chariots transportant les blessés survivants de leur récent conflit contre le Poing Sanglant.

Sur l'un des véhicules, Hazeline refoulait sa tristesse et son inquiétude en s'efforçant de ne rien laisser paraître. La forgeronne observait la fin de la colonne des survivants, s'attendant à voir arriver ces ennemis dont tout le monde parlait. Ces Smaughs.

Parmi les réfugiés, les témoignages différaient à cause de la peur et de l'imagination. Les envahisseurs étaient tantôt des démons blafards sortis des abysses, tantôt des humanoïdes à la tête de lézard clouée sur le corps. La vérité devait être à mi-chemin.

Mais Hazeline préférait la découvrir le plus tard possible, voire, jamais. La Naine se dressa sur le chariot, s'appuyant sur une canne de fortune, pour mieux voir ce qui arrivait. À défaut de Smaughs, ce furent des centaures. Le visage d'Hazeline s'éclaira d'un sourire de joie en voyant arriver les hommes-chevaux, précédant toute une compagnie de piétons composée de Mille Lames, d'arbalétriers, et d'indies. Et à leur tête, chevauchant K'Lishaa, apparut l'Héritière du Chaos.

Les retrouvailles furent brèves, la joie, de courte durée. Nova, elle aussi sur le dos d'un centaure, fut immédiatement menée auprès de Laureline. La dague smaugh était toujours profondément plantée dans sa jambe. La Sœur Grise avait perdu beaucoup de sang, ôter l'arme de sa cuisse lui aurait été fatal. Sans les soins de la guérisseuse, Nova risquait de perdre sa jambe. De plus, l'affliction causée par la perte de sa sœur d'âme la plongeait dans un mutisme plein de tristesse.

Rodan partit retrouver Radjak pour réorganiser la chaîne de commandement au sein de la compagnie de mercenaires. Avec la bénédiction d'Estrée, le vétéran fut nommé lieutenant à son tour.

La fille d'Eodh prit le temps de rejoindre le chariot où se trouvait son amie forgeronne. La Naine, malgré ses blessures et la gravité de la situation, conservait sa bonne humeur. Véritable bouffée d'oxygène au milieu des miasmes chaotiques de cette situation désespérée.

— Estrée, ma grande ! s'écria Hazeline.

La Naine voulut descendre du chariot, oubliant sa récente infirmité. Elle glissa, effectua un demi-tour sur elle-même pour se rattraper au véhicule. Estrée se précipita pour la rattraper, mais les quatre-vingts kilos bien tassés de la forgeronne emportèrent les deux femmes, qui roulèrent sur le sol. Hazeline se retrouva à califourchon sur Estrée, pressant ses deux mains robustes sur les seins de l'Héritière.

— Haz… ? grinça la fille d'Eodh.

— Non, ça va, je n'ai rien ! s'empressa de répondre Hazeline.

— Haaaz ! insista Estrée.

— Mais non, je… Oh.

La forgeronne se redressa en levant les mains, pesant de tout son poids sur le bas-ventre d'Estrée, cette fois. L'Héritière grimaça, mais finit par éclater de rire. Hazeline, penaude, s'aida d'une des roues du chariot pour se relever. Estrée poussa un râle de soulagement. Sa vessie était à un cheveu d'éclater.

— Merci, Hazeline, soupira la fille d'Eodh avec le sourire.

— Désolée… Je ne suis pas encore bien remise de ma chute. Mais les naines sont solides, tu vois.

— Et lourdes, oui, je vois bien, la taquina Estrée.

Les deux amies échangèrent un rire franc, vite étouffé par la tragédie du moment. Estrée se releva et aida Hazeline à remonter dans le chariot. Elles s'installèrent à l'intérieur. Le véhicule contenait tout le fatras que la forgeronne avait pu récupérer de son ancien atelier. Sans ses assistants, morts durant l'assaut du Poing Sanglant, la Naine n'avait pas pu récupérer grand-chose. D'un large sac de cuir, Hazeline sortit une flasque en métal et deux gobelets, en clamant :

— Ne jamais se laisser abattre, disait ma grand-mère. J'ai bien conscience que tout s'écroule autour de nous, tu sais… J'ai peur pour tous ces gens, pour la compagnie, pour toi.

— Haz… souffla Estrée. Je dois te dire quelque chose. Je préfère que tu l'apprennes par ma bouche. Rens…

— Je sais, ma grande, je sais. Ne voyant pas ce grand gaillard revenir avec vous, j'ai compris de suite. Le dernier assaut du Tueur-de-Géants. Cela mérite qu'on en fasse une légende. Il a dû leur en faire baver, à ces Trogs. C'était un berserker, tu le savais ?

— Ce sont des Smaughs. Et non, je ne le savais pas. Je ne sais déjà pas ce que c'est… précisa Estrée.

— Au sein des tribus barbares des steppes gelées, certains guerriers se découvrent un don particulier. Celui d'ignorer la peur et la douleur au combat. Ils entrent dans une sorte de rage, qui en fait des adversaires redoutables. Hélas, autant pour leurs ennemis que pour leurs amis, car un berserker ne ressent plus rien. Aucune émotion, rien qu'un déluge de fureur. Il faut une volonté de fer pour contrôler ce don.

— C'est pour ça que Rens était si calme en temps de paix. Il domptait la bête en lui… Je comprends très bien ce qu'il a dû vivre.

— Alors, ma grande, buvons à sa santé, et à tous ceux qui sont morts, s'écria Hazeline en levant son gobelet. À Rens Ogden, à Sentenza, aux Mille Lames !

Elles trinquèrent, et vidèrent leur gobelet d'un trait. La liqueur attaqua la gorge d'Estrée comme un feu grégeois. Elle toussa en se frappant la poitrine.

— C'est fort, hein ? se moqua la forgeronne. Je nettoie mes outils avec !

Estrée et Hazeline s'accordèrent encore quelques minutes, échangeant sur tout et rien, pour éviter de ressasser sur la guerre. Si le moment sembla léger, le ton restait à la mélancolie. Finalement, la fille d'Eodh se leva, capitulant devant le second verre de gnôle.

— Il faut que j'y retourne, fit l'Héritière. La capitaine des Mille Lames ne doit pas être vue se saoulant avec sa forgeronne préférée…

Hazeline grimaça un sourire. Avant qu'Estrée ne quitte le chariot, la Naine lui fit signe d'attendre.

— Juste un instant ! J'ai quelque chose pour toi...

La forgeronne chercha dans son bric-à-brac pour finalement retrouver une épaisse couverture pliée. Hazeline en sortit la courte demi-cape que Rens avait offerte à Estrée après leur discussion au manoir Cornell. La cape de Sentenza. Estrée la prit à gestes lents, la déplia et la posa sur son épaule droite. Une longue cordelette dorée lui servit à attacher le vêtement

— Merci, Haz. Je l'avais complètement oubliée au manoir, ce jour-là.

— Je me doute. Rodan l'a récupérée et me l'a confiée. Ah, autre chose. Que ferait une capitaine sans une arme digne de ce nom ? Vu que tu casses toutes les épées qu'on te confie...

— Hé ! protesta la fille d'Eodh.

— Tu ne devrais pas pouvoir casser celle-là ! déclara Hazeline.

La Naine tenait, posée sur une couverture, la redoutable épée-fouet de Hagòn. L'arme meurtrière était lovée sur elle-même, tel un serpent endormi. La poignée avait été modifiée par les bons soins de la forgeronne. Plus fine pour être adaptée à la main d'Estrée, plus légère au maniement.

— Hazeline... Je ne peux pas manier cette lame... dit doucement Estrée, comme si elle craignait que l'épée ne puisse l'entendre. Cette arme... a tué Sen. Comment pourrais-je...

— C'est Hagòn qui a tué Sentenza ! coupa Hazeline. Une épée, eh bien... Ce n'est qu'une épée. J'ai changé la poignée, allégé les chevrons, et adapté la longueur à ta morphologie. Il faut bien s'occuper en convalescence… Non ? Allez, cesse tes simagrées, et essaye-la !

Estrée sentit sa main trembler lorsqu'elle la tendit vers l'arme. La poignée de l'épée-fouet se logea parfaitement dans le creux de sa main. Elle la souleva lentement, les chevrons cliquetèrent lorsque le serpent se réveilla. Hazeline lui montra une fine gravure sur la garde, symbolisant un oiseau aux ailes de feu, replié sur lui-même.

— Un phénix ? reconnut la fille d'Eodh.

— Renaître de ses cendres, ça doit te parler, non ? taquina Haz. Appuie dessus pour encastrer ou libérer les chevrons !

Estrée s'exécuta. L'épée-fouet prit vie, ondula, et dans un cliquetis métallique, tous les chevrons s'encastrèrent les uns dans les autres, rigidifiant l'arme en une lame crantée d'un mètre vingt.

— Elle est si légère… constata l'Héritière. C'est un travail magnifique, Haz. Comme toujours. Merci !

Hazeline claqua amicalement les fesses d'Estrée.

— Bah, de rien ma grande. Et si j'en crois mon intuition, cette arme a des propriétés magiques. Ce n'est pas mon rayon, mais il est possible que tu puisses canaliser tes propres pouvoirs avec elle. À présent, libère les chevrons, et enroule-la autour de ton torse, comme un baudrier. Si je l'ai bien équilibrée, elle va se lover autour de toi toute seule. Sinon… Hmm, tu ne veux pas savoir. Seulement, fais ça dehors !

Une fois sortie du chariot, Estrée s'éloigna de quelques pas, sous le regard curieux de la forgeronne. Une grande inspiration, une torsion de poignet, et l'Héritière libéra les chevrons en impulsant à l'épée-fouet un mouvement circulaire, visant son dos, à l'opposé de sa demi-cape pour ne pas accrocher le vêtement. L'arme répondit parfaitement.

Les chevrons s'enroulèrent autour du torse d'Estrée en rampant comme un reptile, et revinrent par-devant se fixer dans le pommeau.

Hazeline applaudit énergiquement, trop heureuse que l'arme n'ait pas déchiqueté la poitrine de son amie.

*

Comme à son habitude, Felkeyn restait à l'écart. Il observa Estrée et Hazeline, jusqu'à ce que la fille d'Eodh quitte la forgeronne, sa nouvelle arme en bandoulière. Il choisit ce moment pour extraire un galet noir veiné d'or d'une poche secrète de sa ceinture. Une pierre de contact. Il la porta à ses lèvres, et chuchota quelques mots. La pierre s'évanouit en fumée.

*

La longue colonne de réfugiés quitta la ville sous le couvert des ténèbres. Les Smaughs ne les poursuivirent pas. Les envahisseurs déferlaient dans les rues, dans les maisons, pillant et détruisant tout aveuglément. Les soldats furent massacrés sans la moindre pitié. Hommes et femmes de tous âges furent violentés et piétinés. Des incendies dévorèrent des bâtiments entiers, avalant les manoirs millénaires du quartier noble. Ceux qui eurent le malheur de survivre au *Faaharak-Shaar*, finirent esclaves.

Coruscante tomba en une nuit.

CHAPITRE 75

Maeve attendait, droite comme un piquet, devant la porte en écailles de dragon qui donnait sur le bureau de Morion. L'œil qui se trouvait au centre de cette étrange porte était grand ouvert, lui. Il observait Maeve de son regard inquisiteur, iris d'or fendu de noir. La Maraudeuse n'osait pas bouger d'un cil. Pourtant, par les Six Chaos, que cet uniforme la démangeait !

Enfin, l'œil se ferma, et la porte s'ouvrit sans un bruit. Maeve prit une grande inspiration, et entra dans l'antre secret du Prince des Mystères.

Maeve eut l'impression de pénétrer dans le château arrière d'un immense navire. Les parois étaient lambrissées d'acajou. Le balcon donnant habituellement sur la forêt de Streywenn était masqué par un immense vitrail multicolore. Sur le mur de droite, un orgue aux tuyaux de cuivre. Contre celui de gauche, une harpe aussi grande que Maeve. Et bien sûr, au milieu de la pièce, le large bureau de Morion, d'un bois sombre décoré d'or. Juste derrière, sur un perchoir, un oiseau étrange observait la Maraudeuse. Ressemblant vaguement à un cormoran, avec un mince et long cou supportant une tête ornée d'un bec disproportionnée. Les yeux de la créature brillaient d'intelligence et de malice. Enfin, confortablement installé dans un fauteuil à haut dossier, venait Morion lui-même.

Le Prince des Mystères était vêtu d'une splendide redingote noire, brodée d'or et d'argent, avec un haut col de velours rouge, et d'un béret couleur carmin. Seul point commun à tous les caprices vestimentaires du Puissant : ses petites lunettes noires, aux verres fumés. Ses coudes étaient posés sur son sous-main en cuir de griffon, les longs doigts de ses mains joints à hauteur du visage.

— Bienvenue, Maeve Eskallon. Et félicitations pour ta brillante réussite à la neuvième épreuve. Prends place, veux-tu ?

— C'est un grand honneur, monseigneur, répondit formellement la Maraudeuse.

Un fauteuil confortable aux accoudoirs gravés en forme de kraken, apparut derrière Maeve. Elle y prit place, qu'elle le voulut ou non.

— Bien, laisse-moi t'expliquer la situation. Ceci constituera ta première mission d'Ombre. Une mission simple, il ne s'agit pas ici de voler les plans secrets de Malhemort, non. Néanmoins, c'est une mission de première importance et je ne peux pas envoyer n'importe quel groupe de débutants. Tu me suis ?

— Oui, monseigneur.

Morion claqua des doigts. Une chemise de cuir, fermée d'un petit lacet blanc, apparut sur son bureau.

— Il y a quelque temps déjà, j'ai envoyé une équipe de Maraudeurs sur les Territoires-Francs. À peine de jeunes recrues, de quoi faire leurs preuves. Une mission de tout repos, dans le petit village de Terre-Boue. Mais je pense que tu connais.

— En effet. Les habitants exploitent la tourbe pour fabriquer des briques. Le seul intérêt est un relais de diligence en direction des Terres de l'Ouest.

— Précisément ! s'exclama Morion, un index levé. Mais pas seulement… Ils devaient surtout récupérer quelques documents testamentaires, suite au décès d'un de mes vieux amis. Bref, je te passe les détails. De fil en aiguille, cette mission de routine est devenue une enquête de première importance. Ils ont découvert des mystères insoupçonnés, que même moi, j'ignorais. Tu imagines ?

— J'imagine très bien, monseigneur.

— Une aventure incroyable, pour de si jeunes agents du Chaos. Quoi qu'il en soit, ils ont découvert l'existence d'un plan d'invasion des Territoires-Francs, par une race d'êtres extra-planaires qu'on nomme Smaughs. Et je viens de recevoir la confirmation : plus de cinq mille de ces créatures viennent de fondre sur la cité de Coruscante, massacrant la population. Seuls quelques centaines de réfugiés ont pu s'enfuir en direction de Claire-Aube. Ils ont réussi, on ne sait comment, à bloquer les Grands Portails de toutes les Cités-Franches. Aucun renfort à attendre de ce côté-là.

La Maraudeuse ne put s'empêcher de ressentir une pointe d'inquiétude. Felkeyn était parti rejoindre Estrée à Coruscante. L'Ombre et l'Héritière pouvaient être, eux aussi, en grand danger. Mais Maeve se rassura, confiante sur leur capacité à s'adapter.

— Qu'attendez-vous de moi, monseigneur ? demanda-t-elle, déterminée.

— Je veux que tu ailles donner cette information au Lige de la Lumière… Cellendhyl de Cortavar !

Maeve cligna des yeux. Elle ne pensait pas Morion capable de plaisanter.

— Ne perds pas un instant, Maeve, enchaîna le Prince des Mystères. L'avenir des Plans tout entier est en jeu. Tu dois absolument parler à Cellendhyll, d'une manière ou d'une autre, et le plus vite possible !

Il ne plaisantait pas du tout.

— Et s'il ne souhaite pas me parler ? Dois-je forcer le passage, monseigneur ? interrogea Maeve, toujours dubitative.

— Non, non... ne va pas créer une situation compliquée avec la Lumière en ce moment... Du moins, ne tue personne. S'il le faut vraiment, invoque le principe d'*Extrême Nécessité*. Cellendhyll a beau avoir un fichu caractère, il respectera sa parole. Sois rapide et efficace, Maeve.

— Il en sera fait selon vos ordres, monseigneur !

— Reviens me faire ton rapport dès l'information donnée à l'Adhan, précisa Morion. J'aimerais connaître sa réponse. Tu en profiteras pour me dire ce que tu penses de lui... Après tout, tu es un peu sa remplaçante, ici. Tu feras comprendre à Cellendhyll qu'il s'agit d'une faveur de ma part. Il va tout de même hériter du trône de la Lumière, autant le brosser dans le sens du poil. Tu trouveras les détails dans le dossier, devant toi. Tu peux disposer, à présent...

Maeve se leva sans demander son reste, prit le dossier sur le bureau, et recula vers la porte.

— Ah, Maeve, une dernière chose, précisa le Prince du Chaos. Si tu pouvais éviter de t'amouracher de l'Adhan, ça m'arrangerait...

Devant le petit sourire mystérieux de Morion, la guerrière ne sut comment réagir. Maeve se contenta d'opiner gravement. Elle se mit au garde-à-vous, salua, et franchit l'écaille de dragon qui s'ouvrit devant elle.

TROISIÈME PARTIE

–

LES CREUX

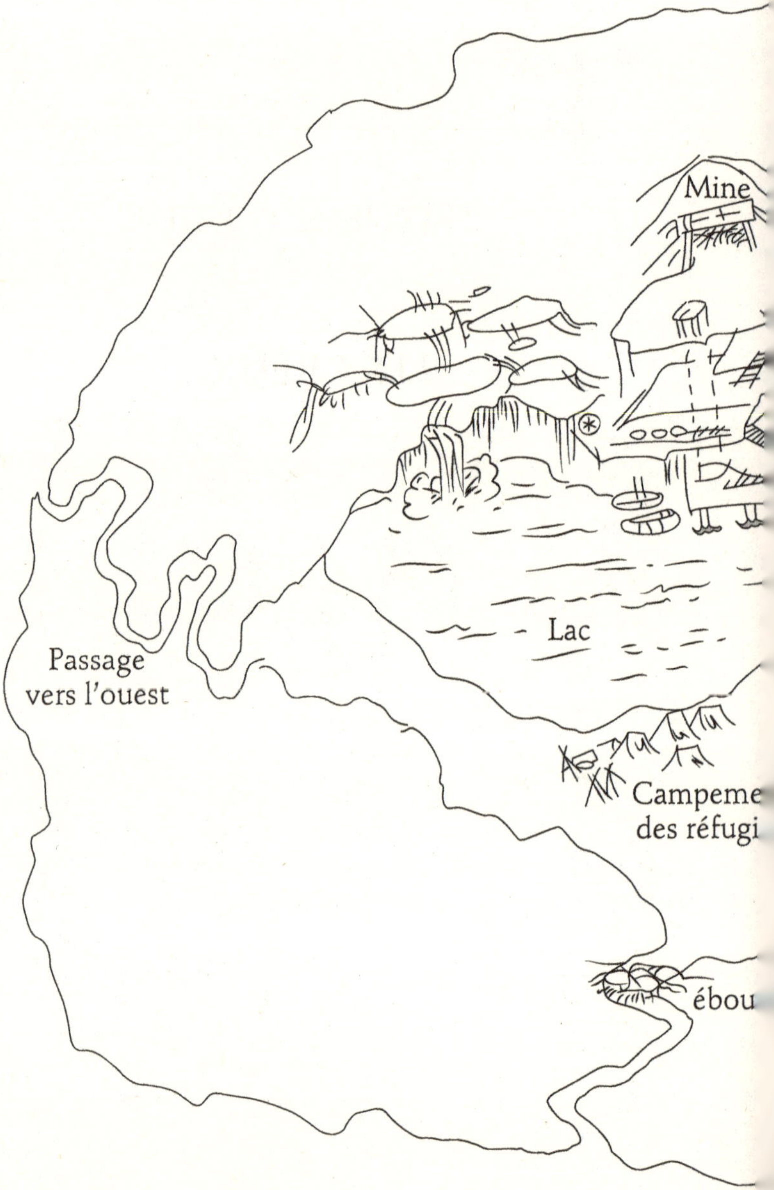

Mine
Lac
Passage
vers l'ouest
Campeme
des réfugi
ébou

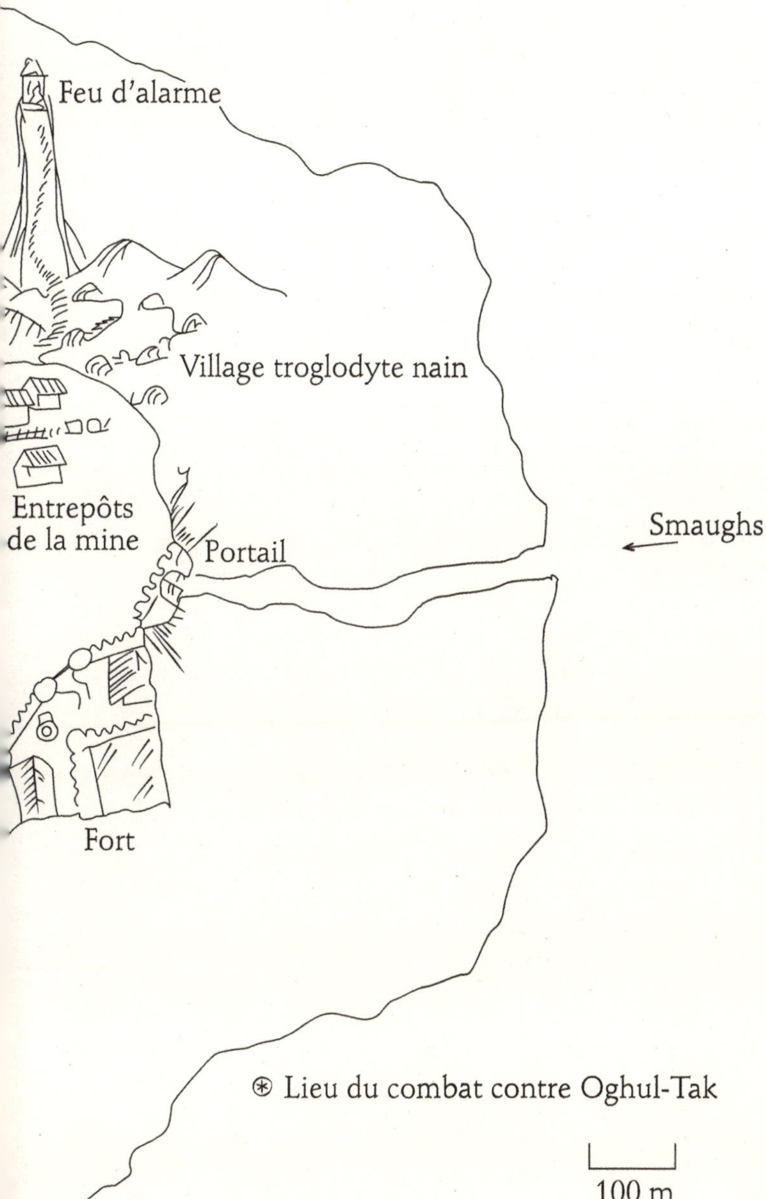
Feu d'alarme
Village troglodyte nain
Entrepôts
de la mine
Portail
Smaughs
Fort
⊛ Lieu du combat contre Oghul-Tak
100 m

CHAPITRE 76

Deux semaines de voyage étaient nécessaires pour arriver en vue du site surnommé « les Creux ». La fille d'Eodh avait retrouvé sa jument, *Cendre*, quant à l'Ombre, il montait un étalon pellonien à la robe noire, offert par Liam. En plus du couple du Chaos, le conseiller Cornell, Aleenor, Brighit et le Don, chevauchaient en tête du convoi. Le Haut-Conseiller Dante, incapable de tenir sur un cheval, était installé dans un chariot avec son épouse, Laureline, et Olympe, la magicienne. Shahyne, le sang-mêlé fendyr, monté sur un alezan robuste, suivait à côté du chariot. Le lieutenant Wolf, lui, avait décidé de rester à Coruscante, pour aider les retardataires, et organiser la résistance.

Les centaures, menés par K'Lishaa, allaient suivre les réfugiés sur la moitié du parcours. À l'issue, annonça la femme-jument, ils obliqueraient vers le nord pour rejoindre leurs steppes, et leur peuple. Les hommes-chevaux restaient à l'écart du convoi de réfugiés, leurs grands arcs en main.

Remise d'aplomb par les bons soins de Laureline, Nova chevauchait avec Rodan et Radjak. La compagnie des Mille Lames devançait les rescapés de Coruscante, qui marchaient lentement. Gorjo et ses Arbalétriers encadraient les chariots de vivres.

La colonne de réfugiés avançait au pas. La peur de voir surgir les Smaughs à tout moment était omniprésente. Au deuxième jour, le convoi atteignit les Grandes Plaines. De collines rocailleuses couvertes de végétation, le paysage se transforma en une vaste étendue aride parsemée de touffes d'herbes sèches. À perte de vue. À partir de ce point, il n'y aurait plus le moindre point d'eau avant les Creux. Les soldats imposèrent un ravitaillement drastique, ce qui n'aida pas au moral général. Il fallut renforcer la garde autour des chariots transportant les tonneaux d'eau potable.

Au matin du troisième jour, un petit groupe de rescapés, ayant fui Coruscante au tout dernier moment, avait rejoint le groupe de réfugiés. Une trentaine d'hommes et de femmes qui étaient parvenus à échapper aux Smaughs en se cachant. Ils étaient arrivés épuisés, sans rien d'autre que leurs vêtements. Certains avaient retrouvé des membres de leurs familles, ou des amis. Leur récit de la cruauté des Smaughs, dont ils avaient été témoins juste avant de s'enfuir, avait semé un affreux sentiment de désespoir. Tous ceux qui avaient laissé derrière eux un proche, un époux, un parent, apprirent le sort réservé aux prisonniers. La mort, si on avait de la chance. La torture et l'esclavage, dans la majorité des cas.

Personne n'avait prêté la moindre attention à cette jeune femme, qui dissimulait sa longue chevelure de neige sous un châle. Ni à l'homme qui l'accompagnait, et à ses armes soigneusement dissimulées sous son ample cape.

Au cinquième jour, l'air se fit sec et poussiéreux. Le nuage formé par les milliers de pas et les centaines de sabots s'éleva haut dans le ciel, visible à des lieues à la ronde.

Au septième jour, les réserves d'eau devinrent critiques. Le soir même, durant le bivouac, une dispute éclata entre plusieurs groupes de réfugiés. Certains évoquèrent la possibilité d'abandonner les plus faibles. D'autres trouvaient que les centaures buvaient beaucoup trop. D'autres encore, que les Kàwanakhees étaient responsables de tous leurs maux. Plusieurs pisteurs parmi les indies tentèrent de trouver un point d'eau aux alentours, en vain. La peur des Smaughs passa derrière celle de la déshydratation.

Chaque soir, Estrée et Felkeyn profitaient de leur temps pour s'entraîner. Maîtriser une arme comme l'épée-fouet était loin d'être aisé. Grâce aux talents martiaux de l'Ombre, Estrée développa une certaine aisance dans son maniement. Les chevrons de Noir-Métal obéirent de mieux en mieux aux gestes de l'Héritière. En peu de temps, elle fut capable de manier l'arme sans risquer d'estropier quelqu'un, ou de se blesser elle-même. Sans la tension permanente de la situation, le couple du Chaos aurait cédé au désir qui grandissait. Mais un ultime obstacle, qui n'avait rien à voir avec leur fuite de Coruscante, se dressait encore entre eux. Pourtant, leurs corps s'appelaient l'un l'autre. Leurs mains s'effleuraient. Leurs regards brûlaient dès qu'ils se regardaient. Restait ce dernier mur invisible, qu'ils ne demandaient qu'à briser, sans savoir comment. Tous deux espéraient avoir assez de temps pour comprendre.

Au petit matin du huitième jour, des cris résonnèrent en fin de convoi. Trois soldats et neuf civils furent retrouvés morts. Alertés par la Garde, Estrée et Felkeyn remontèrent la file humaine au trot. Dix arbalétriers avaient établi un périmètre de sécurité pour éloigner les réfugiés paniqués.

Felkeyn sauta de sa monture, et se précipita pour observer les traces avant qu'elles ne soient piétinées. Après quelques minutes, il leva le nez vers Estrée, en déclarant :

— Des Smaughs… Un détachement léger, treize chasseurs. Tactique de harcèlement classique. Ils nous ont rattrapés. Je pense qu'ils vont chercher à jouer avec nous, testant nos défenses, semant la panique. Tenter de voler ou détruire nos réserves d'eau et de nourriture.

— *Foutresang !* jura la fille d'Eodh. À quelle distance sommes-nous encore des Creux ?

— Pas très loin. À ce rythme-là, je dirai deux jours de marche.

— Il y a une garnison sur place, disais-tu ? demanda Estrée.

— Un fortin de l'armée régulière d'Ambre, oui. Toutefois, ne te fais pas d'illusion. Ce n'est qu'une petite place forte totalement délaissée. C'est une punition d'y être envoyé. Ambre y affecte les insubordonnés, les incapables, et surtout, les officiers les plus médiocres. Guère plus de cinquante ou soixante tire-au-flanc…

— Qu'ils savent tenir une épée, c'est tout ce qui compte. Et les nains ?

— Des mineurs, répondit Felkeyn. Je ne sais pas combien ils sont. Mais j'aurais bien plus confiance dans un mineur armé de sa pioche, qu'en l'un de ces soldats. Il faudra juste les convaincre…

— À ce sujet, j'ai ma petite idée.

L'image d'une naine aux longues nattes rousses rassura Estrée. Hazeline saurait certainement obtenir l'aide de son peuple. La fille d'Eodh lança sa monture en direction des chariots des Mille Lames. En chemin, elle croisa le lieutenant Radjak.

— Lieutenant ! interpella-t-elle.

L'officier se pressa de rejoindre Estrée, l'accueillant d'un garde à vous rigide et militaire.

— Capitaine ! salua-t-il.

— Repos, lieutenant, et épargnez-moi ce cérémonial. Les Smaughs sont à nos trousses. Felkeyn pense qu'ils vont chercher à s'en prendre aux réserves. Regroupez les chariots de provisions et d'eau sous bonne garde en milieu du convoi. Nous devons encore tenir deux jours.

— Bien, Capitaine !

Radjak se contenta d'un signe de tête respectueux, cette fois. Estrée le remercia de même. L'officier, récemment promu, était efficace et tenu en haute estime par ses hommes.

Une heure après le lever du soleil, une dizaine de centaures, provenant du nord, apparurent. Ils rejoignirent immédiatement K'Lishaa et les autres membres de leur peuple.

Curieuse, Estrée s'approcha. La grande femme-jument se porta aux devants de l'Héritière, le front barré par l'inquiétude.

— Capitaine, salua la centaure. Mon fils et plusieurs guerriers de mon clan nous ont rejoints. Ils sont porteurs de mauvaises nouvelles. L'armée qui a attaqué Coruscante n'est pas la seule. Une horde innombrable d'envahisseurs traverse les plaines de Karlaken en ce moment-même.

— Il ne manquait plus que ça... pesta Estrée. Viennent-ils vers nous ?

— Je ne saurais le dire, répondit K'Lishaa. Mon peuple a été forcé de fuir vers le nord. Impossible pour nous de les rejoindre. Alors, si vous nous y autorisez, mes guerriers et moi, nous joindrons à vous.

— Votre aide sera plus que précieuse, K'Lishaa, affirma la fille d'Eodh.

— Merci, capitaine… fit sincèrement la centaure. Nos arcs sont vôtres.

— Justement, j'ai une requête à présenter. Nos ennemis sont plus proches que nous le pensions. Ils ont attaqué le convoi cette nuit. J'ai besoin que quelqu'un surveille nos arrières. Je sais que je demande beaucoup, mais…

La centaure leva une main conciliante.

— Votre combat est le nôtre, à présent, capitaine. Mon peuple veillera à tenir ces créatures à l'écart.

— Merci, K'Lishaa, répondit Estrée.

Les deux femmes se serrèrent les poignets, à la façon des guerriers. La centaure s'éloigna pour réunir son peuple.

Le regard de l'Héritière fut attiré par un jeune centaure, un peu à l'écart, discutant avec une jeune femme blonde. K'Shin avait rejoint la troupe de K'Lishaa avec les autres. La blessure du jeune centaure était totalement guérie. Aleenor et lui semblaient heureux de se retrouver. *Aleenor ? Dans le genre amour impossible, tu n'es pas mal non plus, ma jolie… Je me demande ce qu'en dira Liam…* pensa Estrée en souriant. Mais les deux jeunes gens étaient animés par une réelle affection fraternelle.

Un bruit de sabots s'approcha derrière la fille d'Eodh. Monté sur *Poussière,* Liam la rejoignit, les yeux posés sur sa fille. Le Conseiller ne fit aucun commentaire sur le centaure. D'autres problèmes rongeaient le moral du seigneur Cornell.

— Ils nous pourchassent, n'est-ce pas ? demanda Liam d'une voix résignée. Que peuvent les humains face à tant de cruauté…

La question n'attendait pas de réponse. Estrée se tourna vers le conseiller, le regard dur.

— N'abandonnez pas, Liam. Nous n'avons pas affronté tous ces dangers pour nous laisser aller au désespoir maintenant. Pensez à votre fille !

— Mais je ne pense qu'à elle, Estrée ! répondit Liam sur un ton plus affirmé. Et je ne vais pas m'effondrer, rassurez-vous. Je me battrai jusqu'à mon dernier souffle pour Aleenor. Alors, soyez franche avec moi, capitaine. Avons-nous une chance d'atteindre Claire-Aube ?

— Claire-Aube, je ne sais pas, avoua la fille d'Eodh. D'ici deux jours, nous atteindrons les Creux. C'est là que j'aurai besoin de vous, Liam. Je m'adresse au soldat, pas au conseiller.

— Qu'attendez-vous de moi ?

— Ici, dans les Grandes Plaines, nous sommes en terrain découvert, et donc vulnérables. Si j'en crois Felkeyn, les Creux sont constitués de pitons rocheux et de dédales. Nous serons déjà plus à notre avantage. Je vais offrir aux Smaughs une guérilla façon Chaos dont ils se souviendront !

Liam sourit, mais ne put s'empêcher de relever l'expression :

— Cela fait plusieurs fois que vous faites référence au Chaos, Estrée. Cela m'intrigue, pour être honnête. Seriez-vous originaire de ce Plan ?

Quelque chose, au plus profond de la fille d'Eodh, se libéra. Elle se sentit, pour la première fois depuis longtemps, totalement elle-même. Son regard brilla d'un éclat vif lorsqu'elle répondit :

— Je suis Estrée d'Eodh, fille du duc Elvanthyell. L'Héritière légitime du Chaos.

Un silence s'installa entre Liam et Estrée. Le conseiller n'avait pas le moindre doute sur la véracité de ces paroles.

— Cela explique tant de choses… fit le seigneur Cornell. Un jour prochain, peut-être, me raconterez-vous les détails autour d'un bon verre.

— J'en serais plus que ravie, Liam, dit sincèrement Estrée.

— Très bien, capitaine. Dites-moi ce que je devrai faire, une fois aux Creux.

*

Les deux derniers jours furent un calvaire. Les flèches des centaures purent un temps tenir les Smaughs à distance. Ce fut bientôt un millier de guerriers qui envahit l'horizon derrière la colonne de réfugiés. Les Smaughs lancèrent des raids éclair, vite repoussés par les arcs des hommes-chevaux. La panique qu'ils créèrent provoqua de nouveau des ravages.

Les rangs des réfugiés éclatèrent. De petits groupes quittèrent la route pour fuir à travers la terre aride des Grandes Plaines. Traqués par les chasseurs smaughs, leurs longs cris d'agonie transformèrent la peur en terreur. La foule hystérique causa de nouvelles pertes, ceux qui eurent le malheur de chuter ne se relevèrent pas. Sur le millier de réfugiés ayant quitté Coruscante, sept cent soixante-trois atteignirent les Creux.

Des Mille Lames, il restait cent douze mercenaires. La compagnie avait subi de terribles pertes, mais les survivants étaient déterminés. Aucun d'entre eux ne doutait de leur jeune capitaine, ni de leurs nouveaux lieutenants. Tous attendaient de pouvoir trucider le plus de Smaughs possibles, pour venger la mort de leurs camarades tombés au combat.

Soixante-quatorze arbalétriers de Coruscante, commandés par le sergent Gorjo, s'étaient ralliés sous la bannière de l'Héritière du Chaos.

S'ajoutaient cent trente-cinq survivants de la tribu des Kàwanakhees, dont une soixantaine d'hommes et de femmes encore capables de se battre.

Quatre-vingt-huit centaures, menés par K'Lishaa, fermaient la marche.

CHAPITRE 77

Les Dents d'Asgorath, surnommées « Les Creux », surgissaient de la terre aride des Grandes Plaines. Les lieux étaient délimités par de hauts pics pointant vers le ciel à plus de trente mètres, évoquant une titanesque cage thoracique. Des formations rocheuses à sommets plats et versants abrupts, plus larges que hautes, formaient un massif entre les côtes de pierre, massif qui s'étalait sur presque un kilomètre. Un étroit piton rocheux dominait tous les autres, pointant à soixante-dix mètres de hauteur. La roche de couleur orangée se détachait clairement sur un ciel doré chargé de nuages gris, donnant au lieu un éclat irréel.

Les réfugiés de Coruscante marchèrent toute la nuit pour fuir leurs poursuivants. Ils atteignirent Les Creux au petit matin. En tête de la longue colonne humaine, Estrée ordonna qu'on presse l'allure pour parcourir les derniers kilomètres les séparant d'une promesse de sécurité toute relative. Un canyon, assez large pour laisser passer deux chariots, s'ouvrait dans le versant est. La fille d'Eodh s'y engagea la première, Felkeyn à ses côtés. Les sens en éveil, ils découvrirent un chemin qui s'enfonçait entre les hauts versants. Les bruits des pas des chevaux comme des humains se répercutèrent dans tout le massif. Impossible d'être discrets. Ils annonçaient leur arrivée des lieues à la ronde, pour tous ceux capables d'entendre.

*

Comme tous les jours depuis dix ans, le lieutenant Vrelyck se leva à six heures du matin. Réglé comme une machinerie naine, il débuta son rituel matinal en ouvrant les volets pour contempler son royaume : Fort-les-Creux. Une tour carrée et branlante de trois étages, dominant une cour de terre battue. Un long bâtiment de pierre, abritant une soixantaine de soldats. Des écuries au toit percé, où croupissaient une douzaine de vieilles carnes. Le tout bâti à flanc de cette roche orangée et poudreuse. Une enceinte de trois murs fatigués et envahis de racines jouxtait un long mur qui fermait un canyon, à l'est. Mur percé d'une double porte en bois, qui ouvrait ou fermait l'entrée des Creux. Un fort qui datait des premières Guerres de Sang. Une terrible bataille y avait fait rage, à l'époque. De cette gloire de jadis, il ne restait que moellons de pierre usée et planches vermoulues. C'était le petit monde du lieutenant Vrelyck. Il le dirigeait avec fierté et opiniâtreté.

Un vent frais s'engouffra, affolant les quelques mèches de cheveux gris qui ornaient encore son crâne. À bientôt cinquante ans, Vrelyck était un homme de haute taille, sec, pratiquement chauve. Il sourit, caressant machinalement sa barbe poivre et sel, taillée en pointe. Pas un seul poil ne dépassait. Comme à l'accoutumée, il se lava à l'eau froide, pour se fouetter les sangs. Il enfila ensuite une chemise blanche et un pantalon noir à ligne argentée. L'officier alla plier son lit au carré, et s'assit sur le bord pour s'emparer de ses bottes. Du tiroir de sa table de chevet, il sortit une petite boîte en métal contenant du cirage. Minutieusement, il cira toute la surface du cuir jusqu'à y voir son propre reflet. Puis les enfila, avec un large sourire. Phase suivante de son rituel matinal, Vrelyck se dirigea à pas cadencé vers l'objet de sa plus grande fierté : son uniforme d'officier. Soigneusement pendu sur un portant de bois, Vrelyck le nettoyait et le repassait lui-même. Bien trop précieux pour être confié à l'intendance du fort. Il revêtit, à gestes précis, sa veste de velours gris anthracite, brodée de fils argentés, épaulettes assorties. Sept gros boutons fermaient la veste, tous ornés du blason de l'alliance des Territoires-Francs : Les deux lunes entrelacées, Yrenas la blanche, et Felleyran la bleue, ornées de sept étoiles d'or. Le lieutenant Vrelyck était presque prêt. Ajuster parfaitement son tricorne était la dernière étape avant de passer ses troupes en revue.

*

— Ce crétin de Vrelyck va encore nous faire son discours habituel… soupira le seconde classe Gallen.

— Mesure tes propos, soldat, répondit le sergent-major Brannigan. Le lieutenant a beau être pénible sur certains détails, il n'en reste pas moins l'officier commandant. Tu tiens à faire deux semaines au trou, comme la dernière fois ?

Le soldat nommé Gallen, un grand escogriffe au nez cassé, haussa les épaules en soupirant. Il vérifia cependant que son tabard était propre, cette fois. Quinze jours de cachot pour une tache de sauce, c'était quand même abusé. L'uniforme des soldats de l'armée régulière des Territoires-Francs, basée à Ambre, se composait d'un gambison renforcé, recouvert du tabard gris, et d'un béret bleu foncé. Sur la poitrine, les deux lunes entrecroisées et les sept étoiles dorées. Lances, épées larges et boucliers ronds, ou encore arcs courts, composaient l'essentiel de leur arsenal.

— Tu sais ce qui circule sur le lieutenant, major ? Ce sont les plus anciens ici, qui m'en ont parlé. Vrelyck aurait poussé un bleu à la mort pendant des manœuvres, à ce qu'ils disent. Et aurait échappé à la cour martiale grâce à la fortune de sa famille. Déshérité, il fut envoyé dans ce trou, comme punition disciplinaire. Et ce con-là prit ça comme une promotion ! Les Creux, une promotion ? Moi, je me suis retrouvé ici à cause de la picole. Et de la bagarre. J'ai cassé le nez à mon ancien sergent… Mais bon, faut dire, il l'avait cherché. Et j'avais un peu trop bu, ce soir-là…

— T'as fini de geindre, Gallen ? l'interrompit Brannigan. Tu vas rater l'appel.

— Ouais, major, bien sûr. À vos ordres, major.

Gallen s'empressa de saluer son supérieur, et fit quelques pas pour s'éloigner. Les deux soldats étaient postés sur le chemin de ronde du mur fermant l'accès aux Creux proprement dits. Une fortification datant de six siècles, qui s'étalait sur les douze mètres de large du passage est, le dernier encore praticable par les caravanes. Les Creux avaient abrité autrefois un ancien gisement de gemmelite, totalement épuisé depuis trois cents ans. C'était aujourd'hui l'unique point d'eau au milieu des Grandes Plaines arides. Il n'y restait qu'une communauté de mineurs nains, qui creusaient encore et toujours pour trouver un mythique trésor. Et un fort de l'Alliance, où l'on envoyait les soldats médiocres, ou encore ceux dont on voulait se débarrasser.

Le sergent-major Brannigan était de ces derniers. L'homme d'une petite quarantaine d'années fut pourtant un excellent soldat. Un physique d'athlète, une volonté de fer, une adresse redoutable l'arme à la main. Sa mâchoire carrée, ses pommettes hautes et ses yeux bleus rêveurs attirèrent l'attention de la douce Selina. Une jeune femme splendide au tempérament de feu. Malencontreusement pour lui, Selina était aussi l'épouse du capitaine Krennic. Son chef d'unité. Lorsque Krennic découvrit le couple dans le lit conjugal, il entra dans une rage folle. L'officier tua son épouse sous le coup de la colère avant que Brannigan ne put réagir. La lame de Krennic chercha aussi à abattre l'amant. Le coup fut maladroit, laissant une profonde cicatrice sur la joue gauche du sergent-major. Brannigan repoussa Krennic, saisissant sa propre lame pour se défendre. Le mari jaloux ne fit pas le poids face à l'amant. La cour martiale reconnut la légitime défense, mais la carrière de Brannigan s'arrêta aux Creux. C'était il y a plus de deux ans. Le souvenir de Selina hantait toujours ses nuits.

Posté sur les créneaux, Brannigan observait la passe de l'est, caressant la longue balafre sur sa joue, l'esprit distrait par ses souvenirs. Le bruit des sabots et des bottes le sortit de ses rêveries.

Sur le point de descendre du chemin de ronde pour rejoindre la cour, Gallen entendit lui aussi l'écho provenant du canyon. Il fit demi-tour pour rejoindre son supérieur.

— Tu entends ça, Gallen ? fit le major. On va avoir de la visite. Et pas un simple commerçant en chemin pour la capitale, cette fois.

— Ouais... répliqua le seconde classe avec nonchalance. On fait quoi, major ? Je donne l'alerte ?

— Pas tout de suite, non. Attendons de voir ce qui va arriver... Vrelyck nous passera un savon si on donne l'alarme pour rien.

Plissant les yeux, Brannigan vit d'abord la poussière qui s'élevait dans le canyon. Puis la longue colonne de réfugiés apparut. À leur tête, venait l'Héritière du Chaos.

Les deux soldats observèrent, stupéfaits, les centaines de gens épuisés s'approcher de la porte des Creux.

— *Foutresang*, major, c'est quoi ce bordel ? laissa-t-il échapper dans un souffle.

— Aucune idée, Gallen. Reste là, je dois aller prévenir Vrelyck.

— Pour sûr qu'il ne va pas aimer ça... pensa le soldat à voix haute.

— Non... Il ne va pas aimer, confirma Brannigan.

*

Le sergent-major frappa trois coups rapides à la porte de la chambre de Vrelyck.

— Lieutenant... dit-il. C'est Brannigan.

— Entrez, sergent-major, répondit Vrelyck de sa voix perchée.

Brannigan entra, fit trois pas, ôta son béret qu'il glissa dans le creux de son bras droit, et se mit au garde-à-vous. Vrelyck sourit devant le respect de l'étiquette militaire. Il prit soin d'attendre quelques secondes avant de déclarer :

— Repos, sergent-major. Qu'est-ce qui vous amène à ma porte ? Les hommes sont-ils prêts pour la revue ?

Contenant son impatience, Brannigan remit son béret et croisa les mains dans le dos. Prenant soin d'adopter un ton respectueux, il répondit :

— Sans doute, mon lieutenant. Cependant... nous avons... des visiteurs. Il y a toute une colonne d'hommes et de femmes qui approche par le canyon est. À leur apparence, je dirai des réfugiés. Ils sont accompagnés par des mercenaires, ainsi que par des arbalétriers de Coruscante.

Vrelyck fut piqué au vif.

— Coruscante ? s'étonna l'officier. Des réfugiés ? Des mercenaires ?

— Oui, mon lieutenant. Puis-je leur faire ouvrir la porte ?

— Pas si vite, sergent-major, nous ne savons pas encore ce que ces gens viennent faire ici.

— Mais, mon lieutenant… Ils ont l'air épuisés. Depuis Coruscante, cela représente au moins deux semaines de marche. Ce sont principalement des civils, avec des enfants, insista Brannigan.

Appuyant ses mots d'un revers de la main, Vrelyck l'interrompit.

— Je me passe de vos commentaires, Brannigan ! Pour ce qu'on en sait, il pourrait s'agir d'une ruse. S'il s'était passé quoi que ce soit à Coruscante, l'état-major d'Ambre m'aurait averti. Mettez nos soldats en alerte, et qu'une section d'archers me rejoigne sur le mur !

— Mais, enfin, mon lieutenant…

— Vous osez contester mon autorité, sergent-major ? trancha Vrelyck.

— Non… se résigna Brannigan. Bien sûr que non. À vos ordres, mon lieutenant.

Dépité, Brannigan serra les dents et courut donner l'alerte.

Vrelyck s'approcha de la fenêtre de sa chambre, pour observer les soldats se préparer. Le sergent-major avait beau être un idéaliste, il respectait à la lettre la discipline et le règlement militaire. Il savait ce que signifiait obéir aux ordres… L'officier tourna son regard vers le mur, et la porte des Creux.

Je n'aime pas ça… siffla-t-il entre ses dents.

CHAPITRE 78

Une vingtaine de mètres avant d'atteindre la porte des Creux, Estrée leva le poing. Son ordre fut relayé, et la longue cohorte stoppa sa marche. La fille d'Eodh observa le mur qui barrait le passage. *Je pourrais briser ce truc avec un simple coup de pied...* pensa-t-elle. *C'est tellement mal entretenu.* Le bois de la porte n'était pas en meilleur état. Vermoulu, il manquait plusieurs madriers. Les gonds étaient rouillés au point de risquer de partir en poussière au moindre mouvement. Levant les yeux, Estrée avisa le soldat qui la regardait, bouche bée et regard incrédule. Elle lui fit un salut de la main, et l'interpella :

— Hé, là-haut ? Vous pourriez descendre et nous ouvrir ? Nous avons fait un long voyage, et nous avons besoin de repos. Vous m'entendez ?

Le seconde classe Gallen cligna des yeux sans répondre. Son regard allait et venait entre les réfugiés, les mercenaires, et la superbe brune qui s'adressait à... lui ? Gallen ouvrit la bouche pour répondre, mais ses mots moururent dans sa gorge. Il venait d'apercevoir une dizaine de centaures qui remontaient la file humaine au galop. Ce fut un peu trop pour son esprit limité. Il se contenta de hocher la tête, sans bouger d'un pouce.

Felkeyn, chevauchant toujours aux côtés de l'Héritière du Chaos, se pencha vers elle pour lui dire à voix basse :

— Nous sommes tombés sur la crème des soldats de l'Alliance, dirait-on. Tu veux que je descende ouvrir ? Vu l'état de cette fortification, je vais devoir me retenir d'éternuer, sinon tout va s'écrouler. Ce n'est pas ça qui arrêtera les Smaughs...

La remarque de l'Ombre arracha un sourire à la fille d'Eodh. Un bruit de sabots la fit se retourner. K'Lishaa arrivait avec une dizaine de ses guerriers. Estrée fit faire volte-face à sa monture pour aller à la rencontre de la centaure.

— Capitaine Estrée ! l'interpella K'Lishaa. Nos poursuivants ont repris du terrain. Ils ne se sont pas encore engagés dans le canyon, bien que leur armée se soit regroupée devant l'entrée du défilé, bloquant le passage. Quoi qu'il se passe ici, nous n'avons plus aucune voie de repli.

— Merci, K'Lishaa. Continuez de surveiller nos arrières. Je vais m'assurer que ces portes s'ouvrent pour nous laisser le passage.

La centaure opina, et d'un cri aigu, ordonna aux siens de retourner en arrière.

Toujours sans réponse du soldat sur le mur, Liam s'avança à son tour.

— Soldat ! Je suis le conseiller Liam Cornell, de Coruscante. Au nom de l'Alliance, je vous somme de nous ouvrir les portes. Des centaines d'hommes, de femmes et d'enfants ont besoin de vivres et de repos.

— Heuuu... balbutia Gallen.

Le pas sec et cadencé de Vrelyck résonna sur les pierres du chemin de ronde. Gallen poussa un soupir de soulagement. C'était bien la première fois que le soldat était heureux de voir arriver son supérieur. Brannigan accompagnait Vrelyck, et fit signe à Gallen de s'éloigner. Ce dernier ne se fit pas prier, esquissa un bref salut militaire, et décampa.

La haute silhouette de l'officier, tiré à quatre épingles, tricorne bleu parfaitement positionné sur le crâne, apparut entre deux merlons. Vrelyck prit le temps de parcourir l'ensemble des réfugiés avant de toiser Liam du regard. Il dédaigna volontairement Estrée, bien que l'Héritière arborait cape et fourragère, témoins de son rang de capitaine mercenaire. Cela en dit long sur la considération de Vrelyck pour les femmes soldats.

— Ainsi… fit ironiquement Vrelyck, vous seriez le conseiller Cornell, de Coruscante ?

— En effet, répondit Liam. Et de fait, lieutenant, je vous ordonne de nous ouvrir au…

Le ton cassant de l'officier interrompit Liam au milieu de sa phrase.

— Vous m'ordonnez ? Je n'ai aucun ordre à recevoir de vous… Quand bien même vous seriez celui que vous prétendez être.

— Que je prétends ? sursauta le conseiller. Enfin, lieutenant, ce que vous voyez ici ne suffit pas ? De plus, derrière moi se trouve la conseillère Brighit Naalar, et dans un chariot de notre convoi, le conseiller Dante.

Une dizaine de soldats armés d'arcs vint prendre place sur le mur, de part et d'autre de Vrelyck. Estrée plissa les yeux. Elle échangea un signe de tête entendu avec Felkeyn. Ils seraient prêts à réagir si nécessaire. Pour le moment, la fille d'Eodh préféra laisser sa chance à Liam.

Brighit s'approcha à son tour, pour appuyer les dires du conseiller Cornell. Elle n'eut pas le temps d'en placer une. Vrelyck reprit d'une voix haut perchée :

— Je suis un officier de l'armée de l'Alliance, chargé de défendre la région des Dents d'Asgorath. Avant de laisser passer qui que ce soit, je me dois d'évaluer les risques. Et visiblement, vous êtes en fuite. Peut-être avez-vous tenté un coup d'État, avec ces... mercenaires, appuyés de créatures non-humaines et de ces indigènes étranges. Suite à un échec, peut-être êtes-vous ici pour vous emparer des Creux pour échapper à la justice de l'Alliance. Si vous êtes bien les conseillers de Coruscante, où se trouve le Haut-Conseiller Valrym de Fenn ?

C'en fut trop pour l'Héritière du Chaos.

— Il est mort ! cria-t-elle. Coruscante est envahie par une armée d'Outre-Plan. Et si vous alliez vérifier par vous-même... *lieutenant* ?

Estrée avait craché ce dernier mot comme une insulte. Vrelyck la reçue bien ainsi. Ses yeux s'étrécirent en se fixant sur la fille d'Eodh.

— Une... armée d'Outre-Plan ? Voyez-vous ça. Et qui êtes-vous, pour oser me parler sur ce ton ?

— Estrée, capitaine des Mille Lames. Celle qui va bientôt vous botter votre petit cul serré d'officier si vous n'ouvrez pas cette porte !

Felkeyn ricana avec un mépris affiché.

Vrelyck vira au cramoisi. L'officier inspira longuement en conservant sa dignité militaire.

— Estrée... dit doucement Liam. Ça ne nous aide pas vraiment... Cet homme a sans aucun doute l'esprit étriqué, mais c'est un officier de l'Alliance. Nous devons lui faire entendre raison...

À son tour, Brighit éleva la voix :

— Officier ! La capitaine Estrée dit vrai, Coruscante est tombée. Avec nous, il y a des centaines de rescapés affaiblis par des jours de marche. Beaucoup d'enfants affamés. Et nos ennemis sont à nos trousses. Des ennemis de toute l'Alliance. J'en appelle à votre cœur, comme à votre raison. Ouvrez-nous !

Les paroles de la conseillère Naalar touchèrent Vrelyck. L'officier douta. Vrelyck baissa les yeux pour observer quelqu'un qui n'était pas visible depuis le pied du mur. Une voix rauque et râpeuse s'éleva derrière les créneaux :

— Par l'étron du Grand Ver, il se passe quoi ici, Vrelyck ?

Avec une agilité déconcertante, une silhouette massive et trapue se hissa sur un merlon. Un nain dans toute sa splendeur. Le torse nu sous un épais tablier de cuir, il était aussi musclé que bedonnant. Pourtant, ses gestes avaient une grâce surprenante. Une crête de cheveux ornait son crâne, du même noir intense que sa longue barbe tressée, tenue par des anneaux de métal précieux. La moitié de son visage était recouverte par un impressionnant tatouage, entrelacs de signes tribaux. Le pic qui pendait à sa ceinture épaisse n'était pas uniquement forgé pour creuser la pierre. C'était une arme, et redoutable, capable de percer le métal de n'importe quelle armure.

— C'est *lieutenant* Vrelyck, maître Ragnar ! le reprit l'officier. Le fait que vous dirigiez votre petite guilde de mineurs ne vous permet pas cette familiarité avec ma personne.

Totalement imperméable à l'ego de Vrelyck, le nain nommé Ragnar haussa les épaules, et s'assit en tailleur sur le merlon.

— Sacrée troupe que voilà, siffla Ragnar. Et tu comptes laisser ces pauvres gens à la porte ? J'entends des enfants pleurer, les hommes comme les bêtes sont épuisés. Tu vas me dire qu'ils représentent une menace pour les Creux, Vrelyck ?

— C'est à moi seul d'en juger ! rétorqua le lieutenant en haussant le ton.

Le mépris du nain envers le soldat s'afficha ouvertement. Ragnar défia l'officier du regard, et se leva lentement, la main sur le manche de son pic de guerre. La tension entre ces deux-là vibrait dans l'air. Ils se détestaient mutuellement, et ne se privaient pas d'en faire la démonstration.

Une voix calme profita de ce moment de silence pour s'exprimer. Le Haut-Conseiller Dante, soutenu par son épouse, venait d'apparaître entre Liam et Estrée.

— Lieutenant Vrelyck, commandant de Fort-les-Creux, je présume ?

Le ton était suffisamment respectueux pour attirer l'attention de l'officier. S'il y avait une chose que Dante savait faire, c'était flatter l'ego de ses interlocuteurs. Vrelyck n'y résista pas. Il ignora le nain pour baisser à nouveau les yeux vers le pied de la muraille.

— En effet, répondit Vrelyck, la voix gonflée d'orgueil. À qui ai-je l'honneur ?

— Je suis le Haut-Conseiller Miramas Dante, récemment nommé suite à la terrible perte de l'ancien Haut-Conseiller de Fenn. Qui nous a quittés il y a peu, dans des circonstances dramatiques. Je tiens, bien sûr, tous les détails à votre disposition, mais je suggère que nous en discutions dans un lieu plus confortable. Mes concitoyens et moi-même sommes épuisés par le voyage. Nous demandons humblement l'asile et la protection de l'armée de l'Alliance, et de leur honorable représentant… vous.

Liam et Brighit échangèrent un sourire. Le pouvoir d'apitoiement de Miramas, bien que surjoué, fit son œuvre. Vrelyck se tritura la barbe, hésitant. Dante porta le coup de grâce :

— Je me ferai à l'issue un plaisir de rapporter votre dévouement au général Krynn. C'est un de mes vieux amis. Krynn dirige toujours l'armée de l'Alliance, à Ambre, n'est-il pas ?

À la façon dont Vrelyck fit les yeux ronds, c'était toujours bien le cas. L'estocade de Dante fit mouche. Lorsque l'officier répondit, le ton employé était bien différent :

— Certes, monseigneur. Le général Krynn est toujours à la tête de nos forces armées. C'est un honneur pour Fort-les-Creux de vous accorder asile. Ouvrez les portes !

Estrée mit pied à terre pour s'approcher de Dante.

— Félicitations, Haut-Conseiller. Vous venez de m'épargner l'effort d'aller enfoncer sa stupidité dans la gorge de ce coq prétentieux.

— Serviteur, capitaine… sourit Dante avec une fausse et discrète révérence.

La fille d'Eodh lui posa gentiment la main sur l'épaule, et se retourna pour donner ses ordres. Lentement, les rescapés pénétrèrent entre les Dents d'Asgorath.

*

Une fois franchie la porte du passage est, Estrée découvrit un cirque de roches encadré de versants abrupts. Les hauts pitons rocheux entourant l'endroit donnaient l'impression d'entrer dans la gueule garnie de crocs d'un monstre pétrifié. Un grand pic se dressait à plus de soixante-dix mètres de haut. Au cœur de cet amas rocheux, un lac bordé de falaises s'étirait sur un ovale de six cents mètres. Au-dessus du plan d'eau, vers l'ouest, une série de bassins en escalier déversaient leurs eaux dans la surface placide du lac. Au nord, sur les hauteurs, une large entrée de mine taillée dans la roche. On y accédait par un ensemble de plates-formes et d'escaliers en bois solide. Un jeu de monte-charges et de wagonnets permettait d'évacuer le minerai jusqu'aux ateliers et entrepôts, bâtis sur les barges est du lac. Creusé dans l'ocre de la falaise proche, une vingtaine d'habitations troglodytes, résidence de la communauté de nains exploitant la mine. Enfin, sur la gauche du mur est, en partie creusé dans la roche, le fortin de l'Alliance.

Les chevaux furent parqués dans un large enclos inoccupé, au pied de Fort-les-Creux. Sur les ordres de leur capitaine, les Mille Lames guidèrent les réfugiés vers la berge sud du lac. Le sol était plat, recouvert d'une herbe fine, et la zone suffisamment spacieuse pour dresser un campement. Des cris et des rires de soulagement jaillirent de la foule des rescapés. Certains se précipitèrent pour se jeter dans le lac. Des mères éplorées remercièrent les soldats de les avoir tous sauvés. Comme si les Dents d'Asgorath allaient se refermer d'elles-mêmes sur la horde smaugh…

Les trois conseillers de Coruscante furent invités par le lieutenant Vrelyck à discuter de la situation dans son bureau, au fort. À la demande de Brighit, Antonius les accompagna. Vrelyck eut beau être un orgueilleux égocentrique, l'officier accepta de bon gré les conseils d'un mage. Il refusa en revanche la présence d'Olympe, et plus encore de Shahyne. Le sang-mêlé s'éloigna en maugréant, et la magicienne alla discuter avec le sergent-major Brannigan. Estrée ne fut pas conviée, mais la fille d'Eodh s'en moquait bien. Elle laissa Rodan et Radjak gérer l'installation de la compagnie pour aller reconnaître un peu plus les alentours. Accompagnée de Felkeyn, bien entendu.

Le couple du Chaos allait s'éloigner lorsqu'une vingtaine de nains solidement charpentés s'approchèrent, les bras chargés de sacs et de paquetages divers. Leur chef,

Ragnar, en tête. Le mineur s'avança face à l'Héritière du Chaos.

— Salutations, capitaine mercenaire ! lança-t-il. J'ai cru comprendre que vous aviez besoin d'un p'tit coup de main, par ici. Avec mes gars, on vous apporte de quoi bricoler des abris, des couvertures, et des provisions. Deux chariots vont suivre, avec des outils et du combustible. Les nuits sont fraîches, par ici !

— Vous êtes plus que bienvenus, maître nain, répondit Estrée. Ragnar, c'est bien ça ?

Reconnaissante, la fille d'Eodh tendit la main pour saluer Ragnar. Le mineur fit disparaître les doigts de l'Héritière dans sa grande paluche, qu'il secoua vigoureusement.

— Ouep, pour vous servir, cap' ! Je vous fais faire le tour de la boutique ?

Ragnar était une bouffée de bienveillance qui fut appréciée à sa juste valeur. Estrée avait un souvenir des nains plus irascibles et moins accueillants. Morion était en affaire avec leur peuple depuis longtemps. En plus de leurs talents de mineurs et de forgerons, leurs mages étaient des enchanteurs hors pair. Tout comme l'était feu l'époux d'Hazeline. La forgeronne dut lire dans les pensées de la fille d'Eodh, car elle apparut à cet instant précis.

— Ragnar ! s'écria Hazeline. Par le *Grand Rouage*, tu es toujours en vie, vieille tête de pioche ? Tu n'as pas creusé assez profondément pour te faire bouffer par un balrog ?

La forgeronne avait vu les autres nains arriver depuis son chariot. Elle s'était empressée de claudiquer sur sa canne pour venir saluer leur chef, qu'elle connaissait visiblement très bien. Ragnar éclata de rire, et répondit :

— Par la barbe de ma grand-mère ! Hazeline Corne-de-Fer ! C'était quand, notre dernière rencontre, jolie rouquine ?

— Au moins dix ans, beau gosse ! répondit Haz, les joues rosies. À Gar-Vallon, où tu étais venu fourguer ta camelote. Toujours en train de chercher le trésor d'Asgorath ?

— Que veux-tu, on ne se refait pas. Un jour, je serai assez riche pour acheter le Plan Primaire, tu verras !

Haz se jeta dans les bras de Ragnar, qui lui offrit une étreinte joyeuse. Estrée et Felkeyn se regardèrent en haussant les épaules, le sourire aux lèvres, tous deux atteints par la joie communicative des nains malgré la gravité de la situation.

— Haz, reprit Ragnar, je t'aurais bien demandé « quel bon vent t'amène », mais si j'en crois mes yeux, c'est un vent de malheur. Venez, tous les trois, allons chez moi, vous me raconterez tout ça devant un bon hydromel nain !

Le moment n'est sans doute pas idéalement choisi pour cela, pensa la fille d'Eodh. *Néanmoins, évacuer le stress en agréable compagnie ne serait pas pour me déplaire.*

— Avec plaisir, répondit Estrée. Ça me changera du tord-boyaux frelaté d'Hazeline.

— Hé ! s'insurgea faussement la forgeronne.

Hazeline voulut claquer les fesses de la fille d'Eodh, mais cette fois, Estrée esquiva d'une rotation du bassin. Emportée par son élan, la Naine s'écroula de tout son poids dans les bras de Ragnar. Lorsqu'il la lâcha, Haz avait le visage rouge vif jusqu'aux oreilles. Le maître mineur aida la forgeronne à marcher jusque chez lui, suivi par le couple du Chaos qui échangeait des regards complices.

Quelques minutes plus tard, dans la maison troglodyte de Ragnar, Estrée et Felkeyn racontèrent toute l'histoire. Le nain écouta, silencieusement, prenant conscience de la gravité des événements. À son tour, Hazeline raconta comment Ragnar et elle se connaissaient. Jeune nain, le mineur avait travaillé quelque temps dans les mines des monts Thorbald, où Haz et son époux vivaient alors. Ils s'étaient liés d'une franche amitié, et avaient travaillé quelque temps ensemble. Selon les dires d'Hazeline, Ragnar n'avait pas son pareil pour flairer un filon précieux à des kilomètres.

— Jusqu'à ce que je vienne me perdre dans les Creux... soupira le nain. Les mines étaient alors pratiquement désaffectées. La gemmelite, épuisée depuis belle lurette. Avec mes gars, on y a trouvé quand même quelques métaux. Fer, cuivre, principalement. Alors, on est restés. Le fort, lui, a toujours été là depuis les premières Grandes Guerres de Sang. C'est l'unique point d'eau à des jours à la ronde, ici. Autour, ce sont les Grandes Plaines à perte de vue.

— Nous l'avons constaté... souligna Estrée. Et Vrelyck ? Vous n'avez pas l'air de vous apprécier...

— Ha ! Ce sinistre *Trog* ? Il est comme tous les autres, un déchet de l'armée dont l'Alliance cherche à se débarrasser. Il a poussé un pauvre type de son ancien régiment au suicide. Si sa famille n'était pas riche comme Meuritz, croyez-moi, il aurait fini troufion à nettoyer les latrines. Mais il est plus bête que méchant.

— C'est parfois pire... ricana Felkeyn.

— Bon, reprit Ragnar. Ces Smaughs, là. Ils arrivent quand ? J'ai toute une bande de nains qui se fera une joie de les accueillir aussi, ceux-là.

Le mineur éclata de rire, et vida sa chope d'un trait. Estrée apprécia l'offre. Elle croisa le regard de Felkeyn, et sut qu'ils pensaient la même chose. *Un petit peu d'aide, reste mieux que pas d'aide du tout... Même si cela ne suffira pas.*

*

Quarante-deux nains armés de pioches et de pics, menés par Ragnar, se joignirent aux forces conjuguées des rescapés de Coruscante. S'y ajoutèrent les soixante-trois soldats de Fort-les-Creux. Rien qu'en les regardant, Estrée savait que plus de la moitié fuirait les Smaughs rien qu'en les voyant. Pas grand-chose à attendre de ce côté-là.

La journée fut mise à profit par tous. Un campement se dressa bientôt sur la rive sud du lac des Creux. La porte fut solidement barricadée à grand renfort de wagonnets de pierres, empilés méticuleusement par les mineurs nains. Les arbalétriers prirent position sur le mur.

Ragnar montra aux archers kàwanakhees comment accéder à des positions hautes, le long du canyon est. Cheenoa repéra immédiatement un piton escarpé, dominant le canyon. Un nid d'aigle de choix.

À la demande d'Estrée, Felkeyn fit une reconnaissance globale de la zone. Il découvrit un passage, au sud, condamné par un éboulement. De gros blocs de roches entassés les uns sur les autres, qui offraient assez de prises pour que quiconque de suffisamment agile puisse escalader. Ce qui n'était pas le cas de la majorité des réfugiés. Quant à la possibilité de déblayer le terrain, cela prendrait des jours. Il s'aventura ensuite jusqu'à l'extrémité ouest du cirque rocheux. Là, une étroite ravine s'enfonçait entre de hautes falaises, montait vers les hauteurs plates des buttes rocailleuses et serpentait parfois le long de dangereux dénivelés. Encore un chemin impossible pour évacuer. *S'il le faut vraiment, Estrée et moi pourrons passer aisément. Je ne la laisserai pas se sacrifier ici, je compte bien ramener mon Héritière au Chaos...* pensa-t-il en rebroussant chemin.

*

En milieu d'après-midi, le seigneur Cornell sortit du fortin. Les autres prenaient un peu de repos bien mérité. Au moins, Vrelyck respectait les lois de l'hospitalité. Au pied de la double porte fermant le canyon, il retrouva Estrée. La fille d'Eodh écoutait le rapport de Felkeyn. Liam s'approcha afin de s'enquérir de la situation.

— Alors, capitaine, comment ça s'annonce ? demanda-t-il.

— Je ne vous mentirai pas, conseiller. Mal. Aussi mal qu'à Coruscante, et nous sommes bien moins nombreux.

— Et la barricade ? Les archers ? s'enquit Liam.

— Ça les retardera un peu, mais ne les arrêtera pas… rétorqua Felkeyn.

— Nous avons longuement discuté avec l'officier de l'Alliance. Il défendra ces lieux coûte que coûte. Je reste persuadé qu'il ne croit pas vraiment à notre histoire de Smaughs, soupira Cornell.

— Nous ne pouvons pas rester ici… constata la fille d'Eodh. Cette zone va se transformer en piège mortel pour nous tous. Il y a d'autres issues que le canyon est ?

— Selon Vrelyck, précisa Liam, il y avait un accès sud autrefois. Un glissement de terrain l'a condamné. Impossible de passer par là avec nos chariots et nos réfugiés. Il y a un autre passage à l'ouest, en contournant le lac. Un sentier sinueux au milieu des pics, escarpé et dangereux.

— Nous sommes donc bel et bien piégés ici… grogna Estrée. Par les Six Chaos, tous ceux de Coruscante ne peuvent pas être morts en vain ! Il nous faut une échappatoire ! Felkeyn, une suggestion ?

— Je ne peux que confirmer ce que dit le conseiller, répondit l'Ombre. Le sud est impraticable à moins d'être aussi agile qu'un chamois. À l'ouest, je n'ai pas poussé mon exploration très loin, mais vu l'état de faiblesse des civils, ils s'y briseront les os. Ce passage reste pourtant notre seule option.

Aussi excédée qu'exténuée, Estrée leva les yeux au ciel en rageant. Son regard fut attiré par le haut pic qui pointait vers le ciel. Il y avait quelque chose à son sommet. Une étrange construction de bois.

— Fel, Liam, vous voyez ce que je vois ?

Les deux hommes suivirent le regard de la fille d'Eodh.

— On ne discerne pas grand-chose... soupira le conseiller.

— C'est un feu d'alarme... lâcha Felkeyn en souriant.

— Un feu d'alarme ? s'exclamèrent Liam et Estrée en même temps.

— Une cheminée creusée dans la roche abritant un combustible. La lumière se repère de loin la nuit, et la colonne de fumée qu'il dégage remplit le même rôle, le jour. Une relique des Guerres de Sang. Il en existait plusieurs dans les Grandes Plaines, et les monts de Fer. Ils servaient à prévenir les Cités-Franches de l'approche d'un ennemi. Les armées des Ténèbres ou de la Lumière, à l'époque...

— Vous en parlez comme si vous y étiez... remarqua le conseiller Cornell.

Felkeyn ne répondit pas.

— Et ça fonctionne toujours ? demanda Estrée.

— C'est construit pour durer... répondit l'Ombre. La réserve de bois utilisée était traitée alchimiquement pour se conserver des siècles. Donc, je dirais que oui, il doit toujours être en état de brûler.

— Et Vrelyck n'a pas cru bon de vous en parler, Liam ? feula l'Héritière. Pourquoi ne suis-je pas surprise... Je vais avoir une petite conversation avec cet officier. Mais d'abord, je dois voir Ragnar. Conseiller, je vous laisse informer Miramas et Brighit. Felkeyn, passe le mot à Rodan et Nova. Que tout le monde soit prêt à partir à l'aube. Si le sentier ouest est notre seule issue, nous ferons avec.

Les deux hommes opinèrent et partirent vers leurs objectifs respectifs. Estrée prit la direction des ateliers de la mine pour y trouver Ragnar.

*

La nuée des têtes-de-clous s'était massée devant l'entrée du canyon. L'attrait de la chasse et du sang les rendaient impatients de massacrer tous ces sang-chauds.

Depuis les hauteurs d'une colline rocheuse, Oghul-Tak observait les Dents d'Asgorath. Raïsh'Aàn s'approcha du seigneur de guerre, le visage tordu par la contrariété.

— Tu aurais dû en finir avec eux depuis longtemps, Oghul, renifla le sorcier. Je te rappelle que nous devons prendre ce point d'eau pour ravitailler le gros de notre armée de conquête. Pas jouer avec ces sang-chauds !

— Tu n'as jamais su t'amuser, Raïsh'Aàn ! grogna Oghul-Tak. Plus l'espoir naîtra dans leurs cœurs, plus nous nous délecterons de leur souffrance… Nous attaquerons avant l'aube… Les cris de terreur à leur réveil seront des plus doux à mes oreilles. Repose-toi, sorcier ! Demain, toi et moi festoierons ensemble de nos nouveaux esclaves !

Cette perspective rendit son sourire au sorcier smaugh. Son esprit pervers imagina déjà le plaisir qu'il prendrait avec de nouvelles proies…

*

Aleenor s'éveilla en sursaut. Elle se redressa sur sa couche, l'image d'un visage smaugh au sourire cruel encore affiché sur ses rétines. Ses yeux fouillèrent les lieux, paniqués, ne reconnaissant pas l'étroite chambre de pierre où elle se trouvait. Puis, lentement, les souvenirs lui revinrent. Les Creux. Le fortin. Cette chambre d'officier inoccupée, mise à sa disposition. Épuisée, Aleenor avait dormi une bonne partie de la journée. Elle s'approcha de la fenêtre, dont les volets étaient restés ouverts. Elle avait une vue plongeante sur l'intérieur du cirque naturel formé par cette roche orangée. Les réfugiés s'installaient sur un carré d'herbe, au bord du lac. Les lieux semblaient calmes, presque idylliques. La jeune femme savait que cela ne durerait pas. Le souvenir de son rêve s'accrocha dans son esprit.

Ils vont venir, cette nuit… Je dois prévenir père.

Je dois prévenir tout le monde !

CHAPITRE 79

L'Héritière du Chaos retrouva Ragnar et Hazeline en grande conversation. Après tout ce que son amie avait traversé, Estrée se sentait heureuse qu'Haz puisse avoir le béguin pour le mineur. Dommage que les temps ne soient que peu propices à de telles relations. Estrée ne put s'empêcher de penser à sa propre situation. Son lien avec Felkeyn s'était renforcé, le désir était palpable. L'amour… ? Estrée s'autoriserait-elle à aimer de nouveau ? Une question qui la terrifiait. Et toujours ce mur entre eux, certes invisible, pourtant bien présent.

D'un signe de tête, Estrée indiqua aux deux nains de la suivre à l'écart.

— Tu as l'air préoccupée, ma grande… fit Hazeline sur un ton sérieux.

— Comment ne pas l'être… répondit la fille d'Eodh. Haz, Ragnar, je vais être franche… La situation est loin d'être à notre avantage. L'ennemi nous surpasse en nombre et en férocité. Nous ne pourrons pas rester ici, nous devons abandonner les Creux.

Tirant sur sa barbe, Ragnar grogna.

— Je m'en doutais, dit-il. Quand comptez-vous évacuer ?

— Demain, dès l'aube, répondit Estrée. Nous allons devoir emprunter le sentier ouest, c'est la seule issue.

— C'est un goulet d'étranglement, renifla Ragnar. Très dangereux. Cette issue a été créée par des nains habitués aux montagnes. Les humains, surtout dans leur état de faiblesse actuel, ne passeront pas tous. Encore moins les chariots, ou les centaures. Et si les… Smaughs, c'est ça ? Si les Smaughs vous rattrapent, ce sera un massacre…

— Rester et nous battre serait du suicide. Je crains que nous n'ayons guère le choix, maître nain.

— Peut-être que si, capitaine… intervint Hazeline. Tu lui dis, Rag ?

— J'allais y venir, ma jolie, sourit le mineur. En effet, cap', j'ai peut-être une alternative à vous proposer.

Estrée se fit tout ouïe.

— Les mines… poursuivit Ragnar.

— Comment cela ? s'étonna Estrée. Vous proposez qu'on s'enferme dans des tunnels ? Ce serait pire que le sentier ouest !

— Laissez-moi finir, cap'. À l'origine, les mines furent creusées durant l'époque des Grandes Guerres, vous le savez déjà. Exploiter de la gemmelite en période de guerre, même un nain ne le fait pas sans prévoir d'échappatoire. Si les filons de cristaux magiques se sont taris, il existe encore d'anciens tunnels secrets, qui traversent les Creux, et ressortent au nord-ouest. Ce sera long et pénible pour des grandes-jambes, mais nous pourrons condamner l'accès. Les Smaughs seront incapables de nous poursuivre.

Une lueur d'espoir naquit dans le cœur de la fille d'Eodh. Cette fois encore, Hazeline et son peuple allait leur sauver la mise.

— Ragnar, vous êtes décidément surprenant ! Je comprends qu'Hazeline vous trouve à son goût.

Remarque qui rendit les deux nains cramoisis.

— Nous allons organiser l'évacuation par les tunnels, que tout soit prêt pour demain matin. Les rescapés sont déjà exténués, laissons-leur quelques heures de repos avant de repartir. D'ici là, il faut prévenir l'Alliance. Il est temps pour le feu d'alarme de retrouver sa fonction initiale. Savez-vous s'il y a d'autres forts dans le coin, capable de le voir ?

— Hmmm… réfléchit Ragnar. Plus loin, au nord-ouest, il y a la passe d'Ankarah. C'est un défilé qui traverse une petite chaîne de montagnes pour accéder à la région des grands lacs, en direction d'Ambre. Elle est gardée par un régiment de l'Alliance. Ils le verront peut-être. Cependant, ils sont bien trop éloignés pour nous envoyer des renforts dans les temps.

— Je n'attends pas des renforts de qui que ce soit, répliqua Estrée. Les Smaughs ne s'arrêteront pas aux Creux. Ils ne sont pas seulement là pour nous traquer, ils viennent s'emparer du point d'eau. C'est une armée d'invasion. Une conquête, qu'ils appellent *Faaharak-Shar*. Si nous ne survivons pas à cette bataille, qu'au moins, les Territoires-Francs puissent être alertés.

Hazeline siffla d'admiration entre ses dents.

— Dis donc, ma grande, Sentenza ne s'était pas trompée en te proposant de rejoindre les Mille Lames. Je me souviens d'une petite serveuse paumée, que Sen nomma aide de camp. Une décision loin d'être unanime… Tu t'en doutes bien. Et regarde-toi aujourd'hui. Je te félicite, capitaine !

Estrée remercia Haz d'un sourire, et posa sa main sur l'épaule de la Naine.

— Soyons tous prêts à l'aube ! déclara la fille d'Eodh.

Leur discussion fut interrompue par Liam et Aleenor, qui s'approchaient d'un pas pressé.

— Estrée ! dit Aleenor avec une voix paniquée. Nous n'avons pas jusqu'à l'aube... J'ai eu une vision... Ils vont venir cette nuit...

Jusqu'à présent, les intuitions de la jeune femme s'étaient toujours révélées exactes. La fille d'Eodh prit l'avertissement d'Aleenor très au sérieux.

— Dans ce cas... clama Estrée, il faut commencer l'évacuation immédiatement !

Ragnar opina, et partit rapidement en direction de la mine.

— Liam... poursuivit l'Héritière. Pouvez-vous coordonner les préparatifs avec Rodan et Nova ? Tous les réfugiés doivent se diriger vers l'entrée de la mine au plus tôt.

— Ce ne sera pas facile, capitaine, soupira le seigneur Cornell. Ces gens sont épuisés, affamés. Ils viennent de dépenser leurs dernières forces pour dresser un campement. Je vais faire de mon mieux.

— Je ne demande rien de plus. Merci, conseiller. Je vais aller m'entretenir avec ce lieutenant Vrelyck. Et je vous prie de croire qu'il ne va pas aimer ça...

Devant les portes branlantes du fortin, Estrée fut accueillie par le sergent-major Brannigan.

— Je peux vous aider ? demanda-t-il en barrant la route de la fille d'Eodh.

— Je viens parler à votre supérieur, répondit Estrée sur un ton cassant.

— Le lieutenant Vrelyck ne souhaite pas être dérangé pour le moment... soupira Brannigan. En tant que son adjoint, peut-être puis-je...

— Vous écarter de mon chemin avant que je ne m'énerve pour de bon, oui, vous pouvez ! feula l'Héritière dont les nerfs commençaient à être à vif.

Brannigan fronça les sourcils. Les deux soldats de faction, de part et d'autre de la porte, échangèrent un regard inquiet.

— Écoutez, capitaine, je comprends que vous soyez tendue. À votre place, je le serai tout autant. Mais je ne suis pas votre ennemi. Je souhaite la survie de vos gens, tout comme celle de mes gars. Je connais bien Vrelyck, et je vous assure que si vous le prenez sur ce ton avec lui, il fera tout son possible pour vous mettre des bâtons dans les roues. En dépit du danger imminent. Il est comme ça, des œillères de fierté mal placée. À force, on s'y fait.

— Moi je ne m'y ferai pas… grogna Estrée.

Néanmoins, le discours de Brannigan l'avait un peu calmée. Elle croisa les bras, et observa longuement le sous-officier. Sa cicatrice renforçait la détermination de son expression faciale. Il se tenait droit, la main nonchalamment posée sur le pommeau de son épée. Estrée commençait à savoir reconnaître un vrai guerrier d'un simple fanfaron. Et Brannigan n'était certainement pas un fanfaron.

— Mais j'apprécie les hommes de caractère, et vous m'avez l'air d'en être un, soldat… ?

— Brannigan. Sergent-major pour être exact. Tout le monde – sauf Vrelyck – m'appelle major.

Une main tendue, ouverte et sincère, ponctua la phrase du soldat. Estrée la serra volontiers. Une poigne ferme, un regard dur. *D'accord*, se dit la fille d'Eodh. *Toi, je veux bien te faire confiance.*

— Alors, major, reprit Estrée, dites à votre lieutenant que les Smaughs vont attaquer cette nuit. Nous allons évacuer par les mines, avec l'aide des nains. Je vous conseille de vous joindre à nous si vous voulez survivre à ce qui arrive. En attendant, j'irai allumer le feu d'alarme.

— Ah… quand même, ce n'est pas rien, répliqua Brannigan, avec un petit temps pour digérer l'information. Qui sont donc ces maudits Smaughs, dont j'entends parler depuis votre arrivée ?

— Nous ne savons que peu de choses sur eux. Ce sont des guerriers venus d'un autre plan pour envahir les Territoires-Francs. Ils n'ont aucune pitié. Ceux qu'ils épargnent deviennent leurs esclaves. Au moins un millier d'entre eux nous poursuivent depuis la chute de Coruscante.

— Coruscante est tombée, alors. C'est vrai… Mais pourquoi Ambre n'a-t-elle pas envoyé de renforts ? Il y a des dizaines de compagnies-franches à Gar-Vallon, l'armée de l'Alliance est tout à fait capable de repousser ce genre de créatures, non ?

— En temps normal, certainement. Hélas, les Grands Portails ont cessé de fonctionner depuis des jours. Toutes les Cités-Libres sont isolées, Ambre n'est simplement pas au courant de la situation.

Les deux soldats de garde étaient devenus livides. L'information allait se répandre parmi les soldats comme une traînée de poudre, et la fille d'Eodh y comptait bien. Elle voulait avant tout couper l'herbe sous le pied de Vrelyck, et empêcher tout acte de folie héroïque.

Brannigan hocha la tête avant de répondre :

— Merci d'avoir été franche avec moi, capitaine… ?

— Estrée, répondit-elle en souriant. Capitaine de la compagnie des Mille Lames. Enfin, de ce qu'il en reste.

— S'il y avait plus de capitaines comme vous dans l'armée de l'Alliance, je serais beaucoup plus fier de porter cet uniforme. Je vais prévenir le lieutenant immédiatement, capitaine Estrée ! Et je vais m'occuper du feu d'alarme. C'est notre devoir, de prévenir Fort Ankarah.

— Merci, major. Assurez-vous que le Haut-Conseiller Dante soit également informé.

Enfin, un militaire qui a la tête sur les épaules. J'espère qu'il la gardera quand les Smaughs seront là... pensa l'Héritière en s'éloignant.

*

Un tiers des réfugiés refusèrent de partir. La menace des Smaughs ou les belles paroles de Liam ne suffirent pas. Ils nièrent le danger, et prétextèrent de faux espoirs de l'arrivée des armées de l'Alliance. À la nuit tombée, cinq cents civils rescapés de Coruscante furent prêts à partir. Les nains organisèrent l'accès à la mine, qui passait par d'étroits escaliers de bois, reliant de larges plates-formes. Un plateau de roche naturelle, dominant le lac, servait de palier à mi-chemin. L'espace était envahi par un réseau de rails d'acier supportant des trains de wagonnets. Il fallait enjamber les rails pour atteindre de nouveau les escaliers, une autre plate-forme, et enfin, l'entrée de la mine. La structure était certes solide, mais par sécurité, les nains firent monter les réfugiés par petits groupes, pas plus d'une trentaine à la fois. Il fallut ensuite assurer la visibilité dans les tunnels. Si les mineurs disposaient de l'infravision de leur peuple, il n'en était pas de même pour les humains. Des porteurs de torches furent équipés pour éclairer le parcours. Selon Ragnar, il y avait environ trois kilomètres de galeries à franchir. Une promenade pour les nains. Un calvaire pour tout autre.

Fort-les-Creux fut mis en alerte. Des archers se postèrent sur le mur est. Estrée proposa à Brannigan un renfort des Mille Lames. N'ayant confiance en aucun mercenaire, Vrelyck n'accepta que les soldats de l'Alliance. Les arbalétriers de Coruscante prirent place auprès des soldats du fortin, le sergent Gorjo à leur tête. Durant toute la mobilisation, Vrelyck resta invisible. Il s'enferma dans son bureau, prétextant être totalement accaparé par la préparation de la stratégie militaire qu'il était, forcément, le seul à maîtriser.

La nuit jeta un manteau de ténèbres sur les Dents d'Asgorath. Et avec elle, revint la peur. Chaque heure passée dans l'obscurité nourrissait l'angoisse de voir, à tout moment, surgir la horde des têtes-de-clous.

Le feu d'alarme resta éteint.

CHAPITRE 80

Les Creux s'étaient illuminés de dizaines de torches et de flambeaux. Les lunes jumelles brillaient de leur éclat le plus pur, éclairant les Dents d'Asgorath d'une lueur diffuse. Au cœur de la nuit, la progression des réfugiés se poursuivait, lentement. Une longue file qui avançait, le long des escaliers, par petits groupes, avant de s'engouffrer dans la gueule béante de la mine. Entre les trois vieux entrepôts de stockage, au niveau du sol, plus de la moitié des civils attendaient encore d'être évacués. Les nains, intransigeants, forçaient tout le monde à abandonner ce qui n'était pas nécessaire à la survie. Alléger les groupes le plus possible, et accélérer le mouvement, deux objectifs que Ragnar comptait bien atteindre afin que tous les réfugiés soient à l'abri avant le lever du soleil. Chaque seconde comptait. À nouveau.

Les trois conseillers de Coruscante et leur suite retrouvèrent Estrée au niveau desdits entrepôts. Les survivants des Mille Lames se préparaient à l'inévitable combat qui allait suivre. Estrée avait séparé le reste de la compagnie en deux groupes. L'un, commandé par Radjak, protégerait le bas des escaliers. La seconde section, avec Rodan à leur tête, se posterait en hauteur, à l'entrée de la mine, avec ce qui restait d'archers de la compagnie, et des Kàwanakhees. Kwanee, le vieux chef indie, assura que son peuple se battrait jusqu'au bout. Les centaures, quant à eux, n'étaient pas capables de gravir les escaliers, encore moins de crapahuter dans des tunnels nains. K'Lishaa annonça qu'ils couvriraient la porte est, depuis l'intérieur, par des salves de tirs en cloche. Avant de prendre position, la centaure s'approcha de Liam.

— Seigneur Cornell, dit-elle avec respect. J'ai une faveur à vous demander.

Surpris, Liam s'éloigna un peu en compagnie de la femme-jument.

— Que puis-je pour vous, K'Lishaa ?

— Je voudrais que vous emmeniez K'Shin, avec vous. Mon peuple et moi sommes prêts à mourir, mais mon fils... Ce n'est encore qu'un poulain. Il n'est pas très grand, il pourra traverser les tunnels.

— Je comprends parfaitement ce que vous ressentez. Et je suis vraiment navré que vous ne puissiez pas fuir avec nous... Bien sûr, K'Lishaa, je prendrai soin de K'Shin. Vous avez ma parole.

Rassurée, la centaure alla annoncer sa décision à son peuple. K'Shin protesta, bien sûr. Le jeune centaure voulait se battre, lui aussi. Prouver son courage. K'Lishaa fut intransigeante, sa décision était prise. Face à la détermination de sa mère, il se résigna. Il s'éloigna lentement, la main sur le cœur. Les nains utilisèrent le monte-charge pour hisser le jeune centaure jusqu'au niveau de la mine. K'Shin passait à peine dans la cage de bois, qui pouvait accéder aux différents niveaux grâce à un ingénieux système de poulies.

Le même système fut utilisé pour monter provisions et réserves d'eau, distribuées ensuite aux réfugiés avant d'entrer dans les tunnels. Un groupe de mineurs ouvrirait le chemin, avec Liam et Brighit pour guider les réfugiés. Aleenor suivrait son père, K'Shin avec elle. Nova et le Don les accompagneraient. Le cartomancien comme la Sœur Grise rechignaient tous deux à abandonner le combat. Estrée insista. Si les réfugiés tombaient sur des Smaughs à la sortie du tunnel, ils auraient besoin de protection.

Miramas, dans un premier temps, décida de rester à l'entrée de la mine. Voir le Haut-Conseiller passer le dernier encouragerait les civils, et permettrait de conserver un semblant d'ordre. Un courage insoupçonné remplaçait la lâcheté habituelle dans le cœur du Conseiller Dante. Son épouse refusa de le quitter. Laureline resterait elle aussi, prête à user de ses dons de prêtresse au besoin.

L'heure était aux adieux. La fille d'Eodh serra ses amis tour à tour dans ses bras. Elle promit à Aleenor qu'elles se reverraient. Jura à Antonius d'être prudente. Claqua gentiment les fesses d'Hazeline avec un sourire confiant. Confia à Liam et Brighit l'avenir des rescapés.

Le cœur serré, Estrée avait la ferme intuition qu'elle ne reverrait aucun d'entre eux, quelle que soit l'issue de la bataille.

*

Avant de partir, Rodan et Nova s'accordèrent quelques minutes, seuls. Le mercenaire et la Sœur Grise n'avaient pas eu la moindre seconde pour eux depuis leur départ de Coruscante. Rodan, pris par ses nouvelles fonctions de lieutenant de la compagnie, passait son temps à gérer les problèmes de rationnement et d'entretien du matériel. Nova, avec l'aide régulière de Laureline, prenait soin des plus faibles parmi les réfugiés. Sur les bords du lac, ils se retrouvèrent enfin tous les deux. Nova se lova entre les bras de Rodan, qui lui caressa tendrement les cheveux.

— Je rêvais de ce moment depuis des jours… susurra la Sœur Grise.

— Nous serons réunis lorsque tout sera terminé, Nova, je te le promets…

— Ne fais pas de promesse que tu ne pourras pas tenir, Paladin, le supplia-t-elle en retour. J'ai déjà perdu ma sœur d'âme, mes amies… Je voudrais tellement rester me battre avec toi.

— Ces gens comptent sur toi, Nova. Tu dois les protéger, jusqu'au temple de Claire-Aube. Les Smaughs peuvent arriver à tout moment…

— Je sais. Tais-toi un peu, idiot. Et embrasse-moi…

Leur baiser fut long, passionné, chargé d'émotions et vibrant de désir. Leurs lèvres se quittèrent à contrecœur, et Nova rompit le contact. Elle lui tourna le dos pour s'éloigner, mais se figea.

— Ne meurs pas, Rodan… dit-elle, la voix tremblante.

— Je te le promets, souffla le mercenaire. Je te le promets, Nova.

La Sœur Grise s'éloigna, le cœur lourd, cachant les larmes qui inondaient son visage. Nova sentait, en son cœur, qu'elle le voyait pour la dernière fois. Tout ce qu'elle pouvait faire, c'était espérer se tromper.

*

Cela commença par un écho. Une sorte de grondement sourd, saccadé par le martèlement de centaines de pieds sur un sol rocailleux. Puis quelques rires cruels et impatients. Enfin, des cris sauvages. À l'heure qui précède le lever du soleil, les Smaughs lancèrent l'assaut sur les Creux.

Le feu d'alarme n'était toujours pas allumé.

*

Les premiers cris de panique venant du mur est furent couverts par les hurlements féroces des guerriers smaughs. Les cordes des arcs et des arbalètes vibrèrent de concert, fauchant une première rangée de têtes-de-clous.

Les centaures prirent position, et lâchèrent plusieurs salves de tirs par-dessus la muraille et ses défenseurs. Une pluie mortelle s'abattit sur les envahisseurs. Des dizaines tombèrent. Des sans-clan, sacrifiables, qui furent piétinés par ceux qui suivaient.

Un début de panique naquit au sein des réfugiés, qui commencèrent à se bousculer sur les escaliers. Une bonne centaine attendait encore d'atteindre le niveau de la mine, et s'agglutinait sur les plates-formes intermédiaires. Il ne fallut pas longtemps pour que le premier civil apeuré glisse, et tombe de la structure pour se fracasser sur le sol.

Devant l'entrée de la mine, Rodan et ses hommes se positionnèrent avec leurs arcs. Ils étaient trop loin du mur pour atteindre les Smaughs. Les nains firent accélérer la cadence. La caverne de la mine était un goulot d'étranglement, des civils risquaient d'être broyés contre les parois de pierre s'ils se précipitaient tous en même temps. Il fallait, là encore, gagner du temps.

Les Smaughs arrivaient de plus en plus, masse inexorable de fureur bardée de cuir et d'acier. Les sans-clan se servirent des corps des premiers Smaughs tombés pour escalader le mur. Il n'était pas difficile d'y trouver des prises. Ils se hissèrent à son sommet avec l'aisance d'une armée de lézards.

Brannigan fendit la première tête-de-clous qui apparut sur le mur, d'un revers précis de son épée longue. Il enchaîna et trancha une main smaugh qui venait d'agripper un merlon. Tout autour de lui, archers de l'Alliance et arbalétriers de Coruscante lâchèrent leurs armes de trait pour entrer dans la valse furieuse du corps à corps. Leur résistance fut tout aussi brave que futile. Les Smaughs jaillirent de toutes parts, et les taillèrent en pièces avec des hurlements bestiaux.

Hurlant à gorge déployée, le sergent Gorjo abattit son glaive sur le crâne d'un Smaugh. À sa droite, un arbalétrier leva son arme, mais n'eut pas le temps de tirer son carreau. Une hache de Lochabre lui fendit le visage. Gorjo jura, et se jeta de tout son poids sur la tête-de-clous. Le guerrier chuta sur le sol, laissant au sergent tout le loisir de lui ouvrir le crâne de sa lame épaisse. Partout autour du soldat, les hommes tombaient comme des mouches. Malgré leur entraînement et leur discipline, les gardes de Coruscante ne purent faire face à une telle sauvagerie. Gorjo voulut lever son épée, mais une hache noire lui emporta la main. Il hurla à nouveau, de douleur cette fois. Un sans-clan se jeta sur lui, le lardant de coups de dague. Le Smaugh ouvrit le ventre du sergent Gorjo pour se faire un collier de ses entrailles.

Brannigan leva les yeux vers le feu d'alarme avec regret. Le lieutenant Vrelyck avait refusé tout net qu'il soit allumé. *Inutile de crier au loup sans en savoir plus sur notre ennemi*, avait-il répliqué. Le major combattit vaillamment, son épée taillant les Smaughs avec ferveur. Lorsque les soldats de Fort-les-Creux lâchèrent leurs armes pour fuir, il tint bon. Un coup d'épée lui ouvrit la cuisse droite. Le major s'appuya sur un merlon, et riposta, décapitant une autre tête-de-clous. Une masse lui brisa l'épaule gauche. Brannigan lâcha son bouclier, se fendit, et perfora l'estomac d'un envahisseur. Lorsqu'une lance d'acier noir lui perça les reins, Brannigan maudit la bêtise de son supérieur.

*

Afin de couvrir le tumulte qui avait envahi les Creux, Estrée criait des ordres de toutes ses forces. La section du lieutenant Radjak courut en direction du mur, couverte par les flèches centaures. Les premiers Smaughs surgissaient comme les éclaboussures d'une vague déferlant sur le mur. Les mercenaires, parfaitement coordonnés, cueillirent sans difficulté les envahisseurs qui se jetèrent sur leurs lances.

Le lieutenant Vrelyck daigna enfin sortir du fortin, une douzaine de soldats avec lui. L'officier traversa l'espace entre la caserne et les entrepôts de la mine comme s'il ne se passait rien. Il passa derrière la ligne de défense et des centaures, et s'approcha d'Estrée.

La fille d'Eodh n'en crut pas ses yeux. L'officier venait de parcourir un champ de bataille en gonflant le buste, se pavanant comme un coq dans une basse-cour. Elle n'eut plus le moindre doute : l'homme était fou à lier.

— Capitaine ! lança-t-il à l'Héritière d'un ton plus que pompeux. Au nom de l'armée de l'Alliance des Territoires-Francs, que je représente, je vous ordonne de placer votre compagnie sous mon commandement.

— Vous... quoi ? parvint à dire Estrée, qui n'en revenait toujours pas.

Derrière elle, Felkeyn éclata de rire. L'Ombre dégaina ses sabres, faisant sursauter les hommes de Vrelyck, et prit la direction des combats.

— Je vais filer un coup de main à Radjak, Estrée. J'ai le sentiment qu'il vaut mieux que je ne reste pas là, alors je vais aller régler quelques comptes. Bon courage avec ce… Comment dit Ragnar déjà ? Ah, oui. Ce *trog*.

Trog était une insulte naine désignant une espèce de singe des montagnes, particulièrement stupide, mangeant ses propres excréments. Vrelyck renifla à l'insulte, mais n'osa pas croiser le regard d'acier de Felkeyn. L'officier attendit que l'Ombre fût suffisamment éloignée.

— Vous devriez tenir votre chien en laisse, capitaine, persifla Vrelyck.

En restant parfaitement calme, Estrée s'étonna elle-même. Ses yeux violets lancèrent des éclairs aux soldats qui accompagnaient l'officier. Le message était clair : ne vous en mêlez surtout pas. La fille d'Eodh prit une grande inspiration, et afficha son sourire le plus féroce.

— Cher lieutenant. Je laisserai ma compagnie à vos bons soins avec le plus grand plaisir. Auparavant, juste pour satisfaire ma curiosité, pourquoi le feu d'alarme n'a-t-il pas été allumé ? Le major m'avait pourtant garanti…

— C'est inutile, la coupa Vrelyck. À présent, veuillez transmettre mes ordres, et lancer une contre-offensive avec toutes vos troupes. Apprenons à ces créatures ce qu'il en coûte de s'attaquer aux forces de l'Alliance… De s'attaquer à moi !

— Vous avez complètement perdu la raison, ma parole ? s'empourpra Estrée. Reprenez-vous, lieutenant ! Le major Brannigan était sur le mur, il doit être mort à l'heure qu'il est. Nous devons évacuer les civils !

— Je ne tolérerai aucune insubordination. Le sergent-major a fait son devoir, c'est une perte acceptable en temps de…

— ACCEPTABLE ? rugit l'Héritière.

La dernière once de patience de la fille d'Eodh venait de fondre. Son pied droit décolla du sol pour cueillir Vrelyck à la pointe du menton. L'officier vola dans les airs, décrivit un demi-cercle avant de s'écrouler à plat ventre dans la poussière. Vrelyck tressauta comme une poupée aux fils coupés. Il se redressa maladroitement en crachant d'abord un long filet de sang, puis deux dents. Il tenta bien de parler, mais n'émit qu'un gémissement de douleur.

— ÇA ! C'est acceptable… cracha Estrée.

Puis, se tournant vers les soldats :

— Maintenant vous avez le choix : vous pouvez vous battre contre nos ennemis, et peut-être survivre, ou finir comme lui.

Le plus grand des soldats, un gaillard couturé de cicatrices, dégaina son épée et fit un pas vers Estrée. L'Héritière ne bougea pas d'un cheveu.

— À vos ordres, capitaine, dit l'homme. Vous avez entendu la dame, les gars ? Allons trancher ces fils de pute !

Tous partirent en criant, armes au clair, vers la ligne de combat.

Estrée enjamba Vrelyck, toujours sonné sur le sol, et se dirigea vers le haut pic et son feu d'alarme.

*

Oghul-Tak fit avancer son imposant char de guerre dans le canyon. Bardé de lames effilées repliées dans leurs logements, l'engin, autant que les bêtes qui le tiraient, forcèrent les guerriers sans-clan à avancer de plus belle vers le mur. Derrière Oghul-Tak, sur le char, se tenait Raïsh'Aàn. D'énormes flambeaux brûlaient d'une flamme verdâtre en haut de deux braseros, de part et d'autre de l'engin, diffusant une lueur sépulcrale sur les pentes du canyon.

Un guerrier un peu trop lent et maladroit trébucha. Son crâne éclata sous l'une des roues, arrachant un ricanement au seigneur de guerre. Le sorcier renifla avec dédain. Tak stoppa son attelage trente mètres avant le mur, et contempla les vagues de ses guerriers monter à l'assaut. Devoir escalader ralentissait leur progression, et permettait aux flèches ennemies de semer la mort dans les rangs smaughs.

— Sorcier... Rends-toi utile, ouvre-nous un passage. Je veux prendre cette zone avant le lever du jour.

— Tu devrais ordonner à tes troupes de s'éloigner de la porte, alors, siffla Raïsh'Aàn.

— Inutile. Ce ne sont que des sans-clan. Fais vite. Je tiens à broyer quelques crânes, moi aussi...

— À ta guise...

Raïsh'Aàn sauta du char et s'approcha d'un escarpement rocheux, d'où saillait un pic, dix mètres plus haut. Il avait besoin d'un promontoire pour mieux juger la situation. Il prononça un mot de pouvoir, qui vibra d'une note malsaine. Des filaments noirs ourlés d'un violet sombre naquirent sous ses pieds, et le portèrent jusqu'au piton rocheux. De cette position, il avait un angle de vue parfait sur le mur et sa porte centrale. Ses ongles noirs déchirèrent l'air devant lui afin de tisser les runes de pouvoir, et une incantation gutturale jaillit de sa gorge.

*

Un revers de sabre de la main droite fit décoller une tête smaugh sans le moindre clou. Une taille du gauche trancha un bras à hauteur du coude. Pivot sur les chevilles, frappe croisée des deux sabres, l'armure de cuir noir et la poitrine d'un guerrier smaugh s'ouvrit d'un grand X sanglant.

Felkeyn dansait.

Estrée avait besoin de temps, il allait lui en donner. Ses lames jumelles lui taillèrent un chemin de sang à travers les premiers rangs des envahisseurs. Grâce à l'Ombre, la troupe de Radjak, épaulée par les derniers soldats de Vrelyck, regagna du terrain et repoussa les Smaughs vers le mur.

Felkeyn se fendit vers l'avant et perça le ventre d'un sans-clan. La douleur déforma le visage du Smaugh lorsque l'Ombre fit pivoter son arme avant de l'arracher du corps de sa victime. L'homme aux yeux d'acier bondit, prit appui sur la tête-de-clous pour augmenter son élan, et sauta. Un bond prodigieux de plus de quinze mètres. Felkeyn s'éleva au-dessus des combats, droit vers le parapet. Pendant son envol, il se laissa glisser dans le Zen. Il atterrit d'une roulade souple sur le mur envahi de guerriers smaughs.

— Alors, on danse ? sourit-il.

Une tornade d'acier runique nettoya le mur de ses envahisseurs, n'y laissant que des corps fendus, des membres tranchés, du sang et des tripes. Felkeyn quitta la transe martiale, laissant passer un bref moment de faiblesse. Son sens du danger le prévint juste à temps. L'Ombre leva les yeux vers le pic où se tenait le sorcier smaugh.

Raïsh'Aàn prononça le dernier mot de son incantation. Un roulement de tonnerre résonna dans tout le canyon, et un éclair de foudre noire frappa le mur, juste au-dessus de la porte.

Felkeyn eut à peine le temps de sauter en arrière. Il fut balayé en plein vol par le souffle de l'explosion. Moellons de pierre, éclats de bois, et corps de Smaughs carbonisés, volèrent en tous sens. Le mur est n'était plus qu'un trou béant.

Bien que sonné, Felkeyn accompagna sa chute et roula sur plusieurs mètres. Un affreux sifflement vrillait ses tympans. Il tituba en essayant de se relever. Ses sens momentanément occultés, l'Ombre ne sentit pas un guerrier smaugh courir vers lui, hache à la main. Le fer noir fendit l'air droit vers la nuque de Felkeyn.

L'arme le manqua de quelques centimètres.

Le corps du Smaugh s'effondra sur le sol, une flèche empennée de plumes de hibou fichée dans son crâne. Felkeyn leva les yeux, son regard perçant l'obscurité de la nuit. Perchée sur un rocher saillant, à cent mètres de lui, Cheenoa le salua de la main. L'Ombre sourit. Il secoua la tête pour chasser les derniers vertiges, et une idée lui vint. Il fit signe à l'archère de ne pas bouger, et grimpa la rejoindre.

La brèche créée par le sorcier vomit des guerriers smaughs par dizaines. Radjak fit se replier la ligne de mercenaires derrière les centaures. Le mur était définitivement perdu. Les Mille Lames ne tiendraient pas plus longtemps.

*

L'accès au feu d'alarme passait par le plateau où s'ouvrait l'entrée de la mine. Pour ne pas bousculer les civils qui se massaient sur les escaliers, Estrée choisit un autre chemin. Elle se hissa agilement sur les poutres et les madriers qui soutenaient l'ensemble, et progressa ainsi, palier par palier. Elle atteignit rapidement le dernier niveau en escaladant la cage du monte-charge. Le bataillon de Rodan s'était positionné sur les bords du plateau rocheux, avec les chasseurs indies ; leurs flèches cherchant le moindre Smaugh à abattre. En voyant Estrée surgir depuis le monte-charge, l'ex-Paladin lui lança un signe de tête d'encouragement. La fille d'Eodh lui sourit avec tendresse, et se lança au pas de course.

Devant l'entrée de la mine, les nains continuaient inlassablement de guider les réfugiés vers les tunnels secrets. Estrée s'étonna de voir que le Haut-Conseiller Dante était toujours là, avec Laureline. Tous deux encourageaient et rassuraient les réfugiés. Leur présence avait une influence très positive sur le moral des civils, permettant de calmer un peu la panique générale. Shahyne et Olympe se tenaient auprès du Haut-Conseiller, pour assurer sa protection. Décidément, Dante surprenait Estrée chaque jour davantage. Le souvenir du gros conseiller suant et pleurnichant lui semblait loin désormais. Miramas aperçut la fille d'Eodh lorsqu'elle s'approcha de la mine. Si le regard du conseiller abritait toujours de la peur, il afficha un sourire confiant. Estrée le remercia d'un hochement de tête avant d'aller trouver Ragnar.

— Comment ça se passe en bas ? lui lança le nain.

— Mal, répondit Estrée. Les Smaughs ont débordé le mur. Pour le moment, nous parvenons à les contenir, mais le temps presse. Je dois allumer le feu d'alarme. Ha, j'ai cassé quelques dents à Vrelyck, aussi.

Ragnar laissa échapper un rire gras.

— Vous avez fait ce que je rêvais de faire depuis longtemps, cap' ! Rien que pour ça, je vous offrirai un tonnelet de mon meilleur hydromel. Enfin, si j'ai l'occasion d'en refaire un jour…

— Je l'espère aussi, Rag. Où est Hazeline ?

— Dans les tunnels, déjà. Deux de mes gars l'aident à marcher. J'ai une douzaine de mes mineurs les plus costauds qui gardent le bas des escaliers, impatients de casser du Smaugh, grogna le mineur. Mon pic de guerre s'impatiente de les rejoindre…

— J'imagine, répondit l'Héritière. Néanmoins, je préférerais que vous restiez ici, pour protéger les derniers réfugiés, dans le cas où nos ennemis parviendraient à ce niveau.

— Pas de problème, cap', les amis d'Hazeline sont mes amis. Je ferai comme vous voulez. Pour rejoindre le grand pic, il y a un escalier taillé dans la pierre, plus loin derrière. Faites gaffe, c'est du genre casse-gueule. Surtout la nuit.

— Merci, Rag, je ferai attention.

L'explosion du mur retentit à cet instant même. Estrée et Ragnar approchèrent du bord du plateau pour constater que la barricade de la porte venait d'être vaporisée.

— Vous feriez mieux de vous grouiller, cap', dit-il en saisissant son piolet.

L'Héritière du Chaos fila aussi vite qu'elle le put dans la direction indiquée par Ragnar.

*

Les Smaughs s'engouffraient, toujours plus nombreux, par la brèche que Raïsh'Aàn leur avait offerte. Pour le moment, à peine quelques centaines d'entre eux avaient franchi le canyon. Impossible pour deux mille guerriers de s'y faufiler tous en même temps. Oghuk-Tak avait donc choisi les guerriers les moins glorieux, les sans-clan, afin de submerger les défenses adverses tout en s'offrant le plaisir du combat.

Le seigneur de guerre laissa Raïsh'Aàn sur son pic rocheux, et fit son entrée théâtrale à bord de son char de guerre. Ses hordes se jetaient sur les soldats, les repoussant vers le lac, et les entrepôts bâtis sur ses berges. À sa droite, s'élevaient les escaliers en direction de la mine, chargés de civils apeurés. À sa gauche, le fortin, que les sans-clan prenaient d'assaut. Y restaient les derniers soldats qui s'y étaient barricadés. Peine perdue. Les haches smaughs tranchèrent aussi bien le bois que la chair. Face au seigneur de guerre, les combats faisaient rage. Plus loin, sur les berges du lac, un campement de fortune, peuplé de Sang-chauds. Plusieurs de ses guerriers se précipitaient déjà sur eux, avides de massacre. Face au seigneur de guerre, toute une troupe de créatures au corps de cheval et au torse d'humain. Son visage afficha un rictus lorsqu'il vit les centaures. Avec un rugissement tout droit sorti des enfers, Oghul-Tak lança son char de guerre droit sur les hommes-chevaux.

Les yeux de K'Lishaa s'arrondirent de terreur lorsqu'elle vit l'affreux char de guerre foncer sur les siens. Les longues lames d'acier dépassant de tous les côtés de l'engin fauchèrent les jambes des centaures dans un concert de cris de douleur. Les sabots fendus des deux créatures tirant le char, ainsi que les énormes roues, finissaient le travail en disloquant les corps des centaures tombés. Quelques-uns évitèrent le véhicule mortel, en galopant en parallèle.

Les guerriers centaures ripostèrent. Hélas, leurs flèches rebondirent sur la carapace intégrale du seigneur de guerre.

Oghul-Tak riait lorsque son char roulait sur le tronc d'un homme-cheval. Il exultait, lorsque ses lames tranchaient les membres et éventraient les flancs. Derrière le char de guerre, les Smaughs s'infiltrèrent dans la percée ainsi réalisée.

K'Lishaa galopa dans les premières eaux du lac pour échapper aux faux insatiables. Oghul-Tak fit changer brutalement sa trajectoire, le char dérapa sur la berge, et une lame acérée vint faucher la centaure sur le train arrière. La femme-jument chuta lourdement dans l'eau, la jambe arrière droite ouverte jusqu'à l'os. Tak stoppa son char, et sauta lourdement, s'enfonçant dans les trente centimètres d'eau où baignait K'Lishaa. Il s'approcha d'elle, frappant ses poings l'un contre l'autre avec un *clang* métallique sinistre.

— Je n'ai jamais eu l'occasion de baiser une créature comme toi… gronda Oghul.

La centaure, paralysée de l'arrière, se redressa sur ses jambes avant à la force de sa volonté. Son arc s'était brisé dans sa chute. Elle dégaina un long cimeterre depuis son flanc droit, qu'elle pointa sur le Smaugh.

— Mais je pense que je vais plutôt festoyer de ta chair… sourit le seigneur de guerre.

Avec une grimace de dégoût, K'Lishaa arma son cimeterre et frappa. Oghul-Tak leva son avant-bras gauche. La lame rebondit sur l'acier de son armure de plaques.

— Pitoyable… cracha-t-il.

Le crâne de K'Lishaa éclata sous l'énorme poing dentelé.

Satisfait, Oghul-Tak leva le nez pour mieux voir à travers les minces fentes de son casque. Et pointa un doigt sur la mine. Un tonnerre de cris dissonants lui répondit, et une partie de sa meute de guerriers se lança dans cette direction.

— Neuf-Clous ! beugla-t-il.

Jamais bien loin de son maître, le guerrier aux neuf clous approcha rapidement.

— Oui, mon seigneur ?

— Emmène mon char et mets-le à l'abri. Je vais faire un peu d'escalade...

— À vos ordres, mon seigneur.

Neuf-Clous courut jusqu'au véhicule de guerre, saisit les rênes, et fit s'éloigner l'attelage. Oghul-Tak partit à son tour en direction de la mine.

CHAPITRE 81

Avec l'agilité d'un fauve, Felkeyn gravit la pente abrupte qui le séparait de l'archère kàwanakhee. Cheenoa ne l'attendit pas les bras croisés. Ses flèches à plumes de hibou fauchèrent une dizaine de Smaughs supplémentaires pour couvrir Radjak et ses hommes. Sous la clarté des lunes jumelles, son visage à moitié noirci de peintures de guerre donnait à son regard une intensité farouche. Elle avait coupé ses cheveux aile-de-corbeau très courts, pour ne pas être gênée. Un carquois bien entamé pendait à sa ceinture, un autre, bien rempli, était accroché entre ses épaules. Les autres chasseurs kàwanakhees étaient restés avec le bataillon de Rodan, pour protéger les mines. Cheenoa avait préféré la traque solitaire. Elle accueillit Felkeyn avec un regard froid, ou seul brillait le désir de vengeance. Tuer le plus de Smaughs possible, était le seul désir qui animait encore la chasseresse.

— Joli tir… complimenta l'Ombre.

Cheenoa ne répondit pas.

— Dis-moi, l'archère tout droit sortie de l'Ailleurs, as-tu encore quelques-unes de ces flèches spéciales ? Estrée m'a parlé de leur efficacité, et de ton talent.

Un mince sourire apparut sur les lèvres de Cheenoa. Des yeux, elle désigna, dans son carquois de hanche, trois flèches aux plumes teintées de rouge.

— Parfait ! dit joyeusement Felkeyn. Trouer la peau d'un sorcier smaugh, ça te tente ?

Un peu que cela tentait Cheenoa. L'Ombre passa devant, son regard capable de déjouer les ténèbres nocturnes pour emprunter un sentier de chèvres. Il ouvrit le chemin sur l'escarpement des falaises qui menait au-delà du mur est, jusque dans les hauteurs du canyon. Le nid d'aigle repéré plus tôt.

Toujours perché sur son piton rocheux, Raïsh'Aàn contemplait l'avancée des guerriers. Il gardait précieusement ses réserves de mana en cas de besoin, sans pour autant se priver du spectacle. Il avait pris la précaution de dresser un bouclier protecteur, juste au cas où. Cette intuition lui sauva la vie. Raïsh'Aàn aperçut l'éclat rougeoyant de la flèche magique juste avant d'entendre son sifflement dans les airs. Il y eut un bref crépitement ourlé de mauve, lorsque le projectile fut dévié par son écran défensif.

Au lieu de se ficher dans la poitrine du sorcier, la flèche se planta dans la paroi rocheuse du canyon. Raïsh'Aàn émit un rire cruel. La gemmelite enchâssée dans la pointe de la flèche explosa, faisant jaillir des éclats de pierre tranchants. Le souffle et les projections de roche balayèrent le sorcier de son pic rocheux comme la flamme d'une bougie.

Raïsh'Aàn fut projeté violemment, et atterrit dix mètres plus bas, au milieu des guerriers smaughs entassés dans le canyon. Son bouclier protecteur encaissa la majorité du souffle et de l'impact avant d'éclater comme une bulle de savon noir. Les guerriers reculèrent, formant un cercle autour du sorcier, n'osant pas approcher. Raïsh'Aàn se releva lentement, douloureusement, mais vivant. La colère tordait son visage, et ses yeux pulsaient d'une énergie malsaine lorsqu'il repéra l'origine du tir.

— *Mortonnerre !* s'écria Felkeyn. Manqué ! Ce bâtard est protégé par un bouclier magique...

Cheenoa siffla de frustration entre ses dents.

Le sorcier s'apprêta à répliquer. Entre ses mains, naquirent des serpents de mana noirs crépitants. Raïsh'Aàn dirigea ses doigts crochus vers le nid d'aigle.

— Faut pas rester là... lâcha Felkeyn.

L'Ombre saisit Cheenoa par la taille et bondit au moment où la foudre noire frappait la roche. Une puissante déflagration vaporisa la pierre. Les réflexes de Felkeyn leur sauvèrent la peau. Serrant l'archère contre lui, il tomba le long de la paroi, prit appui du pied sur une roche saillante pour sauter sur un piton de pierre plate, avisa une pente plus douce et s'y laissa glisser jusqu'au sol. Il déposa Cheenoa en douceur, encore désorientée par l'agilité surhumaine du guerrier d'élite.

Le cercle de Smaughs se referma sur eux.

*

Radjak et les mercenaires sous ses ordres opposèrent une résistance farouche, jusqu'à être acculés au pied des premiers escaliers montant vers la mine. Des civils s'y bousculaient toujours.

— Tenez bon, les gars ! hurla Radjak. Montrez à ces sacs à foutre comment se battent les Mille Lames !

Glaive en main droite, hache de guerre en main gauche, Radjak frappait, encore et encore. Il fendit le crâne d'un

Smaugh d'une large taille descendante de son épée à lame large. Sa hache se fora un passage dans la poitrine d'un autre, et y resta coincée. Radjak tira sur le manche de son arme pour l'extraire, un Smaugh vicieux profita de cette distraction pour tromper sa garde. Une lame courbe et dentelée mordit l'épaule gauche du mercenaire. Radjak étouffa un cri de douleur, agrippa le Smaugh par son pourpoint de cuir, et lui fracassa le nez d'un terrible coup de tête. Et un autre. Un autre encore, qui transforma le visage de l'envahisseur en une pulpe sanglante. Le soldat abandonna sa hache, prenant son glaive à deux mains, et chargea à nouveau. Deux mercenaires prirent position à ses côtés pour le couvrir.

— On ne tiendra pas, lieutenant ! cria le premier. Ils sont trop nombreux !

— Il y a encore des civils exposés, répliqua Radjak. Il faut tenir !

Une lance d'acier noir transperça le visage du mercenaire qui s'était adressé à Radjak. Avec un grognement rageur, le vétéran leva son arme, et trancha le bras du Smaugh à la lance. Un autre jaillit en sautant par-dessus le sans-clan mutilé, et abattit sa hache de Lochabre. Par réflexe, Radjak leva le bras gauche pour se protéger. Il n'avait pas de bouclier... L'arme se ficha dans son avant-bras, mordant la chair pour se planter dans l'os. Radjak posa un genou au sol alors que le Smaugh appuyait sur son arme pour scier le bras du mercenaire.

Une masse de muscles trapue et barbue percuta le Smaugh de plein fouet, le jetant au sol. Une pioche effilée lui transperça le crâne, à l'endroit précis de son unique clou. Le Smaugh mourut sur le coup, le cerveau perforé. Le nain qui venait de l'abattre cala son pied sur le crâne de sa victime pour en arracher son arme, une partie du crâne et une partie de la cervelle par la même occasion. Le mineur n'était pas venu seul. Une douzaine de nains enragés vint renforcer le bataillon de Radjak.

— Un coup de main ? s'écria joyeusement le mineur.

— Pas de refus… répondit Radjak, mâchoires serrées.

La blessure du vétéran était grave, le sang s'écoulait autour de la hache toujours plantée dans son bras. Radjak déboucla sa ceinture pour la serrer autour de son biceps, et fit signe au mineur. Le nain arracha la hache d'un geste sûr. Le sang gicla, Radjak déchira un pan de sa tunique pour en faire un bandage de fortune, qui s'imbiba immédiatement de rouge. Le pansement fut serré de façon à maintenir le bras contre son torse. Le visage livide, Radjak ramassa son glaive et se redressa.

Une nouvelle vague de Smaughs arrivait.

*

Ragnar n'avait pas menti, les marches étaient étroites et glissantes, et s'élevaient en spirale autour du haut pic. À la moindre bourrasque, Estrée risquait d'être emportée. Heureusement pour la fille d'Eodh, il n'y avait pas le plus petit souffle de vent. Elle continua donc de grimper, inlassablement. L'escalier n'avait pas été entretenu depuis des siècles. L'érosion l'avait rendu friable et dangereux. L'ascension fut lente, beaucoup trop lente, au goût de l'Héritière. Depuis le sol, l'écho des combats lui parvenait en chaos dissonant.

À mi-hauteur, Estrée se ménagea une courte pause, et observa la situation dans les Creux. À la lueur des torches et des flambeaux, elle discernait les hordes smaughs fondre sur le fort, le camp des réfugiés, les entrepôts de la mine, telle une armée de sauterelles dévastant tout sur son passage. Voilà bien ce qu'étaient les Smaughs. Rien de plus que des parasites ne vivant que pour détruire.

Le char d'Oghul-Tak apparut dans la mêlée. Estrée assista au spectacle funeste du massacre des centaures. Elle entendit presque le poing du seigneur de guerre briser le crâne de K'Lishaa. Le beau visage de la fille d'Eodh se barra d'un pli de haine. Elle imprima le souvenir du Smaugh en armure dans son esprit, se promettant de venger les hommes-chevaux. *Vous le paierez cher, engeance des enfers !*

Après une heure et demie d'ascension prudente, la dernière marche, enfin. Estrée passa une étroite alcôve, et découvrit un large tas de bûches, aussi haut qu'elle, abrité dans une cavité creusée dans la pierre du pic rocheux. La voûte était taillée en arches, ouvertes sur un ciel d'encre. Pendu à l'intersection des arches, un récipient en verre, rempli d'un liquide à la texture épaisse.

Ce truc est là depuis des siècles... pensa Estrée. *J'espère que ça va brûler. Une seule façon de le savoir.* D'une pensée, la fille d'Eodh invoqua une *Lame de Volonté*. D'un large revers circulaire, l'arme de mana fendit le réceptacle en deux. Le liquide huileux se déversa sur le tas de bois, et dès son contact, prit feu. Par réflexe, Estrée se protégea le visage, s'attendant à une énorme flambée. Quelle fut sa déception lorsque les flammes furent aussitôt étouffées, et moururent.

— Le feu ne prend pas... dit-elle, dépitée. Quelle idiote je fais ! Estrée, ma fille, tu n'aurais pas pu penser à emporter une outre d'huile et un briquet d'amadou ? Non, bien sûr. C'est un système alchimique, fait pour durer... Tu m'en diras tant, l'Ombre.

Estrée fut interrompu dans sa diatribe solitaire par une soudaine quinte de toux. Depuis le tas de bois, une épaisse fumée commençait à se dégager. Une fumée noire, lourde, qui s'éleva rapidement en larges volutes vers le ciel, mais emplit aussi toute l'alcôve. Une lueur de braise s'intensifiait au cœur de l'amas de bois. *C'est au moins ça… Si la fumée tient jusqu'au matin, avec un peu de chance, quelqu'un la verra.*

Peu convaincue, Estrée entama sa descente avant de finir asphyxiée. Il lui fallait au moins une heure pour redescendre ce traître escalier. Le soleil se levait, illuminant l'est de sa clarté dorée.

*

— Ils nous débordent ! On se replie aux escaliers, vite ! hurla Radjak.

Le dernier mineur nain était tombé, les mains serrées sur la gorge d'un Smaugh. D'autres sans-clan se ruèrent sur lui comme des chiens à la curée, pour profaner son cadavre à grands coups de lames. La trentaine de survivants de la compagnie de Radjak se retrouva acculée au pied des escaliers de bois montant vers la mine. Dix d'entre eux se sacrifièrent pour permettre aux autres de monter jusqu'au premier palier, une large plate-forme de bois épais. Chaque petite seconde payée par le sang offrait aux civils plus de temps pour atteindre l'entrée du site.

Cette fragile position stratégique permit aux Mille Lames de contenir les envahisseurs. Mais les Smaughs ne se contentaient pas de monter de simples escaliers.

Ils grimpaient aux poutres et aux madriers du monte-charge comme des araignées.

Radjak fut rapidement contraint de leur abandonner le premier niveau. Le vétéran se sentait faiblir à chaque instant, son sang avait totalement imbibé son pansement de fortune, et gouttait sur le sol. Sa vue commençait à se troubler, et la main tenant son glaive faiblissait.

Le second niveau était un large plateau qui dépassait de la paroi abrupte pour dominer le lac. Toute la partie droite était encombrée de rails et de wagonnets, pour atteindre un nouvel escalier. L'endroit offrait un espace bien trop large pour être défendu, aussi les Mille Lames se précipitèrent vers l'escalier. Il restait encore une plate-forme avant le dernier niveau, celui de la mine. Hélas, des groupes de réfugiés y étaient toujours bloqués. Quelques-uns, saisis par la peur et la panique, avaient préféré se cacher entre les wagons d'acier.

— Évacuez-moi ces civils ! cria Radjak.

Une meute de Smaughs apparut sur le plateau rocheux. Grimaçants de folie meurtrière, avides de sang et de violence. Les Mille Lames se positionnèrent en ligne défensive pour protéger les civils qui se ruaient sur l'escalier. Une femme lança un cri de panique, aucun n'y prêta la moindre attention. Un vieillard fut bousculé et chuta, traversant le toit d'un entrepôt, neuf mètres plus bas. Les Smaughs poussèrent un cri de hyène, juste avant de lancer l'assaut.

Une boule de feu explosa alors en plein milieu de la meute. Des corps de Smaughs carbonisés furent projetés dans le lac. Une affreuse odeur de chair brûlée se répandit dans l'air.

Sur les bords du plateau, au niveau de la mine, Olympe libéra sa magie. L'*Orbe-Feu*, son sort le plus puissant, venait de faire son œuvre. Elle enchaîna en libérant une volée de *Flèches-Feu*, qui calcina trois sans-clan supplémentaires. Ces victimes rapidement remplacées permirent aux derniers civils de gravir les marches vers le niveau de la mine.

Les soldats sous les ordres de Radjak abandonnèrent les plates-formes intermédiaires pour se joindre au bataillon de Rodan. En unissant leurs forces, lames, flèches et sorts purent tenir les Smaughs à distance. La grande lame de Shahyne put enfin s'exprimer. Le métis décimait les guerriers sans-clan qui parvenaient à atteindre le haut plateau.

L'aube pointa ses lueurs à l'horizon, illuminant les centaines de Smaughs qui arrivaient par le canyon.

CHAPITRE 82

Trois flèches espacées d'une demi-seconde sifflèrent aux oreilles de Felkeyn. Trois Smaughs s'écroulèrent, poinçonnés par les tirs de l'archère kàwanakhee. L'Ombre dégaina ses lames jumelles, et se lança à l'assaut. Felkeyn feinta un assaut sur la droite, rompit son élan au bout de trois pas, et se jeta sur sa gauche.

Cheenoa comprit instinctivement la tactique de l'homme aux yeux d'acier. Elle abattit de ses flèches deux autres têtes-de-clous qui s'élancèrent à sa rencontre, et furent trompées par la ruse.

Un Smaugh leva sa hache et tenta de faucher l'Ombre d'une grande frappe horizontale. Felkeyn esquiva en basculant le buste en avant, glissa sous l'arme, et remonta son sabre pour éventrer le guerrier. Avant que les tripes de sa victime ne touchent le sol, Felkeyn partit en roulade avant, et d'un revers, trancha les deux chevilles d'un Smaugh bien trop lent. Dans le même mouvement, il pivota sur ses talons, se faufila entre deux autres envahisseurs, et ses deux lames frappèrent simultanément de part et d'autre. Deux frappes opposées, rapides et précises, qui décollèrent deux têtes-de-clous de leurs épaules.

Cheenoa épingla un Smaugh qui armait un javelot, visant Felkeyn entre les omoplates. La flèche lui perfora le cerveau, ressortant de l'autre côté de son crâne. Le guerrier s'écroula, offrant une opportunité rêvée à l'archère.

Une flèche déjà encochée, prête au tir, Cheenoa vit Raïsh'Aàn qui s'éloignait en titubant sous la clarté blafarde des lunes. Le souffle de la chasseresse ralentit, sa respiration s'arrêta, le temps de libérer la corde de son arc. La flèche vengeresse traversa la cuisse du sorcier. Raïsh'Aàn s'effondra sur le sol en hurlant de douleur. Si Cheenoa avait eu le temps de choisir sa flèche, le sorcier ne serait plus qu'un souvenir. Mais l'empennage de celle-ci n'était pas teint de rouge.

Deux frappes parallèles ouvrirent le torse d'un Smaugh en deux. Felkeyn propulsa le corps sanguinolent d'un grand coup de pied en piston. La tête-de-clous percuta deux autres guerriers qui roulèrent dans la poussière. Un fer de javelot l'effleura, zébrant sa joue d'une entaille. Felkeyn lâcha son sabre gauche, happa l'arme au vol, pivota sur lui-même avec la grâce d'une danseuse étoile, et retourna l'arme à l'envoyeur. Le Smaugh s'envola, la poitrine perforée, et fut cloué à la paroi rocheuse par la force de l'impact.

Devant la fureur d'un tel combattant, les autres Smaughs hésitèrent. Ces jeunes guerriers sans-clan n'avaient jamais affronté un Initié du niveau de Felkeyn. Le cercle des têtes-de-clous recula. Du canyon, plus encore arrivaient. Un millier de Smaughs avaient envahi les Creux, un millier de plus se massaient devant l'entrée du canyon. Les yeux d'acier s'étrécirent. Même un Exalté du Néant ne pouvait venir à bout d'autant d'adversaires. Du coin de l'œil, Felkeyn avisa l'un des nombreux pics de roche orangée, qui se dressaient un peu partout. Celui-ci était idéal.

— Cheenoa ! cria l'Ombre en pointant un sabre vers le pic.

L'archère venait d'armer une flèche à tête explosive pour achever le sorcier. Arc bandé, plume effleurant son œil droit, elle ne pouvait pas le rater. Elle tourna les yeux dans la direction indiquée par Felkeyn.

Venant de l'extérieur du canyon, une nouvelle horde de Smaughs arrivait.

En voyant le piton de pierre, Cheenoa comprit ce que voulait l'homme aux yeux d'acier. Elle pivota sur elle-même, et libéra la flèche magique. Un tir superbe, qui fila sur plus de cent vingt mètres, pour se ficher à la base de la colonne de roche. La tête de gemmelite volcanique explosa aussitôt dans un vacarme qui se répercuta dans tout le canyon.

Le résultat ne se fit pas attendre. Le haut pilier de pierre s'écrasa de toute sa longueur, en travers de la passe, emportant sous sa masse une quinzaine de têtes-de-clous. Bel exploit, insuffisant pour empêcher les Smaughs de passer, mais bien assez pour les ralentir.

Face à l'Ombre du Néant, il ne restait plus que vingt et un sans-clan désemparés. Le sort que leur réserverait Oghul-Tak serait pire que la mort s'ils fuyaient. Alors ils commirent leur dernière erreur : charger Felkeyn en hurlant. Qui les accueillit le sourire aux lèvres. Le sourire de Dame Mort.

L'archère revint sur sa cible principale. Le sorcier était la cause de tous les malheurs de son peuple. Responsable de la mort de ses frères et sœurs. Coupable d'avoir transformé son époux en abomination. Il allait payer. Cheenoa laissa Felkeyn se débrouiller de son côté, elle savait le guerrier d'élite bien assez compétent pour gérer les quelques têtes-de-clous restantes. Elle contourna le massacre en courant, pour trouver une vue dégagée sur Raïsh'Aàn. Le sorcier s'appuyait à la paroi du défilé, souffle court, une main appuyée sur sa jambe transpercée. Il faisait une cible facile... L'archère n'offrirait pas une mort rapide à son ennemi. Il devait souffrir ! Cheenoa saisit trois flèches dans son carquois, délaissant la dernière pointe magique. Avec un hululement sauvage, jaillissant du plus profond de son être, elle se précipita sur le sorcier en libérant ses traits vengeurs.

Au cri de l'archère, Raïsh'Aàn se retourna... avant d'éclater de rire. Il se redressa brusquement, sa longue dague à lame kriss en main. Grâce aux clous enchantés fichés dans son crâne, la douleur brûlant sa jambe fut transformée en énergie qui nourrit sa rage. Maître dans l'art du *Shivan-Gewarr*, Raïsh'Aàn trancha les flèches kàwanakhees en trois mouvements fluides. Sa lame dansait dans ses mains, dessinant des arabesques, passant de sa dextre à sa senestre.

Cheenoa se rendit compte de son erreur. Elle voulut saisir sa dernière flèche à plumes rouges.

Trop tard.

Le sorcier pointa sa main gauche, arquée en forme de griffe, droit sur l'archère. Les éclairs noirs nimbés d'un violet profond jaillirent, s'emparant du corps de Cheenoa qui tomba au sol, la douleur convulsant tous ses membres.

L'impact traîna la chasseresse jusqu'au pic effondré, les éclats de pierre écorchèrent la peau de ses bras et de ses jambes. Elle lâcha son arc, et ses carquois furent arrachés. La flèche aux plumes rouges roula dans la poussière.

Un grand coup de pied chassé cueillit un Smaugh en plein plexus, et l'envoya dans les bras d'un autre. Felkeyn tournoya, son sabre en prise inversée, et transperça les deux guerriers, les clouant l'un à l'autre. Les cris de douleur de Cheenoa l'avertirent. Felkeyn abandonna son sabre dans la panse des deux Smaughs. Pas de côté, esquive du corps, l'Ombre frappa du coude le sans-clan qui s'interposait devant lui, juste à la base de la nuque. Un *crac* sinistre retentit, le Smaugh s'effondra, raide mort. Une autre tête-de-clous leva son immense hache de Lochabre. Felkeyn lança son second sabre, cueillant le guerrier dans le bas-ventre. Le Smaugh se plia en deux sous la douleur. L'Ombre effectua une roulade sur le dos de son adversaire. En touchant le sol, il détendit le bras droit en direction du sorcier. Un mouvement rapide, flou à l'œil nu, suivi d'un vif éclat métallique.

Les sens de Raïsh'Aàn, exacerbés par ses rangées de clous, l'alertèrent du danger. Le sorcier se tourna pour voir le mouvement de lancer de Felkeyn. Une simple dague de jet ne pouvait pas passer la défense du *Shivan-Gewarr* ! Avec un ample mouvement de parade circulaire, Raïsh'Aàn dévia aisément la lame qui visait sa tête, envoyant le projectile se perdre dans le canyon. Il ne vit pas la seconde lame de jet, lancée sur l'exacte trajectoire derrière la première, à un centimètre d'écart. Le métal bleuté s'enfonça dans l'œil gauche du sorcier.

Libérée des éclairs de douleur, Cheenoa reprit ses esprits. Ses flèches étaient étalées autour d'elle, et son arc gisait sur le sol. Dans son dos, les cris de rage et le raclement de la roche. Les Smaughs escaladaient l'éboulis, et seraient bientôt sur elle. Plus loin, face à elle, le sorcier gémissait de douleur et de rage, la main sur le manche d'une dague de jet qui dépassait de son orbite. Cheenoa n'hésita pas. Ignorant les ondes de souffrance qui inondaient encore ses muscles, elle bondit et roula au sol pour s'emparer de son arc. De l'autre main, elle saisit la première flèche qui s'offrit à elle, l'encocha, banda la corde et tira dans le même mouvement.

Cette première flèche perça le ventre de Raïsh'Aàn, qui hurla de plus belle. Cheenoa ramassa une deuxième flèche. Qui se ficha dans l'épaule du sorcier. Une troisième perfora son foie. Une quatrième l'aveugla définitivement en se fichant dans son œil droit. Une cinquième traversa sa gorge. Une sixième arracha ses testicules. Enfin, la main de l'archère trouva la flèche aux plumes rouges.

Les Smaughs franchirent les rochers pour s'abattre sur elle.

Le corps sans vie de Raïsh'Aàn, percé de flèches, oscilla lentement, et chuta enfin. Les derniers guerriers smaughs qui affrontaient Felkeyn n'en supportèrent pas davantage. Ils quittèrent les lieux au pas de course, délaissant l'invincible guerrier et la furieuse archère, pour aller se joindre à l'assaut des Creux.

L'Ombre se tourna vers Cheenoa, et se figea. Il était trop loin. Il était trop tard. Une meute de têtes-de-clous se referma sur elle.

Alors que l'aube se levait et qu'un disque de feu envahissait le canyon, l'archère croisa le regard de Felkeyn, et lui sourit, le visage serein. Elle avait vengé son peuple. Dès que le premier Smaugh fut sur elle, Cheenoa frappa la flèche rouge sur une roche.

La gemmelite explosa, emportant l'archère dans les flammes en même temps que ses agresseurs.

CHAPITRE 83

À la fin de la première heure du jour, le dernier civil pénétra dans les tunnels. Les derniers défenseurs formaient un périmètre de sécurité autour de la mine. Il n'en restait guère plus d'une quarantaine.

Olympe, à court de mana, s'était à son tour repliée dans la mine. Shahyne avait lui aussi dû rompre le combat, après avoir reçu un coup vicieux à la cuisse. Ayant épuisé son fluide magique, Laureline était incapable de prodiguer des soins, autres que pansements et bandages. Afin d'aider les derniers blessés, la guérisseuse s'était placée à l'entrée de la caverne. Ne voulant abandonner son épouse pour rien au monde, Miramas restait avec elle. Le gros conseiller avait même ramassé une arme. Il tenait une épée fêlée avec maladresse, mais détermination.

Le coup de grâce fut l'épuisement. Les Mille Lames avaient longuement combattu à Coruscante. Ensuite, ils avaient marché des jours durant, soumis à la faim et la soif. Depuis leur arrivée aux Creux, ils n'avaient pratiquement pas dormi. Cette nuit de combats fut de trop. Les Smaughs enfoncèrent leurs rangs, isolant les défenseurs les uns des autres.

De son côté, Rodan tenait le coup. Ragnar et ses nains s'étaient rangés sous la bannière du Paladin. Ils repoussèrent les Smaughs jusqu'au bord du plateau, reprenant chaque centimètre carré de terrain à grands coups d'épées et de pioches.

Trop de sang perdu, Radjak s'écroula. Ses jambes se dérobèrent, et il tomba sur les genoux. Trois mercenaires accoururent pour l'aider. Les deux premiers firent rempart face à leurs ennemis, pendant que le troisième tirait le lieutenant en arrière.

Depuis l'entrée de la mine, Laureline vit Radjak tomber. Il lui fallait de l'aide, et tout de suite ! Bien que terrifiée, elle ne put s'empêcher de sortir de son abri pour courir vers le vétéran blessé.

— NON ! Laureline, NON ! s'égosilla Dante.

Mais la prêtresse n'écouta pas. En plein cœur du combat, elle s'agenouilla près du lieutenant Radjak. Le vieux soldat ne respirait déjà plus. Luttant contre la panique, Laureline lui pencha la tête en arrière, et lui releva le menton. Pesant de tout son poids sur la poitrine du vétéran, elle appuya de ses deux mains au niveau du cœur. *Respire ! Respire !* Laureline souffla de l'air dans les poumons de Radjak, s'écarta quelques secondes, recommença. *Allez, respire !* Concentrée sur sa tâche, elle n'eut pas conscience qu'un groupe de têtes-de-clous la regardait en armant leurs javelots.

Miramas avait bondi à la suite de Laureline, épée en main. Les bruits du combat résonnèrent à ses oreilles comme un concert de carillons désordonnés. Les cris et les râles de douleur, les chocs des armes se fracassant sur les boucliers, l'odeur du sang… Tout se brouilla dans sa tête, les sons devinrent troubles, il fut pris d'une terrible nausée. Pourtant, sa vision resta claire. Dante vit parfaitement trois Smaughs qui levaient leurs javelots vers... sa femme.

Un, deux, trois... respire... Un, deux, trois, allez, respire ! Radjak rouvrit les yeux en prenant une grande inspiration. Laureline lâcha un petit rire nerveux. *Il est vivant !* Toujours agenouillée sur le sol, la prêtresse sentit une présence par-dessus son épaule. Son époux était là, et la regardait tendrement, avec fierté.

— Laureline, ma douce... sourit Dante.

Tchak. Tchak. Tchak.

Trois fers de javelots traversèrent Miramas de part en part. Les pointes percèrent sa poitrine, éclaboussant de sang le doux visage de Laureline. *Non... NON !* voulut-elle crier. Aucun mot ne sortit de sa bouche. Ses larmes jaillirent comme un torrent de montagne, se mêlant au sang de son époux qui recouvrait ses joues.

*

Estrée posa le pied sur le plateau de la mine juste à temps pour assister à la mort du Haut-Conseiller. Elle sentit une terrible fureur la submerger, et lui laissa libre cours. Son regard s'alluma d'un feu d'améthyste, ses *Lames de Volonté* jaillirent de ses poignets. Les armes de mana, habituellement cristallines, flamboyaient d'un éclat pourpre intense. L'Héritière devenue Diablesse du Chaos se jeta sur les Smaughs.

Une lame de feu magique fendit le crâne du premier Smaugh qu'Estrée croisa. La fille d'Eodh virevolta au-dessus du corps du guerrier terrassé. Ses jambes s'envolèrent en ciseaux autour du cou d'un autre. Estrée tournoya autour du Smaugh afin de se donner de l'élan, et usa du mouvement pour le propulser sur deux autres têtes-de-clous. Le choc les envoya valser trois mètres plus loin. À chaque seconde, les mouvements de l'Héritière s'accéléraient. Sa colère alimentait son mana qui pulsait dans son corps au rythme de ses assauts. Le Nexus de la fille d'Eodh venait d'atteindre son paroxysme. La douleur, la fatigue, même le temps n'avaient plus de prise sur elle. À travers la frontière entre les Plans, l'énergie de la Pierre de Vie du Chaos s'écoulait à travers elle.

Trop rapidement pour que les Smaughs puissent réagir, Estrée frappa, toujours plus vite. Deux guerriers moururent, sectionnés à la hauteur des hanches par les lames de mana flamboyant. Un sans-clan téméraire lança un assaut effréné de son énorme masse hérissée de pointes. Estrée pulvérisa l'arme d'une diagonale haute, tournoya et trancha le visage du Smaugh de son autre lame. Une roulade suivie d'une frappe croisée, elle trancha les deux jambes d'une tête-de-clous, et lui fracassa la mâchoire d'un coup de genou avant qu'il n'ait le temps de toucher le sol. *Crève, crève, CRÈVE !* hurlait son esprit à chacune de ses victimes.

L'intervention de la fille d'Eodh galvanisa les derniers défenseurs. Mercenaires, indies, nains, lancèrent un cri de guerre à l'unisson, et se jetèrent dans la bataille dans le sillage de l'Héritière du Chaos.

L'épée lumineuse de Rodan apparut dans sa main, vibrante incarnation de sa foi. La lame trancha cuir, chair et os. Le corps du mercenaire se mit à briller, *l'Armure de foi* des Paladins recouvrit son corps. Les haches des Smaughs s'y brisèrent, et Rodan laissa éclater toute la force du châtiment divin.

Ragnar se joignit à la fête. Son pic de guerre runique perçait les têtes-de-clous comme des coquilles d'œufs. Le nain se battait en hurlant des chants de guerre de sa voix de baryton.

En quelques minutes, la meute smaugh fut réduite à une poignée de guerriers, à leur tour acculés contre le bord du haut plateau. Tout à leur combat, les défenseurs ne remarquèrent pas que les envahisseurs avaient cessé leur assaut sur la mine. Plus bas, au cœur comme à l'extérieur des Creux, les Smaughs tombaient sous les flèches et les lames d'un secours inattendu.

Estrée trancha la hampe du javelot de son dernier adversaire, avant de lui planter sa *Lame de Volonté* entre les deux yeux. D'un coup de pied, elle envoya son corps dans les profondeurs du lac. La furie guerrière se dissipa comme la fumée d'un cigare sous le vent. Le temps reprit son cours. La fille d'Eodh sentit son mana se tarir, ses armes magiques s'évanouir, mais le feu du combat brûlait toujours dans sa poitrine. Elle se cherchait un nouvel adversaire, lorsqu'elle entendit un enfant pleurer.

CHAPITRE 84

À force de pleurer, Moïra n'avait plus de larmes. À force de hurler, elle n'avait plus de voix. Elle aurait dix ans dans une semaine. L'enfant avait beau se pincer pour se réveiller, ce cauchemar restait bien réel. Les monstres existaient. Ils avaient la peau blafarde, et des clous plantés dans le crâne. Les monstres avaient tué son père. La fillette les avait vus, déchiquetant son visage avec leurs affreuses haches noires. Moïra, serrée dans les bras de sa mère qui fuyait avec les autres réfugiés, n'avait pas pu détacher ses yeux de la scène. Et de tout ce sang. Même lorsqu'ils montèrent les grands escaliers de bois, Moïra fixait le corps de son père, piétiné par les monstres qui les poursuivaient. Les soldats criaient fort, les gens se bousculaient. Sa mère avait trébuché sur les rails qui couraient sur le sol. Tout le monde s'agitait dans tous les sens, et les monstres sont arrivés. La fillette avait perdu sa mère de vue, emportée par la foule hystérique. Elle avait rampé entre les corps, dans tout ce sang, jusqu'à un ponton de bois servant à stocker les chariots de minerai à l'aide d'une grue. Et se cacha derrière un wagonnet. Il y eut des explosions, du feu, des hurlements. Puis ce calme soudain, encore plus terrifiant. Moïra s'était lentement redressée, dans l'espoir de voir sa mère apparaître pour la prendre dans ses bras réconfortants. Elle ne vit que deux monstres grimaçants se pencher sur elle. Moïra hurla de toutes ses dernières forces.

*

Estrée sauta dans le vide. Ses pieds touchèrent une épaisse poutre horizontale, qui soutenait la cage du monte-charge. La fille d'Eodh y prit appui pour rebondir, décrivit un saut périlleux arrière, et atteignit la plateforme du niveau inférieur. Estrée la traversa en trois bonds rapides, et sauta du bord pour atteindre le bras d'une grue servant à aligner les wagons de mine. Avisant la fillette menacée, elle n'hésita pas une seconde. Elle s'élança à nouveau dans les airs, droit vers les Smaughs. Durant son envol, sa main droite se referma sur la poignée de son épée-fouet. L'arme répondit immédiatement au toucher de l'Héritière. Les chevrons de Noir-Métal sifflèrent tel un serpent d'acier. En touchant le sol, Estrée accompagna l'impact d'une roulade avant, juste suffisante pour être à porter des deux têtes-de-clous qui menaçaient la fillette. La fille d'Eodh lança son arme dans une large diagonale. L'épée-fouet fendit le premier Smaugh au niveau des reins. Le second se retourna en grognant, la hache levée. Estrée fit tournoyer son arme et enroula les chevrons mortels autour de la gorge du sans-clan. Obéissant à un mouvement sec du poignet de sa nouvelle maîtresse, l'épée-fouet déchiqueta le cou du Smaugh jusqu'à faire apparaître l'os de son échine. Le guerrier tourna sur lui-même dans un mouvement de toupie avant de s'écraser sur les rails. Une simple pression suffit à Estrée pour que l'épée se raidisse, les chevrons venant s'encastrer les uns dans les autres pour reformer une lame crantée.

La fillette regarda Estrée comme une Déesse Oubliée. La fille d'Eodh enroula l'épée-fouet autour de son torse, et s'approcha de Moïra en chuchotant des paroles douces. L'enfant restait interdite, mais les mots d'Estrée parvinrent à la calmer quelque peu. Les lieux n'étaient pas sûrs, des Smaughs rôdaient encore dans les parages, impossible de se battre avec une enfant dans les bras. Estrée souleva Moïra avec délicatesse, et la déposa à l'intérieur d'un wagonnet vide, en lui disant d'une voix douce :

— Reste cachée là-dedans, petite. Je viens te chercher dès que possible, d'accord ?

La fillette opina, et se roula en boule dans le fond du chariot de mine. Estrée détacha sa cape pour recouvrir l'enfant, et lui caressa la joue pour la rassurer.

Toute son attention tournée vers Moïra, Estrée n'entendit pas approcher le guerrier smaugh. Le sans-clan s'était glissé dans son dos jusqu'à arriver à portée. Courbé vers l'avant, il fit plonger son sabre court, droit vers la cuisse de l'Héritière. Il ne fallait pas trop abîmer la marchandise…

Clang !

Le sabre du Smaugh, au lieu de percer la chair de la fille d'Eodh, rencontra un bouclier d'acier runique sorti de nulle part. Une botte le frappa en pleine poitrine, l'envoyant percuter un échafaudage en bois.

Alerté par le son métallique, Estrée se retourna, la main sur la garde de son arme. Un homme, grand, à la musculature souple, aux courts cheveux blancs, tournait le dos à la fille d'Eodh. Vêtu d'un gilet de combat et d'un pantalon de cuir bleu sombre, armé d'un bouclier rond et d'un sabre à lame bleu nuit, il faisait face à un guerrier smaugh. Enragé, le sans-clan se jeta sur lui, une hachette à la main.

— Attends un peu, le sang-chaud ! cracha la tête-de-clous.

L'homme le cueillit d'un nouveau coup de botte précis, le renvoyant une seconde fois contre l'échafaudage.

Le guerrier providentiel ne laissa pas le temps au sans-clan de reprendre ses esprits. Il combla l'écart entre eux d'un bond, et enchaîna coup de bouclier et diagonale de sabre. Le Smaugh s'effondra, cisaillé de l'épaule jusqu'à la hanche.

Ce guerrier, Estrée ne pouvait pas le quitter des yeux. Ce corps, souple et musclé. Ces mouvements, rapides et gracieux. Cette façon de bouger, de se battre. Le cœur de la fille d'Eodh se mit à battre à tout rompre dans sa poitrine.

Impossible…

Un grincement au-dessus de sa tête sortit l'Héritière de sa stupeur. Un Smaugh avait grimpé sur le bras de la grue, et avançait une hache à la main. Avant qu'Estrée ne puisse le prévenir, la tête-de-clous se laissa tomber sur le guerrier au bouclier, le percutant dans le dos. Surpris, l'homme lâcha son sabre qui s'envola trois mètres plus loin. Sous l'impact, il fut écrasé sur le sol, son bouclier coincé sous son corps. Le Smaugh leva sa hache pour achever sa proie.

Sûrement pas !

L'épée-fouet reprit vie dans la main de l'Héritière. Estrée libéra les chevrons, et pivota pour donner de l'élan à son arme. Le serpent métallique siffla dans les airs et trancha la jambe gauche du Smaugh à hauteur du genou. Le membre sectionné s'envola dans les airs, projetant une giclée de sang. D'une volte, Estrée imprima un nouvel élan à son arme. L'épée-fouet tournoya pour atteindre la gorge du sans-clan. La tête-de-clous décolla de ses épaules et roula jusqu'au bord de la plate-forme.

L'homme aux cheveux d'argent se releva, et prit le temps de ramasser son sabre. Estrée l'observa comme si elle vivait l'un de ses nombreux rêves. Son cœur s'était calmé, mais ses émotions se bousculaient. Elle serra la main sur la garde de son arme. Un simple revers des chevrons de Noir-Métal, et tout serait terminé. Il lui tournait le dos, se baissait pour saisir son sabre, il ne verrait même pas venir l'épée-fouet.

Et tout serait terminé.

Pour tuer le Hors-Destin, bien sûr. Voilà pourquoi le Jardinier l'avait sauvée, entraînée, préparée. Bien sûr, Estrée restait... Estrée. Allergique à toute autorité, refusant que d'autres prennent des décisions à sa place. Choisissant sa propre destinée. Une voie loin de son monde, loin de sa famille. Loin de *lui.* Elle était presque parvenue à l'oublier. L'écho de sa voix avait disparu. Le souvenir de ses baisers s'était évaporé. L'amour qu'elle avait pour lui...

Estrée ne trouva pas la fin de cette pensée. Son pouce effleura le phénix gravé dans la garde de l'épée-fouet. Les chevrons s'encastrèrent à nouveau. Mais lorsqu'il se retourna, l'Héritière du Chaos garda son épée en main.

C'était bien lui.

Son Ange.

Cellendhyll.

Ici.

Mais le moment n'était pas à la profusion de sentiments dus aux retrouvailles. Estrée contempla le pli amer qui s'afficha sur le visage fermé de Cellendhyll. L'Ange lui lança sèchement :

— Qu'est-ce que tu fais là ?

Voilà bien une réplique inspirée... pensa Estrée. Mais elle n'avait pas le temps de lui faire un roman. Il restait des Smaughs dans les parages, sans compter Oghul-Tak.

D'abord, mettre l'enfant en sûreté. La fille d'Eodh répliqua tout aussi sèchement :

— Ça se voit, non ? Je tue des Smaughs. Mais ce n'est pas le moment d'avoir une conversation. D'autres peuvent arriver à tout moment. Je dois mettre cette fillette à l'abri.

L'Héritière voulut récupérer Moïra. Un choc lourd fit vibrer les lattes du ponton de bois. L'énorme masse d'Oghul-Tak, recouvert de métal de la tête aux pieds, venait de bondir depuis l'étage supérieur pour atterrir sur la plate-forme. Un saut inhumain, que le colosse smaugh encaissa sans broncher. Seuls ses petits yeux luisant de cruauté étaient visibles à travers les fentes de son casque. Le seigneur de guerre leva ses gantelets hérissés de pointes et couverts de sang, et fit quelques pas, le bois grinçant sous ses pieds, pour couper toute retraite à ses proies. Ignorant la fille d'Eodh, il s'adressa directement à Cellendhyll :

— J'étais en train de massacrer les sang-chauds, là-haut, et je t'ai reconnu à ta chevelure, l'Adhan. C'est toi, hein ?

Massacrer les Sang-chauds ? paniqua Estrée. Les seuls qui pouvaient correspondre à cette description étaient Rodan et les autres...

Le seigneur de guerre ne laissa pas à Estrée le loisir de s'inquiéter davantage. Il poursuivit, d'une voix résonnante de méchanceté à travers son casque :

— Oh, oh ! par le sang et la souffrance, c'est que Maître Destin me favorise, aujourd'hui ! poursuivit le gigantesque guerrier. Je vais arracher ta tête, l'Adhan, ensuite, je l'offrirai en trophée à ma reine !

Ce n'était pas le moment de se faire un sang d'encre. Estrée rangea son inquiétude dans un coin de son esprit. Elle se campa à côté de Cellendhyll, et lança avec ironie :

— Celui-là te connaît, à ce que je vois, Cellendhyll... Je vous laisse en tête à tête, si tu veux.

Oghul n'aimait pas être interrompu.

— Et toi, je sais pas qui tu es, ma salope, éructa le Smaugh, mais je vais t'enfoncer mon gantelet dans l'anus pour t'assouplir un peu les sphincters. Ensuite, je passerai aux choses sérieuses avec toi.

— Tu disais, Estrée ? commenta l'Adhan avec une pointe d'ironie.

Tu fais dans l'humour, maintenant ? Des choses ont changé depuis que j'ai quitté ta vie…

L'Héritière observa Oghul-Tak avec dégoût. Elle repensa aux centaures massacrés. Aux civils innocents de Coruscante exterminés. À ses amis, devant la mine, qui gisaient peut-être dans leur sang, eux aussi… La fille d'Eodh durcit la voix en s'adressant à Cellendhyll :

— Ce monstre a massacré des dizaines de personnes, a tué plusieurs de mes amis… Il doit payer ! Que dirais-tu de lui enseigner un peu la politesse à notre façon ?

— Tu m'ôtes les mots de la bouche, acquiesça l'Adhan, qui ne quittait pas le gigantesque seigneur de guerre des yeux.

Estrée bascula son arme en prise inversée, et croisa les avant-bras. Impossible pour elle d'en appeler à ses *Lames de Volonté*, elle n'avait plus assez d'énergie pour cela. De plus, elle préférait ne pas faire la démonstration de ses pouvoirs à Cellendhyll. Un atout dans sa manche pourrait s'avérer utile, plus tard. Un problème à la fois. D'abord, Oghul-Tak.

— Tu sais quoi ? reprit l'Ange. On va lui faire l'attaque croisée que je t'ai apprise sur le Plan des Sang-Pitié… tu t'en souviens ?

Les souvenirs de ces instants étaient gravés dans la mémoire de la fille d'Eodh. Certains au fer rouge.

— Comme si c'était hier, répondit Estrée en se forçant à sourire. Mes débuts de guerrière.

— Parfait. Je pars à gauche, j'attaque en premier. Tu enchaînes en inversant. Prends du large après l'avoir frappé, je vais avoir besoin de place.

— Je hais ces Smaughs ! cracha Estrée. Alors du moment qu'il crève, on fait comme tu veux !

Une étrange complicité venait de renaître entre l'Ange et l'Héritière. Estrée se sentit vibrer, comme au temps de leur amour naissant. Unis par la violence, à nouveau... Cellendhyll s'élança vers la gauche. Un pas en arrière, Estrée fila sur la droite. Tous deux couraient d'un même pas rapide, parfaitement coordonnés.

Oghul-Tak serra les poings, suivant les mouvements de ses proies. Mais était-ce là vraiment des proies ? D'habitude, ses ennemis fuyaient devant lui. Les fous qui se risquaient à l'assaillir le faisaient par désespoir, hésitants, tremblants de peur. Alors, il les broyait entre ses mains puissantes. Le Smaugh ne pouvait pas imaginer que ces deux sang-chauds, face à lui, ne ressentaient aucune crainte. Ni à quel couple il avait affaire. L'Ange et l'Héritière. Unis pour vaincre un adversaire commun. S'il avait été capable d'éprouver un tel sentiment, Oghul-Tak eût été bien inspiré d'avoir peur.

Un casque intégral était, pour le Smaugh, une excellente protection contre les flèches ou les lames ennemies. Cependant, les deux fentes étroites limitaient bien trop son champ de vision, surtout face à ses adversaires du moment. Qu'importe ! Il les briserait, comme il l'avait toujours fait !

Oghul-Tak se prépara à frapper, mais une fois arrivés à sa portée, Cellendhyll et Estrée rompirent leur course, et se croisèrent devant lui en inversant leurs places. Déstabilisé par la feinte, le seigneur de guerre réagit par réflexe.

Il lança un grand revers de gantelet vers la tête de l'Ange, et un autre vers la poitrine de l'Héritière.

Sur la gauche, Cellendhyll esquiva aisément l'assaut prévisible du Smaugh. Du coin de l'œil, il s'assura qu'Estrée soit bien calée sur son rythme pour agir.

Sur la droite, la fille d'Eodh arriva avec un timing parfait. Estrée esquiva le gantelet d'une volte acrobatique, posa sa main sur le bras du Smaugh pour y prendre appui, et s'éleva dans les airs, arquée en arrière.

La chorégraphie martiale était parfaite. Dès qu'Estrée quitta le sol, Cellendhyll fit la démonstration des nouveaux pouvoirs de sa Belle de Mort. Son sabre n'était autre que sa dague fétiche, capable de se métamorphoser au gré de sa volonté. Cette fois, il lui fit prendre la forme d'un marteau de guerre aux reflets bleutés, une étincelle irisée remontant tout le long du manche. Cellendhyll se redressa, et frappa ! Le puissant marteau s'écrasa contre l'armure d'Oghul-Tak, juste au niveau des jointures de son genou gauche. Le métal de son armure se froissa sous le choc, sauvant son genou, mais paralysant sa jambe. Le colosse smaugh s'en trouva complètement déséquilibré. Une parfaite ouverture pour Estrée.

En pleine acrobatie, Estrée imprima à son corps un mouvement de rotation, empoigna sa lame des deux mains pour lui donner plus de force, et asséner un coup précis. L'épée-fouet, sous sa forme de lame crantée, trancha à la fois l'armure, la chair, et l'os du bras d'Oghul-Tak. Le membre sectionné alla rouler sur le ponton de bois.

Le Smaugh n'eut pas le temps de hurler que Cellendhyll enchaîna son deuxième assaut. Juste au moment où Estrée retombait sur ses appuis et partait en roulade arrière, l'Adhan attaqua d'une diagonale ascendante, frappant des deux mains directement sur le casque d'Oghul-Tak, qui résonna comme une cloche martelée par un géant. La Belle de Mort devenue marteau déchira le métal, enfonçant les bords d'un casque déchiqueté dans le visage du colosse. Cette fois, Oghul-Tak hurla.

Sourcils froncés par l'effort de concentration, la fille d'Eodh prit trois pas d'élan et se jeta sur le seigneur de guerre. Corps tendu, jambes en avant, elle décolla du sol pour porter un coup magistral des deux pieds, en pleine poitrine du monstrueux Smaugh. Moins puissant que les coups de marteau assénés par Cellendhyll, le but de l'Héritière n'était pas d'enfoncer l'armure. Parfois, les assauts les moins directs étaient les plus efficaces. C'est ce que Felkeyn lui avait appris. Ses leçons avec l'Ombre du Néant avaient porté leurs fruits. Chaque mouvement durant cet assaut, Estrée l'exécuta à la perfection.

Le visage inondé de son sang, le bras mutilé, la jambe paralysée, Oghul-Tak partit en arrière, complètement déséquilibré par l'impact des jambes d'Estrée. Il battit des bras, grands gestes ridicules, son avant-bras tranché projetant de longues giclées de sang, juste avant de basculer en arrière. Oghul-Tak brisa la barrière de protection en bois, et tomba de la plate-forme, sombrant dans les profondeurs du lac. Quelques bulles crevèrent la surface des eaux. Emporté par son poids, le colosse fut immédiatement englouti.

Un agile saut carpé remit Estrée sur ses pieds.

— Ça, c'est de la part des Mille Lames ! s'exclama-t-elle avec mépris.

D'un coup de botte, elle envoya la main tranchée rejoindre son propriétaire au fond du lac. Estrée ressentit, malgré elle, une joie féroce d'avoir triomphé de ce monstre.

— Au moins, ses victimes sont vengées… Cette pourriture a commis tellement d'horreurs, à Coruscante ! Qu'il pourrisse au fond de l'eau !

L'améthyste rencontra le jade. Le visage d'Estrée se ferma lorsqu'elle posa les yeux sur Cellendhyll. Le moment tant redouté était venu. Estrée brûlait d'envie de courir au niveau de la mine, pour s'assurer que ses compagnons allaient bien.

Elle devait d'abord se confronter à Cellendhyll.

— Alors, qu'est-ce que tu fais ici ? relança froidement l'Adhan.

La complicité du combat avait disparu. Le poids du passé retomba sur eux comme une chape glaciale.

— J'essaye de sauver ces gens là-haut, figure-toi, répondit Estrée en pointant le doigt vers la mine. Je les ai aidés à échapper au massacre de Coruscante. La Cité-Franche a été assaillie par une horde comme jamais je n'en avais vu auparavant. Ils sont au moins cinq mille, ou plus, ils ont des sorciers…

— Je suis au courant pour Coruscante… ton frère m'a fait prévenir.

Comment Morion pouvait-il savoir… ? Question stupide. Comment aurait-il pu ne pas savoir. Il restait le Prince des Mystères.

— Morion… J'aurais dû m'en douter, siffla Estrée. Et toi, que fais-tu dans ce coin perdu ?

— Je mène une armée pour aller affronter les Smaughs.

— Une armée ?

— Celle de la Lumière.

— L'Empire ? Comment se fait-il que…

— Je suis le fils de Priam. Mon véritable père a été tué à cause des Smaughs.

— Hein ? Oh, ce qui veut dire que tu es potentiellement le futur empereur de Lumière, félicitations, déclara poliment Estrée.

Quoi ? Fils de Priam ? Priam, mort ? Futur empereur de la Lumière ? Rien que ça... J'imagine que tu le savais également, Morion. Rien ne t'échappe... Cellendhyll, héritier légitime du trône de la Lumière. Moi, héritière d'Eodh, future duchesse du Chaos... Tu t'aventures sur un terrain politique dangereux, mon Ange... Toi qui détestes ça...

Mon Ange ?

— Peu importe, trancha Cellendhyll. J'ai un bataillon avec moi, une troupe d'élite. Nous avons attaqué les Smaughs par l'arrière, ils sont finis et d'ici peu, nous aurons nettoyé tout cet endroit. Ce n'est qu'une affaire de minutes, mais je pense que vous êtes tirés d'affaire. Après quoi, nous pourrons apporter des soins à vos blessés, vous donner de quoi vous nourrir ou vous réchauffer, selon vos besoins. Mais que ce soit bien clair, ensuite, si tu veux vivre, dégage d'ici avant la nuit, Estrée.

La menace était claire. Estrée ne cilla pas. Ses yeux violets restèrent fixés dans le jade glacial du regard de l'Adhan. La fille d'Eodh n'était plus cette petite courtisane frivole de jadis. Elle avait affronté la mort et le sang. Elle s'était confrontée à elle-même. Cellendhyll ne lui faisait pas peur. Soit. *Je relève le défi. Je ne fuirai pas, cette fois... mon Ange.*

— Sinon ? riposta Estrée.

— Sinon, je viendrai te chercher et tu paieras pour la mort de Devora.

L'affrontement des regards se poursuivit. Qui rompit le contact le premier, personne ne put le dire. Chacun repartit de son côté, Cellendhyll vers son armée, Estrée vers la fillette. Moïra dans les bras, l'Héritière remonta lentement vers la mine, angoissée à l'idée de ce qu'elle allait y trouver.

CHAPITRE 85

Depuis le nid d'aigle où il avait repris position, Felkeyn observa l'arrivée de la cavalerie. Si l'Ombre ignorait la présence de Cellendhyll de Cortavar, il put admirer l'efficacité de son armée. Plusieurs dizaines d'Hirondelles de la Lumière, des centaines peut-être, étaient apparues au galop. Ces cavalières, vêtues de brigandines en mailles légères, harcelèrent les Smaughs avec d'innombrables volées de flèches. Les guerrières de la Lumière portaient un bouclier en forme de larme et un casque à nasal brillant, orné d'un cimier de crins de cheval. Le soleil matinal se refléta sur l'acier runique des cavalières, jetant une myriade d'éclats argentés à chacune de leurs charges. L'armée smaugh, dans le canyon comme à l'extérieur des Creux, fut taillée en pièces en un rien de temps.

Toujours méfiant lorsqu'il s'agissait de la Lumière, Felkeyn quitta discrètement sa cachette, et remonta le long de l'escarpement pour aller rejoindre Estrée.

*

La fille d'Eodh cacha le visage de Moïra dans le creux de son épaule pour épargner à l'enfant le sinistre spectacle du plateau de la mine. Oghul-Tak n'avait pas menti. Les corps des derniers défenseurs gisaient sur le sol, baignant dans leur sang.

Les quelques derniers survivants protégeaient toujours la mine. Radjak, très pâle, le bras en écharpe, s'appuyait sur un autre mercenaire éborgné. Une quinzaine de soldats des Mille Lames avaient échappé au carnage. Aucun combattant kàwanakhee. Laureline, éclaboussée du sang de son époux, se tenait contre la paroi rocheuse. Ragnar, l'œil droit fermé, le visage tuméfié, regarda tristement l'Héritière du Chaos enjamber les cadavres.

Une poignée de réfugiés se massait à l'intérieur de la caverne. Les tout derniers civils à avoir franchi l'entrée de la mine. Lorsque Estrée s'approcha, une voix de femme retentit au sein de ce groupe.

— MOÏRA ! cria la mère de la fillette.

Une femme bouscula civils et soldats pour sortir de la grotte, et se précipita vers la fille d'Eodh. Moïra chuchota un *merci* à l'oreille d'Estrée avant que sa mère ne l'arrache des bras de l'Héritière, sans même un regard pour elle. La femme et son enfant, tous deux en pleurs, s'engouffrèrent dans les ténèbres rassurantes de la mine. Finalement, ils n'eurent pas besoin de faire écrouler le tunnel derrière pour échapper aux Smaughs. Les ultimes rescapés de Coruscante trouveront un chemin sûr pour atteindre Claire-Aube. Le temple des Sœurs Grises les accueillerait chaleureusement, Nova s'en assurerait.

Respirant lentement, Estrée fit quelques pas jusqu'au bord du haut plateau. L'armée de Cellendhyll, uniquement des femmes en armure et casque brillants, faisait le ménage dans les Creux. Les Smaughs n'étaient plus une menace. Pour le moment, du moins.

La fille d'Eodh se tourna vers les corps des défenseurs tombés sous les coups d'Oghul-Tak. *Si seulement j'avais été là...* Estrée s'approcha. Chaque pas fut une torture. Elle enjamba un chasseur kàwanakhee au torse enfoncé. Puis un soldat des Mille Lames, le cou brisé. Un autre. Encore un autre. Puis elle se figea. À ses pieds, gisait le corps sans vie de Rodan Valerio. Estrée tomba sur les genoux, incapable de pleurer.

La main de Ragnar se posa sur son épaule.

— Il se sera battu jusqu'au bout... dit le nain derrière elle. Grâce à lui, tous les civils ont pu atteindre la mine. Et il m'a sauvé la vie, alors que cet immense Smaugh allait m'écraser sous sa botte. C'était un homme courageux, et honorable.

Sans attendre de réponse, Ragnar fit demi-tour et laissa la fille d'Eodh seule avec sa peine. Estrée ne sut pas dire combien de temps elle resta agenouillée ainsi. Une heure ? Deux ? Quelle importance. Une haute silhouette finit par se planter devant elle.

Déjà revenu pour me tuer, mon Ange ? Fais vite, s'il te plaît.

Une poigne de fer se referma sous ses aisselles pour la forcer à se relever. Estrée leva lentement les yeux. Point de jade cette fois, mais de l'acier. Felkeyn la regardait intensément, sans rien dire, le visage fermé. L'Ombre prit les mains d'Estrée dans les siennes. Les mots eussent été superflus. La fille d'Eodh fut assaillie par le désir de se jeter entre les bras de Felkeyn. S'abandonner à son étreinte rassurante et protectrice. S'autoriser à l'aimer. Maudit soit le Destin, et ses manipulations perverses. Le chemin de l'Héritière ne pouvait pas échapper à celui de l'Ange de la Lumière. Qu'il en soit ainsi.

— Fel... souffla la fille d'Eodh. Tu dois me faire une promesse. Quoi qu'il puisse se passer cette nuit, surtout, reste à l'écart, et ne t'en mêle pas. Il me reste… une dernière chose à faire. Et je dois la faire seule. Promets-le-moi, je t'en prie.

Le regard de l'homme aux yeux d'acier se durcit. Pouvait-il respecter une telle promesse ? Il aviserait le moment venu, comme toujours. Felkeyn dévisagea longuement l'Héritière, avec cet air insondable. Une expression qui agaçait Estrée autant qu'elle l'attirait.

— Je te le promets, répondit-il simplement.

— Merci…

Estrée lui lâcha les mains et se détourna. Un signe de tête à Ragnar et Laureline furent ses derniers adieux. Elle regretta de ne pas pouvoir saluer Hazeline, Nova, Liam… Serrer Aleenor dans ses bras, ou échanger une dernière plaisanterie avec le Don.

*

L'Héritière du Chaos avait besoin d'être seule. Les Creux, bien que nettoyés de la présence des Smaughs, étaient à présent un véritable charnier. Des cadavres s'amoncelaient partout. Évitant soigneusement les cavalières, ou pire Cellendhyll, la fille d'Eodh parcourut rapidement les lieux à la recherche de sa monture. Dans l'enclos où ils avaient parqué les chevaux, près du fortin, elle retrouva le cadavre de la jument. Comme les autres chevaux, cette pauvre *Cendre* avait été sauvagement massacrée. Estrée récupéra quelques effets personnels dans ses fontes, passa une dernière fois la main dans la crinière grise de la jument, et s'éloigna.

Estrée choisit un endroit isolé, dans les hauteurs du lac, où les bassins déversaient leurs eaux cristallines en une série d'étroites cascades miroitantes. Elle découvrit un lieu calme, près du bassin le plus élevé, ou poussait une herbe douce. Estrée jeta son sac dans un coin, et ôta son armure. Le cuir de griffon, offert par Hazeline, avait bien souffert depuis qu'elle le portait. Et lui avait sauvé la vie plus d'une fois. La fille d'Eodh lava soigneusement l'armure dans l'eau du bassin, et la laissa sécher sur une grosse pierre plate. Elle délaça ses bracelets de force gravés de runes étranges, autre présent de son amie naine. Les brassards l'avaient aidée à canaliser son pouvoir, afin de façonner ses *Lames de Volonté*. Estrée eut la certitude qu'elle n'en avait plus besoin. Elle les posa sur son armure. Enfin, elle entreprit de se déshabiller complètement, et entra dans l'eau. L'onde fraîche et vivifiante fit naître un gémissement de soulagement. Estrée s'immergea totalement, de longues secondes, isolée du monde par la surface de l'eau. Lorsqu'elle creva la surface, son visage affichait un sourire paisible. Elle se lava, corps et cheveux. Un miracle que sa petite fiole d'onguent ait survécu à toutes ces épreuves. Enfin débarrassée du sang coagulé et de toute la crasse accumulée, Estrée se laissa sécher au soleil. Elle n'avait pas faim, et sauta les repas. De son sac, elle sortit une longue tunique en coton blanc et propre, récupérée dans ses fontes. La fille d'Eodh enfila le vêtement, qui tombait jusqu'à mi-cuisse, et se contenta de le serrer à la taille avec sa ceinture. Elle resta pieds nus. Assise en tailleur sur le bord de son refuge, Estrée médita afin d'ordonner ses pensées.

La rencontre avec Cellendhyll, en cet endroit et à ce moment précis, n'avait rien d'un hasard. Pour la fille d'Eodh, même si elle se refusait à accepter l'influence du Destin, c'était un signe. Estrée arrivait à la fin de son histoire. Cellendhyll se devait d'en être le dernier chapitre.

Elle ne fuirait pas. Elle ne supplierait pas. Quoi que l'Adhan décide de faire, elle l'accepterait, en paix. Estrée n'avait pas du tout envie de mourir. Certainement plus maintenant, alors qu'elle commençait à peine à revivre. Si elle se sentait triste de la mort de ses amis, Rodan en particulier, elle ne se sentait en rien responsable.

La force, parfois, n'est pas de résister, mais d'accepter ce qui nous attend, de le faire sien. Tel est mon choix face à Cellendhyll.

La journée passa. La nuit venue, Estrée fit un feu avec un peu de broussailles qu'elle trouva entre les rochers. Déjà, pour se réchauffer, bien que la température fût plutôt douce. Mais aussi pour proclamer : *Je suis ici, je ne me cache pas !*

La lumière nacrée des lunes jumelles s'étendit sur les Grandes Plaines, et se refléta sur le lac. Estrée se mit à contempler les étoiles. Elle huma l'air de la nuit, s'en emplit les poumons. Le bruit de l'eau et le calme de la nuit transformaient le site en un petit paradis. Un lieu idéal pour mourir.

CHAPITRE 86

Elle sentit sa présence bien avant que sa grande silhouette ne jaillisse des ombres. Estrée se releva lentement, le laissant approcher, dos tourné. Elle imagina son corps souple avancer vers elle. Son regard de jade, dans lequel elle aimait autrefois se noyer. Lorsqu'il fut à trois pas d'elle, Estrée se retourna.

Malgré elle, la fille d'Eodh recula d'un pas. Les yeux et le visage de l'Adhan reflétaient un éclat sauvage qu'elle ne lui connaissait pas.

Je ne fuirai pas.

Estrée se figea sur place.

La réplique de Cellendhyll siffla comme l'épée-fouet de l'Héritière :

— Tu aurais mieux fait de partir.

Estrée répondit d'une voix calme, paisible :

— Je suis déjà partie une fois. Je ne ferai pas deux fois cette erreur. Je n'ai pas peur de toi, Cellendhyll.

— Tu as tort. Et je vais te le prouver, grinça l'Adhan.

Elle ne bougea pas non plus lorsque Cellendhyll combla l'écart entre eux par trois grands pas. Elle ne cilla pas en voyant la lame sombre dans la main de l'Adhan. L'arme était redevenue la dague qu'Estrée avait connue autrefois, la fidèle compagne de Cellendhyll. La Belle de Mort, si prompte à ôter la vie, à trancher le fil de la destinée, inéluctable et implacable. La Belle de Mort, qui tremblait dans sa main.

Cellendhyll n'avait plus l'air si déterminé. Son regard trahissait un tourbillon d'émotions, des sentiments contradictoires luttaient dans son cœur. Son esprit était obscurci par le conflit.

Son corps décida pour lui.

Un étau enserra violemment la gorge d'Estrée. Cellendhyll venait de la saisir par le cou de sa main libre, et l'attira brusquement vers lui. La Belle de Mort ne tremblait plus. Le corps de l'Adhan était une arme forgée pour tuer. Peu importaient ses sentiments et ses doutes. La fille d'Eodh devait mourir. La vengeance, avant tout.

Estrée ne lutta pas. Son regard resta paisible. Elle lui sourit, même. Puis elle ferma les yeux, et chuchota d'une voix douce :

— Je te pardonne…

La fille d'Eodh s'abandonna à la caresse de la mort. Elle attendit le baiser glacial de la Belle, l'esprit serein. Estrée sentit le mouvement du bras de Cellendhyll. Mais sa main était vide. Sa dague tomba dans l'herbe, sans bruit. Ses doigts se glissèrent sous les mèches rebelles de l'Héritière, et l'étau sur sa gorge disparut. À la place du baiser glacé de la lame, ce fut le baiser passionné de l'Ange.

Estrée rouvrit les yeux, surprise, à son tour submergée par l'émotion. Cette fois, elle se débattit. Elle posa les deux mains sur la poitrine de Cellendhyll, et le repoussa. Des images tourbillonnèrent dans son esprit : le visage de Felkeyn, le corps sans vie de Rodan, le spectre ricanant de Devora… Le regard de la fille d'Eodh fut happé par le jade étincelant des yeux de l'Adhan. Si l'éclat meurtrier avait disparu, il y brillait toujours quelque chose de sauvage, d'animal.

Mon Ange...

Les mains de l'Héritière se refermèrent sur le col de la tunique de Cellendhyll. Elle l'attira à elle, et l'embrassa brusquement. Un baiser brutal, avide. L'Adhan répondit à l'appel de cette langue mutine et brûlante. Leurs corps vibraient à l'unisson alors que leurs bouches fusionnaient.

La fille d'Eodh mit fin au baiser soudainement. Ils restèrent enlacés, le souffle court. C'était ce moment qu'ils avaient attendu tous les deux. Ce choix, seule alternative possible. Cette croisée des chemins, où l'amour peut choisir de devenir haine. Cette étincelle qui se transforme en brasier, pour dévorer tout ce qui existe entre deux êtres.

Les doigts fins de l'Héritière glissèrent sur la joue de l'Adhan. L'étincelle mit le feu à leurs corps. Ils s'embrassèrent à nouveau, animés de la même passion frénétique. Plus aucun sentiment, pas la moindre tendresse à présent. Il fallait consumer l'essence de ce qui les avait unis autrefois. Ce que l'esprit ignore, la chair sait. Estrée le sentait bien dans la sienne. Toute sa part animale s'imposa, réclamant l'Ange pour qu'il vienne en elle.

Leurs mains s'agitèrent fébrilement pour ôter la barrière du cuir et du tissu. Cellendhyll ôta son gilet de cuir, Estrée lui arracha sa tunique. La fille d'Eodh se précipita pour laper ce torse si viril, le creux de ces abdominaux si puissants. L'Adhan déchira le haut de la chemise d'Estrée, dévoilant ses épaules douces et ses seins nacrés. À son tour, il lui attrapa les bras pour la relever et se baissa pour happer un téton entre ses lèvres. Les mains puissantes de Cellendhyll se refermèrent sur la poitrine ferme de l'Héritière. Tout en léchant, il palpait avec vigueur ces seins si doux, si ronds. Estrée lâcha un cri rauque lorsqu'il mordit un peu trop fort.

Elle le repoussa, le temps de se débarrasser de sa tunique déchirée. Totalement nue, le corps souple de l'Héritière se dessina sous la lumière des lunes jumelles. Plus fin et plus musclé que dans les souvenirs de Cellendhyll, l'effet n'en fut que plus intense. L'Adhan ôta ses bottes, défit son ceinturon, et lutta pour se débarrasser de son pantalon en cuir. Provocante, Estrée recula de quelques pas, s'amusant à le regarder faire tout en se caressant le bas-ventre. Cellendhyll vint à bout de ses derniers vêtements, dévoilant une impressionnante érection. Il se précipita sur Estrée, agrippant ses fesses entre ses grandes mains, pour mieux l'attirer à lui.

Sentir le sexe de l'homme contre son ventre ne fit qu'accroître le désir de la fille d'Eodh. Elle le dévora de ses baisers, lui mordant la lèvre jusqu'au sang. Cellendhyll grogna sous la douleur qui ne fit qu'intensifier son désir. Il enserra davantage les fesses d'Estrée pour la soulever du sol. Le corps de l'Héritière répondit à l'invitation. Agrippant le cou de l'Adhan, Estrée referma ses jambes derrière le dos de Cellendhyll. La verge de l'homme pulsait de vouloir conquérir l'antre du plaisir, mais Estrée, en se tortillant, se refusa à lui. Par des mouvements précis du bassin, elle fit glisser sa fente brillante d'excitation sur le sexe de Cellendhyll. L'Adhan gémit de frustration. Tout en maintenant Estrée, il se laissa tomber à genoux et la fit basculer dos sur l'herbe. La fille d'Eodh cria en heurtant brutalement le sol. Un sourire sauvage éclaira son visage. Elle écarta les cuisses, offerte, mais conquérante, invitant Cellendhyll de son regard de braise.

L'Ange posa les deux mains de chaque côté du visage de l'Héritière, et s'enfonça en elle de toute sa longueur.

Son sexe glissa dans la douceur satinée avec délice. Ils poussèrent tous les deux un gémissement de triomphe.

Estrée referma ses mains sur le bas du dos de Cellendhyll, et appuya pour lui donner le rythme. D'abord lentement, très lentement, presque une torture. Puis la fille d'Eodh referma ses ongles sur les fesses de l'Adhan, mordant sa peau, et lui gronda à l'oreille :

— Plus vite… Plus fort !

Cellendhyll accéléra le rythme, pilonnant l'Héritière à grands coups de reins. L'Adhan sentit très vite naître dans son ventre la pulsion annonciatrice de l'orgasme. Il serra les dents, loin de vouloir s'avouer vaincu aussi rapidement, et ralentit le rythme. Estrée, si proche de sa propre jouissance, feula de frustration. Elle repoussa Cellendhyll par les épaules, remonta sa jambe droite afin de poser son pied sur la poitrine de l'Ange. Estrée poussa un cri bestial, et le repoussa violemment.

En lutte avec son plaisir, Cellendhyll se laissa déséquilibrer et tomba en arrière. Estrée bondit sur lui comme une panthère, à cheval au niveau du ventre de l'Adhan. La fille d'Eodh se redressa, ce même sourire sur les lèvres, ondulant du bassin afin de caresser de son sexe humide les abdominaux de l'Ange. Cellendhyll redressa le buste, et saisit Estrée par la taille. D'un geste brusque, il l'empala sur son pieu de chair dressé. La fille d'Eodh se cambra pour mieux laisser le sexe de l'homme remonter en elle. Cellendhyll imprima des mouvements secs du bassin, arrachant à chaque coup un cri de plaisir à Estrée. L'Héritière referma ses jambes en ciseaux autour de la taille de l'homme, et colla le visage de l'Adhan entre ses seins. Estrée sentait monter en elle un orgasme puissant. Tout son corps vibrait de plaisir, mais la dernière note de cette symphonie des sens approchait enfin.

La jouissance l'envahit complètement avec une force que l'Héritière n'avait encore jamais connue. Elle bascula en arrière, les yeux mi-clos, elle se mordilla la lèvre, son corps parcouru de multiples filaments de plaisir, décharges délicates qui l'inondaient de l'intérieur, encore et encore.

Estrée se laissa basculer sur le côté, traversée par les spasmes de l'orgasme. Cellendhyll accompagna le mouvement tout en restant en elle. En appui sur les genoux, l'Adhan remonta les jambes d'Estrée pour la pénétrer encore plus profondément. Elle cria, de toutes ses forces, alors qu'une nouvelle jouissance explosait en elle. Cellendhyll donna la dernière charge. À grands coups de reins, il accéléra le va-et-vient, tout son corps appelant la libération.

La grande vague les prit tous les deux, les chavira, les balaya, les engloutit dans cet océan de sensations infinies, d'explosions de couleurs luminescentes. Cellendhyll inonda Estrée de longs jets brûlants, qui emportèrent la fille d'Eodh dans un dernier orgasme. Ils vinrent au même moment, sans pour autant partager leur jouissance, un orgasme puissant entremêlé d'un même cri d'abandon qui résonna dans la nuit.

Cellendhyll retomba sur Estrée, se tenant sur les coudes pour ne pas l'écraser de son poids. Haletants, en sueur, les yeux fermés, tous deux venaient de briser dans la furie des sens la dernière chaîne qui les reliait.

D'une torsion des reins, Estrée se dégagea de la verge de Cellendhyll, et le repoussa doucement. L'Adhan ne lutta pas, se contentant de la regarder faire. La fille d'Eodh marcha jusqu'au bassin, et entra dans l'eau jusqu'à la taille, en l'ignorant totalement.

Sa toilette terminée, Estrée remit tant bien que mal sa tunique déchirée. Cellendhyll en profita pour se laver à son tour, rapidement, et se rhabilla. Tous deux s'évitèrent du regard. La tension sexuelle s'était évaporée. Restait un silence gênant.

L'Adhan remettait ses bottes. Il se redressa, la Belle de Mort dans sa main, qui ne tremblait pas cette fois. La fille d'Eodh s'approcha de lui, posa ses doigts fins sur le tranchant irisé de la lame. Leurs regards se croisèrent. D'une voix claire et tranquille, Estrée déclara :

— À présent, Cellendhyll, tue-moi, ou va-t'en. Tu as une guerre à mener. Moi, mon rôle se termine ici.

— Tu as raison, j'ai une guerre à mener. Une vie à vivre. Et tu n'en fais plus partie.

Cellendhyll glissa son arme dans son fourreau de botte. Sans rien ajouter, l'Adhan se détourna. Estrée ne sut dire quelle émotion il gardait enfermée en lui. Cependant, ce n'était plus le problème de l'Héritière du Chaos.

Cellendhyll s'éloigna, et disparut comme il était venu. Les chemins de l'Ange et de l'Héritière se séparaient définitivement. Estrée alla s'asseoir sur sa couverture, bien incapable de trouver le sommeil. Elle se sentait libre, comme elle ne l'avait jamais été. Le dernier mur venait d'être brisé.

*

Plus haut sur un rocher, Felkeyn sortit de la *Fusion du Néant*. L'Ombre avait assisté à toute la scène. Pas par jalousie, Felkeyn avait dépassé ce genre de sentiment depuis des siècles. Si les choses avaient mal tourné… Qu'importe. Il était satisfait de ce dénouement, et plus encore de ne pas avoir dû affronter la légende des guerriers du Chaos.

CHAPITRE 87

Au petit matin, le couple du Chaos réunit quelques provisions afin de préparer leur départ. Estrée eut la bonne surprise de retrouver *Poussière*, le cheval de Liam. L'étalon pellonien était parvenu à s'enfuir de l'enclos avant le massacre. La fille d'Eodh l'aperçut alors qu'il s'abreuvait dans les eaux du lac. Elle siffla doucement, et *Poussière* s'approcha avec confiance. Estrée lui caressa doucement l'encolure, l'étalon répondit en piaffant joyeusement. S'approchant à son tour, Felkeyn sourit.

— Tu t'es fait un ami, j'ai l'impression, fit l'Ombre.

— On dirait bien, répondit Estrée.

Aucun n'avait abordé les événements de la nuit. Felkeyn n'avait posé aucune question, et la fille d'Eodh lui en était reconnaissante. Elle se retourna vers lui, le regard tendre.

— Merci, Felkeyn, dit-elle simplement.

— Pourquoi donc ? demanda l'Ombre avec un faux air innocent.

— Pour ne pas être intervenu. Je suis certaine que tu étais dans les parages, à veiller sur moi. Je ne sais pas ce que tu as vu, mais j'espère vraiment que cela ne t'aura pas blessé…

— Il en faut bien plus pour me blesser, Estrée. Tu as fait ce qui était nécessaire, pour toi. Jamais je ne te demanderai d'agir à l'encontre de toi-même. Tu as terrassé ton pire ennemi… la peur de nos erreurs passées.

Estrée sourit chaleureusement. Elle eut une envie soudaine de l'embrasser, mais pas ici, au milieu de l'armée de la Lumière. Pas maintenant, alors que les corps de leurs amis gisaient dans leur sang. Les Hirondelles, cavalières d'élite de la Lumière, auraient la lourde tâche de creuser les tombes. Que les corps des Smaughs pourrissent donc au soleil !

Comme Cellendhyll l'avait promis, les derniers survivants des Mille Lames furent soignés par les Hirondelles. Malgré la victoire, les pertes étaient très lourdes pour la compagnie. La joie d'avoir survécu était étouffée par la tristesse d'avoir perdu tant de frères d'armes. Les mercenaires avaient installé un campement de fortune dans l'un des entrepôts des mineurs. La fille d'Eodh fut accueillie avec beaucoup de respect par les survivants. Ils avaient bien conscience qu'ils devaient la vie sauve à leur capitaine. Si Estrée n'avait pas allumé le feu d'alarme, Cellendhyll n'aurait jamais pu intervenir à temps. Elle échangea saluts et poignées de main avec ses hommes, et prit le temps de leur demander leur nom. Estrée voulait se souvenir de chacun d'entre eux. Elle avança ainsi dans l'entrepôt, passant quelques instants avec chaque mercenaire survivant.

Dans le fond du bâtiment, les corps de ceux tombés au combat reposaient sous des draps blancs. Parmi eux, Miramas Dante, percé de lances smaughs pour protéger son épouse. Vrelyck, dont le corps fut découvert écrasé par une poutre, dans l'entrepôt où il s'était caché. Et Rodan Valerio, la nuque brisée par Oghul-Tak, l'ignoble seigneur de guerre. Estrée se sentit coupable. Le corps de Rodan était à peine froid, qu'elle faisait sauvagement l'amour avec Cellendhyll. Elle chassa ce sentiment de son esprit. Coucher avec l'Adhan fut pour elle un autre combat, qu'elle se devait de mener à son terme.

Grommelant qu'il était capable de tenir debout, Radjak attendait au fond de l'entrepôt, où les blessés les plus graves étaient installés sur des paillasses. Laureline usait de ses dernières onces de magie pour soigner le bras blessé du lieutenant.

La jeune femme avait les yeux rouges et cernés. Elle avait pleuré la mort de son époux une bonne partie de la nuit. Elle salua Estrée d'un triste sourire. L'Héritière prit la jeune femme dans ses bras, en murmurant :

— Laureline, je suis tellement désolée…

— Moi aussi, Estrée… Moi aussi. Pour toutes les vies perdues. Rodan, il…

— Je sais, l'interrompit doucement la fille d'Eodh.

La jeune guérisseuse prit une grande inspiration afin de retrouver les idées claires.

— Les Hirondelles vont s'occuper de lui donner une sépulture selon les rites de la Lumière, ajouta Laureline. Rodan avait retrouvé sa foi de Paladin, c'est ce qu'il aurait voulu.

— J'en suis certaine.

Sur ces mots, les deux femmes échangèrent un sourire. Laureline s'éloigna, laissant Estrée face à Radjak.

— Si on m'avait dit un jour que la Lumière me sauverait la vie… grogna le vétéran avec un sourire.

— Et moi donc ! ajouta Estrée. Contente de vous voir sur pied, lieutenant. Et ce bras ?

Un pansement propre enserrait le bras du mercenaire entre deux attelles. Radjak haussa les épaules, et répondit :

— Grâce à la petite, j'ai évité l'amputation… Ce n'est pas demain que je tiendrai mon bouclier, mais je m'en remettrai.

— Radjak… reprit Estrée. J'ai une dernière faveur à vous demander.

— Tout ce que vous voudrez, capitaine.

À gestes lents, Estrée décrocha sa demi-cape, et ôta la fourragère de son épaulette. Elle plia le tout soigneusement, et les tendit à Radjak.

— Je voudrais vous confier la compagnie.

— Mais, capitaine ! Je ne peux pas accepter ! C'est vous que Sentenza a choisi, et…

— Et c'est vous que je choisis à mon tour, capitaine Radjak.

Tous les mercenaires survivants s'étaient rapprochés pour observer la scène. Aux regards de tous, Estrée sut qu'elle avait fait le bon choix. Elle se tourna pour leur faire face, et déclara :

— Vous m'avez accueillie au sein des Mille Lames, et ce fut un immense honneur pour moi d'être votre capitaine. J'ai accepté, car je souhaitais avant tout venger Sentenza. Ensuite, pour protéger les habitants de Coruscante. Et vous protéger, vous. Je n'y suis pas parvenue. Je ne suis pas faite pour être mercenaire, encore moins capitaine. À présent, je dois prendre un autre chemin que le vôtre.

Quelques sourires et signes de tête compréhensifs. Après avoir affronté le sang et la mort, les derniers soldats de la compagnie se mirent au garde-à-vous, levant leurs épées pour former une haie d'honneur à leur capitaine.

Radjak accepta la cape, mais se refusa à la poser sur ses épaules pour le moment. Il échangea une poignée de main de guerrier avec la fille d'Eodh.

— Merci, Estrée, dit le vétéran. Les Mille Lames sont peut-être brisées, mais elles pourront être reforgées. Et il y aura toujours une place pour vous.

L'Héritière quitta les mercenaires sous la voûte d'acier de leurs épées, dressées pour honorer leur capitaine une dernière fois.

*

Les corps des réfugiés se comptaient par centaines. Il fallut creuser des fosses communes pour enterrer autant de cadavres. Les mercenaires s'occupèrent des tombes pour les membres de la compagnie. Toute une zone, située sur la berge sud-ouest du lac, fut transformée en cimetière. Les Creux devenaient, une fois encore, témoin silencieux d'une guerre sanglante.

En tant que fidèle de la Lumière, Rodan eut droit à une courte cérémonie à laquelle Laureline assista, en tant que disciple de la Guelfe Blanche. Choisissant de rester loin des Hirondelles, l'Ombre et l'Héritière observèrent à bonne distance.

Une fois les funérailles terminées, six chariots furent apprêtés par les Hirondelles afin de rejoindre les réfugiés de Coruscante. Chargé à la fois de vivres et des mercenaires survivants, le convoi fut escorté par un détachement de cavalières de l'autre côté des Creux, en contournant par le sud. Laureline grimpa sur le chariot transportant les blessés incapables de marcher. Ragnar, monté sur le chariot de tête, guiderait l'expédition afin de retrouver facilement la sortie des tunnels secrets de la mine.

Depuis les hauteurs, Estrée et Felkeyn observèrent le départ de leurs compagnons d'armes. Cette page se tournait définitivement pour la fille d'Eodh. Il était temps de partir.

*

Les chariots escortés par un détachement d'Hirondelles retrouvèrent aisément les réfugiés de Coruscante. Les soixante cavalières de la Lumière furent acclamées par des cris de joie et de soulagement. La vue des chariots de vivres, plus encore. Largement de quoi tenir jusqu'à Claire-Aube.

Mais face à si peu de survivants, les retrouvailles furent pesantes. Les cœurs devinrent lourds pour tous ceux qui payèrent la victoire de leur vie. Liam, Brighit, et Aleenor – accompagnée de K'Shin – vinrent immédiatement aux nouvelles. Le capitaine Radjak leur raconta la dernière bataille, l'intervention de la Lumière grâce à Estrée, la défaite des Smaughs.

Et la décision de l'Héritière, de quitter les Mille Lames.

La nouvelle de la mort de Miramas fut brutale pour Liam. Il comprit alors ce qu'Estrée attendait de lui. *Une fois aux Creux, j'aurai quelque chose à vous demander...* lui avait-elle dit, quelques jours plus tôt. Estrée n'avait pas eu le temps de le faire, mais le seigneur Cornell n'eut pas besoin de mots. Brighit et lui étaient les derniers conseillers de Coruscante. Les rescapés dépendaient d'eux, à présent. Ils s'assureraient de les protéger et les guider vers une promesse d'avenir meilleur.

Le peuple des Kàwanakhees avait été pratiquement décimé. Kwanee réunit les siens afin d'entamer un chant triste, en hommage aux esprits de ceux qui se sacrifièrent pour que d'autres puissent vivre.

Voyant arriver les chariots, Nova s'approcha. Ses yeux confirmèrent ce que son cœur savait. Le visage de la Sœur Grise se ferma. En peu de temps, elle avait perdu sa sœur d'âme, et l'homme dont elle était sur le point de tomber amoureuse. Fermant les poings et serrant les mâchoires, elle s'éloigna. Sa peine se transformait en colère, une rage destructrice qui se focalisait sur une cible bien précise : les Smaughs. Nova était décidée. Une fois les réfugiés en sécurité à Claire-Aube, elle repartirait les affronter, où qu'ils soient. Ces têtes-de-clous avaient infiltré toutes les sociétés des Territoires-Francs. Nova allait les traquer, et les détruire. Tous.

De son peuple, K'Shin était le seul survivant. Le jeune centaure fit quelques pas afin de cacher ses larmes. Il observa longuement les pics rocheux, les Dents d'Asgorath, qui étaient devenus les sépultures de sa famille. De sa mère, K'Lishaa, qui choisit la mort pour que son fils puisse vivre. Lentement, Aleenor le rejoignit. La jeune femme prit la main du centaure dans la sienne. Tous deux pleurèrent silencieusement, symbole vivant de l'union renouvelée entre deux races.

Liam remercia chaleureusement les Hirondelles pour leur aide. La caporale Béris, qui dirigeait le détachement, précisa au conseiller de ne pas s'attarder. Les Smaughs avaient été vaincus, mais ce n'était que l'avant-garde de leurs forces. Leur véritable armée approchait. Dès que le Lige de la Lumière donnerait l'ordre, les Hirondelles quitteraient les Creux.

Brighit s'approcha de Liam, affaiblie, triste, mais le regard brûlant d'un feu d'émeraude. La conseillère avait perdu beaucoup, elle aussi. Sa fille. Sa cité. Toute sa vie. Mais en regardant Aleenor et Liam, la femme était déterminée, plus que jamais, à s'en bâtir une nouvelle. Elle leva les yeux vers Liam, qui lui rendit son regard avec autant d'intensité.

Liam Cornell, Haut-Conseiller de Coruscante, donna l'ordre aux derniers survivants de la Cité-Franche de se mettre en route. Deux semaines plus tard, tous atteindraient la sécurité du temple des Sœurs Grises de Claire-Aube.

*

Selle et fontes, pour équiper l'étalon pellonien, furent trouvées dans les écuries du fortin dévasté. Estrée monta sur le dos de *Poussière*, et tendit la main vers Felkeyn.

— Je t'emmène, beau gosse ?

— Comment refuser... sourit l'Ombre.

Felkeyn prit la main d'Estrée, et sauta agilement derrière elle. Ils prirent les rênes tous deux, dans le creux de leurs mains entrelacées.

— Où allons-nous, Héritière du Chaos ? demanda l'homme aux yeux d'acier.

— À la cité-forteresse d'Eodh, bien sûr !

L'étalon traversa les Dents d'Asgorath, et s'élança au galop vers le soleil levant, emportant sur son dos le couple du Chaos.

*

Penché sur le bassin divinatoire, le Jardinier positionna soigneusement son monocle. La surface argentée de l'artefact laissait apparaître ces dernières images. L'homme sourit.

— Excellent, Héritière du Chaos. Le germe se corrompt et meurt dans le froid de l'hiver, pour que naisse l'épi nouveau. Bienvenue dans votre nouvelle vie, ma chère. Mais votre histoire ne se termine pas ici...

Le Jardinier s'éloigna en sifflotant, son pas léger foulant l'Éternel Jardin sans y laisser la moindre trace.

Épilogue

Bien droite, les mains jointes derrière le dos, Maeve faisait face à Morion. Confortablement installé derrière son large bureau, le Maître des Mystères écouta attentivement le rapport de sa nouvelle Ombre. Peu lui importait qu'elle ait dû forcer le passage jusqu'à Cellendhyll en rossant quelques gardes de la Lumière. Ce qui comptait, était que son message soit bien délivré. Si l'Adhan devenait le nouvel empereur de la Lumière, autant conserver de bonnes relations. Et grâce à l'aide du Chaos, Cellendhyll lui serait redevable.

— Si Morion croit que je suis en dette avec lui, qu'il aille se faire foutre par un Sangh ! Mais, merci quand même pour l'information… cita Maeve, mot pour mot. Voici quelles furent ses dernières paroles.

Contrarié, Morion releva ses lunettes aux verres fumés d'un geste précis.

— Je vois… lâcha-t-il. Autre chose, Maeve ? Dis-moi, comment as-tu trouvé Cellendhyll ? Et réponds-moi franchement ! J'attends de mes Ombres qu'elles soient honnêtes et sincères.

Un léger tic nerveux agita le coin supérieur droit de la lèvre de Maeve. Elle hésita quelques secondes, avant de répondre :

— Eh bien… Il a visiblement pris ses marques au sein de l'Empire. Il semble comme chez lui. Il aboie ses ordres d'un ton sec et autoritaire, hautain au possible. En dehors de cela, il a l'air de bien maîtriser la situation. Je le crois parfaitement compétent sur un champ de bataille, beaucoup moins pour commander. Il est trop individuel et orgueilleux. Vu sa façon de m'interroger, il méprise le Chaos. Et vous plus encore, monseigneur.

Morion s'autorisa un petit rire sec, s'enfonçant davantage dans son fauteuil capitonné.

— À ce que je vois, il te plaît, ma chère Maeve.

— Je ne peux nier son aura de guerrier, ni son charme d'Adhan, monseigneur.

Maeve resta de marbre, mais un léger rose teinta ses joues.

— Très bien ! fit Morion. Autre chose ?

— Gheritarish se porte bien, et vous salue, à sa façon, monseigneur.

— Merci, Maeve. Je te félicite pour le succès de ta première mission. Tu peux disposer, à présent.

Une inclinaison du buste, trois pas à reculons, et la guerrière quitta le bureau du Prince du Chaos.

Maeve partie, Morion se retrouva avec ses pensées. Il fit apparaître dans sa main une longue pipe de bruyère, qu'il alluma d'une pichenette de sa volonté. Il observa les longues volutes de fumée bleutée, tout en parlant pour lui-même :

— Ah, Cellendhyll… Je ne croyais pas dire cela un jour, mais ton fichu caractère d'Adhan me manque !

— Craaackoaaaa ! clama le curieux volatile derrière lui.

— Bien sûr que je vais lui dire. Estrée a tout autant le droit de savoir. Ce n'est pas tous les jours qu'on découvre l'existence d'un frère caché…

Fin du tome 2

Composé par Facompo, Rouen

Imprimé en France par EPAC Technologies
N° d'impression : 4550414303321
Dépôt légal : mars 2021